W0185280

Shirley Hazzard
Transit der Venus

SHIRLEY HAZZARD

Transit der Venus

Aus dem Englischen
von Yasemin Dinçer

Ullstein

MIX
Papier aus verantwortungsvollen Quellen
FSC® C014496

ISBN: 978-3-550-08188-0

© Ullstein Buchverlage GmbH, Berlin 2017
Alle Rechte vorbehalten
Umschlaggestaltung: Büro Jorge Schmidt, München
Titelabbildung: © Getty Images
Gesetzt aus der Fairfield
Satz: L42 AG, Berlin
Druck und Bindearbeiten: GGP Media GmbH, Pößneck
Printed in Germany

Abermals für Francis

J’ai rêvé tellement fort de toi,
J’ai tellement marché, tellement parlé,
Tellement aimé ton ombre,
Qu’il ne me reste plus rien de toi.

Robert Desnos »Le Dernier Poème«

Teil 1

Die alte Welt

1

Bei Einbruch der Nacht würden die Schlagzeilen Verwüstung vermelden.

An einem wolkenlosen Tag hatte der Himmel sich mit einem Mal heruntergelassen wie eine Markise. Violette Stille ließ die Äste an den Bäumen vor Schreck erstarren und das Getreide auf dem Feld aufrecht stehen wie gesträubte Nackenhaare. Was es an frischer weißer Farbe gab, blitzte zwischen Hügeln und Dünen auf oder zerriss den Straßenrand mit einem Zaunstreifen. Dies ereignete sich kurz nach Mittag an einem Sommermontag im Süden von England.

Erst am folgenden Morgen tauchten überhaupt ein paar kurze Meldungen auf, denn die Zeitungen hatten Platz zu füllen, nachdem die Wahlen, grausame Verbrechen und der Koreakrieg gerade eine Auszeit nahmen – abgedeckte Häuser und zerstörte Obstgärten, aufgeführt in Anzahl und Fläche, und erst ganz am Ende kurz die Erwähnung eines Leichnams unter einer fortgeschwemmten Brücke.

An jenem Mittag wanderte ein Mann unter einem Zweig aus Blitzen langsam in eine Landschaft. Ein Rahmen von nahezu menschlicher Erwartung umgab diese Szene, die er aus der linken Ecke betrat. Jeder Nerv – denn in solchen Momenten entwickelten selbst Scheunen, Schubkarren und gewebelose Objekte Nerven – wartete, fatalistisch. Nur er, kinetisch, schritt den Umständen zum Trotz auf ein einziges Ziel zu.

Bauern bewegten sich systematisch, brachten Tiere oder rotierende Maschinen ins Trockene. Jenseits des Horizonts gerieten Provinzstraßen bei den ersten Tropfen in Hektik. Scheibenwischer wedelten über Windschutzscheiben, auch die Menschen stürzten und sprangen hin und her, hin und her. Pakete wurden unter Mäntel gestopft, Zeitungen über frische Dauerwellen gehalten. Ein Hund jagte durch eine Kathedrale. Kinder flüchteten aufgeregt von Spielplätzen, Fenster klappten, Türen knallten. Hausfrauen schlugen Haken und schrien: »Meine Laken!« Und plötzlich spaltete ein Lichtstreifen Erde und Himmel.

In diesem Augenblick erreichte der Wanderer den Weg und blieb stehen. Oberhalb von ihm standen um einen steilen Hügel in großen Abständen vier alte Häuser, die das aufgebauschte Land am Boden hielten wie Gewichte. Im Dorf hatte man ihm ihre Namen genannt – nicht die Namen der Besitzer, sondern die der Häuser. Ihre zerfallenden Mauern waren aus gelbbraunem Backstein, eines war an der Seite ganz von Efeu bedeckt, so grün wie ein aufgerichteter Rasen. Das größte und entfernteste der Häuser hob sich von einem Wald ab und beanspruchte Überlegenheit.

Der Mann nahm aus einer entscheidenden Wende seiner eigenen Reglosigkeit die Szenerie wahr, als sähe er vor seinen Augen den Zeiger einer riesigen Uhr zum nächsten Schlag vorrücken. Bei der ersten Woge stürmischen Regens bog er von der Straße ab, stellte den Koffer hin, nahm die durchtränkte Kappe vom Kopf, klopfte sie am Oberschenkel aus und stopfte sie in eine Tasche. Sein Haar sprang auf wie das Getreide zwischen den einzelnen Böen und wurde wie ebendieses rasch nass niedergedrückt. Im Regen erklomm er stetig den Hügel, ohne dabei ein jämmerliches Bild abzugeben. Einmal hielt er inne, um einen Blick zurück auf das Tal zu werfen – oder auf die Senke, wie man sie freundlich zahm nennen mochte. Ein Donnerschlag nach dem anderen fegte hangauf- und hangabwärts darüber hinweg, bis die biegsamen Getreidehalme selbst vibrierten. Auf einem gegenüberliegenden Hügel stand eine Burg – grau, aufgedunsen, mit einem Turm und nicht ungeeignet für einen Sturm.

Als er sich dem letzten Haus näherte, hielt er erneut inne und betrachtete es mit so schlichtem Interesse, als herrschte gutes Wetter. Von seinem in den Nacken gelegten Kopf rann ihm das Wasser in den Kragen. Das Haus verdüsterte sich, blieb jedoch standhaft. Über zwei bis drei Jahrhunderte mit kleineren Anbauten hatte Peverel an Maßstab und Kongruenz festgehalten wie an einem Prinzip und war konsistent geblieben bis auf ein einziges größeres Fenster im oberen Stockwerk – eine absichtliche, frivole Unvollkommenheit, wie ein für ein Schmuckstück durchstochenes Ohrläppchen.

Schlamm floss über Kies und festgestampften Lehm. Gestutzte Ligusterhecken erzitterten. Der Mann watete wie aus dem Meer kommend zum Hauseingang hinauf und zog an einer Türglocke. Rasche Schritte waren womöglich seine eigenen Herzschläge. Die Frau, die ihm öffnete, war in seinen Augen alt. Wäre er selbst ein paar Jahre älter gewesen, hätte er sie vielleicht zu mittelalt befördert. Das Alter war ins glatte graue Haar gewickelt und zeigte sich deutlich in einer Haut, die für Jugendlichkeit zu empfindlich war, sowie in einer aufrechten, wenn auch nicht kriegerischen Haltung. Sie zog ihn über den Bodenbelag einer einst vornehmen Eingangshalle ins Haus. Ihre Augen waren vergrößert und verblasst durch die Entdeckung dessen, was nach allgemeinem menschlichen Empfinden besser im Verborgenen bleibt.

Wie ruhig sie ihre Namen nannten und dabei die Brandung in seinem Rücken und seine durchtränkten Kleider ignorierten. Von seinem billigen Koffer sickerte Orange auf den schwarzweißen Fußboden, während Ted Tice wie angewiesen seinen Regenmantel auszog und an einen Ständer hängte. In der kalt eingeseiften und glänzend gebohnerten Leere wurde ein scharfer Geruch von nasser Wolle, Socken und Schweiß freigesetzt.

All diese trägen Angelegenheiten hatten nur Sekunden in Anspruch genommen, innerhalb derer man auch wahrnehmen konnte, dass der Eingangsbereich rund war und dass unter einem dunklen, goldgerahmten Bild auf einem Tisch neben einer der üblichen Zeitungen eine Schale mit Rosen stand. Unter einer geschwungenen Treppe öffnete sich eine Tür auf einen mit einem Perserläufer ausgelegten Flur. Und darüber, auf dem Bogen der Treppe, stand reglos eine junge Frau.

Tice blickte zu ihr auf. Es wäre unnatürlich gewesen, es nicht zu tun. Er blickte auf von seinen nassen Schuhen und seinem nassen Geruch und seinem orangefarbenen Fleck billigen Gepäcks. Und sie blickte von oben herab, auf dem Trockenen. Er hatte eine Ahnung von ihrem Körper in all seinen Dimensionen – als hätte er sie einmal umrundet und ihr starkes Rückgrat, das schwarze Haar, das sich über der markanten Wölbung im Nacken teilte, und die zarte Falte ihrer Kniekehle gesehen. Ihr Gesicht lag im Schatten. Ohnehin wäre es zu passend, zu perfekt gewesen, hätte sie sich als schön erwiesen.

»Ich habe nach Tom gesucht«, sagte sie und verschwand.

Ted Tice griff nach seinem zerfließenden Koffer: ein Neuankömmling, der unter den Eingeweihten seine Meinung für sich zu behalten hatte. Der bald selbst nach Tom suchen oder wissen würde, weshalb andere nach ihm Ausschau hielten.

»Meinem Ehemann«, sagte Charmian Thrale, »geht es schon sehr viel besser, und er wird zum Lunch herunterkommen.« Ted Tice sollte im Juli und August mit Professor Sefton Thrale, dem es schon sehr viel besser ging, zusammenarbeiten. Einstweilen wurde er von Mrs Thrale den Perserteppich hinuntergeführt, vorbei an alten Fotografien, einem gerahmten Brief mit goldenem Wappen und einer Serie von Stichen der britischen Häfen. Als Nächstes würde Mrs Thrale sagen: »Dies ist Ihr Zimmer«, und dann wäre er allein.

Sie blieb im Türrahmen stehen, während er seinen neuen Fußboden überquerte, um den Koffer dort abzustellen, wo er am wenigsten Schaden anrichten würde.

»Hinter der Flügeltür am Ende des Korridors finden Sie das Zimmer, in dem wir uns aufhalten. Warten Sie dort, wenn Sie fertig sind, eins der Mädchen wird nach Ihnen sehen.« Als würde es ihm etwas ausmachen, allein gelassen zu werden, wo er es doch zu jeder Zeit begrüßte.

Sie erwähnte auch das Badezimmer. Dann erklärte sie, sie würde den Tisch decken gehen. Irgendwann würde er das auch lernen: selbstsicher zu sprechen und den Raum zu verlassen.

Durch das einzelne niedrige Fenster sah man verschwommen verschiedene Büsche und ein Stück von einem nassen Lattenzaun, schief und vom Fensterrahmen beschnitten, wie ein ungeschickt aufgenommenes Foto. An einigen Stellen klebte noch verkrustete Verdunkelungsfarbe an der Scheibe. Das Schlafzimmer war schlicht und mochte einst für einen Diener von höherem Rang genügt haben. Tice dachte diese Worte, Diener von höherem Rang, ohne zu wissen, was sie zu ihrer Zeit bedeutet hatten. Er war hierher gesandt worden, um einem angesehenen, bejahrten und kränklichen Wissenschaftler beim Verfassen eines Gutachtens über den Standort für ein neues Teleskop zu helfen, und war möglicherweise selbst ein Diener von höherem Rang. Er war jung und arm und verfügte über die besten Referenzen – wie eine Gouvernante, die in einer alten Geschichte in die adlige Familie einheiratet.

Er verstreute zerknitterte Kleidungsstücke im Raum und durchwühlte seine Taschen nach einem Kamm. Selbst sein feuchtes Haar verströmte einen rostroten Geruch. Er legte seine Bücher auf einen Schreibtisch, der mit einer Garnitur aus Messing und Porzellan und zwei Holzstiften ausgestattet war. Summend setzte er sich, um seine Schuhe zu wechseln, und tauschte das Summen hin und wieder durch den Text eines alten Liedes aus:

»Blow the wind southerly, southerly, southerly,
Blow the wind south o'er the bonny blue sea.«

Dann hielt er sich nachdenklich die Faust vor den Mund und starrte dabei vor sich hin, als könnte er es erst allmählich glauben.

Der Raum mit den Flügeltüren war so kalt wie der Korridor. Sessel hässlichen Komforts, ein steifes, zierliches

Sofa, Bücher, die eher ältlich waren als alt, noch mehr Blumen. Der Wind schauderte in einem eisigen Kamin, das Unwetter war ein Wasserfall vor dem Erkerfenster. Ted Tice setzte sich in einen der plumpen, zerschlissenen Sessel und lehnte den Kopf gegen das altbackene Extra-Plüschkissen, versunken in Neuheit und noch bevorstehende Neuheit. Der Raum mochte einst ein Arbeitszimmer gewesen sein, oder ein Morgenzimmer – wobei der Ausdruck »Morgenzimmer« derselben vagen literarischen Gattung angehörte wie der Diener von höherem Rang. Irgendwo gab es einen größeren Raum, offenkundig unheizbar, *closed up for the duration*. Die Formulierung aus Kriegszeiten kam einem rasch in den Sinn, noch im Frieden und noch während man sich fragte: die Dauer von was?

Im Kamin, unter dem leeren Rost, lagen fünf oder sechs Brocken getoasteten Brots aufgereiht, die mit einer dunklen Paste bestrichen und von Asche überzogen waren.

Er war an Kälte gewöhnt und saß so behaglich da, als wäre es in dem Raum warm gewesen. Physisch konnte er diese Unbekümmertheit in Gegenwart anderer nicht zum Ausdruck bringen, da ihm die vollausgewachsene Version seines Körpers noch nicht ganz vertraut war, im Geiste jedoch war er entspannt, agil und gelassen. Alles wies darauf hin, dass sein Körper einen anderen Bewohner erwartet hatte. Er nahm an, die beiden würden im Laufe der Zeit noch miteinander in Einklang kommen – so wie er mit der Zeit erfahren würde, dass das geschmierte Toastbrot dort lag, um Mäuse zu vergiften, und dass Tom die Katze war.

Neben seinem Sessel lag ein Buch, in dem ein Bleistift als Lesezeichen steckte. Er nahm es zur Hand und las den Buchrücken: »*Zanoni*. Ein Roman des Sehr Ehrenwerten Lord Lytton«. Es schien nicht abwegig, dass ein solches Buch in einem solchen Raum im Regal stand. Dass es offen dalag und gelesen wurde, wirkte dagegen schon unwahrscheinlicher.

Für einen Augenblick dachte er, dass nun dasselbe Mädchen eintrat, das Mädchen von der Treppe. Es lag daran, dass sie Schwestern waren, allerdings war die nun Anwesende blond und kleiner.

Sie sagte: »Ich bin Grace Bell.«

Der junge Mann stand auf und bot erneut seine Hand und seinen Namen dar. Sie trug ein sehr gutes neues Wollkleid in der Farbe von Rosen. Sie wussten beide – alles andere war unmöglich –, dass er sie schön fand. Doch weil sie jung waren, taten sie, als wüssten sie nichts von dieser oder auch jeder anderen Schönheit.

»Man hat Sie lange hier allein gelassen.«

»Ich habe es gar nicht bemerkt.« Obwohl seinerseits kein Verschulden vorlag.

»Das Licht ist ausgegangen. Ich wurde geschickt, um Sie zu holen.«

Wegen des Sturms hatte er dort im Dunkeln gesessen.

»Hier entlang.« Sie sprach in kurzen Mitteilungen. Ihre Selbstsicherheit bewies, dass sie schon als Kind hübsch gewesen war. »Was für ein reizendes kleines Mädchen«, und dann: »Grace verwandelt sich in eine – aus Grace ist eine regelrechte Schönheit geworden.« Die Schönheit hatte sich nach innen und außen gerichtet. Es hatte auch Benimmunterricht gegeben.

Er bewunderte ihre Fähigkeit, mit ihm auf den Fersen geschmeidig zu gehen. Sie war alles andere als mollig, machte jedoch einen weichen, nachgiebigen Eindruck. Das Kleid erschien ihm außergewöhnlich – der Stoff, der Schnitt. Zum ersten Mal nahm Ted Tice wahr, wie ein Kleid geschneidert war, auch wenn er schon oft angesichts eines unerschrockenen Auftritts in der Kleidung armer Leute zusammengezuckt war.

Das rosenrote Kleid war per See- und Landpost aus Kanada gekommen, verschickt vom Sohn des Hauses, einem Regierungsbeamten, mit dem Grace Bell verlobt war. Bei seiner Rückkehr nach Großbritannien von der Ottawa-Konferenz würde er ihr ein weiteres Kleid mitbringen, und danach würden sie heiraten.

Eine kleine gekräuselte Chrysantheme von einem Hund geriet über ihr Auftauchen in Verzückung. »Grasper, Grasper.« Der Hund sprang sprachlos auf und ab. Irgendjemand läutete eine Glocke. Grace öffnete eine Tür. Und ganz von selbst ging das Licht an, wie auf einer Bühne.

2

Man konnte erkennen, dass die Schwestern irgendeine unzweideutige Erfahrung durchlaufen hatten, die, auch wenn sie andere nicht interessieren mochte, beide geformt und unauflöslich aneinander gebunden hatte. Es war der Ernst, mit dem sie saßen, aßen, sprachen und, man konnte fast sagen, lachten. Es war alles, was sie miteinander austauschten, ohne die andere anzusehen, und dabei doch ein Paar bildeten. Es war ihr Blick, der auf einem ruhte, oder auf der Wand oder auf dem Tisch, und die Situation aus einer Distanz zu Ereignissen und Gefühlen abschätzte: ihr Blick, der bei beiden von derselben Dunkelheit, wenn nicht sogar von derselben Distinktion war.

Da ihre Gesichtszüge sich ähnelten, war der farbliche Kontrast bemerkenswert. Es war nicht einfach so, dass die eine dunkelhaarig und die andere blond war, sondern die Schwester mit Namen Caro hatte geradezu pechschwarzes, glattes, schweres und der groben Struktur nach orientalisches Haar. Aus diesem Grund wirkte Grace heller, als sie eigentlich war – durch Caros Intensität sah man in ihr die leichtere, einfachere. Man übertrieb die Helligkeit, damit alles hübsch geordnet war: dunkel die eine, hell die andere.

In einer Strickjacke, die vielleicht einmal blau gewesen war, schenkte Caro aus einem Krug Wasser ein. Man nahm ihre künftige Schönheit an, vertraute darauf. In ihrer Erscheinung war Caro noch unfertig, fehlte ihr noch eine Offenbarung, die vielleicht nur in ihrem Bewusstsein von sich selbst bestand, im Gegensatz zu Grace, die vollendet war, wenn auch nicht vollkommen. Grace reichte lächelnd Corned Beef und Kartoffeln und probte damit unschuldig für eine Zeit, in der das Fleisch und das Gemüse tatsächlich das ihre sein würden. In diesem Augenblick sah Ted Tice, dass sie an ihrer linken Hand einen diamantenbesetzten Ring trug. War jedoch schon vor dieser Entdeckung Caro treu gewesen.

Caro gehörte nicht zwangsläufig hierher: Caro würde selbst entscheiden, an welchen Tisch sie gehörte. Bereits in erstaunlich jungem Alter hatte sie diese Notwendigkeit begriffen. Ihre zweite bedeutungsvolle Erkenntnis war ebenso wenig originell: dass die Wahrheit ein Eigenleben besaß. In etwa solche Richtungen waren ihre Energien geströmt und hatten es ihrem Aussehen überlassen, ihnen, so gut es ging, zu folgen.

Offensichtlich hatte ihre Lektüre sie ungeduldig werden lassen gegenüber der wesentlichen Diskrepanz – zwischen dem Menschen, wie er sein könnte, und dem, wie er war. Ihren naiven Glauben daran, es könne tatsächlich so etwas wie Heldentum und Erhabenheit geben, drängte sie sich und anderen auf, bis diese, oder sie selbst, nachgaben. So seltene wie unwahrscheinliche Ausnahmen mochten nahelegen, sie könnte recht haben. Jenen widmete sie sich voller Hingabe. Für diese Menschen schien sie sich ihre Demut aufzubewahren.

Einiges hiervon ließ sich von ihrer Erscheinung ablesen. Da sie noch nicht zu handeln begonnen hatte, konnte sie sich einer Theorie hingeben. Zugleich waren ihre Lippen leicht geöffnet, zart, empfänglich, wie sie es im Schlaf sein mochten.

Sie hatten sich bei Tisch noch nicht aneinander gewendet, die Mädchen und der junge Mann. Er hörte mit undurchdringlicher Arglosigkeit dem alten Astronomen zu, dem angesehenen Wissenschaftler am Kopfende des Tisches. Eure Eminenz: ein ausladendes Felsmassiv, auf dem akkurat Kragen, Krawatte und Brille platziert waren. Gemeinsam sollten der junge und der alte Mann das Horoskop der Welt lesen. Ins Zuhören versunken, wie es nur angemessen war, erfuhr Ted Tice dennoch schnell, dass die beiden Mädchen aus Australien stammten, dass Caro hier wohnte, während sie auf eine Stelle im Staatsdienst in London wartete, und dass der Sohn auf der Ottawa-Konferenz den Namen Christian trug.

Trotz seiner Angina bewegte sich der Vater flink und präzise, ergriff sein Wasserglas mit einer Art Effizienz und setzte es mit einem harten, kurzen Knall wieder ab. Presste flüchtig eine Serviette an seine gewölbten Lippen, um keine Zeit zu verlieren. Knall knall, knall knall knall. Statt beim Abendessen hätte er am Schreibtisch sitzen können. Er sprach auch mit abrupter Geschwindigkeit und hatte bereits das Ende der Welt erreicht.

»Ihre Generation wird es zu spüren bekommen. Bis jetzt hat noch eine gewisse Form von Sozialstruktur existiert. Sagen Sie dazu, was Sie wollen. Nun ist es damit endgültig vorbei. Und Sie werden es ausbaden müssen.«

Mit rasender Genugtuung wies er Ted und die Mädchen auf ihr nahezu sträfliches Pech hin. Auf dieselbe Weise verkündete man Neuankömmlingen an einem verregneten Urlaubsort: »Bis heute hatten wir gutes Wetter.«

»Es hat eine gewisse globale Ordnung gegeben. Sagen Sie, was Sie wollen.«

Was sie natürlich nicht tun konnten.

Wenn Sefton Thrale das Wort »global« aussprach, bekam man das Gefühl, die Erde sei so rund wie ein glatter Ball, oder so weiß und nichtssagend wie ein Ei. Und musste sich an die natürlichen und schrecklichen Schächte und Ausbisse dieser Erde erinnern. Zur Beruhigung musste man an die Alpen oder an das Meer oder an einen ausbrechenden Vulkan denken.

Professor Thrale war nicht besonders erfreut über die Tatsache, dass Grace aus Australien stammte. Australien verlangte nach Entschuldigungen, lieferte beinahe eine Vorlage für Anzüglichkeiten. Australien hätte sich nur durch einen unverfrorenen Reichtum aus dessen neuentdeckten Quellen abmildern lassen – Schafe etwa, oder ein Desinfektionsbad für Schafe. Aber zu Grace gehörte kein sagenhafter Landbesitz von vielen Tausend Morgen oder Quadratmetern, kein Bad im Reichtum. Stattdessen hingen an Grace eine Schwester und sogar noch eine Halbschwester, die dank eines Gibraltarurlaubs erfreulicherweise nicht anwesend war. Sefton Thrale pflegte zu erklären: »Christian hat es fertiggebracht« – naives Gestümper implizierend –, »sich mit einem australischen Mädchen zu verloben.« Und mochte mit betontem Wohlwollen hinzufügen, dass Grace eine hervorragende junge Frau und er selbst »im Grunde« hocherfreut sei.

Das Unwetter hatte eine Atempause eingelegt. Bei Tageslicht erschien Ted Tice' Gesicht gesprenkelt und schuppig und so arglos, als würde es im salzverkrusteten Spiegel eines sommerlichen Strandkiosks reflektiert. Seine Stirn wurde von einer kaum sichtbaren Furche vertikal geteilt. Ein Auge war von einer Verletzung durchzogen, die ihm ein Bruder zugefügt hatte, sie hatten als

Kinder im Garten mit einem Stock gespielt: ein feiner Strich, wie der Kratzer eines Fingernagels auf frischer Farbe.

»Senf, Mr Tice?« Professor Thrale dachte, dass es dieser Tage geradezu schick sei, ein armer Junge aus einer schmuddeligen Stadt zu sein, ein schlauer Junge, der es fertiggebracht hatte – diesmal implizierte das Wort Gerissenheit –, an eine bedeutende Universität zu gelangen und dort Eindruck zu machen. Da sie nichts aufgeben mussten, kamen solche Menschen rasch voran und mochten sich, wie in diesem Fall, gut und gern neuen Aspekten der Astronomie verschreiben, die sich aus Radartechniken des letzten Krieges entwickelt hatten. Es hing alles miteinander zusammen. Wie ein von seiner Krankheit rührender stechender Schmerz durchzuckte Sefton Thrale die Erinnerung an einen Aufsatz, in dem Ted Tice' frühreife Leistung allen Widrigkeiten zum Trotz dargestellt und in ihrem Eigensinn nicht durch abnorme Unternehmungen widerlegt wurde – Untersuchungen der Strahlung im Nachkriegsjapan und das Vorhaben, den kommenden Winter in Paris zu verbringen, um dort für einen umstrittenen Physiker zu arbeiten.

Sefton Thrale sagte sich, dass Ted Tice schließlich in Amerika landen würde: »Dort wird er einmal landen«, – der Ehrgeiz eines jungen Mannes imaginiert als Flugzeug, seine gewinnbringenden Fähigkeiten im Laderaum gut verstaut.

»Das Gemüse«, bemerkte Mrs Thrale, »stammt aus unserem Garten.«

Über seinem geschmorten Sellerie gab sich Sefton Thrale einer recht rücksichtslosen Abneigung gegenüber Ted Tice' Kleidung, seinen Locken, seinem Akzent und dem Makel seines Auges hin. Auf Tice' zukünftige Überlegenheit ließ sich nicht, wie auf Caros Schönheit, einfach vertrauen: Es bedurfte irgendeines Zeichens, ob er siegen oder scheitern würde, da beide Möglichkeiten deutlich in ihm ausgeprägt waren. Selbst wenn er am Ende den Erfolg vor sich hertragen mochte, fiel es schwer, ihn sich im Alter als eine anständig illustre Persönlichkeit wie den Professor selbst vorzustellen. Es war kaum abzusehen, dass ein Name wie Tice dereinst Gewicht haben oder dass ein versehrtes Auge ihn von anderen abheben sollte.

Tatsächlich würde Edmund Tice sich vor dem Höhepunkt seiner Karriere das Leben nehmen. Dies würde sich jedoch in einer Stadt im Norden zutragen und erst viele Jahre später.

Sefton Thrales eigenes bedeutsames Werk war in seiner Jugend vor dem Ersten Weltkrieg vollbracht worden. Später wurde er zu einer Figur des öffentlichen Lebens als Verfasser eines schmalen, leicht verständlichen Büchleins, das eine Kluft oder Lücke überbrückte oder zu überbrücken behauptete. Er hatte mit einem Bein fest auf dem Kamingitter und einer Hand in der Jackentasche dagestanden und von der Zukunft geredet und war damit so lange und so öffentlich fortgefahren, dass ihn nun Menschen jeglicher Art in ihren Sonntagszeitungen auf den ersten Blick erkannten – »Immer noch echt gut in Schuss, muss man ihm lassen.« Schwerfälliger alter Knacker in einem Blazer mit schwarzweißen Längsstreifen. Der Blazer, auf einer Seite nach unten gezogen von der in die Tasche gestopften, sich um die mutmaßliche Pfeife geschlossenen Hand, wirkte wie ein absackendes Fachwerkhaus.

Er gebrauchte überholte Wendungen: »Äpfel mit Birnen vergleichen«, »mit der Kirche ums Dorf gehen«, sogar »die alte Dame in der Threadneedle Street«: Redensarten, die schon vor seiner Zeit veraltet gewesen waren, die er jedoch kultivierte und am Laufen, wenn nicht sogar am Leben hielt. Sprach noch immer von der Türkei als »dem kranken Mann am Bosporus«, obwohl längst der gesamte Kontinent zur Unfallstation geworden war. Seine Sympathien lagen eher bei den überschaubaren Entfernungen der Vergangenheit als bei der verschwenderischen Reichweite der Zukunft. Die Zukunft war etwas gewesen, worüber man mit einem Bein fest auf dem Kamingitter sprach.

Für die Jugend war es leicht, dies zu wittern und zu verachten. Weniger leicht, das Menschliche darin nachzuempfinden, vom Bemitleidenswerten ganz zu schweigen.

Im Allgemeinen, wie auch jetzt, wurde es Professor Thrale gestattet, flotte Reden zu schwingen, die voraussetzten, es gäbe keinerlei Meinungsverschiedenheiten. Wurde er jedoch herausgefordert, entglitten ihm Pfeife und Zukunft rasch. Dann stieg eine Wolke verwirrter Empörung von ihm auf, wie Staub von einem alten Buch, dessen Deckel zum Säubern zusammengeschlagen wurden. In privaten Angelegenheiten hatte er nicht klug gehandelt und das Vermögen seiner Frau, wie auch sein eigenes Potential, mit naiven Investitionen verschwendet. Eine nun bevorstehende Ernennung zum Ritter war lange aufgeschoben worden. Doch sein Name war allgemein bekannt und hatte Gewicht in einer öffentlichen und politischen Angelegenheit wie der Bestimmung des Standorts für ein Teleskop.

Ted Tice nahm sich vom Senf. Wie sich herausstellte, hatte er in den letzten beiden Wochen Ferien gemacht und war im Südwesten Englands gewandert. Außerdem interessierte er sich für prähistorische Monumente und hatte die Sommersonnenwende bei einer Ausgrabung in der Nähe des Steinkreises von Avebury verbracht. Es fiel nicht schwer, sich erhabene Steine als seine Gefährten vorzustellen.

Mrs Thrale sagte, dass sie in Peverel manchmal die Vibrationen vom Raketenstützpunkt bei Stonehenge spürten. Die Raketen wurden zwar rücksichtsvoll in entgegengesetzter Richtung vom Monument abgefeuert, stellten jedoch für die Umgebung noch immer eine Gefahr dar. Einmal war in einem Gästeschlafzimmer ein Fenster zersprungen, wobei aber zum Glück niemand verletzt wurde.

»Ach ja«, sagte Sefton Thrale. »Aber Paul Ivory ist nun einmal ein Glückspilz.« Womit er den unbekannten Gast aus den Glasscherben pflückte und zur Schau stellte, um Ted Tice auszuschließen, dem er allerdings mit diesem Bedürfnis, zu imponieren, einen Vorteil verschaffte. »Was gibt es eigentlich Neues von Paul? Irgendetwas Neues von Paul?«

Ted Tice war sich der Tatsache bewusst, dass andere Männer bereits auf seine gute Meinung hofften. Und sollte sie ihnen vorenthalten werden, würden sie es mit Herablassung versuchen.

Um die Ungehörigkeit des Professors abzumildern, bekundeten die drei Frauen rasch das Fehlen von Neuigkeiten. Und Ted Tice stellte fest, dass die Nachsicht von Frauen für Sefton Thrales Ruhm unentbehrlich gewesen war. Wie es von ihr erwartet wurde, erklärte Mrs

Thrale, Paul Ivory sei ihr Patensohn, der bald zu Besuch komme. Ted hätte bereits etwas über Stücke von Paul Ivory in universitären Inszenierungen gehört haben können, hatte es jedoch nicht. Nun, jedenfalls ein vielversprechender junger Mann, von dem bald ein Werk auf einer Bühne in London aufgeführt werden sollte.

»Paul verfügt über alle Qualitäten«, sagte Sefton Thrale, womit er einen Vergleich gezogen haben mochte.

»Ist er verwandt mit dem Dichter?«

»Tatsächlich sein Sohn.«

Ted Tice konnte kaum um die subtile Erschütterung wissen, die seine Frage auslöste – denn die Liebe zu den georgianischen Dichtern war ein Überbleibsel von Sefton Thrales bestem Selbst, das seinerseits, wie seine besten Arbeiten, einer früheren Zeit entstammte. Er erwähnte diese vergessenen oder verunglimpften Dichter seiner Jugend mit loyaler Berechnung – das prägnante Zitat, die Frage des Interviewers: »Wer hat das gesagt?«, und Thrales Antwort: »Ein hervorragender Dichter, der etwa zu jener Zeit starb, als Sie auf die Welt kamen, junger Mann« (denn der Professor kannte all die harmlosen, erprobten öffentlichen Tricks), dann die Identifizierung – von Bridges, Drinkwater, Shanks oder Humbert Wolfe, Thomas Sturge Moore, sogar Rupert Brooke, wenn er verärgert war. Oder Rex Ivory.

Mrs Thrale bemerkte: »Rex Ivory war kein großer Dichter. Aber er war ein wahrhaftiger Dichter.« Sie hielt es für einen seltsamen Irrglauben, dass Wissenschaftler keinen Gefallen an Literatur hätten: »Ich habe schon viele Gegenbeispiele kennengelernt.«

Ted lächelte. »Ich denke, es ist uns gestattet, musikalisch zu sein.«

Gelegentlich war Caroline Bells Blick so freundlich wie der ihrer Schwester. »Außerdem hält man sie für schweigsam.«

»Womöglich werde ich mit vorrückendem Alter meine Redegewandtheit verlieren.«

Charmian Thrale wies auf eine Fotografie auf der Anrichte hin. Drei junge Männer in einem Garten, zwei saßen auf Rohrsesseln, einer stand mit erhobenen, ausgebreiteten Armen. Die stehende Person, in einem offenen Hemd und weiten Hosen, trug den anderen, die konventionell nach der Mode von neunzehnhundertdreizehn gekleidet waren, etwas vor. Blasse Haarschöpfe waren Helme, waren Kronen oder Heiligenscheine. Ein größerer Nimbus wölbte sich über den Garten, dessen Bäume sich über Rittersporn erhoben und dessen langgestreckter Rasen systematisch von Hügeln durchzogen wurde. Es schien kurz vor der Abenddämmerung zu sein. Und die magischen jungen Menschen auf dem Gras waren durch den bevorstehenden Krieg dem Untergang geweiht, sogar die Überlebenden.

Charmian Thrale sagte: »Wie der Vorabend in einer Welt ohne Sünde.«

Was noch von dem Sefton Thrale auf dieser sündenfreien Fotografie übriggeblieben war, hätte sich auf Edmund Tice' unwahrscheinliche Frage hin gern mit diesem angefreundet. Wieder waren die Frauen sich dessen bewusst und seufzten in Gedanken über die schroffe Antwort des alten Mannes: »Tatsächlich sein Sohn.«

Der Professor fuhr fort, seine Präferenz näher auszuführen, während er behende Gabel und Messer gerade ausrichtete. »Paul Ivory hat sich bereits selbst einen Platz in der Welt der Literatur erarbeitet. Und sein Aufstieg ist so rasant, dass niemand sagen kann, wie weit er es noch bringen mag.«

Ted Tice grinste, in keiner Weise wehrlos. »Wie bei der Heisenbergschen Unschärferelation. Unmöglich, Geschwindigkeit und Ort gleichzeitig zu messen.«

Allem Anschein nach konnte Caroline Bell ebenso kichern wie jedes andere Mädchen.

»Außerdem ist er so gut wie verlobt« – der Professor war fest entschlossen, sich durchzusetzen – »mit der Tochter unseres Nachbarn auf der Burg.«

Ted fragte sich, was »so gut wie verlobt« bedeuten mochte, und sah Caro bei demselben Gedanken lächeln. Jegliche Ketzerei, die in diesem Haus existiert haben mochte, war von der Dienerschaft von höherem Rang ausgegangen.

Er erinnerte sich an die Burg, deren graue Mauern selbst auf Flechten entmutigend wirkten.

Mit einem Blick in ihre Seelen erklärte der Professor: »Heutzutage verlangt es Tapferkeit von einem Mann, die Tochter eines Lords zu heiraten. Mit euch Radikalen überall.« Dies richtete sich an Ted und Caro, da Grace durch die Art, wie sie schweigend Teller stapelte, freigesprochen wurde. Dennoch war es Grace, die aufblickte und sagte: »Vielleicht liebt er sie.«

»Vollkommen richtig. Junge Leute sollten ihren Vorlieben folgen. Warum nicht? Caro hier würde auch einen Mechaniker heiraten, stünde ihr der Sinn danach.«

Alle blickten Caro an, die erwiderte: »Ich habe keinerlei Sinn für Mechanik.«

Wenn gelacht wurde, fühlte Sefton Thrale sich stets vernichtend geschlagen.

Das Mädchen fuhr fort: »Das ist die Wahrheit. Ich

habe nicht nur keine Ahnung davon, ich verspüre auch keinerlei Affinität zu mechanischen Dingen. Oder auch zur Wissenschaft.«

»Sie haben der Astronomie Ihre Existenz zu verdanken, junge Dame.« Junger Herr, junge Dame, dennoch konnten sie nicht sagen: alter Herr, alte Dame. Der Professor wollte gerade zu einer Erklärung ansetzen, da fragte Caro: »Meinen Sie den Transit der Venus?«

Es war nicht das erste Mal, dass sie alles verdarb.

Er fuhr fort, als hätte sie es weder verdorben noch überhaupt gesprochen: »Weshalb war James Cook wohl mit der H.M.S. *Endeavour* auf das bislang unentdeckte Australien zugesegelt, wenn nicht, um unterwegs auf Tahiti zu beobachten, wie der Planet Venus am dritten Juni siebzehnhundertneunundsechzig das Antlitz der Sonne querte, und dabei die Entfernung der Erde von der Sonne zu bestimmen?« Er erteilte ihnen eine Lektion.

Wieder blickten alle Caro an, die als Kind der Venus ermittelt worden war.

Tice sagte: »Die Berechnungen lagen heillos daneben.« Sich auf die Seite des Mädchens stellend. »Wie so oft bei Berechnungen über die Venus.«

Sefton Thrale entgegnete: »Es kam zu Verzerrungen der Scheibe der Venus. Ein Phänomen der Strahlung beim Transit.« Es hätte seine eigene Expedition oder Erfahrung gewesen sein können, die er verteidigte. »Wir bezeichnen es als Tropfenphänomen.«

Das Mädchen staunte: »All die Jahre der Vorbereitung. Und dann, von einem Augenblick auf den anderen, ist alles vorbei.«

Der junge Mann erklärte, es gebe Phasen. Er sagte: »Es gibt Kontakte und einen Höhepunkt.«

Beide erröteten für das Universum.

Professor Thrale sagte: »Nun sprechen Sie von einer Finsternis. Die Venus kann die Sonne nicht verdecken.« Er schnipste Krümel von seiner Manschette. In Gegenwart zweier Jungfrauen konnte man unmöglich erzählen, dass die Venus in Tahiti an jenem glühend heißen Junitag des Jahres siebzehnhundertneunundsechzig mit anderen Dingen beschäftigt gewesen war. Während ihre Offiziere von James Shorts Teleskopen in den Bann gezogen wurden, waren die Crewmitglieder der *Endeavour* in die Vorratsräume von Fort Venus eingebrochen, um einen Haufen Eisennägel zu stehlen – mit denen sie sich die vorübergehende Gunst der tahitianischen Frauen beschafften, sowie die dauerhafte Ansteckung mit einer Geschlechtskrankheit, die durch anschließendes Auspeitschen nicht zu heilen war.

Ted Tice bemerkte: »Noch ein weiterer Astronom reiste um die Welt, um denselben Transit zu beobachten, erlitt jedoch eine Niederlage.« Der nach innen gerichtete Tonfall, in dem Männer beiläufig von dem sprechen, was sie bewegt. Tice konnte keine Lektion erteilen, wollte jedoch einen Tribut zollen. »Jahre zuvor war ein Franzose nach Indien aufgebrochen, um einen früheren Transit zu beobachten, wurde unterwegs aber durch Kriege und Missgeschicke aufgehalten. Nachdem er seine erste Gelegenheit verpasst hatte, wartete er im Osten acht Jahre lang auf jenen folgenden Transit, im Jahr siebzehnhundertneunundsechzig. Am betreffenden Tag war die Sicht jedoch außergewöhnlich schlecht, man konnte nichts erkennen. Und den nächsten Transit würde es erst ein Jahrhundert später geben.«

Er berichtete dies an und für Caroline Bell. In jenem

Augenblick hätten er und sie die Ältesten am Tisch sein können, elegisch. Sie sagte: »Jahre für die Venus.«

»In seiner Geschichte steckt so viel Würde, dass man sie kaum als erfolglos bezeichnen kann.« Ted Tice honorierte den Glauben, nicht das Scheitern.

Professor Thrale reichte es. »Und wenn ich mich recht entsinne, musste der arme Teufel bei seiner Rückkehr nach Frankreich feststellen, dass er während seiner Abwesenheit für tot erklärt und sein Besitz zerstreut worden war.« Wenn das kein Scheitern war, was dann?

Das Mädchen fragte Ted Tice: »Wie lautete sein Name?«

»Legentil. Guillaume Legentil.«

Mrs Thrale hatte Vanillepudding gemacht. Ein irisches Dienstmädchen mit fleckigem Gesicht brachte ein Tablett mit Schalen. Mrs Thrale war, unter der Androhung, ansonsten ihren Charakter zu verlieren, in dem Glauben erzogen worden, ihr Rücken dürfe niemals den Stuhl berühren: nie, niemals. Dies trug zu ihrer duldsamen Ausstrahlung bei und erweckte außerdem den Anschein, sie blickte einem öfter ins Gesicht, als es üblich war. Sie war es gewesen, die bezüglich Ted Tice' Beschaffenheit an einen sommerlichen Strand gedacht hatte – der gesprenkelte Spiegel über den Preisschildern für die Liegestühle und den Schlüsseln für die Umkleidekabinen, alles vibrierend vom Tapsen sandiger Füße. Andererseits waren da die Nächte, die er unter prähistorischen Steinen verbracht hatte.

Charmian Thrales zurückgezogenes Selbst, das mittlerweile frei von jeglichen Sehnsüchten war, hütete nur wenige unschuldige Geheimnisse – einmal hatte sie eine Kartoffel aus einem Topf mit kochendem Wasser gefischt, weil an dieser ein Keim gesprossen war, und auf dem Weg zu einer dringenden Verabredung war sie noch einmal umgekehrt, um ein Zitat von Meredith nachzuschlagen. Sie entschied sich dafür, nicht allzu viele Gedanken zu haben, die ihr Ehemann nicht erraten konnte, aus Angst, sie könnte ihn ansonsten mit der Zeit verachten. Ihr Leben hatte in hohem Maße aus Zuhören bestanden: Sie hörte gut zu – und da Menschen es gewohnt sind, dass man ihnen nur mit halbem Ohr zuhört, beunruhigte sie Charmian Thrales Aufmerksamkeit, und sie spürten die Unzulänglichkeit ihrer eigenen Äußerungen. Auf diese Weise brachte sie die Menschen um sich zum Verstummen und dämmte sanft den Strom unüberlegter Worte auf der Welt ein. Nur selten äußerte sie eine Meinung, dennoch waren ihre Ansichten besser bekannt als die von Menschen, die andauernd Urteile fällten und keine zurückhielten.

Während sie ihren Vanillepudding verspeisten, waren die gebogenen Hälse der Mädchen unerträglich entblößt: Man konnte die Axt praktisch spüren. Die aufrechte Mrs Thrale ließe sich niemals auf dieselbe Weise niederstrecken, zumindest nicht zu diesem Zeitpunkt. Der junge Mann und die Mädchen tauschten untereinander Bemerkungen über die verspätete Jahreszeit aus – den »Spätsommer«, als wäre er bereits vorüber. Sie waren wie Reisende, die sich in einer unvertrauten Sprache verständigten, in Infinitiven redeten. Alles verströmte die Gefahr und die Verheißung von Bedeutung. Später würde es mehr und mehr Erinnerungen geben, die weniger und weniger erinnerungswürdig wären. Später würde es einer Bombe bedürfen, um den Geist für eine solche Szene freizuräumen.

Erfahrung türmte sich ringsum im Raum auf, eine riesige Welle kurz vor dem Brechen.

Während die Mädchen den Tisch abräumten, führte der Professor den jungen Mann ans Fenster und sagte: »Lassen Sie mich Ihnen etwas zeigen.« Er rieb mit seiner trockenen Hand bestimmt über die feuchte Scheibe, machte damit jedoch alles nur noch verschwommener und wandte sich mürrisch ab. »Nun, Sie können es jetzt nicht sehen.« Ohne zu sagen, welche neue Lektion auf dieser Tafel erteilt werden sollte.

Ted Tice wusste, dass es sich um die Straße handelte, auf der er gekommen war.

3

Im Jahr zuvor hatte Christian Thrale, damals in seinen Zwanzigern, an einem Arbeitswochenende in der Behörde unerwartet einen Abend freibekommen. Im Rückblick schien er an diesem Abend auch frei von sich selbst gewesen zu sein. Er ging nicht oft allein zu einem Konzert oder irgendeiner anderen kulturellen Veranstaltung. Allein war man seinen eigenen Reaktionen ausgeliefert. In Begleitung dagegen behielt man die Kontrolle, seufzte bejahend und stellte hypothetische Forderungen. Außerdem konnte man auf dem Nachhauseweg seine Meinung kundtun, die selten gänzlich positiv ausfiel.

Was Genuss anging, war ihm alles verdächtig, was seine Gefühle linderte.

Darüber hinaus war es an jenem bestimmten Abend zu leicht gewesen, in das Konzert hineinzukommen. Aber als er im Nieselregen den Eingang passierte, sah er die Plakate und kaufte eine Karte für einen Platz am Gang.

Kaum hatte er sich gesetzt, musste er schon wieder aufstehen, um zwei Frauen in die Reihe zu lassen. Er hob den zusammengefalteten Mackintosh, den Hut und den feuchten Regenschirm hoch, die er auf den leeren Sitz neben sich geworfen hatte, auf dem die jüngere Frau Platz nahm, nachdem sie der älteren den Vortritt gelassen hatte. Als sie aufblickte, um sich zu entschuldigen, hatte er ihr großäugig gutes Aussehen sofort bemerkt. Doch während sich weiter aus Mänteln gekämpft und störrischer Handschuhe entledigt wurde, verlor er das Interesse.

Als Nächstes wurde er der anderen Frau gewahr.

Die ältere Frau war klein und dunkel und trug einen roten Filzhaarreif mit einer marineblauen Schleife. Um ihre Schultern wand sich eine Girlande aus schicken kleinen Fuchspelzen – das Maul des einen Fuchses mit seinen Nadelzähnen wie eine Klammer um die Pfote des anderen geschlossen. Auf ihren Schoß hatte sie eine Handtasche gequetscht, die sie mit raschelndem Papier abtrocknete. Dass sie auf irgendeine Weise mit dem Mädchen verwandt war, wenn auch nicht alt genug, um dessen Mutter zu sein, ließ sich an der Art erkennen, wie die beiden miteinander umgingen.

Es war nicht leicht, die Beziehung zwischen Mädchen und Frau auch nur in Vermutungen, auch nur in seiner Vorstellung zu charakterisieren. Bis ihm, als die Musiker einer nach dem anderen auftauchten und weitere Ankommende sich durch die Reihen zwängten, die Formulierung in den Sinn kam: Sie steht in ihrer Gewalt.

Die ältere Frau war in der Verzweiflung über einen nicht enden wollenden Sonntag zum Ausgehen überredet worden. Dass sie sich von der Musik nichts erhoffte, machte sie deutlich, indem sie sich hierhin und dorthin wandte, sich selbst auf misstönende Weise stimmend. »Wie die Leute sich herausputzen, schau dir doch nur einmal die dort an. Also wirklich.« »Man hätte den Saal mittlerweile ruhig ein wenig renovieren können. Findest du nicht? Der Krieg soll wohl für alle Ewigkeit als Entschuldigung herhalten.« Das Mädchen saß schweigend da, mit ihrem Ausweichen würde sie jedoch nicht davonkommen.

»Du bist ja heute auch ganz besonders gut gelaunt. Erst behauptest du, ich sei schwermütig, und dann hast du selbst nicht ein einziges Wort zu sagen.«

Er wusste nun, dass ihre Verbindung auf Angst beruhte, fragte sich aber immer noch, ob sie wohl Cousinen waren, oder Tante und Nichte. Als die kleine Frau sich in seine Richtung drehte, erinnerte ihn der breite, steile Anstieg ihrer leuchtenden Wangen an die des Mädchens.

»Keine Luft zum Atmen hier drin.« Sie wedelte mit den Pelzen vor ihrer Brust, und das aufgespießte Fuchsgesicht schlug auf und ab. »So fängt man sich etwas ein. Erinnere mich daran, zu gurgeln, wenn wir nach Hause kommen.«

Das Licht wurde gedimmt. Während des ersten Stücks war sich Christian der Frau bewusst, die dort vor sich hin siedete, ein Köcheln auf niedriger Stufe. Das Mädchen zwischen ihnen saß teilnahmslos da, die Hände leicht aufeinandergelegt, die schmalen Knie unter dem dunklen Rock in einer Linie. In der Pause murmelte die kleine Frau dem Mädchen etwas zu, stand auf und ging hinaus zur Damentoilette.

Kaum war sie den Gang hinunter verschwunden, da ergriff Christian das Wort. Er hatte so etwas in seinem ganzen Leben noch nicht getan, wusste aber, dass er keine Zeit zu verlieren hatte. Rasch brachten sie irgendeinen Unsinn über Sibelius hinter sich, und bis die Anstandsdame zurückgekehrt war, hatte Christian eine Telefonnummer aufgeschrieben und Samstag vorgeschlagen. All dies, was ihm hätte außerordentlich vorkommen sollen, erschien unausweichlich und vollkommen richtig.

Er stand auf, Grace sagte: »Dora, das ist Mr Thrale.« Er sah in Doras Gesicht die Erkenntnis aufblitzen, dass sie ihr zuvorgekommen waren, gemeinsam mit dem Impuls, alles zu verderben. Dora sah einen sandblonden, ziemlich großen Mann, der leicht eine Bedrohung darstellen konnte. Christian hatte herausgefunden, dass sie Halbschwestern und aus Australien waren. Nach dem Konzert setzte er sie in ein Taxi.

Während jener Woche sagte er nicht zu sich, er müsse betört gewesen sein, auch wenn betört ein Ausdruck war, den er verwendete. Er wusste, dass etwas Außergewöhnliches in Gang gesetzt worden war. Fragte sich jedoch, ob es ein Wiedersehen mit Grace überleben würde, deren Anziehungskraft bei einem Liebeswerben in möblierten Zimmern rasch verblassen könnte. Dann wäre man mit dem Prozess konfrontiert, zur Vernunft zu kommen. Um ihm Gerechtigkeit widerfahren zu lassen, fürchtete Christian Thrale dies eher, als dass er darauf hoffte.

An jenem Samstag fuhr er mit dem Taxi nach W11, um Licht in die Angelegenheit zu bringen. Das Treppenhaus war frisch geweißt und mit einem scharlachroten Teppich ausgelegt. Auf einem Treppenabsatz stand ein Glas mit gelben Blumen.

Er war nicht auf den Gedanken gekommen, er hätte selbst welche mitbringen …

Beim Hinaufsteigen beschämte ihn ein Gefühl von Abenteuer, das den geringen Umfang seiner bisherigen Abenteuer skizzierte. Nach dem stürmischen Einstieg würde er sie verwirren, wenn er sich als bieder und verhalten erwies. In einem vergoldeten Spiegel neben der Tür überraschte er sich selbst, immer noch jung.

Grace' Schönheit bewahrheitete sich. Er hatte darauf gebaut, und diese ließ ihn nicht im Stich. Sie war so ruhig wie zuvor und lächelte. Wieder die goldenen Blumen, diesmal auf einem Tisch. Christian setzte sich auf ein Sofa, das zur Möblierung der Wohnung zu gehören schien. Nein, keinerlei Schwierigkeiten, die Adresse zu finden, kannte die Gegend tatsächlich recht gut, da er einst einen Zahnarzt in der Nähe gehabt hatte. Ein in der kleinen Küche pfeifender Kessel wurde rasch von, wie er annahm, Dora zum Schweigen gebracht.

Caro brachte das Tablett. Meine Schwester. Platz für Tassen und Teller wurde freigeräumt. Christian setzte sich wieder, Caro ihm gegenüber, während Grace sich zwischen ihnen vorbeugte: Ist er zu stark, die sind von Fortnum's. Mit einer silbernen Klinge legte sie ein Kuchenviertel frei. Eine kleine Konzentrationsfalte zwischen ihren Augen war so entzückend wie die gerunzelte Stirn eines Kätzchens. Christian auf dem Sofa war wie ein Mann an einem Flussufer, der nicht so sehr auf die andere Seite blickt, als sich vielmehr einer Strömung bewusst ist, in die er eintauchen muss. Auf nachmittäglichen Steinen sah er Grace glänzen und sich kräuseln. Sie führt mich zu stillen Wassern.

Gegenüber waren Caros stille Wasser tief.

Bedauerlicherweise hatte Dora in die Wigmore Street gehen müssen, um ihre neue Brille abzuholen. Gott sei Dank! Es war offensichtlich, dass Dora auf Kosten jeglicher günstigen Gelegenheiten der Mädchen gedieh, und zwar aus Notwendigkeit fernbleiben mochte, jedoch niemals aus Taktgefühl. Wie schon in der Konzerthalle stand fest, dass sie die Zeit bis zu ihrer Rückkehr nutzen mussten, um die Dinge bis zu einem Punkt voranzubringen, von dem aus Dora sie nicht wieder rückgängig machen konnte. Erleichtert über Doras Abwesenheit lehnte Christian sich entspannt zurück, nahm eine zweite Tasse

Tee und war zufrieden. In die möblierte Abgestandenheit drang durch ein Fenster kühle Luft und der Duft von Badesalz oder Parfum.

Im Gegenlicht waren Caros Kopf und Schultern bemerkenswert. Ein-, zweimal brachte er sie zum Lachen. Aber als er sich zu den Keksen vorbeugte, spürte er ihren Blick auf sich ruhen, als ob. Als ob sie beispielsweise von dem Gefühl von Abenteuer wüsste, das ihn auf der Treppe überkommen hatte.

Er fand diese Frauen ungewöhnlich selbstbeherrscht angesichts ihrer Lage. Ihnen schien kaum bewusst zu sein, dass sie Australierinnen in einer möblierten Wohnung waren. Für seinen Geschmack hätte sein Kommen mehr Eindruck auf sie machen sollen, stattdessen erwischte er sich dabei, dem gerecht zu werden, was er für ihre Ansprüche hielt, und zu hoffen, dass sie seine damit anfallende Anstrengung nicht erahnen würden. Aufgewecktheit kehrte zu ihm zurück wie ein im Notfall hervorgekramtes vernachlässigtes Talent: als würde er beklommen auf eine Bühne steigen und sich räuspern, um zu singen.

Der Raum selbst wirkte unbeeindruckt von ihm – nicht durch irgendeine darin herrschende Unordnung, sondern gerade durch seine Natürlichkeit. Ein Raum voller Erwartung hätte diese Tatsache auch übermittelt – durch die Konzentration aufgeschüttelter Kissen und platzierter Zeitschriften, durch das Fehlen unschicklicher Gegenstände, außer Sichtweite geräumt, durch eine langsam aus den Vorhängen weichende Anspannung. In diesem Raum herrschte keine solche Unruhe. Auf dessen Polstermöbeln blieb der Flor des Gewöhnlichen ungestört. Ihm war hier kein Tribut der Vorbereitung gezollt worden, abgesehen vielleicht von den Blumen, die frisch waren und die er selbst, hätte er nur daran gedacht …

Es war ein hoher Raum, der laut Grace schon bessere Tage gesehen hatte.

Christian sagte: »Ich kann mir keinen besseren Tag als diesen vorstellen.«

Ein paar Gegenstände und die Bücher gehörten offensichtlich ihnen. An der Wand hing ein auf Holz gemalter verzogener Frauenkopf.

»Caro hat es in Sevilla gekauft.«

»Es ist ein Engel.«

Caro hatte sich drei Monate in Spanien aufgehalten, um die Sprache zu lernen. Dafür hatte sie eine englische Familie als Kindermädchen begleitet, die sie im Anschluss nach Frankreich und Italien mitgenommen hatte. Nun arbeitete Caro – bediente, wie sie es nannte – in einer Buchhandlung, während sie auf die Prüfung für den Staatsdienst lernte.

Bei Grace sah es noch schlechter aus, sie war in der Reklamationsabteilung von Harrods angestellt.

Solcherlei Aktivitäten konnten zu nichts anderem als einer Ehe führen. Er wusste alles über Caros Prüfung, sie würde sie niemals bestehen. Frauen wurden erst seit kurzem zugelassen, und er hatte noch nie von einer Frau gehört, die sie bestanden hatte. »Sie ist schwierig«, sagte er. Sie eröffnete noch nicht einmal Perspektiven, man stieg auf niedriger Ebene ein, so wurde für Leute mit Sprachkenntnissen gesorgt, ohne ihnen eine Beamtenlaufbahn zu bieten.

»Es ist Ausbeutung, wenn Sie so wollen«, fasste er zusammen.

Caro sagte: »Das will ich ganz und gar nicht«, und

nahm sich eine Cremewaffel. »Peek Frean's«, las sie, bevor sie den Schriftzug zur Hälfte durchbiss.

»Ich möchte mich darauf beschränken zu sagen«, setzte er erneut an, hielt jedoch inne. Er wusste nicht, woher er diese Ausdrücke hatte, ich beschränke mich darauf, ich werde davon Abstand nehmen, ich behalte mir einen Kommentar vor – als hätte er sich selbst unter Hausarrest gestellt. Es mochte von seinem Vater kommen. Er fragte, mit wem sie es zu tun gehabt habe, wo sie sich vorstellen solle. Und bestätigte die Amtsträger und Büros ihrer Antworten mit wissender Zustimmung – wie ein Grieche bei der Erwähnung von Hesiod oder Pindar weise nickt, selbst wenn er nie eine Zeile von ihnen gelesen hat.

Grace' Lage war noch viel zugespitzter, ein Schwebezustand. Was konnte sie schon in einer Reklamationsabteilung lernen?

»Ich«, sagte Grace Bell, »habe gelernt, dass eine sanfte Antwort Zorn nicht beschwichtigt.« Die Mädchen brachen in gemeinsames Gelächter aus, selbst über dem Teetisch neigten sich ihre Körper einander leicht zu.

Caro erklärte ihm: »London ist unsere Leistung. Unsere Karriere, bis auf weiteres.« Als könnte sie durch seine Stirn lesen wie durch Glas. »Hierhergekommen zu sein ist eine Errungenschaft, hier zu sein eine Beschäftigung.«

Wie ein Tier, dessen Versteck aufgespürt worden war, suchte er rasch einen neuen Unterschlupf. »Äußerst vernünftig, nicht zu weit im Voraus zu planen.«

Hinterher würden sie sich über ihn unterhalten, und Caro würde ihr Urteil fällen. Er wusste nicht, ob Grace sich danach richten würde oder nicht. Caro würde ihn in der Hälfte durchbeißen wie einen Keks. Er fragte sich, wie Caro Dora wohl entgegentreten mochte, und für einen Moment hätte er die beiden gern einmal zusammen erlebt. Wenn Caro aufsprang, um heißes Wasser zu holen oder ein Fenster zu schließen, bewegte sie sich mit einer Bedeutsamkeit, als wäre das Leben nicht trivial.

Als diese Mädchen klein waren, waren ihre Eltern auf einer gekenterten Fähre ertrunken. Christian sollte dies für den Rest seines Lebens als »Bootsunglück« bezeichnen.

»Und heißt das, Sie möchten«, um seine Unabhängigkeit von ihrer beider Zukunft zur Schau zu stellen, »das Leben hier ausprobieren und dann nach – war es nicht – Sydney zurückkehren?«

Caro lachte. »So läuft das Leben nicht.«

Als ob sie es wüsste und er nicht.

Der Teller, auf dem das Gebäck gelegen hatte, war alt, angeschlagen, italienisch, mit einem rustikalen Schriftzug am Rand. Caro hatte ihn aus Palermo mitgebracht. Mit den Worten »Darf ich?« nahm Christian ihn zur Hand und las laut, während er die Scheibe drehte, um die Beschriftung zu entziffern: »*Chi d'invidia campa, disperato muore*. Wer in Neid – habe ich recht? – lebt, stirbt in Verzweiflung.« Er stellte ihn zurück auf den Tisch. Der Engel war charmant gewesen, der Teller dagegen hatte eine scharfe Kante.

Wie glücklich er trotz allem war. Christian, der oft fürchtete, sich in obskuren Verhältnissen wiederzufinden, in einer Monochromie, in der seine Farben sich als nicht waschecht herausstellen mochten. Unter den gegebenen Umständen – das möblierte Zimmer, Sydney als nackte Tatsache, der Schalter bei Harrods und die bereits nahezu sicher nicht bestandene Prüfung – hätte dies nun auf überwältigende Weise der Fall sein sollen. War es jedoch keineswegs.

Diese Frauen boten Christian etwas Neues – eine klare Wahrnehmung frei von Misstrauen. Sie zeichneten sich nicht allein durch ihre Schönheit und ihren Umgang miteinander sowie durch ihr schreiendes Bedürfnis nach Rettung aus, um die sie jedoch in keiner Weise baten, sondern auch durch eine hochgradig humorvolle Offenheit, für die sie – er konnte es nicht anders formulieren – bereit wären, Opfer zu bringen.

Christian war glücklich. Grace hatte das in ihm bewirkt. Sie wird dich sehr glücklich machen.

Das von ihm verlangte Ausmaß an Gutgläubigkeit belief sich auf eine leichte Hingabe, aber er wollte diesen Nachmittag nicht verpfuschen. Seine Zukunftsaussichten schienen verbunden zu sein mit den Farben von Mädchenkleidern, den Vorhangstreifen an Fenstern, einem gemalten Engel und selbst mit einer Teehaube in gehäkeltem Orange, die von vielen Handgriffen verfilzt war und alles Wissenswerte über den Vermieter aussagte. Ihm zugewandt waren da die beiden langen Figuren im Licht. Er hätte gern Sargent gedacht, fürchtete jedoch etwas Zerstörerischeres, wie Vermeer.

Zwischenzeitlich wusste er, dass er selbst derjenige war, der einer Rettung bedurfte, Grace konnte es mit Leichtigkeit besser treffen, als sich mit ihm einzulassen, und Caro würde die Prüfung als Beste bestehen. Aber Vernunft ließ sich schwer aufrechterhalten: Selbstgefälligkeit flackerte auf wie ein Fieber.

Irgendetwas anderes befand sich jetzt noch mit ihnen dreien gemeinsam in jenem Raum, ein Ereignis oder zumindest ein Moment. Was es auch war, die darin liegende Aufregung verdrängte die Ruhe, den Zauber. Es ging rasch vorbei. Christian wusste, dass Grace gerade so viel war, wie er bewältigen konnte, sie stellte bereits eine Abweichung dar, allerdings unerwarteterweise von ihm selbst gewählt. Caro lag jenseits seiner Möglichkeiten. Er war wie ein Minister im Kabinett, der vor einer gewichtigen Entscheidung stand. An der Sofakante schwor er jeglicher Möglichkeit von Caro ab. Darin lagen sowohl Befreiung als auch eine Flut versöhnlicher Gefühle gegenüber Grace.

Nun, da sich Caro als zu viel für ihn erwiesen hatte, konnte er sie kaum noch leiden.

Grace erzählte gerade von einem Kunden, der eine Schachtel mit einem toten Kanarienvogel für eine Rückerstattung zurückgesandt hatte. Christian musste bald deutlich werden. Ein drittes Treffen wäre in gewisser Weise verpflichtend gegenüber einer Kette von neuen Umständen.

»Und hat ihn von der Tierpräparation ausgestopft zurückbekommen, zusammen mit einer Rechnung über fünf Guineen!«

Christian lachte vor Erleichterung laut auf. Er konnte sein eigenes Lachen hören, das zeigte, wozu er imstande wäre, bekäme er eine Chance. In seinem Lachen schien es, als schlösse er Grace bereits in die Arme.

Sie begleitete ihn zur Verabschiedung nach unten. Dora, schon in Sichtweite auf der Straße, übte ihre wohlbekannte Funktion als Beschleunigerin der Angelegenheiten aus. Er bat Grace, unter der Woche mit ihm zu Abend zu essen, und sie schlug den Mittwoch vor. Sie wiederholten Zeit und Ort wie einen Schwur, für immer in Sicherheit vor Doras spitzen Absätzen auf dem Gehweg.

Christian wollte Dora ausgesprochen ungern begegnen, wartete jedoch, um sie zu begrüßen, und hoffte auf Grace' Anerkennung dafür. Doras Haar war unter einem Hut mit Schleier verborgen, wie ein Strohdach unter einem Drahtnetz. Sie ließ ihren Schlüssel fallen und stieß mit dem Kopf gegen Christians, als sich beide nach ihm hinunterbeugten. Dies wiederum gab Anlass zu übertriebenen Entschuldigungen, ausgestoßen in falschen kleinen Keuchern. Christian kannte diesen Menschentyp. Sie gehörte zu den Leuten, die sich unter dem Vorwand, weniger Umstände zu machen, mit dir zwischen dieselben Flügel einer Drehtür quetschten.

Bis er zu Hause ankam, hatte er Caro vergessen. Jahre würden vergehen, ehe er sie erneut ernsthaft in Betracht zog, oder ehe sie noch einmal zum Gegenstand einer Prüfung auf Kabinettebene wurde. Lange vor Mittwoch sehnte er sich bereits nach Grace, und als der Abend gekommen war, verhielt er sich ihr gegenüber charmanter, als er es in seinem ganzen Leben je zu irgendjemandem gewesen war.

4

»Sind wir zu spät?«

Ted Tice hielt die Landstraße entlang nach dem Bus Ausschau. Caroline Bell blickte um sich auf Bäume am Straßenrand und überwucherte Gärten, die keine Australierin jemals für selbstverständlich halten konnte. Spuren des Sturms vom letzten Monat waren schwer zu entdecken: Sosehr man auch nach ihnen suchte, die Erde beharrte darauf, dass alles in Ordnung sei. Tice stand unbeholfen da, an jenem Tag schlackerte sein Charakter um ihn wie Kleidung, in die er erst hineinwachsen musste. Seine Frage weckte sie nicht auf.

Unter den schwer beladenen Bäumen hatten sie sich wenig zu sagen. Erst nachdem der Bus herangerollt war und sie eingestiegen waren, begannen sie zu sprechen, sprangen gemeinsam an mit dem alten, schnaubenden Motor, dem metallischen Zittern der Seitenwände und den erhobenen Stimmen der anderen Fahrgäste. Der Bus umhüllte sie wie eine gesellschaftliche Verpflichtung. Vielleicht war es auch die Abreise, die ihre Zungen löste, eine Erinnerung, während sie sich hinunterschlängelten ins Tal des Flusses Test. Caro lehnte sich zwar zurück, den Arm ausgestreckt, um sich gegen den Vordersitz zu stemmen, zeigte jedoch keinerlei Verlangen danach, Herrin der Lage zu sein. Ted Tice betrachtete ihr Profil vom Augenlid bis zur Lippe, ihre blaue Schulter und Brust und den nackten Arm hinunter bis zu ihrer Hand, die das rostige Metall einer Sitzrückseite umschloss. Ihr Körper hatte klarere Konturen, wenn sie von ihrer Schwester getrennt war.

Eine Stunde war bereits vergangen von diesem Tag, den sie gemeinsam verbringen sollten. Ted Tice freute sich über jede zusätzliche Meile, die zumindest zu guter Letzt auch wieder zurückgefahren werden musste. Jedes rot herausstechende Bauernhaus, jede Kirche oder scharfe Rechtskurve garantierte ihm Zeit mit ihr. Er sagte: »Denken Sie gerade, wie zahm all das hier ist?« Er meinte den geblümten englischen Sommer, hätte jedoch auch anders verstanden werden können. Tatsächlich war er nicht kühn genug, um sie zu berühren, machte jedoch eine Handbewegung in Richtung ihres Kopfes. »Woran denken Sie?«

Caro hatte aus dem Fenster gesehen und wandte ihm nun denselben Blick allgemeiner landschaftlich gestalteter Neugierde zu. Dieser Mann war für sie nicht mehr als eine unreife rötliche Präsenz in einem Cardigan mit Zopfmuster. Der Landbus ruckelte über eine ungefederte Straße. Das Mädchen dachte, dass man in Romanen las, er und sie würden gegeneinander geschleudert, und wie unmöglich das war. Wir können nur gegeneinander geschleudert werden, wenn wir es wollen. Wie bei einer Vergewaltigung, behaupten die Männer.

»Ich habe eigentlich gerade gedacht, dass der Sommer eher brutal als zahm ist.« Es war ihr zweiter Sommer der nördlichen Art, eine Fülle, die ebenso überwältigte wie die Gewissheit, dass sie unbegrenzt auseinandergenommen und wieder zusammengesetzt werden konnte: die Laune der Natur ungerührt, gewaltig, absolut. »Australische Sommer sind ein Versengen, kein Blatt bleibt verschont. Dort verbirgt sich die Kraft im Mangel, in der

Knappheit und in der Distanz.« Bei der Erinnerung an endlose Strecken zeitloser Verödung fragte sie sich, ob sie gerade vielmehr eine Definition für Fragilität formulierte. »Für Farben wie diese braucht man Wasser.« Doch selbst mit Wasser mochten in Australien die Pigmente fehlen. Es war zu bezweifeln, dass in der australischen Erde Pink- oder Blautöne verborgen lagen, von dem vollen Glanz des Grüns ganz zu schweigen.

Sie blickte erneut hinaus, das Gesicht vollständig dem Fenster zugewandt wie ein Kind, und dachte, dass hier selbst die Felder zum Vergnügen bestimmt schienen. Was die Multiplikation und Subtraktion von Jahreszeiten anging, hatte sie natürlich schon im Voraus gewusst, wie die Blätter im laubwechselnden England fielen. War dennoch nicht vorbereitet gewesen auf etwas so Extremes wie den Herbst – der in seiner roten Zerstörung mehr wie ein menschengemachter als wie ein Akt Gottes wirkte.

Sie ließen eine Abtei hinter sich, die auf einem baumbewachsenen Hügel zu schweben schien, und fuhren durch eine Stadt mit Oberleitungen und kleinen, entmutigten Geschäften.

»*Große Erwartungen*«, sagte Caro, die in der Ferne die Reklametafel des Kinos entziffern konnte. Der Bus machte halt und rollte wieder los. Die Regelmäßigkeit vorstädtischer Straßen war zugunsten einer Fernstraße zurückgestutzt worden: Die neuen Fahrbahnen fächerten sich auf einer Anhöhe auf, über die Häuser so verstreut lagen wie Knöpfe, die sich über einem Schmerbauch lösten. Auf einem verdorrten Feld verrostete ein umgekipptes Karussell, ein aufgehängtes Schild hatte das F am Anfang verloren und las sich demzufolge UNFAIR. Eine Scheune kauerte sich an den Straßenrand wie ein liegengebliebener Lieferwagen. Der Bus stürzte voran. Bei seinem Röhren zog sich ein kleines Auto in eine Hecke zurück: ein in die Enge getriebenes Tier.

Ted sagte: »In England war es einmal so, dass man nie weit vom Land entfernt war. Heute ist man stets in der Nähe irgendeiner Stadt.« Caros wegen hatte er begonnen, die Welt mit den Augen der Antipoden zu sehen.

»Ich werde von nun an immer in einer Stadt leben.« Caroline Bell würde bald ihre Stelle in der Behörde antreten. »Ich muss warten, bis der Posten frei wird.«

Er dachte: Sie hat den Jargon also bereits verinnerlicht – aber sie fuhr fort: »Posten, Pfosten. Als wäre man auf einem Feld an einen Pfahl gefesselt. Wie ein Galgen an einer Kreuzung.«

Sie lächelten bei der Vorstellung einer im Mondschein baumelnden Caro: Dafür würde Caro hängen. Worüber sie auch sprachen, es war für ihn von Bedeutung. Statt Floskeln über Städte und Büros auszutauschen, hätten sie auch fragen können: »Was wird aus uns werden?«, oder: »Glauben Sie an Gott?« Das Mädchen spürte den Atem eines Mannes an ihrem Hals sprechen. Auf ihrer Seite folgte ein Fluss den Weiden, ein blasser Kirchturm tauchte auf, kaum mineralisch. Der Bus stürzte und buckelte, fest entschlossen, sie aus ihrem Sitz zu werfen. Wir werden gegeneinander geschleudert.

Dort, wo sie ausstiegen, waren schmiedeeiserne Tore aufgeklappt wie beschriebene Buchseiten. Diese Kalligraphie wurde von einem weißhaarigen Mann mit nur einem Arm und den Ordensbändern alter Kämpfe auf der Brust bewacht.

»Sie kommen gerade noch rechtzeitig.« Ein Aushang zeigte die Besuchszeiten an, als wäre das große Haus dahinter ein Patient im Krankenhaus. Der Wachmann rief ihnen hinterher: »Hopp, hopp, beeilen Sie sich.« Und sie lachten und taten es.

Caro hatte ein Lied von Ted Tice übernommen und sang mit hoher Stimme, hell und nicht allzu melodisch »Southerly, southerly«, während sie beide Hände hob, um ihre Augen abzuschirmen. Zumindest für diesen Moment waren diese beiden nicht mehr, als die Welt in ihnen sah – jung, hoffnungsvoll und wahrscheinlich bald ein Liebespaar.

»Von all dem haben wir natürlich nie etwas gesehen.« Es war das große Haus, wohin Ted Tice einst als Kind im Blitzkrieg evakuiert worden war. »Es wirkt nicht einmal mehr wie dasselbe Haus.« Mit Seide, Samt und Porzellan in prächtigen Farben ausgestattete Räume mochten selbst ein Privileg der herrschenden Klassen gewesen sein.

Caro meinte: »Vielleicht sind wir in den falschen Bus gestiegen.« Sie lachten und blickten aus den Fenstern. Das Haus war ganz aus Stein. Draußen unter der breiten Fensterbank wuchs ein üppiger Pfeifenstrauch, außerdem waren dort lila Sommerflieder voller Bienen, selbstverständlich Rosen, und Duftwicken. Was von zurechtgestutzten Zierhecken gefallen war, wurde von Gärtnern aufgesammelt – ganz England wurde getrimmt und beschnitten, kürzer und kürzer.

»Sagt Ihnen der Raub der Sabinerinnen etwas?«

Die Führerin wies mit einem weißen Stock nach oben. Ihre Stimme stand ebenfalls auf englischen Zehenspitzen, wurde jedoch von der folgsamen Menge gehört. Sie sahen das ungeheuer italienische Bild, ein Wirbel aus aufgebrachten Gliedmaßen, die roten Lippen zum gemalten Schrei geöffnet. Caro und Ted standen am Fenster und lachten. Der Raub der Sabinerinnen sagte ihnen nichts.

Die Führung schob sich weiter. Ein gewundenes Seil bildete eine abgrenzende Schlaufe mit einem Schild: BESUCHER WERDEN FREUNDLICH GEBETEN. Aus großer Höhe kaskadenartig fallende Deckenbemalung weckte Emotionen. Da waren Göttinnen, fantastische Girlanden, Urnen und Balustraden und jede Menge Gold. In einem solchen Raum schien das Haus eine andere, allzu verschwenderische Nation zu beherbergen und entkam dabei nur knapp dem Verrat.

»Diese Wände waren während des Kriegs mit Brettern zugenagelt. Und sind von Rubens.« Die Gruppe wurde aufmerksam, sah nun weniger die Gemälde als die faszinierende und erfinderische Verschalung, die diese einst verborgen hatte. »Das Schlachtmotiv an der westlichen Wand verdient besondere Beachtung, wenn man bedenkt, dass in diesem Raum die zweite Front geplant wurde.« Ja, so war es gewesen: Befehlshaber hatten hier im Kampfanzug gesessen, die Karte von Frankreich hatte ihrerseits über dem zugenagelten Gemälde voll fliegender Stoffe und glänzender Haut gehangen, und Mars hatte Venus fürwahr verdeckt. Ein kahlköpfiger General hatte auf der Filzunterlage das Putten geübt, während ein Premierminister, der sich nicht ausstechen lassen wollte, selbst ein Bild gemalt hatte.

Das war der Menge nicht bewusst gewesen. Sie hatten geglaubt, das Haus hätte seine bedeutende Phase längst hinter sich gelassen. Und wollten wissen: Wie stand der Tisch, und was war mit Montgomery?

»Ja, sie waren hier.« Die taubengraue Führerin hatte ihren Stock auf einen Tisch gelegt und deutete mit den Händen, wie eine Künstlerin. »All die Architekten der Invasion.« Als wäre auch der Krieg ein imposantes Gebäude. Sie hatte die Brille abgenommen und war mit dem kleinen roten Abdruck auf beiden Nasenflügeln ein zart gefleckter Vogel. Sie beglückte gerne mit ihren wichtigen Informationen – die Putts des Generals, die platzierte Staffelei des Staatsmanns. Und freute sich auch für die Familie, die über diesen großartigen Besitz verfügte.

Die Führung bewegte sich zur nächsten Seilschlaufe. Ein weiteres Schild forderte sie auf oder bat sie freundlich, etwas zu tun oder zu unterlassen, und verkündete, dass sich in der Bibliothek die Bücher bis zu drei Metern unter der Decke reihten (die selbst – pastellfarben, gewölbt und nicht sonderlich sittsam – die Geschichte von Deianeira und Herkules zeigte). Tief darunter war der in blassen Farben gemusterte Teppich wie ein Spiegelbild. Auf polierten Tischen standen schräg zueinander in Silberrahmen signierte Fotografien. Immer wieder war ein großes R hinter dem Namen zu lesen.

»Queen Alexandra, Princess Pat.« Die Gruppe pickte sie heraus, gewiss Experten darin. Sie streiften durch Chiffonier-Kommoden und Kredenzen, und niemand brachte es übers Herz, es abzustreiten. Die Toten und Hingerichteten, die russischen und preußischen Prinzen lösten weder Mitleid noch Angst aus: Es gehörte zu ihrem privilegierten Schicksal, gemeinsam mit der Pracht, den Diademen, den Sternen und Strumpfbändern und den langen Perlenketten.

Ein Mann in Fischgrat sagte: »Das ist der Bluter.« Köpfe wurden abrupt gewendet, nickten jedoch kurz darauf über das Gebrechen des kleinen todgeweihten Zarewitsch.

»Beachten Sie die ungewöhnliche Gruppierung der Generationen. Und den Duke of Kent, kurz bevor er von Cecil Beaton erschossen wurde.« Es mangelte nicht an Würdigung. Eine Dame in Paisleymuster wurde ganz vernünftig gebeten, nichts anzufassen.

»Es ist wirklich dasselbe Haus«, sagte Ted Tice. Sie folgten gemeinsam einem Schild mit der Aufschrift HIER ENTLANG die Treppe hinunter.

Von außen wirkte das Haus wie eine Skulptur. Man konnte sich keinerlei Rippen, Balken, Architraven oder arbeitsaufwändige Baukonstruktionen vorstellen. Wilder Wein reichte bis an die abblätternden Fensterrahmen des Raumes, in dem die Generäle den Tod kartographiert hatten, während ein großer Blauregen die Säulen eines stillen Portikus strangulierte. Das Haus bereitete sich auf den Zerfall vor wie auf eine neue Lebensphase.

Ted Tice setzte sich mit Caro auf den Rasen. Das Mädchen zog die Beine an und sagte: »Die Erschaffer eines solchen Hauses sollten auch selbst schön sein.«

»Wahrscheinlich war das Haus das Schönste, was sie je zustande brachten.« Der Rotschopf legte sich auf den Rasen, die Arme hinter dem Kopf verschränkt, und rezitierte in seiner regionalen Artikulation:

»Dass sie, selbst hart und bitter, aus dem Stein
Die allerseits ersehnte Süße schufen.«

Caros Kleid formte eine blaue Kniescheibe. »Glauben Sie, dass sich heute noch irgendjemand irgendwo sehnt, oder einen Hinweis dafür erschafft?«

»Falls dem so ist, sollte es derjenige besser für sich behalten, wenn er keinen Ärger bekommen will.« Heutzutage mochte bereits die Sehnsucht selbst ein Eingeständnis des Scheiterns sein. Ted sagte: »Schönheit ist das verbotene Wort unserer Zeit, so wie es bei den Viktorianern Sex war. Jedoch ohne dieselbe Macht, sich erneut zu behaupten.« Er hätte Sefton Thrale wiedergeben können: Sie werden es ausbaden müssen.

Ted Tice saß mit Caro auf dem Rasen. Zwischen jenen, die sich selbst nicht als Gesprächsthema ansehen, entsteht allzu leicht ein Schweigen. In jedem Fall war die Luft erfüllt von den dumpfen Geräuschen und grünen Gerüchen des Stutzens und Beschneidens. England wurde zu seinem eigenen Besten bis auf die Wurzeln zurückgeschnitten, auf diese Weise formte man den Charakter. Die Gärtner mit den grauen Hemden arbeiteten daran, das Wachstum zu stoppen oder zumindest in Schach zu halten. Grün in jeglicher Form fiel und wurde in Körben davongetragen.

»Sie beschneiden die Farbe an sich.« Caroline Bell beugte sich vor und lächelte, weil sich ihre langgehegte Vorstellung als richtig herausstellte. »Das Grün, das wir nur aus Büchern kannten.«

5

»Der graue Winter ist nun fort, ermüdend war der Gast,
Doch als Revanche, kommt her und seht,
Mit Westwind weht herbei September, ohne jede Rast,
Der Frühling ihm im Kleide steht.«

Man konnte es vielleicht in der Sprecherziehung rezitieren, jedoch kaum in englischer Lyrik durchnehmen. Es war, als hätte der Dichter sich absichtlich auf die unterlegene, und australische, Seite gestellt. Er hatte den Stier bei den Hörnern gepackt. Aber auch ein bei den Hörnern gepackter Stier bleibt ein Stier und ihn bei den Hörnern zu packen ein widernatürlicher Akt. Natürlich dagegen waren Hecken, Weißdorn, Lerchen, der Buchfink auf dem Zweig im Obstgarten. Ohne all dies jemals gesehen zu haben, glaubte man unerschütterlich daran. So wie man auch an die feuchten, vergänglichen und rechtmäßigen Jahreszeiten der englischen Literatur und an den Rasen aus smaragdgrünem Velours glaubte oder an Blumen, die man in Australien nur nach der Trockenzeit und mit Hilfe von Oberflächendüngung anpflanzen konnte. Die Literatur hatte diese Dinge nicht nur wahr werden lassen. Sie hatte Australien einen Platz zugewiesen, auf dem es fortwährend gegen die Realität verstieß.

Kleine Mädchen sangen im Singsang:

»Kommt raus nach Kew zur Fliederzeit (es liegt nicht weit von London!).«

Was mit einer Reise von zehntausend Meilen einherging. Als Strafaufgabe mochte man nach dem Unterricht hundertmal schreiben:

Selbstachtung, Selbstbeherrschung, Selbsterkenntnis,
Sie nur verleih'n uns oberste Gewalt!

Die kleinen Mädchen leckten an den Spitzen ihrer Schreibfedern und spielten an ihren Zöpfen herum, während sie sich auf die oberste Gewalt vorbereiteten.

Geschichte war die an die Klassenzimmerwand geheftete aufklappbare Farbabbildung der Krönung – die Szene in der Abbey, mit den darunter gedruckten Namen. Der Duke of Connaught, der Earl of Athlone, der schlanke König im Hermelin. Bei Woolworth's kaufte Dora eine Krönungs-Tasse: Lang mögen sie regieren. Das war Geschichte, ebenso wie der schwarze Prinz und die Rosenkriege. In einer Sommernacht durften Grace und Caro aufbleiben, um die Abdankung durch die Kurzwelle knistern zu hören. Etwas, woran man sich ein Leben lang erinnern wird.

Australische Geschichte, die nur einmal in der Woche unterrichtet wurde, ließ sich leicht in einem schmalen Buch zusammenfassen, dessen Einband so farblos war wie die darin beschriebenen Szenen. Nach ihrer kurzen makellosen Geburt, verwaltet von Captain Cook (mit goldener Borte und weißer Perücke, in den Illustrationen Rücken an Rücken mit Sir Joseph Banks), endete Australiens Geschichte bald im Misserfolg. Versank im düsteren Gestank der namenlosen Gefangenen, deren einzige sichtbare Aktivität darin bestand, die steinernen Gefängnisse für ihre eigene Einkerkerung errichtet zu haben, mittlerweile leere Denkmäler, die von kleinen Mädchen auf Sonntagsausflügen besichtigt wurden: Das sind die Isolationszellen, hier haben sie … Australische Geschichte verkümmerte zu Expeditionen verlorener Entdecker, Reisen ohne Enthüllung oder Begegnung, erlitten von hageren Männern, deren Porträts schon im Vorfeld durch ihre ausgemergelte, unglückliche Erscheinung getrübt wurden – wild glühende Augen in Höhlen, die nur noch aus Knochen bestanden.

Das war die verwelkte Chronik: kärglich, beschämend, einfallslos, rasch übersprungen von Lehrerinnen, die es kaum erwarten konnten, zum Gottesdienst in der Abbey zurückzukehren. Die Last eines liederlichen Kontinents war für jedes Kind zu schwer, um abgewälzt zu werden. Die Geschichte selbst setzte sich prachtvoll und vergeistigt fort, ohne einen Blick hinunter auf Australien zu werfen. Größer als die Natur, so unvermeidlich wie die Sprache des Morgengebets: O Gott, du Schöpfer des Friedens und Freund der Eintracht, im Wissen um dich liegt unser ewiges Leben, der Dienst an dir ist die vollkommene Freiheit.

Empfindungen von einer Größenordnung, die man als Australier nur anstreben konnte, wenn man sehr affektiert, mutig oder zur Abreise bereit war.

In der wahren, und nördlichen, Hemisphäre, jenseits des Äquators, der keinerlei Äquivalenz erzeugte, drehte sich selbst das Badewasser in die entgegengesetzte Richtung. Vielleicht sogar die auf dem Grammophon kreisenden Schallplatten. Australier konnten lediglich vorgeben, Teil von alldem zu sein, und hoffen, dass niemand die Wahrheit herausfand.

Hin und wieder, vielleicht auch andauernd, gab es die

Wahrnehmung, etwas Überragendes wie Offensichtliches warte auf seine Verkündung. Wie an jenem Tag, als die Jungs an der Kreuzung den Landstreicher schikanierten, bis plötzlich aus dem Nichts ein Mann auftauchte und zu ihnen sagte: »Er is' 'n menschliches Wesen.«

Wenn glühend Dezember den Fuß in den Wald setzt …

Sie lebten in einem Haus mit einem Turm und einem Ausblick auf die Sydney Heads. Sie besaßen bestickte Sessel, Kristallteller, die klirrten, wenn man sie mit dem Fingernagel antippte, und in einer kleinen samtenen Schachtel ein Stück Eichenholz von Nelsons Flaggschiff. In der Schule war Caro bei der spanischen Armada und dem traurigen Herzen von Ruth angelangt, als die Fähre namens *Benbow* im Hafen von Sydney kenterte und auf scheußliche Weise versank. Grace saß auf einem blauen Stuhl im Kindergarten und hatte noch immer Miss McLeod, die nach dem Ersten Weltkrieg nach Australien gekommen war und an Weihnachten pensioniert werden sollte.

Miss McLeod spielte beim Morgengebet in der Schule die Orgel. »Hush'd was the Evening Hymn«, »For All the Saints« und, zur Weihnachtszeit, »Once in Royal David's City«. Alle gehörten der Church of England oder etwas Ähnlichem an, mit Ausnahme von Myfanwy Burns und dem Cohen-Mädchen. Religion war das Baby in der Krippe, der Junge mit der Steinschleuder, der bunte Mantel.

Caro und Grace wussten, dass ihnen etwas Einschneidendes zugestoßen war. Sie erkannten es an den schmeichelhaften neuen Aufmerksamkeiten, die nichts mit dem unbegreiflichen dauerhaften Verlust zu tun hatten. Nur langsam gaben sie die Hoffnung auf eine wundersame Wendung auf und erwachten jeden Morgen ungläubig im Wetter des Todes. Es hätte sich nur schwerlich ein angemessenes oder tröstendes Wetter finden lassen, aber diese Hitze erschien nicht neutral.

Fünf Faden tief dein Vater liegt.Mrs Horniman aus dem Haus mit dem englischen Rasen sagte, es gäbe nichts, was sie nicht tun würde. Und so schmorten sie am ersten Weihnachtsfeiertag neben dem Zelluloidbaum der Hornimans, während drüben in Clontarf ein Buschfeuer ausbrach. Grace fand ein Dreipencestück im Plumpudding, aber der weitere Nachmittag verlief furchtbar. Wegen des Truthahns durften die Kinder nicht schwimmen, und Athol Horniman traf Caro mit einem Cricketball.

Ein paar Tage später erklärte ihnen Dora: »Es ist neunzehnhundertneununddreißig.«

Dora kam ihnen beiden fremd vor. Sie erkannten sie kaum wieder aus der Zeit, als sie Teil der fünfköpfigen Familie gewesen war. Die gegenwärtige Dora schien nicht am Leben vor der *Benbow* teilgenommen zu haben. Da gab es nur eine Sache – eine noch nicht als solche definierte Erinnerung daran, wie Dora hinter einer verschlossenen Tür schrie und Vater sagte: »Seht nur, was für eine Tochter.«

Es war schwer vorstellbar, wo Dora etwa an jenen Morgen der großen Vergangenheit gewesen sein mochte, wenn Grace und Caro in die Stadt gefahren wurden, um neue Schulkleidung zu kaufen. Vater brachte sie dorthin, die Mutter und die beiden Mädchen, in den bedeutenden Dunst, wo die metallischen Gerüche der Stadt mit dem Verkehr strömten, der zwischen den schmalen Gebäudereihen schwerfällig dahinkroch. Die verblasst gelbe Straßenbahn mit ihren toastständerartigen Sitzreihen schaukelte sie auf von zahllosen Hinterteilen polierten Holzbänken. Dort saßen Büromädchen mit eingerolltem Haar und Matrosenhüten aus Filz oder Stroh, aber mit Sicherheit keine Dora. Die Männer besetzten die offenen Abteile zu beiden Seiten der Straßenbahn, ihre schweren Westen in der Hitze aufgeknöpft, warfen Zigarettenstummel auf Bretterböden und lehnten sich zum Spucken hinaus. Bei Regen wurde für sie mit einem Stock eine Markise hinabgelassen. Im mittleren Abteil stand Grace zwischen den Knien ihrer Mutter, während Caro gegen eine Ansammlung stehender Schenkel schwankte. Eine und zwei Halbe, wie der Fahrpreis, und keine Dora.

Doras eigene Mutter war bei ihrer Geburt gestorben, wie es in Geschichten passierte. Dora war einundzwanzig, hatte jedoch ihre Lehrerinnenausbildung abgebrochen.

Dort, wo sie aus der Straßenbahn stiegen, waren Schaufenster, in denen bunte Handschuhe, Handtaschen und Seidenschuhe glänzten, und Ladenpassagen, die in Regenbogenfarben leuchteten. Die Frauen, die die Pitt oder Castlereagh Street entlangschritten, hatten kühlere Mienen und trugen Hüte mit Veilchen oder Rosenknospen mit kleinen Schleiern. Trotzdem wurden vor den besten Geschäften Bierfässer auf Kutschen von zwei oder mehreren Clydesdales vorbeigezogen: kastanienbraune Hälse, die sich in verschwitzten Lederkumts reckten, riesige Hufe unter einer Krause aus gesträhntem Pferdehaar. Der Fahrer kragenlos, die ausgefranste Weste offen und ohne Jacke, mit seinem Ledergesicht und dem fleckigen Büschel seines Pferdehaarschnurrbarts. Mist auf der Straße und der zerstampfte Geruch von heruntergefallenem Kohl, zertreten von Ponys mit Scheuklappen, die vor Gemüsekarren gespannt waren. Entlang des Bordsteins Karren voll mit Jaffa- und Navelorangen oder tasmanischen Äpfeln. All dies, ordinär und bäuerlich, an der eleganten Kreuzung von Market und Castlereagh Street.

An derselben Straßenecke stießen sie auf die Spukgestalten, die von Caro und Grace gefürchtet wurden und dem allgemeinen Hin- und Wegschauen zufolge auch von allen anderen Passanten. Erscheinungen der schrecklichsten Sorte waren über die ganze Stadt verteilt und konnten in jedem vorstädtischen Einkaufszentrum angetroffen werden. Mit tödlicher und grauenhafter Gewissheit erwarteten sie einen an genau dieser wohlhabenden Ecke, die deswegen weniger wie eine Straße wirkte als wie ein Kampfplatz oder eine Arena.

Manche von ihnen standen, darunter auch diejenigen mit nur einem Bein. Die Beinlosen saßen auf dem Boden, an Schaufenster gelehnt. Die Blinden trugen ein dementsprechendes Schild um den Hals – womöglich noch mit dem Zusatz SUVLA oder GALLIPOLI. Ähnlich konnte auf einem Schild mit der Aufschrift GASVERGIFTET, das neben angehefteten Orden hing, als nähere Auskunft YPRES oder ARRAS vermerkt sein. Oder es stand einfach nur MESOPOTAMIEN auf dem Schild, so wie man schreiben würde: HÖLLE.

Sie platzierten sich mit Abstand voneinander, manchmal gemeinsam mit einem Hund oder einem Kind oder einer ausgemergelten Frau, die stumm den Hut hinhielt. Häufiger aber jeder für sich allein. Wer oder was jeder

Einzelne von ihnen einst gewesen war, war jedoch versunken in der tief eingegrabenen Gleichförmigkeit ihrer Augen. Ihnen konnte nichts mehr angetan werden, doch das unüberbietbar Schlimmste würde ihnen auf alle Ewigkeit erhalten bleiben. Reglosigkeit lag selbst in den Augen der Blinden, die sich mit Gott weiß welchem letzten Anblick geschlossen hatten.

Was für eine Musik sie spielten und wie sie sangen, dieses grausige Orchester in abgeschnittenem, durchscheinendem Serge mit den saitenlosen Fiedeln, den schnaufenden Ziehharmonikas und der rostigen Mundharmonika, umklammert von der einen übriggebliebenen unkundigen Hand, die Stimmen keinen Ton treffend außer den schriller Not. Wie grausam sie das unwillige Publikum für ein paar Depressionspennys mit ihren unerträglichen Liedern folterten – »The Rose of No Man's Land« und »The Roses of Picardy« und »The Rose of Tralee« und »Oh My, I don't want to die, I want to go home«. Rosen-, Rosen-, Rosenkriege und Lächeln, Lächeln, Lächeln.

»Ighty-tiddly-ighty,
Carry me back to Blighty,
Blighty is the place for me!«

Selbst Kinder – Kinder, die noch keine Tugenden erfahren hatten und unbarmherzig ihre Spielkameraden quälen konnten – wurden vor Mitleid mit einem Schlag erwachsen, denn der Erste Weltkrieg war ihnen zutiefst vertraut, das Wissen darum reichte weiter zurück als ihre Erinnerungen, so wie Kleinkinder das Grauen aus ihren Träumen kennen. Nichts hätte sie wirklich überraschen können, keine expliziten Schilderungen von explodierten Pferden, explodierten Männern, von den Gesten der verwesenden Toten, von Schützengrabenfuß, Schützengrabenmund, Leuchtkugeln und Grauen. Der drangsalierende Sergeant Major, der die Todgeweihten mit Tonpfeifen anpfiff, der Staatsmann auf Besuch, der hinter der Frontlinie Scherze machte. Sie wussten Bescheid über *Wipers* und *Plug Street* und die Hindenburglinie. Irgendwie hatten sie dies alles aus den stummen Unterweisungen an den Straßenecken und aus den Liedern von den Rosen und »Inky Pinky Parly-Voo« herausgehört. Entdeckten es ungeachtet der bröseligen braunen Kränze an den Ehrenmälern, des zweiminütigen Schweigens, der von Bierflaschen umringten Erinnerungsbecken und der Monumente für die süßesten Symbole des Krieges – dem Soldaten mit ruhendem Bronzegewehr, der seinen schicklich niedergestreckten Kameraden stützt, und dem auf seiner makellosen Stute säuberlich siegreichen Marshal.

Wie lang sie waren, wie ungeheuer lang: die vier Jahre, die für alle Ewigkeit dauern sollten.

Am Tag der australischen und neuseeländischen Soldaten oder am Tag des Waffenstillstands waren Grace und Caroline Bell durch die Menge geführt worden, um hohlwangige Männer in Reihen gehen zu sehen, in ihrem guten Nadelstreifenanzug, sofern sie einen besaßen, mit zu kleinen Regenbögen zusammengesetzten Tressefetzen auf der Brust, der Mohnblume aus rotem Papier am Revers und dem Rosmarinzweig. Als kleine Kinder hatte man Caroline und Grace Bell in die vorderste Reihe der Menge geführt, um all das zu sehen, da sie es dringender nötig hatten.

In das tiefste Nagen ihrer Herzen war Wissen eingedrungen. Das Wissen steckte kolossal und hilflos in ihren kleinen Brustkörben, während sie mit abgewendetem Blick zwei Pence in den ausgestreckten Hut warfen oder den Rosmarin zwischen den Fingern zu Tode zerrieben, damit er seinen Geruch freigab.

Das Haus, in das sie nun gemeinsam mit Dora zogen, war kleiner, mit Kamelienbäumen auf dem Rasen, aber zu vielen Hortensien. Hinter dem Haus wuchsen Büffelgras und Dornenhecken neben einem aus dem Sandsteinhang gehauenen Steingarten. Im Inneren waren das klingende Kristall und der Splitter des wahren Kreuzes der H.M.S. *Victory* zu Museumsstücken geworden, Überbleibsel eines anderen Lebens. Zu beiden Seiten ihrer kurzen, horizontalen fielen die langen Straßen zum Meer hin ab. Sie hätten fast in Rio oder in Valparaiso sein können, wenn ihnen diese Orte ein Begriff gewesen wären. Nacht folgte auf Nacht, Nächte ozeanischer Stille, die nun nicht einmal mehr von den Schreien der Beuteldachse in den Fallen auf dem englischen Rasen der Hornimans unterbrochen wurden.

In den Spalt zwischen zwei Landspitzen rollte der Pazifik, ein blaues Spielzeug zwischen Pfoten. Der geschwungene Hafen war ein Reich für sich, so vertraut wie ein von einem Kind regiertes Archipel in den Felsen: Das offene Meer schien kaum mehr bieten zu können. Doch genau diesen Spalt des Pazifiks durchquerten die Ozeandampfer und brachten die Glücklichen nach England. Man ging an den Kai, um sie zu verabschieden, die Broadhursts und Fifields. An Bord gab es Lunch, den Dora aufgrund einer kleinen Gräte, die ihr im Hals steckenblieb, nicht genießen konnte. Sirenen und Abschiedsrufe ertönten, Luftschlangen und Geduldsfäden rissen. Und die *Strathaird* oder die *Orion* fuhren in all ihrer Größe davon. Man konnte es noch rechtzeitig nach Hause schaffen, um sie die Sydney Heads passieren zu sehen, und Caro konnte den Namen auf Heck oder Bug entziffern. Selbst Dora überwältigte das Verfolgen einer so unbestreitbaren Flucht.

Irgendjemand hatte geschrieben, nach Europa zu reisen sei so endgültig, wie in den Himmel zu kommen. Eine mystische Überfahrt in ein anderes Leben, von der niemand unverändert nach Hause kam.

Diejenigen, die in solchen Schiffen zurückkehrten, waren unverwundbar, denn sie hatten es geschafft und konnten von nun an für immer Betrachtungen anstellen über Anne Hathaways Cottage oder den Tower of London, mit einem Selbstbewusstsein, das sich in Sydney nicht erzeugen ließ. In Sydney gab es keine Mythen: Gegenstände, Wesen und Ereignisse von Bedeutung fanden sich allesamt im Ausland oder im Anderswo der Bücher. Sydney konnte niemals stillschweigend davon ausgehen, wie es noch der allermittelmäßigsten Stadt in Europa möglich war, dass dort ein Dichter zur Welt kommen oder ein großer Maler unter ihren Fenstern umherwandern mochte. Diese Wahrscheinlichkeit bestand nicht, man hatte nicht das Gefühl, sie verdient zu haben. Derart war das Ausmaß verbitterter Unbedeutsamkeit: Man konnte sich niemanden vorstellen, der imstande wäre, sie aufzudecken oder sich daraus zu erheben.

Da waren der Hafen und das offene Meer. Es herrschte eine Atmosphäre, in der sich angenehm ein Sonnenuntergang bewundern ließ, aber auch nicht viel mehr.

Jedes etwas privatere Vergnügen – in Licht oder Dunkelheit, zwischen Türflügeln oder Torpfosten – schmeckte nach Enthüllung und wurde nicht gebilligt, nicht einmal unter Glyzinien oder Akazien an Morgen, die gewiss neuer waren, als es irgendein anderer Ort noch erreichen konnte. Da war eine Stille an bestimmten Abenden oder die Form eines Felsens oder die Kontur eines trägen Zweiges vor dem Himmel, die von Ruhm künden mochte. Auch wenn es kaum richtig sein konnte, zu genießen, wo Dora bedrückt war, pressten die Mädchen ihre glatten Gesichter in die Gardenien und atmeten Dezember für ein ganzes Leben ein.

Das Binnenland war der Busch, allein der Name ein verbrannter, saftloser Fleck. Das Binnenland war Dürre, ein vertrocknetes, nicht besichtigtes Mysterium, ein trister Horizont, der auf einen schlaffen Stacheldraht aufgezogen war. Dora fuhr nicht weiter als bis Gosford, und keine von ihnen hatte je einen Aborigine gesehen. An Ostern nahmen die Whittles sie zum Bulli Pass mit, wo der Kühler überkochte und sie gemeinsam am Straßenrand standen, nachdem sie Steine unter die Hinterreifen gerollt hatten. Als er zum Schieben ausstieg, erinnerte der füllige Mr Whittle an ein Kleinkind, dessen erster Impuls es ist, den Kinderwagen zu schieben, in dem es zuvor herumgefahren worden ist. Nach ihrer Heimkehr setzte Dora sich auf einen ungewohnten Stuhl und verkündete: »Zu so etwas werdet ihr mich nie wieder bringen.«

Wie ein zu ihrer beider Küstenstreifen gehörendes riesiges Binnenland wurde Dora zu einer heimgesuchten Region, einem Entstehungsort jäher Flächenbrände. Sich all ihren Launen fügend, wunderten sie sich darüber, dass Doras Leben, wie sie ihnen immer wieder mitteilte, dem ihren unterworfen sein sollte. Hier lag irgendein Missverständnis vor. Großes Leid übermannte Dora, das wussten die Mädchen am besten. Gelegentlich nahm sie die beiden noch in den Arm – allerdings heftig, als blieben ihnen nur noch wenige solcher Umarmungen, und ohne eine Zuflucht zu bieten. Doras Verfassung brach über sie herein wie die Abenddämmerung, während sie noch immer vortäuschten, die Formen und Farben des gewöhnlichen Tages ausmachen zu können. Den emotionalen Schein wahrend, lernten sie, zu beschwichtigen und sich vor ihr vorzusehen. Doras aufbrausende Reaktion auf Fehler mochte nun gefürchtet werden, wie jegliches Entfachen ihres wunden Geistes. Verletzungen von einem Sturz mussten vor Doras schrillem Lärm verborgen bleiben, ebenso wie andere Stürze und Verletzungen.

Sie verloren ihre Mutter ein zweites Mal.

Caro akzeptierte die Traurigkeit als Tatsache: die Erkenntnis, dass Dora Traurigkeit verursachte und dass sie selbst an Dora gebunden war. Niemand würde mehr kommen, um sie zu retten, dafür war es zu spät. Im Älterwerden begann Caro ihre große Aufgabe eher, als dass sie aus dieser hinauswuchs. Zumindest im Augenblick war Caro stärker als Grace und nahm Dora als moralische Verpflichtung auf sich. Dora selbst war die Stärkste von allen, in ihrer Macht, zu beschuldigen, zu beurteilen, Schmerzen zu bereiten: in ihrer Hoheitsgewalt. Doras ausgebildeter Argwohn langte einem zielsicher in die Seele, förderte die schlechtesten Gedanken zutage und breitete sie vor aller Augen aus, brachte jedoch niemals das einfache Gute ans Licht. Es war, als würde Dora deine innere, rationale, protestierende Wahrheit kennen und dich dazu provozieren, sie wie einen Verrat aufzudecken. Auf der einen Seite suchte Dora das Chaos, auf der anderen bemühten sich die Mädchen beständig, ihm entgegenzuwirken oder es umzulenken.

Die Mädchen hörten die Leute sagen, Dora ziehe sie auf. Doch es war mehr, als würden sie sinken und fortwährend versuchen, wieder aufzusteigen. In diesen Kindern öffnete sich und strömte eine Ader instinktiven Verstandes: eine Warnung, dass am Ende für jede Lüge bezahlt werden musste. Dies rief eine Abneigung gegenüber Gefühlen hervor und den Glauben, den Caro sich ihr ganzes Leben lang bewahren sollte, dass jene, die sich selbst nicht als Opfer betrachten, die größere Belastung auf sich nehmen.

In ihrer Hochachtung gegenüber der Leidenschaftslosigkeit begannen sie sich widernatürlich und unbewusst nach irgendeiner Kraft zu sehnen, die im Gegenzug dieses Gleichgewicht zerstören und sie daraus emporreißen würde.

Wie andere Kinder auch blieben sie auf dem Heimweg von der Schule stehen, um Socken hochzuziehen, Schorf abzukratzen oder einen Gartenweg hinauf zu irgendeinem schillernden Eingang zu blicken. Grace mit Schulranzen und hellen, wippenden Ringellocken, Caro über eine schwerbeladene Aktentasche gebeugt. In der Schule erwiesen sich beide als klug, was ihrer Tragödie zugeschrieben wurde, die angeblich das Heranreifen beschleunigte – ebenso wie ihre Beschränktheit, wären sie hinterhergehinkt, dem hemmenden Trauma angelastet worden wäre. Auf dem Schulhof suchten sie einander und waren bekannt dafür, anders zu sein, ein Paar.

Die Klassenräume hatten rauhe, blassgelbe Wände. Unter einer fleckigen Reproduktion von Lord Leightons

Wedded und einem Aquarell der Ormiston-Schlucht lasen die Kinder den *Kaufmann von Venedig*. Die Fenster der Klassenzimmer zeigten auf die Bucht. Ranken der Prunkwinden krochen über hölzerne Fensterbänke. Immer war Sommer – und meistens Nachmittag, dessen Hitze nach Kreide und Turnschuhen und womöglich nach der ungegessenen Banane in irgendjemandes Schulranzen roch. Erschöpft wie Geschäftsmänner ritzten die Mädchen Namen in die Schreibtischplatten, während sie auf das Läuten warteten.

In der brütenden Hitze liefen Caro und Grace bergauf nach Hause, vorbei an symmetrischen Backsteinhäusern in ihrer roten, gelben oder lilafarbenen Solidität: niedrige Gartenmauern, breite Veranden, wiederkehrende Büschel aus Frangipani und Hibiskus oder Banksia und Zylinderputzern, vielleicht ein Gartenhaus, vielleicht eine Fahnenstange. Niemals eine Spur von Wäsche oder gar von Menschen: nach solchen Indizien musste man im Inneren suchen, oder auf der Rückseite. Caro begann über das Innere und die Rückseite nachzudenken und fragte sich, ob wohl jedes Haus eine Dora verbarg. Ob es in jedem Leben eine *Benbow* gab, die sich zur Seite neigte und versank.

Man hatte das Gefühl, die Wände solcher Häuser mochten nach innen stürzen, sie mochten zerschmettern, ohne etwas zu enthüllen.

Kultiviertheit wurde am Rand des Abgrunds aufrechterhalten. Wer ohne Handschuhe erschien oder in anderer Weise das Fleisch andeutete, auch nur unbedachte Liebe zeigte, wurde mit der Mistgabel zurückgestoßen ins bestialische, bodenlose Australien, bis zurück zum Urzeitmenschen. Kultiviertheit war eine zerbrechliche

Konstruktion, gegen die beständig die Wellen einer rohen, mahnenden Menschheit donnerten: das Sechs-Uhr-Schlachtfeld vor den Pubs, in Erbrochenem und Glasscherben miteinander ringende Männer, der Haufen Hafenarbeiter, der während einer Zigarettenpause in der Nähe des Kais um eine geworfene Münze herum kauerte und vorbeigehenden Frauen in wütender Wollust Anzüglichkeiten hinterherrief. Es gab lärmende Familien, die in Raten bezahlten, wenn überhaupt, und deren Kinder blaue Flecken von den Schlägen hatten oder von der Rachitis deformiert waren – diese subtilere Bedrohung war in Reihenhäusern eingedämmt, deren trister Schmutz von den britischen Inseln übertragen worden war, eine Dunkelheit der Midlands. Seinen Dreck hatte Großbritannien nur zu gern mit dem fernen Australien geteilt, dabei jedoch die Abbey und den Schwan von Avon für sich behalten.

Erschüttert von diesen und noch schlimmeren Gegebenheiten, wandte die Kultiviertheit sich schaudernd ab.

Die beiden Mädchen gingen Hand in Hand nach Hause, nicht so sehr wie Verliebte, sondern eher wie ein älteres Ehepaar, dem Wissen und Verantwortung auf den Schultern lastet. Nach Hause kamen sie zu einer Dora, die sich in aufgebrachtes Schweigen hüllte, aber früher oder später irgendeine Angelegenheit auf explosive Weise kundtun musste. Oder zu einer in Tränen aufgelösten Dora nach einem Affront einer Nachbarin, die nun für immer diskreditiert war. Bedeutung war akustisch, gellend, den Tonfall prägend, das Schweigen durchbrechend. Kränkung war statistisch: »Sie haben mich in zwei Jahren nur einmal eingeladen«, »In all der Zeit war ich genau zweimal zum Tee dort«. Jede aus Versehen enthüllte Klassenzimmer- oder Pausenhofkrise mochte Dora zum Kreischen bringen: »Frieden! Ich will Frieden!« – die Schreie nach »Frieden!«, noch lange nachdem die Mädchen im Bett lagen, im Haus widerhallend.

Dora konnte jederzeit sterben, das sagte sie zumindest. ICH KANN JEDERZEIT STERBEN, als wäre es eine Lösung, auf die sie wiederholt zurückgreifen könnte. Sie erklärte ihnen, der Tod sei nicht das Schlimmste, als hätte sie bereits Gelegenheit gehabt, ihn zu testen. Sie sagte, sie könne sich etwas antun. Oder sie könne verschwinden. Wen würde es kümmern, was würde es ausmachen? Sie fielen ihr in panischer Angst um den Hals: Dora, stirb nicht, Dora, verschwinde nicht! Nein, sie blieb unnachgiebig: Es war die einzige Möglichkeit.

Wie oft, oft sie sich auf diesen unerschöpflichen Vorrat ihres eigenen Todes stützte, der immer wieder erneuert wurde durch den Schrecken, den sie auslöste, indem sie anderen den Rand des Abgrunds zeigte. Aus deren aschfahlen Gesichtern stieg sie jedes Mal auf, ein Phönix. Mit jedem Eintauchen in den Tod bekam sie neuen Auftrieb.

Nicht, dass Dora den Leidenden oder den Zugrundegegangenen gegenüber tolerant gewesen wäre. »Aufgeben kann jeder«, kommentierte sie, als man ihr erzählte, die Bibliothekarin Miss Garside habe vollkommen den Verstand verloren. Die Versehrten oder Erblindeten waren ein verhasster Übergriff auf das Mitleid, das allein Dora rechtmäßig zustand: Doras Hilferuf musste alle anderen übertönen. Sie war vollauf beschäftigt mit ihrem eigenen Verschwinden, das im Leben der drei die größte Bedrohung darstellte.

Die frühen Legenden der Mädchen handelten alle von den Malen, als Dora. Das eine Mal, als Dora dem Steuereintreiber die Stirn geboten hatte, das eine Mal, als sie sich vom Pfarrer nichts hatte bieten lassen. »Ausnahmsweise einmal habe ich den Mund aufgemacht.« Dora, die übel, krumm oder Anstoß nahm. Dora, die um sich schlug, Dora, die über etwas herfiel, Dora, die zusammenbrach. Dora, die die gefürchtete Nachricht verkündete: »Wir haben uns ordentlich gestritten.« Ordentlich geweint, ordentlich gestritten, ordentlich aneinandergeraten. Des Weiteren war Dora davon überzeugt, wenn sie freundliche Absichten nur lange genug strapazierte, würden sie ihre Grenzen offenbaren, und hatte sich dies auch wieder und wieder zu bestätigen vermocht.

Dora besaß ein zinnoberrotes Kleid mit schwarzen Knöpfen, das sie bei der Hausarbeit trug. Das Kind Grace fragte: »Warum bist du in diesem Kleid immer wütend?«

Dora brauste sofort auf: »In diesem Kleid bin ich immer beschäftigt. Nicht wütend, beschäftigt.«

Grace glaubte ihr nicht.

»Ich möchte mir nicht sagen lassen, ich sei immer wütend. Ich bin ganz bestimmt nicht wütend.« Dora war sehr wütend.

Grace zitterte. »Es tut mir leid.«

»Hast du irgendeine, hast du auch nur die geringste Vorstellung davon, wie hart ich für euch schufte? Ich werde niemals fertig.« Es stimmte, Hausfrauen waren Sklaven. »Und dann bekomme ich so etwas an den Kopf geworfen, bekomme gesagt, ich sei wütend. Lass es dir gesagt sein.«

Grace verließ zum Weinen das Zimmer.

Dora war zweiundzwanzig, hatte dunkle, schräg stehende Augen und trotz ihrer Bonbonsucht perfekte kleine Zähne. Caro fragte sich, wann Dora wohl alt genug für

Gelassenheit wäre. Alte Leute waren gleichmütig. Mit siebzig beispielsweise blieb einem gar nichts anderes übrig, als gleichmütig zu sein. Das musste selbst für Dora gelten, wenn sie nur noch so lange warten könnten.

Dennoch war Dora das alltägliche Leben. Dora ging einkaufen, bezahlte von ihrem kleinen Erbe Rechnungen und sprach mit Treuhändern über Schuldscheine. Dora brachte *Die Zitadelle* in die Leihbücherei zurück und kehrte mit *Der große Regen* wieder, spielte in Pymble Bridge und hatte eine wohlhabende Cousine in Point Piper. Dora ging zum Tee aus und verfasste Dankesschreiben auf ihrem blauen Büttenpapier. Sie trug ein elegantes Seidenkleid in der als Aquamarin bekannten Farbe und das lange dunkle Haar gewellt und eingerollt. Am Abend der Preisverleihung jubelte Dora über die gebundenen Anthologien der Mädchen und den Silberpokal, den Grace für ihr Klavierspiel gewann, und vergoss echte Tränen über Caros Goldmedaille in Französisch. Dies war es, was Caro zu den Gedanken über die Rückseite von Häusern geführt hatte und darüber, ob Dora in irgendeiner Form für jeden Haushalt unabdingbar war.

In höchstem Maß verwirrend war die Dora, ganz liebevolle Normalität, die auf die Befreiung durch einen ordentlichen Streit folgte. In diesen Intervallen wurden die Mädchen einen Abend oder einen Tag lang wieder jung. Natürlich brachte es alles durcheinander, was sie durch die Gewissheit des Leidens mit Bestimmtheit wussten. Doch wie auch andere, die sich im festen Griff absoluter Autorität befanden, gaben sie sich mit der kurzen Atempause zufrieden. Es schien leichter, zu lügen – gegenüber Dora, sich selbst, Gott –, als absichtlich die andere Dora heraufzubeschwören.

In diese Kampfhandlungen hinein platzte der Krieg. Im einen Jahr kreischten die Staatsmänner noch »Frieden! Frieden!«, während sie, wie Dora, ihre Kräfte für einen Holocaust mobilisierten. Im nächsten kamen Polen, die Siegfried-Linie, die *Graf Spee*. Eine Familie aus Wien, Juden, zog ins Nachbarhaus, und Dora berichtete: »Er ist Ingenieur, sie Kinderärztin. Angeblich.« Denn eine berufstätige Frau rief Argwohn hervor. Die beiden Jungs, Ernst ohne das zweite E und Rudolf mit F, lungerten auf dem Rasen herum. Ihr Vater, schlank und grauhaarig, brütete über einer Reihe Freesien, die sich im Oktober von der anderen Seite der Erde durchgekämpft hatten.

Im folgenden Juni wurden die Schaufenster des Gemüsehändlers eingeschlagen, weil er Italiener war. Bei Manganelli's an der Station Bondi Junction wurde ein Schild aufgehängt: WIR SIND GRIECHEN. Noch einmal segelten die Männer los in Richtung Geschichte, im Dunkeln und ohne Luftschlangen. Frankreich fiel. Da waren der Blitzkrieg, die britische Luftwaffe und Mr Churchill. Caros Klasse legte den Spanischen Erbfolgekrieg beiseite, um ein Buch über London zu lesen mit seinen heldenhaft herausragenden Gebäuden – die Guildhall, das Mansion House –, die jeden Abend in den Sieben-Uhr-Nachrichten von Flammen verzehrt wurden. Dora brodelte unter den Rationierungen und sehnte sich dennoch dorthin, wo die Bomben fielen. Sie nahm den Konflikt persönlich, aufgestachelt durch Mr Churchill. Es war Doras Krieg.

Die Nipptide der Geschichte hatte sie, wie gewöhnlich, auf dem Trockenen sitzen lassen.

Caro ward Fleisch. Ihre Hände nahmen Haltung an. Ihre langen, wohlgeformten Füße steckten in Schuhen, denen der Pausenhofstaub den Glanz genommen hatte. Der Gürtel ihrer Schuluniform, der zur Schlacht von Dünkirchen noch ein Kind umschlungen hatte, beschrieb bis zur Belagerung von Tobruk die Umrisse einer baumwollenen Taille. Ihr Körper zeigte eine zarte Vorahnung weiterer Veränderungen. Caro kannte die Quellen des Jangtse und Wörter wie Hypotenuse. Selbst Grace machte nun, auf dem Fußboden sitzend, Hausaufgaben. Dora strickte für die Handelsmarine und lud diese friedliche Tätigkeit mit lärmender Unruhe auf.

Griechenland fiel, Kreta fiel. Die Geschichte selbst schien ins Wanken gebracht.

Eines heißen Tages schlug Caro im Atlas Pearl Harbor nach. Bald wurden Busse in Sumpffarben bemalt. Luftschutzräume wurden errichtet und eine nutzlose Sperrkette über die Hafeneinfahrt gespannt. Man bewahrte einen Eimer Sand in der Küche auf wegen der Brandbomben. Mr Whittle war Luftschutzwart, und die Kirkby-Jungs wurden einberufen.

Die vornehme Rhetorik der Downing Street war kaum auf dunkle Straßen, Entbehrungen und Schlangestehen anwendbar. Aus dem Osten kamen mittellose Kolonialfamilien, und Singapur fiel, fiel. Die Zahl der Waisen war nun sehr groß, und die Mädchen zogen mit ihrem zivilen Verlust keine besondere Aufmerksamkeit mehr auf sich.

Die Schule wurde in ein Landhaus verlegt, zu dem die einmarschierenden Japaner kaum vordringen würden. Grace war zu klein, um durch solche Maßnahmen gerettet zu werden, Caro würde allein gehen. Caro würde den Flüchtlingsstatus ausprobieren, sollte er sich als akzeptabel erweisen, würde Grace möglicherweise später aufgenommen werden.

Eines Nachmittags wurde Caro an den Fuß der Blue Mountains verpflanzt. Auf der Ebene darunter wucherten Eukalyptusbäume bis zurück nach Sydney, ihre Rinde lag wie Papierfetzen überall verstreut. Die jüngsten Kinder weinten, aber die Eltern würden sie in zwei Wochen besuchen, sofern das Benzin bis dahin ausreichte und die Japaner nicht kamen. Bis Penrith fuhr auch noch ein uralter Zug, aber danach war man auf sich gestellt. Sie wussten Bescheid über Penrith, eine Stadt mit Holzhäusern, Telegraphenmasten und der Art von Lichtspielhaus, in der man den Regen hören konnte.

Grace winkte aus dem Autofenster: neidisch, schuldbewusst und in Sicherheit.

Es war Sonntag. Nach dem Sago-Pudding sangen sie »Bleib bei mir, Herr«, und Caro ging hinaus auf die Veranda des ersten Stocks. Der Abend bricht herein. Es kam die Nacht mit einer Stille, die noch trostloser schien durch das Krächzen eines Vogels, den man ihnen auf Illustrationen gezeigt hatte. In Caroline Bells eigener Kehle barst eine ungläubige Antwort. Die Gerüche, die von trockener Erde, Eukalyptus und einer kleinen Kuhherde ausgingen, vermittelten den Eindruck, die Zeit wäre außer Kraft gesetzt oder zu einem Tempo gedrosselt, in dem Caros eigene Beschleunigung sich auf absurde Weise vergeblich im Kreis drehte. Der Dampf eines Zuges auf dem Weg hinauf nach Katoomba die einzige Regung in den dämmerigen Gebirgsausläufern. Dora hatte sie gelehrt, die Bedeutungslosigkeit zu verabscheuen, und wenn irgendwo Bedeutungslosigkeit herrschte, dann hier. Das Ausmaß der Abgeschiedenheit war so enorm, dass Penrith zu einem Ziel geworden war. Caro umhüllte sich selbst in einer zarten Umarmung, schloss alles ein, was noch an Vertrautem übrig war. Caro war das Binnenland.

Sie hatte sich in den Winkel verkrochen, den das Geländer mit einem der hohen Stützpfeiler der Veranda bildete. Bougainvillea wurde hier senkrecht gezogen, und eine runde Tafel drückte sich kühl wie Porzellan gegen ihre Wange. In den dornigen Kletterpflanzen schwirrten Insekten, unten im Garten trippelte irgendein Tier umher. Dora hätte bestätigt, dass der Tod nicht das Schlimmste war.

In einem Raum mit sechs Betten weinten sich anschließend alle in den Schlaf. Am Morgen sah Caro, dass das Relief auf dem Balkon blauweiß und katholisch war. Eins der Mädchen erklärte ihr: »Miss Holster sagt, es ist ein Dellarobbier.«

Das Haus galt sofort als sonderbar. Es gab viel zu erkunden. Es gehörte einem Doktor, der gar kein Doktor war, sondern ein Architekt, außerdem Italiener, wenn auch auf unserer Seite. Er hatte sich in ein kleines Nebengebäude zurückgezogen – Gesindehaus war eine Bezeichnung, die ihnen aus Büchern oder aus den von Sträflingen erbauten alten Steinhäusern bekannt war. Der Doktor trug ein kurzes weißes Baumwollsakko, einen kleinen weißen Spitzbart und, obwohl er nicht hinkte, einen Gehstock. Laut Miss Holster hatte er Mussolini von Anfang an durchschaut.

Auf dem Portal oder dem Portikus des Hauses stand neunzehnhundertachtundzwanzig in römischen Zahlen. Für seine Errichtung hatten bunter Marmor und heller Travertin Monate auf See verbracht, und in der Nähe von

Parma, wo die Schinken und Veilchen herkamen, waren Kamine und Decken auseinandergenommen worden. Ganze Bodenbeläge aus geblümten Fliesen entwurzelt und neu eingepflanzt. Der Speisesaal sollte ellipsenförmig sein. Alle Türen, selbst die zu den Badezimmern, hatten Doppelflügel, mit Blumen bemalte Felder und Klinkenpaare zum vergnüglichen Rütteln, bis sie abfielen. Samtene Klingelzüge, die für Dienstmädchen vorgesehen waren, lösten sich durch ununterbrochenes Zerren auf. Eines Tages zerbrach Joan Brinstead auf dem weißen Marmorkamin im Musikzimmer ein Tintenfass, und Ammoniak machte alles nur noch schlimmer. Miss Holster hatte ein Himmelbett, konnte jedoch nicht sagen, weshalb Zitronenbäume in einem Topf statt in der Erde wachsen sollten.

Diese Räume umgaben Schönheit – etwas Unvergessliches, so wahrhaftig wie die Literatur. In ihnen mochten Veranstaltungen stattfinden, Ereignisse, wenn auch nicht während der Verschandelung durch ihren Aufenthalt. Abends leuchteten die Räume, zärtlich wissend.

Auf einem verbotenen Feld unter dem Haus umringte ein Drahtzaun Zelte, Blechhütten und dreißig bis vierzig kleine Männer, die in ihren rotweinfarbenen Uniformen auf groteske Weise militärisch wirkten. Die Landsleute des Doktors waren bis ans Ende der Welt gekommen, um ihn zu finden, denn die Männer, die seine Felder umgruben und seine Früchte einsammelten, waren italienische Kriegsgefangene. In der Abenddämmerung führten sie die Kühe in den Stall, ehe sie selbst hinter den Zaun geführt wurden. Morgens konnte man den Doktor zwischen ihnen umherlaufen sehen, mit seinem weißen Bart, seinem weißen Sakko, seinem weißen Panamahut:

abermals der Herr. Sie erfuhren, dass er nachmittags schlief, wie ein Baby. Sie hatten gesehen – oder ihn dabei erwischt –, wie einer der Gefangenen ihm die Hand küsste.

Von den Feldern oder hinter dem Zaun winkten die Gefangenen den Schulmädchen zu, die jedoch nie zurückwinkten. Niemals. Das war Ehrensache.

Nach zwei solcher Wochen kam Dora mit Grace im Wagen der Marchmains, der auf Naphtha umgestellt worden war. Im Drama der Wiedervereinigung lief Dora zur Höchstform auf und hatte einen riesigen Präsentkorb mitgebracht, um die miserablen Mahlzeiten aufzubessern. Caro spielte sich vor Grace mit der blassrosa Rosamund der Marchmains auf, ihrer Mitexilantin. Sie picknickten am Ufer des Nepean, wo Mr Marchmain sie über Nesseln und Ampferblätter unterrichtete. Über einem Feuer, das die Marchmains entfachten, wurden Würstchen gegrillt. Fett tropfte und stank, Würstchenfleisch quoll aus der aufgeplatzten Hülle. Sich allein auf einer einsamen Insel durchzuschlagen würde anders aussehen: Es würde Mangos und Brotfrucht geben, Milch aus Kokosnüssen und Fisch aus dem Korallenriff.

Dora saß auf einer Ecke der ausgebreiteten Wolldecke und sehnte sich danach, eine Aufgabe zugewiesen zu bekommen, über die sie sich dann würde ärgern können. Die Mädchen schwammen im Fluss, obwohl das salzlose Wasser und der Schlamm sie abschreckten. Sie spielten Moses im Schilf mit Grace in der Titelrolle, Caro aber als Prinzessin. Auf der anderen Seite des Flusses begannen die Schluchten, melancholisch und unbewohnt. Eine Freundin der Marchmains hatte sich einmal oben in Lapstone aufgehalten – wegen ihrer Pleuritis, wie es damals zumindest geheißen hatte. Für gewöhnlich ließ sich die Wahrheit jedoch am hektischen Erröten ablesen. Caro dachte an Umbria, das bis zum vorigen Tag lediglich eine Farbe im Malkasten gewesen war, zwischen Ockergelb und gebrannter Siena, und an das flache Parma, aus dem die Veilchen stammten.

Gern hätte Caro das Haus offenbart, fürchtete jedoch Doras Reaktion. Dora würde es nicht einfach so hinnehmen können, dass eine Veranda als Loggia bezeichnet wurde, ein Wandbild als Fresko. Von Villa für Haus ganz zu schweigen. Solcherlei Enthüllungen würden nur auf irgendeine Weise Caros Abspaltung von Doras Herrschaftsbereich verkünden. Sie liefen die Flure entlang und spähten in den ovalen Speisesaal, ohne etwas wahrzunehmen.

»Dieser Montyfiori«, bemerkte Mr Marchmain mit heiserer Stimme, »scheint mir ein gewiefter Gauner zu sein.«

Nach dem Tee liefen die Marchmains mit Rosamund hinunter zur Koppel, wo man der Reihe nach auf dem Pony reiten konnte, während Dora die Thermoskanne zum Auto brachte. Caro und Grace verschwanden in dem provisorischen Schlafsaal, wo sie sich Seite an Seite auf ein Bett setzten. Ihnen entwichen kleine, stoßartige Schluchzer eines erwachsenen Weinens, das sogleich wieder verborgen werden musste. Der große, schwere Mechanismus ihrer Herzen zerrte an ihren zarten Körpern.

Grace sagte: »Ich werde schreiben.«

In einem Badezimmer aus Marmor, der wie von Krampfadern durchzogen war, wuschen sie sich die Gesichter. Das Waschbecken war wie eine dieser Muscheln geformt. Sogar die Kloschüssel war blau gemustert, womöglich chinesisch.

Dora hatte die Hausmutter gefunden und las ihr wegen der Laken die Leviten. Marchmains kamen über den Kies herauf. Nun folgten genehmigte öffentliche Tränen, lasst der Trauer freien Lauf. Grace kletterte in den Wagen, beschämt über ihr erneutes Entkommen. In diesem Augenblick waren die Japaner das Letzte, worüber sich irgendjemand Gedanken machte: Die gesamte Übung schien auf nichts hinauszulaufen, wenn man einmal von den Gefühlen absah, denen sie großzügig die Zügel lockerte.

Im Winter kam Caro mit den anderen nach Hause. Die Villa verschwand hinter Eukalyptusbäumen, als sie sich für einen letzten Blick auf ihren Sitzen verdrehten, während ihr Atem die kalten Scheiben des Busses bedampfte, der sie zum Bahnhof in Penrith brachte. Trotzdem wagte es keine, ihren Mitgefangenen zuzuwinken.

Bald war ihre Flucht in die Berge Teil der sagenumwobenen Vergangenheit, eine Art von Kriegsdienst. Allerdings erst, nachdem der Doktor wegen der irreparablen Schäden an seinem Haus Klage erhoben hatte. Nach all dem Aufhebens um Danty und den Sonnenuntergang forderte der alte Gauner nun tausend Mäuse, berichtete Mr Marchmain, um seine Karikatur von Haus zu renovieren.

Caro kehrte wie von einer Auslandsreise zurück in eine von amerikanischen Soldaten bevölkerte Stadt. Dora bestätigte, dass sie großspurig und auf eine nicht näher benannte Weise hemmungslos waren. Mädchen, die mit ihnen gingen, waren gewöhnlich. Als sie bei Bondi Junction die Straße überquerten, wurden Caro und Grace in ihren Schuluniformen von einem schlaksigen Sergeant fotografiert und hielten sich wie Berühmtheiten die Hände vors Gesicht, um ein solches Eindringen abzuwehren. Zu schade, dass man keine hochrangigeren Retter bekommen konnte: Amerikaner vermochten nichts an Geschichte zu bieten, besaßen sie selbst doch kaum mehr davon als Australier.

Die Schwestern hatten noch nie zuvor schwarze Männer gesehen, abgesehen von den Laskaren am Kai.

In der Schule nahm Grace die Stuart-Könige durch. Aus den Zeitungen erfuhren sie von Stalingrad und Rostow am Don. Dora war Mitglied einer Gruppe, die sich donnerstags in der Delecta Avenue traf, um Tarnnetze anzufertigen, und wurde extrem gehässig. Erleichtert darüber, wieder zu Hause zu sein, zeigte Caro sich nachsichtig. Hin und wieder stellte sie sich das Haus des Doktors vor, die hohen Räume, die Erwartung erzeugten. Hätte man doch nur die Räume haben können, ohne das Elend.

Diese Vorstellungen mochten Erinnerungen sein, sofern es nicht noch zu früh für Erinnerungen war. Die Augenblicke wollten nicht sagen, welche von ihnen im Gedächtnis bleiben würden.

War man größer als einen Meter fünfzig, hatte man Anspruch auf zusätzliche Kleider-Coupons. Sie hätte ihre Zöpfe in einen Pferdeschwanz umgewandelt, wenn Dora nicht gewesen wäre.

Eines Morgens brachte ein Mädchen, dessen Vater für Waffengeschäfte in Amerika gewesen war, federlose Stifte, die sowohl blau als auch rot schrieben, blinkende Bleistifte, eine Maschine, die einen Namen – bevorzugt den eigenen – ausstanzte, und Bleistiftanspitzer aus durchsichtigem Zelluloid mit in die Schule. Und noch viele ähnliche Dinge mehr. Auf einem Tisch im Klassenzimmer ausgelegt, ließen sie sogar Miss Holster verstummen. Die Mädchen beugten sich darüber, hoben dieses oder jenes auf: Darf ich es anschalten, wie funktioniert das, ich kann es nicht zurückschieben. Niemand konnte sagen, dass diese Gegenstände hässlich waren, nicht einmal der Buntstift mit der leuchtend roten Blume, denn sie lagen auf dem lackierten Tisch ausgebreitet wie Zündsteine eines noch ungeborenen Zeitalters oder wie Beweise für Leben auf dem Mars. Eine Beurteilung ihrer Attraktivität fand nicht statt: Ihre Macht war endgültig und bat nicht um Anerkennung.

Es war die erste Begegnung mit vorsätzlicher Nutzlosigkeit. Niemand hatte jemals irgendetwas verschwendet. Selbst das Lalique auf Tante Edies Anrichte oder Mums Balibuntl waren dagegen äußerst funktional, da sie dem offensichtlichen Anlass der Verschönerung dienten und die notwendige, anerkannte Rolle einer Extravaganz einnahmen. Die selbstverständliche Ausstattung ihres Lebens schien nun aus bloßen Notwendigkeiten zu bestehen – zweckdienlich, alltäglich –, im Kontrast zu diesen harten, starren Objekten in leuchtenden Farben, die, obgleich zerbrechlich genug, die Unzerstörbarkeit der unendlichen Wiederholung verkündeten.

Da sie keinen Mangel verspürt hatten, konnten die Mädchen keinen Neid empfinden. An diese neue Habgier würde man sie erst gewöhnen müssen. Selbst Dora würde ihre Methoden anpassen müssen, um mit einer solchen Undurchlässigkeit fertig zu werden.

Während sie diese Spielsachen befühlten und sich

sogar auf recht erwachsene Weise über sie amüsierten, hätten sie sich niemals träumen lassen, dass sie schicksalhafte Zeichen der Zukunft in den Händen hielten. Der Plunder wurde mit kollektiver Bedeutung aufgeladen, wie Beweisstücke eines Verbrechens oder wie Sprengstoff, den kein Experte entschärfen konnte. Erfindung war die Mutter der Not. Kurz darauf begannen die Mädchen, ihre noch unentwickelten Hüften zu wiegen und von Chattanooga und dem San Fernando Valley zu singen. Sangen von den Antipoden aus darüber, unten in Havanna zu sein oder hinunter nach Mexiko zu fahren. Raus hieß nicht länger raus nach Kew. Die Macht von Kew zerfiel wie ein Weltreich.

Caro und Grace Bell gingen nun nicht mehr sofort nach dem Unterricht nach Hause, sondern liefen unterhalb der Schule am Strand entlang, bekamen Sand in Schuhe und Strümpfe, hoben angeschlagene Muscheln auf und warfen sie wieder fort. Seetang wirbelte in dunklen, glänzenden Knäueln umher, von den Gezeiten geriffelt, gelegentlich von einer Medusa getrübt. Stets sprachen ein oder zwei Jungs sie an, Jungs in grauen Knickerbockern und gestreiften Krawatten. Die Uniformen waren eine Garantie: Schulen erkannten einander wie Regimenter.

Grace war eine Blüte.

Caro hing das Haar so schwer auf die Schultern wie bei keinem anderen Kind.

Die Geräusche und Gerüche des Meeres ließen das Sprechen wertlos werden oder verlangten nach einer größeren Sprache als der ihnen bekannten. Weil die Intimsphäre durch Doras wiederholtes Eindringen sakrosankt geworden war, wechselten sie keine Worte über die heiklen Vorkehrungen, die ihre Körper für ein noch unvorstellbares Leben trafen. Und verharrten diesbezüglich in ungewöhnlicher Unwissenheit.

Dora war ein zu schmerzhaftes und verstörendes Thema für ihre besonnenen Nachmittage. Außerdem wurde von ihnen erwartet, dass sie sie liebten, und was noch wichtiger war, sie taten es auch. Sie hätten alles dafür gegeben, sie glücklich zu wissen. Dennoch begann ihre Dreiergruppe, ihnen lästig zu werden. Die Leute mussten beiseitespringen, wenn Dora die Mädchen fest untergehakt durch die Straßen führte oder sie einzeln durch Drehkreuze schob. Sie lebten unter Aufsicht, ein Leben ohne Männer. Dora kannte keine Männer. Man konnte sich kaum vorstellen, wie sie einen treffen sollte, geschweige denn kennenlernen.

Offensichtlich sehnten sich alle Frauen danach zu heiraten und hielten nach dem Verlassen der Schule erwartungsvoll den Atem an, während sie Wäsche und Silber anhäuften. Das umfasste viel Warterei und eine gefährliche Andeutung von Gefühlen. Von jenen, die nicht auserwählt wurden, nahmen manche es still hin – wie die alte Miss Fife, die mit Sonnenschirm und hohem Kragen zum Tee kam, glänzende Seide bis zu den Waden, spitze Schuhe, die mit je einem Knopf geschlossen wurden: vornehmer als Queen Mary. Andere waren verstört, schüchtern oder trugen einen Damenbart – vom Vater erdrückt, von der Mutter erdrückt oder gedankenlos beiseitegelegt.

Doras Platz in alldem ließ sich nur schwer bestimmen.

Caro durfte allein mit der Fähre in die Stadt fahren. Dazu gehörten die Landungsbrücke, das Knirschen der Stahltaue, das Ablegen, der Gestank der gedrosselten

Motoren und das Meer, das gegen die grüne Kruste auf den Holzpfählen schlug. Sie hörte die Stadt hupend herannahen, hörte das Klingeln der Straßenbahn, das Kreischen einer Zündung. An Bord hielten Büromädchen kleine Spiegel hoch und klopften Puder von ihren kurvigen Vorderseiten und gewölbten Schößen, dass es in Brustkorb oder Schenkeln leicht widerhallte. Bevor sie ihre Handtaschen zuschnappen ließen, tupften sie sich noch hinter die Ohren, um Bereitschaft zu signalisieren. Dies waren keine Vorkehrungen, um zu dritt nebeneinander durch die Stadt zu marschieren, dies war der Auftakt zu Begegnungen.

Allein in der Stadt hob Caro in einem Laden ein zerlesenes Buch hoch: »Wie viel kostet das?«

»Fünfzehn und drei.«

Zurück auf den schwankenden Stapel. Der Tisch war beladen wie ein Waffenlager.

»Na gut. Sagen wir, zehn Schilling.«

Als sie es an jenem Abend sah, sagte Dora: »Du hast jetzt genug Bücher.«

Dora vermochte, besser als jeder andere, auf Anhieb einen Feind zu erkennen.

6

»Auch wir«, sagte Ted Tice, »auch wir kannten manche Dinge nur aus Büchern.«

Caroline Bell saß auf dem Gras und hatte die nackten Arme um die Knie geschlungen. Der Rasen war so dicht wie eine Stickerei: nahtloses England. Die erstaunlichen Bäume waren Weymouth-Kiefern, durch die der Sonnenschein in heiligen Strahlen fiel, wie Licht in eine Kathedrale. Bald mussten für sie Dinge zum Leben erwachen, die ihr zuvor, wie bestimmte Farbtöne, nur aus Büchern bekannt gewesen waren.

Ted sagte: »Wie die Hitze zum Beispiel. Oder die Liebe.«

»Die Hitze ist heftig«, hatte man über die Feldpost nach Hause geschrieben. Oder, je nach Dienstgrad: »Es würde euch in Erstaunen versetzen.« Der Truppentransporter, den die alte *Lancashire* aus Liverpool darstellte, blieb im Roten Meer liegen. Als man hörte, dass sie »die alte *Lancashire*« genannt wurde, hatte man schon etwas in der Art erwartet. Aden war eine Reihe geschmolzener Felsmassive, flirrend vor Erdöldämpfen und kolonialer Niedergeschlagenheit. Ohne ein Gefühl von Befreiung drangen sie in den Indischen Ozean vor. Sonnencreme und Sodawasser waren da längst aufgebraucht. Sie sangen Kriegslieder – deren überholte Eindringlichkeit im Jahr neunzehnhundertsechsundvierzig schal geworden war – und Marschlieder als Spott auf ihre Bewegungslosigkeit. Abends wurde Bingo gespielt oder noch mehr gesungen und damit kaum jemandes Bedürfnis entsprochen. Wieder und wieder wurden stickige Episoden Englands aufgeführt, in Colombo, in Singapur.

In Hongkong saß Ted Tice, der unverzüglich mit dem Schiff nach Japan weiterreisen sollte, gemeinsam mit einem Lieutenant der Royal Navy in einem Club für Offiziere. Der Club befand sich in einer Seitenstraße in Laufweite der Marinewerft und wurde abends von Offizieren besucht, deren Kleidung aus reinem Weiß und Gold wie für den Hof bestimmt schien. Unter den langsamen Umwälzungen eines Deckenventilators kamen die Nachwirkungen des Krieges zum Erliegen. Man roch Wäschestärke, Limettensaft und Gin, den Schimmel in den Leinenkissen und, ganz leicht von der Straße her, den Gestank Chinas. Drei hellhäutige geblümte Frauen auf einem Sofa waren unverkennbar Krankenschwestern nach Dienstschluss, so unbeholfen wie Polizisten ohne Uniform.

»Sie wissen ja, was man sagt.« Teds Lieutenant kannte sich aus und senkte die Stimme. Als sie ihn lachen hörte, drehte eine der Frauen sich unschuldig um und lachte aus Gutmütigkeit ebenfalls. Sie war etwa neunzehn, hatte ein breites, argloses Gesicht mit einer langen Nase und unregelmäßigen Zähnen. An Ärmeln und Busen war sie aus ihrer Zivilkleidung herausgewachsen wie aus einem Schulkittel. Wie Ted Tice' Mutter, die einen Zeitungskiosk betrieb, hatte sie einen Manchester-Akzent.

(Als Ted Tice zu Hause ausgezogen war, um auf die Universität zu gehen, hatte seine Mutter zu ihm gesagt: »Du muss' nichts vom Laden sagen, wenn du nich' willst.« Sie hatten sich angestarrt, wie Kinder, die im Spiel darum wetteiferten, wer zuerst blinzeln musste. Unerträglich, ihr Verständnis, ihr Unverständnis.)

Der Navy-Lieutenant, der auch nette Seiten hatte, war in Japan gewesen. »Die Amerikaner führen den Laden. Ohne Genehmigung von MacArthur können Sie da nichts erreichen.« Er nannte ein unvermeidliches obszönes Beispiel. »Die behandeln uns schlimmer als die Japsen. Die haben jetzt das Sagen, und wir sind auf dem absteigenden Ast.«

An der Wand hing die gerahmte Fotografie eines unbedarften Königs in Marineuniform. Selbst ein König durfte nun bedauert werden, da er sich auf dem absteigenden Ast befand. Chinesische Bedienstete, die über die Veränderung noch nicht in Kenntnis gesetzt waren, trugen Tabletts herbei. Das Mädchen auf dem Sofa erklärte mit ihrer Manchester-Stimme: »Und ich sage dir, der könnte keinen Pastetenstand führen.« Sie sprach vom Premierminister.

Der Lieutenant sagte zu Ted Tice: »Es sei denn, Sie haben ein Mädchen.« Ted wandte sich ihm erneut zu. »Ich sage Ihnen, lassen Sie sich nicht in einen Haufen Zuchtperlen schubsen.«

Wegen der Minenräumarbeiten verbrachten sie den ganzen Tag auf der Inlandsee. Die Inseln waren Einbrüche, jede von ihnen gesäumt von einer einzelnen Reihe gebeugter magerer Bäume. Zu Hause hatte sich noch die wildeste Küste mit langsamer Beharrlichkeit ausgebildet, diese Inseln hingegen waren Bruchstücke einer Katastrophe. Ted hatte noch nie einen so roten Sonnenaufgang gesehen oder Dörfer aus Stroh. Kleine Boote flatterten wie Geschenkpapier auf den angeschwemmten Wellen, und ein junger Engländer blickte über eine Reling hinunter in Gesichter, die als Karikatur des Feindes stigmatisiert waren.

Im Hafen lagen Schiffsrümpfe wie verwesende Wale. Die Docks waren von Luftangriffen zerstört, aus dem Hafenbecken ragte der Kiel eines beim Stapellauf gekenterten Schiffes. Auf dem Kai zog der einstige Feind in ermatteten Tarnfarben an Leinen und stieß die Schreie hervor, mit denen ein Schiff angedockt wird. Einer der Offiziere des Schiffes sagte: »Sie müssen über den Hügel gehen.« Die Hänge über dem Hafen von Kure waren Terrassen in Gold und Grün, mit roten Tälern aus Azaleen. Es war Anfang Juni. »Nicht dort entlang, in die andere Richtung.« Und Ted Tice wiederholte, wie eine Lektion, den Namen seines Ziels: »Hiroshima.«

Es war wie ein feierlicher Ausritt – der Jeep offen und von khakifarbener Autorität. Auf die zerbombten Docks und zerstörten Straßen des Hafens folgte am Hang die Grotte eines eingebrochenen Eisenbahntunnels. Der Offizier auf dem Beifahrersitz kommentierte: »Hier war einmal, angeblich gab es, man würde es heute nicht glauben.« Er sagte: »Ich werde Sie nach und nach ins Bild setzen.« Sein schwerer, entlang der Rückseite des Vordersitzes ausgestreckter Arm stand unter Spannung, wirkte jedoch nicht ganz menschlich, eher wie ein angeschwollener Feuerwehrschlauch. Sein Name war Captain Girling.

Sie fuhren hinab in ein riesiges Land ohne Horizont, und zunächst standen überall kleine, unfertige Häuser. Unverwitterte Balken wurden gerippt zu Räumen zusammengesetzt, Latte um leidvolle Latte wurden Dächer gewoben. Männer und Frauen trugen Lasten, gingen über Planken, reihten sich vor dem heißen Blechhimmel auf. Neben einer neuangelegten Straßenbahnlinie verlangsamte der Jeep seine Fahrt. Wo Schienen und Straße auseinandergingen, lehnte sich ein Jugendlicher aus der Straßenbahntür, spuckte sie an und verzog sich dann wieder.

»Könnte ich den in die Finger kriegen«, sagte der Offizier. »Könnte ich doch nur.« Dieser Mann war wortwörtlich dekoriert, trug die Bänder vieler Orden. Er hatte eine Narbe, bloß eine Linie, als hätte ein Kissen seine schlafende Wange zerknittert. Dieser Captain sah den Makel an Ted Tice' Augapfel, ohne ihm in die Augen zu blicken. Auf dem Rücksitz des Jeeps zeigten sie sich wie Kinder, was sie besaßen – die Kameras und Armbanduhren und kleinen Funkgeräte, mit denen der Feind beinahe gewonnen hätte.

In der Vergangenheit hatte die Zerstörung einer Stadt die Konturen der Erde freigelegt. Moderne Städte gestatten dies nicht mehr. Das Land ist schon zuvor eingeebnet worden, um die Stadt zu erschaffen, dann verschwindet die Stadt und hinterlässt eine Leerstelle. In diesem Fall einen Fluss, von seiner irrelevanten Natürlichkeit überrascht. Ein einziges Mahnmal, die entblößten Träger einer beseitigten Kuppel, ragte wie ein leerer Schädel oder wie der ausgehöhlte Erdenball selbst hervor: der Petersdom, in einer ewigen Stadt des Alptraums.

Eine Katastrophe, die niemand jemals als Wille Gottes bezeichnen würde.

In diesem Moment begann Ted Tice' Leben seine Perspektive und Richtung zu ändern. Er war es gewohnt, sein Leben so zu betrachten wie jeder andere: Ich habe dieses getan, wie konnte ich jenes tun. Kaum zwanzigjährig hätte er gedacht, schon ziemlich viel überwunden zu haben. Da waren Vater, lautstark erzürnt, und Mutter, ganz unaufgeräumter Kummer. Dann war da seine Begabung, ein Lehrer, der nach der Schule vorbeikam: »Der Junge zeigt eine außergewöhnliche Begabung.« Dieser Junge, vor all den anderen. Sein Name war auf eine Liste gesetzt worden, und das Stipendium deckte alles ab, sogar die Bücher – allerdings keinen Mantel –, und die Universität befand sich in der Nähe der Nordsee.

Angesichts der gespenstischen Ebene, in der eine Stadt vor den Augen der Welt verbrannt worden war, verloren die Ereignisse, die er bereits als sein Leben bezeichnet hatte, an Bedeutung, noch ehe er sich darin geübt hatte, sie wichtig werden zu lassen. Dies ergab sich aus dem Gefühl nicht etwa von Verhältnismäßigkeit, sondern von einem umfassenden Chaos, einem Durcheinander, in dem seine eigene glückliche kleine Ordnung wie ein Wunder, dabei jedoch unwesentlich erschien, und aus einer nahezu religiösen Offenbarung, dass man dem kolossalen Ausmaß des Bösen nur mit einem einzelnen Aufflackern erbitterter persönlicher Menschlichkeit begegnen oder entgegenwirken konnte.

Unklar war, ob dies auf einen Verlust des Glaubens hinauslief oder auf dessen Gewinn.

In jener Phase wurde Edmund Tice' Schicksal zweifelhaft, und er gab fortan nicht mehr eindeutig zu erkennen, ob er siegen oder versagen würde.

Captain Girling erklärte ihnen, als Folge dessen, was sie nun sähen, sei Krieg undenkbar geworden: »So gesehen ist es heilsam gewesen.« Es gefiel ihm, ein Extrem zu rechtfertigen. »An irgendeinem Punkt muss man schließlich aufhören«, sagte er, ungeachtet der Beweise.

Die anderen bezweifelten stumm, dass man der Welt bereits genügend den Magen umgedreht hatte. Andererseits lag eine verführerische und gefährliche Erleichterung in der Erwägung des Weltuntergangs, der sie von jeglicher Schuld oder Mühe entbinden würde.

Captain Girling sagte: »Ich werde Sie ins Bild setzen.« Als wären sie herausgefallen. Er glaubte, es würde wohl zwanzig Jahre dauern, und das war noch eine vorsichtige Schätzung, bis die Auswirkungen vollständig bekannt wären. Aufzeichnungen wurden geführt, es würde ein Institut und Studien geben. »Nun, damit werden Sie sich herumschlagen müssen, jetzt sind Sie dran.« Als Nächstes würden sie Überlebende sehen – die in eine Einrichtung gesperrt waren, wie man Artefakte von besonderer Langlebigkeit in einem Museum unterbringt.

Der Jeep bog in einen Korridor aus fertiggestellten neuen Häusern ein. Ted Tice hörte: »Ihr Burschen seid ja daran gewöhnt.« Er wollte entgegnen: »Ich habe noch nie. Ich bin kein Arzt.« Die Fantasie schlich voraus, verstört, verirrt zwischen Anblicken, die bald noch überboten werden würden. Vorn war Captain Girling zufrieden, die Knie des jungen Mannes zittern zu sehen. Unter den gegenwärtigen Umständen waren die Barmherzigen noch stärker im Nachteil als gewöhnlich.

Ted Tice' Art hinzusehen unterbrach den gleichmäßigen Fluss der Akzeptanz, stellte das Unausweichliche nutzlos in Frage. Würden Leute wie er sich durchsetzen, gäbe das eine schöne Sauerei auf der Welt. So dachte Captain Girling inmitten atomarer Ruinen.

Überall entlang der neuen Straße waren die Symbole der Normalität aufgestellt worden: Behausungen, Kinder, das gebrochene Schweigen. Aneinandergereihte Balken fügten das Tableau des alltäglichen Lebens zusammen. Und kleine, gedrungene Frauen hatten die gewölbten Reflektoren der Taschenlampen aufgesammelt, die überall verstreut lagen, wie Steine nach einem Vulkanausbruch. Gefüllt mit Wasser waren diese Schüsseln vor die Eingangstüren gestellt worden. Und in jeder von ihnen schwamm, rosenrot und größer, als man es sich in seinen wildesten Träumen ausmalen mochte, ein Farnwedel oder eine einzige Blüte der Azalee.

Solche Familien konnten nicht als Überlebende betrachtet werden, da sie physisch intakt und bereit waren, erneut zu glauben.

Als sie aus dem Jeep ausstiegen, nahm Captain Girling Ted beiseite: »Hören Sie. Machen Sie sich nicht zur Ziege.« Die Ziege stand für alles Unmännliche oder auch Menschliche. Er gab bloß einen vernünftigen Rat.

Und wusste wirklich nicht, worüber der Lümmel lachte.

7

Es war das Schicksal jener sanften Hügel, die das Haus der Thrales umgaben, in Edmund Tice' Augen als unheilvoll zu erscheinen. Da waren die tiefgelegene Straße, auf der er mit Caro nach Hause lief, die sie umringenden Feldfrüchte und Gräser und die von Ereignissen aufgeladenen Hügel.

»Hier ist am Tag meiner Ankunft der Sturm aufgezogen.« Er kennzeichnete alles, ließ Sträucher und Hecken Zeugnis ablegen. Nun war es die Dämmerung, die hereinbrach. Er fragte: »Ist Ihnen kalt? Wir sind bald zu Hause.« Dachte jedoch, dass sie stattdessen beim Erklimmen des Pfades stehen bleiben würden und er sie berühren und anders zu ihr sprechen würde. In der angenehmen Abendluft waren seine Schritte weniger selbstsicher als während des Unwetters, da er noch allein war mit dem, was er anzubieten hatte.

Caro konnte das herannahende Haus nicht als ihr Zuhause betrachten, wenngleich sie kein anderes hatte. »Haben Sie an der Universität eine eigene Wohnung?« Hätte man nur Privatsphäre, müsste alles in Ordnung sein.

»Ich habe eine Wohnung, zwei Zimmer, im Haus eines Professors. Die Leute sind nett, eine glückliche Familie. Er ist mir ein wunderbarer Freund gewesen. Nun zieht er nach Edinburgh – im September werde ich dort für ein paar Tage erwartet, bevor ich nach Paris aufbreche.« Er hielt inne beim Nachhall von Trennung und Abschied.

»Die Familie hat zwei Jungs – die mich mögen. Und eine Tochter, etwas älter.«

»Die Sie mag.«

»Die sich nicht entscheiden kann, ob sie Tänzerin oder Malerin werden soll.«

Caro hätte fragen können: Wie alt? Schwieg jedoch, und bald war das Gespenst der Tochter verschwunden. Sie standen auf der Landstraße, als sie Teds Umarmung abwehrte. Sie schien sich selbst über ihre Abneigung zu wundern und sagte laut: »Ich weiß auch nicht, warum.« Sie gingen weiter, während eine neue Sanftheit ihrerseits Endgültigkeit vermittelte: Da sie alles andere verweigerte, konnte sie sich Freundlichkeit leisten. Sie bemerkte: »Ich bin heute glücklich gewesen.« Sie wäre endlos mit ihm weitergegangen, aber sie würde nicht lieben. Sie hatte ein Bedürfnis nach Schweigen und Verständnis, das ihr wichtiger war als Liebe, und sie hielt dies für eine bewusste Entscheidung.

An der Biegung der Straße protokollierte er: »Hier hat der Regen eingesetzt« – seine Gesichtszüge waren verwischt vom Zwielicht oder durch eine neue Gemütslage, während er sich an jenen Mittag erinnerte, als ein Blitzstrahl entschlossen Erde und Himmel spaltete. Sie begannen den Feldweg hinaufzusteigen, verlangsamt durch anhängliche Brombeersträucher und Teds Absicht innezuhalten.

Seit sich seine Stimmungen auf sie bezogen, erregte seine Wachsamkeit Caros Ärger. Als Kind hatte Caroline Bell Doras ständige prüfende Blicke und das Gefühl, beim Lesen, Spielen oder Nähen mit besitzergreifender Aufmerksamkeit beobachtet zu werden, verabscheut. Nun sagte sie zu Ted, was Dora gegenüber ungesagt geblieben war: »Sie dürfen nicht so interessiert an mir sein.«

Er verstand sofort, was sie meinte: Das gehörte auch dazu, seine schnelle Auffassungsgabe gegenüber ihren Gedanken. »Ich verstehe, dass es irritieren mag.« Ohne eine Änderung zu versprechen. In der Nacht oder in jedem ruhigen Moment könnte sie nun nach Belieben spüren, wie er sich ihrer bewusst war. Dieses Bewusstsein würde während all der Ereignisse und Strukturen ihrer Tage fortdauern, wie eine Uhr, die in einem leistungsstarken Auto der einzige hörbare Mechanismus ist.

Sie sagte es ihm, das mit der Uhr, vertrieb es mit ihrem Lachen. Und er erwiderte: »Was Sie da beschreiben, ist keine Uhr, das ist eine Zeitbombe.«

»Es gibt also eine Grenze. Zeitbomben müssen ein Ende haben.«

»Keine Grenze. Einen Höhepunkt.«

Er nahm an, sie fürchte sich in gewissem Maß vor der körperlichen Liebe. Er dachte sich das nicht aus, um seinen Stolz zu wahren, denn ihm war bereits ihr schnelles Zurückweichen aufgefallen, das sogar ihren Blick betraf, und das – beinahe karitative – Bemühen, mit dem sie manchmal doch berührte, und wie sie sich von Zeit zu Zeit an ihre jüngere, hellere Schwester wandte, als diejenige, die diese Angelegenheit beherrschte oder deren Unausweichlichkeit zumindest gelassen hinnahm.

Ted Tice erkannte, dass es nicht darum ging, ihre Widerstände zu überwinden. Sie selbst erforderte eine Art von Überwindung. Und er hatte mit Hingabe begonnen. Bald schon würden ihre Ansprüche durch Erfahrung auf die Probe gestellt werden, wie Prinzipien durch Widrigkeiten auf die Probe gestellt werden, und womöglich würde sie sich dann abwartend verhalten, doch für den Moment glaubte sie, über dem zu stehen, womit sie noch nicht in Berührung gekommen war.

Sie wünschte sich, zu einsamer Größe emporzusteigen. Aus Unwissenheit hatte sie eine klare Sicht auf das Wissen – das sie auf seiner Anhöhe so stattlich, hell und rein wie die Akropolis sah. Ihre Eitelkeit konnte man nicht als harmlos bezeichnen: Wie jeder menschliche Wunsch nach Abgrenzung ließ sie sich leicht verurteilen oder verspotten, und in ihrer derzeitigen, elementaren Form mangelte es ihr eindeutig an Erbarmen. Verglichen mit anderen Anmaßungen war sie jedoch bei weitem nicht die schlimmste.

Ted Tice verstand seine Zuneigung zu Caro bereits als Steigerung seiner besten Eigenschaften, wenn nicht seiner Stärken: kein jugendliches Abenteuer, frisch und zaghaft, sondern ein Maßstab für alle bekannten oder imaginierten Mühen, Freuden und Leiden. Die Möglichkeit, dass er im Gegenzug vielleicht in seinem ganzen Leben niemals ihre Liebe würde erwecken können, war eine Erkenntnis, die die gesamte Existenz berührte. In seinem Verlangen und in seiner Vorahnung war er wie ein Wachender, der eine Frau beim Schlafen beobachtet.

Ein Bellen, ein Bimmeln, ein Bauer ruft ein Tier herbei, ein Babyschrei. Dies waren die einzigen Geräusche, aber sie schlugen Unendlichkeit. Am Hang unter ihnen stellte eine zum gelblichen Lichtschein eines ärmlichen Flurs weit geöffnete Tür eine Friedenserklärung dar. Verglichen mit solch einer Freimütigkeit waren die Fenster von Peverel, ihrem nun sichtbaren Ziel, Flecken einer verhüllten Wohlanständigkeit, der jegliche Leidenschaft unbekannt war. Sosehr man dafür auch Sefton Thrale verantwortlich machen wollte, war seinem Haus doch bereits in früheren Zeiten etwas Einschneidendes widerfahren. Das neunzehnte Jahrhundert hat etwas Verdunkelndes an sich.

Während sie weitergingen, dachte Caroline Bell an Professor Thrale – an seine Vorträge, seine gebeugte Haltung und die Verleugnung seiner eigenen Menschlichkeit. Erst am Tag zuvor hatte er in seiner zügigen und überzeugenden Art die Erfinder tödlicher Waffen vollständig freigesprochen: »Wir interpretieren lediglich die Entscheidungen der Menschheit.« Und als Caro eingewendet hatte: »Sind Wissenschaftler denn nicht auch Menschen? Und damit zumindest so verantwortlich wie ihre Zeitgenossen?«, hatte er die Diskussion mit seinem wenig geduldigen Lächeln beendet, als würde er einem Kind versichern, wenn es erst einmal älter wäre, würde es schon verstehen oder sich nicht mehr darum scheren.

Da ihr das Vokabular für deren Arbeit fehlte, konnte Caro sich des Professors Vormittage mit Ted Tice, die feierlich hinter einer täglich geschlossenen Tür stattfanden, nicht vorstellen. Sie mochte sich zwei Männer hinter einem Schreibtisch ausmalen, und wie der Professor in seiner winzigen Handschrift Notizen machte, kam in Gedanken jedoch nicht weiter.

Sie sagte: »Ich kann Sie nie nach Ihrer Arbeit fragen.«

Sie setzten sich auf ein niedriges Mauerstück, das noch warm war – in einem südlichen Land wäre vielleicht eine Eidechse vorbeigehuscht. Der Duft von Liguster oder Klee lag in der Luft, die so offen war, dass man den Himmel riechen konnte. Aus dem geometrischen Fetzen gelben Lichts rief ein Mann: »Bessie, Bessie.« Bis zuletzt ein ungehaltener Antwortruf ertönte.

Ted sagte: »In Wirklichkeit benötigt man keinerlei fachspezifische Kompetenzen, um die Meinungsverschiedenheit zwischen ihm und mir zu begreifen.« Caro hatte die Meinungsverschiedenheit, die man im Haus spüren, wenn nicht gar miterleben konnte, mit keinem Wort erwähnt. Er fuhr geradewegs fort: »Sie besteht einfach darin, dass es nirgendwo in England eine geeignete Stelle für diese Art von Teleskop gibt. Die Sicht reicht nicht aus. Alle wissen das. Aber aus politischen und finanziellen Gründen sowie aus Kleinlichkeit bestehen sie darauf, es hier aufzubauen.«

Es wirkte auf sie wie eine erwachsene Angelegenheit, ernster als die Liebe. »Wo sollte es dann stattdessen stehen?«

»Im Süden von Europa gäbe es gute Standorte. Aber man wird niemals zulassen, dass es das Land verlässt.« Er erklärte, wie der Professor die berechneten Stunden an Tageslicht studierte und dabei vorgab zu glauben. Während er sprach, wurden die Schatten der Blätter auf dem Pfad länger, bis sie exotisch anmuteten, über Caros ausgestreckten Fuß legte sich ein Schattenband wie eine Sandale. Erneut ertönte der Ruf »Bessie« und das ungeduldige Kreischen als Antwort. Ted sagte: »Vielleicht veröffentliche ich eine abweichende Auffassung.«

»Wenn es sich so verhält, müssen Sie das natürlich tun.«

Er hatte die Sache unstrittig klingen lassen, aber als er nun mit »Sehen Sie« ansetzte und dann zögerte, dachte sie, dass er anscheinend genauso unbestimmt war wie alle anderen. Er fuhr fort: »Damit würde ich lediglich die Einbeziehung der Presse erreichen und einen Skandal auslösen. Ich würde die Sache nicht aufhalten, aber die

Aufmerksamkeit darauf lenken.« Er sagte: »Es geht also um Illoyalität und um die übliche Frage, wem gegenüber man loyal ist.«

Eine Veränderung in seinem Tonfall hätte Caro einen Ausbruch erwarten lassen, umso überraschter war sie, als er nun fragte: »Erinnern Sie sich, wie Sie heute von der Tafel abgelesen haben – *Große Erwartungen*?« Dass er fragte: »Erinnern Sie sich«, versetzte den Morgen in der Zeit zurück, in eine entfernte Unschuld.

»Vor dem Kino.«

»Ja. Erinnern Sie sich, wie auf der ersten Seite dieses Buches der Junge dem entkommenden Strafgefangenen hilft?« Eher wie ein Verhör als wie der Abruf von Erinnerungen.

»Aber er freundet sich nicht mit ihm an. Er handelt aus Angst.« Es war ganz selbstverständlich, im Dunkeln auf einer Mauer zu sitzen und über ein Buch zu sprechen.

»Angst kann andere Formen annehmen als Hilfsbereitschaft, und in diesem Fall bleibt sie als Barmherzigkeit in Erinnerung.« Ted Tice' Fingerspitzen ruhten auf der Steinmauer, um seinen Körper für einen erneuten Vorstoß ins Gleichgewicht zu bringen.

»Im Krieg habe ich einem Häftling bei der Flucht geholfen. Einem Deutschen. Das war in Wales, wo ich ein paar Jahre auf eine Schule gegangen bin, nachdem ich von dem Haus, das Sie heute gesehen haben, weitergeschickt wurde. Von uns aus ein paar Meilen im Landesinneren befand sich ein Lager für Kriegsgefangene, und wir hörten, dass ein Offizier – ein General, hieß es natürlich – ausgebrochen war. Manchmal, wenn man es mir erlaubte, ging ich auf einem langen, anstrengenden Wanderweg zur Küste, um allein zu sein und das Meer zu sehen. Zu jener Zeit war das Meer mit einer Art Prohibition belegt, die Strände waren gesperrt, der Stacheldraht lag in Reifen aufgeschichtet, und die Geschützstände standen so dicht wie Badehäuser. Das Meer dahinter sah nach Freiheit aus. Man konnte sich nicht vorstellen, dass es nach Irland oder Amerika führte – es war so unendlich wie das Firmament. Das offene Meer. Ich war sechzehn, sehnte mich mehr als alles andere nach Einsamkeit und war todunglücklich, wenn ich sie bekam – außer auf jenen Küstenwanderungen. Ich hatte nichts als die Schule in meiner Gegenwart und das Militär in meiner Zukunft. Wir durften kaum jemals allein ausgehen, würden uns aber in ein bis zwei Jahren im Kampf befinden, womöglich längst tot sein. Tatsächlich wurde ich achtzehn Monate später zur Radarausbildung geschickt, ganz am Ende des Krieges.

Jedenfalls ging ich gern von der Schule hinaus zur Küste, stellte mich auf einen der letzten Hügel und blickte eine Weile aufs Wasser, bevor ich mich umdrehte und die etwa zehn Meilen zur Schule zurücklief. Allein der Blick auf etwas so Ausgedehntes war ein Vorgeschmack auf die Freiheit. Ich liebte auch die Landschaft, die ganz kahl war – nichts als rauhes Gras und Büsche, die sich im immerwährenden Wind wiegten. Verbrauchte Farben, die in einem Randbereich blieben – als könnte es einen Kern des Lebens geben, dem man hier näher käme. Oder, um es andersherum auszudrücken, dieser Ort war so obskur, dass man all seine Überzeugung aufbieten musste, um daran zu glauben, dass er, oder man selbst, tatsächlich existierte. Das Wetter war immer schlecht, aber das machte mir nichts aus. Selbst das verlieh ein Gefühl der Freilegung, von Raum nach Gefangenschaft.

An einer bestimmten Biegung der Klippen bekam man den Eindruck, man umrundete einmal die Erde. Und dieses eine Mal saß ein Mann in einer Felsspalte und schaute. Er starrte nicht. So still und so wenig überrascht, als hätte er auf mich gewartet. Ich wusste auf der Stelle, dass es der Deutsche war. Als hätte auch ich auf ihn gewartet. Wir beide also, schauend. Irgendwoher hatte er einen Mantel bekommen, dennoch war er halb erfroren. Er hatte beinahe eine Woche draußen in den Hügeln verbracht und war vollkommen ausgelaugt, erschöpft und am Verhungern. Sein Gesicht hatte sich sozusagen von den Augen gelöst, und Sie hätten seine Hände sehen sollen.«

Ted Tice sagte: »Er war der eindeutige Beweis dafür, dass der Krieg real war.

Nun, das war auch schon beinahe die ganze Geschichte. Ich habe ihm mein Sandwich und meinen Pullover gegeben. Und eine Flasche mit einem scheußlichen Zeug, das wir Fleischtee nannten. Die Polizei selbst hätte so ziemlich dasselbe getan. Dass ich ihn nicht verpfiffen habe, ist der eigentliche Skandal, aber ich bin noch nicht einmal auf den Gedanken gekommen, ihn zu verpfeifen.«

Es unterschied sich von allen anderen Geheimnissen, die Caroline Bell je erfahren hatte, da es keine Dunkelheit barg. Dunkel hatte Dora bedeutet, hatte Worte und Ereignisse bedeutet, die beschmutzt waren vom Selbst. Sich aus Doras Dunkelheit ans Licht emporkämpfend, hatte Caro sich Gewissen und Gleichgewicht erarbeitet wie eine fundierte, mühevolle Ausbildung. Die Ausübung von Prinzipien würde ihr stets mehr abverlangen als Menschen, die damit aufgewachsen waren, denn sie hatte sie durch den Einsatz von Willenskraft erlernt.

Nie würde Caro, wie manch andere es vermochten, das Richtige tun, ohne darum zu wissen. Nun war da dieses Geheimnis von Ted, durchzogen von komplizierter Menschlichkeit: etwas Unmittelbares, das jedoch kaum das Selbst berührte, nobel, aber nicht tugendhaft. Etwas, das zu verurteilen oder zu verzeihen anmaßend wäre.

Sie schwieg, dann kehrte sie zur Logik der Geschichte zurück: »Ist er entkommen?«

»Ja. Er kannte den Weg hinunter ans Meer, was auch immer er dort erwartete, und war nur zu schwach geworden, um ihn zu gehen, bis ich auftauchte. Ein paar Tage später sprach sich herum, dass er irgendwie durch seine eigenen Leute fortgebracht worden war. Auf welche Weise erfuhren wir nie. Aber nach dem Krieg bekam die Presse Wind davon und verkaufte es als bemerkenswertes Beispiel für unsere Dummheit – so lautete die Schlagzeile. Man hatte nämlich herausgefunden, dass er als Wissenschaftler für die Raketenanlagen arbeitete, weshalb seine Leute auch so versessen darauf waren, ihn zurückzubekommen. Das war bei seiner Gefangennahme unerkannt geblieben, weil er eine Uniform trug und einen militärischen Dienstgrad hatte: Er war während einer ungewöhnlichen Reise auf einem Zerstörer gefasst worden, als er gerade über die Ostsee zurück nach Peenemünde fuhr. Es wurde erst entdeckt, nachdem er aus dem Gefängnis geflohen war. Wegen der Raketenangriffe kam schließlich heraus, dass wir ihn hatten entwischen lassen.« Ted bemerkte: »Man sagt immer wir und unser. Ich war es, der ihn hatte entwischen lassen. Nachdem herausgekommen war, wer er war, hatte ich also auch noch die Raketenangriffe zu bedenken.«

»Wo ist er heute?«

»In Amerika. Er baut jetzt ihre Waffen – und unsere. Die Geschichte seiner Flucht ist Teil seines öffentlichen Mythos, beinahe bewundernswert, wie sie in den Zeitschriften dargestellt wird. Ich tauche darin nicht auf – vielleicht wäre diese Erinnerung mit einem Leben an der Macht nicht vereinbar. Auf jemandes Barmherzigkeit angewiesen zu sein legt nahe, dass Barmherzigkeit zählen könnte. Ich habe manchmal daran gedacht, dass der Fall heute schwer zu verfolgen sein würde – ich spreche von meinem eigenen.« Ted Tice' Stimme lächelte kurz im Dunkeln. »Hin und wieder sehe ich Bilder von ihm. Kaum wiederzuerkennen, als trüge er nun eine Maske, während ich sein wahres Gesicht gesehen hatte. Das Gesicht, das jeder von uns in äußerster Not haben mag.«

Caro reichte ihm die Hand. Er nahm sie in seine, akzeptierte die bloße Freundlichkeit.

»Ich versuche nicht, mich zu rechtfertigen. Ich berichte das alles zum ersten Mal, und ich stelle mich dabei ungeschickt an. Ich bin nicht gut darin, Geschichten zu erzählen. Damals war mir bewusst, dass er alles Mögliche sein könnte, einer von der schlimmsten Sorte, und mir kam sogar der Gedanke, dass er in seiner Wahrnehmung gewinnen würde. Nicht, dass ich das damals so ausformuliert hätte. Zu jenem Zeitpunkt musste ich handeln, und mein Handeln nahm diese Form an – die endgültige Form, denn was daran auch falsch sein mochte, ich könnte mir nicht vorstellen, mich heute anders zu verhalten. Mittlerweile denke ich kaum noch daran. Wenn ich mich doch einmal erinnere, kann es wichtig erscheinen oder auch irrelevant, je nach Gemütsverfassung. Man kann nicht nur den Harmlosen Almosen geben. Jedenfalls folgten darauf sogleich die Schwierigkeiten, wegen der Geheimhaltung, die ihren eigenen Verrat erzeugt. Selbst wenn man eine Erfahrung nicht unbedingt verraten möchte, sollte man doch das Gefühl haben, man könnte es. Die Art von Person, der ich mich hätte anvertrauen mögen, kannte ich jedoch nicht, ich hatte überhaupt kaum Freunde. Und konnte mir nicht sicher sein, dass ich die Sache selbst verstand, geschweige denn richtig wiedergeben könnte. Außerdem war ich natürlich nicht erpicht auf den Wirbel, wenn es bekannt würde. Also blieb es im Verborgenen, bis heute. Jetzt könnte ich es erzählen, wenn ich wollte, aber es hätte keinen Nutzen.«

Caro antwortete: »In einem Buch würde jeder dieses Verhalten als rechtmäßig ansehen – das Kind und der Häftling, wie Sie bereits sagten. Im wahren Leben würden die meisten es jedoch kritisieren.«

»Sehen Sie denn nicht, ich war zu alt, um mich damit entschuldigen zu können, ich hätte es gut gemeint. Sechzehn ist zu alt für heilige Unschuld.«

Das Kind Caro hatte jenen hinter dem Draht nicht einmal zugewinkt und schon gar keine Barmherzigkeit gezeigt.

Ted fuhr fort: »Ein bewusster Akt unabhängiger Menschlichkeit ist das, was die Gesellschaft sich am wenigsten leisten kann. Wenn sie so etwas einmal zulässt, wird es kein Ende nehmen. Hätten er und ich uns im Gefecht befunden, hätte ich mich an die Konventionen der Gesellschaft gehalten und ihn umgebracht. So musste ich mich an meine eigenen halten. Nun, ich will mich nicht besser darstellen, als ich bin. Meine Überlegenheit war einfach zu groß, um sie auszunutzen. Noch einmal, die Schwierigkeiten kommen danach. Die eigenen besten Instinkte sind nicht verlässlicher als das Gesetz und auch nicht konsequenter. Lebt man grundsätzlich innerhalb der Gesellschaft, gibt es Momente, in denen man sich lieber auf soziale Normen dieser Gesellschaft stützt – und dann stellt man fest, dass man sich diese Option ein Stück weit zerstört hat. Man hat sich selbst disqualifiziert, andere nach diesen Regeln zu beurteilen.«

»Sie meinen, Sie könnten eines Tages einen guten Grund haben, jemand anders zu verpfeifen, haben das Recht darauf jedoch verwirkt.«

»Haargenau.« Irgendwann fügte er hinzu: »All das führt zurück zum alten Thrale. Wahrscheinlich werde ich den alten Kerl wegen des Teleskops ans Messer liefern, aber die Rechtschaffenheit meines Standpunkts stößt mich ab. Zumindest lässt sich diesmal nicht behaupten, ich hielte alle Trümpfe in der Hand oder überhaupt irgendwelche.«

»Sie haben die Wahrheit.«

Ted Tice lachte. »Wenn man davon ausgeht, dass ein solches Handicap schon an sich überzeugend ist.« Er drehte sich im Dunkeln um und ergriff erneut die Hand des Mädchens, seine Berührung unsicher, schlussfolgernd, ganz und gar persönlich, wie das Tasten eines Blinden. Er fragte, wie er schon am Morgen gefragt hatte: »Woran denken Sie, Caro?«

»An den Deutschen. Ich frage mich, was ihm wohl durch den Kopf ging und wie es zwischen Ihnen beiden war.«

»Ja. Ein Übermaß an Urgewalten, wie wenn man in einem Sturm keine Luft mehr bekommt. Auf einer anderen Ebene: bekannte kleine Empfindungen – etwa der Unmut darüber, dass dies mir zugestoßen war statt einem eingefleischten Patrioten, der es ohne Skrupel auf konventionelle Weise erledigt hätte. Außerdem ein erniedrigendes Gefühl von Jugend und Einschränkungen. Dann war da jene neue Möglichkeit, dass nichts zählte, nicht einmal dies, auch wenn es des Ereignisses selbst bedurft hatte, um das deutlich zu machen. Von seiner Seite – wer weiß! Kein Anzeichen natürlicher Emotionen, weder Sympathie noch Aufregung, nicht einmal Angst im gewöhnlichen Sinne. Wir hatten keine gemeinsame Sprache, aber mit Sicherheit hätte ich den Wunsch, sich mitzuteilen, erkannt.«

»Haben Sie sich deshalb diese Art der Arbeit ausgesucht?«

»Wer weiß!«

»Vielleicht treffen Sie ihn eines Tages wieder. Kreise schließen sich auf die seltsamste Weise.«

»Daran habe ich auch schon gedacht. Ich habe mir überlegt, dass es im Leben womöglich mehr solcher Zusammenstöße gibt als in Büchern. Vielleicht wird das Element des Zufalls in der Literatur heruntergespielt, weil es wie Mogeln erscheint oder nicht glaubhaft gemacht werden kann. Wohingegen das Leben selbst weder gerecht noch überzeugend sein muss.«

Darin lag etwas Abschließendes, das es bald erforderlich machte, aufzustehen und weiterzugehen. Seine Geschichte hatte eine Nähe erzeugt, die eher menschlich als sexuell war, eine Krise allgemein bekannter Tatsachen, die für das Verlangen zu ernst war. Beim Anblick des Mannes und des Jungen zwischen den gefrorenen Steinen hatte die Liebe sich in respektvolle Distanz zurückgezogen und lauerte dort auf den nächsten Tag.

8

»Bitte entschuldigt diesen seltsam formulierten und schlecht geschriebenen Brief. Ich habe mir einen Daumennagel eingerissen, und das kommt dabei heraus.«

Caro und Grace waren im selben Augenblick beim Postskriptum angelangt. Sie standen mittags im Wohnzimmer von Peverel, Grace hatte den Brief in der Hand, Caro blickte ihr über die Schulter. Dora würde heiraten.

Da sie diese Möglichkeit niemals in Erwägung gezogen hatten, waren sie auf die Erleichterung, die diese Rettung auslöste, nicht vorbereitet. Oder auf die Erkenntnis, dass es früher und rechtzeitig hätte geschehen können. Ihre Schultern berührten sich in einer Art Trost, da sie so viel auf einmal aufnehmen mussten und eine so große Last von ihnen fiel. Von nun an mochten ihnen Dinge erspart bleiben.

»Lass uns noch einmal den Anfang lesen.« Sie blätterte bis zu der Seite, auf der es hieß: »Liebe G und C«.

Beth Lomax, die wohlhabende Witwe von der Victoria League, hatte sich kurz nach der Ankunft in Gibraltar als grundlos unhöflich erwiesen. Nachdem sie selbst den Besuch vorgeschlagen hatte, hatte sie begonnen, Dora wie eine Last zu behandeln. Ausnahmsweise hatte Dora einmal den Mund aufgemacht: Beth Lomax hatte ein paar unbequeme Wahrheiten zu hören bekommen, und das war auch höchste Zeit. Danach war Dora in die Stadt gegangen, um eine Fahrt zurück nach England zu buchen. Und hatte im notorisch ineffizienten Schifffahrtsamt auf einem Ledersofa neben einem Mann gewartet, der eine Beschwerde einreichte. Wie sich herausstellte, war bei ihnen beiden der Bogen endgültig überspannt worden. Sie waren gemeinsam hinausgegangen, um irgendwo eine Tasse Tee zu trinken, ohne gebucht oder sich beschwert zu haben. (Tatsächlich tauchten Major Ingots Koffer am nächsten Tag in Algeciras auf, was sie beide für ein gutes Omen hielten.) Seitdem hatten sie einander öfter gesehen und gemeinsame Interessen entdeckt.

Caro las staunend: »Wir haben den gleichen Geschmack und denken ähnlich.«

»Ihr seid nun beide erwachsen«, schrieb Dora, »und braucht mich nicht länger.« Darin lag sowohl Vorwurf als auch Ironie. Die Hochzeit werde an der Algarve stattfinden, wo der Major lebte, oder seinen Wohnsitz hatte. Major Ingot – Bruce – übernahm die Vorbereitungen. »Ich hatte noch nie jemanden, der für mich Dinge erledigt hat, und genieße diesen Luxus.« Danach werde das Brautpaar nach England reisen, jedoch nur, um seine Habseligkeiten zu packen, da der Major sich an der Algarve einrichtete, wohin er sich zurückgezogen hatte, um ein Import-Export-Geschäft zu führen.

»Dora in Portugal«, sagte Grace. Es klang historisch.

»Oh, Grace, Gott sei Dank.«

So nah waren sie einer Bestandsaufnahme des Schadens noch nie zuvor gekommen.

Wieder beugten sie sich zum Schauen vor. Dora werde oft nach England kommen, da Major Ingot – Bruce – bei seinen Käufern vorbeischauen müsse. Überhaupt sei es ja nicht so, als ob sie verschwinden würde. Sie brauche nicht zu sagen, sagte sie, dass sie sie beide liebe. Es gehe nicht um sie selbst, sie beide seien das Einzige, was zähle. »Ich habe niemals irgendjemanden um irgendetwas gebeten und habe auch nicht vor, jetzt damit anzufangen.« Das Kleid werde aus elfenbeinfarbenem Crêpe sein, in Länge eines Tageskleids, mit kurzem Jäckchen, der Hut beige. Es folgte ein Wort, das sie nicht entziffern konnten und das womöglich Stephanotis lautete. Der Major werde sich um die Fotos kümmern, und Dora werde alle mitbringen, die halbwegs annehmbar seien, habe jedoch auf Bildern noch nie gut ausgesehen. Es werde eine Erleichterung sein, der Hitze zu entkommen, die schlimmer sei als alles, was sie aus Australien kennen würden. Seid einfach glücklich.

Der Brief war mit »D« unterschrieben. Dora lagen weder Unterschriften noch Grußformeln.

Der mechanische Tonfall, mit den Gedanken bereits woanders, warf die Möglichkeit auf, Dora könnte ihnen gegenüber schon immer gefühlskalt gewesen sein. Grace fürchtete, Caro könnte darauf hinweisen. Auch die fleischliche Verwandlung, die Dora verblüffenderweise als Erste von ihnen durchlaufen würde, drang ihnen so flüchtig wie unanständig ins Bewusstsein.

»Wir müssen ein Telegramm schicken.« Aber sie blieben gemeinsam reglos stehen, in einer Synthese verwirrter Erinnerungen. Grace hätte gern etwas Allgemeingültiges gedacht, kam jedoch nur bis zum Randbezirk ihrer Gefühle. Caro stellte sich womöglich Grace in einer Latzschürze vor, wie sie an den Sprossen eines kleinen himmelblauen Stuhls zerrte.

Sie wollten sich in eine seltene Umarmung begeben.

»Ich störe doch wohl hoffentlich nicht.« Sefton Thrale sah die beiden Frauen versunken im Sonnenlicht stehen und ihren Brief emporhalten.

Sie trennten sich, noch nicht zum Erzählen bereit.

»Ich habe Tertia mitgebracht.«

Er hatte Tertia mitgebracht, die Tochter eines Lords. So hübsch und gepflegt, so schön und groß, dass sie wie eine Reklame für etwas sehr Teures wirkte. Sie war mit einem Auto von der Burg heruntergefahren und hatte das Haar mit einem Band aus rosa Seide hinter den Ohren befestigt. Ihre Augen waren hellblau – und in ihnen glänzte etwas, das aus der Ferne für reine Freude gehalten werden konnte und es in ihrer Kindheit vielleicht auch wahrhaftig gewesen war. Aus der Nähe jedoch war die Klarheit ihrer Augen stechend und machte weder einen guten Eindruck, noch erhielt sie diesen. Nichts an ihr schien menschlich berührt worden zu sein.

Die Umstände hatten Grace hier verantwortlich werden lassen. Sie steckte Doras Brief zurück in seinen Umschlag und trat vor, zu höflich, um den Eindruck von Zuständigkeit zu erwecken. Sie murmelten: es-Ihnen? Tertia bot ihre Fingerspitzen in einer Geste dar, die nicht so sehr wirkte, als wäre sie erschöpft, sondern vielmehr, als sparte sie sich ihre Kraft für etwas Lohnenderes auf.

»Ist Paul schon da?« Drei junge Frauen setzten sich, während Sefton Thrale einer seiner liebsten Verpflichtungen nachkam – sich nach Neuigkeiten über Paul Ivory zu erkundigen, der an diesem Tag endlich ankommen sollte.

Nachdem sie Hände geschüttelt hatte, griff Tertia sich ans Mieder und ins Haar: ein Tier, das penibel Kontaktspuren beseitigt. Ihr war bewusst, dass sie einen Strom des Hochgefühls unterbrochen hatte, ohne ihn zu zerreißen – in ihrer Beschäftigung mit etwas Privatem waren die Schwestern für ihre Distanziertheit nicht recht empfänglich. Wie bereits Christian Thrale vor ihr empfand sie die beiden als sich ihrer Benachteiligung nur unzureichend bewusst und hätte ihnen diese gern vor Augen geführt. Sie nahm wahr, dass Grace auf diese Weise wohl schließlich der Kopf zurechtgerückt werden könnte, während Caro ein schwierigeres Unterfangen darstellte.

Tertia Drage zupfte ein Blatt von ihrem Kleid und warf es energisch auf den leeren Kaminrost. Dies würden sie an Tertia noch des Öfteren feststellen – dass sie in ihrer Behandlung von Gegenständen oder im Aufdrücken von Türen eine rigorose Schroffheit an den Tag legte, da sie keinen Grund sah, gegenüber einer ungefügigen Welt Nachsicht zu üben. Die gelegentliche Wut, die Menschen gegenüber unbeseelten Dingen empfinden, wenn diese umstürzen oder Widerstand leisten, war in ihrem Fall dauerhaft.

Nein. Tertia wollte keinen Sherry trinken. Danke. Sie war mit dem Wagen gekommen, den sie durchs offene Fenster sehen konnten. Caro stand auf, um einen Blick darauf zu werfen. Es war ein niedriger offener Vorkriegs-Bentley, ein bei Sammlern beliebtes Modell. Dunkelgrün, so schlank und schön wie Tertia. »Was für ein fabelhaftes Auto!« Caro drückte das Sprossenfenster weiter auf und betrachtete den Wagen. Runde Scheinwerfer, über dem Kotflügel angebracht, waren so glasig und ohne Licht wie Tertias Augen.

Tertia sagte: »Neunzehnhundertsiebenunddreißig. Und in makellosem Zustand.«

Eine halb ausgewachsene Katze drang über die Fensterbank ein. Caro setzte sich wieder und nahm die Katze auf den Schoß. Grace hielt Doras blauen Brief in der Hand. Sie wussten nicht mehr, wer mit Sprechen an der

Reihe war. Der Professor kehrte zurück und verkündete: »Ich habe nun eindeutige Informationen«, aber Tertia gab kein Lebenszeichen von sich. Das Auto vor dem Fenster war freundlicher, da es Gewandtheit und eine mögliche Belebtheit andeutete.

Paul Ivory kam motorisiert aus London und sollte sein Ziel bald erreicht haben. (»Kam motorisiert« war die Wortwahl des Professors.) Ivorys Wagen würde rasch neben Tertias schießen, der ihn nahezu garantiert in den Schatten stellen oder ins Unrecht setzen würde.

»Ich kann nicht warten«, sagte Tertia, womit sie nur meinte, dass sie es nicht tun werde. »Ich mag Wiedervereinigungen nicht.« Sie würde auch behaupten: »Ich mag Tiere nicht« oder Kinder oder das Meer oder den Frühling, überzeugt davon, dass ihre Abneigung Gewicht haben musste. Sie unterstellte dabei, dass jede gegensätzliche Ansicht auf fälschliche Weise sentimental sei. Dennoch brachte sie es nicht fertig, diese beiden Schwestern in den Schatten zu stellen oder ins Unrecht zu setzen. Tatsächlich warteten diese nur darauf, dass sie verschwand, um ihre Beschäftigung wieder aufzunehmen.

Caro schlug behutsam die Beine erneut übereinander. In dem schlafenden Kätzchen verlagerte sich das Gewicht von der einen auf die andere Seite, wie in einem Bohnensäckchen. Das eigentliche Gewicht befand sich in dem blauen Umschlag auf Grace' Schoß. Was Tertia anging, fragte sich Caroline Bell, welche *Benbow* sie wohl in diesen makellosen Zustand versenkt hatte.

Grace dachte, dass Tertia bald erklären würde, sie hasse Katzen.

»Ich kann den Wagen direkt dort wenden«, sagte Tertia. »Nicht wahr?« Sie trug ihre Bemerkungen ohne Lächeln,

Zweifel oder Feingefühl vor. Es waren Wurfringe, die mit klirrendem, präzisem Aufprall um einen Pflock fielen. Sie blickte in den Raum und sagte: »Auf Wiedersehen!« An Caro gewandt erklärte sie: »Katzen hassen mich.«

Als Tertia mit Sefton Thrale hinausgegangen war, schlug Caro vor: »Hocherfreut über euer Glück. Was hältst du davon?« Eigentlich hatte Dora lediglich ihrer beider Glück gebilligt.

»Wir können es aufschreiben. Dann fahre ich mit dem Rad hinunter und schicke es ab.« Tertias Art hatte sie mit ihrer Entschiedenheit angesteckt, jetzt würden sie sich wegen Doras Brief nicht mehr umarmen. Draußen rollte das Auto rückwärts auf eine Blumenrabatte zu, wo es sich zum Absprung bereit zusammenkauerte. Benzin wurde auf Schleifenblumen gepustet. Dann düste Tertia davon, kleine Steine verstreuend.

Als sie das Telegramm verfasst hatten, erschien der zweite Wagen, kurz, geschlossen, dunkelrot. Sie sahen den blonden Mann am Steuer und Ted Tice, der aus dem Seiteneingang des Hauses trat, um ihm beim Parken zu helfen. Grace bemerkte: »Es geschehen so viele Dinge gleichzeitig. Schade, dass sie nicht besser verteilt sein können.« Womit sie auf kindliche Weise einen Eindruck von ihrem zurückgezogenen, unschuldigen, doch erwartungsvollen Leben vermittelte. Ted verschwand aus ihrem Blickfeld, aber sie hörten ihn »Links!« und »Rechts!« und »Vorsicht!« rufen. Der junge Mann im Wagen zog seinen Ellbogen aus dem offenen Fenster und ergriff das Lenkrad mit beiden Händen. Er trug einen dunklen Rollkragenpullover. Das Haar fiel ihm über die Stirn wie bei einem Schuljungen.

Reifen drehten sich in diese und jene Richtung, und

außerhalb der Bildfläche rief Ted: »Stopp!«, wie ein Filmregisseur. Grace fragte Caro: »Soll ich dir irgendetwas aus dem Dorf mitbringen?«, aber sie beobachteten, wie das rote Auto zum Stehen kam. Der Motor verstummte, und ein junger Mann stieg aus: groß, elegant und auf eine Weise gut gekleidet, die ihnen nicht vertraut war.

Paul Ivory war der erste ihnen bekannte Engländer, der sich, wie es ihm später alle anderen nachmachten, in einen dunkelblauen Pullover, wie er von Fischern getragen wurde, helle Baumwollhosen und Segeltuchschuhe kleidete.

Dann kam der Augenblick, für den man hauptsächlich Ted verantwortlich machen musste, da er es war, der innehielt und starrte und die Hand sinken ließ. Welche spontane Antipathie sich zwischen diesen beiden auch ankündigen mochte, Paul zumindest trat einen Schritt auf ihn zu, stellte sich vor und ließ Möglichkeiten entstehen. Noch während er Ted Tice mit offenem Blick begutachtete, ihn abschätzte und zu einem Urteil kam. Schließlich schüttelten sie sich die Hände, aber Ted verharrte reglos, während Paul Ivory einen Lederkoffer aus dem Wagen hievte und die Tür zuknallte. Er hätte einfach fortgehen können, da nun der Professor aus dem Haus getreten war und sein äußerstes Entzücken zum Ausdruck brachte, aber stattdessen blieb er stehen, unbeholfen und distanziert, als würde er inmitten der Geschäftigkeit der Ankunft dösen und wäre fest entschlossen, Paul Ivory im Kontrast zu sich hell erstrahlen zu lassen.

Es war eine so deutlich ausgeprägte Zurschaustellung eines Instinkts, dass Grace sich halb vom Fenster abwandte und auf Caros Interpretation wartete.

Caro dachte, in England mochte das Klassendenken noch die Besten ruinieren, da es ihre Energien ablenkte. Sie beobachtete mit irgendeinem großen Gefühl, das jedoch schwächer als Liebe war, in dem sich Zustimmung und Verzweiflung zu einem stechenden Schmerz darüber vermischten, dass Ted Tice in einer kleinen Szene polierten Verhaltens und systematischen Wortwechsels für die unverzichtbare Menschlichkeit sorgen sollte. Sie war mittlerweile daran gewöhnt, dass er schlagartige Einsichten lieferte, die an sich schon intensive Erlebnisse waren, aber in diesem Fall stand er mit herabbaumelnden Händen auf dem Kies, ohne wahrnehmbares Bewusstsein von Caro oder irgendjemand anders. Während sie ihn beobachtete und sich fragte, welcher Impuls wohl in ihm arbeitete.

Paul Ivory blickte zu dem niedrigen Fenster auf, in dem die jungen Frauen beinahe auf einer Ebene mit ihm standen. Er lächelte aus einem attraktiven, hellen und glücklichen Gesicht heraus, bekannte seine angenehme Überraschung mit solch kontrollierter Offenheit, dass darin keinerlei Überraschung übrigblieb. Und die Schwestern lächelten auf jene ernste Weise zurück, die sie in solchen Augenblicken an den Tag legten. Allein Charmian Thrale in der offenen Tür zog einen Vergleich zwischen dieser verheißungsvollen Ankunft und der Art und Weise, wie Ted Tice aus einem Sturm hereingespült worden war, erinnerte sich daran, wie Caro an jenem Morgen von der Treppe heruntergeblickt und sich dann entfernt hatte.

9

Als Paul Ivory in Espadrilles auf den Wegen und Korridoren von Peverel lief, läutete das Geräusch leise die moderne Zeit ein. Wie es auch seine Baumwollpullover – einige blau, andere schwarz – und die Hosen aus blasser Popeline taten. Die moderne Zeit, ebenso wie auch das Wetter, machte es möglich. Paul hatte die Sonne und sein Glück mitgebracht. Früh an warmen Morgen bügelten die Mädchen geblümte Kleider in einem Raum neben der Küche, in dem ein Bügelbrett mit einer verschlissenen Decke darauf neben einem alten Steinspülbecken stand. Ted Tice' Shetlandpullover und seine meergrüne Strickjacke mit Zopfmuster waren beiseitegelegt worden, womöglich für immer.

Mrs Charmian Thrale erklärte gegenüber Paul Ivory: »Ich erinnere mich an dich als ein perfektes Kind. Das einzige Kind, das meinen Vater je in den Bann ziehen konnte.« Es war ihre Art, auszudrücken: Was für ein charmanter und in der Tat gesegneter junger Mensch, und zugleich äußerst taktvoll ihre eigene trostlose Kindheit zu skizzieren. Paul konnte ein Lob gut annehmen, ohne in Verlegenheit zu geraten, zurückhaltend erfreut. In jener Zeit sah man nicht oft einen jungen Mann, der seine Jugend offen genoss und dem seine eigene Gesundheit und Attraktivität ein berechtigtes Vergnügen bereiteten. In seiner frühen und verdienten Auszeichnung ließ er die Zukunft weniger formlos erscheinen.

Pauls Stück würde im Herbst in London inszeniert

werden. In Vorbereitung darauf nahm er Anrufe entgegen und verschickte Briefe. An manchen Morgen durfte er nicht gestört werden, da er etwas hinzufügen oder umschreiben musste. Das Stück hieß *Caesars Freund* und war in der Presse als Darstellung einer zeitgenössischen Familie als Analogie zur politischen Macht verkündet worden. Paul selbst las dies mit einem Lächeln vor. Ein gefeierter Schauspieler hatte eingewilligt, die Hauptrolle zu übernehmen.

Paul Ivory war im buchstäblichen Sinne ein vielversprechender Mann: Die Umstände hatten die feierliche Vereinbarung getroffen, Paul gedeihen zu lassen. Sein Stück würde weithin und verdientermaßen gelobt werden. Orte in der Provinz und Städte im Ausland würden sich darum reißen, und ein berühmter Regisseur würde einen erfolgreichen Film daraus machen. Die strahlende Überlegenheit von Pauls Verbundenheit mit den Ereignissen hatte viel mehr von einer Hochzeit als seine voraussichtliche Verlobung mit Tertia Drage.

In ihrer Subtilität und Sicherheit deuteten Pauls körperliche Schönheit wie auch sein Charakter auf eine Methode hin. Wie ein gutgemachtes Porträt dunkel untermalt sein konnte, wo es Helligkeit zeigte, oder hell, wo es dunkel war, so konnte Paul Ivory unterschwellig kalt sein, wo er warm war, warm, wo er kalt war – die überlappenden Farbtöne erzeugten raffiniert eine starke, aber fließende Abgrenzung. Auf ähnliche Weise mochten seine Glieder eher wie Instrumente oder Waffen der Anmut wirken als wie ihr einfacher Beweis. Pauls Finger verschmälerten sich zu den Spitzen hin, die sich mit extremer Sensitivität aufrichteten, als prüften sie, ob eine Oberfläche heiß war.

Sefton Thrale erklärte Ted Tice: »Paul wird sich auszeichnen.« Wie man ein hübsches Mädchen gegenüber einem unscheinbaren preist. Und doch blieb der Eindruck, Paul Ivory und Ted Tice seien beide gezeichnete Männer und bildeten einen symbolischen Gegensatz. Die Welt hatte diese beiden nicht nur einfach einander gegenübergestellt. Auf irrationalere Weise schien es, als müsste einer von ihnen verlieren, wenn der andere gewinnen sollte.

Sefton Thrale hatte zweimal geäußert, dass Tice bald abreisen würde, und behielt das genaue Datum im Kopf.

Mrs Thrale erzählte Paul Ivory auf dessen Aufforderung von dem Pastor, der einen Sprachfehler hatte und einst Kommunist gewesen war, aber niemals, wie der Mann in Thaxted, die Rote Fahne in der Kirche aufgehängt hatte. Der Professor warf ein: »Er ist natürlich hoch anglokatholisch, sehr hoch«, als wäre ein Geistlicher ein Stück aufgehängtes Jagdwild, und empfahl, das Augenmerk auf die Fassade der Kirche als ein hervorragendes Beispiel für abgeschlagenen Feuerstein zu richten. Und am Sonntag ging Paul im Dorf in die Kirche und bezog den Haushalt von Peverel damit in eine religiöse Geste ein.

Die beiden Schwestern beobachteten die Abfahrt des roten Wagens, während sie Blusen bügelten. Charmian Thrale mochte das Ereignis von einem Raum im ersten Stock aus zur Kenntnis nehmen. Paul breitete seinen Zauber über sie aus wie Ted sein Leichentuch. Die Vorstellung, wie dieser große, siegreiche Mann niederkniete, darbot und entgegennahm, hatte unbestreitbar etwas Rührendes. Auch wenn sowohl Mrs Thrale hinter dem hohen Fenster als auch Caro in der Küche wussten, dass Frauen mit solcherlei Gefühlen nicht zu trauen war.

Als sie die gefalteten Kleider in den Flur hinaustrug, sah Caro Ted in der offenen Tür stehen.

Ted Tice bemerkte: »Christopher Robin sagt sein Gebet auf.«

Sie wusste nicht, auf wessen Seite sie sich stellen sollte, erinnerte sich jedoch wie Sefton Thrale daran, dass Ted bald fort sein würde. Sie legte die frischen Blusen in einen Korb auf der Treppe und ging mit Ted in den Garten.

Er sagte: »In zwei Wochen werde ich fort sein.«

»Dann sind Sie in Edinburgh. Und kurz darauf in Paris.« Stellte klar, dass er sich nicht beschweren konnte. Sie selbst würde in einem Monat nach London ziehen, um im Staatsdienst zu arbeiten. Denn Caro hatte die Prüfung als Beste von allen bestanden und war auf eigene Weise ausgezeichnet, die sich von jener der beiden Männer unterschied.

Es folgte die kurze, schweigende Vorstellung eines neuen Lebens bis hin zu den Kiefernholztischen und verschrammten Bürostühlen. Ted sagte: »Ich muss es mir ohne Sie vorstellen.« Sie verließen den Blumengarten und stellten sich unter Bäume, um auf das Tal hinunterzublicken. Der Sonntag und der Sommer hatten eine ganze Nation ruhiggestellt. Ein gelbes Feld in weiter Ferne war so flach und hell wie ein Pinselstrich. Vom fernen Hochland stachen abgeerntete Stoppeln ins Auge, so verlässlich wie alter Tweed. Auf der gegenüberliegenden Anhöhe, eine Figur auf dem Schachbrett, kerbte Tertias Burg den Himmel mit ihren grauen Zinnen.

Ted sagte: »Noch unter den besten Umständen mangelt es mir an Reiz, und nichts ist weniger reizvoll als unerwünschte Liebe. Aber da wir bald auseinandergehen, muss ich es aussprechen: Ich hoffe, dass Sie an mich denken werden und mich Ihnen schreiben lassen. Und mich Sie irgendwann einmal lieben lassen.«

Das Mädchen hörte sich diese Rede mit stoischem Gleichmut an, der sie als die Leidende erscheinen ließ: Sie ertrug seinen Appell wie einen notwendigen Schmerz, behandelte ihn mit behutsamem Respekt. »Natürlich denke ich an Sie und werde Ihnen schreiben. Ich mag Sie lieber als alle anderen.« Sie trat zurück – ein blaues Kleid, das wie ein Schleier über einen Hintergrund aus dunklen Bäumen und gemalten Feldern zog. »Was den Rest anbelangt, sehe ich nicht, wie es jemals dazu kommen sollte.«

»Aus meiner Sicht ist das sehr hart.« Um ein paar Worte herauszulassen, vergeudete er den Vorteil des Schweigens. Es war unvorstellbar, dass er ihren hellblauen Körper, in dessen Gewalt sich all seine Tage befanden, nicht berühren oder festhalten konnte. Selbst die Umrisse der Erde hinter ihr waren im Vergleich dazu nichts. »Sie sind mir jetzt genauso fern, wie Sie es sein werden, wenn wir voneinander getrennt sind. Für mich liegt kein Glück darin, dass wir jetzt und hier beisammenstehen. Aber später werde ich daran zurückdenken als an einen Moment, in dem ich Ihnen nah gewesen bin – und glücklich.«

Sie hatte einen Arm um einen Baum geschlungen und blickte ihn an. Die Landschaft selbst wirkte schadenfroh, und der Baum schien sich mit ihr zu verbünden, unpersönlich, feststehend. Oder vielleicht lehnte sie sich verführerisch an den Baum, um ihn zu verhöhnen. Die Halluzination verflog, hinterließ aber eine Art Wissen. In der Luft lag der schwere Geruch von in der Sonne dampfender Vegetation: England vertrocknete.

»Ted«, sagte sie. »Ted.« Leichte Verzweiflung. »Wenn ich diese Stelle in London antrete, werde ich zum ersten Mal in meinem Leben ganz allein sein. Diese Freiheit ist mir jetzt wichtig, nach Jahren mit Dora.«

Es war ein Grund, gewiss, wenn auch nicht der wahrhaftigste.

Ted hatte von Dora gehört. »Wenn Menschen sich einmal als Grund zur Sorge etabliert haben, geben sie nicht so leicht wieder auf.« Dann fürchtete er, sie könnte diese Worte auf ihn selbst beziehen. »Auf Ihrer Seite besteht die Sorge, auf Doras der Anspruch darauf. So etwas hält man oft für Zuneigung, sogar für große Liebe. Allein die Tatsache, dass Sie in diesem Test gut abgeschnitten haben« – er meinte die Prüfung, die Caro als Beste abgelegt hatte –, »bestätigt Ihre Fähigkeit, ihre Last auf sich zu nehmen: Sie können es nun mit einem Zertifikat nachweisen.«

»Solche Dinge erzähle ich ihr nicht. Es scheint sich immer irgendwie zu rächen.« Caroline Bell hatte in ihrer Kindheit festgestellt, dass Errungenschaften in gefährliche Waffen verwandelt werden können. (»Dir fällt alles in den Schoß, weshalb solltest du dich um ein Leben wie meins kümmern?«) Ein kindischer Kampf zwischen dem Wunsch, zu zeigen und davon zu erzählen, und dem Bedürfnis, stille Stärke zu horten, war längst beigelegt. Sie sagte: »Ich bin mir nicht sicher, ob ich das erklären kann.«

Er antwortete: »Ich verstehe genau, was Sie meinen.«

(Als Ted Tice etwa elf Jahre alt war, erzählte seine Mutter ihm: »Das war, als ich zu Lacey's ging, nachdem ich die Fabrik verlassen hatte und in der Rechnungsabteilung arbeitete. Dein Onkel Tony Mott hat mir die

Chance dort verschafft, weil er gesehen hat, dass ich was von Zahlen verstand. Ja, dein Onkel Tony war's, der mir 'ne Chance gegeben hat. Na, jedenfalls händigte Mr Dan Lacey an Weihnachten jedem der anderen Mädels im Büro als Geschenk einen Umschlag mit zwei Pfund aus. Aber ich hab drei bekommen, weil ich so schnell rechnen konnte. Ich hatte noch nie zwei Pfund gesehen, von drei ganz zu schweigen, mein Lohn waren zwölf Schilling pro Woche, die mein Dad mir abknöpfte, sobald ich zur Tür reinkam. Und ich wusste genau, dass er mir dieses Geld auch abnehmen würde. Wir wohnten damals in der Ellor Street, und als ich an dem Abend heimkam, hörte ich gleich, dass meine Cousine Lorna – du hast unsere Lorne nie gesehen, die war Cecs einzige Tochter und starb an 'ner schwachen Lunge, genau in dem Monat, als du geboren wurdest –, also, dass Lorna auf ihrer Arbeit drei Pfund – oder waren es drei Guineen? – bekommen hatte, obwohl zwei normal waren. Ich war hin- und hergerissen, ich wusste nich, soll ich zeigen, dass ich die drei wert bin wie Lorna, oder zwei sagen und den Rest für mich behalten. Und ich hab's gemacht, ich hab eins behalten und nichts verraten. Da war ich das einzige Mal in meinem Leben gerissen.«

Damals siebte Teds Mutter in der Küche gerade Mehl auf einer großen Arbeitsfläche, die ihr einziger Tisch war.)

Unter den schweren Bäumen neigte Ted Tice den Kopf nach hinten und sah den Himmel. Dies mochte etwas mit salzigen Tränen und dem Gesetz der Schwerkraft zu tun haben.

»Dein Onkel Tony war's, der mir meine Chance gegeben hat.« Oh verdammt: *Meine Chance.*

(Siebend sagte Teds Mutter: »Lorna sah ihrem Dad ähnlich. Sie ist auf dem Familienfoto, das wurde um die Zeit gemacht, aber man kann sie nich so gut erkennen, weil sie hinten steht und nach unten guckt, die arme Lorne.«)

Ted Tice blickte gen Horizont. Er erinnerte sich an Onkel Tony, klein und rosa, der ein bisschen besser lebte als der Rest von ihnen, der einen Burschen im Gemeinderat kannte und eine Tigerkatze namens Moggie besaß.

Er sagte: »Paul Ivory heiratet diese Burg.«

»Ich nehme es an.« Sie starrten beide auf dieses solide, sonnenbeschienene Fantasiegebilde der Geschichte auf seiner überholten Erhöhung. Als Ehepartner weckte es einige dunkle Vorahnungen.

Ted sagte: »Paul Ivory muss einen Lord heiraten oder zumindest die Tochter eines Lords. So steht es geschrieben. Ebenso wie geschrieben steht, dass sie reich zu sein hat. Er hat keine Wahl, es ist zwingend notwendig. Biegen Sie rechts ab in Richtung Burg.«

»Dennoch verstehe ich nicht, weshalb Tertia ihm den Gefallen tun sollte.« Es war unnatürlich, »Tertia« zu sagen, wo keine Intimität existieren konnte.

»Vielleicht fühlt sie sich in der Burg belagert.« Sie lächelten bei der Vorstellung von Tertia auf den Zinnen, wie sie glasig aus Maschikulis herausspähte. »Oder es liegt ein Antagonismus darin, der ihr gefällt. Oder sie kennen die schlechtesten Seiten des anderen. Das kann Menschen zusammenschweißen.«

»Paul könnte sich verändern. Er ist noch jung.«

»Seine Fehler sind nicht die der Jugend. Er verfügt über keine Entwicklung, nur über ein Automatikgetriebe.«

Das Mädchen hatte Ted Tice noch nie auf diese Weise sprechen hören – so grausam wie die ihm Unterlegenen, mit einer Bosheit, die seine Tugend verzerrte. Enttäuscht war sie vielleicht um seinetwillen, weil er sich der allgemeinen Demaskierung anschloss. Sie trat aus dem Schatten der Bäume und ging zurück in Richtung Haus. Sie hatten sich nicht gestritten. Aber von nun an würde auf beiden Seiten eine gewisse Vorsicht entstehen, eine Sorge, nicht zu kränken oder zu enthüllen. Unklar blieb, weshalb es dazu gekommen war.

Für Ted Tice war diese Niederlage selbstverschuldet, als wäre ihm eine große Aufgabe zugefallen, und er hätte sie vermasselt. Ein Bild – von ihrem starken Willen, der sich in augenscheinlicher Passivität ausdrückte, während er auf einem absoluten Bedürfnis beharrte – verwirrte seinen Verstand in seiner reinen Verschwendung. Andernfalls hätte er darin vielleicht eine virtuelle Darstellung des Liebesakts erkennen können.

In diesen warmen Tagen ging Tertia im Haus ein und aus und fuhr mit Paul Ivory hierhin und dorthin. Grace und Caro sahen sie am Steuer ihres grünen Wagens, die Augenbrauen hochgezogen, die Pupillen so leblos wie die Bronzescheiben, die antiken Statuen als Augen eingesetzt wurden. Grace sagte: »Ich nehme an, sie ist ein Hauptgewinn.« Sie hatte diesen Ausdruck irgendwo gelesen und verkündete damit auf ihre Weise: Sie können unmöglich verliebt sein.

Es folgte ein Zwischenspiel ruhigen Glanzes, während dessen es den ganzen Tag lang Morgen war. An einem dieser klaren Tage traf Caro auf dem Rückweg vom Dorf Paul Ivory, der zu Fuß unterwegs war. Auf diese Weise, außerhalb des Spielfelds, wirkte er wie ein Reiter ohne Pferd, was sie ihm auch sagte.

»Meine verlorenen Vorteile.« Als verloren hätte sie niemand bezeichnet, der Paul lachen und anmutig voranschreiten sah. Paul Ivory war ein Stern: Jedes Firmament war ihm genug.

Er hatte Caro aus der Ferne erkannt und seine Route geändert, um ihr zu begegnen. Hatte beim Näherkommen festgestellt, dass ihr Gang die Vorwärtsbewegung anderer Frauen in ein Stampfen oder Schlurfen verwandelte. Er hätte ihre zarte dunkle Stärke als viril bezeichnet – ein düsterer Glanz, der einen jungen Mann auszeichnen mochte. Er erinnerte sich an dunkle, dynamische junge Männer, die eher für sich blieben, sich jedoch die Leuchtkraft des Abenteuers bewahrten. Dann dachte er daran, wie solche jungen Leute oftmals kleinlaut endeten, wie rasch sie verdrießlich oder vorsichtig oder zum Gegenstück bitterer Frauen wurden – ihre Energien verwandelten sich in Vorwürfe oder Drohungen, ihr Stolz in Missmut. Er hatte dies bereits mitangesehen und vermutete, dass im Fall von Frauen solche Wesen vollkommen verkümmerten oder bestenfalls einen Funken ihres verlorenen Antriebs an ihre Kinder weitergaben.

Paul Ivory hatte auch bemerkt, wie Impulse bestraft wurden. Hatte gesehen, wie Männer sich mit Frau und Kindern ausstatteten, ehe sich ihr Geschmack oder ihr Charakter geformt hatte, und daraufhin dem Inventar einer überholten Laune verpflichtet und dazu verdammt waren. Er war zufrieden, dass seine eigene bevorstehende Heirat solche Gefahren ausschließen würde. Der Vorwurf der Leidenschaftslosigkeit hätte ihn nicht gestört. Er war weder davon überzeugt, dass Leidenschaft notwendig war, noch davon, dass die Welt diese richtig definiert hatte.

Das Mädchen fragte: »Sollen wir die Abkürzung über den Friedhof nehmen?«

»Ein Friedhof kann niemals eine Abkürzung sein.« Paul öffnete eine Pforte.

Auf dem Gras lag ein zerrissener Drachen. Caro sagte: »Hier spielen oft Kinder.«

»Kinder mögen Friedhöfe. Kein Verkehr, keine lebenden Erwachsenen, und die Grabsteine sind so hoch wie sie, kameradschaftlich.«

Caro, die meistens diesen Weg nahm, zeigte auf die Inschriften. Hier ruhet alles Sterbliche von Oliver Wade. Die irdischen Reize von Tryphena Cope sind hier gebändigt. Auf späteren Steinen bloß der Name und die Jahre, Geburt und Tod, verknüpft durch einen kleinen eingravierten Gedankenstrich, der für das Leben stand. Erodierte Tafeln kippten wie zerrissene Drachen. Auf der ältesten war die Beschriftung nicht mehr zu entziffern: unhörbare letzte Worte.

Caroline Bell sagte: »Die Toten auf Friedhöfen erwecken allesamt den Eindruck, auf normale und friedliche Weise gestorben zu sein.« Paul erwiderte nichts, aber sie blieb hartnäckig: »Denken Sie, man hat Selbstmörder aus diesem Grund von der geweihten Erde ausgeschlossen, um die Fiktion aufrechtzuerhalten?« Während sie schweigend zur Straße weitergingen, kam ihr der Gedanke, dass sie ihn, da er gläubig war, womöglich beleidigt hatte. Pauls Gesichtsausdruck erlaubte ihr diesen Gedanken problemlos. In ihm verbarg sich etwas Kaltes, das nur auf seine Gelegenheit warten mochte.

Vielleicht wollte Paul sie bestrafen – dafür, dass sie in

diesem Augenblick außergewöhnlich war, und für all die drohende Gewöhnlichkeit. Das Ungewöhnliche bestand im Grunde nur darin, dass sie eine Art Glauben schenkte. Man mochte ihn nicht annehmen, aber sie schenkte ihn – da sie selbst auf ihre eigene Weise gläubig war, die nicht der seinen entsprach.

Er sagte: »Sie strahlen so viel Entschlossenheit aus, die jedoch ganz und gar ziellos ist.«

»Ich denke nicht, dass Sie mich gut genug kennen, um das zu sagen.«

Paul lachte. »Dann darf ich es also sagen, wenn ich Sie besser kenne?«

Passanten blickten sie strenger an als nötig, denn diese beiden bildeten ein Paar, dessen Schicksal nicht mit Sicherheit vorhergesagt werden konnte. Dass die Welt in ihnen ein Paar sah, ließ es zu einer Tatsache werden.

»Die Leute sind überrascht, Sie mit jemandem an Ihrer Seite zu sehen«, bemerkte Paul. »Sie sind so oft allein.« Sie hatten eine Stelle erreicht, an der die Burg ihnen hinter Sommerwiesen gegenüberstand. Alles andere schien in der Hitze zu flackern, nicht aber die Burg. »Ich sehe Sie manchmal nachts allein im Garten. Ich schaue hinunter und sehe Sie dort allein.«

Im glasklaren Morgen erschuf er einen Moment nächtlicher Stille: Caro nichtsahnend im Garten, und Paul, der sie beobachtete. Von seiner versteckten Anhöhe aus erzeugte er eine wohlriechende Dunkelheit um sie beide.

»Mir kommt es vor, als wäre ich nicht oft genug allein.«

»Meinen Sie damit jetzt? – Mich?«

»Natürlich nicht.«

Die Burg war hartnäckig, das einzige Detail, das von

Turner nicht ausgearbeitet worden war. Im Tal zuckte eine Reihe Korbweiden beim leichtesten Lufthauch zusammen.

»Frauen haben die Fähigkeit, allein zu sein, wollen es jedoch nicht. Männer wollen und brauchen es, aber das Fleisch hält sie bald zum Narren.« Es war Paul Ivorys Angewohnheit zu vermuten, dass Mädchen mehr wussten, als sie zugaben.

Caro nahm sich die Burg zum Vorbild und ließ sich nicht aus der Ruhe bringen. Sie befanden sich auf dem Pfad den Hügel hinauf, nahe der Stelle, an der sie mit Ted Tice im Dunkeln gesessen und über Loyalität gesprochen hatte. Auch wenn kein Verrat vorlag, hätte sie nicht gewollt, dass Ted sie hier mit Paul Ivory verweilen sah. Zwar lief sie auf ihre aufrechte Weise weiter, innerlich aber war sie gebeugt und verletzlich.

Paul blieb an der niedrigen Mauer stehen, als wüsste er um ihre Skrupel und wollte sich über sie lustig machen. »Schicken Sie ihn auch fort?« Er wischte leicht mit der Hand über die Mauer und setzte sich dann darauf. »Sie wissen, dass ich von Tice spreche.«

Caro setzte sich neben ihn. Ihre Seele schien eine kalte, abgetrennte Angelegenheit zu sein, während ihr Körper schwerelos war, feucht, seine Umrisse enthüllt und kaum natürlich. Schwer zu sagen, welches von beiden des anderen nicht würdig war. Sie beobachtete Paul Ivorys Erscheinung, als wäre sie ein Ereignis, das sich vor den eigenen Augen entfalten mochte. Er hatte das Gesicht der Zukunft, geübt darin, zu erkennen, was die Welt will. Als er »Sie wissen, dass ich« sagte, nahmen seine Züge etwas Grobes an, das sie zu seiner Komplizin machte. Es war nicht mehr, als sie insgeheim von ihm erwartete, aber dass er diesen Nerv traf, ließ eine Komplizenschaft zwischen ihnen entstehen. Als er »Sie wissen, dass ich von Tice spreche« sagte, begriff sie ebenfalls, dass Teds Liebe für Paul ein Ansporn und der Grund dafür war, dass sie nebeneinander auf der Mauer saßen.

Der Mann war ihr zugewandt, in Erwartung einer Art von Sieg. Er ließ sie glauben, dass irgendein oder jeder Verdacht gerechtfertigt und bestätigt war.

Sie ging fest davon aus, dass er sie gleich berühren würde – ihre Brust oder Schulter berühren, sein Gesicht an ihres führen –, und spürte den imaginierten Kontakt bereits mit läuternder Intensität. Gleichzeitig war sie unbeweglich, unterworfen, fatalistisch. Und saß, die Finger verschränkt, kein Zeichen des inneren Aufruhrs, so reglos da, wie Frauen es in solchen Augenblicken seit jeher tun.

Paul stand auf und vergrub die Hände in den Jackentaschen. »Sollen wir dann weitergehen?« Paul stand, während Caro aufblickte und ihr Fleisch und Blut neu sammelte. Und Paul lächelte, da er seinen Sieg errungen hatte.

Caro betrat das Haus allein und blieb in der Eingangshalle stehen. An einer Wand hing ein Spiegel, und in letzter Zeit war es ihr zur Gewohnheit geworden, sich selbst zu betrachten. Dieser Tage mochte sie, sogar wenn sie auf eine weiße Wand blickte, ein Bild von sich selbst vor Augen haben, wenn auch kein besonders genaues. Nun war ihr Spiegelbild dunkel, weil sie aus dem Sonnenlicht in den Schatten getreten war oder weil ihr Blick sich aufgrund eines vorübergehenden Schwindelgefühls trübte. Im Inneren des Hauses ging eine Tür auf, und

Professor Thrale rief: »Charmian?« Und Caroline Bell konnte nicht sagen, weshalb diese einfache Tatsache ihr Tränen in die Augen treiben sollte.

Es war eine Gemütsverfassung. Vielleicht lag es auch daran, dass sie vor langer Zeit als kleines Mädchen von sechs Jahren in einem abgedunkelten Raum gestanden und in einen hohen Spiegel geblickt hatte, der so kühl wie Wasser war. Und, nachdem eine Tür aufgegangen war, die Stimme ihres Vaters hatte rufen hören: »Marian?« – was der Name ihrer Mutter war. Das war alles, was sich dahinter verbarg, was heraufbeschworen wurde: eine kleine Erinnerungszuckung, die sich niemals aufklären ließ.

10

Paul Ivory war von Tertia Drage angenommen worden. Nach dieser Bekanntmachung gaben die Thrales ein Dinner für den Burgherrn, zu dem sie auch ein benachbartes Ehepaar einluden, von dem man wusste, dass es über hinreichend Landbesitz in Kenia verfügte. Der große, verschlossene Salon in Peverel wurde von aus dem Dorf angeheuerten Hilfskräften gelüftet und zurückerobert. Die Öffnung dieses Raumes für einen solchen Zweck beendete nicht so sehr dessen Zeit der Stillegung, sondern verdeutlichte eher, dass er nun ein Schrein war.

Länger als breit, standen im Raum korinthische Eckpfeiler und an jedem Ende ein blasser Kamin. Die Fenster reichten vom Boden bis zur Decke und waren mit orangefarbener Seide behängt, die ein Verwandter, der bei Butterfield & Swire arbeitete, vor langer Zeit aus Shantou mitgebracht hatte. Die hübschen Vorhänge, wenn auch mittlerweile zerrissen und staubig, konnten zugezogen werden, um Fenster zu verbergen, die dringend neu verglast werden mussten. Zwei Kronleuchter waren sorgsam abgestaubt worden, ein dritter jedoch, der in einem Korb auf dem Dachboden lag, war ein Hagelsturm aus abgebrochenen Kristallen.

Bei Tageslicht verwandelten feuchte Flecken die Wände in einen Atlas.

Ted Tice, der in solchen Dingen geschickt war, reparierte die Ausziehplatte eines ovalen Tisches. Die Platte, die sich verzogen hatte, weil sie während des Krieges nie benutzt worden war, lag aufgebockt, damit Ted daran arbeiten konnte, und die Hilfskräfte aus dem Dorf, die sich über seine Stellung innerhalb des Hauses nicht im Klaren waren, verachteten Ted für dessen Fertigkeit. Ein älteres, extra angestelltes Ehepaar führte die Aufsicht: der Mann groß, aber mit verkrümmter Haltung, als hätte man ihn einst gepackt und gewrungen, die Frau durch Fleisch und Korsett gestärkt, ein Geschützstand, der einem Angriff standhielt. Diese beiden, die Mullions, befanden sich im Ruhestand, nachdem sie lange in einem herrschaftlichen Haus gedient hatten, waren jedoch froh, wie sie sagten, wenn sie von Zeit zu Zeit jemanden zufriedenstellen konnten. Dienen und Zufriedenstellen, ihre Hauptbeschäftigungen, hatten die beiden weder entmutigt noch zugänglich gemacht.

Mrs Mullion, ganz in Schwarz, sagte zu Ted Tice: »Die Jugend versteht nicht mehr, was Dienen bedeutet.« Denn sie hatte ihn im Gesellschaftszimmer »Southerly, southerly« singen hören, glaubte jedoch nicht daran, dass er ein Gast war. Außerdem missfiel und beunruhigte Mrs Mullion Teds Dialekt, besser gesagt das Fehlen jeglichen Versuchs seinerseits, diesen zur Schau zu stellen oder auch zu verbergen.

Es war allerdings offensichtlich, dass dieses Dienstbotenpaar gewaltigen Respekt vor Paul Ivory hatte, der weder sang noch Möbel reparierte und sie kaum grüßte.

Ted war mit der Reparatur des Tisches fast fertig, musste nur noch eine Lackschicht auftragen und einen kleinen Messinghaken befestigen. Als Mrs Mullion über die Bedeutung des Dienens sprach, arbeitete er gerade in der Nähe eines offenen Fensters und mochte es überhört haben.

(Einmal – da war Ted zehn Jahre alt und hatte die Mandeln herausgenommen bekommen, was zu Hause durchgeführt worden war – hatte seine Mutter sich an sein Bett gesetzt und ihm vom Dienen und Zufriedenstellen erzählt. »Dein Vater hat gesagt, er würd es nie wieder tun, als Dienstbote arbeiten. Und das hat er auch nich'. Wir haben's das eine Mal getan, als wir frisch verheiratet war'n und als Paar zu den Truscotts nach Ponderhurst gingen. Hatten nämlich Angst, keine Arbeit zu finden, und dein Vater hatte immer noch den Husten von der Gasvergiftung im Krieg. Truscotts brachten Koch und Dienstmädchen mit, wenn sie runterfuhren, und 'nen Fahrer, suchten aber nach 'nem Paar, das aufs Haus aufpasste, wenn sie während der Parlamentssitzungen in der Stadt waren. Na ja, der Lohn war nich' üppig, aber Unterkunft war dabei, und die Arbeit war nich' schwer.

Wir müssen so sechs Wochen da gewesen sein, als Mr Truscott – Sir Eric, wie er jetzt heißt – zu deinem Vater kam und sagte, wir würden sie zufriedenstellen und sollten damit rechnen, dass wir bleiben dürfen. Aber da wir ja ein frisch verheiratetes Paar wären, sollte er gleich klarstellen, dass er und Mrs T. auf dem Land ihre Ruhe haben wollten und es deshalb bevorzugten, wenn wir keine Kinder kriegten. Ich war nich' dabei, als er das sagte, aber dein Vater rief mich, und ich kam. Und er meinte zu Mr Truscott: ›Sagen Sie das noch mal‹ – einfach so, geradeheraus, da wusste man schon, was als Nächstes kam. ›Sagen Sie's ihr‹, meint er. Na, da hat dein Vater ihn sich ordentlich vorgeknöpft. ›Wir gehen noch heute von hier fort‹ – wir, die wir keinen Penny in der Tasche und kein Dach über dem Kopf hatten. Und Truscott darauf, ganz rot angelaufen und kurz vorm Platzen: ›Dann gehen Sie ohne Empfehlungsschreiben.‹ Und dein Vater nur: ›Meine Empfehlung von Ihnen ist, dass ich Ihre Unverschämtheit nicht hinnehme. Was geht's Sie denn an, ob wir 'nen Haufen Kinder kriegen oder keine?‹ Und dann sagt er was, was er nich' hätt' sagen sollen über Truscott und Mrs T. – sie war ja eigentlich nich' schlecht, bloß dumm. Na ja, Truscott war schon am Gehen, da rief dein Vater ihm hinterher: ›Ich geh damit an die Presse, und die können es drucken, wie ein Minister der Krone heutzutage mit einem Engländer spricht.‹ Und Truscotts Gesichtsfarbe wechselt von Rot zu Kreidebleich, und er sagt: ›Tice, ich bin mir sicher, wir können das friedfertig regeln‹, oder friedlich. Der hatte richtig Muffensausen. ›Setzen wir uns doch und reden vernünftig miteinander, vielleicht habe ich mich nicht ausreichend erklärt. Und bin in letzter Zeit ziemlich beansprucht gewesen.‹ Er, der nie 'nen Finger krumm machte und immer nur schwafelte. Na, das Ende vom Lied war, dass er uns fünfzig Pfund gab, ehe wir am nächsten Morgen gingen. Mit fünfzig Pfund konnten wir damals notfalls sechs Monate lang halbwegs anständig leben. Es gab auch 'ne Empfehlung: Sie haben zu unserer vollsten Zufriedenheit gearbeitet. Aber dein Dad sagte: Nie wieder.

'ne Weile darauf hat er die Geschichte Mr Beardsley erzählt, diesem Pfarrer in Southpork, der sich für die Arbeiter einsetzte, und die Idee dabei war, dass er damit immer noch an die Presse gehen könnte, weil es ihn nach wie vor ärgerte. Aber Mr Beardsley sagte nein, weil wir die fünfzig Pfund genommen hatten. Das war es dann also gewesen. Und heut ist Truscott Sir Eric und lässt sich mit dem Prince of Wales knipsen.«)

Was das Dienstbotenpaar in Peverel anging, die Mullions, erfuhr Ted Tice im Nachhinein, dass ein paar Wochen zuvor ihr Enkel bei einem Unfall ums Leben gekommen war. Wenn man nur genügend wusste, war Antipathie selten unumstößlich.

Caroline Bell zog ein schwarzes Kleid hervor, das sie im Ausland gekauft hatte und das als einziges von all ihren Kleidungsstücken die Wirkung erzeugte, die sie irgendwann in der Zukunft, vielleicht schon recht bald, gänzlich haben würde. Sie hängte das Kleid in ihrem Zimmer auf, wo sie es sehen konnte, wie die Dekoration für einen Festtag. Sie hatte es kaum je getragen und erinnerte sich gern daran zurück, wie sie es an ihrem letzten Morgen in Frankreich mit einer Handvoll pastellfarbener Banknoten gekauft hatte. Hinterher war Dora wegen des Preises durchgedreht.

Als die Zeit gekommen war, nahm sie das Kleid von seinem Haken, und es glitt ihr in die Arme wie ein Opfer. Sie hatte ihr schweres Haar zurückgebunden und aufgerollt und konnte im Spiegel erkennen, wie gut ihr dies stand.

Am frühen Abend ging Caro in ihrem dunklen Kleid, dessen Seidengürtel sie in der Hand hielt, die Treppe hinunter. Sie war gerade dabei, den Gürtel im Zimmer neben der Küche zu bügeln, als Tertia mit einem riesigen Blumenstrauß durch die Tür kam.

»Die hier müssen tief im Wasser stehen.« Tertia legte die Blumen auf eine Steinplatte neben der Spüle. Sie trug ein raschelndes, ausladendes Kleid in Silber. Es war, als wäre ein Salzsturm ins Zimmer geweht gekommen, dabei stand Tertia einfach reglos da und sah Caro beim

Bügeln zu, während die Blumen zum Sterben bereit auf ihrem Ehrenmal lagen.

Caro stellte das Bügeleisen ab und hielt den Gürtel in die Höhe – den Kopf in den Nacken gelegt, den Arm ausgestreckt, der Gürtel herabhängend. Da sie ein Mensch war, konnte sie nicht anders. Sie wusste, dass sie schon manches Mal Spuren hinterlassen hatte, wollte sich diese Tatsache bei dieser Gelegenheit jedoch gern bestätigen lassen.

»Und was«, fragte Tertia sie schließlich, »werden Sie heute Abend tragen?«

Caro hielt ihren Gürtel weiter in die Luft – seitlich, wie ein geistesabwesender Schlangenbeschwörer, um Tertia ins Gesicht blicken zu können. Es war zu schade, dass in diesem Augenblick niemand sonst da war, der Caro in ihrem schönen Kleid sehen konnte, Hals und Arme entblößt, die zarte Hand erhoben, die dunklen Augen auf ihr Ziel gerichtet. Auf diese Weise nötigte sie Tertia Drage ein paar Sekunden lang Bewunderung ab.

Und aus dem Garten rief Paul Ivory: »Caro.« Es war das erste Mal, dass er ihren Namen ausgesprochen hatte.

Eine Pause entstand, in der man Geräusche aus der angrenzenden Küche hörte. Caro befreite Tertia von ihrem Bann, indem sie den Gürtel sinken ließ und ihn sich mit langsamer Sorgfalt um die Taille schlang. Dann trug sie eine schwere Vase ans Spülbecken und drehte den Wasserhahn auf. Diese bescheidenen Handlungen zogen die Aufmerksamkeit auf sich, und Tertia war nicht die Erste, die in Caros alltäglichsten Bewegungen Proben für Leben und Tod erkannte. Als die Blumen in der Vase standen, blickte Caro Tertia erneut an und sagte:

»Wasser bis zum Hals.« Und lachte und trocknete sich die Hände ab und ging davon.

An jenem Abend feierten sie Tertias Verlobung mit Paul Ivory.

Sefton Thrale zeigte den Blick über das Tal im letzten Licht des Abends, ehe er seine Gäste ins Haus bat. Der kürzlich wiedereröffnete Salon war noch nicht ganz bereit, Leben zu beherbergen: Ein vernachlässigter Raum lässt sich ebenso schlecht für einen Notfall mobilisieren wie ein überwucherter Garten. Selbstverständlich gab es Vasen voller Rosen, gedämpftes Licht, und auf jedem Kaminrost brannte ein kleines Feuer. Doch als die eintretenden Stimmen erklangen, zog der Raum sich zurück. Es war ein alter Raum, der die rohen neuen Geräusche von angezündeten Streichhölzern und Eis in Trinkgläsern nicht gewohnt war.

Es wurde ersichtlich, dass Tertias Mutter eine Überlebende der *Titanic* war, womit sie Grace und Caro mit ihrer unbekannten, unrühmlichen *Benbow* und deren ineffektiver Verdrängung australischer Wasser in den Schatten stellte. Tertias Mutter erinnerte sich daran, wie sie mit sieben Jahren in ein Rettungsboot heruntergelassen und gerettet worden war. Überlebte, um eine stämmige kastanienbraune Stute zu werden, die fünf Töchter empfing und gebar, aber keinen männlichen Erben.

Es gab einen Gletscherstrom von Tertias Moiré auf dem Teppich, als sie von ihrer Mutter davonsegelte wie eine Pinasse vom Flaggschiff. Wie viel Zeit war in Anspruch genommen worden, um die Version von Tertia Drage für diesen Abend vorzubereiten – das glänzende Haar und das wie angegossen sitzende silberne Kleid, die glatte Achselhöhle, die schimmernde Halskette und die kleinen, spitzen Schuhe, der farblich abgestimmte Lack an ihren Fingerspitzen und verborgenen Zehen. Doch Tertia war gleichgültig, verächtlich, als wäre sie gegen ihren Willen mit diesem Schmuck und dieser Seide ausstaffiert worden. Beinahe wollte man an ihre Neutralität glauben, trotz aller gegenteiligen Beweise. Tertia hatte sich von menschlicher Schwäche losgesagt: Wenn sie ihr Kleid beinahe spöttisch berührte, erschien schon allein das Leben der anderen wie bloße Aufregung.

Dennoch hatte sie den Abend mit einer bitteren Niederlage begonnen.

Tertias Mutter sagte: »Sie verdirbt jede Abendgesellschaft.« Liebevoll und stolz. Lady Drage, die ein bauschiges blaues Sofa zerquetschte, verwandelte sich nun in ein Wesen, das zu schwer für sein Element war, ein Kormoran auf den Wellen. Ein zusätzlicher Gast, den sie mitgebracht hatte, nahm seinen Platz vor dem Kamin ein, hinter ihm spritzten die Flammen auf. Ein großer rothaariger Mann um die vierzig, der sich selbstsicher räusperte, aber kaum ein Wort sagte. Er trug einen Siegelring aus Altgold, glatt wie ein Knöchel, und eine Brigade-of-Guards-Krawatte.

Gespräche über Preise und Steuern waren eine Formalität, mit der solche Abende derzeit unweigerlich eröffnet wurden.

Caro fragte Ted Tice: »Reden Engländer immerzu über Geld?«

»Hauptsächlich die reichen.«

Mr Collins aus Kenia in seinem Ledersessel kannte einen Witz über den Akzent der Australier, oder Orstrailier, welcher ihm zufolge aus dem letzten Krieg stammte, den Schauplatz gab er als Tobruk an, dabei reichte er tatsächlich zurück bis zum Ersten Weltkrieg und der Schlacht von Gallipolli. Die Geschichte ging folgendermaßen: Ein verwundeter Soldat fragt eine australische Krankenschwester an seinem Bett, ob er zum Sterben dorthin gebracht worden sei: »Was I brought here to die?«, worauf sie ihn missversteht und antwortet, er sei bereits am Tag zuvor angekommen, was bei ihr allerdings so klingt: »No, yesterdie.«

Das war der Witz. Caroline und Grace Bell kannten diese Geschichte, die ihnen oft erzählt wurde, wenn man sie irgendwo vorstellte. Ted Tice hatte sie noch nicht gehört. Wie sich zeigte, traten Tränen ebenso in sein zerkratztes Auge wie in das andere, unverletzte.

Mrs Charmian Thrale berührte sanft ihre Perlenkette. Weißer noch als Perlen, mochte ihr Hals niemals dem Licht ausgesetzt gewesen sein.

(Im Jahr neunzehnhundertsechzehn, während der Schlacht an der Somme, wurde Charmian Playfair, die als freiwillige Schwesternhelferin arbeitete, dem Sanitätsdienst in der Victoria Station zugewiesen, wo die Verletzten mit Lazarettzügen ankamen. Der Krankenwagen rumpelte durch dunkle Straßen zurück, voll beladen mit Tragen, auf denen von Laken bedeckte Männer lagen – die aus ihrer makellosen Zeitungs-Anonymität der »Verwundeten« heraus plötzlich als stöhnende, schweigende oder tapfere Bewohner zerrissenen, individuellen Fleisches leibhaftig wurden. In der schwankenden Finsternis eingesperrt mit diesen Gespenstern, griff sich ein neunzehnjähriges Mädchen an den weichen Hals. Bewegte sich jedoch zwischen den grauen Laken und den roten, rostigen oder geschwärzten Verbänden, so gut sie konnte, hin und her, um Wasser zu reichen oder Fragen zu beantworten. Da war ein Junge in ihrem Alter, zu dessen Flüstern sie sich hinunterbeugen musste, bis ihr Gesicht fast das seine berührte: »So kalt. Kalt. Meine Füße sind so kalt.« Und nahezu kompetent erwiderte das Mädchen: »Ich kümmere mich darum«, drehte sich um, wollte die Decke zurechtziehen und stellte fest, dass er gar keine Füße hatte.)

Um Mrs Charmian Thrale herum vollzogen sich diese Eindrücke eher als Ritual denn als Durcheinander: die Mädchen, die gleichzeitig mit Liebe und Kleidern beschäftigt waren, die Männer mit ihren großen und kleinen Erklärungen, die Frauen ganz Unterwerfung oder Herrschaft, ein Ungleichgewicht von Hoffnung und Erinnerung, ein wildes Gewirr von Geschichte. All dies wallte gemeinsam auf in einem Fluss der Zeit, den wohl nur eine göttliche Grammatik – irgendein unbekanntes, aoristisches Tempus – beschreiben und in Einklang bringen könnte.

Mrs Thrale verrückte Rosen, um Platz für einen Aschenbecher zu schaffen. Ihr Rücken berührte das Sofa nicht.

Tertias kastanienbraune Mutterstute sagte gerade: »Niemals in Kenia, leider Gottes nicht, aber natürlich waren wir in Ägypten, als mein Mann – oh, sehr malerisch, das gebe ich zu, wer könnte es leugnen? Luxor, Karnak, bloß die Bettler, aber was kann man tun? Im Grunde ist niemand weichherziger – allzu sehr, wie mir meine Familie immer sagt –, aber es wäre keine Güte, tatsächlich wäre es sogar gefährlich. Nicht wahr, Guy?«

Ihr Ehemann bestätigte mechanisch. Er saß zwischen den Frauen, eine Tischplatte, die sich aufgrund mangelnder Nutzung verzogen hatte. Längst hatte er sich in die Ansichten verwandelt, die er nie in Frage gestellt hatte: eine meineidige Zustimmung, die sich daran erkennen ließ, wie Lippe und Kinn nach innen schrumpelten. Doch plötzlich verkündete er, aus dem Schlaf aufgeschreckt: »In Ägypten hat ihr die Sonne zu schaffen gemacht.« Und blickte sich um, wenn auch nicht aufmerksam. »Pigmentierung, so lautet das Wort. Die Eltern waren unvernünftig, zwangen sie als Mädchen nach draußen, hat viel Schaden angerichtet.« Dieser Vorwurf war das Echo einer Zeit, als er noch in der Vorstellung gelebt hatte, ausgerechnet seine Frau bedürfe seines Schutzes. Doch sie hatte sowohl Feuer als auch Eis überlebt.

Der träumende Hund Grasper zuckte vor dem Kamin, wo der große Mann mit der Brigade-Krawatte teilnahmslos stand und sich eine Zigarette anzündete. Er war als Captain Cartledge vorgestellt worden.

Die jungen Leute waren auf die andere Seite des Raumes gezogen, wo sie in Grüppchen beisammenstanden. Die Älteren lächelten bei ihrem Anblick –, zumindest die Jugend amüsierte sich, wodurch, wie sie hofften, ihrer eigenen Eintönigkeit entgegengewirkt würde. Die erlesene Gesellschaft bestand aus reizenden jungen Damen und, in Form von Paul, einem begehrenswerten jungen Mann.

Caroline Bell sah nicht unbedingt jung aus, denn sie trug ihre neue Schönheit wie einen Generationenunterschied.

Es war unhöflich von Ted Tice, einfach nur dazustehen. Irgendwie waren beide Seiten zu der Übereinkunft gekommen, er solle nicht zu ihnen gehören.

»Auf meine typische Art«, sagte Tertia Drage, »habe ich die Autoschlüssel verloren.« Meine typische Art, so drückte sie sich aus, oder meine unnachahmliche Art, das sieht mir ähnlich – um Abgrenzung zu suggerieren, gar Ruhm. Wenn Tertia es tat, musste es wichtig sein.

Ted stand schweigsam da, der Außenseiter, der sich dennoch behauptete. Während Tertia, der Platzhirsch, an diesem Abend eine Niederlage erlitten hatte und ihr noch eine weitere bevorstehen mochte.

Ted hatte den Tisch rechtzeitig repariert, obwohl Sefton Thrale sich in letzter Minute noch wegen des Hämmerns besorgt gezeigt hatte. Tischtücher, Silberbesteck und Blumen kamen zum Einsatz, Kerzen waren platziert, und der Tisch wirkte so feierlich wie ein öffentlich aufgebahrter Würdenträger. In seiner ausgeklügelten Diskretion gab der Tisch ihnen das Stichwort, bildete die Kulisse für ihr Verhalten.

Tertia sagte zu Ted: »Sie sind wohl ein Tischlergenie oder etwas in der Art.«

»Das stimmt.«

»Schön für Sie. Liegt in der Familie, nehme ich an.«

»Wie in der Heiligen Familie.« Das war Caro. Und der Mann mit der Brigade-Krawatte blickte von der Erwachsenen-Seite des Raumes auf.

Paul lächelte. »Die heilige Caro, Beschützerin der Zimmermänner.« Er war auf ihrer Seite, einer Seite, die sich von Ted Tice' oder selbst von seiner eigenen unterschied. Ted entschied sich an jenem Abend vielleicht dafür, keine Seite zu haben, da es ihm lieber war, wenn sich niemand zu ihm gesellte. Er machte sich noch nicht einmal eines Anzeichens von Verurteilung schuldig. Sie hatten sich so aufgestellt, dass Paul und Tertia, verlobt, den anderen gegenüberstanden, doch während des Gesprächs wechselte Paul manchmal zu Caro hinüber. Man konnte es nicht als mutig bezeichnen, aber es war doch mit einem gewissen Risiko verbunden.

Nun sagte Tertia: »Ihr alle gemeinsam unter einem Dach.« Als wäre es absurd von ihnen. »Wie Schiffbrüchige auf einer Insel.«

»Oder wie eine Gesellschaft in einem Landhaus«, bemerkte Grace, »in dem ein Mord begangen wurde, und all die vornehmen Leute sind Verdächtige.«

Man einigte sich darauf, dass Grace niemals eine Verdächtige sein konnte. Ted Tice verharrte im Schweigen. Grace auszuschließen ließ die anderen noch eher fähig zu Gewalt erscheinen. Grace unterschied sich von ihnen, nicht nur durch ihre Sanftheit, sondern auch, weil sie sich in ihrer Gunst festgelegt hatte. Auf sie war Anspruch erhoben worden, und sie erschien ein letztes Mal und nur unvollständig als eine von ihnen. Für Grace hatte es bereits öffentliche Bekundungen und geheime Offenbarungen gegeben und die Briefe aus Ottawa, die stets begannen mit: Liebste. In jemandes Auffassung hatte sie Vortrefflichkeit erlangt.

Diese Bedingungen hätten nun ebenso auf Tertia zutreffen können – doch dem war nicht so, auch wenn keine Ehe zwangsläufiger erscheinen konnte als ihre. Es fiel auf, dass Tertia niemals öffentlich Anspruch auf Paul erhob, indem sie ihn berührte oder jene anderen kleinen besitzergreifenden Gesten zur Schau stellte, mit denen Liebende ihre Zufriedenheit oder ihre Unsicherheit zeigen. An jenem Abend ihrer Verlobung verzichtete Tertia darauf, sich in irgendeiner Weise mit Paul in Verbindung zu bringen, und vermittelte an seiner Seite stehend eine besonders harsche Distanzierung in der Silhouette ihres Körpers, die weich hätte erscheinen sollen. Darin lag etwas von der Geringschätzung, mit der sie ihre sorgfältig gewählte Kleidung bedachte.

Paul richtete sich nun an Caro: »Woher haben Sie dieses Kleid?« – unverblümt und, wie es schien, nicht lobend.

Diesen Augenblick wählte Captain Cartledge, um sich ihnen anzuschließen, und ließ anhand der Schroffheit, mit der er den Kamin verließ und den Raum durchquerte, erkennen, dass er auf diese Gelegenheit gewartet hatte. Schloss sich tatsächlich Caro an, da er sogleich sagte: »Ja, das Kleid ist bezaubernd«, und mit seinem Kompliment Pauls zurückgehaltenes Lob enthüllte. Captain Cartledge war Reiter und hatte die Burg vom benachbarten Haus eines Freundes aus zu Pferde aufgesucht, ohne mit einem längeren Verweilen zu rechnen. Daher, bemerkte er, die unpassende Kleidung, die Krawatte. Seine leicht zerfurchte Gesichtshaut deutete auf ein Leben unter freiem Himmel und Trinken in geschlossenen Räumen hin, und er war ein großer, gutaussehender Mann, der zu Grausamkeit neigen mochte. Es lag Kühnheit oder eine Art von Reinheit darin, wie er auf Caro zuschritt mit dem Wort »bezaubernd«, das mit einem einzigen erfahrenen Hieb ihre jugendlichen Täuschungsmanöver und Eifersüchteleien durchschnitt und sogar Paul Ivory unausgegoren wirken ließ.

Tertia in ihrem silbernen Kataphrakt konnte dies nicht gefallen. Ted Tice ebenso wenig, doch es hätte mehr bedurft als dieser Abneigung, um eine Verbindung zwischen ihnen zu schaffen. Tertia tauschte mit Cartledge dieselbe kalte Anerkennung aus, die sie Paul entgegenbrachte. Und Ted Tice sah, dass diese beiden, vielleicht gerade noch an diesem Tag, Liebhaber gewesen waren.

Auf der anderen Seite des Raumes diskutierten die drei alten Männer Gebrechen, tauschten Symptome aus mit einem Unterton, mit dem Jungs von Begierde sprechen mochten.

Bei Tisch saß Captain Cartledge neben Caro. Mahagoni glänzte wie Marmor, selbst die Blumen leuchteten wie Glas oder Silber, alles war etwas anderes als sein schimmerndes Selbst, der Tisch nicht länger eine Totenbahre. Unvorstellbar, dass sich vor den kupferroten Vorhängen eine dunkle Landschaft drapierte.

»Sie haben einander also die Seelen erforscht.« Das war Captain Cartledge über die Intimität junger Menschen, die gemeinsam in einem Haus lebten.

Caro erklärte, die Seelenerforschung habe nun ein Ende. Ted Tice würde am nächsten Tag nach Edinburgh abreisen, von Donnerstag an würde Paul Ivory ein paar Tage in London verbringen, und am selben Tag würde Grace in Winchester den Stoff für ihr Hochzeitskleid aussuchen. Sie zeigte auf die einzelnen Personen am Tisch, als wären es Fremde, während ihr gegenüber Tertia den Teller mit ihrer gleichbleibenden Verachtung leerte.

»Und Sie?« Als wäre alles andere unwesentlich.

»Ich?« Womit sie kundtat, dass sie entschlossen war, für ihn ebenfalls unwesentlich zu sein. »Ich verreise ein paar Tage, um mir den Steinkreis von Avebury anzusehen.« Sie erklärte, Ted Tice habe ihr für den Donnerstag die Zugverbindungen aufgeschrieben.

Der Captain sagte: »Das prähistorische Monument«, während der Tisch zuhörte, ohne zu wissen, weshalb. »Es ist prähistorisch«, wiederholte er, als hätte er es damit genau eingegrenzt. Und sprach, da er zur Ausbildung auf der Salisbury Plain gewesen war, sofort über Stonehenge weiter.

Plötzlich ergriff am anderen Ende des Tisches Paul Ivory das Wort, richtete seinen Blick auf Caros Augen und verzog den Mund zu dem leicht ironischen Lächeln, mit dem man sich dafür entschuldigt, dass einem eine Zeile aus einem Gedicht oder Prosa in den Sinn kommt: »Der heidnische Tempel, meinen Sie?«

Und Caro antwortete mit ernster Miene langsam, aber ohne zu zögern: »Ja. Älter als die Jahrhunderte, älter als die d'Urbervilles.«

Auf der Rückfahrt im Wagen sagte Tertia: »Dieses ältere Bell-Mädchen hat einen Nacken wie ein Mann.«

Tertias Mutter war der Ansicht, die Mittelklasse halte ihr Silber viel zu sauber.

11

Als Paul am Bahnhof vorbeifuhr und auf die Hauptstraße einbog, sagte Caro nichts. Nachdem er sich für seinen Verführungsversuch gesammelt hatte, ließ er sich nun Zeit, ehe er die neuen Umstände ansprach. In diesen Augenblicken blieb das Mädchen so reglos, dass es paradoxerweise eine körperliche Veränderung erzeugte.

»Sie wussten, dass ich nicht nach London fahren würde?«

Sie nickte.

»Dass ich Sie nicht zu Ihrem Zug bringen würde?« Gegen nichts auf der Welt hätte er die Spannung eingetauscht, die durch ihr wiederholtes kurzes Nicken geschaffen wurde. »Und Sie wussten auch, weshalb. Wann sind Ihnen diese Dinge klargeworden?«

»An dem Abend, als das Dinner stattfand.«

»Sie wissen also immer alles?«

Sie sagte: »Ich habe keinerlei Erfahrung.«

»Etwas, das wir beheben müssen.«

Er kreierte einen Wortwechsel, den er mit Tertia geführt haben könnte. Caro fragte sich, ob er das mit allen Frauen tat, sie auf solche Weise sprechen ließ, in solch einem Tonfall, mit der Doppeldeutigkeit, die die Bedeutung verringerte und den Spanndraht zwischen Mann und Frau bis zu einem straffen, zweckfreien Antagonismus dehnte. Seine Neckerei vermittelte den gespenstischen Eindruck, dass man nicht seine wahre Stimme hörte, dass diese nicht einmal existieren mochte.

Sie sagte: »Lassen Sie uns nicht so sprechen.«

»So spreche ich nun einmal.«

»Eine Abwechslung könnte Ihnen gefallen.« Da doch genau das sein gegenwärtiges Ziel war.

»Sie werden niemals wie Tertia klingen, falls das Ihre Sorge ist.«

Sie wartete, fürchtete seine Illoyalität – oder seine Loyalität. Paul fuhr fort: »Oder aussehen wie sie. Sie müssen Tertias Augen bemerkt haben.« Er brachte den Wagen auf der leeren Straße beinahe zum Stehen. »Sehen Sie mich an.« Der Augenblick führte sie weiter, als wäre eine ernsthafte Diskussion geführt oder ein Leid zugefügt worden. Er hatte sie noch nicht berührt, jedoch verlieh die Gewissheit, dass er es tun würde, seiner Ansprache Endgültigkeit: ihre letzten Worte als leidenschaftslose Individuen. »Bei Frauen mit solchen Augen weiß man nie, ob sie weinen.« Paul mochte an die Wahrscheinlichkeit von weiblichen Tränen gewöhnt sein. »In Tertias Fall kann man sich jedoch sicher sein.«

»Sie haben Tertia auserwählt.«

»Ich bin nicht hier, um Rechenschaft abzulegen.« Darin zeigte sich bereits die rasche, überhebliche Gereiztheit der Gefeierten: Paul stützte sich auf seinen zukünftigen Ruhm. Er fuhr jedoch übergangslos fort: »Sie war mit fünfzehn, als ich sie zum ersten Mal sah, schon haargenau so wie heute, die am wenigsten körperliche Person, die mir je begegnet ist.«

»Ist das etwas Anziehendes?«

»Lassen wir Tertia für den Augenblick aus dem Spiel.«

Sie bogen bei einem Wegweiser ab und ließen Tertia aus dem Spiel. »Wir fahren in Richtung Avebury, falls das noch immer Ihr Wunsch ist.«

»Ja. Ich möchte es sehen.« Sie wollte Avebury sehen, weil Ted Tice es ihr beschrieben hatte. Sie hielt ihren Kopf in den Luftzug, der durchs Fenster kam, und ließ Ted aus dem Spiel.

Sie fuhren über eine erstaunliche Landschaft, wie ein Delta oder eine dem Meer abgewonnene Küste, flach und kaum abfallend unter einem Himmel voller sich hoch auftürmender Wolken. Caro sagte: »In diesem Augenblick sieht es nicht aus wie England. Eher wie das Zentrum von Amerika.«

»Ich würde gern eine Weile in Amerika leben und es auf die Weise benutzen, wie seine Schriftsteller uns benutzt haben. Englische Autoren bringen die amerikanische Sprechweise nicht zustande, sie schreiben ihr lediglich ihre eigenen Vorurteile ein. Engländer haben ohnehin ein schreckliches Gehör für jede Sprache außer ihrer eigenen, und was Amerikaner angeht, sind wir hier alle stocktaub – das heißt taub für alles, was über den einfachsten grässlichen Touristen hinausgeht. Deshalb erklärt man einem wortgewandten Amerikaner in England auch, er spreche gar nicht wie ein Amerikaner: weil er ein Spielverderber ist.«

Um sie zu erreichen, hätte er keinen besseren Weg finden können, als Sinn zu ergeben. Und da Paul Ivorys äußerster Aufrichtigkeit unendliche Möglichkeiten innewohnten, könnte dies gar sein Ziel gewesen sein. Für Paul war Ehrlichkeit etwas, worauf er zurückgreifen konnte, wenn anderen Methoden die Luft ausging.

Er sagte: »In England verbringen viele Menschen ihre Zeit damit, zu fast allen Themen Negativbeweise zu sammeln. Der alte Thrale ist archetypisch.«

Es war noch unerwarteter als sein Verrat an Tertia,

denn damit gab Paul nicht nur die Bewunderung des Professors auf, sondern auch seine eigene gewinnende Art. Bemerkenswert war auch, wie diese Zurückweisung Sefton Thrales Speichelleckerei in Pathos verwandelte.

»Was bedeutet das also? Dass Sie sie allesamt verabscheuen?« Sie meinte Tertia, Thrale. Aber er verstand, dass damit die ganze Nation gemeint war – oder zog diese Interpretation vor, da der öffentliche Vertrauensbruch vorzeigbarer erschien als der private.

»Mir ist die Unterernährung dieses Landes zuwider, die Beschwerden, die Mäkelei, die mangelnde Bereitschaft, irgendetwas Neues auszuprobieren. Das Festhalten an all den falschen Dingen bis zum bitteren Ende.« Pauls Miene drückte in diesem Augenblick ebenso wenig Hass aus, wie Caros Liebe zeigte, dennoch waren dies ihre vorherrschenden Leidenschaften. Das Auto fuhr in gleichmäßiger Geschwindigkeit weiter, eine flinke Kapsel, die ihren Energien Form verlieh.

Paul sagte: »Sie wissen, dass mein Vater als Kriegsgefangener in einem japanischen Lager war.« Während er von ihrer Kenntnis dieser Tatsache ausging, hatte Paul Ivory den Tod durch Ertrinken von Caros Vater völlig vergessen. »Als er neunzehnhundertfünfundvierzig zurückkehrte, hatte er ein Glas Hefeextrakt dabei, ein kleines Marmite-Glas mit verrostetem Deckel und abgefallenem Etikett, das er mit ins Gefängnis genommen und vier Jahre lang unangetastet gelassen hatte. Häftlinge bewahren natürlich oft Talismane auf, aber dieser hätte jemandem für ein paar Tage das Leben retten können oder einen Geflohenen eine Woche lang durchhalten lassen. Nur hatte die idiotische Farce, ihn zu bewahren – oder besser gesagt, ihn zurückzuhalten –, schwerer gewogen. Nun, das ist England in all seiner Abscheulichkeit.«

An einer Kreuzung winkte ein Kind. Paul winkte zurück.

»Einen Tag nach seiner Heimkehr zog er dieses Marmite-Glas mit dem verrosteten Deckel hervor. Knallte es beim Mittagessen auf den Küchentisch und erklärte uns mit seiner Grabesstimme, es sei in drei Jahren und so und so vielen Monaten des Hungerns im Lager nicht angerührt worden, obwohl er es bei jeder Mahlzeit bei sich getragen habe. Selbstverständlich nicht mit Pomp, sondern leichthin als Ausdruck einer größeren Leere. Es war eine dieser Herausforderungen, denen man sich nicht stellen kann, da man die Regeln nicht akzeptiert. Ich ertrug es nicht – die Anbetung des Marmite-Glases, das ehrfürchtige ratlose Schweigen am Küchentisch. Und ich sagte zu ihm: ›Dann hat seine Stunde nun geschlagen, denn wir sind hier weiß Gott auch hungrig genug.‹ Und damit schraubte ich das verfluchte Ding auf und steckte kurzerhand meinen Löffel hinein, um den Marmite-Kult zu entsakralisieren, bevor er auch von mir Besitz ergriff und mich einbalsamierte.«

Sie bogen in einen Weg ein, von Bäumen dicht überhangen, als schlösse sich ein Vorhang. Paul sagte: »Nun, sagen Sie etwas. Oder ziehen Sie jetzt etwa auch ein verdammtes Marmite-Gesicht?«

Caro antwortete: »Ich finde Ihre Geschichte brutal und ödipal, falls Sie das mit Marmite-Gesicht meinen.« Nahm für ein großes Risiko all ihren Mut zusammen. »Weshalb sollten Sie sich über das Durchhaltevermögen oder die Überlebenstaktiken von irgendjemandem lustig machen? Sie, der Sie noch nie dem Tod oder auch nur der Gefahr ins Auge geblickt haben?«

Paul hob die Hände in einer hoffnungslosen Geste vom Lenkrad. Doch als sie aus dem Schutz der Bäume hinausfuhren, sagte er: »Ich sollte hinzufügen, dass das Zeug verdorben geschmeckt hat. Ich kann froh sein, dass ich noch am Leben bin.« Und sie lachten und vergaßen Pauls Vater bereitwillig.

Als Paul Ivorys Vater als junger Offizier Ende des Jahres neunzehnhundertsiebzehn in den Schützengräben zum Kriegsdienstverweigerer wurde, hatte er bereits einen Gedichtband veröffentlicht, der seinem blassen papiernen Umschlag zufolge mit einer lyrischen Frühreife überraschte – überraschend vermutlich deshalb, weil er mit neunzehn zwar als alt genug galt, um diese Welt zu verlassen, jedoch nicht, um einen Begriff von ihr zu haben. Nach einem Prozess vor dem Militärgericht und zwei Jahren Haft, die einen erzwungenen Aufenthalt in einer Nervenheilanstalt umfassten, brachte er eine zweite Sammlung von Gedichten heraus, die dieselbe lyrische Form und idyllische Thematik aufwiesen. Und dies war, in einem öffentlichen Sinn, sein Ruin. Der Lyrismus war mit dem Krieg verlöscht, der Frieden hatte die Kampfeslust eingeführt. Dass ein todgeweihter subalterner Offizier unter Beschuss die Pracht seiner Heimat Derbyshire gefeiert hatte, war rührend und rühmenswert gewesen, dass ein erwachsener Überlebender in Zivilkleidung nach extremen, gewaltsamen und kontroversen Erfahrungen an denselben Hölzchen und Stöckchen festhalten sollte, war absurd. Rex Ivory schien kein Gespür für seine Epoche zu haben und, sogar noch begriffsstutziger, keine Ahnung von neueren Bewegungen in der zeitgenössischen Kritik. Und sein zweites Buch, wie mehrere darauffolgende Sammlungen, wurde mit knapper Geringschätzung aufgenommen.

Kurze Zeit später heiratete er ein wohlhabendes und herrisches Mädchen, bekam zwei Söhne und zog sich nach Derbyshire zurück, dem Anschein nach für immer – hin und wieder musste sein Name noch für eine herablassende Fußnote oder einen naheliegenden Scherz unter jenen herhalten, die über literarische Angelegenheiten zwischen den Kriegen schrieben.

Als er im Jahr neunzehnhundertneununddreißig zum Militär ging, oder besser gesagt zurückging – ein Paradox, das lediglich ihm selbst auffiel –, wurde er nach Britisch-Malaya berufen, wo er zu gegebener Zeit von den erobernden Japanern gefangen genommen wurde. In Singapur teilte er mit einem Statistiker, einem schlaksigen Offizier der Eighteenth Division, seine Gefängnishütte sowie die tägliche Aufgabe, Gräber für die Kameraden zu graben, die an Malaria, Dengue-Fieber, Ruhr, Beriberi, Wundbrand und an der Mangelernährung durch den endlosen Reis gestorben waren. Über geheime Funkgeräte konnten die Gefangenen sporadisch Kontakt zu ähnlichen Gefängnissen im gesamten Osten aufnehmen, und mit diesem Hilfsmittel stellte der große Statistiker, Ivorys Kamerad, nach und nach Listen der Überlebenden, Vermissten und Toten auf – führte diese Aufzeichnungen chiffriert, vergrub sie jeden Abend in der Erde und bildete Rex Ivory zu seinem Komplizen aus.

Im dritten Jahr grub der Statistiker ein letztes, längeres Grab und vermachte sein Archiv und dessen Fortbestand Rex Ivory. Als im vierten Jahr eine befreiende britische Flotte Singapur erreichte, wurden die Aufzeichnungen endgültig ausgegraben und das Knochengerüst namens

Captain Ivory, die einzige Person, die sie dechiffrieren konnte, wurde mit dem schnellsten Schiff nach Colombo geschickt. Von einem verwüsteten Dock in Singapur wurde er in seinen Lumpen an Bord geleitet, während die Besatzung des Schiffs an Deck strammstand. Die chiffrierten Namenslisten, die sich in seinen dürren, verhungerten Armen bogen, waren das einzige zusammenhängende Verzeichnis vom Tod einer britischen Armee.

Mit Kleidung und Nahrung versorgt, wurde Ivory zum Zahlmeister hinuntergeschickt.

»Auszahlung erfolgt nur nach Einreichung einer früheren Lohnbescheinigung.«

»Ich wurde am Nachmittag des achten Februars neunzehnhundertzweiundvierzig um fünfzehnhundert Uhr in Johore gefangen genommen und war bis heute Morgen im Changi Camp.«

Der Zahlmeister erhob sich von seinem Metallschreibtisch und öffnete ein Kombinationsschloss an einer Doppeltür. Ein in die Wand eingelassener Safe erwies sich als komplett gefüllt mit Bündeln von Banknoten in unendlicher Farbanordnung, wie Ziegelsteine in einer pastellenen Fassade.

»Bedienen Sie sich.«

Von Colombo aus wurde Rex Ivory nach England geflogen, wo er, nachdem er sich wie befohlen im Kriegsministerium gemeldet hatte, den späten und zu jener Zeit auch einzigen Zug nach Derbyshire nehmen wollte. Seine Familie war mittlerweile über seine Auferstehung in Kenntnis gesetzt worden. Als wäre er ein gewöhnlicher heimkehrender Ausflügler, wollte er lieber nicht mit leeren Händen erscheinen und versuchte daher am Bahnhof in London eine ganz kleine Schachtel verblichener

Schokolade zu erwerben, die allein in einer Kiste ausgelegt war.

Das Mädchen sagte: »Die Coupons. Die Coupons, bitte.« Sie sprach es Kewpongs aus und war überhaupt kein Mädchen, sondern eine mürrische grauhaarige Frau, da alle Mädchen in den Krieg gezogen waren.

»Was für Coupons?«

Sie blickte auf in sein Gesicht. Ihre alarmierten Finger umklammerten die winzige Schachtel, während sie ihn langsamer beäugte. »Wo zum Teufel sind Sie gewesen?«

Ivory erwiderte: »Ich war in einem japanischen Gefängnis. Drei Jahre und sieben Monate.«

»Meine Anstellung verlieren, das werd ich.« Sie drückte ihm die Schachtel in die Hände.

Die nie enthüllten Vorfälle mit dem Zahlmeister und der Schokolade waren die Höhepunkte von Rex Ivorys Heimkehr, auch wenn seine Geschichte bald zu einem der Artikel über den Sieg wurde, da die Zeitungen sie aufgriffen und ihn in Publikationen, in denen für ihn zuvor ein unbestimmter Artikel gut und selten genug gewesen war, zu »dem Dichter Rex Ivory« machten. *Ausgewählte Gedichte* gingen auf grobem, meliertem Papier aus Kriegszeiten in Druck, und es wurden keine Witze mehr gemacht über Elfenbeintürme. Er las, er habe recht gehabt, den Ersten Weltkrieg abzulehnen, und sich als vorausschauend erwiesen, als er den Zweiten unterstützte, und sinnierte über die neue Vorstellung, dass er Scharfsinn gezeigt hatte. Die BBC brachte mit einem Transporter elektronische Ausrüstung in die Dukeries, wo eine Kamera dem bekannten, vorausschauenden Dichter Rex Ivory folgte, während er sich mit zwei Sealyham Terriern, die von einem Nachbarn ausgeliehen waren, zwischen

Blumenrabatten entfernte. Trotz seiner nicht geprobten Analogie zwischen der britischen Nervenheilanstalt und dem japanischen Lager war das Interview ein Erfolg, denn wenn Menschen sich erst einmal dazu entschlossen haben zu bewundern, dann bringen sie auch keine zehn Pferde mehr dazu, Langeweile zuzugeben.

Ivorys Frau war erstaunt und äußerst erfreut. Und erfreute sich auch daran, die wichtigen und richtigen Menschen mit einem Ruhm zu erstaunen, mit dem weder diese noch sie selbst gerechnet hatten. Um einen gesellschaftlichen Nutzen aus dieser Überraschung zu ziehen, kaufte sie kurz nach dem Krieg ein Haus in London, als die Preise niedriger waren, als sie es je wieder sein sollten. Und Rex Ivory blieb in Derbyshire, eine beinahe unsichtbare Ader der Authentizität.

Da war eine Sache. In seinem Urwaldgefängnis hatte Rex Ivory wie zuvor Gedichte verfasst – die er auswendig lernte, da jeder Papierfetzen für die chiffrierten Verlustlisten aufbewahrt wurde. Ein angesehener Verlag war bereit, dem ersehnten Band einen Teil seines gehorteten Nachkriegspapiers zu opfern. Nichts von alldem war unvorhersehbar. Womit niemand gerechnet hatte, war, dass die transkribierten Verse aus dem malayischen Todeslager ausschließlich und unerbittlich die Bäche und Hecken von Derbyshire feierten.

Bis dahin gab es andere Helden und andere Manuskripte. Das öffentliche Interesse an Rex Ivory nahm ab, das Papier wurde noch knapper. Bei einer Sitzung auf oberster Ebene des Verlags, die an einem feuchten Samstagvormittag abgehalten wurde, kam man überein, dass einige der Gedichte – insbesondere diejenigen, die sich mit einem Kiebitz befassten – die Kritiker geradezu zum

Spott einluden. Der Verlag machte höhere Gewalt geltend und trat von dem Vertrag zurück. Und wie frühere Bände erschien *Das halb geerntete Feld* bei einem obskuren Imprint auf Kosten des Autors.

Ivorys zwei Söhne waren zu großen jungen Männern herangewachsen, indem sie die richtigen Schulen besucht, die richtigen Lieder gesungen und die richtigen Abzweigungen genommen hatten. »Ganz richtig«, sagte Ivory, als seine Frau ihm von den Richtungen erzählte, die während seiner Jahre außer Landes eingeschlagen worden waren. »Aha. Ganz richtig.« Es gab keinen Grund, darin Ironie zu vermuten. Gavin, sein ältester Sohn, ging zu einer Handelsbank. Wieder richtig. Der jüngere, Paul, besuchte noch die Universität. Zum richtigen Zeitpunkt geboren, waren sie dem Krieg um Haaresbreite entkommen. In seiner Familie war Rex Ivory ein Hinterbliebener, der das Familiäre verloren hatte. Sie wussten nicht, wie sie den Verlust wiedergutmachen sollten, würden jedoch das Richtige tun und ihm Gesellschaft leisten, zuerst alle gemeinsam, später abwechselnd, bis er sich an seinen einsamen Zustand gewöhnt hätte. So viel zumindest war man ihm schuldig: Er hatte es sich durch sein interessantes und vorteilhaftes Verhalten im Lager verdient.

Ihre größte Hoffnung bestand darin, dass Amerika ihn aufnehmen würde. Aus Texas war eine Anfrage zu seinen Papieren gekommen, aus Ann Arbor ein Fragebogen zu seinen Arbeitsmethoden. Zusätzlich war er von einem Gastprofessor namens Wadding befragt worden, der gerade auf dem Weg nach Schottland war, um die Identität von Wordsworths »einsamer Schnitterin« und den Text des von ihr gesungenen Liedes zu bestimmen. (In einer wissenschaftlichen Zeitschrift erschien später ein

Aufsatz über diese Recherchen unter dem Titel »Kann niemand sagen, was sie singt?«.) Ivorys Frau meinte, dass dieses mittlerweile abgeflaute amerikanische Interesse neu entfacht werden könnte.

Rex Ivory erhob gegen nichts Einwände. Dennoch hatte man nicht den Eindruck, er sei passiv.

»Es sei denn, es ist ein passiver Widerstand«, sagte Paul zu seiner Mutter.

»Dein Vater ist noch nie gesprächig gewesen.«

Bis Ivory ausreichend Gewicht zu- und zivile Kleidung angelegt hatte, waren Ehefrau und Söhne bereits stromaufwärts in die Stadt getrieben. Ivory bekam Besuch von ein paar alten Freunden, die in der Vergangenheit Fußnoten zusammen mit dem unbestimmtem Artikel mit ihm geteilt hatten. Benzin konnte nicht aufgetrieben werden, weshalb ein Freund, der neunzehnhundertsiebzehn vor dem Militärgericht für Ivory ausgesagt hatte, aus großer Entfernung mit dem Fahrrad kam, während ein anderer mit einer Tellermütze aus Velours auf dem Kopf durch den Regen hinaufritt. Brennstoff zum Heizen gab es auch nicht, und Ivory war ständig kalt. Das erwähnte er auch. Es hieß – wobei natürlich keinerlei Schuld unterstellt wurde –, sein Blut müsse sich im Urwald verdünnt haben. In manchen Momenten war seine Frau kurz davor zu sagen: »Rex, mein Liebling, uns allen ist kalt.«

Als sein Vater im Sterben lag, kam Paul aus Oxford, wobei er dreimal umsteigen musste. Wie er so schweigend dalag, erduldete, dass dieses oder jenes für ihn getan wurde, und mit seiner stummen Mischung aus Distanziertheit und Aufmerksamkeit beobachtete, wirkte Rex Ivory fast so wie immer, als wäre ihm das Sterben seit langem vertraut gewesen. Paul saß an seinem Bett –

denn sie wechselten sich erneut an seiner Seite ab – und wusste, dass er nie genügend Interesse aufbringen würde, um das Geheimnis seines Vaters zu ergründen. Da war irgendetwas, aber es weckte keine Neugierde. Sollte der mutmaßliche amerikanische Biograph es eines Tages aufklären, würde dies für Paul eine Niederlage darstellen, sogar einen Betrug – als würde man für ein Rätsel, das einen zur Verzweiflung brachte, die Lösung nachschlagen.

»Noch nie den Tod gesehen, Dickie? Dann wird es nun Zeit, dass du lernst.«

Es war das erste Mal, dass Paul seinen Vater diese Worte sagen hörte, er erkannte sie jedoch als Zitat und nicht, wie seine Mutter annahm, als eine Namensverwechslung auf dem Sterbebett. Eine Zeile aus einer Ballade eines imperialen Dichters über einen alten Abenteurer, der das Leben kennengelernt hatte und im Beisein eines Weichlings von einem Sohn seinen letzten Atemzug tat. Paul konnte sich selbst nicht bezichtigen und war sich trotz der vorhandenen Indizien nicht sicher, ob sein Vater das Leben überhaupt kennengelernt hatte: Rex Ivory hatten sich Ereignisse aufgedrängt, die kaum als Abenteuer bezeichnet werden konnten. Da war stets das Fehlen von Initiative gewesen – selbst der Pazifismus in den Schützengräben mochte sich bei näherer Untersuchung in Verleugnung und Rückzug verwandeln. Eine auf stille Weise riesige Anstrengung war für den Verzicht aufgewendet worden, als wäre die menschliche Existenz ein überdimensionales Marmite-Glas.

So schrumpfte der Dichter Rex Ivory, von seinem Sohn beurteilt, siechte noch nicht alt dahin und starb.

12

Eine schmale, ebene Straße führte Paul und Caro, in der Blüte ihrer Jugend, plötzlich mitten in die Megalithen. Paul hielt den Wagen an. Caro entriegelte ihre Tür und starrte. Gewaltige Steine standen ausdruckslos auf gewundenen Graswegen. England war aufgeklafft, um ein unbekanntes Land des Wesentlichen zu enthüllen.

Die kleinen Grabsteine auf dem Friedhof – kinderhoch, kameradschaftlich –, durch die Caro und Paul einst geschlendert waren, wurden im Kontrast zu diesen riesigen, mächtigen Formen zu flüchtigen Flugblättern, die von einem längst vergessenen Anliegen kündeten. Verglichen mit diesem Schauplatz wirkte der gesamte Rest der Schöpfung wie herumwirbelnde Blütenblätter und Kieselsteine, eine Leichtigkeit, in der noch der massivste Baum substanzlos war. Das liebliche Dorf selbst, das von den entferntesten Monolithen durchzogen war, deutete mit seinen wenigen stroh- und schiefergedeckten Jahrhunderten eine dürftige Verschleierung der Realität an. Nicht, dass die dunklen Felsbrocken durch ihr Überdauern irgendein triumphales Gefühl von Beständigkeit in den menschlichen Vorhaben vermittelten. Hier konnte man weder siegreich noch von Bedeutung sein. Gegen diese Felsen musste man ein gewichtigeres Argument ins Rennen schicken als das bloße Leben: Es stand die eigene Sterblichkeit, die eigene Fähigkeit, verwundet zu werden, wider die Gleichgültigkeit der Steine.

(In einer früheren Jahreszeit hatte Ted Tice über eine

andere Landschaft geäußert: »Man musste dort all seine Überzeugung aufbieten, um daran zu glauben, dass man existierte.«)

Die geordnete Platzierung der Sarsensteine war unvermeidlicher als die Natur: In der Natur besteht zumindest die Möglichkeit eines Versehens. Selbst Lücken in den Reihen, wo Felsbrocken gefallen und nicht wieder aufgerichtet worden waren, wirkten bedrohlich bestimmt, so obszön wie fehlende Zähne im Lächeln eines Tyrannen.

Manche Steine waren gerundet, andere säulenförmig. Dies war ihr natürlicher Zustand, unbehauen, unverziert. Paul Ivory sagte: »Als Mann und Frau schuf er sie. Sogar diese Steine.«

Pauls Gegenwart bot eine Art Erlösung, indem sie andeutete, der menschliche Hang zu lieben könne den Steinkreis von Avebury zwar niemals anfechten, aber ihn doch als unvollständig erscheinen lassen. Sich dieser Überlegenheit bewusst, wartete Paul den Augenblick ab, in dem Caros Schweigen sich, noch verstärkt, von dem Ort zurückübertragen würde auf ihn selbst. Er war ruhig, zeigte ein kontrolliertes Verlangen und die Neugier, die selbst ein Aspekt des Verlangens ist. Bisher hatten er und sie über den Kern des anderen lediglich Vermutungen angestellt, und Caros Demonstration ihrer Eigenständigkeit hatte ihr in einem geringen Umfang Macht über ihn verliehen – Macht, die nur durch einen Akt der Besitznahme umgekehrt werden konnte.

Einleitende Ungewissheit konnte ein Anreiz sein, solange das Ergebnis feststand.

Auch Caro umgab eine wunderbare Gefahr, die sich nicht allein aus den Umständen ableitete, sondern ebenso aus ihrer Weigerung, diese zu manipulieren. Die Gefahr und der Reiz waren ein und dasselbe. Außerdem waren da ihr junger, robuster Körper, Arme und Hals voller Kraft, und ihre Abneigung gegenüber Körperkontakt. Neben dem Vergnügen, seinen eigenen Lebensumständen zu trotzen, verfolgte Paul den darüber hinausgehenden Impuls, Caroline Bells Stolz oder ihre Integrität zu verletzen.

Sie wird am Ende gar nicht so anders sein, nahm er an – mit einem mentalen Achselzucken oder Geprahle, das ihm selbst halbherzig vorkam. Der Gedanke war nicht mehr als eine Art, zu verletzen.

Er wusste, dass sie, wenn sie sich zu ihm umdrehte, dankbar für die menschliche Begrüßung sein würde: Paul Ivory würde im Kontrast zu dem unheimlichen Monumentenfeld wie ein Trost erscheinen. Und als sie sich schließlich wirklich umwandte, wiederholte er: »Sehen Sie mich an«, und zog sie mit unendlicher Natürlichkeit an sich, um ihren Hals, ihre Wangen und ihren Mund zu küssen. Da war eine zustimmende Erschütterung, die für Spott nicht recht zugänglich war. Ihr Körper strebte zugleich auf seinen zu und von ihm fort, ihr Atem kräuselte sich in seinen Armen, auf seiner Zunge. Wenn er es wollte, konnte er spüren, wie sie sich in diesen Augenblicken für immer veränderte, konnte den Wendepunkt konstatieren, in dem Frauen Männern ihre Stärke schenken wie ihr Vertrauen – so bereitwillig, wenn auch nicht bedingungslos.

Über den geneigten Kopf des Mädchens hinweg konnte Paul Ivory zwei, drei Personen zwischen den Felsbrocken umherspazieren sehen, außerdem einen Hund, der einem geworfenen Stöckchen hinterhersprang. Aber die bunte Szene war verzögert, ausgesetzt, nicht in der Lage, mit ihrem eigenen doppelten Lebensrausch mitzuhalten.

Caros leinene Schultertasche glitt aus der offenen Tür des Wagens und landete in einer kleinen Vertiefung im Gras. Mit einer absurden Endgültigkeit spürte sie diese verschwinden, wie ein kostbarer Besitz, der im offenen Meer davontreibt. Im unbequemen Innenraum des Wagens fügten sich Arme, Schultern und Brüste perfekt ineinander. Im Hintergrund sprang der Hund immer wieder nach dem Stock. Im Schatten des Flieders hatte ein Mann einen Feldstuhl und eine Staffelei aufgestellt und wählte nun Farben aus. Diese Außenstehenden mochten sie für ein beliebiges Liebespaar in einem geparkten Wagen halten.

Paul war nicht auf die Idee gekommen, dass Caros Einfluss mit ihrer Unterwerfung noch zunehmen könnte. Oder dass sie intelligent bleiben würde. Als sie den Kopf zurücklehnte, um ihn zu betrachten, merkte er, dass ihr Urteilsvermögen so beharrlich blieb wie ein Puls – und sogar den zärtlichsten, wenn auch am wenigsten magischen Teil der Liebe bildete. Er legte ihr eine Hand an die Wange, während seine Finger in einem kleinen, zuckenden Nachweis ungekünstelten Lebens zitterten.

Er sagte: »Wunderschön« – dieses neue, närrische Wort hatte er gerade erst erlernt. Mit dem Finger fuhr er die Umrisse ihres Mundes nach, und ihre Lippen lächelten unter seiner Berührung. Er fragte: »Sollen wir ein paar Schritte gehen?«

Sie stiegen aus dem Auto. Caro hob ihre Leinentasche vom Boden. Die kurze Unterbrechung des Kontakts war eine scharfe Trennung, aus der sie sich wieder vereinten. Am Straßenrand, wo das Gras so fein war wie Moos, lagen Kreidetrümmer, Keramikscherben und menschliche Knochen in der Erde vergraben. Paul hatte im Gehen den Arm um Caros Taille gelegt und nannte sie nun wiederholt bei ihrem Namen: zwei Silben, wie verbotene, aufgestaute Zärtlichkeiten.

An der Innenseite der Tür hing eine Notiz: »Für den Verlust von Wertgegenständen ist die Geschäftsführung nicht verantwortlich.«

»Also hat es keinen Zweck, sie zu beschuldigen«, bemerkte Paul.

Über dem Waschtisch hing ein weiteres Schild, bespritzt und ausgebleicht: »Bedauerlicherweise kann in den Zimmern kein warmes Wasser zur Verfügung gestellt werden.« Ein Strahl späten Sonnenlichts beschnitt eine Ecke des Kartons.

»Woher kanntest du solch einen Ort?« Sie blickte hinauf zur geblümten Tapete und den unabgestaubten Laubverzierungen aus Stuck. Unter ihrem Kopf quoll das Kissen aus seiner Hülle, gestreift und schmutzig.

»Durch ganz andere Umstände.«

Caro erinnerte sich an die verlassene kleine, abgestanden riechende Bar unten, an aufgereihte, mit einer Staubschicht überzogene Flaschen und trübe Trinkgläser. Auf einem Tresen lag eine Kalbfleisch-Schinken-Pastete, halbiert, pink und mit Speck durchzogen – das Ei in der Mitte so grell wie ein von einem Kind gemalter Sonnenuntergang. Sie sagte: »Der Schauplatz des Verbrechens.«

»Was meinst du damit?«

»Ich habe an Avebury gedacht. Auch wenn Avebury sich nicht um Verbrechen schert. Alles Menschliche ist dort bedeutungslos«, womit sie ihr Haar anhob und den Kopf dann erneut auf seinem Arm platzierte, »sogar ein Menschenopfer.«

»Es ist alles noch genau wie früher, es wird bloß von Heuchelei überdeckt.« Die Sicherheit kehrte zu Paul Ivory zurück sowie eine gewisse Verachtung für eine Welt, in der er so leicht seinen Willen bekam. Das Mädchen lag an seiner Seite, Teil der allgemeinen Einwilligung. Er strich ihr über das schwere Haar und sagte: »Mir ist noch kein großes Leid widerfahren.«

Als Glücksbringer oder Exorzismus berührte sie mit seiner Hand das Ahorn-Furnier des scheußlichen Bettgestells. »Dann hast du noch etwas zu befürchten.«

»Ich will damit sagen, dass ich in tragischen oder riskanten Situationen nicht genug empfunden habe. Was auch immer genug sein soll.« Er warnte sie nicht, sprach lediglich die Wahrheit aus. »Wenn du ohne Katastrophe die fünfzig erreichst, dann hast du gewonnen. Dann bist du ungeschoren davongekommen. Vielleicht habe ich sogar jetzt schon mehr vom guten Leben gehabt, als man mir wieder nehmen kann.«

Mit »du« meinte Paul Ivory sich selbst. »Man« war unbestimmt. Caro erwiderte nichts. Inzwischen hätte sie ihr eigenes Leben für ihn aufgegeben, aber sie wies seinen Wunsch zurück, sich durch rechnerische Vorteile gegen Erfahrung abzusichern. »Ungeschoren davongekommen«, hatte er gesagt, als wäre das Leben selbst eine Straftat, eine Unaufrichtigkeit, die enthüllt wurde wie der befleckte Matratzenüberzug eines gemieteten Betts. Als wäre er, trotz aller Souveränität, auf der Flucht. Sein Vater mochte sich vom Leben losgesagt haben, war ihm jedoch nicht entwischt.

Sie wollte zu ihm sagen: »Das hier bekommt man nicht ohne eine Katastrophe«, schwieg jedoch aus Angst vor dem Verlust – und wurde daran erinnert, dass nichts größere Unwahrheit hervorbringt als der Wunsch, zu gefallen oder von etwas verschont zu bleiben.

Paul stand auf und zog sich an. Vom Bett aus sah Caro ihm zu, so träge wie eine Patientin, die gerade aus der Betäubung erwachte, unter Schmerzen und von langsamen Eindrücken umgeben, die sie kaum fokussieren konnte, während die wachsame Welt, verkörpert durch Paul, ihren gewohnten Gang ging. Der ausgesetzte Wille während dieser Erfahrung hätte beinahe neue Unschuld hervorgerufen, wäre er selbst nicht so zutiefst gewollt gewesen. Das Anbieten und das Zufügen lieferten eine vorübergehende Entschuldigung für die grenzenlose Zärtlichkeit, der ansonsten kein Mann nachgeben würde.

Von der Unwissenheit war sie innerhalb von einer Stunde zu der Überlegenheit des Allgemeinwissens übergegangen.

Als Paul sich auf einen schäbigen Stuhl setzte, um sich die Schuhe anzuziehen, stand sie schließlich auf, trat zu ihm und kniete nieder, um seine Umarmung zu empfangen.

Paul zog ihren Körper zwischen seine Knie. Der Druck von Ärmeln und Hosen auf ihrer nackten Haut drängte Caroline Bell ein weiteres Gefühl auf, aus ihrer Kindheit, als ihr Vater sich über ihr Bettchen beugte, um das kaum bekleidete Kind emporzuheben auf harte, allmächtige Arme in Serge oder Flanell, die nach der Stadt und der großen Welt rochen. Eine bestimmte Erinnerung, unangebracht, an ihren Vater, der in Abendgarderobe auf dem Weg zu irgendeiner Zeremonie war, mit Kriegsmedaillen, die von bunten Bändern baumelten, während er sich hinunterbeugte, um seine ältere Tochter zu küssen. Und sie war das Kind, das die Hand nach dem Geruch von

Tabak und Rasierwasser und nach der dunklen männlichen Reibung des Mantels ausstreckte, während die Medaillen klimperten wie Münzen von geringem Wert.

Die Verwandlungen im Laufe ihrer zwanzig Jahre waren nicht erstaunlicher oder unumkehrbarer als diese neue Veränderung, innerhalb eines einzigen Tages, von einem einsamen Mädchen zu einer Frau, die nackt auf einem abgewetzten Teppich zu Füßen ihres Liebhabers kniet. Die Umarmung, das Zimmer, ein Lichtbalken an der Decke, eine leere Gepäckablage in einer Ecke hätten überall auf der Welt Teil verwahrloster Bedeutungslosigkeit sein können, oder mochten die Quelle der Bedeutung selbst beinhalten, wie der Kuss oder die Geißelung im stillen Hintergrund eines Meisterwerks.

»Caro«, sagte Paul, »du wirst dich noch erkälten.« Er war angekleidet und befand sich in der beherrschenden Position, ertrug jedoch kaum die erneuerte Macht, die es ihr verlieh, dieses Knien zu seinen Füßen. »Du wirst dich noch erkälten, mein Liebling.« Die blasse Sonne war an die Decke gewandert, durch jede Ritze drang ein Luftzug in den Raum. Paul schob ihr wirres Haar zurück, um die weiße Haut am Ansatz zu entdecken, wohin der Sommer nicht gereicht hatte. »Kein Mädchen mehr.« Tränen waren ihr in die Augenwinkel getreten, waren jedoch nicht von der Art, die herabfielen oder bemerkt werden mussten.

Eine schmutzige Tasse hatte Kakao enthalten, auf einem Unterteller lag ein bräunlicher Apfelrest, auf dem Fußboden standen schwere, nicht sauber aufgereihte Schuhe, über einer Stuhllehne hing ein Hemd. Die dunklen Vorhänge und strengen Einbaumöbel des Zimmers wurden allein durch Unordnung und Essensgeruch nicht zum Leben erweckt. Die Bücher halfen auch kaum, da sie in keiner Verbindung zu dem Raum standen: Bücher auf der Durchreise. Es war eine Phase in Ted Tice' Karriere, die ihn weniger interessierte als das zuvor Geschehene und das bald Bevorstehende, und die Bücher wussten es. Ihm war hier ungewöhnlich kalt, weshalb er angezogen und in Socken auf dem Bett lag. Für die Nacht hatte er eine schwere Steppdecke. Die Familie scherzte darüber: »Aber für Edinburgh ist es ein schöner September, kein Tag unter fünf Grad.« Ted und Margaret hatten bis zum Überdruss auf diesen Scherz zurückgegriffen, wie Menschen es zu tun pflegen, die vor dem nächsten Schritt zögern.

Die gesamte Familie war zum Sonntagstee ausgegangen, ausgenommen Margaret, die zu Hause blieb, um zu malen oder Klavier zu spielen.

Margaret musste üben. Oder mochte irgendeinem Donald oder Willie aus dem Weg gehen – denn Margaret, stattlich und hübsch, war für die Studenten ihres Vaters eine natürliche Beute. Oder blieb aus einem Grund zu Hause, der über ihre vielfältigen Begabungen hinausging. Das Klavier stand in einem Zimmer im hinteren Bereich des Erdgeschosses, in dem sie auch malte. Doch während der sonntäglichen Ruhepause hörte man alle Noten und sogar das kurze Zögern der umgeblätterten Seiten – von Schumann, César Franck. Die Willies und Duncans hätten für sie stundenweise Noten umgeblättert oder, falls junge Männer heutzutage keine Noten mehr umblättern, sie bei Tageslicht durch kalte Straßen geführt, um im verrauchten Lärm einer Studentenbude ein sprödes Kotelett zu verspeisen. Unzählige von ihnen sehnten sich nach der breiten weißen Stirn und dem weichen Mund von Margaret und strebten danach, sich vor ihr in irgendeiner Weise hervorzutun. »Sie ist eine Prinzessin«, sagte ihre Mutter, die eine fabianische Sozialistin war.

Ted Tice ließ das Buch sinken, das er lesen sollte, und legte sich hin, einen Arm unter dem Kopf, in der anderen Hand einen Brief. Das Buch spreizte sich ungelenk auf der karierten Decke, seufzte bei seinem Aufseufzen mit und kippte auf den Fußboden. Unten hielt das Klavier inne, um den dumpfen Aufschlag höflich zu untersuchen. Die Pause dehnte sich aus. Als die Musik wieder einsetzte, waren es die Melodien von Liedern, die von einem Pianisten oder einer Pianistin, begabt, aber vom Glück verlassen, in einem Nachtclub gespielt werden mochten. »Smoke Gets in Your Eyes« und so weiter.

Ich bin mehr oder weniger wie geplant nach Avebury gefahren. Es ist eher ein Symbol als ein Ort – ein Ausdruck des Unvermeidlichen. Sie sagten einmal, das Leben müsse nicht glaubhaft oder gerecht sein. Und das erschien mir vor dem Steinkreis von Avebury deutlich genug.

Letzte Woche war ich dann über Nacht in London. Das Vorstellungsgespräch fand mit einem Mann namens Leadbetter statt, und die Anstellung beginnt nächsten Monat. Ich bekomme vier Pfund die Woche – hätte ich die Prüfung nicht bestanden, wären es drei gewesen. Dieser Leadbetter war adrett und winzig in seiner Zelluloidzelle. Eine Art Miniaturmodell eines Mannes, ein Schiff in der Flasche. So verlief auch unser Gespräch – eine reduzierte Darstellung einer menschlichen Unterhaltung. Als ich eine der Bedingungen hinterfragte, meinte Leadbetter, ich sei eine Perfektionistin, als bedeutete das so viel wie eine Sünderin.

Am Abend habe ich mir *Richard II.* angesehen. Vor uns saß ein Berg von einem Mann – bei der kleinsten Bewegung verdeckte er den halben englischen Hof.

»These Foolish Things« gefolgt von »My Romance«. Die Lieder wurden mit zu viel Gestaltung und Aufmerksamkeit gespielt. Nicht länger eine angenehme Ablenkung, wirkte es eher wie eine Verschwendung, die vollständige Vergeudung von etwas Unschätzbarem.

Ich versuche, Sie mir in Ihrem nördlichen Schwebezustand vorzustellen, wo Sie Ihrer Abreise nach Frankreich entgegensehen. Ted, verschwenden Sie Ihre kostbare Zeit nicht an mich. Ich glaube an keine Zukunft so sehr wie an Ihre, und nie erschienen mir jemandes Ambitionen so klar als etwas Gutes.

»Keine Zukunft für uns.« Ted Tice war sich der anderen Präsenz in diesem Satz so sicher und wünschte sich zugleich so sehr, vom Gegenteil überzeugt zu werden, dass ihm die Urteilsfähigkeit abhandenkam – wie ein Mann, der zu lange auf einen Umriss in der Ferne starrt und schließlich nicht mehr sagen kann, ob dieser sich bewegt oder still hält.

Es geht dabei nicht um mehr Zeit. Seien Sie nicht enttäuscht von mir. Ich wünsche Ihnen alles Gute – bloß bin ich nicht imstande, Ihnen zu Glück zu verhelfen. Wenn mit Glück eine Art energischer Seelenfrieden gemeint ist, dann hoffe ich – entgegen jeder Moral –, dass es Ihnen ohne Leiden oder auch nur Mühe von Ihrer Seite gewährt werden kann. (In diesem Sinne mag Perfektionismus bei mir tatsächlich mit Sündhaftigkeit verknüpft sein.)

Unten spielte Margaret »I'm in the Mood for Love«, spielte ihre letzte Karte aus. Und Edmund Tice, in dem kalten Zimmer den Arm unter den Kopf gelegt und den Brief neben sich, trauerte so sehr um sie wie um jeden anderen.

13

Caroline Bells Körper war nicht weiß, sondern nahrhaft blass, wie ein Teig oder ein Brotlaib, bis hin zu den kleinen Makeln – die winzige Markierung durch ein Muttermal auf Hals oder Brust, die Narbe am Knie, die von einem Sturz in der Kindheit stammte –, die sich in einem Prozess wie dem Backen herausgebildet haben mochten. Wenn sie sich auf einem Ellbogen abstützte oder mit ausgebreiteten Armen dalag, bildete der Raum ihres Bauches einen Schoß, die doppelte Kurve ihrer Schultern war angepasst an eine bevorstehende Umarmung. Dies ließ sich nicht erahnen, ehe sie nackt war: Bis dahin blieb die Empfindung selbst bekleidet.

Sie trug nichts außer einer kleinen runden Armbanduhr. »Die anderen werden bald zu Hause sein.«

Sogar Grace war die anderen, an jenem Nachmittag im September. Sogar Peverel war zu Hause.

In Paul Ivorys Zimmer ganz oben im Haus der Thrales war das Bettgestell aus Messing, die abgeworfene, herunterhängende Tagesdecke ein Bündel aus weißer Häkelei. Es war das Zimmer mit dem hohen, nicht zu den anderen passenden Fenster, durch dessen Scheiben das Sonnenlicht auf eine unberührte Wand fiel. Auf dem weißen Bett waren Paul und Caro ausgeklügelt arrangiert: Kopf auf Schulter, Kinn an Schläfe, Schenkel an Schenkel.

»Hierherauf wird sowieso niemand kommen. Wo doch Sonntag ist, ich hart arbeite und du ausgegangen bist.«

»Wo bin ich noch einmal genau?«

»Auf der Straße kurz vor Romsey, und genießt deinen Spaziergang.« Paul trat nach einer Verstrickung der geduldigen weißen Häkelarbeit. »O Caro, wie glücklich das hier ist.« Genug zu haben war wie eine Erlösung: Er war dabei gewesen zu ersticken und atmete nun frei. Er war ausreichend vertraut mit der Lust, um zu wissen, dass sie abstumpfen oder sich widersetzen konnte, doch die Freude war ihm buchstäblich fremd, ein Wort, das er niemals mit Leichtigkeit aussprechen würde, ein Hochgefühl, das einer anderen, sorgloseren Nationalität angehörte. Aus diesem Grund erschien Caro exotisch, durch ihre Ganzheit in der Liebe, ihre Zufriedenheit darin.

Paul sagte: »Ich habe die Tür abgeschlossen.«

In den Stäben und Endknöpfen aus Messing hinter ihrem Kopf hatten sich Caros Finger so vage verhakt wie die einer träumenden Frau. Ihr Arm, der von anderen als stark bezeichnet wurde, offenbarte eine Unterseite, die so weich wie die eines Kindes und am Ellbogen kaum eingekerbt war. Ihre andere Hand strich mit größtmöglicher Zärtlichkeit immer wieder durch Paul Ivorys Haar. In seiner Vorstellung sah er es geschehen, wie in diesem weißen Raum seine Helligkeit durch ihre Finger fiel. Er sagte sich: Das hier jedenfalls ist real. Und spürte, dass sie dasselbe dachte.

Er griff nach der Decke und zog sie ihr bis zum Kinn hinauf. Dann langsam wieder hinunter. Sie lachten: die Enthüllung eines Monuments. In der Wand war ein Fenster aus blauem Himmel, grüne Blätter an einem Ulmenzweig. Einmal flog ein eckiges kleines Flugzeug langsam vorbei, eins von der Sorte, die aussieht wie aus Silberpapier und die zwischen den Kriegen Kinder zu Vergnügungsflügen mitgenommen haben mochte: ein

Spielzeugflieger, der in Friedenszeiten auf einem grasbewachsenen Feld gesurrt hatte, während ein Mann im Overall sich auf den Propeller stürzte und »CONTACT« rief.

Sie waren ebenso sehr Teil der luftigen Leichtigkeit wie des verschlossenen, irdischen, häuslichen Raums.

»Stell dir vor, deine Schwester wäre nicht zu dem Konzert gegangen.« Paul hatte die Geschichte von Grace und Christian in der Albert Hall gehört.

»Unser Schicksal, genau wie das ihre.«

Er hatte es Glück genannt, während sie nun von Schicksal sprach. Als teilte sie ihm mit: Du musst wählen. Es war eine weibliche Angewohnheit, Entscheidungen, Sortierungen und Beweise zu fordern, und dann Schuld zuzuweisen. Das Urteil über Paul.

Caro sagte: »Ich mochte Nachmittage nie, bis heute.«

In einer Ecke stand ein Schrank, der so schwer war, dass man sogleich an die Männer dachte, die ihn fünfzig oder sechzig Jahre zuvor ächzend und sich mit dem Rücken dagegenstemmend die Treppen hinaufgehievt hatten. Über einer Walnusskommode hing eine verschwommene Fotografie, auf die mit Tinte das Datum neunzehnhundertfünfzehn geschrieben war. Selbst der schimmelige Schnappschuss eines englischen Cottages war, versehen mit der Jahreszahl neunzehnhundertfünfzehn, beschmutzt und befleckt vom braunen Bewusstsein der Schützengräben. Selbst in einem Raum der Liebe. Unter dem Bild waren Pauls Bürste und Kamm ausgelegt, neben einem Beutel aus Schweinsleder und einer Flasche französischen Rasierwassers: alles hell auf einer Spitzendecke. Das Band seiner abgelegten Armbanduhr erhob sich in zwei kleinen Bögen, bereit für sein

Handgelenk. Meist waren Gegenstände dieser Art von so feierlichem Ernst, dass man beinahe schmunzeln musste, aber Pauls Habseligkeiten schienen aufgeladen mit der Elektrizität ihres Besitzers.

Paul sagte: »Wir sollten irgendwo in der Sonne sein.«

»Die Sonne ist hier.«

Er hatte beabsichtigt, dass sie an einen typischen Strand mit Palmen oder italienischen Pinien dachte. Aber sie glaubte nicht an diese Filmkulisse, auf die sie starrte, ehe sie die Augen schloss. Sein Drang weiterzuziehen setzte ein Ende oder leugnete einen Anfang. Aus ihrem mittlerweile gewaltigen Wissen heraus hätte sie ihm versichern können, dass das, wonach er suchte, bereits gefunden war.

»Nun«, sagte sie, »sie ist hier. Die Sonne.« Sie hätte es einfach gern anerkannt gewusst.

Paul zog jedoch vor, was er für sich selbst entdeckt hatte: »Ich dachte eher an echte Wärme. Hitze, Sand, das Meer.« Er legte ihre Hände aufeinander – jung, glatt und wunderbar sauber, mit solch erhabenen Fingern. »Zitronenhaine, Weinberge, weiße Wände.« Neckte sie mit einem Mangel.

Eine Willensprobe, wo alles von leichter Virtuosität hätte sein können. »Weshalb bist du gemein?«

Er dachte, dass Frauen bereits mit dieser Frage auf den Lippen geboren wurden. Und unterhielt sich selbst einen Augenblick lang damit, das männliche Gegenstück zu finden – Ich hoffe, du wirst mir mit der Zeit vergeben. Er sagte: »*À la guerre comme à la guerre*.«

»Was für ein Krieg herrscht denn zwischen uns?«, wunderte sie sich. Wunderte sich jedoch auch darüber, wie schlecht seine Aussprache im Französischen war.

»Nein, ist schon in Ordnung. Wenn es dir hier gefällt.« Er lachte und gab den Abstecher ihr zuliebe auf. Wie eine Erkenntnis folgte sein Blick ihrem ausgestreckten Arm und aufgestellten Knie. Er führte seine Lippen an ihre Brust.

In diesem Augenblick hörten sie das Auto. Nicht das Grollen eines Hillman oder Wolsey oder den bronchialen Gangwechsel, mit dem ein Lieferwagen den Hügel erklimmen mochte, sondern ein flinkes, entschiedenes Geräusch, ein Geräusch in makellosem Zustand, das sich entschlossen seinen Weg bahnte, von weitem über das Haus strich, dann über die Wand und das offene Fenster, wie ein stochernder Lichtstrahl.

Da, in ihrer ursprünglichen Haltung, hörten sie das Auto.

Caros Kopf fiel auf das weiße Kissen zurück. Paul sprang auf.

»Wenn sie hereinkommt«, sagte er. »Wenn sie heraufkommt und die Tür verschlossen vorfindet.« Sie war Tertia, an jenem Tag und danach. Paul trug bereits sein Hemd, hielt eine Krawatte in der Hand, für diesen Anlass hatte er nach förmlicherer Kleidung als gewöhnlich gegriffen. Auf dem Kies zerstieben Reifen Steine. Die Burg selbst war gekommen, um sie aufzuspüren.

Die Maschine verstummte mit mehr Nachdruck als irgendein Motor jemals zuvor.

»Paul.«

Eine Stahltür knallte zu. »Paul.«

Niemals waren solch endgültige Geräusche, solche Pausen, Ultimaten und schrille, bedingungslose Rufe ertönt. Und Caroline Bell lag still.

Paul stand jetzt am Fenster. Er lehnte sich hinaus,

lakonisch. »Großer Gott.« Er lächelte und beugte sich vor und schuf Platz für seine lässigen Ellbogen. »Was gibt's?« Da war die strenge Vertrautheit des Tonfalls, die Selbstverständlichkeit, mit der er ihren Namen nicht aussprach. Wenn er auch nur »Tertia« hinzugefügt hätte.

Tertia Drage stellte sich direkt unters Fenster: ein pinkfarbenes Kleid, ein nach oben gerichtetes Gesicht. Vielleicht hatte sie nicht erwartet, dass Paul sofort erscheinen würde, ließ sich jedoch keine Überraschung anmerken und, obgleich sie dort unten stand, kein Gefühl von Benachteiligung. Nicht mehr als Paul selbst – der lediglich in Hemd und Krawatte entspannt dastand, und aus Tertias Sicht vollkommen angekleidet war.

Ein Außenstehender, der sie in diesem Moment beobachtete, hätte urteilen mögen, dass sie gut zueinanderpassten.

»Es ist ein herrlicher Nachmittag.« Tertia erklärte es leidenschaftslos. Um ihren Kopf hatte sie ein pinkfarbenes Seidenband gebunden, in der rechten Hand hielt sie einen ledernen Fahrerhandschuh. »Wir sollten ihn nutzen.«

»Was hast du denn geplant?« Sie glichen sich in ihrer wetteifernden Weigerung, sich durch irgendein Zeichen von Spontaneität bloßzustellen. Beide waren verschwiegene, wenn auch nicht zurückhaltende Persönlichkeiten, deren sarkastischer Unterton die Verleugnung jeglicher versehentlicher Aufrichtigkeit gestattete. Tertia war die schelmisch feindselige Laune bereits zur Gewohnheit geworden.

Sie erhob eine spöttische Hand. »Du kennst die Möglichkeiten genauso gut wie ich.« Das Motorgeräusch war wahrhaftiger gewesen als ihre Stimme, und zugänglicher.

Unter dem Fenster und außerhalb des Blickfelds hatte Paul Ivory die nackten Füße gekreuzt, so achtlos wie die verschränkten Arme. Feine helle Haare kräuselten sich auf seinem nackten Schenkel. »Nichts zu Anstrengendes«, sagte er oder war es im Begriff zu sagen, als er aus dem Erstarren von Tertias Gliedmaßen ablesen konnte, dass Caro neben ihm stand.

Er wusste, dass Caro von hinten herangetreten war und sich neben ihn ans Fenster gestellt hatte. Ihre nackte Schulter berührte vollkommen reserviert seine eigene. Er drehte sich nicht um, sah jedoch, als wäre er selbst Tertia Drage, Caro nackt neben sich an jenem hohen Fenster stehen und hinabblicken, auf sie beide hinabblicken. Es waren er und Tertia – und Caroline Bell, die auf sie hinabblickte. Caros Hand ruhte auf der Fensterbank. Sie trug nichts außer einer kleinen runden Armbanduhr.

Augenblicke verstrichen oder verstrichen nicht. Tertia stand ausdruckslos da. Nur ihr Arm blieb angehoben, die behandschuhte Faust geballt und ausgestreckt wie die einer Falknerin. Sie sah direkt zu Paul hinauf, wobei sie nicht starrte, aber fest und unnachgiebig ausschließlich ihn anblickte. Sie sagte: »Das ist deine Entscheidung.«

»Ich komme hinunter.«

Vielleicht zum ersten Mal begegneten sich ihre Blicke.

Am Fenster blieb Caro regungslos. Paul trat zurück und griff nach seinen restlichen Kleidungsstücken. Sein Abgang entblößte den oberen Teil ihres Körpers vollkommen. Hautfarbenes Licht traf ihre Schulter und erzeugte rötliche Strähnen im schweren, über das Schlüsselbein fallenden Haar. Unten ging Tertia um den Wagen herum und öffnete die Tür. Sie stieg ein und ließ den Fahrersitz frei. Oben im Zimmer knarrte das Bett, als Paul seine Segeltuchschuhe anzog. Mit nicht mehr als gewöhnlicher Eile nahm er seine eigene Armbanduhr von der Kommode und warf beim Anlegen einen Blick darauf. Er hätte vor einem Termin spät dran sein können.

Beinahe schloss sich eine Tür. Treppenstufen donnerten unter Paul Ivorys schnellen Schritten. Er erschien auf dem Pfad unter dem Schlafzimmerfenster und warf seine Jacke ins Auto.

»Du willst, dass ich fahre.«

»Wenn ich bitten darf.«

Ihre Stimmen waren weder gesenkt noch angehoben: ruhig, hätte man sagen können. Und Tertia zog sich grob den Handschuh aus. Prompt ertönte das Dröhnen des Motors. Als setzte jemand einen Propeller in Gang und schrie dabei: »CONTACT.«

Captain Nicholas Cartledge wartete auf einen Zug. Sein Tweedanzug hatte die Farbe und Textur von feinem Sand. Beige und körnig stand er in einem Anfall von Sonntagnachmittagslangeweile auf einem asphaltierten Nebenstrecken-Bahnsteig. Der Asphaltflecken des Bahnhofs löschte praktisch eine gesamte liebliche Landschaft aus. Selbst der strahlende Tag konnte Farben nur dort hervorheben, wo Rost auf Zement übergegangen war, und in einem Klecks schlaffer Dahlien, die um ein Schild herumwuchsen. Nicholas Cartledge stand teilnahmslos da, weder geduldig noch ungeduldig, und ließ gelegentlich seine kleine Stofftasche auf dem Asphalt stehen, um den Bahnsteig der Länge nach abzuschreiten und dann wieder zurückzukehren. Einmal blitzte ein Ärmelaufschlag weiß auf, um die Zeit mit der Bahnhofsuhr zu vergleichen, doch aus einer Diskrepanz zog er keinen offenkundigen Schluss. Hätte ihn jemand auf die Langeweile angesprochen, hätte er erwidert: »Das stört mich nicht.«

Er sah, dass das örtliche Taxi, ein alter grüner Humber, den man telefonisch bestellen konnte, vor den Stufen des Bahnhofs gehalten hatte und dass Caroline Bell gerade ausstieg. Kaum spürbar erschüttert vor Überraschung trat er hinunter, um ihr behilflich zu sein, und noch bevor sie ihn erkannt hatte, beugte er sich in den Wagen, um den Fahrer zu bezahlen. Sie stand auf dem Gehweg und hielt ihm in der Handfläche eine Auswahl von Halbkronen- und Sixpencestücken hin. Cartledge sagte: »Um Himmels willen«, und griff nach ihrer Tasche, nicht größer als seine eigene, und einem leichten Regenmantel. Indem er ihr diese Dinge abnahm, deutete er eine widerrechtliche Aneignung an.

Er und sie gingen die hölzernen Stufen hinauf, und die Gepäckstücke standen Seite an Seite. Die Dahlien umringten schlaff das Schild, wie stockendes Wasser um einen Gully. Cartledge sagte: »Auf dem Weg nach London, nehme ich an«, und schien sich nicht zu wundern. Er verfügte über eine Autorität, die mit Unergründlichkeit zusammenhängt. Caro hatte kaum gesprochen und mochte sich seinen Namen nicht gemerkt haben. Sie war schicklich gekleidet und zeigte – oder verriet, wie man so schön sagt – keinerlei Emotionen. Dennoch hätte er ihre Erscheinung als wild bezeichnen können, nicht nur, weil es eine offensichtliche Situation zusammenfasste, sondern auch, weil sie hilflosen Schock ausstrahlte.

Sie lehnte eine Zigarette ab und wollte sich nicht setzen. Sie gingen den glitzernden Bahnsteig entlang und wieder zurück. Über seinen biegsamen Schuhen kamen blasse Socken zum Vorschein. Man konnte nicht behaupten, dass sie gemeinsam gingen oder dass er sich irgendwie bemühte, die Lücke zu schließen, die sie zwischen ihnen ließ. Ein älteres, schwarzgekleidetes Ehepaar saß auf einer Bank und beobachtete sie mit von der Sonntagsflaute geschärftem Blick: »Da gibt es irgendeine Geschichte.« Dazu tendierend, sich auf Cartledges Seite zu schlagen – der immerhin der Mann war und ausgezeichnete Kleidung trug, einer von der alten Schule mit seinem hellen Haar und dem teuren Gesicht, schlank und geschliffen. »Ein echter alter Lebemann«, sagte die Frau, als Cartledge erneut an der Stelle vorbeikam, an der sie selbst reglos unter einer Toque aus Kunstseidenveilchen saß. »Oder Roué«, fügte sie bekräftigend hinzu. Wendete sich aber bald darauf wieder ihrem eigenen Sonntag zu: »Na schön, Fred, du musstest mich lange zu dem Besuch bei Maude überreden, und nächstes Mal wirst du es noch länger müssen.«

Neben ihrem Gepäck stehend, das ihnen ein Ziel bot, klopfte Captain Cartledge Asche von seiner Zigarette. »Es war offensichtlich, dass Sie in diesem Haus zu Schaden kommen würden.« Er erwartete keine Antwort, drehte sich jedoch nach einer Weile um – zu ihrem Kopf, ihren Brüsten. Sie beobachtete ihn dabei mit einer Gelassenheit, die aus seiner Sicht Ausdruck der Schwierigkeiten war, in denen sie steckte. Schließlich verkündete er: »Wenn ich helfen kann.«

Sie könnte angesichts der Ironie gelächelt haben. »Zu Schaden, wie Sie sagen.«

»Es gibt nichts Schlimmeres«, bestätigte er, indem er die Form des Schadens identifizierte. »Sie hätten keinen verständnisvolleren Zuhörer aufsuchen können.« Eigentlich hatte sie ihn nicht aufgesucht, doch um seine Selbstsicherheit zu zerstören, hätte es eines Angriffs bedurft. Als der Zug einfuhr, warf er seine Zigarette fort und hob ihre beiden Taschen vom Boden. Sie ging voraus in ein leeres Abteil, wo sie sich ans Fenster setzte, blass und besonders, so dass das alte Ehepaar im Vorbeigehen ein letztes Mal bemerken konnte: »Da steckt mehr dahinter.«

»Das hier wird helfen.« Er verschüttete ein paar Tropfen davon, als der Zug anfuhr. Sie erkannte im Silber die Initialen NGWC. Er trocknete das auf seine Finger Übergelaufene mit einem weißen Taschentuch ab, während sie trank, dann schenkte er sich selbst einen ganz kleinen Schluck ein. In einer Ecke des Taschentuchs wanden sich dieselben Initialen. Er sagte: »Lassen Sie sich Zeit.« Er lehnte sich ihr gegenüber zurück, arrangierte seine maßgeschneiderten Beine höflich so, dass er sie nicht berührte, und stützte den Ellbogen auf den Sims des kleinen Fensters. »Es ist genügend Zeit.«

Er meinte nicht, dass genügend Zeit war, damit das Leben weiterging, sondern dass sie schließlich akzeptieren würde, was als Nächstes eintreten musste. Da waren das Silber und das Leinen, der körnige Tweed und der schmutzige Rand des Fensters. Sie hatte die Hände im Schoß zusammengelegt, eine beruhigte Haltung, die sie und auch ihre Schwester in Stresssituationen einnahmen, und hielt seinem Blick stand, unüberlegt, unbewegt. Hügel und Täler schwankten am Fenster vorbei. Kurz verdeckte eine Fabrik die Sicht, wurde jedoch rasch wieder zurückgezogen, wie ein falsches Dia in einem Projektor. In dem Abteil hing ein feuchter, metallischer Geruch, nach den uralten Ausdünstungen des Polsters, vermischt mit dem Hauch von einer nahe gelegenen Toilette, dazu der unmittelbarere Geschmack von Brandy.

Er sagte: »Ich stehe zu Ihrer Verfügung«, doch sie ließ sich nicht täuschen oder hörte es kaum. Hinsichtlich ihres Schweigens hätte er gesagt: »Das stört mich nicht.« Er fragte sich, ob es der schielende Junge gewesen sein mochte, ehe ihm wieder einfiel, dass Ted Tice bereits abgereist war – nach Glasgow, Edinburgh, oder vielleicht nach Paris. Der Fakt Paul Ivory war ein kleines bisschen interessanter, wenn auch nur aus Klassengründen.

Bahnhöfe voll rostiger Dahlien zogen vorbei, von denen nach und nach die Sonne wich. Auf einem Feld nach dem anderen rankte der Hopfen. Irgendwo im vorderen Bereich des Zuges döste das alte Ehepaar, und zwischen zwei Nickerchen fragte die Frau einmal: »Was meinst du, woher das Wort stammt – Roué?«, sprach es Rooey aus und bekam keine Antwort.

Caros Haar berührte den Fensterrahmen. Sie schloss die Augen nicht. Cartledge sagte: »Wissen Sie, Ihrem Aussehen hat es nicht geschadet.«

Sie fragte: »Wie lange noch?« Und sein Ärmelaufschlag schnellte hoch. Dann: »An welchem Bahnhof kommen wir an?« Nannte ihn nicht Nick, wie er sie gebeten hatte.

»Sie wollten – wohin gehen?«

»In der Gloucester Road gibt es ein Haus, in dem Australierinnen aufgenommen werden.«

»Meine Liebe, Sie lassen es klingen, als handelte es sich dabei um Häftlinge auf Bewährung.«

»Wir schicken unsere Freunde dorthin. Andernfalls gibt es noch ein ähnliches Haus in der Cromwell Road.«

»In der North Audley Road werden Sie viel besser dran sein. Dort nehme ich Australierinnen auf.« Er bot ihr erneut den Flachmann an, auf dem das Sonnenlicht glänzte wie auf dem Lauf eines Gewehrs. »Übrigens gehe ich davon aus«, fügte er hinzu, »dass Sie die unvermeidliche Nachricht auf dem Nadelkissen hinterlassen haben – irgendeine überzeugende und ziemlich fiktive Erklärung?«

Sie schaukelten durch abnehmenden Hopfen und aufkeimende Gemüsebeete. Zwei Männer in angrenzenden grünen Gärten gaben sich über eine Mauer hinweg kameradschaftlich die Hand, hätten aber auch miteinander ringen können. Der Himmel legte sich nun rötlich über das Land, ein Hügel ragte auf wie eine Rinderkeule. Captain Cartledge schüttelte Zigaretten aus einer gewöhnlichen Schachtel, auch wenn er irgendwo ein zum Flachmann passendes silbernes Etui mit Initialen haben musste. Er sagte: »An Sonntagabenden stellen sie mir immer etwas raus. Suppe, Hühnchen. Mein Ehepaar, meine ich.«

Es gab also ein Ehepaar, das ein kaltes Abendessen für den Captain bereithielt und die beschlagenen Initialen ordentlich polierte. Recht so, du tüchtiger und treuer Knecht. Kapitän, mein Kapitän. Ehepaar, mein Ehepaar. Kapituliert, gepaart. Es würde Laken, Kissenbezüge und sprungbereit aufgewundene Leineninitialen geben.

In seiner schattigen Ecke saß der Captain kühl über dem weißen Leuchten von Kragen und Ärmelaufschlägen – angemessene Streifen, wie die Markierungen eines Rennpferdes. Er hatte ihr, wie er sich ausgedrückt haben mochte, nicht ein einziges Haar gekrümmt. Er sagte: »Zumindest besser als eine dunkle Nacht der Seele in der Gloucester Road.« »Zumindest« rückte die Sache ins rechte Licht.

An ihrem Haaransatz hatten sich Schweißperlen gebildet. Wenn sie in Ohnmacht fiele oder zusammenbräche, hätte er den Mund zu voll genommen. Doch auf ihrem Platz ihm gegenüber blieb sie klar, vollständig und geringschätzig. Er fügte hinzu: »Über Nacht kommt, unter anderem, guter Rat.« Aus der Syntax war ersichtlich, dass er dies nicht zum ersten Mal sagte.

Der Himmel verwandelte sich, je nach Betrachter, entweder in die rosenreife Ruhe eines Sommerabends oder in einen Bogen aus monströsen blauen Flecken. Sie überquerten ein Gewirr aus Schienen in der Nähe des Flusses, und es gab eine gute Aussicht auf St. Paul's. Caro war auf den Beinen und griff nach ihrer Tasche im Gepäckfach.

Er sagte: »Um Himmels willen«, wie er es auch schon am Bahnhof gesagt hatte, und holte die Tasche für sie herunter. Sie standen balancierend ein paar Zentimeter voneinander entfernt, und sie ließ die Hände an den Seiten herabhängen. Sie hatte die Lippen leicht zurückgezogen, so dass die unteren Zähne sichtbar wurden, und hätte in diesem Augenblick für ebenso grausam erachtet werden können wie er.

Sie blickte ihm in die Augen. »Ich habe heute bereits jemanden geliebt.«

Er wankte, um auf den Beinen zu bleiben, während der Zug nach Hause eilte, wiegte sich dann auf den Zehen, unter Kontrolle. Er war etwa zwölf Zentimeter größer als sie. »Die Bedingungen sind mir bewusst. Lassen Sie uns gleichwohl sehen, ob wir Ihnen nicht etwas weniger als Märtyrertum anzubieten haben.« Er sah sich im Abteil um. »Alles bereit?«

Er trat zuerst auf den Bahnsteig. Ihm folgend, sah sie, wie sein Ärmel in die Luft schnellte: »Taxi!« Und stieg in seinen dunklen Wagen, während er noch die Adresse nannte.

Teil 2

Die Kontakte

14

Meine liebe Caro,

in Paris halten sich sechzigtausend Studenten auf, die meisten von ihnen im Flur vor diesem Zimmer. Letzte Woche an Ostern war das Gebäude jedoch menschenleer und so ruhig wie ein Kloster. Mein Fenster blickt auf einen Innenhof voll blühender Bäume – Weißdorn, ein Judasbaum und ganz dicht davor ein großer Flieder, der in lila Pyramiden zum Vorschein kommt. Es gibt auch einen Brunnen und – versteckt – eine Drossel. Über den Feiertag fuhr ich mit zwei französischen Kollegen zu den Minen in der Nähe von Lille, wo wir unter Tage gingen. Ein Kohlenstoß direkt aus Dante, bearbeitet von etwa sechzehnjährigen Jungs, hauptsächlich Nordafrikanern, die kein Französisch sprachen. Schlimmer noch waren die Bruchbuden, in die sie nach der Arbeit zurückkehrten, zu zehnt in einer dreckigen Hütte. Nachdem die Petition, die sie für diese Leute beim Ministère du Travail eingereicht haben, folgenlos geblieben ist, unterstützen meine Freunde sie nun bei der Gründung einer Gewerkschaft. Bei unserer Rückkehr nach Paris haben wir einen Abstecher zu den Friedhöfen des Ersten Weltkriegs in Vimy und Notre-Dame-de-Lorette gemacht, auf denen es eine Viertelmillion Gräber gibt.

Ich arbeite. Ich denke an Sie. Dies sind keine sich abwechselnden Vorhaben – ich denke immerzu an Sie. Seit meinem letzten Brief war ich in einer Ausstellung mit Zeichnungen von Leonardo, eine Ein-Mann-industrielle-

Revolution. Habe ein gutes Theaterstück gesehen, *Le Diable et le Bon Dieu*, außerdem Jean Vilar und Gérard Philipe in *Le Cid*, eine Judo-Meisterschaft und Senator Kefauver im Fernsehen. Kefauver ist Gott weiß erschreckend genug, aber ich gelte hier als sein Verteidiger, da unter meinen Kollegen ein solch oberflächlicher und unwissender Antiamerikanismus herrscht. Ich halte nichts von Einstimmigkeit (oder Solidarität, wie sie auf schädliche Weise genannt wird), außerdem langweilt mich die blindwütige Verehrung Chinas und der Sowjetunion – insbesondere in diesem Land des *en principe*.

Der Mann, für den zu arbeiten ich hierhergekommen bin, beeindruckt mich fortwährend in menschlicher und professioneller Hinsicht. Ich gebe zu, dass ihm Fehler unterlaufen sind, teilweise deshalb, weil er so vieles gemacht hat. Wer weniger tut, kann besonnener vorgehen. (Und wer nichts versucht, weder seelischer noch intellektueller Natur, ist von allen Menschen am sichersten und natürlich auch am kritischsten. Verurteilen ist leicht genug – man braucht dafür nichts weiter als böses Blut.) Ich erkenne, welch grausame anhaltende Anstrengungen nötig sind, um irgendetwas gründlich zu lernen oder zu tun – besonders, wenn es das ist, was man liebt. Eine Berufung ist ein Quell der Schwierigkeiten, nicht der Leichtigkeit. Zu handeln ist schwer genug. Zu sein noch schwerer. Sowohl zu handeln als auch zu sein erfordert ein übermenschliches Bestreben. Nun, was spricht dagegen? Alles ist besser, als immer auf Nummer sicher zu gehen.

Die Studenten sind Frühkartoffeln, die zu hart angetrieben werden, das Tempo ist furchterregend. Mit achtzehn kommen sie von den Lycées hierher, und nach einem Jahr legen sie das Äquivalent zu einem B.A. ab. Alle sind »ernst« und *engagés*. (Ich kann dieses Wort wirklich nicht mehr hören.) Überall liegen marxistische Schriften herum, und einer von vieren ist Parteimitglied. Dennoch verbringen sie ihre Abende damit, brutale Scherze mit den Erstsemestern zu treiben, und schreien wie Viertklässler, wenn das Essen zu spät kommt. Aber so furchterregend sie auf dem Gelände auch sind, wenn man sie auf dem Boulevard Saint-Michel sieht, wo sie ihre wenige freie Zeit verbringen, wirken sie rührend jung und ernsthaft. Unter ihnen fühle ich mich behäbig und unbeholfen zugleich.

Die neue französische Regierung gleicht der vorhergehenden und wird auch genauso schnell stürzen. Wird es damit enden, dass Europa wieder faschistisch wird, »verteidigt« von einer deutschen Armee mit amerikanischen Befehlshabern und amerikanischen Waffen, die es nur so juckt, die Elbe zu überqueren? (Wenn man bedenkt, wie real die sowjetische Bedrohung ist, erscheint es bemerkenswert, dass die Demenz von unserer Seite einen fast dazu bringt, nicht an sie zu glauben.) Ein Lichtblick ist der Tod von de Lattre gewesen, der eine schwache Hoffnung auf eine Einigung in Indochina aufkeimen ließ. Sein Begräbnis war eine monströse Zurschaustellung des Militarismus – geschlossene Schulen, riesige Prozessionen mit Eisenhower, Montgomery, dem Kabinett, Kapellen, Chören, Geistlichen, Truppen und so weiter. Feierlich aufgebahrt am Arc de Triomphe, Notre Dame, Les Invalides. Eine durch und durch preußische Darbietung.

Wäre Leonardo auf die Dampfmaschine gekommen, dann hätte Napoleon die Atombombe abgeworfen, und zwar unter lautem Beifall der Franzosen.

Viele meiner Studenten, aber auch meiner Kollegen hier stammen aus armen Verhältnissen. Um diesen Umstand wird nicht so ein Affentheater aufgeführt wie in unseren Ländern – kein Vortäuschen auf Seiten der Armen, keine Fantasien von Brüderlichkeit unter den Wohlhabenden. Ich erinnere mich an die Leute von der Universität, die in Ancoats vorbeikamen, als ich ein Kind war, und unsere Sprache und Kleidung übernahmen, um sich als Gleichgesinnte zu erkennen zu geben – eine sentimentale Herablassung, die absolut nichts gegen die Armut ausrichtet. So billig lässt sich die Mitgliedschaft im Proletariat nicht erkaufen. Was haben sie uns geholfen, ihre schuldbeladene Großspurigkeit oder die moralische Entrüstung, die sie kundtaten auf dem Weg nach Hause zu ihren Eltern mit Arbeitsplätzen – und zu ihrem warmen Wasser, ihren Büchern, ihrer Musik und ihren Sparkonten, wovon sie nichts direkt teilen wollten? Was bedeuteten mir, der ich alles gegeben hätte, um meine Mutter in einem ordentlichen Kleid zu sehen, ihre Overalls? Lumpen an sich verleihen ebenso wenig Tugend wie Schande.

Die Armen wollen keine Solidarität mit ihrem Schicksal, sie wollen, dass man es ändert.

(Während der Depression hatte Ted Tice' Vater ihn, einen Jungen von neun Jahren, zu der Rede eines Politikers mitgenommen. Vater und Sohn standen in einem trostlosen Saal hinten in der Menge, und auf die Fragen des Kindes reagierte der Vater mit seiner üblichen Antwort: »Red keinen Quatsch!« Der Redner war ein junger Liberaler mit gelbem Haar, ein Anwalt aus dem Stadtteil, der zum ersten Mal kandidierte. Er verstand sich als einer der Armen, doch selbst der Junge wusste, dass die Eltern dieses jungen Mannes seine juristische Ausbildung bezahlt hatten – wogegen alle anderen, Jungs wie Mädels, mit zwölf oder vierzehn in der Spinnerei oder in der Fabrik oder auf den Docks waren. Wenn sie das Glück hatten, überhaupt Arbeit zu finden. Dieser junge Mann hatte angeblich ein Einkommen von drei Pfund zehn netto pro Woche und lediglich eine gelähmte Tante, die von ihm abhängig war. Den Rest hatte er für sich allein. Man konnte sich kaum vorstellen, was er mit einer solchen Summe tat.

Er meinte es ernst, er wollte ihre Leben verändern.

Vom Rand des Saals rief ein Mann: »'ne Woche von Ihrem Gehalt würd ein Leben in diesem Saal verändern, wenn Sie's nur geben würden.« Und das helle Gesicht des Kandidaten lief rot an: »Das ist nicht die Lösung.« Und der Zwischenrufer entgegnete: »Es würd zum Überleben reichen, während Sie sich 'ne bessere ausdenken.«)

Ted Tice stand auf und trat an sein blühendes Fenster. Dann setzte er sich erneut an den Tisch und sah sich an, was er gerade geschrieben hatte: »Sie wollen Veränderung.« Mehr noch als Veränderung wollen sie Rache. Menschen versöhnen sich schnell genug mit Feinden, die sie im Kampf niedergemetzelt haben, doch niemals mit den Brüdern, die sie kaltblütig gedemütigt haben. Sie üben Vergeltung für ihre eigene Schande – das ist der Auslöser allen Hasses, im Krieg oder zwischen den Klassen oder in der Liebe. Und auch ich will Rache.

Auf einer neuen Seite fuhr er fort:

Sie werden den Krach wegen des Teleskops mitbekommen haben. Erst heute hat mich der *Observer*-Artikel erreicht. Der alte Thrale wird sich nie verzeihen, mich ins Haus gelassen zu haben. Aber ich erinnere mich noch lebhaft an den Moment, in dem er es tat, und bin dankbar.

Ich versuche mich von meiner proamerikanischen Rolle zu befreien, indem ich die Vereinigten Staaten heftig angreife gegenüber dem sympathischsten meiner hier gefundenen Freunde, einem jungen amerikanischen Physiker, der hauptsächlich damit beschäftigt ist, nach Mädchen Ausschau zu halten. Wir verbringen die Abende gemeinsam, wenn er sich nicht gerade bei den Kupplerinnen rumtreibt. Über ihn habe ich eine reizende kleine *Étudiante*, eine großgewachsene Ballerina aus dem New York City Ballet und eine junge Kuratorin kennengelernt, die eine riesige Ausstellung über mexikanische Kunst mitorganisiert und sich auf präkolumbische sexuelle Motive spezialisiert hat.

Ted war hin- und hergerissen zwischen seinem Drang, es Caro zu zeigen, und der Wahrscheinlichkeit, dass sie dies durchschauen würde. Er las über die letzten Zeilen, strich »reizende« und »junge« und ließ die Ballerina ganz weg. Er schrieb die Seite noch einmal neu und fuhr fort:

Ein anderer der Amerikaner hier hat gestern geheiratet, und ich nahm an der Zeremonie teil, einer prosaischen kleinen Angelegenheit in einer Seitenkapelle der amerikanischen Kathedrale. Der Priester klang, als wäre er nicht bezahlt worden. Hinterher floss so viel Champagner, dass man darin hätte baden können, und ich verdiente mir das extrem gute Abendessen, indem ich einer Frau zuhörte, die mir alles über ihre Zitrusfarm und ihr

Cottage in Monterey erzählte. Was besonders ärgerlich war, da weiter oben am Tisch ein interessantes Paar saß – ein Mann namens Vail, der verschiedene kulturelle Unternehmungen in Amerika subventioniert, und seine Frau.

Er sah aus wie Orson Welles (allerdings nicht als Citizen Kane). Seine Frau, schlanker als jedes Model und sehr groß, war wunderschön – ein hageres Gesicht mit runden Augen. Diese beiden waren von Traurigkeit umgeben, doch aufgrund ihrer Intelligenz und ihres Aussehens weckte sie Interesse. Mir war nie zuvor in den Sinn gekommen, dass Traurigkeit an sich interessant sein könnte, meine eigene ist es für mich weiß Gott nicht. Und ich nehme an, dass es etwas ist, worum sich Schriftsteller kümmern müssen.

Der Mann Vail beschäftigt sich auch mit humanitären und politischen Streitsachen, und während des kurzen Gesprächs, das wir immerhin führten, überraschte er mich damit, dass er die Auseinandersetzung um das Teleskop mitbekommen hatte. (Ich sollte erwähnen, dass ich ihn schon vorher mochte.) Er war gerade zurückgekehrt aus Tunesien, das wie die gesamte arabische Welt in Rauch aufzugehen scheint. Wir hatten kaum begonnen, uns zu unterhalten, da unterbrach uns eine Witwe aus Pasadena, um festzustellen, dass die Welt nun mit Sicherheit besser werden müsse, da die jungen Leute alle so weit gereist seien. Vail erwiderte: »Das ist kein Reisen, das ist Entwurzelung.«

Apropos Hochzeiten, ich habe gesehen, dass Paul Ivorys stattgefunden hat. Außerdem habe ich gesehen, dass sein Stück in London Premiere hatte. Ich frage mich, was von beiden länger laufen wird.

Ted legte die Briefbögen übereinander und fügte dann hinzu: »Beinahe hasse ich die Dinge, die ich beschrieben habe, weil sie ein Leben ohne Sie bedeuten. Caro, es ist so lang her. Wenn ich Sie doch nur sehen könnte.« Und unterschrieb mit seinem Namen.

Einen Brief an Caroline Bell abzusenden, war ein Augenblick der Hoffnung und des Kontakts und auch der Ernüchterung. Ted Tice ging durchs abgewetzte laute Treppenhaus hinunter und trat auf die Straße. Nachdem er den Brief eingeworfen hatte, lief er so rasch weiter, wie es ihm die Menschenmengen erlaubten, damit die gute Laune sich nicht zusammen mit der Wärme seines Zimmers verflüchtigte.

Der Abend dämmerte, in den Cafés saßen Studenten. Andere junge Leute, die sich nicht einmal einen Kaffee leisten konnten, standen in Grüppchen auf dem Gehweg und unterhielten sich schnell und ohne zu lachen. Ted dachte: Es ist abwechselnd abstoßend und bewundernswert, und womöglich werde ich den Grund dafür niemals herausfinden, aber zumindest ist es nicht grob oder banal oder armselig oder moralistisch oder langweilig. Und allein die Abwesenheit von Selbsttäuschung ist Freiheit.

Der rauschhafte Moment verflog. Es ist erniedrigend, ein leidenschaftliches Gefühl an ein anderes Wesen zu richten, wenn man mit Sicherheit weiß, dass es keinen erwidernden Gedanken geben wird. Im Gehen stellte Ted Tice den Kragen seines Jacketts auf. Er war wie üblich ohne Mantel hinausgegangen. Einer der Männer, die er zu den Minen begleitet hatte, ein Bretone, der sich auf die *Agrégation* vorbereitete, löste sich von einer Gruppe auf dem Gehweg und ging neben ihm her. Ted dachte, dass sein amerikanischer Freund ihm eine Frage gestellt hätte: »Hattest du einen guten Tag?«, oder etwas derartig Artiges. Amerikaner mochten die einzigen Menschen sein, die einen noch fragten, wie man sich fühlte, die noch glaubten, man könnte es wissen oder anderen mitteilen, oder die von einer mühelosen affirmativen Lüge ausgingen, dem Bekunden einer vorsätzlichen Unreife, die ihrer eigenen glich. Nach dem Absenden seines Briefes an Caroline Bell war Ted froh über die gemeinsame Wortkargheit mit dem Bretonen auf der Straße: eine Gesellschaft, die seine Isolation aufbrach, jedoch nicht seine Einsamkeit.

Als sie den Eingang zu Ted Tice' Gebäude erreicht hatten, drängte sich eine Gruppe Studenten lachend und rufend an ihnen vorbei. Der Bretone sagte: »Das ist Melancholie, all diese gute Laune.« Die beiden Männer lehnten sich gegen eine Wand, die so dreckig war, wie nur Bildungseinrichtungen sein können, vom Abdruck zu vieler schmutziger Hände und Hüften und Hinterteile, die sich dort im Streit oder in der Liebe abstützten. Jenseits von ihnen floss die lange Straße langsam in menschlichen Gruppierungen dahin, die straff oder flexibel waren, bewegt von Meinungen, Leiden und Begehren. Der Bretone berührte Ted leicht an der Schulter: »Denk einfach nur daran, mein Lieber, dass Frauen alt werden. Bis dann.«

Ted musste einen weiteren Brief schreiben, mit dem er an jenem Abend noch nicht hatte beginnen wollen – tat es aber doch, da er sich außerstande sah zu arbeiten.

Über Ihren Brief und Ihre Neuigkeit habe ich mich sehr gefreut. Ja, ich habe eine Fotografie – seit meiner Ankunft hier habe ich den größten Teil meiner Zeit und einen ordentlichen Anteil meiner finanziellen Mittel dafür aufgewendet, mich fotografieren zu lassen. Ich weiß nicht, was es mit mir auf sich hat, jeder hier möchte ein Bild von mir, und auch gleich in vier- oder fünffacher Ausfertigung: Polizei, Universität, Comité d'Accueil. Für Sie hiermit nur ein Exemplar, auf dem ich aussehe wie die Art von Person, die ich in Cambridge am meisten verabscheut habe. Da Sie tatsächlich hierherkommen – gute Neuigkeiten –, werde ich versuchen, Karten für das Mai-Festival zu bekommen. Bergs *Wozzeck* und Strawinskys *Oedipus Rex* werden aufgeführt. Außerdem gibt es eine Menge Ballett – die Leute aus New York und der Marquis de Cuevas. Golovine sollten Sie auf jeden Fall sehen. Was Tennis anbelangt, sind alle der Meinung, das große Match werde Sedgman gegen Drobny sein, wäre das in Ordnung? Ich gebe Ihnen recht, was die Ereignisse zu Hause angeht, Attlee kann nächstes Mal wieder auf meine Stimme zählen.

Ich muss einen Aufsatz fertigschreiben, verzeihen Sie deshalb diese kurze Nachricht. Im Mai unterhalten wir uns. Es wird schön sein, Sie zu sehen. Nennen Sie mir die Ankunftszeit. Grüße.

15

Zu dem Zeitpunkt, als Grace und Caroline Bell ihre ersten Anstellungen fanden, bei Harrods und in der Buchhandlung, hatten sie den größten Teil ihres bescheidenen Vermögens Dora vermacht. Indem sie es auf sich genommen hatte, die beiden großzuziehen, hatte Dora sich selbst daran gehindert, ihren Lebensunterhalt zu verdienen, und es schien nur gerecht, sie dafür zu entschädigen. Das war zumindest Caros Argumentation, und nach dieser neuen Vereinbarung ging Caros gesamtes Vermögen an Dora, denn Caro würde bald eine Art von Karriere bevorstehen. Grace, deren Anstellung bei Harrods selbst diesen Grad an Verheißung vermissen ließ, hatte auf Caros Empfehlung hin die Hälfte ihres Vermögens behalten. Als Dora dieser Plan vorgelegt wurde, erregte er hitzigen Zorn. Sie wollte nichts, hatte nie etwas von irgendjemandem verlangt, war sogar gelaufen, um das Busticket zu sparen, und das Einzige, was sie niemals für irgendeinen Menschen auf der Welt aufgeben würde, war ihre Unabhängigkeit. »Ich werde von niemandem abhängig sein, ich verlange nichts.« Dora war empört – irrational, aber nicht unvorhersehbar – und ließ sich erst nach vielen Tagen der Tränen und Rufen nach Frieden überreden, die Mädchen in die Kanzlei eines Anwalts zu begleiten, wo schlussendlich und emotional die Papiere unterschrieben wurden. Es dauerte eine weitere Woche, bis sie überhaupt wieder normal mit ihnen sprach oder sich überwinden konnte, ihnen zu vergeben.

Dora selbst war verwirrt über die Entrüstung, die diese Geste ihrer Schwestern in ihr auslöste. Durch ihr Handeln hatten die beiden sie, wenn auch nur vorübergehend, um die Privilegien ihrer Opferrolle gebracht. Bis sie ihr Vorrecht auf Benachteiligung wiederhergestellt hatte, war sie somit beeinträchtigt. Durch ihre Empörung sorgte sie jedoch dafür, dass der Spieß nur kurz umgedreht wurde. Sie brachten den Vorfall hinter sich, erwähnten ihn nicht mehr, und bald sprach sie wieder darüber zu verzichten, damit ihr Mädchen alles haben könnt, wenn ich nicht mehr bin.

Zu diesem Zeitpunkt war Dora noch keine vierzig.

Das Überschreiben des Vermögens hatte stattgefunden, kurz bevor Grace Christian bei dem Sonntagskonzert begegnete – Doras Verärgerung an jenem denkwürdigen Nachmittag ließ sich darauf zurückführen. Als Christian und Grace sich ein paar Monate später verlobten, erzählte Grace ihm von dem finanziellen Arrangement: »Es schien nur fair.«

Christian erwiderte leise: »Das sieht dir so ähnlich, Grace.«

»Du hättest dasselbe getan.«

Er strich ihr den hellen Pony aus der Stirn und war gerührter, als sie erwartet hatte. »Davon möchte ich ausgehen.«

Nun schien Major Ingot ihrem Opfer die Bedeutung genommen zu haben.

Als der Major Dora im Spätfrühling nach London brachte, sagte Christian, er wolle ein kleines Mittagessen, oder formeller gesagt einen Lunch, in einem Restaurant veranstalten. Nur er selbst, Grace, das Brautpaar, und Caro, die sich bei der Arbeit freinehmen müsste.

Christian war mittlerweile mit Grace verheiratet und die richtige Person für diese Aufgabe, verspürte jedoch keinerlei Zuneigung zu Dora, die er hin und wieder in Aktion erlebt hatte. Anlässlich von Grace' Verlobung hatte es eine krampfhafte Szene gegeben, unbegreiflich, und die Briefe von der Algarve neigten von Zeit zu Zeit zu einem Tonfall maßlosen Grolls. Christian glaubte fest (um sein Lieblingsadverb zu verwenden) daran, dass Dora sich zusammenreißen konnte – zur Vernunft gebracht werden durch eine ordentliche Standpauke, die, wie er behauptete, längst überfällig war und ihr richtig guttun würde. Selbst Grace stellte sich noch immer vor, dass es Worte geben mochte, Worte, die Dora erreichen könnten und auf die sie bislang unerklärlicherweise noch nicht gekommen waren. Allein Caro erkannte, dass Doras Verfassung eine Krankheit war, ein irrationaler Gemütszustand, der professionelles – oder göttliches – Eingreifen erforderlich machte.

Major Ingot war stämmig gebaut, allerdings nicht auf kriegerische Weise, mit städtischem Wanst und schweren pinkfarbenen Hängebacken. Im Türrahmen des Restaurants bildete er den ovalen Bogen einer Wassermelone. Seine Kopfhaut war abgesehen von ein paar über den Scheitel gelegten Strähnen kahl, seine Augen, ein verletztes Blau, waren die Augen eines betrunkenen Kindes. Bei Tisch spreizte er die kurzen Finger auf der Speisekarte, strich diesen Angriffsplan glatt. Der Ehering steckte bereits eng an seinem Finger, wie ein Knoten, den er dort zur Erinnerung festgebunden hatte, oder wie ein Ring um den Fuß einer Brieftaube. Sein Hals bildete eine dicke Falte über dem Kragen. Alles an ihm war eingedämmt, eingeschränkt, eine verschnürte und festgebundene Fülle. Man konnte sich ihn nur schwer als Soldaten vorstellen, wenngleich er von einer schreibtischgebundenen Korpulenz war, die zu einem General passen mochte.

Als Christian ihn nach seinem Einsatz im Krieg fragte, machte er einige stakkatohafte Angaben, bevor er Krebsfleischsalat bestellte.

In Estoril konnte man sich nicht auf den Salat verlassen, auf Meeresfrüchte ebenso wenig. Am Abend vor ihrer Abreise war Dora von einem Teller Riesengarnelen vergiftet worden. Die Rechnung des portugiesischen Arztes hatte sich, Medikamente inbegriffen, auf dreißig Pfund belaufen.

»Und das«, sagte Major Ingot, »hat es in eine teure Mahlzeit verwandelt.«

»Bruce war fuchsteufelswild«, erklärte Dora. »Und normalerweise ist Bruce ein geduldiger Mensch.«

Der Major tat mit rotem, zornigem Blick seine Bestätigung kund.

Sie mussten noch im selben Monat nach Portugal zurückkehren, da in der Wohnung noch alles zu tun war. Vorhänge, Polster, Dora hatte bereits die Stoffmuster. Außerdem war Rastas, der Labrador des Majors, in einer Hundepension untergebracht.

Man konnte sich nur schwer die Freuden des Majors ausmalen, ihn sich auch nur in der Kaminecke eines Pubs in Algarve-England vorstellen, wie er ansetzte: »Ich erzähle Ihnen mal den mit …« Vergeltung stellte sich als seine Hauptbeschäftigung heraus: »Sie haben es sich eingebrockt, jetzt müssen sie es auch auslöffeln«, »Das muss er jetzt einfach schlucken«, wodurch er das Leben in ein Militär- oder Gefängniskrankenhaus verwandelte. Im Nachkriegsgerangel hatte der Major Glück gehabt, war, wie er erklärte, auf die Füße gefallen. In dem allgemeinen Durcheinander landeten manche mit der Butterseite nach oben, andere dagegen auf dem Bauch.

Um den Tisch lösten die strengen Redensarten des Majors wenig schlüssige Antipathien aus. In Wahrheit erinnerten sie einfach zu stark an Christian.

Um für einen Moment zu den vergifteten Garnelen zurückzukehren. Wenn ich darf. Aus genau solchen Gründen bot die Algarve eine große Zukunft. Britische Einwohner wollten das, woran sie gewohnt waren: Earl Grey von Twinings, Coopers Vintage Marmalade. Die Möglichkeiten waren nahezu unbegrenzt: Tiptree, Huntley and Palmer, um nur eine Vorstellung zu vermitteln. Weshalb sollte man es nicht versuchen? Auch den Alkohol dürfte man dabei nicht außer Acht lassen, Gilbey's, Dewar's. »Man braucht nur« – der Major machte eine flinke, pinkfarbene, schnappende Geste über der Tischdecke – »zuzugreifen.« Nein, der Major plante nicht, auch Bücher anzubieten. »Da ist der Umsatz gering. Sie können sicher sein, ich selbst schätze nichts mehr als eine verdammt gute Geschichte. Aber der Umsatz rechtfertigt es nicht. Der durchschnittliche Tourist ist kein großer Leser. Reiseführer dagegen – na, das ist wieder ein ganz anderes Kaliber.«

Es bestand keine Notwendigkeit, sich mit den Portugiesen einzulassen. Die ausländischen Bewohner dort waren insgesamt ein wohlhabendes Grüppchen. Deutsche kamen auch wieder, man würde es nicht glauben. Sie zogen die Algarve der Costa Brava vor, die aus der Vernichtung bereits wieder aufgebaut war. Außerdem war die Regierung stabil. Stabiler als dieser Haufen, den wir hier zu Hause haben, wie er leider sagen müsse. »Diese Sozialisten würden sich da unten nicht heraustrauen.« Täten sie es doch, würde ihnen das Lachen bald vergehen.

»Nicht einmal, wenn man mich dafür bezahlte, würde ich hier leben.«

Donner war zu hören. Durch die Glastüren des Restaurants sahen sie einen Wolkenbruch.

Was den Premierminister anging, fuhr der Major fort: »Ich würde bei ihm keine sechs Pence auf dem Tisch liegen lassen«, die imaginäre Münze auf ebenjenen knallend, »wenn ich aus dem Raum gehe.«

Wie Trumpfkarten verteilte Dora Fotografien von sich selbst in der Sonne. Der Major sagte: »Ich hätte noch mehr gemacht, aber ich hatte den größten Teil des Films bereits für den Hund aufgebraucht.«

Christian staunte über Doras gutes Aussehen. Er hatte schon immer den Eindruck gehabt, dass sich ihre Natur in ihrer Erscheinung nicht angemessen zeige, und nun, da sie molliger und zufrieden war – und den gesprenkelten Schleier, der noch immer an den einer Braut erinnerte, um ihren Hut aufgerollt ließ –, fiel es schwer, ihr Schrecklichkeit zuzutrauen. Mit ihren dunklen Augen und ihrer Bräune hätte sie selbst von der Algarve oder aus dem Alentejo stammen können, wäre da nicht ihr Mund gewesen.

Im Vergleich zu Doras gerundeter Selbstbestätigung war Caro hohläugig und trotz eines purpurroten Kleids der blass hervorstechende Geist am Tisch. Allein Grace passte wahrhaft in ihre Rolle, eine liebliche junge Hausdame ohne Abgründe.

Dora erzählte: »Bruce hat ein gutes Auge dafür. Und hat ein paar exquisite Stücke ausgesucht. Majolika, alte Teppiche.«

Der Major stimmte zu: »Wenn ich das sagen darf.« (Wie eine Warnung kam Christian in den Sinn, dass dieser Ausdruck für gewöhnlich einer Lüge vorausging.) »Ich kann jeden beliebigen Trödelladen betreten und die eine Sache herauspicken.« Wieder zeigte er seine dicken, kurzen Finger. »Natürlich muss man da unten handeln.«

Nach der Übereinstimmung, dass einem Handeln widerstrebe, entstand eine Pause. Christian dachte, in England trage ein Gentleman keinen Ehering.

Dora setzte das Gespräch fort: »Caro sieht so gut aus. Und glücklich.« Sie wandten sich alle der ausgemergelten Caro zu, die ihr Weinglas festhielt. »Sie muss uns besuchen kommen.« Dora spielte die große Dame. »Und ihr Portugiesisch erproben.« Es wurde dem Major erläutert: »Sie hat diese Gabe.«

Caro zeigte aus Gefälligkeit ein kleines, geziertes Lächeln.

Christian dachte: Ein Siegelring – nun, das wäre etwas anderes. Ein ganz anderes Kaliber.

Der Major behauptete, bei einer Orstrailierin seien Fremdsprachen ungewöhnlich. Er hatte einen Freund in Brisbane, der mit getrockneten Früchten und Nüssen handelte.

Christian zündete sich eine Zigarette an und hoffte, seine Beziehung zum Major sei nicht die eines Schwagers.

Dora bemerkte, ihr genüge ihre eigene Sprache.

Der Major legte mit einer Geschichte über eine australische Krankenschwester in einem Militärkrankenhaus los. Tatsächlich kannte er den Soldaten, dem dieser Vorfall passiert war.

Als der Kaffee serviert wurde, stand Grace unbeholfen auf, die Tasse in der Hand, als wollte sie einen Toast aussprechen. Über einer Bluse mit lavendelfarbenen Blumen glänzten ihr Gesicht und ihre Stirn. Sie setzte die Tasse so bedächtig ab, als bräuchte diese Unterstützung und nicht sie selbst, und fiel dann in Ohnmacht.

Grace erwartete ein Kind.

Das Londoner Theater, in dem Paul Ivorys erstes abendfüllendes Stück aufgeführt wurde, hatte ein kleines Foyer, das sich nach dem Ende jener Nachmittagsvorstellung wegen des Regens nur langsam leerte. Frauen schoben sich nacheinander hinaus, ein paar ältere Männer warteten unter dem Vordach und fragten sich, was als Nächstes kam. Caroline Bell stand am Rand und löste das Band ihres Regenschirms, während sie durch die Glastüren auf eine schäbige Straße hinausblickte.

Paul betrat das Foyer durch eine kleine Innentür in der Nähe der Theaterkasse: Er war selbst ein Schauspieler, der auf sein Stichwort erschien. Als er sah, dass die Menge noch da war, zögerte er. Und in diesem Augenblick entdeckte er Caro, die ihm den Rücken zugedreht hatte, ihr Gesicht im Schatten, als hätte sie sich absichtlich abgewandt.

Paul Ivory stand mit der Hand an der Tür, die er gerade geöffnet hatte, ein Mann, der sich angesichts einer Anschuldigung im Zaum hält. Die Ungerechtigkeit lag nicht nur darin, dass die Frau ihm in den Weg gestellt worden war, sondern auch in der Tatsache, dass aufgrund ihrer

Unwissenheit ihm die Entscheidung überlassen blieb, ob sie miteinander sprächen. Noch während er diese Ungerechtigkeit wahrnahm, wurde Paul beinahe körperlich ins Wanken gebracht durch Caros Anblick und durch die absichtsvolle und zugleich unbeteiligte Autorität, mit der das Schicksal sie erneut hervorgezaubert hatte. Paul hatte sein Vergessen Caroline Bells am schnellen Strom des Wandels und Erfolgs in den letzten Monaten seines Lebens gemessen. Er hatte sie nicht nur verlassen, er hatte sie zurückgelassen. Von dem Stehplatz aus, der ihr im Theater von Paul Ivorys Dasein zugewiesen worden war, sollte Caro seiner Darbietung gedankenvoll folgen und applaudieren. Beim Anblick ihres abgewandten Kopfes hatte er nun keine andere Wahl und musste unter Druck handeln. Er näherte sich ihr im Bewusstsein eines Hochgefühls, folgte einem Impuls, der nicht unbedingt zu seinem Vorteil war. Folgte seinem Bedürfnis, als wäre es eine Tugend.

All das, weil ein dunkelhaariges Mädchen mit einem zusammengeklappten Regenschirm in der Hand vor einer Tür stand.

»Caro.«

Und so drehte sie sich um, und sie standen erneut Seite an Seite.

Seine eigenen Empfindungen noch ganz frisch, sah Paul ihr überraschtes Zusammenzucken und die eilige Abfolge widersprüchlicher Impulse. Dabei erkannte er sogar, dass sie dieses Risiko eingegangen war oder gar provoziert hatte, indem sie gekommen war, um sich sein Stück anzusehen, und in ihr blitzte etwas auf, das seinen eigenen Drang beantwortete, jedoch unnachgiebig beherrscht wurde. Ihre Lippen schlossen sich in einer wohlüberlegten Wölbung, die er noch nie zuvor gesehen hatte, da sie von seinem Verlassen herrührte.

Die Lobby war mittlerweile fast leer. Man hatte die Lichter ausgeschaltet. Sie bildeten ein dunkles Paar, wie sie dort vor den Türen standen.

Sie antwortete: »Ja?«, als hätte ein Fremder sie angesprochen. Zitterte jedoch unter ihrem Regenmantel am ganzen Körper, so dass sie die verschiedenen Schichten ihrer Kleidung und ihre darunter zart pochende Anatomie spürte. Auf dieselbe Weise kämpfte ihr Verstand bebend im Inneren des Ereignisses.

»Wie nett, dass du gekommen bist, Caro.«

»Ich bin froh, dass ich es gesehen habe.«

»Ich bin nur selten hier. Es hat eine Veränderung in der Besetzung gegeben, für die Rolle von Mandy, dem Sohn mit Tuberkulose, und ich wollte sehen, wie es läuft.« Automatische Worte, alles, um diese Augenblicke hinter sich zu bringen.

Sie hatte Paul noch nie in einem Stadtanzug gesehen. Er seinerseits fand ihre Erscheinung außergewöhnlich: große Augen und durchscheinende Haut, eine überwältigende Anmut. Er war davon ausgegangen, sie hinter sich zu lassen.

Eindrücke strömten auf sie ein und verschwanden wieder, wie schnell aufeinanderfolgende Gezeiten.

Paul fragte: »Möchtest du hinter die Bühne mitkommen?«

Sie gingen einen Korridor entlang, in dem der Schmutz übertüncht war. »Vorsicht Stufe.« Auf der Bühne waren Markierungen – ein Kreidestrich, ein schablonierter Pfeil. Der muffige, ungewaschene purpurrote Vorhang war heruntergelassen, es standen noch die trostlosen

Möbel des letzten Akts. In einer Zeit, in der Shakespeare in moderner Kleidung der Vororte oder Lederjacken gespielt wurde, wurde Paul Ivorys in der Arbeiterklasse der Gegenwart angesiedeltes Stück in königlichen Roben aufgeführt. Vater und Mutter ragten als Bühnentyrannen empor, gekrönt und majestätisch in Lila und Gold, während ihr unterworfener Nachwuchs in Strickjacken und Latzhosen vor ihnen kauerte. Dieser ziemlich offensichtliche Kunstgriff war in der Presse als genialer Einfall oder Seitenhieb gefeiert worden.

Caroline Bell folgte Paul durch ein düsteres Labyrinth, ohne je den Blick zu senken. Als sie vor einer Tür stehen blieben, warf sie ihr Haar zurück, damit ihr Gesicht vollständig zu sehen war.

Ein Mann in einem Overall entriegelte die Tür. Paul lächelte sein offenes, sich erinnerndes Lächeln. »Danke, Collis!« Sie gingen ein paar Treppenstufen hinunter, wo Paul an eine weitere Tür klopfte.

Caro wurde dem großen Schauspieler vorgestellt, der sagte: »Wenn du das noch mal machst, prügel ich dich windelweich.« Er sprach zu einem herausgeputzten Jüngling, der sich aus einem mit einer Schleife versehenen Korb Weintrauben nahm, ohne zu reagieren. Die bestickte Königsrobe hing an der Wand. Paul sagte: »Fühl mal!« Eine einzige Falte des Stoffes war beinahe zu schwer zum Halten. Der Schauspieler erklärte ihr: »Darunter spürt man so richtig das Gewicht der verfluchten Herrschaft.« Er hatte sich die Farbe abgeschminkt und trug ein Batisthemd zu gestreiften Hosen.

In einer Ecke zischte ein kochend heißer Heizkörper. Caro lockerte ihren Mantel.

Paul fragte sie: »Wie fandest du die Marmite-Szene?«

Ehe sie antworten konnte, sagte der Junge mit den Weintrauben: »Das ist die stärkste Stelle des Stücks.«

Caro meinte: »Es hat mich nicht überzeugt, dass eine Verkäuferin den Begriff ›ödipal‹ kennen würde.«

Der Schauspieler lachte. »Das haben wir schon durchgekaut. Vergessen Sie nicht, dass sie in einer Buchhandlung gearbeitet hat.«

Der Junge sagte: »Es ist ein bisschen plump, der König ist tot, lang lebe und so weiter. Ansonsten ist es in Ordnung.«

Der Schauspieler fragte Paul: »Conder hat sich ordentlich geschlagen, meinen Sie nicht?«

»Das habe ich ihm schon mitgeteilt. Er wird sich eingewöhnen. Mandy sollte bloß viel kranker aussehen, das ist alles.« Es fiel auf, dass Paul vor den Schauspielern – die schließlich Profis waren – weniger lächelte.

Der Schauspieler sagte: »Conder könnte gar nicht krank genug aussehen, um Valentine zufriedenzustellen.« Valentine war der Junge mit den Weintrauben. Der Verweis auf dessen Eifersucht, der die Außenseiterin – Caro – ausgrenzte, war wie alle Ausgrenzungen an ebendiese gerichtet. Die Männer lächelten einander zu.

Im Korridor schwebte die Königinmutter mit ihrem langen, scharfen Profil an ihnen vorbei, Augenlider und Wimpern bis zu den Schläfen in Pfauenfarben dick bemalt: der Bug einer griechischen Triere.

Paul sagte: »Künstler nehmen immer nur sich selbst wahr.«

Er hatte sich richtig – oder scharfsinnig – verhalten, indem er Caro seinen Errungenschaften aussetzte und seine Hilfstruppen einberief. Er fragte: »Arbeitest du jetzt in dieser Behörde?«

»Ja. Ich habe den Nachmittag freibekommen, es gab einen Lunch für meine Schwester.«

»Immer noch dieselbe Besetzung.« Seine Überlegenheit untermauernd. Sie waren an der Tür zur Straße angelangt. »Mich eingeschlossen.« Er legte die Hand auf die Türklinke und lehnte sich an die Wand, ohne sie wirklich am Gehen zu hindern. »Mich auch, Caro.« Auf die getünchte Backsteinwand hinter ihm waren Aphorismen geritzt oder gekritzelt worden, alle mehr oder weniger obszön.

Ihr nach oben gerichtetes Gesicht, ausdruckslos. Sie griff an ihm vorbei, wollte ihre Hand jedoch nicht auf seine legen, um an die Türklinke zu gelangen, und zögerte, bereit und vereitelt. Er sah, dass sie nicht sprechen konnte. Sie griff erneut nach der Tür, während sie den Blick auf ihn geheftet ließ, wie eine Gefangene, die sich wachsam zur Flucht vorantastete. Es blieb der dauerhafte, so irritierende wie anziehende Eindruck, dass sie sich einem Ziel verschrieben hatte, das über das kleine, egoistische Drama ihrer eigenen Leidenschaften hinausging.

Paul sagte: »Du hast immer ein gewisses Maß an Verachtung für mich empfunden.«

»Ja.«

»Und auch Liebe.«

»Ja.« Ein Flackern in ihrem starren Blick war die mimische Entsprechung eines Achselzuckens. »Jetzt hast du eine Frau, die dir beides geben kann.«

Sie standen einander direkt gegenüber. Paul nahm seine Hand von der Tür. »Caro. Um Himmels willen.«

Die Redewendung schien etwas in ihr auszulösen, und kurz sah es aus, als müsste sie lachen. Wieder versuchte er das, was er für einen Vorteil hielt, auszunutzen: »Hab ein wenig Mitleid.«

Sie lehnte sich selbst gegen die kreideweiße Wand zurück und schloss die Augen. »Wie kannst du auf Mitleid hoffen, wenn du selbst keines zeigst?«

»Diese Wände sind voller in jeder Hinsicht schmutziger Zitate.«

Es herrschte Stille, während sie dort lehnte, streng mit ihrem Regenschirm, umhüllt und verschlossen. Sie machte sich los und trat dann tatsächlich an ihm vorbei, um an der schweren Tür zu ziehen.

Hinter ihr ertönte Pauls Stimme: »Dein Rücken ist ganz weiß.« Und strich ihr mit vollkommener Selbstverständlichkeit über den Mantel. Dann legte er ihr die Arme um die Taille, führte seinen Mund an ihren Nacken und sagte: »Allmächtiger Gott.«

Sie liefen im Regen die Straße entlang. Paul griff nach dem Gürtel von Caros Regenmantel, der sich gelockert hatte, und schien sie durch die Feierabendmassen zu führen – er zog nicht, stellte jedoch Kontakt und Kontrolle her, so dass sie ihn begleitete wie ein folgsames Tier an einer Leine oder einem Zügel. An der Straßenecke winkte er ein Taxi herbei und nannte dem Fahrer eine Adresse. Als sie eingestiegen waren, sagte er: »Wir können uns meine neuen Räumlichkeiten ansehen. Ich renoviere gerade das Haus, das ich gekauft habe. Du musst mir sagen, was du davon hältst.« Während der Fahrt im Taxi hielt er ihre Hand – hielt sie buchstäblich fest, da sie so leblos in seiner lag wie der Gürtel eines Mantels. Caro saß schweigend da, ihm zugewandt mit einem Blick, der weder finster noch erwartungsvoll, lediglich nüchtern aufmerksam war, und einmal kurz voller Zärtlichkeit und Furcht, die groß und nicht voneinander zu trennen waren, was dem Durchleben dieser Momente eine unerträgliche, überbordende Dringlichkeit verlieh. Paul hatte diesen Blick schon einmal gesehen, als sie in jenem Gasthaus in der Nähe des Steinkreises von Avebury zum ersten Mal miteinander schliefen.

»Hier ist es.« Paul lehnte sich vor, um dem Fahrer Bescheid zu geben. »Sie können uns hier aussteigen lassen. Das ist eine Sackgasse – wenn Sie einmal reinfahren, kommen Sie nicht wieder raus.«

Es hatte aufgehört zu regnen. Das Haus war schmal und hatte eine glatte Fassade, ein Spalt aus steinerner Schwere neben zwei hühnerbrüstigen Gebäuden mit Portikus. Ein Mann, der sich am Motor eines am Bordstein geparkten Autos zu schaffen machte, nickte ihnen zu und sang dann weiter:

»Roses are flowering in Picardy,
But there's never a rose like you.«

Paul steckte einen glänzenden neuen Schlüssel ins Schloss. Es roch nach Farbe, Putz und Rohholz. Der Fußboden war mit braunem Papier ausgelegt, und auf jedes Fenster war ein X geklebt, wie eine Warnung vor der Pest. Steile Treppen leuchteten weiß. Der Garten hinter dem Haus war schlammig und übersät mit den Resten der Bauarbeiter, wenn auch ein Stapel Fliesen darauf hinwies, dass er zu gegebener Zeit gepflastert und bepflanzt werden würde. In der Küche stand eine Spüle aus blassem Porzellan, in Papier eingewickelt und mit Riemen umgurtet, bereit zum Verspachteln: ein verbundener Patient im Feldlazarett.

Im Esszimmer wiederholte sich das Krankenhausmotiv. Weiße Abdeckplanen hingen über Arbeitsböcken und über einem Tisch. Der Farbgeruch war antiseptisch, anästhetisch.

Caro fragte: »Ist Tertia hier?« Den Stier bei den Hörnern.

Paul drückte eine gestrichene Tür vorsichtig mit dem Finger auf. »Tertia bleibt auf dem Land, bis hier alles bereit ist für sie.« Selbst ein Haus musste vor Tertia vorgewarnt werden. »Du bist mein erster Gast.«

Das Wohnzimmer nahm das gesamte erste Stockwerk ein und war dennoch schmal. Caro durchschritt es von einer Seite zur anderen. Sie stiegen weiter hinauf. Paul schaltete eine nackte Glühbirne ein. »Hier oben haue ich mich aufs Ohr.«

Es war der höchste Raum und der größte, da keine Treppen weiter hinaufführten. Aus den Fenstern konnte man die Häuser gegenüber sehen, dahinter einen Wohnblock. Vor dem Fenster standen Spalierbäume, die im Sommer Schutz böten, zumindest meinte Paul das. Auf dem nackten Fußboden lagen mehrere Teppiche zusammengerollt und verschnürt. Die Wände waren trocken, die Fenster waren geputzt worden. Noch nicht montierte Lampen lagen in einer Ecke, Türgriffe in einem Karton, während der Kaminsims bereits von einem Paar Marmorobelisken geschmückt wurde. Ein Telefon war angeschlossen und auf dem Fußboden platziert worden. Ein Fenster war halb hochgeschoben, wegen der frischen Farbe, und es war kalt im Zimmer.

Mit einem weiteren glänzenden Schlüssel schloss Paul

einen Einbauschrank auf. »Trinken wir etwas.« Auf dem obersten Fach des Schranks lag ein Paket, darunter lehnte ein gerahmtes Gemälde. Paul zeigte Caro das Bild.

Sie sagte: »Segonzac ist ein Mittelklasse-Maler.«

»Nicht jeder Künstler kann überragend sein.«

»Offensichtlich.« Sie bemühte sich um Bedeutung wie um notwendige Manieren. »Aber es gibt eine Aufrichtigkeit, ein Bewahren des Glaubens, wenn du so willst, die selbst einige mindere Talente aufwertet. Mrs Thrale hat etwas in dieser Art über deinen Vater gesagt: dass er kein großer Dichter war, aber ein wahrhaftiger Dichter.«

Paul stellte das Bild zurück, da es ihm nicht genutzt hatte. »Nun«, sagte er, »setz dich. Trink auf mein neues Haus.« Irgendwie ärgerte oder verletzte es ihn, dass Caroline Bell sich an seinen Vater erinnern sollte. Caro setzte sich auf den Teppichstapel. Während Paul mit einer silbernen Flasche hantierte, sah sie wieder mit dem sardonischen Blick zu, als würde sie gleich in Lachen ausbrechen. »Es gibt keine Gläser – ich fürchte, wir werden aus dem Deckel trinken müssen. Und obendrein müssen wir ihn uns teilen.« Er reichte ihn ihr. »Ein Liebesdeckel.«

Sie trank. Sie gab ihm den Deckel jedoch nicht zurück, sondern stellte ihn neben sich auf die frisch gewachsten Dielen. Paul sagte: »Hey, mein neuer Fußboden«, hob das kleine Gefäß auf und leerte es aus. »Möchtest du noch einen?«

»Nein. Es hat nach Blech geschmeckt.«

»Von wegen Blech, das ist Sterlingsilber.« Er setzte sich neben sie auf die Teppiche. »Du musst mir sagen, wie du mein Haus findest.«

»Es gibt so wenig Platz.«

»Jetzt verdirbst du alles.«

»Was gibt es da noch zu verderben?«

Das Telefon klingelte. Der Laut explodierte in dem nackten Raum, prallte von Wänden und Decke ab wie eine Salve Gewehrkugeln.

Paul musste sich zum Reden hinknien. »Das sind Sie. Aber ich würde gern wissen, wie Sie an diese Nummer gelangt sind. … Hören Sie, wenn das heute Abend noch an die Presse geht, lesen Sie es mir besser vor. … Na schön, Sie dürfen mich wie folgt zitieren: Ich habe auf Mr Soundsos Äußerungen nichts zu erwidern. Für Boshaftigkeit bin ich nicht empfänglich, und Mr Soundsos eigene Arbeiten halte ich für die Quintessenz der Vulgarität. … Genau das habe ich gesagt. Sicher: Q-U-I-N-T, dann Essenz … ganz recht, genau wie Vanille. Tatsächlich bedeutet das Wort ›Himmelssubstanz‹. Würden Sie das bitte noch einmal lesen? … Das wäre es dann. … Nun, das müsste allerdings nach meiner Rückkehr aus Spanien geschehen, wohin ich morgen abreise, sagen wir, Ende – ja, das passt mir. Rufen Sie mich dann an.«

Paul legte den Hörer auf. Er erhob sich, stand mit zusammengelegten Handflächen da und betrachtete Caroline Bell wie ein Rätsel, das er lösen musste, versuchte die Stimmung wieder hervorzurufen, in der er sie dorthin gebracht hatte.

»Reist du morgen wirklich nach Spanien?«

»Natürlich nicht.« Er sah sich nach der Flasche um. »Nehmen wir noch etwas von dem Blechzeug.« Er reichte ihr das Getränk. »Wie schmeckt es jetzt?«

Sie nahm einen kleinen Schluck und gab den Becher dann zurück. »Jetzt schmeckt es, als würden deine Initialen draufstehen.«

»Du bist so ein Biest geworden, Caro. Du warst mal –«

»Was?«

»Engelsgleich. Aber viel weniger schön. So ist leider der Lauf der Dinge. Jetzt sag etwas zu meinem Haus, zu meinem Stück.«

»Du willst keine Meinung, du willst Bestätigung.«

»Von dir will ich tatsächlich Bestätigung.«

Erneut explodierte das Telefonläuten. Und wieder kniete Paul sich zum Sprechen hin. »Ja, das hier scheint tatsächlich Flaxman fünf zu sein. – Nein, sie ist leider nicht da, aber ich kann ihr eine … – Ich habe Ihnen doch gesagt, sie ist nicht da, aber ich –« Bei einem Zwischenruf erhob oder härtete Paul seine Stimme, um mit seiner eigenen Ansprache fortzufahren – eine leichte Zurückhaltung der Augenlider zeigte, dass er zu gut erzogen war, um sie auch nur für einen Moment verärgert zu schließen. »Ich habe Ihnen deutlich gesagt, dass Mrs Ivory nicht hier ist.« Er sagte »Mrs Ivory« statt »meine Frau« oder »Tertia«, wie ein Parteimitglied Russland feierlich in »die Sowjetunion« verwandeln würde. Er sah komisch aus, wie er auf dem Boden kauerte, während er auf seiner Würde bestand.

Caro schlug vor: »Sag, dass du morgen nach Spanien abreist.«

»Ich werde sicher nicht hier herumstehen« – Paul kauerte sich noch tiefer hinunter – »und mir anhören, wie –« Er starrte auf den Hörer, knallte ihn dann auf die Gabel und wurde von der Wucht dieser Bewegung auf alle viere geworfen. Er stand auf und strich sich die Hose glatt. »Hat einfach aufgelegt, der Mistkerl. Er glaubte – hat vorgegeben zu glauben, ich sei der Dienstbote.«

»Wohl nur, weil du Mrs Ivory so genannt hast.« Caro

beobachtete, wie Paul sich Gedanken über den Anruf, den Anrufer und Mrs Ivory machte. Ehrenwerte Tertia. »Was war es für eine Stimme?«

»Oh – gebildet.«

Gott verhüte, dass Mrs Ivory sich einen Liebhaber aus den niederen Klassen suchen sollte.

Unten auf der Straße sang der Mann weiter mit einer Stimme, die so hoch und zittrig wie eine alte Tonaufnahme war:

»But there's one rose that dies not in Picardy,
'tis the rose that I keep in my heart.«

Paul schloss das Fenster. »Wenn es dir irgendwie Genugtuung verschafft, das ist so ziemlich die derzeitige Lage.« Er sprach von dem Anruf.

»Es ist also mühsamer, als du erwartest hast.«

Dies war kaum eine Frage, und Caro, die träge von den zusammengerollten Teppichen aufblickte, mochte vollkommen gleichgültig sein. Ihr Versuch, durch Ehrlichkeit alles zu ruinieren, hatte nichts bewirkt: Ehrlichkeit muss ehrlich gemeint sein, sonst sind ihre Fakten wertlos. Aber Paul dachte einen Augenblick nach, ehe er antwortete: »Es erzeugt tatsächlich ein neues Ausmaß an Isolation.«

Wenn er Missfallen eingestand, war er am aufrichtigsten, seine Stimme hatte, frei von Affektiertheit, eine reife Klangfarbe, resonant, beinahe schön. Seine Augen, die in ihrer Klarheit so prismatisch wie Tertias zu werden drohten, färbten sich durch natürlichen Unmut neu. »Selbstverständlich ist dem so, weil man zugleich den öffentlichen Schein wahrt. All das ist wohl nichts Neues.« Selbst in der letzten Bemerkung lag keinerlei Spott.

Paul setzte den Fuß auf den Teppichstapel, neben Caros Hand, und rezitierte:

»Soweit ich weiß, sind mir alle Ehemänner gleich;
Und jeder, den ich frage nach seiner Frau,
Ist bloß ein großer Heuchler seines Leids,
Wie ich. Wüsst ich es doch, denn die Seltenheit
Sucht mich nun heim.«

Er setzte sich erneut neben Caro auf die Teppiche. »Ist es verwunderlich, dass dieses Stück heutzutage nicht mehr aufgeführt wird?«

Neben dem kalten Drama von Pauls Ehe, das sich vor der interessanten Kulisse weltlichen Erfolgs abspielte, musste Caros Wunde zu einer leichten Spur der Erfahrung erbleichen, die zur Schau zu stellen ermüdend wäre. Caro wurde unterrichtet, nicht befragt, wurde mit wissenden Einschüben angesprochen: »So ist leider der Lauf der Dinge«, »etwas, das wir beheben müssen«. Paul, nicht Caro, würde feststellen, wie viel Bedeutung ihr jeweiliges Schicksal hätte. Das war entschieden worden, als er sich setzte, um mit jener Person vertraut über sein Leben zu sprechen, die am meisten davon ausgeschlossen war – um sie wieder in die Vertrautheit aufnehmen zu können, nicht aber in das Leben.

Er hob die Hand, um ihre zu ergreifen. Dann schien er es sich anders zu überlegen: eine kleine Unentschlossenheit innerhalb einer größeren. »Ich schätze, es liegt ein interessantes geheimes Einverständnis darin. Indem wir einander betrügen, einigen sie und ich uns darauf, auf einer weiteren Ebene eine größere Öffentlichkeit zu betrügen.«

»Und gefällt dir das?«

»Ich hatte schon immer eine Schwäche für das Stück im Stück.« Er lächelte. »Ich habe eine Idee. Lass uns morgen nach Spanien fahren.«

»Dann schicken wir dem Mann eine Postkarte.«

»Welchem?«

»Beiden.«

Sein Lachen erschallte laut und wurde dann leiser, wie die Telefonklingel. Nähte prägten sich tief in Caros Ellbogen ein, als sie sich auf die Teppiche stützte.

»Ich habe dich weiterhin geliebt.« Während all der interessanten Dinge, die mir passiert sind. »Und du liebst mich.«

»Ja.«

»Ehrlich währt am längsten.«

»Das ist ein verachtenswertes Sprichwort. Wie ›Verbrechen lohnt sich nicht.‹«

Dasselbe gereizte Zusammenziehen von Pauls Augenlidern. »Sollen wir jetzt einen Diskurs über Rhetorik führen, oder was?«

Caro sprang auf die Beine, ohne ihm zuzuhören, war jedoch nicht distanziert, um ihm irgendeine Lektion zu erteilen. Sie nahm ihren Regenschirm aus einer Ecke und verließ den Raum.

Das erste Treppenhaus, das sie leichten Schrittes hinuntereilte, war zu eng, als dass er sie hätte überholen können. Als er sie am Treppenabsatz erreicht hatte, legte er schließlich seine Hand auf ihre. »Ich werde dich natürlich nicht gehen lassen.« Er sagte es mit Nachsicht, lockte ein Kind aus dessen Launenhaftigkeit, aber seine Hand war heiß und unsicher, wie er selbst erst bemerkte, als er ihre berührte. Über ihnen stiegen die steilen, schmalen Treppenstufen empor, eine Klippenwand, die erneut erklommen werden mochte oder auch nicht.

»Lass mich jetzt gehen.«

»Hör mal, du wolltest das hier doch, oder nicht – erst kommst du ins Theater, dann hierher?«

»Das heißt nicht, dass ich es nicht besser weiß.«

»Für heute bist du durch genug Türen gegangen.«

»Lass mich gehen. So will ich nicht sein. Lass mich mein Leben weiterleben. Oder zumindest wieder so sein, wie ich vorher war. Und nicht das, was ich in all den Monaten gewesen bin, seit ich dich kennengelernt habe.«

So grausam sie an sich auch waren, kamen die letzten Worte nicht vernichtend heraus, sondern so, wie eine Person sie geäußert hätte, die lange Zeit von Sprache und menschlicher Gesellschaft abgeschnitten gewesen war und nun unbeholfen schonungslose Wahrheiten aussprach. In Paul erzeugten sie jedoch eine neue Spannung, und der schwache elektrische Schein von oben, der wie ein Bühnenmondlicht wirkte, zeigte sein Gesicht gebleicht – kaum noch männlich, kaum noch jung.

Er sagte: »Du siehst in mir eine Schwäche deiner selbst.«

»All meine Schwäche ist in dir destilliert.«

Caro bewirkte eine Unterbrechung im Fluss von Pauls Willen, so dass seine Erscheinung erschlaffte, wie es bei allen Wesen, selbst Tieren, der Fall ist, wenn sie an Überzeugung verloren haben. Als widersprüchliches Resultat fühlte Caro sich Paul in solchen Momenten am nächsten und war am wenigsten überrascht, ihn zu lieben.

Diese Sequenz gipfelte darin, dass Paul, mit sicherem Gespür für die Schwankungen des Widerstands, sie erneut umarmte, seine Arme unter ihren offenen Mantel schob, als unterstellte er sich ihrem Schutz. Ihr Regenschirm fiel mit einem taktlosen Klappern auf die nackten Dielen. Sie legte ihm nicht die Arme um den Hals.

Paul sagte: »Wie kalt. Wie kalt du bist.«

So standen sie da, unverändert, abgesehen von den Bewegungen von Pauls Händen auf Caros Körper – leichte Wellenbewegungen, auf denen sich Licht und Schatten abwechselten. Sich entziehend fragte sie: »Warum solltest du das hier wollen?« Den Treppen nach unten den Rücken zugewandt. Der unmöblierte Klang in der Stimme, Worte so nackt wie Holzdielen.

»Ich weiß es nicht.« Angesteckt von Ehrlichkeit, die am längsten währt. »Es ist der Beweis für alles, woran ich nicht glaube.«

Sie wollte sagen: »Und doch glaubst du an Gott«, konnte Gott aber nicht in so viel Gestümper hineinziehen.

Paul Ivory stützte seine Handfläche gegen die Wand neben ihrem Kopf, lehnte sich dort an, um auf ihre Kapitulation zu warten. Auf der unberührten Wand war der Schatten seiner wohlgeformten Finger riesig: Er hatte die Oberhand. Das Licht ließ seinen Körper geschmeidig, aber metallisch wirken, in der Farbe von Zinn. Nicht oft zieht an solch einem hellen Stern die Venus vorüber und verdeckt ihn.

Er stellte eine kleine Distanz zwischen ihnen her, um Caro weichen zu sehen.

Er hatte ihr Kleid aufgeknöpft, und der enthüllte Streifen Haut zwischen ihrer Oberbekleidung war seltsam schockierend. Da waren der gelockerte Regenmantel und das rote, offene Mieder, dann der geheime weiße Spalt. Anders als viele Bilder von Caroline Bell, die er später zu bewahren versuchte, grub sich dieses in Paul Ivorys Gedächtnis ein: die karge Wand, die Treppenstufen nach oben und nach unten, ihr rotes Kleid und das Aufblitzen ihrer Brust, die sie feierlich enthüllt ließ, wie eine Beichte.

16

Sie haben mich nach Paul Ivorys Stück gefragt. Ich habe es erst letzten Monat gesehen. Ich war beeindruckt und vielleicht auch überrascht von der Leichtigkeit, mit der er das Milieu der Arbeiterklasse behandelt. Ich denke, Sie dürften es mit Skepsis betrachten – manche Effekte sind störend, und das Ende ist oberflächlich und besserwisserisch, raubt einem aber dennoch den Atem. Wie es aussieht, läuft es noch ewig, also werden Sie es vielleicht anschauen, wenn Sie aus Frankreich zurückkehren.

Caro setzte den Stift ab und las die Passage noch einmal durch. Wie ehrlich und besonnen. Wie viel leichter es einem fällt, aufrichtig zu klingen, wenn man es abfällig meint.

Caro saß an ihrem Schreibtisch im Büro und dachte an Pauls Stück, wie das Publikum am Ende des letzten Akts nach dieser Tortur für einen Augenblick stumm verharrt hatte. Im Theatersaal war hier und dort ein Klicken oder Ticken zu vernehmen, ein leises Knistern, wie man es in Töpfereien von den gebrannten Waren hört, die zum Abkühlen aus dem Ofen kommen. Und dann der zerberstende Applaus.

Schön, dass Sie vor Ihrer Rückreise hierher noch die Rom-Konferenz besuchen können – ich habe etwas darüber in den Zeitungen gelesen. Ich erinnere mich an einen Palast in Rom, der nach dem Horoskop eines Ad-

ligen gestaltet ist – das heißt, er ist mit Darstellungen von Planeten und heidnischen Göttern geschmückt. Reine Astrologie, aber vielleicht schaffen Sie es ja dennoch, ihn zu besichtigen.

Damit war sichergestellt, dass Ted Tice seine glücklichste Stunde in Rom in Räumen voller Fresken am Ufer des Tiber verbringen würde.

Es wird kaum Zeit sein, Ihnen vor Ihrer Rückkehr nach England noch einmal zu schreiben. Danke für Ihre Einladung zum Abendessen, das wird reizend. Dann bis in einem Monat, von heute an.

Caroline Bell schickte diesen Brief auf ihrem Nachhauseweg am Mittag ab. Der Samstag war ein halber Arbeitstag in ihrer Behörde, und sie ging Lebensmittel einkaufen, um das Mittagessen für Paul zuzubereiten. Zu dieser Zeit lebte sie in einer möblierten Wohnung im obersten Stockwerk, die sie von einer Freundin aus dem Büro gemietet hatte, die ins Ausland versetzt worden war. Sie lag in der Nähe des Marktes in Covent Garden, in einem Gebäude, das ansonsten an Druckereien und Verlage vermietet war.

Der Mittag legte sich glanzvoll auf die schmalen, rußigen Backsteine der Maiden Lane und dehnte sich von der Architektur beabsichtigt über den Markt aus. Die Stadt stellte sich der Herausforderung der Sonne. Und Caroline Bell war dankbar für eine körperliche Leichtigkeit, die sie noch nie zuvor verspürt hatte, von der sie aber wusste, dass es ihre Jugend war. Sie ging mit den Papiertüten im Arm und lächelte beim Gedanken an ihre verlorene Jugend, die sie im reifen und erwachsenen Alter von zweiundzwanzig Jahren entdeckt hatte.

Paul stand in ihrem Hauseingang. Er wartete, bis sie zu ihm hinaufkam, dann beugte er sich von der Stufe hinunter, um sie zu umarmen. Mit den Papiertüten und einem Strauß roter Blumen war sie ein ordentliches Bündel. »Weshalb lächelt diese Frau?«

»Ich habe über das Erwachsensein nachgedacht und über Ehebruch.«

»Lustig, über Ehebruch habe ich auch gerade nachgedacht. Hast du den Schlüssel?«

Sie übergab ihn. Sie stiegen Linoleumtreppen hinauf, vorbei an Türen, die mit der Endgültigkeit des Wochenendes verschlossen waren. In einem alten Gebäude wie diesem legte sich der Staub rasch, und das allmontägliche Aufschließen dieser kleinen Unternehmen stellte lediglich einen jedes Mal aufs Neue überraschenden Aufschub der schlussendlich vorherbestimmten Vergessenheit dar.

Paul sagte: »Ein Samstagnachmittag in England ist eine Probe für den Weltuntergang.«

Als sie auf einem Treppenabsatz stehen blieben, um Luft zu holen, erklärte er: »Das waren die besten Wochen meines Lebens.«

Die Wohnung bestand aus einem großen Zimmer mit einer Fensterfront an einer Seite und einem fleckigen Dachfenster am hinteren Ende. Eine Wand war ganz von verzogenen Regalen voller Bücher verdeckt, der unebene Fußboden verschwand unter einem großen blauen Teppich, der beinahe zerfetzt war und noch Spuren von einem rötlichen Muster aufwies, wie industrielle Abgase in der Abenddämmerung oder dilettantisch entfernte Blutflecken. Die Abwärtsbewegung von Decke, Regalen und

Fußboden wiederholte sich im Zusammensacken einer Schlafcouch, die vor den Büchern stand und von einer frischen blauen Tagesdecke bedeckt wurde. Es gab einen hübschen alten Tisch, verschrammt, mit zwei Stühlen. Das einzige Bild war Caros Engel aus Sevilla, der an der Wand neben der Küchentür hing.

Alles war gebraucht oder verbraucht, sogar der besudelte Himmel. Die Bücher sorgten für Menschlichkeit, wie es ihre Aufgabe ist. Ansonsten hätte man den Raum als schäbig bezeichnen können oder als trostlos.

Paul setzte sich auf die frische Tagesdecke, die Hände auf den Knien abgestützt. Aus der Küche rief Caro: »Hast du Hunger?«

»Bald.«

Sie schaltete den schrottreifen Ofen aus, kehrte zurück und stellte sich neben ihn. Er blickte in Richtung Wand und betrachtete die Bücher. »Eine ordentliche Bibliothek, findest du nicht? – Larousse, Gesamtausgabe von Grove, was ist das? – Bartlett.«

»Das ist der Semesterapparat.«

»Während wir für die Erotika sorgen.« Er zog sie auf das Sofa hinunter, so dass sie kniete, während er lag. »Das ist unser Regal, dieses Sofa. Dies Bett dein Zentrum sei, deine Kreisbahn diese Wände.«

»So heißt eine Symphonie, die Erotika.«

»Das hier möchte ich haben.« Das Buch war so schwer, dass er sich wieder aufsetzen und es mit beiden Händen herausziehen musste. Er klappte es auf ihrer beider Schoß auf und ließ dabei rötlichen Staub auf die Tagesdecke rieseln. »Es ist mittlerweile nicht mehr erhältlich. Ich kann es für etwas verwenden, woran ich gerade arbeite.« Es war eine Ausgabe alter Theaterstücke.

»Nun, ich denke, du könntest es dir ausleihen. Ich denke, das könntest du.« Caro hob es von ihren Knien und wanderte durch den Raum. Sie zog die Vorhänge zu und stellte die Vase mit den Anemonen auf den Tisch. Dann zog sie ihre Kleider aus.

Er sagte: »Es behalten, meinte ich.«

»Weißt du, es gehört mir nicht.« Caroline Bell verflocht ihre Hände auf dem Scheitel miteinander. Ihr verlängerter Oberkörper wirkte nun gebieterisch und verletzlich zugleich.

Paul ließ das Buch neben dem Bett auf den Boden fallen, legte sich zurück und betrachtete sie. Und hätte im verhangenen Licht, mit der antiken Dichte der Bücher hinter sich, als eine viktorianische Illustration durchgehen mögen: junger Körper, zurückgesunken auf Blau und Rot, weißer Hemdarm baumelt über einem zu Boden gefallenen Buch. *Childe Harold*, *The Death of Chatterton*. Caro sagte es ihm.

»Danke. Jetzt komm her.«

Sie trat ans Bett und legte sich zu ihm. Paul sagte: »Kaum zu glauben, dass das hier Tag und Nacht auf mich wartet.« Er griff nach Strähnen ihres groben Haars und breitete sie in dunklen Strahlen um ihren Kopf aus. »Haare wie ein Pferd.«

Sie sagte: »Mein Liebster. Mein Geliebter.«

»Erinnerst du dich, wie ich dir beim ersten Mal, in der Nähe von Avebury, erzählt habe, ich hätte nie tiefe Gefühle empfunden. Oder genug. Jetzt möchte ich dir sagen, dass ich noch nie so viel für irgendetwas oder irgendjemanden empfunden habe wie für dich.«

Sie streifte sein Gesicht. An jenem Tag in Avebury hatte sie mit seiner Hand das Bettgestell aus Furnier berührt, und er hatte gesagt: »Was auch immer genug sein soll.«

Manchmal dachte Paul noch immer, sie sehe fremd aus – womit er meinte, dass sie ihm nie ganz gehörte. Er sagte: »Besitz stellt neun Zehntel des Rechts dar.« Aber das war viel später, als er dalag, den staubigen Raum betrachtete und darüber nachdachte, wie hilfreich die Jugend sei, da diese speziellen Momente der Trägheit und der Unterwäsche auf Stühlen ansonsten als Omen einer tieferen Schwäche angesehen werden könnten. Die Blumen wirkten nun billig, rot, grell.

Er sagte: »Ich habe geschlafen.«

»Und ich habe dich beobachtet.« Sie mochte gemeint haben, sie habe über ihn gewacht, aber das kam Paul nicht in den Sinn, dessen leichte Anspannung im Gesicht auf Missfallen oder Besorgnis hinwies.

Er sagte: »Im Schlaf beobachtet zu werden macht mich nervös. Schließlich verlieren Männer auf diese Weise alles – ihr Haar, ihren Kopf oder noch Schlimmeres.« Er wollte nicht zugeben, wie er selbst Caro beim Schlafen beobachtet hatte, in jener Nacht, als sie zum ersten Mal in sein neues Haus gekommen war. Er hatte ihren Atem und ihre kleinen Bewegungen im Traum beobachtet und Haut, die so durchscheinend war, dass er sich das Innenleben vorstellen konnte, das sie formte, und die kleinen, komplexen Fortpflanzungsorgane mit ihrer Fähigkeit, die Welt zu verändern. Als die Sonne aufging, hatte er über dieses Phänomen gewacht – in seiner Schönheit so vollkommen ausreichend, dass man kaum glauben konnte, dass noch Vernunft und Artikulation und menschliche Wachsamkeit hinzugefügt werden müssten oder gar die Möglichkeit zur Paarung.

Er würde es ihr nicht verraten und ihre Macht damit noch weiter vergrößern.

Er griff hinunter zum Fußboden neben dem Bett. »Ich kann es also mitnehmen?«

Sie wusste, dass es das Buch war.

17

In Caroline Bells Behörde arbeitete eine junge Frau namens Valda. Dass man sie Valda rief, war der springende Punkt, denn daran nahm sie Anstoß. Keine der anderen Frauen hatte etwas dagegen, Milly, Pam oder Miranda für ihre jeweiligen Mr Smedleys und Mr Renshaw-Browns zu sein. Im Übrigen hatte auch keine der anderen Frauen etwas dagegen, ein Mädchen zu sein.

In jener Epoche nannten die Männer sich untereinander nicht mehr Bates oder Barkham, sondern gleich vom ersten Augenblick an Sam oder Jim. Jene mit nicht zu verkürzenden förmlichen Namen wie Giles oder Julian schienen gar gefährlich hinterherzuhinken und drohten, in Vergessenheit zu geraten. Ein älterer Herr aus der Planung nannte seine Untergebenen noch Mister – »Mister Haynes«, »Mister Dandridge« –, wie der Kapitän eines alten Schiffs seinen Ersten Offizier oder Bootsmann rufen würde. Doch unter den Frauen gestattete auch er sich hin und wieder eine Marge oder Marigold, obgleich er seine Putzfrau zu Hause Mrs Dodds nannte.

Auf Caros Frage: »Wie nennen sie jemanden, mit dem sie echte Freundschaft schließen?«, erklärte Valda ihr: »Für sie ist echte Freundschaft ein Auslaufmodell.«

In Valdas Augen war die neue obligatorische Seelenverwandtschaft unter den Männern jedoch zumindest ein gemeinsam geteilter Verlust. Anders als die unverblümte Beschlagnahmung von June oder Judy.

Kurz nach ihrer Ankunft hatte Valda die Aufmerksamkeit auf sich gezogen. Ihr kleiner Mr Leadbetter, ein Verwaltungsbeamter, war mit gespitzten Ohren und einem Knopf in der Hand aus seinem Verschlag getreten und hatte sie gebeten, ihn anzunähen. Er schätzte, dies würde kaum eine Minute in Anspruch nehmen. Valda willigte höflich ein. Und legte ihre Papiere beiseite, um aus einer Schreibtischschublade ein hausfrauliches Etui mit Nadeln und farbigen Fäden zu holen. Als Mr Leadbetters Jackett ohnmächtig auf ihrem Schoß lag, fixierte sie das Nadelöhr mit zusammengekniffenem Auge und nähte bald los. Leadbetter blieb stehen, um ihr zuzusehen. Sein Hemd war blau gestreift, seine Hose reichte ihm bis zu den Achselhöhlen, gehalten von Hosenträgern aus Segeltuch, ebenfalls gestreift, die vor langer Zeit für ihre Langlebigkeit angefertigt worden waren. Es war angenehm, die Rüstung abzulegen und der hübschen Valda bei ihrer demütigen weiblichen Aufgabe zuzusehen. Als sie fertig war, den Faden umwickelt und abgetrennt hatte, war er dankbar.

»Danke, Valda. Ich bin in solchen Dingen nicht geschickt. Und würde mich völlig zerstechen.« Es war wichtig, Anerkennung zu zeigen.

Darauf antwortete Valda, als Widerhall seiner eigenen wohlwollenden Gedanken: »Das sind die Kleinigkeiten, die man füreinander tut.«

In der folgenden Woche kam Valda in sein Büro, wo er gerade einen vorletzten Entwurf durchlas, und bat ihn, das Farbband ihrer Schreibmaschine auszuwechseln.

Mr Leadbetter starrte sie an.

Sie sagte: »Ich bin im Umgang mit Maschinen recht ungeschickt.«

Er war verdutzt und verärgert. »Haben Sie etwa noch

nie ein neues Band gebraucht? Haben Sie das nicht in Ihrer Ausbildung gelernt?«

»Es wird kaum eine Minute in Anspruch nehmen.«

»Lassen Sie sich das lieber von einem der Mädchen zeigen.« Es war unbegreiflich.

»Die werden sich die Hände schmutzig machen.« Sie fuhr fort: »Es ist nur eine Kleinigkeit.«

Nun verstand er. Er ging hinaus und versetzte eins der anderen Mädchen – der wirklichen Mädchen – in Aufruhr. »Miss Fenchurch benötigt Hilfe bei ihrer Schreibmaschine.« Es war das erste Mal, dass er sie nicht Valda nannte, aber der Respekt wurde nur aus Groll gewährt. Das zweite Mädchen blickte ihn mit schmeichlerischer Schüchternheit, Valda hingegen voller Entsetzen an und beugte sich sogleich über die Schreibmaschine wie über eine Wiege.

Zu gegebener Zeit schrieb Mr Leadbetter in Valdas Beurteilung, sie neige dazu, wegen Kleinigkeiten aggressiv zu werden. »Dazu neigen« war der offizielle Code dafür, dass jemand aufs Ganze ging.

Es gab einen fensterlosen Raum, so klein wie eine Besenkammer, in dem sich diese Mädchen morgens und nachmittags mit dem Teekochen abwechselten. An der Wand hing eine Liste, die alle Männer und ihre Bedürfnisse aufführte: Mr Bostock schwach mit Zucker, Mr Miles stark und schwarz. Valdas Leadbetter bekam einen Kräutertee aus Kamillenblüten, die er bei Jackson's in Piccadilly kaufte. Dieser wurde in einer separaten Kanne aufgegossen und musste durch ein Sieb serviert werden. Eine weitere Notiz warnte vor Teeblättern im Spülbecken. Der Raum war eng und schäbig. Das Linoleum war fleckig, und es roch nach schalen Keksen. An einer bespritzten Wand war die Farbe abgeblättert von den Ausdünstungen des elektrischen Wasserkessels.

Manchmal, wenn Valda Tee kochte, stellte Caro für sie Tassen auf ein zerkratztes braunes Tablett.

Es war ein Ereignis, dabei zuzusehen, wie die königliche, langgliedrige Valda mit verächtlicher Gewissenhaftigkeit die Blüten für Mr Leadbetters spezielle Kanne abmaß (die um den Griff gebunden ein Schildchen mit der Aufschrift »Fünf Minuten ziehen lassen« trug). Zu hören, wie sie die Anweisungen herunterspulte: »Mr Hoskins, Saccharin. Mr Farquhar, ein Spritzer Zitrone.« Sie füllte den unbestimmten kleinen Raum mit Verachtung und Entschlossenheit und löste in den anderen Frauen einen herrlichen Angstschauer aus, da sie davon überzeugt waren, dass Valda, träte einer dieser Männer durch die Tür, ihre Darbietung nicht einen Moment unterbrechen würde.

Wenn Valda allgemeiner über Männer sprach, dann geschah dies in der Annahme geteilter verhängnisvoller Erfahrungen. Keine der anderen Frauen ließ sich auf solche Diskussionen ein, die nicht nur unfein waren, sondern auch ihren ehrerbietigen Umgang mit Mr Dies oder Das lächerlich gemacht hätten. Außerdem befürchteten sie, wenn sie Valda ermutigten, würde diese womöglich noch etwas Körperliches sagen.

Während sie zusahen, wie die Bürodamen sich abends vor dem Ausgang reihten, bemerkte Valda zu Caro: »Die blökende Herde zieht langsam über die Au.«

In der Behörde gab es noch eine weitere männliche Fraktion, die aus alternden jungen Männern bestand, die in bitterem Tonfall von Klassenunterschieden und vom Anrecht auf eine Chance – oder von dessen Abwesenheit – sprachen. Auch für diese Männer hatte Valda keine Geduld. »Sie glauben nicht recht an ihre eigene Existenz und warten darauf, dass jemand diese Aufgabe für sie übernimmt, gratis.« Sie stellte die Keksdose ab und schaltete den elektrischen Wasserkessel aus. »Oh, Caro, es stimmt ja, dass der Normalbürger fortwährend bedrängt wird, aber er hat viele Menschen auf seiner Seite. Der nicht normale Bürger ist es, der alle auf die Palme bringt.«

Valda erklärte Caro: »Man fühlt sich geradezu illoyal gegenüber seiner eigenen Erfahrung, wenn man einmal einem Mann begegnet, den man tatsächlich mögen könnte. Wenn es so weit ist, weiß man kaum noch, wie man es mit sich selbst vereinbaren soll, es ist, als würde man zum Feind überlaufen. Und dann ist da die Warterei. Frauen müssen sich herauskämpfen aus dieser dummen Warterei am anderen Ende des niemals klingelnden Telefons. Dem *Hörer des Empfängers*, wie man unseren Teil nennt.« Oder, die dampfende Teekanne in der rechten Hand langsam drehend, wie ein Athlet beim Aufwärmen, ehe er den Diskus wirft: »Das ganze Herausputzen, die Haare, die Fingernägel. Die Zehen. Und nach alldem ist man lediglich eine Mahlzeit, die sie beim Zeitunglesen verspeisen. Ich sage dir, jeder einzelne Nagel, den wir lackieren, ist am Ende ein weiterer Sargnagel für sie.«

All dies war unbestreitbar, sogar tapfer. War jedoch nichts als eine Landkarte, von der sich weder Räume noch Stunden oder menschliche Gesichter erhoben, auf der weder Großmut noch Erkenntnis erblühten. Was nicht darauf verzeichnet war, mochte das Leben an sich darstellen, sofern die Karte nicht als Ersatz für die Reise gedacht war.

Dies waren zumindest die Einwände, die Caroline Bell erhob.

Valda ihrerseits sah Caro als verlorene Möglichkeit an. Caro hätte alles tun können, hatte jedoch die gewöhnliche Vorhölle der sexuellen Liebe bevorzugt. Wer auch immer gesagt hatte: »Wenn du zum Weibe gehst, vergiss die Peitsche nicht«, war etwas Tiefgründigem und zutiefst Entmutigendem auf der Spur gewesen.

Solcherlei Richtungen schlugen Valdas Gedanken ein, wenn sie Caro beobachtete. Sie dachte dann: Oh ja, sollen sie ihr ihre Peitsche zeigen oder irgendeine vergleichbare Verlockung.

18

Als Paul Ivory zwei Monate durch Nordamerika reiste, schrieb er aus Los Angeles an Caroline Bell:

Meine Liebe, ich werde froh sein, wenn ich von hier aus weiterziehe – nicht wegen der Filmleute und der Autoabgase und der endlosen Friedhöfe, die den von Stoke Poges wie eine Schlagzeile erscheinen lassen, sondern einfach, weil ich feststellen musste, dass ich an jedem Ort, den ich besuche, nur einen einzigen Brief von dir zu erwarten habe, so dass ich ebenso gut weiterziehen kann, sobald ich diesen erhalten habe. Nachdem ich mein ganzes Leben lang dieses Land bereisen wollte, durchfege ich es nun wie wild auf der Suche nach deinem nächsten Brief. Ein teuflischer Plan von dir, den ich dir wohl niemals werde heimzahlen können.

Habe ich sie erst einmal eingeholt, gehen mir diese Briefe zu Herzen – ein Organ, dass in meinem Fall ohnehin erst von dir erfunden wurde. Mir erscheint es seltsam, unter dem Einfluss deiner Weisheit zu stehen, wenn diese in Bezug auf mich so sehr ins Stocken gerät. Anhand dieser Briefe versuche ich, deinen Stimmungen zu folgen, mit dem Mond als unabhängiger Kontrolle, doch da ist stets diese leichte Feierlichkeit – wem gegenüber? der Welt? mir? –, die wie eine magnetische Eigenschutzanlage wirkt (so etwas wird auf Schiffen verwendet, um sie gegen feindliche Minen und Radargeräte zu entmagnetisieren). Wie ich feststelle, möchte ich nicht, dass du dir mir gegenüber irgendeine Unabhängigkeit oder Absicherung bewahrst, insbesondere nicht in Form eines guten Charakters.

Allerdings gebe ich zu, dass sich meine beispiellose Gelassenheit im letzten Jahr von deiner eigenen ableiten lässt, wie dir bewusst sein muss. Es ist eine Art Ansteckung, eines der Risiken beim Geschlechtsverkehr.

Diese Zeilen verfasse ich um Mitternacht auf einem großen Bett in einem kleinen Zimmer mit Blick auf einen Garten – ein Teil einer Suite, die mir meine hiesigen Herrschaften zur Verfügung gestellt haben. Es ist ein Raum, der genauso ist, wie ich ihn mir vorgestellt habe, so sehr, dass ich versuche, den letzten und wichtigsten Faktor ins Bild einzufügen – aber es funktioniert nicht. Daneben gibt es ein weißes Wohnzimmer, eine Terrasse mit wunderbaren Pflanzen, ein Badezimmer und sogar eine kleine Küche. Aber die Hauptsache ist das Bett, was die Welt ins rechte Licht rückt.

Ich komme gerade von einem Dinner zurück, das sich Junggesellenabend nennt. (Wie sehr wir darauf beharren, junge Gesellen zu sein.) Der König der Gesellen hat mir kaum Beachtung geschenkt, was angeblich ein gutes Zeichen ist. Alle halten ganz hartnäckig an der Tradition fest, und ich habe viel gelächelt auf jene Weise, die du verabscheust. Hier kann man Dinge erreichen, solange man nicht erwartet, sich dabei seine unsterbliche Seele bewahren zu können – mir wurde meine direkt bei meiner Ankunft abgenommen, und wahrscheinlich wird sie – oder etwas Ähnliches – mir bei meiner Abreise von der Garderobenfrau wieder übergeben. Auf der anderen Seite wird nicht viel zugehört oder gefragt, aber eine Menge erläutert. (War es Conrad, der sagte, die Luft der

Neuen Welt sei günstig für die Kunst der Deklamation?) Soll heißen, es gibt ein Schema, in das ich mich einfügen muss.

Bislang bietet Kalifornien den größten vorstellbaren Kontrast zwischen den Werken Gottes und den Entweihungen des Menschen. Kalifornien ist eine wunderschöne Frau mit einem dreckigen Mundwerk.

Letzte Woche bin ich im Hotel in Washington Christian Thrale über den Weg gelaufen, der, wie du sicher weißt, wegen irgendeiner Konferenz dort war. Er war mir sympathischer als sonst, aber ich bin mir nicht sicher, ob es dafür intrinsische Gründe gab oder es daran lag, dass ich deinen Namen aussprechen konnte.

Ich bin erschrocken und erstaunt ob meiner Liebe zu dir.

19

Im August des folgenden Jahres saß Caro in einer vornehmen Teestube und wartete auf Ted Tice. Das Restaurant eines Londoner Kaufhauses bot auf einer Seite mit diskret abgeschirmtem Licht einen Blick auf Piccadilly, während die Wände von Vorkriegssolidität den vom Circus ausgehenden Verkehrslärm zu einem Vorkriegsrumpeln modifizierten.

Der Raum ließ nur schickliche Geräusche herein und bot lediglich den Anständigen Zuflucht. Alle Tische waren von Frauen besetzt. Kellnerinnen ähnelten Gefängniswärterinnen und behielten die Darbietung vorwurfsvoll im Blick, wischten hier repressiv einen Fleck weg oder ersetzten dort eine zu Boden gefallene Gabel. Damit einher ging ein nicht unangenehmes Gefühl, die Sicherheit eines Kinderzimmers. Allerdings könnte man in einem solchen Rahmen der Frauen überdrüssig werden – überdrüssig ihres schrillen, herrischen, wankelmütigen Geschlechts, ihrer Busen und Hinterteile und Frisuren, ihrer Plisseefalten, Volants und vollgestopften Handtaschen: der gesamten angeborenen und übernommenen Ausstattung ihres Geschlechts. In solcher Dichte konnte man sie kaum als Individuen betrachten, wie es bei Männern der Fall wäre, und sie waren geradezu verbissen albern und heiligten alle Themen durch die Vehemenz, mit der sie diese vorbrachten.

Caro spürte ihre eigene Auffälligkeit: Sie war die Einzige, die beobachtete, die nicht redete, die nicht unbedingt ein Auto oder einen Teppich wollte oder ein Service für zwölf Personen. Die keinen Platz und keinen Schutz hatte, dennoch nicht frei war. An ihrem Nebentisch saßen zwei Schwestern: schlank, ruhig, distinguiert, beide mit honigblondem Haar und großen, klaren Augen, die ältere verlobt mit einem kleinen Saphirring, die jüngere vielleicht siebzehn. Ihr Umgang miteinander war perfekt: zart, zuvorkommend, loyal. Sie boten einander Speisekarte und Zucker so höflich an, als verbänden sie keine Blutsbande. Wenn man so sein konnte, mochte sich der Verzicht auf Temperament lohnen.

Als Ted eintrat, nahm sich der Raum voller Frauen zusammen. Während er an ihnen vorbeischritt, gaben sie sich Mühe, ihre Oberflächlichkeit zu verleugnen, und hörten auf, in ihren Taschen zu wühlen. Es war eine Macht, die er sich gerade aneignete: Teil einer dritten Möglichkeit, unvorhergesehen von jenen, die sich gefragt hatten, ob Edmund Tice Erfolg haben oder versagen würde.

Seit seiner Rückkehr aus Frankreich hatte Ted in Cambridge gearbeitet, wo er erneut in möblierten Zimmern lebte. Seine frühe Anerkennung blieb durch seine Haltung gegenüber dem vorgeschlagenen Teleskop zum Teil unversehrt, denn unerwarteterweise hatten sich andere hinter ihn gestellt. Eine Frau, die er über seine Arbeit kennengelernt hatte, war ein paar Monate lang seine Geliebte gewesen, war jedoch kürzlich nach Jodrell Bank zurückgekehrt. Einen Herbst und Winter hindurch hatten sie samstags miteinander geschlafen und waren den Rest der Woche auf Distanz geblieben – als Arrangement einer öden Ehe nicht unähnlich. Vor ihrer Abreise nach Manchester hatte diese junge Frau beinahe geweint, gleichzeitig hatte sie Ted ein kleines

Lächeln geschenkt und den Kopf abgewandt, als wollte sie sagen: Hoffnungslos. Ihm wurde bewusst, dass sie ihn für einen langweiligen und egoistischen Liebhaber hielt, und er hatte keine Lust, ihr den Grund dafür zu erklären.

»Was für ein eigenartiger Treffpunkt.« Ted wirkte größer als zuvor und gewandter. Sein Haar, das an der Stirn bereits zurückging, stand ihm noch immer in dichten roten Locken vom Kopf ab. Die vertikale Furche durch seine Braue war tiefer geworden. Er ließ seine Zeitung auf einen freien Stuhl fallen und setzte sich. Er blickte sich um, als sähe er das Ende eines solchen Raums und der Frauen darin vorher, als wüsste er von Plänen am Reißbrett, diese Zitadelle zu stürmen. Es wurde nun offensichtlich, dass der vornehme Raum bald in zwei Flächen aufgeteilt und die Teestube in eine Cafeteria mit Selbstbedienung umgewandelt werden würde. Das war erst deutlich geworden, als Ted hereinkam und die Lage mit einem Blick erfasste.

Manchmal dachte Edmund Tice an solchen Orten an feine Leute in regnerischen Kleinstädten und feuchten Pfarrhäusern. Stellte sich zurückhaltende, zivilisierte Familien vor, ihre Gärten, ihre Haustiere mit literarischen Namen, die verglasten Bücherschränke mit Bänden von Sir Lewis Morris oder Sir Alfred Comyn Lyall, *Die Leuchte Asiens,* eine auf Kunstleder geprägte Schulurkunde. Er wusste dann, dass Aussterben etwas anderes ist als bloßes Sterben, abgetötet etwas anderes als getötet werden. Sterben musste irgendetwas – die Erinnerung, der Glaube –, das bislang noch nicht gestorben war oder zumindest nur halb so schnell, vernichtet von jenen, die eine anerkannte, wissende Einstellung hatten, wenn auch vielleicht keine größere Tugend. Er würde in dieser Zerstörung seine Rolle spielen und, wie auch andere, darüber klagen, sobald alles mit Sicherheit tot war.

Ted kam regelmäßig nach London, um Caro zu sehen. »Ich bin gern durch diese grauen Straßen gelaufen, weil ich wusste, dass sie mich zu dir führten.« Eine Schlichtheit, die keine Antwort erforderte. »Erzähl mir, was du den ganzen Tag über gemacht hast.«

»Mir den Kummer von anderen Menschen angehört.« Caro machte Platz für einen Servierteller mit bunten Kuchen und Baisers, die wie spiralförmige Muscheln aussahen. »Was nicht heißen soll, dass dieser Kummer nicht real wäre.«

»Das ist der Ärger mit dem Kummer. Er hat meist seine Berechtigung.« Nachdem Ted Tee bestellt hatte, fragte er: »Gibt es dort irgendetwas, das dich interessieren könnte?«

»Eigentlich nicht.« Und nicht auf die Weise, die du meinst.

»Verlässt denn niemand jemals diesen Ort?«

»Die Männer niemals. Die Frauen nur, um zu heiraten.«

»Solange du mich nicht heiratest, wäre es mir dann ehrlich gesagt lieber, wenn du in diesem Loch des Todes bleibst.« Er dachte, sie würde entweder verärgert reagieren oder lächeln, aber sie überhörte die Bemerkung, die nun zwischen ihnen im Raum schwebte. Sich seiner verheerenden Wahl des Zeitpunkts bewusst, fuhr er gleich fort: »Meine eigene Arbeit ist ganz anders. Sie ist notwendig für mich, und glückbringend. Aber du bist für mein Leben so notwendig, wie es das Wissen für meine Arbeit ist, und darin habe ich kein Glück gehabt, und

Gott weiß, dass ich ohne dich niemals wahrhaft vollständig oder glücklich sein werde.«

»Über Menschen kann man nicht verfügen wie über Informationen.«

Sie war nicht streitlustig, nicht einmal erregt. Ihre Ruhe entsprang einer großen Quelle des Glücks, erreicht und antizipiert, die nur die Liebe sein konnte.

Diese Erkenntnis wirkte brutal in dem pinkfarbenen, banalen und ziemlich harmlosen Raum, der bislang keine größere Unruhe erlebt hatte als das Zerspringen geblümten Geschirrs.

Er erkannte, dass es nicht neu sein konnte. Doch sie war leichtsinnig geworden und machte sich nicht mehr die Mühe, es zu verbergen. Heute hatte sie die Sicherheit einer Akrobatin, die voller Anmut und verschwendetem Mut zu ihrem Abenteuer emporstieg. Damit war alles erklärt. Ihre Hände und ihr Haar erklärten sich selbst, ihr Unterarm, der sich in einen Ärmel zurückneigte, wurde zu dem weichen Handgelenk einer liebenden Frau: All dies wurde von jemandem begehrt und berührt und erwartet, wurde jemandem dargeboten. Ted verweilte bei diesem Gedanken mit unerträglicher Hilflosigkeit, mit Abscheu.

Er war sich sicher – und fürchtete doch einen zwanghaften Fehler –, was die Identität ihres Liebhabers anging.

Sie sagte: »Du lässt mich grausam werden.« Voller Mitleid für ihn und ohne zu lächeln, strömte, wie sie vor ihm saß, dennoch jenes andere Leben durch sie und färbte ihre Wangen rosig und seine blass. Er betrachtete das Leuchten ihrer Haut, wo sie in ihrer Kleidung verschwand, und dachte, dass ihr Körper, der ihm unbekannt blieb, bereits im Wandel begriffen war.

Als sie auf ihre Armbanduhr blickte, platzte es unkontrollierbar aus ihm heraus: »Geh nicht!«

»Ich bin schon ein wenig spät dran.«

Wie ein Detektiv stellte er Herzlosigkeit fest, die Gleichgültigkeit des Liebenden gegenüber dem Ungeliebten. Und ich kann nichts tun, um irgendetwas zu ändern oder aufzuhalten. Sie kann mich zerstören, und ich kann nichts dagegen tun. Ich kann nicht verhindern, dass sie heute Abend mit ihrem Liebhaber schläft oder dass sie es und ihn liebt.

Diese Unfähigkeit war in ungerechter Weise beschämend für ihn, wie sexuelle Impotenz, und war verbunden mit einer gewaltigen Demütigung – vielleicht die Hilflosigkeit der gesamten Menschheit, das Chaos vorherzusagen oder sich davor zu schützen.

Als sie sich trennten, nahm er ein Taxi zur Liverpool Street, wo er eine Stunde auf seinen Zug wartete, ohne lesen oder wie versprochen einen Freund anrufen zu können. Das Dach des Bahnhofs bildete einen Himmel aus bleiverglastem Ruß, seine Träger und Leitungen unauflöslich. Auf den Bahnsteigen schoben sich die Menschen voran wie Flüchtlinge. Ted Tice umkreiste und umkreiste dieselben Eindrücke, die von denselben Werbeslogans auf den Plakatwänden gekreuzt wurden. Auf verblüffende Weise weigerte sich die Zeit zu verstreichen, und er verzeichnete ohne Abgeklärtheit die Multiplizierung der Augenblicke in jener Stunde. Das Elend intensivierte sich, die wartenden Passagiere schienen zu altern, nichts und niemand war freundlich oder jung oder war es jemals gewesen. Von seiner schmutzigen Bank aus beobachtete er sie, wie sie vorbeihuschten oder herumlungerten, Figuren des Realismus ohne

Selbstzweifel oder Reue und ohne Empfindungen, die seiner Tränen würdig wären.

Als er schließlich seinen Zug bestieg, wünschte Ted Tice, alles Lieben möge ein Ende haben, falls dies eine Kostprobe davon war.

»Hallo.« Aus Gewohnheit, die typisch ist für genährte Liebe, oder Verachtung, verwendete Paul mittlerweile nur noch selten Caros Namen. »Der Wagen steht um die Ecke.«

Während sie sich ihm durch graue Straßen näherte, hatte Caro Ted Tice vergessen und in Gedanken bereits zu Paul gesagt: Ich bin so froh, dich zu sehen.

An jenem Tag von einem zweiwöchigen Italienaufenthalt zurückgekehrt, war Paul sonnenverbrannt. Vorbeigehende Männer und Frauen warfen Blicke auf ihn, wegen seiner teuren, importierten Gesundheit, und auf sie beide, wegen des Paares, das sie abgaben. So war es bereits gewesen, als sie zum ersten Mal nebeneinanderliefen, auf einer Landstraße. Pauls Präsenz, anders als Teds, brachte die Menschen eher dazu, sich zu vergessen, als sich ihrer selbst zu erinnern. Außerdem wurde Paul, der ein neues Stück namens *Tagundnachtgleiche* veröffentlicht hatte, manchmal von Fremden erkannt.

Als sie im Auto saßen, ergriff Paul für einen Moment ihr Handgelenk.

Caro fragte: »Wie war Rom?«

»Barock.« Ein trostloser Nieselregen ließ die Windschutzscheibe beschlagen. »Heute Morgen habe ich im Sonnenschein auf dem Pincio gesessen.«

»Eine Schande, dass du abreisen musstest.« Sie wollte sagen: Ich bin so froh, dich zu sehen.

Er lächelte. »In welch würdevoller Stimmung du bist.« Paul fuhr vorsichtig, hielt an, um ein Trio Schuljungen über die Straße zu lassen. Die Kinder tippten vor Caro an ihre Hüte, wie man es ihnen beigebracht hatte. Paul sagte: »Sie halten dich für Queen Mary.«

»Dann würde ich sicher nicht vorn beim Fahrer sitzen.«

»Jetzt hör mal, du musst nett zu mir sein, denn ich wurde heute, als ich noch keine Stunde zurück war, unerwartet angesprochen.« Er nannte einen Namen, und als Caro Unkenntnis zeigte, fuhr er verärgert fort: »Der einzige wichtige Regisseur, der sich in den letzten zehn Jahren gemeldet hat.«

»Sich gemeldet hat« schüchterte ein, da ein Bekenntnis darin mitschwang: »Würden sich bitte alle melden, auf die diese Beschreibung zutrifft?« – »Solange sich niemand meldet, muss die gesamte Schule nachsitzen.« Als ob dieser wichtige Mann, den Caro nun aus Pressemeldungen wiedererkannte, auf irgendeine Weise gewillt wäre, die Schuld auf sich zu nehmen.

Bis Paul diese Geschichte erzählt hatte, hatten sie Covent Garden erreicht und stiegen aus. In ein bis zwei Stunden, in seinem eigenen Haus, würde er das Ganze noch einmal Tertia berichten, die es sich, da sie einen Mann gelobten Ruhms geheiratet hatte, als Teil ihrer Verpflichtungen anhören würde.

Sie stiegen Caros Treppenhaus hinauf. Paul hatte nun einen eigenen Schlüssel. Als er ihn im Schloss umdrehte, sagte er: »Und zwar musst du ab jetzt nett zu mir sein.« War jedoch an diesem Abend eindeutig unverwundbar und von der ihm gezollten Anerkennung abgelenkt. Es hatte keinen Zweck, ein Umschlagen zu versuchen, Paul die eigene Stimmung nahezulegen – ihm, der es so sehr verabscheute, sich unter fremder Regie zu fühlen, dass er es gelegentlich nicht einmal ertrug, ein Buch empfohlen zu bekommen, oder sich ärgerte, wenn Caro, indem sie sich in ihrer vollen Schönheit zeigte, sein Interesse anscheinend erzwingen wollte. Wenn er in jener angeschlagenen Gemütsverfassung war, konnte noch der leiseste Anspruch auf seine Verbundenheit mit schonungsloser Energie zurückgewiesen werden, wie eine Drohung.

Wenn er so um sich schlug, mochte er hin und wieder auch versehentlich sich selbst verletzen.

Caro lag angezogen auf dem Bett, Paul saß gedankenverloren neben ihr. Seine Hand kreiste auf ihrer Brust, doch aus einer freundlichen Gewohnheit heraus, wie man geistesabwesend ein Haustier streichelt. Auf der Tagesdecke lag ihre geöffnete Hand, nach oben gedreht, ausgestreckt für eine Wahrsagerin.

Sie betrachtete ihn mit einer Liebe, die einer Ohnmacht gleichkam.

Paul dachte an das Stück, das er womöglich für den Mann schreiben würde, der sich unerwartet gemeldet hatte. »Es ist schwer, noch irgendjemanden zu überraschen. Ich meine nicht auf billige Weise. Der Mangel an Überraschung, der sich bei Individuen mit dem Alter entwickelt, tritt nun in der gesamten Bevölkerung auf. Ich schätze, das hat mit dem Ersten Weltkrieg angefangen. Weshalb sollten etwa du oder ich noch von irgendetwas überrascht sein?«

»Man könnte immer noch überrascht von einer Person sein, die etwas tut. Jemand, den man gut kennt, könnte einen noch immer mit einer monströsen oder noblen Tat überraschen.«

»Selbst dann kann Liebe oder Hass etwas von der Schärfe nehmen.« An diesem Abend war Paul unparteiisch, sogar distanziert gegenüber Hass und Liebe. Indem die Welt nett zu ihm gewesen war, hatte sie sein Verlangen für diesen Tag gestillt, und seine gegenwärtigen Energien wurden auf eine solche Weise kanalisiert, dass sexuelle Befriedigung selbst zur Sublimierung wurde. »Die Fähigkeit zu überraschen ist eine Form der Unabhängigkeit. Und das besitzergreifende Gefühl kann so stark sein, dass es eine solche Enthüllung nicht erlaubt.«

Caro sagte ohne Überraschungsstrategie: »Ted und ich haben über Besitzansprüche gesprochen. Ich habe mit Ted Tice Tee getrunken.«

Paul gab keine Antwort. Bemerkte jedoch eine Stunde später: »Es fällt schwer, sich für Tice zu interessieren.« Vielleicht war Ted Tice nie aus seinen Gedanken gewichen. Er stand auf und sagte: »Diesen Teil hasse ich. Socken und Hemden. Verlassen.«

»Nach Hause gehen.«

»Du kannst einen Mann vor alldem retten«, sagte er, »indem du ihn nicht heiratest.« Sich mit den Socken und Hemden beeilend, summte er demonstrativ vor sich hin – eine Maschine, die angeschaltet, wenn auch noch nicht in Betrieb war. Er setzte sich erneut neben sie aufs Bett. »Wusstest du, dass die Russen sich vor jedem Abschied einen Augenblick hinsetzen?«

»Das ist der einzige Moment, in dem du dich hinsetzt.«

»Meine Güte. Beschwerst dich wie die klassische Geliebte.« Er wusste, dass sie der Andeutung, sie könnte ihm langsam auf die Nerven gehen, niemals würde standhalten können. Er wollte nicht, dass sie sich seiner Liebe sicher fühlte, und mochte der Meinung sein, dass es der wiederkehrende Verlust sei, der sie aneinanderband.

»Ich bin doch auch die klassische Geliebte.«

Er nahm ihre beiden Hände. Dies erweckte den Eindruck, er wollte sie davon abhalten, einen Schaden anzurichten. »Sei nicht so kritisch. Du siehst aus wie eine Lehrerin.«

»Die geliebte Klassische.« Sie lachten beide, dann aber fragte sie: »Was wird aus uns werden?«

»Wer weiß das schon!«

Dies löste empörte Angst aus – als käme ein vertrauenswürdiger Chirurg plötzlich mit den Worten an: »Jetzt müssen wir den Dingen ihren Lauf lassen«, oder: »Es liegt in Gottes Hand«. Wie Paul Tertia Ruhm gelobt hatte, so hatte er Caro Überlegenheit versprochen, und nun, da er endlich darüber verfügte, durfte er sie nicht widerrufen.

An jenem Abend war sein Ehegelübde das stärkere.

Caros Wahl des Zeitpunkts war in ihrer Beharrlichkeit so verheerend wie Teds: »Irgendwann muss der Betrug ein Ende haben. Letztlich muss die Wahrheit ans Licht kommen.«

»Und glaubst du nicht, das menschliche Bedürfnis zu betrügen ist auch Teil der Wahrheit?«

»Der Realität, nicht der Wahrheit.«

Paul sagte: »Wir bräuchten einen Theologen und einen Semantiker, um das zu klären.« Er lächelte und hielt dabei noch immer ihre Hände. »Ich bin froh, dass sie nicht hier sind.« Und fuhr ganz vernünftig fort: »In letzter Zeit willst du, dass alle Karten auf dem Tisch liegen.

Früher hattest du diesen mysteriösen Charme, schienst zu allem fähig.«

»Das hier ist es, wozu ich fähig war.« Die Liebe war zu ihrem größten – oder einzigen – Unterscheidungsmerkmal geworden. »Nicht jede Fähigkeit ist negativ, wie in ›fähig zu einem Mord‹.«

Er ließ ihre Hände los und zeigte dabei Resignation: Sie festzuhalten war zwecklos, sie mochte so oder so Gewalt anwenden. »Ich meine, einst hast du mich in Staunen versetzt.«

»Wie soll ich dich nun in Staunen versetzen?« Da es ihr oblag, seine Existenz auf einer gewissen Höhe zu halten.

Er lachte. »Erzähl mir etwas Interessantes über Tice.«

Ein Schweigen, das auch ein Straucheln war, ließ den Augenblick interessant werden.

Für die Frau war diese Pause ein Gefühl, an das sie sich erinnerte. Als sie eines Sommers in Peverel im Garten half, hatte sie mit einem Spaten eine tote Ratte oder ein Kaninchen aufgehoben: eine Masse, die auf andere Art leblos war als etwas, das niemals Leben besessen hatte.

»Also?« Er war weniger auf eine Enthüllung aus als auf das Eindringen in Tugendhaftigkeit, welche auch immer sie für sich behielt. Auch wenn diese aus nicht mehr bestehen mochte als aus der heiligen Obhut über die Sünde eines anderen.

»Also, Scheherazade?« Paul ließ seine Jacke fallen und legte sich erneut neben Caro. Und sie erzählte ihm, wie Edmund Tice den deutschen Wissenschaftler, der sein Feind war, verschont hatte.

Paul Ivory schrieb an seine Mutter:

Meine liebe Monica,
wie weise von dir, in Barbados zu bleiben. Seit deiner Abreise hatten wir vier (Patrioten mögen behaupten: fünf) schöne Tage. Nun, da der Sommer vorbei ist, hat England wenig, worauf es sich freuen könnte, jemals. Im Grunde mag ich diese Jahreszeit, weißliche Stoppeln auf den Feldern und die langsam rostenden Wälder. Woraus du schlussfolgern wirst, dass ich auf dem Land gewesen bin, wo ich ein paar Tage bei Gavin und Elise verbracht habe. Meine Schwägerin übernimmt weiterhin die Führung, während Gavin spricht, erklärt sie, *ad alta voce*, was er eigentlich meint. Es ist wie ein Film mit Untertiteln.

Tatsächlich hat mir dies den Keim für ein neues Stück gegeben – ein Mann wird in den Schatten gestellt, nachdem er es mit einer charakterstarken, sogar genialen Frau aufnimmt (offensichtlich nicht Elise, aber du verstehst, worauf ich hinauswill). Vielleicht nenne ich es »Das eine Fleisch«. Demzufolge habe ich über solche Fantasiegebilde wie die Messieurs Récamier, de Staël, de Sévigné und Mr Humphry Ward nachgedacht. Was meinst du? Natürlich weiß ich nicht, was es beweisen würde – wahrscheinlich nicht mehr, als dass die Ehe unter allen Umständen eine Hölle ist.

Deine Informantin oder Denunziantin, die glaubte, mich bei der Eröffnung der Wiederaufführung von Pinero gesehen zu haben, lag richtig. Ein schlechtes Stück: Mir wurde gesagt, man dürfe es nicht ignorieren, aber ich meine, genau das hätte man tun sollen. Hinterher gab es eine Party, bei der auch der Premierminister kurz auftauchte, der sehr krank aussah: der seegrüne Bestech-

liche. Deine Freundin hatte ebenfalls recht, als sie berichtete, ich sei bei mehreren Gelegenheiten jüngeren und weniger jüngeren Datums mit ein und derselben Frau gesehen worden. Ich hätte gedacht, diese Beständigkeit würde dich eher beruhigen als stören. Wie Lord Byron schrieb – allerdings wohl nicht an seine Mutter –: »Ich hatte im letzten halben Jahr keine einzige Hure und beschränke mich strikt auf Ehebruch.«
Dein liebender Sohn

Caro stand am Fenster von Pauls Schlafzimmer, während Paul am Kamin ohne Nervosität mit einem Obelisken aus rosig geädertem Marmor hantierte.

Tertia Ivory war schwanger.

Tertia war auf der Burg: die trächtige Tertia in ihrer Festung. Haltet euch fest, die Schnellen gewinnen den Lauf. Irgendwo jenseits von Paul Ivorys Zimmer in der Stadt glänzte eine Landschaft, schwoll die Burg auf ihrer fruchtbaren angestammten Anhöhe.

Paul meinte: »Dir war die Wahrscheinlichkeit von Anfang an bewusst.« Indem er die Liebe ausschloss, stärkte er sich selbst den Rücken. So viel schuldete er seinen rechtmäßigen Nachkommen.

Um zu entdecken, wie Leidenschaft einen Menschen schwächen konnte, brauchte man nur Caro anzusehen.

Sie sagte: »Mir war nicht bewusst, dass du so viel nehmen würdest. Oder dass ich es geben würde.« Beide Behauptungen waren falsch. Ihr Mund wurde unbeholfen vor Unverständnis, vor Verständnis. Ihr regloser Körper drückte einen unschönen Kampf aus.

»Ist das denn nicht dein Naturell?« Sich ablösend, wenn auch nicht direkt beschuldigend: ein Arzt, der emotionale Gründe für eine Krankheit verantwortlich macht, deren Behandlung ihm nicht gelungen ist. »Ich weiß, dass es schwer ist.« Paul zeigte Milde, war nachsichtig mit dem Ärgernis der Liebe.

»Schwer?« Sie mochte dieses bittere Wort noch nie zuvor vernommen haben.

Paul hatte sich gesagt, dass er eine schwierige Phase mit ihr durchmachen müsste, und hatte ihren Blickwinkel gewiss berücksichtigt. Er fürchtete die schwierige Phase, wie man einen Prozess fürchtet, nicht das Ergebnis. Seine Mutter hatte einst zu ihm gesagt: »Die wirklich schrecklichen Dinge sind die, die man nicht ändern kann, an die man unbegrenzt gebunden ist.« (Sie hätte auch »endlos« sagen können, aber das war nicht ihr Stil.) Pauls derzeitiges Leiden war nicht von jener aussichtslosen Sorte. Er konnte das Ende von Caro absehen.

Pauls Schlafzimmer war schon seit langem vollständig eingerichtet – Teppiche ausgelegt, Stühle positioniert, Bilder aufgehängt und an einem Fenster geteilte Vorhänge über einem Topf mit weißen, stoffartigen Blumen. Alles wurde in perfekter Ordnung gehalten – auch wenn die Blumen durch Nachlässigkeit manchmal goldene Staubpartikel verloren. Auf der Frisierkommode lagen silberne Utensilien aufgereiht: Bürsten und Handspiegel der altmodischen, gar antiquierten Sorte, jeweils mit einem Wappen verziert. Im Schrank mussten Tertias Kleider hängen, die sie nun für eine Weile nicht tragen würde. Diese Gegenstände waren konkret und glitzernd oder verschwammen oder lösten sich gänzlich in Luft auf, während der Mann und die Frau dort standen.

Paul blieb in Erwartung von Caros Ausbruch am Kamin stehen. Er mochte es nicht, wenn man ihn warten ließ. Der kommende Sturm würde ihn befreien: Was sie über ihn, zu ihm sagen würde, würde sie für immer ins Unrecht setzen. Sein Entkommen war gesichert durch die entwürdigende Gewalt ihrer bevorstehenden Emotionen.

»Ich gehe jetzt«, sagte sie.

Er half ihr in ihren Mantel. Seine konventionelle, nicht geheiligte Berührung war die eigentliche Zurückweisung. Selbstbeherrschung bei anderen machte ihm stets einen Strich durch die Rechnung, und die ihre in diesem Augenblick versagte ihm das Ärgernis einer Szene. Dass er Caro mehr – und weit mehr – geliebt hatte als irgendjemand anders, verlieh ihr Größe: Sie war entweder einzigartig oder die Erste. Paul verübelte ihr diese historische Position, die sie sich im Momentum seines Lebens geschaffen hatte, und wollte sie aus diesem Grund ruiniert sehen.

Sie warf einen raschen Blick in den Raum, um nicht erkennen zu lassen, dass sie sich dort ein letztes Mal umsah. Nichts zeugte von ihrer Anwesenheit. Ihr Blick stellte Paul tiefer in Zweifel, als er es je zuvor hatte ertragen müssen, und er wandte sich ab, um nicht zu einem Bekenntnis verleitet zu werden, das er selbst fürchten mochte.

Sie stiegen hintereinander die Treppe hinunter und erinnerten sich beide an die frühere Szene auf dem Treppenabsatz. Paul stellte sich seine eigene riesige Hand vor, die Oberhand, ein Schatten an der Wand. Vor seinem inneren Auge sah er ebenfalls ihren graubraunen Regenmantel und die scharlachroten Falten, die sich über ihrer Brust teilten. Von diesem Zeitpunkt an erschien ihm das Bild immer wieder – in diesem Augenblick lebhaft genug, um ihn beinahe daran zweifeln zu lassen, dass ihm aus einem trüben Spiegel im Flur Caros gegenwärtiges Gesicht entgegenblickte, ein Gesicht in der Farbe der Nacktheit: die neue Caro, die er erschaffen hatte und der er nun den letzten Schliff verlieh.

Ihr Mund war eine Wunde, die niemals heilen mochte. Er konnte nur noch an ihrer Seite stehen und hoffen, dadurch die Tränenflut auszulösen, die ihn offiziell freigeben würde, wie die Auflösung eines Gelübdes. Er hatte sie noch nie weinen sehen, außer vor Freude.

Und in vollkommenem Gehorsam gegenüber seinen Wünschen, als folgte sie einem Naturgesetz, machte Caroline Bell eine primitive Geste des Verlusts und sprach seinen Namen aus. Und weinte laut, ohne auch nur ihr Gesicht zu bedecken.

20

»Ich kann gar nicht sagen, wie leid es mir tut«, begann Mrs Pomfrets Brief, »die Überbringerin einer schlechten Nachricht sein zu müssen oder auch einer Hiobsbotschaft. Denke aber, Sie würden es wissen wollen.«

Der Major hatte Dora verlassen oder im Stich gelassen. Und da er sich nun für bankrott erklärte, gewährte er ihr keinerlei finanzielle Unterstützung. Dora blieb in der Wohnung an der Algarve, um ihren Besitzanspruch zu untermauern, war ansonsten jedoch mittellos. Wie es schien, war Doras Vermögen unglücklicherweise in einem frühen Stadium ihrer Ehe auf den Major überschrieben worden und aus der Sicht von Mr Prata, dem weit und breit besten Anwalt auf diesem Gebiet, unwiederbringlich verloren.

»Am wichtigsten ist es ihr, dass Sie weiterhin glücklich sind und sich davon nicht beunruhigen lassen. Sie kennen, besser noch als ich, ihren unerbittlichen Stolz. Doch ihr Zustand ist erbarmungswürdig, und ich habe ihr rundheraus gesagt, dass ich Ihnen das Obenstehende schreiben würde. Ohne Ihnen übermäßige Sorge bereiten zu wollen, sehe ich mich selbstverständlich dazu verpflichtet, Ihnen mitzuteilen, dass sie mehr als einmal davon gesprochen hat, sich das Leben zu nehmen.«

Caro rief Christian in seinem Büro an, denn Grace erwartete ihr zweites Kind. Als sie ihm den Brief vorgelesen hatte, schwieg Christian eine Weile, ehe er sagte: »Das hätte man vorhersehen können.«

Caro, die Schuldige. »Lässt sich über die Botschaft irgendetwas erreichen?«

»Ich halte mich strikt daran, das Dienstliche nicht mit dem Privaten zu vermischen. Will sagen, meine Stellung nicht zu missbrauchen.« Nun war es an Caro zu schweigen. Christian fuhr bald fort: »Das verstehst du ja sicherlich.« In seiner ermahnenden Förmlichkeit hätte er auch gut hinzufügen können: »Caroline.«

Der schamlose Mangel an Anstand löste eine Kindheitspanik aus, als ließe sich der Knauf einer Toilettentür nicht mehr drehen. »Du hast keinerlei Vorschlag?«

»Ich sehe kaum, wie ich zu diesem Zeitpunkt einschreiten soll. Ohne Näheres zu wissen.«

In den für diese Äußerung errichteten Raum sagte Caro hinein: »Dann werde ich hinfahren.«

Nachdem er dies erzwungen hatte, wurde Christian aus lauter Erleichterung freundlich: »Es erscheint mir das Beste, wenn du es arrangieren kannst. Was für ein Schlamassel. Ich werde heute Abend mit Grace sprechen und rufe dich danach gleich an.«

An jenem Abend sagte er zu Grace: »Deine Schwester macht mehr Ärger als eine ganze Affenhorde.« Und fügte hinzu: »Ich meine Dora.«

Grace erschauerte: »Was wird sie tun, ohne Geld?«

»Sich eine Stelle suchen, wie Millionen andere Frauen auch. Ausnahmsweise einmal an etwas anderes denken als an sich selbst. Das könnte sie noch auf die rechte Bahn bringen.«

Aber Doras Bahn war schon seit langem vorherbestimmt.

»In einem Büro würde sie nichts taugen.«

Nun platzte Christian damit heraus: »Hättet ihr nicht

unsinnigerweise euer eigenes Geld an sie überwiesen, wäre das alles nicht passiert.« Grace saß zitternd da, während Christian aufstand und im Zimmer auf und ab ging. Große Männer mit schmalen Schultern bekommen relativ früh einen krummen Rücken. »Es ihr zu überreichen. Auf einem Silbertablett. Einfach so.« Zur Veranschaulichung hob er eine bunt bebilderte Zeitschrift hoch und schleuderte sie zurück auf den Tisch. »Ich fand das schon immer verrückt.«

»Caro hat alles aufgegeben.«

»Das war dumm genug, aber ihre Sache. Dass sie dich mit hineingezogen hat, macht mich so wütend.«

Grace saß auf dem Sofa auf ihren angewinkelten Beinen und sah vollkommen unförmig aus. »Das ist ungerecht. Ich war daran genauso« – fast hätte sie gesagt: »schuld« – »beteiligt wie sie. Caro war es, die mich die Hälfte hat behalten lassen.«

»Sehr großmütig, nachdem die ganze Sache ihre Idee war.«

»Nein.«

»Gestatte mir, dein Gedächtnis aufzufrischen. Du hast es mir ausdrücklich gesagt.« Christian ließ sich auf einen Sessel fallen. Seine Stimme war heiser von der Rede, die er seit Jahren einstudiert hatte. »Außerdem ist das ganz typisch für sie. Sie hat diese Vorstellung von sich selbst.«

»Was für eine Vorstellung?« Als wüsste sie es nicht.

»Dass sie anders ist. Oder besser. Sie sieht sich selbst große Gesten machen.« Spöttisches Wirbeln von Hand und Arm. Bei einer Person von allgemeinem Ansehen hätte Christian diese Charaktereigenschaft vielleicht noch respektiert, aber wer war Caro – eine Australierin, die in einem Laden gearbeitet hatte –, Moral zu predigen?

»Standesdünkel.« Unsicher, was dieser Gebrauch des Begriffs »Stand« umfasste, fügte er hinzu: »Größenwahn.«

»Das kann nicht der schlimmste Wahn sein, den es gibt.« Grace fehlte das Vokabular für eine Auseinandersetzung, sie stellte lediglich verwirrt fest, dass eine allgemeine Abneigung herrschte gegenüber jeder Person mit einem Gefühl von Bestimmung – selbst wenn Bestimmung nicht viel mehr bedeutete als ein Offenbaren der eigenen Präferenzen. Die Thrales starrten auf ihren cremefarbenen Teppich, ihre Brokatsessel und die Staffordshire-Porzellanfigur des Straßenräubers Dick Turpin, deren Reiz unerklärlicherweise verflossen war. »Wie soll Caro sich bei der Arbeit freinehmen?«

»Sie muss ein paar Urlaubstage aufgespart haben.«

»Das sind nur wenige Tage. Und sie wollte doch nach Frankreich.«

»Tut mir leid, aber Caro wird einfach lernen müssen, dass sie nicht alles tun kann.«

»Was ist mit Geld? Wovon soll sie die Fahrtkosten bezahlen? Sie verdient doch so gut wie nichts. Und dann ist da noch Dora.«

Christian trat zu ihr und setzte sich neben sie auf einen Sessel. »Hör zu, Grace. Du lässt mich wie Ebenezer Scrooge aussehen. Wie Dingsbums Legree. Ich sage dir, wir werden tun, was in unserer Macht steht, sobald die Lage geklärt ist. Oder zumindest klarer. Aber ich werde mich partout nicht im Voraus und blindlings verpflichten für einen weiteren von Caros« – das Wort, nach dem er suchte, war »närrisch« – »verrückten Plänen. Am Telefon hat sie den Fahrpreis offensichtlich ohne Mühe weggesteckt, so viel kostet es ja auch gar nicht. Und es ist erstaunlich, was jemand wie Caro über die Jahre beiseiteschaffen kann, wir würden wahrscheinlich Augen machen. Es ist doch so, dass du und ich Verantwortung tragen. Wir haben Kinder, was weder auf Caro noch auf Dora zutrifft.«

»Wir haben uns dafür entschieden, Kinder zu bekommen, zu unserer eigenen Erfüllung. Caro hat Dora am Hals und keinerlei Erfüllung.« Es war eine Antwort, die von Caro selbst hätte stammen können. »Außerdem wird Caro eines Tages eigene Kinder haben.«

Diese Annahme war verstörend. Christian war zwar davon ausgegangen, dass Caro eines Tages heiraten würde (er erinnerte sich an den unansehnlichen Tice, der sich in Sachen Teleskop so schäbig verhalten hatte), war jedoch gedanklich nicht bis zu Kindern gekommen. In seiner Beunruhigung konnte Christian nicht wissen, dass es sich um Grace' letztes Gefecht handelte, und wollte schon vor Überraschung und Schreck ins Wanken geraten. Doch in diesem Augenblick gab Grace nach, gab auf, in einem Ausbruch schwacher, weiblicher und gefälliger Tränen. »Oh, Chris, Dora wird so furchtbar sein. Die arme Caro.«

Sofort umschlang er sie und musste auch nicht mehr tun. »Arme kleine Grace.« Schließlich sagte er: »Du weißt, dass ich Caro mag.« Grace wischte sich die Tränen fort, während die Bedeutung langsam, wie ein Fleck, in den cremefarbenen Teppich zurückfloss, Twillkissen sich wie durch ein Wunder frisch aufblähten und ein Paar Spode-Zierteller an der Wand ihren abgezirkelten Zauber erneuerten.

Grace meinte: »Ich nehme an, Dora wird nach England zurückkehren.«

Christian wollte es noch nicht verkünden, doch stand

für ihn fest, dass Dora, wenn sie nach London zurückzöge, von Caro aufgenommen werden sollte. Es war nur logisch, zwei Büromädchen, die Mietersparnis und so weiter. Er war so unerschütterlich und rechtschaffen davon überzeugt, als handelte es sich um eine Frage der Moral oder um ein hohes Ideal. Er wäre von dem Gedanken überrascht gewesen, er rächte sich damit für das Schreckgespenst von Caros fruchtbarer Ehe.

Nach dem Abendessen las Christian wie üblich in seinem Sessel, die Füße auf einen gepolsterten Hocker gestützt. Dies war seine abendliche Gewohnheit – keine eigentliche Freizeit, eher eine Pause zwischen den Arbeitstagen. Und tatsächlich ähnelte er in dieser Position, die Achsen nach vorn ausgestreckt, ein wenig einem nicht angespannten Karren oder Rollwagen. Grace, die gegen Sofakissen lehnte – ein Buch in der Hand, das auf reizende Weise zu schwer für sie aussah –, begann auf einmal erneut zu weinen. Christian kam und setzte sich neben sie.

»Bitte sag so etwas nicht zu mir, bitte.«

»Was denn, um Himmels willen?«

Sie umklammerte das Buch und schluchzte unkontrolliert. »Etwas wie: Gestatte mir, dein Gedächtnis aufzufrischen.«

Am Morgen sagte der Verwaltungsbeamte Mr Leadbetter zu Caro: »Ich fürchte, ich muss Ihr Gesuch um einen familiär begründeten Sonderurlaub ablehnen.« Es gehörte zu Mr Leadbetters Aufgaben, den knappen amtlichen Vorrat an Barmherzigkeit zu hüten. Caro schwieg. »Wie ich sehe, haben Sie Ihren Antrag« – er nahm ein gelbes Blatt Papier zur Hand – »für einen dringenden Fall gestellt.« Er überflog ein bis zwei Absätze dieses Antrags. »Es tut mir natürlich leid, dass Ihre Schwester, oder besser gesagt Halbschwester, Eheprobleme hat. Aber wenn wir auch nur eine einzige Ausnahme machten, wären wir in ähnlichen Fällen natürlich nicht in der Position, unsere Standards zu wahren.«

Leadbetters fensterlose Zelle war wie ein vergrößerter Aufzug – einer von jenen, die in einem Krankenhaus Bahren transportieren oder in einem Museum Statuen. In diesem Fall wurde der größte Teil des Raumes von einem Metallschreibtisch eingenommen, und Leadbetter wirkte wie der Wärter oder Aufseher dieses Schreibtischs: Fahren Sie nach unten? Er hielt das Papier, ein gelbes Schild, vor seine Brust. Sein Haar war in Erwartung seiner Pensionierung frühzeitig ergraut.

»Das verstehen Sie doch sicher?«

Caros Schweigen sorgte in diesen Tagen für Unmut.

»Die Regelung ist für Notfälle gedacht – etwa, wenn Eltern oder Ehepartner krank werden. Oder natürlich für Sterbefälle.«

Sie hatte zwar Mrs Pomfrets Brief in ihrer Handtasche, aber es wäre Betrug gewesen, Doras überdauernden Tod zur Sprache zu bringen.

»Außerdem haben Sie doch Jahresurlaub angesammelt, Miss Bell.« Leadbetter konsultierte ein weiteres Papier. »Gestatten Sie mir, Ihr Gedächtnis aufzufrischen. Tatsächlich haben Sie eine ganze Woche angesammelt. Ich schlage vor, Sie fragen Ihren Vorgesetzten, ob Sie kurzfristig eine Woche freibekommen können.«

Nun, da er sie losgeworden war, ohne den kleinen, teuren und streng rationierten Vorrat an offizieller Barmherzigkeit anzuzapfen, wurde er, wie Christian, ganz dienstbeflissen. »Ich hoffe, Sie können diese Angelegenheit zu Ihrer Zufriedenheit klären.«

Als Christian anrief, sagte Caro: »Ich habe etwas Jahresurlaub. Angesammelt.«

In der Mittagspause nahm Caro einen Kredit bei der Bank auf mit ihrer Pension als Garantie. Sie ließ sich einen Gehaltsvorschuss geben und kaufte Escudos. Als sie zurück ins Büro kam, teilte Valda ihr mit: »Ein Mann hat angerufen.«

In Erwartung von Christian wurde Caro selbst Valda gegenüber reserviert. Doch als sie die handgeschriebene Notiz aufhob, sah sie, dass Ted Tice für einen Tag in der Stadt war.

Am Abend fuhr Ted sie zum Flughafen. Er hatte einen kleinen Gebrauchtwagen, dessen Motor bei der geringsten Steigung ausging. Im Auto fragte er: »Hast du genügend Geld für alles?«

»Ich habe etwas aufgetrieben.« Die niedrig fliegenden Flugzeuge dröhnten laut. Am Straßenrand wurde auf beleuchteten Reklametafeln für Softdrinks und Schuhpolitur geworben. In ihrem blinkenden Licht leuchtete Teds Profil grün, dann rot und blau.

»Denn wenn du jemals etwas brauchst, musst du es mir nur sagen.«

»Edmund Le Gentil.«

»Meine Angst ist, dass du niemals etwas brauchen wirst, das ich dir bieten kann.« Weder wollte er seiner Sorge um sie hehre Motive zuschreiben noch eine Selbstlosigkeit unterbewerten, die untrennbar mit der Liebe verbunden war. Er hatte Menschen grausam werden sehen, wenn sie vor sich selbst ihr eigenes Mitgefühl bestätigten: Nichts ließ einen härter werden. Er fragte:

»Caro, wann lässt du mich dich von diesen schrecklichen Menschen erlösen?«

Sie ertrug es kaum, dass Grace darin eingeschlossen sein könnte.

Ted Tice bemerkte ein Leid, das nichts mit Dora zu tun hatte. Caros Haut leuchtete nicht mehr. Ihr Körper war so schmal geworden, dass man sich unmöglich die Kraft vorstellen konnte, die noch immer in ihm stecken musste. Diese Veränderungen gaben ihm keine Hoffnung, denn in ihrem Kummer gehörte sie genauso sehr – oder noch mehr – einem anderen Mann.

Er hörte nie auf, über diese Verschwendung zu staunen. So viel großes Gefühl auf beiden Seiten, und nichts davon übertragbar.

Er sagte: »Heute ist mein dreißigster Geburtstag. Wenn ich nicht bald jung bin, werde ich es niemals sein.« Er meinte, er würde alle Bedingungen akzeptieren. »Außerdem wurde heute endgültig beschlossen, jenes Teleskop in Sussex aufzustellen.«

Am Abfluggate küsste er sie. Es war das erste Mal, dass er sie umarmte, und es schien kaum zu zählen, da ihre Substanz durch die Trauer neutralisiert wurde. In seinen Armen war ihr Körper so leicht und leidenschaftslos wie ein Kleid.

Ein Bus, der bei Tagesanbruch in Lissabon abfuhr, brachte Caro durch fremde Felder in eine Provinzstadt. Landschaft wich neuen Wohnblocks und morgendlich geschäftigen Straßen. Gehsteige wurden abgespritzt, Fensterläden hoch- oder auseinandergeklappt. Die Sonne war noch nicht warm, die milde Luft noch frei von Abgasen. Entlang der Bordsteine warteten geparkte Autos wie Packtiere auf den Aufbruch. Noch das prosaischste Schaufenster schien exotisch, eine Auslage mit Küchengeschirr, in bunten Reihen aufgestellt, war ein heidnischer Altar.

Das Apartmenthaus in der Rua das Flores hieß The Chisholm und hätte auch in Hammersmith stehen können. Dora lag auf einem der beiden Einzelbetten im Zimmer, ein durchnässtes Bündel. Man wandte die Augen ab von dem leeren Bett daneben, wie von einem offenen Sarg.

»Ich habe ihm alles gegeben, deshalb hasst er mich. Mich haben immer schon alle gehasst. Du hasst mich auch. Warum habe ich nur weitergemacht? Warum? Aber das ist nun endlich das Ende.« Man konnte sie mit Sicherheit durch die Wand hören.

Caro lief zwischen Küche und Badezimmer hin und her, brachte Aspirin und Tee und eine Brioche, die sie auf der gegenüberliegenden Straßenseite gekauft hatte. Doras Gesicht war ein Totenschädel, die Augenhöhlen purpurrot: eine Puppe aus gekochtem Holz in einer Ausstellung, die erste Puppe, die jemals im kolonialen Australien angefertigt worden war. Manchmal schlug sie um sich, dann wieder lag sie reglos da. Einmal gab sie einen Schrei von sich wie ein Blitzschlag. »Tot werde ich besser dran sein.«

»Als könnte ich etwas essen«, sagte sie, als Caro mit dem Tablett hereinkam. »Hast du die im Laden gegenüber gekauft?«

Um den Tee zu sich zu nehmen, setzte sie sich auf, gegen ein durchnässtes Kissen gestützt, und rollte auf jede Frage hin ihren Kopf von einer Seite zur anderen. Ihr langes dunkles Haar hing in einem wüsten Durcheinander herab. »Alles ist fort. Ich habe nichts. Kannst du das nicht begreifen?« Sie akzeptierte kein Abstreiten. »Ich sage dir, es ist nichts mehr da, alles ist fort. Du kannst Ernesto Prata fragen. Der ist«, fügte sie in einem weiteren tränenreichen Aufschrei hinzu, »der beste Mann in der ganzen Provinz.« Ihr Kopf schlug seitlich gegen das Kissen wie gegen eine Wand.

Caro tauschte den Kissenbezug aus. Sie machte Rühreier. Lehnte in der Küche die Stirn gegen einen Schrank aus pinkfarbenem Resopal.

»Mach dir keine Sorgen«, rief Dora aus dem Schlafzimmer. »Ich werde dir nicht lange zur Last fallen.«

Später an diesem Vormittag rief Caro Mrs Pomfret an, die sagte, sie würde zum Tee vorbeikommen. Dora zog ein Seidenkleid an und legte sich auf das Wohnzimmersofa, eine braune Tüte mit Süßigkeiten neben sich. »Dir wird es gut gehen, wenn ich erst einmal fort bin.«

Caro stellte sich auf einen schmalen Balkon. Im Vordergrund waren Fernsehantennen chinesische Kalligraphie, eine Laubsägearbeit aus Masten und Takelage in einem alten Hafen. Hinter den Backsteinwohnhäusern und den Bungalows lag eine grüne Lichtung im vergeudeten Morgen. Rechts vom Golfplatz leuchtete ein alter Garten wie die Zivilisation. In den Obstgärten standen Mandelbäume, so fern wie glückliche Erinnerungen. Sie dachte daran, wie sie Ted Tice' Geheimnis an Paul Ivory verraten hatte, und wie Paul hinterher zu ihr gesagt hatte: »Was für einen Liebesdienst du mir erweist, indem du mir das erzählst.« Hier war nichts, was sie daran hinderte, das Schlechteste von sich selbst zu denken.

»Kannst du dir auch nur für einen einzigen Moment ausmalen, was es heißt, in meinem Alter nach Arbeit zu suchen?«

Caro trat ins Zimmer. »Ich arbeite.«

»Du bist jung.« Doras Kopf wurde erneut vehement. »Erkennst du denn nicht, dass ich niemanden habe?«

»Ich bin auch allein.«

»Du hast Freunde.«

»Du hast Mrs Pomfret hier.«

Dora erwiderte: »Seltsam, wie ich es immer wieder schaffe, die ein oder andere anzuziehen. Die mich mag. Ich weiß nicht, warum.« Sie gestattete Caro, ihr mit dem Kamm durch das Haar zu fahren. »Ich weiß nicht, was ich ohne Glad Pomfret getan hätte. Sie ist die einzige.« Glad Pomfret war innerhalb einer Stunde nach dem Verschwinden des Majors gekommen, obwohl es ihr Bridge-Tag war. »So etwas hat noch nie jemand für mich getan. Dir mag es nicht viel erscheinen, aber.« Glad Pomfret hatte ihn von Anfang an durchschaut, hatte sich jedoch nicht einmischen wollen.

Glads Ehemann war auch schwierig gewesen, nun aber tot. »Krebs am Herzen.«

»Davon habe ich noch nie gehört.«

»Die rechte Herzkammer. Er war ein großer Mann«, erklärte Dora, »aber am Ende ist er in sich zusammengeschrumpft, bis kaum noch etwas von ihm übrig war.«

Caro konnte sich Sid Pomfret gut auf einem Krankenhausbett vorstellen, ein Häuflein aus eingefallenem Gummi. Dora hatte die Fähigkeit, einem das Dahinschmelzen von allem vor Augen zu führen.

»Sie haben ihn aufgemacht, aber er war völlig durchlöchert. In Windeseile war er tot.« Dora seufzte. »Das sind die Glücklichen.«

Caro erwähnte: »Mrs Pomfret bringt eine Miss Morphew mit.«

»Ich traue Gwen Morphew nicht.« Dora beugte den Kopf vor, damit Caro ihr das Haar im Nacken aufrollen konnte. »Sie ist Glads Gesellschafterin.« Ernesto Prata, Glad Pomfret, Gwen Morphew, sie waren wie die Besetzung eines Theaterstücks. Auf der anderen Seite war der Major einfach nur zu *er* geworden. »Er hat die Antiquitäten mitgenommen, die Sammlerstücke. Er hat sogar das Radio mitgenommen. Wenn du sein Gesicht gesehen hättest. Seine Grausamkeit. Diese Grausamkeit.«

»Dora, weine nicht mehr. Deine armen Augen.«

Aber Dora heulte über die Grausamkeit. »Ich würde ihm alles zutrauen. Alles. Ich kann froh sein, dass ich noch am Leben bin.«

Caro saß mit den Armen um Dora geschlungen und war kurz davor, ihr längst vergangenes Flehen wieder aufzunehmen: Bitte, Dora, oh, Dora, nicht. Bei jeder Umarmung wendete Dora ihren Würgegriff an. Caro war in all ihrer Zerbrechlichkeit nun unumstößlich als die Starke besetzt worden, die mühelos bewältigte, während Dora das Opfer war, bemitleidenswert schwach. In dieser Sache gab es keine Umkehr der Rollen, bloß eine Veränderung der Taktik. Ihr Austausch hatte frei schwebend stattgefunden, wie zwei Bergsteiger einander im entscheidenden Augenblick das Seil reichen, das sie zum Felsvorsprung hinaufzieht.

»Dieser schreckliche Ort. So einsam. Könnten wir doch nur nach Sydney zurückkehren«, heulte Dora, »wo wir alle so glücklich waren.« Inmitten des Gefühlsausbruchs eine Erinnerung an Gemütsruhe. Nach einer Weile fuhr sie fort: »Zumindest ist Grace so vernünftig gewesen, die Hälfte zu behalten.« Es war Doras einzige Erwähnung des Verlusts, den die beiden Schwestern in dem Debakel erlitten hatten: Grace wurde für ihre Weitsicht respektiert, Caro war die Dumme. »Grace ist so glücklich, vom Glück verwöhnt. Christian ist verlässlich, jemand, auf den man bauen kann. Ich konnte nie auf irgendjemanden bauen. Auf keinen Einzigen.«

Indem es aus Caro wegen des Übertrags des Geldes eine Närrin gemacht hatte, hatte sich das Schicksal auf die Seite von Habgier und Berechnung gestellt. Das Schicksal hatte sich mit dem Major, Christian und Clive Leadbetter zusammengetan, und die Gerechten waren im Stich gelassen worden. Caro musste sich darüber wundern, über diese Ungerechtigkeit.

Mrs Pomfret kam um vier, in einem langen türkisfarbenen Wollkleid mit passendem Turban. Unter den Falten kam eine Kamee zum Vorschein. Miss Morphew war hager, schiefergrau und hatte einen leichten Tremor.

»Ernesto Prata ist mein eigener Mann«, erklärte Glad Pomfret und meinte damit den Anwalt. »Und der beste in der Gegend.« Mrs Pomfret bevorzugte aufgrund ihrer verschmolzenen Rückenwirbel einen Stuhl mit gerader Lehne. Caro brachte mehr Tee und den Rest der Brioche, zusammen mit ein paar Makronen, die sie in einer Dose gefunden hatte. Ein Quartett weißer Tauben, die aus einem Garten freigelassen worden waren, kreiste vor den Fenstern. Dora bemerkte, es hieße, dass Tauben virale Hepatitis verbreiteten.

Caro fragte: »Gibt es hier Arbeit für Dora, während diese Angelegenheit geklärt wird?«

Mrs Pomfret spitzte pessimistisch die Lippen. »Zu schade, dass sie die Sprache nie aufgeschnappt hat. Die Umstände mögen andere sein, aber ich habe sie aufgeschnappt.« Sie äußerte die Ausdrücke für guten

Morgen, guten Abend. »Es ist nicht so schwer, sie aufzuschnappen.« Portugiesisch hätte virale Hepatitis sein mögen oder irgendein Gegenstand am Straßenrand, den jeder mühelos aufheben konnte. Mrs P. legte türkisfarbene Falten zurecht. »Sogar Miss Morphew hat sie aufgeschnappt.«

Dora wirkte auf neue Weise gekränkt und sagte vom Sofa aus: »Ich habe irgendwo gelesen, dass man über dreißig keine neue Sprache mehr lernen kann. Nicht mehr richtig.«

Mrs Pomfret meinte zu Caro: »Natürlich hofft Dora nicht auf eine Karriere wie die Ihre.«

Caro schlug hoffnungslos um sich: »Ich bin eine schlechtbezahlte Angestellte in einer langweiligen Behörde.«

Mrs Pomfrets Lächeln war die Traurigkeit selbst. »Auf sie wirkt das wie ziemlich viel, müssen Sie wissen.«

Dora stöhnte vor Erkenntnis auf. Miss Morphew beugte sich nach einer weiteren Makrone vor.

»Es war unklug von Dora«, befand Mrs Pomfret, »ihm alles zu überschreiben.« Sie hatten alle das er und ihm übernommen, aus Rücksicht gegenüber Dora. Bruce Ingot auch nur beim Namen zu nennen, wäre eine Erklärung des Verrats gewesen. »Eine Frau sollte niemals ihr Kapital überschreiben. Nicht einmal ihren liebsten Angehörigen.«

Miss Morphew bemerkte: »Dora war zu vertrauensselig.«

Dora wimmerte: »Er hat mich herumgekriegt.«

Man konnte sich den Major schwerlich in umwerbender Stimmung vorstellen. Man argwöhnte, er habe nie etwas anderes angelockt als das Unglück.

Dora jammerte: »Vergesst mich. Ich bin fest entschlossen, niemandem zur Last zu fallen.«

Miss Morphew half Caro, das Geschirr abzuräumen. In der Küche drehte sie den Wasserhahn auf und sagte, ohne in Caros Richtung zu blicken: »Prata steckt mit dem Major unter einer Decke. Versuchen Sie es mit Salgado in der Rua do Bomjardim.«

Nachdem Dora ihren Vergleich bekommen hatte, blieb sie den Winter über an der Algarve. »Wie du dir vorstellen kannst, sehne ich mich danach, diesen schrecklichen Ort zu verlassen«, schrieb sie an Caro, »und diese unsäglichen Leute. Gott sei Dank steht England immer noch für etwas. Aber da ich dieses Land nie wiedersehen werde, kann ich genauso gut noch den Winter hier herausschlagen. Außerdem ist es ratsam, bis zum Frühling durchzuhalten, denn ich traue Manoel Salgado nicht über den Weg.« Später schrieb sie, im Hinblick auf Glad Pomfret habe sie ihre Grenze erreicht. Die Hauptsache sei, dass Caro vollkommen glücklich weiterleben solle.

Christian sagte: »Ich war mir sicher, die Sache ließe sich irgendwie regeln.«

Als er Caro auf dem Flur über den Weg lief, erinnerte Mr Leadbetter sie daran, dass seine Tür stets offen stand.

Eines Sonntagnachmittags rief Nicholas Cartledge Caroline Bell an. »Werde ich dich denn niemals wiedersehen?«

»Nein.«

»Ich habe es mehrmals bei dir versucht.«

»Ich war letzten Monat in Portugal.«

»Du Glückliche.«

21

Im Winter lief Caroline Bell an Abenden und Wochenenden allein durch die Stadt, durch deren labyrinthartige Vorstädte im Norden oder Süden. Von diesen Ausflügen – bei denen niemals die wenig vernünftige Erwartung einer Begegnung mit Paul Ivory fehlte – kehrte sie manchmal nass, immer kalt nach Hause zurück. Und stand, während sie sich die Schuhe auszog, in der Küche und versuchte, sich am Ofen zu wärmen.

Da sie den Kredit zurückzahlen musste, konnte sie in diesem Winter nicht heizen. Sie verstand, weshalb die Leute während der Kriegswinter kostbare Möbelstücke verbrannt hatten. Sie verstand, weshalb Männer auf der Straße sie ansprachen. Sie verstand viele Akte der Zerstörung und des Überlebens, die zuvor unbegreiflich gewesen waren.

Sie stand in der Küche und dachte: Was für ein kaltes Land.

Caro lag auf ihrem eisigen Bett und blickte zum Dachfenster hinauf, das eine Scheibe aus geronnenem Eis war. Sie lag in der Dunkelheit oder im Mondschein und erinnerte sich daran, wie sie im vorigen Jahr eines Abends von der Arbeit nach Hause gekommen war und Paul schreibend an ihrem Tisch vorgefunden hatte und wie er aufgestanden war, sie umarmt und gefragt hatte: »Wie gefällt dir das, wenn ein Licht brennt und jemand auf dich wartet?« Er hatte seinen Mund an ihr Haar gelegt und gesagt: »Ich habe mir schon gewünscht, Tertia würde nicht existieren.« Nun war es Caro, die er sich um seiner Annehmlichkeit willen fortwünschte.

Die Liebe war nicht unschuldig gewesen. Es war seltsam, dass das Leiden diesen Anschein erweckte.

In der Stille regte sich ihr Verstand sinnlos, so begierig darauf, zu geben wie zu empfangen. Ein Gefühl von Verschwendung erzeugte eine fassungslose Spannung in Augen, Brüsten und Bauch. In der Stille regte sich ihr Verstand, wie ein Schiff auf einer Ozeanscheibe, die den Globus darstellt.

Caro auf den Knien sagte: »Jesus.« Möglichkeiten des Erbarmens waren gering. Gott war machtlos, nur Paul konnte Erbarmen zeigen. Gott hatte nichts anzubieten als einen Verzicht, der ihrer eigenen Auflösung entsprach.

Dann war da noch der Tod, der kein Theater machte, aber von Zeit zu Zeit mit einem bronzenen Widerhall die Stille durchbrach.

Dem Kind Caro hatte Dora Bell die moralische Verpflichtung eingeschärft, die Welt abscheulich zu finden und bereitwillig davon zu sprechen, sich aus Protest das Leben zu nehmen. Dieser verderbliche Einfluss wurde nun von der Frau Caro als möglicherweise billige Wiedergabe einer heiligen Wahrheit erneut in Betracht gezogen. Für Dora war der Tod eine wiederkehrende, demonstrative Erinnerung an ihre Existenz gewesen. Für Caro würde ein einziger, unangekündigter Tod genügen.

Wie Paul, zu dem es noch weitere Ähnlichkeiten gab, hatte der Tod seinen eigenen Schlüssel und wartete abends auf Caros Rückkehr. Sein nicht vorzeigbares Schreckgespenst musste vor Besuchern umgangen werden – deren langweilige, rationale, lebendige Gespräche wie die Demonstration einer auf groteske Weise ahnungslosen Normalität wirkten, so erbärmlich wie die geblümte Tapete in einem ausgebrannten Gebäude oder das intakt gebliebene Klavier in einem bombardierten Zimmer ohne Dach.

Da war der Nachmittag, der Sonntagnachmittag, an dem Cartledge anrief: »Du Glückliche.«

Die Gefühlskälte war natürlich unermesslich. Caro selbst war mit Paul über einen Friedhof gegangen und hatte über Selbstmorde gescherzt. Sie lag auf ihrem ungeweihten Bett und fragte sich: »Bin ich zum Sterben hierhergekommen?«

Caroline Bell sah den Raum in der frühen Dämmerung schwinden. Das Dachfenster bildete einen Spalt blasseren Graus.

Ich habe geträumt, ich läge auf einem langen Abhang und ein riesiger Stein, größer als die Steine bei Avebury, rollte auf mich zu. Ich sah ihn kommen und konnte nicht aufstehen, aber ich hatte keine Angst. Als er kurz vor mir war, wandte ich ihm mein Gesicht zu, wie einem Kissen, als dürfte ich nun endlich ruhen.

Ein Pathos, so schlimm, als handelte es sich um den Tod eines anderen. Ihren Verpflichtungen nachkommen. Keine Nachkommen, ohne direkte Nachkommen verstorben. Dachte einmal, zwei Wochen lang, ich würde Pauls Kind austragen, und fürchtete mich davor, es ihm zu sagen. Der Akt des Todes existiert nicht hypothetisch – oder muss vielmehr, da er hypothetisch in jedem vorhanden ist, ausgeführt werden, um Bedeutung zu erlangen. Dann ist die Bedeutung so total wie in keinem anderen Fall.

Eine Erscheinung, die als Tropfenphänomen bekannt ist.

Es ist nichts weniger als logisch. Es gibt Bedingungen für das Sterben, wie es Bedingungen für das Leben gibt. Die Venus kann die Sonne verdecken.

Erinnere mich nicht daran, in den Flur hinausgetreten zu sein. So schrecklich heiß. War es also unmöglich? Nicht länger wie der Tod eines anderen, nun ist es wie mein eigener. Keine Gedanken mehr, das Ding an sich, an sich. Dunkelheit, welch Dunkelheit, und ich habe noch nicht einmal.

Als sie eines Abends von der Arbeit kam, fand Caroline Bell einen Brief von Major Ingot vor. Sie nahm ihn mit nach oben, legte ihn auf den Tisch, um für ihr Abendessen das Gas anzustellen, setzte sich dann und las ihn. Weil es so kalt war, behielt sie ihren Mantel an.

Der Major bat um einen Kompromiss. Andernfalls habe er nur geringe Aussichten, irgendwie über die Runden zu kommen. »Ich verfüge nicht über Ihre Vorteile«, schrieb der Major. Und: »Tagaus, tagein Standpauken oder Tränenbäche. Oder oftmals auch beides. Ein Geschrei, so etwas haben Sie noch nicht erlebt. Sie würden es nicht glauben, man kann es sich nicht vorstellen. An einem Tag wollte sie unbedingt sterben, am nächsten verschwinden, bis ich sie am liebsten beim Wort genommen hätte, das können Sie mir glauben.« In der äußersten Not hatte sich die gesellschaftliche Affektiertheit des Majors aufgelöst, oder vielleicht dachte er, er könnte Caro mit dieser ungekünstelten Ausdrucksweise berühren. Der Major konnte nicht wissen, wie schlecht die Wahl seines Zeitpunkts war.

Caro gab den Brief an Christian weiter, der ihr versicherte, er werde das Kuddelmuddel des Majors bald klären. Er sagte: »Ich werde es in der Botschaft verbreiten. Immerhin hat es doch ein paar Vorzüge, Zugang zu den offiziellen Kanälen zu haben.«

Als der Frühling kam, unternahm Dora mit ihrer neuen Freundin Meg Shentall, die sie an der Algarve in einer Teestube namens The Lusitania kennengelernt hatte, eine Kreuzfahrt nach Kapstadt.

In einem Park ohne Blumenbeete oder Wasserläufe, auf Wogen von Novemberblättern ging Caroline Bell allein. Äste bildeten Risse in einem weißen Himmel, die Rinde uralter Bäume war gerippt wie die Sehnen eines starken alten Mannes. An einem frühen Nachmittag, den sie als Ausgleich für Überstunden freibekommen hatte, war Caro ziellos hierhergekommen, hatte kaum die Straßen bemerkt, die sie auf dem Weg in ihrem stummen privaten Delirium überquert hatte. Im Park angekommen, erschien ihr die fehlende Absicht jämmerlich, und ihr wurde körperlich unbehaglich, die Augen schmerzten vor Kälte, die Füße rutschten auf graubraunen Blättern aus. Die Erde roch faulig, ewig. Matte Farben vergrämten, die Trostlosigkeit war ausgereift: die Natur, ertappt in einem Akt des Ausradierens.

Sie stand auf dem Pfad, die Schultern hochgezogen und die Hände an die eiskalten Ohren gelegt, reglos beobachtend. Und hätte für eine Frau gehalten werden können, die von irgendeinem grausamen Anblick entsetzt ist. Aber die einzige Person, die sich ihr näherte, las gerade einen Brief und hatte sie noch nicht gesehen.

Dass Paul und Caro sich auf solche Weise zufällig begegnen sollten, mochte wie die kalkulierte Handlung des Schicksals wirken, das sich hilflose Seelen als Opfer aussuchte. Was in der Rückschau plausibel wirken mochte – schließlich waren sie einander auch manchmal aus Zufall begegnet, als sie noch ein Liebespaar waren, und der Park stellte vertrautes Territorium dar –, bestürzte in diesem Augenblick in seiner Vorherbestimmung. Darin waren sie egoistisch und demütig zugleich – die beiden, die sich auf der feierlichen Allee begegneten, die Blätter auf dem Boden tänzelnd und treibend oder träge vom Baum fallend, die senile Rinde, das verhärmte weiße Licht.

Paul trat näher, von der gleichen Farbe wie die blasse Szenerie – Haar, leichter Mantel, Hosenbeine. Caro ließ die Hände von ihrem nackten Kopf sinken, aber er hatte sie bereits in dieser Haltung gesehen und bezog sie auf sich, ihre Geste des offensichtlichen Entsetzens. Paul kam von einem in die Länge gezogenen Mittagessen in einem Hotel mit Blick auf den Park. Das Dokument in seiner Hand war ein Vertrag, in dem Zauberformeln – »nachfolgend bezeichnet als« oder »zahlbar in US-Dollar« – seine Sicherheit garantierten. Durch diese Verteidigung brach Caro wie weißes Licht oder Dunkelheit, elementar. Zwei Dinge sah er sich deutlich auf ihrem Gesicht abzeichnen: dass sie, da sie sich ihn in ihrer Fantasie fortwährend vor Augen geführt hatte, nun nicht sicher sein konnte, ob er es tatsächlich war, und sich beinahe für geistig verwirrt hielt, und dass sie fürchtete, ihn mit dieser Begegnung, für die sie nichts konnte, zu verärgern – dass er zu ihr sagen könnte: Werde ich niemals frei von dir sein? Ihr Schweigen selbst war die sprachlose Furcht vor dem Missfallen. Wie ein Mann sich eine bekleidete Frau nackt vorstellen mochte, so sah Paul Caro in diesem Augenblick nahezu ohne Haut, ihr freigelegter

Puls so bebend wie die Hirnschale eines neugeborenen Kindes. Ihre Angst – oder Verzückung – durchbohrte ihn mit einem ungewöhnlichen Schuldgefühl, als erwischte die Begegnung ihn bei einer kolossalen Lüge, als wäre dieses Treffen an sich die Wahrheit.

Ein Beobachter hätte es für geplant gehalten – wie sie einander gegenüberstanden, der Mann mit dem in der Hand gerollten Papier, die Frau wartend. Man hätte sich wohl eine Verabredung vorgestellt und nicht den Abschied, dem sic sich würdig zu erweisen versuchten.

Sie hätten sich auf eine Bank setzen können oder auf die feuchten Blätter, die hier und dort zu Grabhügeln aufgeschichtet worden waren. Hätten sie sich aber gesetzt, hätten sie einander auch berührt, und eine gewisse Zurückhaltung, man konnte es kaum als Ehre bezeichnen, hielt Paul davon ab. Mit dem Vertrag in der Hand, zusammengeballt und für den Moment vergessen, auch wenn er später, entrollt, wieder dringend werden mochte, machte er eine kleine Bewegung. Und sprach vielleicht, sagte: »Caro.« Während sie ihn von der abschreckenden Gestalt ihrer Agonie aus anblickte. Sie näherten sich einander von zwei entgegengesetzten Punkten, feindliche Befehlshaber, die aufeinandertreffen, während ihre Streitkräfte sich gegenseitig abschlachten, nicht um Frieden zu schließen, sondern um eine tiefe, wissende, egoistische Traurigkeit auszutauschen, bevor sie den Kampf wieder aufnehmen: ein zweiminütiges Schweigen, ihr kurzer Waffenstillstand.

In der Ferne beugte sich eine Frau in einem Regenmantel hinunter, um einen Hund von einer roten Leine zu lassen – ein schlanker weißer Hund mit schwarzen Flecken, der bald zu ihnen hinaufsprang und sich breitbeinig japsend vor ihnen aufstellte, Befehle erwartend. Selbst dieser Hund, für den der totenähnliche Park das Paradies darstellte, starrte und bemerkte das Ungewöhnliche. Auch als der Hund von einer Seite zur anderen tänzelte, konnte er ihre Aufmerksamkeit nicht auf sich ziehen. Dann bellte der Hund ein wenig und rügte damit all jene, die unfreundlich zu Tieren sind. Und die Besitzerin rief: »Split! Split!« Paul und Caro bewegten sich langsam den Pfad entlang, während der Hund um ihre Behutsamkeit herumtollte, sie wie eine Beute umkreiste, ehe er das Interesse verlor und davongaloppierte, um sich wieder anleinen zu lassen.

Sie waren zwei Menschen, die sich inmitten eines Aufruhrs gut benahmen, die über sich hinauswuchsen.

Bäume schritten in einer Prozession an ihnen vorüber. Als sie mit den Händen in den Manteltaschen vor einem aufwendigen, aber offenen Tor stand, wünschte Caroline Bell sich, soweit sie überhaupt irgendetwas wollte, im Park zu bleiben, der nun zum Kern der Erduldung und zu ihrem Gehege geworden war. Wie sie dort stand, spürte sie erneut ihre wunden Ohren, auch wenn ihr Körper sich ansonsten in ein Ansteigen und Absinken von Atem und Blut aufgelöst hatte. Am einfachsten war es, nur dazustehen und frei von Erklärungen zu sein.

Der Hund hatte eine tote Ratte oder einen Maulwurf gefunden und schnüffelte.

Nachdem Paul den Park verlassen hatte, ging er die gesamte Länge der Mall hinunter und nahm sich dann ein Taxi nach Hause. In seinem Flur legte er den Vertrag mit dessen verknickten Garantien auf einen Tisch und hängte seinen Mantel an den Ständer. Das Wohnzimmer war so blass wie der kalte Himmel – Wände, Teppiche und

Sessel allesamt in dem ausgebleichten Zustand, den man neutral nannte. Aus zwei kleinen Sisleys unter Neonröhren, die so explizit waren wie Preisschilder, war die Farbe gewichen, als hätte man sie im Regen stehen lassen. In diesem aschfahlen Raum saß Pauls Ehefrau auf einem Platz vor dem Fenster und blickte hinaus durch etwas, das eine Glasur aus Tränen sein mochte oder auch nicht.

»Tertia«, sagte er – recht sanft für jedermann und erst recht für Paul.

22

In ihrem Zimmer verfiel Caroline Bell in einen langen Tagtraum, erinnerte sich, ohne bewusst darüber nachzudenken, an Gesehenes, Erlebtes und Empfundenes oder Gelesenes, wie eine alte Frau, die der langen, langen Vergangenheit nachsinnt. Sie war dazu übergegangen, Männer und Frauen gleichermaßen als Überlebende zu betrachten: große Heuchler ihres Leids, die ihre eigene Zerstörung mit nur wenigen Anzeichen von Trauer eingedämmt, eingebunden oder eingesetzt hatten. Wer das Schlimmste ertragen hatte, verhielt sich nicht unbedingt nobel oder einheitlich. Aber man wurde unfreiwillig Teil einer tiefergehenden Behauptung des Lebens.

Wenn die Auflösung der Liebe auch keine Helden erzeugte, erforderte der Prozess an sich jedoch einiges an Heldenmut. Es bestand das Risiko, dass Durchhaltevermögen allein schon als Leistung erscheinen mochte. Dieses Risiko war bereits zuvor aufgekommen.

(Im Alter von neunzehn Jahren hatte Caro mit der jungen und zugleich altmodischen englischen Familie, als deren Kindermädchen sie durch Spanien reiste, eine Woche in Granada verbracht. Über die gesamte Länge ihres Hotels nahe der Alhambra spannte sich ein breiter Balkon mit Blick auf die Sierra Nevada. Tief darunter lag die Stadt am Grunde des Tals. An kristallklaren Morgen und reifen Nachmittagen saßen die Hotelgäste auf Liegestühlen in der weißen Gegenwart der Berge und ließen sich Wolldecken oder Tabletts mit Teetassen bringen.

Sie blätterten die Seiten der Bücher aus der Hotelbibliothek um, in der sich Titel und Autoren im Exil am Leben hielten, die in ihren eigenen Heimatländern längst vergessen waren. Die Sanatoriumsatmosphäre wurde durch die Nähe zu maurischen Monumenten und Gärten voll perfekter Rosen nicht zerstört. Es war, als wäre man gestorben und in den Himmel gekommen.

Zum Dinner im edwardianischen Speisesaal, wo Caros Arbeitgeber sich die Jahrgänge von Weinen oder die Namen von Gerichten auf seinem gestärkten Ärmelaufschlag notierte oder die Nummer seiner Suite auf die angebrochene Sherry-Flasche kritzelte, spielte ein Trio in einem Alkoven so diskret, dass selbst Zigeunermelodien sittsam klangen. Jeden Abend zwischen Vorspeise und *pastel* arbeitete sich dieses Trio aus Klavier, Geige und Cello traurig und gedämpft durch *Adelaide*, *Caprice*, *Viennois* und Schumanns *Arabeske*, und fuhr zum Kaffee mit einer Auswahl aus *Das Land des Lächelns* fort. Und eine Handvoll Gäste applaudierte, ebenso schwermütig.

Caros Stuhl stand so, dass sie der Cellistin gegenübersaß – einer Frau von etwa dreißig Jahren mit weißer Haut, die an Hals und Handgelenken einen Kontrast zum schwarzen Krepp bildete und damit die Blässe des Körpers unter dem Kleid andeutete, das so voluminös war wie das einer Nonne. Diese Frau ging sichtbar und in ruhiger Entsagung von der Madonnenjugend über zum Dasein als hingebungsvolle alte Jungfer. Hin und wieder trafen sich ihre Blicke aus dunklen Augen voller Melancholie mit Caros, gestanden Zärtlichkeit ein, als wollte sie eine Verbindung bekräftigen. Als wollte sie feststellen: Du und ich werden an diesem entnervenden und entwürdigenden Kampf nicht teilnehmen.

Jeder Abend wurde überschattet von dem sanften Vertrauen der Cellistin in Caroline Bells Bereitschaft, auf ihren Anspruch an das Schicksal zu verzichten. Später in ihrem Hotelzimmer starrte das Mädchen in den Spiegel, um herauszufinden, weshalb sie als Seelenverwandte herausgepickt worden war. In manchen Stimmungen stellte eine entmutigende Antwort einsame, keusche, sinnlose Dekaden in Aussicht. An anderen Tagen überdeckte ein lebendiges, leuchtendes Bild im Spiegel die blasse Unterwerfung der Cellistin und die Bedrohung durch den wächsernen Körper in seinem dunklen Leichentuch.)

Sehr früh an einem Frühlingsmorgen klingelte das Telefon neben Christian Thrales Bett, und er erfuhr, dass sein Vater einen leichten Schlaganfall erlitten hatte. Vollkommen gefasst schilderte seine Mutter die Einzelheiten, während Grace sich auf den Ellbogen aufstützte und ein erwachtes Kind aus dem angrenzenden Zimmer rief. Christian sagte: »Ich nehme den Acht-Uhr-zwanzig-Zug.«

Sefton Thrale lag in einem Krankenhausbett in Winchester, sein fester Gesichtsausdruck erschlafft, sein gemeißelter Kiefer eine unrasierte Hängebacke, sein Atem ein mühsames Seufzen. Am Fuß seines Bettes lauschte seine Frau einem Arzt: »Es ist eine leichte Schädigung entstanden.« Als wäre er ein Gegenstand in einem Geschäft, dessen Wert durch einen Schaden vermindert war. Am Rand seines Bettes befand sich ein Geländer, wie eine kleine Zauntür. Er sah die weiße Zimmerdecke, die weiße Bettdecke und auf einem Tisch den roten Farbton einer Anemone.

Charmian trat zu ihm und legte ihre Hand auf seine.

»Du wirst wieder gesund.« Seine Augen unternahmen eine Anstrengung, ein verängstigtes Kind, das mutig sein will. Der Sturm des Lebens war verebbt, und womöglich wollte er signalisieren, es sei ohnehin alles nur Hochstapelei gewesen. Sie sagte: »Christian wird bald hier sein.« Er wusste, wer das war, doch der Name erschien ihm wie eine seltsame Wahl. Er erinnerte sich undeutlich an sie alle – ein vages Bild von Christian, Grace, Tertia und vielen anderen, deren bevollmächtigte Vertreterin seine Frau war. Sie waren alle so glücklich, verglichen mit dem.

Der Reiche in seiner Burg, der Arme vor seinem Tor.

Als er das nächste Mal erwachte, war Christian da. Sefton Thrale erinnerte sich daran, dass dies versprochen worden war, und fühlte sich durch seine eigene Fähigkeit zu dieser Erinnerung beruhigt. Er sagte: »Ich wusste, dass …«, und beendete den Satz mit einem langen Ausatmen: »… du kommst.« Christian verstand es jedoch so, dass sein Vater sagte: »Ich war mir sicher, dass du kommen würdest«, und war gerührt.

Seine Frau stand am unteren Teil des Bettes, berührte sanft die Umrisse seiner Füße und legte dann die Decke darüber.

In den folgenden Tagen und Wochen erholte sich der alte Mann, der er nun endgültig geworden war, beträchtlich, machte Fortschritte mit seiner Therapie und begann, die Krankenschwestern voneinander zu unterscheiden – welche er mochte, welche es auf ihn abgesehen hatten. Wenn die Ärzte ihn aufsuchten, hatte er kleine Bonmots auf Lager, außerdem einige Beschwerden vorzutragen. Wie ein Ball, der hoch über das Netz geschlagen wurde, machte er seine letzten wenigen Sprünge, die immer kleiner wurden.

Als Kompensation oder auch Erweiterung seiner eigenen Schwäche erkannte er an Christian die Anzeichen des Alterns – die Krümmung der Schultern, der erste Ansatz eines Bauchs und eine Geste, die Christian sich angewöhnt hatte, bei der er sich mit einer Hand nach oben über Gesicht und Stirn strich, als wischte er ein Spinnennetz fort. Sefton Thrale konnte nicht sagen, weshalb ihn diese Details befriedigten, beobachtete sie jedoch mit apathischer Hemmungslosigkeit und gab sich keine Mühe, sie zu übersehen oder anrührend zu finden. Die Ärzte hatten gesagt, alles, was ihm Freude bereitete, sei gut für ihn.

Bis Pfingsten konnte er hin und wieder ein paar Zeilen an Freunde schreiben. Seine Handschrift, die immer winzig gewesen war, vergrößerte sich unter diesem ultimativen Sieg der Realität. Er grübelte nicht über seine Fehler oder dachte nachsichtig an seine Feinde: Wenn er seinen Gegnern jetzt Qualitäten zugestände, würde er damit das Unrecht anerkennen, das er ihnen angetan hatte.

Im Sommer durfte er nach Hause, und in Peverel wurde eine Nachtschwester eingestellt. Sie war es, die ihn eines Morgens im September, als er das Schlimmste überstanden zu haben schien, tot vorfand. Die Nachrufe waren weniger ausführlich, als sie hätten sein können, aber es gab ein distinguiertes Begräbnis, zu dem die Menschen mit dem Zug aus London anreisten. Der Gottesdienst wartete auf den Zug, wie eine gute Anschlussverbindung. Es gab Musik, es gab Blumen. Die Gemeinde stand, kniete und sang. Und ein zierlicher junger Priester zog einiges an Aufmerksamkeit auf sich, als er neben dem unausweichlichen Korintherbrief einen Text aus dem Galaterbrief zitierte. Während anderer Teile des Gottesdienstes stellte man fest, dass der Altarbogen spätnormannisch war, ein frühes Exemplar in England, und es wurde bemerkt, dass am Mantel eines der Platzanweiser noch das Schild der Reinigung befestigt war.

Tertias Mutter, seit einigen Jahren verwitwet, saß in der Mitte einer der vorderen Kirchenbänke: der graue Turm ihres Tüllhuts selbst wie die Laterne einer ehrwürdigen Abtei oder Kathedrale.

»So auch wir: Als wir unmündig waren, waren wir in der Knechtschaft der Mächte der Welt.« Mit diesem Text wurde das Leben eines Wissenschaftlers auf geniale Weise gepriesen, während Grace Thrale sich verträumt erinnerte an die unmündige Knechtschaft der Buschfeuer, der Dürrezeiten, des Murrumbidgee River bei Hochwasser und des Südwinds, der nach einem glühenden Tag kühl über Sydney wehte. Sie hielt die behandschuhte Hand ihrer Schwiegermutter und wusste, dass Charmian Thrale ihr dies aus Höflichkeit gestattete, um nicht undankbar zu erscheinen, dass es jedoch auch herablassend wirken mochte oder gar wie ein Zeichen dafür, dass das Gleichgewicht zu guter Letzt gekippt war. Grace dachte voll Nachsicht an Sefton Thrale, der so nett zu ihr gewesen war, wie es in seiner Macht stand.

In letzter Zeit hatte sie beobachtet, wie ihr kleiner Junge – ihr zweiter Sohn Hugh – den Stock des alten Mannes, der gebrechlich in seinem Sessel saß, ergriffen und ihn in unschuldigem Spott herumgewirbelt, geschwungen und geworfen hatte. Dies versetzte vielleicht eher ihr selbst – oder der Menschheit – einen Stich als Sefton Thrale, der so abrupt gestorben war.

Eben noch bei seiner Liebsten, nun in seinem kalten Grab.

Am Ende der Kirchenbank, gegen eine Bündelsäule gedrückt, hatte Caro es sich zur Aufgabe gemacht, sich Robert Browning ins Gedächtnis zu rufen:

Ein großer Text dem Galater entstammt ist
Für den, der drüber stolpert, er enthält
Recht deutlich neunundzwanzigmal Verdammnis
Die eine sicher, wenn die andre fehlt.

Diese Verdammnisse wurden deutlich benannt als Ehebruch, Unzucht, Lüsternheit und dergleichen, die sie allesamt begangen hatte. Es war ein seltsamer, gar müßiger Gedanke, dass sie solch eine große Sünderin war. Das Verderben wog nichts gegenüber der Fleischwunde, die die verschwundene Liebe hinterlassen hatte. Dagegen war der Tod eines alten Mannes bloß eine Ablenkung. Sie lehnte die Wange an den eisigen Sandstein, wie sie sich einst, in ihrer Kindheit, in egoistischer Verzweiflung an eine Majolika-Tafel gelehnt hatte, ohne zu wissen, dass eine Veränderung kurz bevorstand.

»Und es gibt himmlische Körper und irdische Körper; aber eine andere Herrlichkeit haben die himmlischen und eine andere die irdischen. Einen andern Glanz hat die Sonne, einen andern Glanz hat der Mond, einen andern Glanz haben die Sterne; denn ein Stern unterscheidet sich vom andern durch seinen Glanz.«

Die Gemeinde stand ein letztes Mal auf, und Sefton Thrale hatte das Schlimmste für immer überstanden: Seine Sterblichkeit milderte alles, zumindest für eine Weile. Der arme alte Mann. Ted Tice' scharfe Kritik wirkte nun zu fordernd. Der Tod konnte die Lebenden, selbst wenn sie recht haben mochten, so leicht ins Unrecht ziehen.

Christians Rücken war der Rücken eines Mannes, der seine Verantwortung ernst nimmt. Seiner vorbildlichen Selbstbeherrschung sah man auch an, dass sie einer vorbildlichen Anstrengung entstammte: Schon war er in Haltung und Atmung kein Sohn mehr.

Professor Thrale hinterließ ein größeres Vermögen, als irgendjemand vorausgesehen hatte. Seine Witwe durfte Peverel zwar lebenslang nutzen und bekam auch ein adäquates Einkommen, aber praktisch alles ging an Christian, der auf diese Weise ziemlich wohlhabend wurde. Als er Grace das Testament erklärte, sagte er: »Ich finde, wir sollten es für uns behalten.« Er meinte den rechtlichen Inhalt, hätte aber auch expliziter verstanden werden können.

Teil 3

Die neue Welt

23

Überall in London wachten Mädchen auf. In gestreiften Pyjamas, in geblümten Viyella-Nachthemden, in selbstgeschneiderten, ungleichmäßig gesäumten Baumwollhängerchen oder in hauchfeinem Nylon, über das zum Wärmen eine alte Strickjacke geworfen worden war, schlugen Mädchen Bettdecken zurück und tasteten nach Hausschuhen. Sie banden die Kordeln von Morgenmänteln zu und zogen sich Nadeln aus dem Haar, sie warfen einen Shilling in den Zähler und stellten den Kessel auf den Gaskocher. Jene, die sich eine Wohnung teilten, schoben einander aus dem Weg und sagten: »Und es ist erst Dienstag.« Jene, die allein lebten, stellten stöhnend Radio oder Fernseher an. Manche beteten, eine sang.

Schwer zu sagen, wovon sie am wenigsten besaßen – Vergangenheit, Gegenwart oder Zukunft. Schwer zu sagen, wie oder weshalb sie es ertrugen, das kalte Zimmer, den nassen Gang zum Bus, das Büro, das ihnen weder Aussichten noch Vergnügen bot. Die Wochenenden, an denen sie sich dem Waschen von Haaren und Unterwäsche widmeten und in niedergeschlagenen Paaren ins Kino gingen. Für einige, die keine andere Wahl gehabt hatten, war es ihr Schicksal, verfügt von Mum, Dad und einem Mangel an Geld oder Grips. Andere waren dafür von den Enden der Welt angereist, waren aus Auckland oder Karatschi oder Johannesburg angekommen, hatten jahrelang allein dafür gespart, hatten das nötige Kleingeld von tränenüberströmten Eltern erzwungen oder erbettelt. Nicht alle waren sehr jung, aber alle – oder fast alle – wünschten sich ein neues Kleid, einen Freund und irgendwann Häuslichkeit. Dennoch waren keine zwei von ihnen identisch: Dies war der Sieg der Natur über Konditionierung, Werbung und Verhaltensforschung – kein Triumph, aber eine Leistung, die allen Erwartungen trotzte.

Unter den erwachenden Frauen an jenem Neujahrstag war Caroline Bell.

Caro hatte eine weitere Prüfung bestanden und war in eine weitere Wohnung umgezogen, die hohe Decken hatte und große, zugige Fenster. Als Christian die Adresse erfuhr, hatte er bemerkt: »Ich wusste nicht, dass es in dieser Gegend etwas Günstiges gibt.«

»Sie liegt über einem Laden«, erklärte Caro ihm zur Beruhigung.

Zum ersten Mal hatte sie ihren eigenen Tisch mit zwei Stühlen und einen goldfarbenen Teppich aus Indien.

Am Morgen schloss sie gerade eins der Fenster, hatte es heruntergezogen und sich über die Riegel gebeugt. Auf dem inneren Fensterbrett lag eine Schicht aus Ruß und abgeblätterter weißer Farbe. In einer Glasvase steckte ein Zweig mit Quittenblüten, den Ted Tice in der vorigen Woche mitgebracht hatte. Caro stand in einem grünen Morgenmantel an ihrem Fenster im zweiten Stock und dachte an die Frauen, zu denen sie gehörte – die Frauen, erwachend und doch schlafend, die gerade überall in London aufstanden.

Vom Bordstein auf der anderen Straßenseite blickte ein Mann zu ihr herauf, blickte in derselben raschen, fokussierenden Weise hinauf, wie sie hinabblickte. Er schien an einem Ziel angelangt zu sein und hätte eine

Figur aus einem Spionageroman sein können, die ein schicksalhaftes Haus überwachte: Ein breiter, großer, regloser Mann in einem dunkelblauen Mantel, der mit einem schwarzen Stock in der Hand breitbeinig dastand, den unbedeckten dunklen Kopf erhoben, zuversichtlich, dass sich das Haus – oder die Welt – unter einer Belagerung ergeben würde.

Sie beugte, er blickte. Zwischen ihrem gebogenen Körper und seinem unerbittlichen lag keine große Entfernung, und ihre Blicke trafen sich nun, wie sie es in einem Raum getan haben mochten. Eine vorübergehende, komplexe Stille legte sich auf sie, ehe Caro, Normalität demonstrierend, die Hände hob und den Zauber brach.

Er verbeugte sich leicht, als entstammte er einer eleganten Nation, Frankreich oder Italien. Sie fuhren mit ihren unterbrochenen Bewegungen fort, liefen über eine Straße oder durch ein Zimmer. Caros nackte Füße auf dem gelben Teppich, Caros dünne Finger, die ein Kleid von einem Bügel rissen, die breiten Hände des Mannes, nach einem Taxi ausgestreckt.

Alle Mädchen in London warteten zitternd auf den Bus. Manche hatten sich unkleidsame braune Wollmützen gestrickt, mit noch schlimmeren dazu passenden Handschuhen. Manche hatten ein noch heißes gekochtes Ei in den Handschuh gesteckt, das die Hand wärmte und zur Mittagszeit in der Damentoilette kalt verspeist werden konnte. Um diese Uhrzeit wartete ganz London zitternd auf den Bus.

An jenem Tag besuchte eine Abordnung aus Südamerika Caros Behörde. Vier Exilanten waren gekommen, um Fürsprache für ihre inhaftierten Kameraden einzulegen: Senden Sie ein Gesuch der Regierung, nicht mehr als ein Gesuch, in dem Sie Gnade beantragen. Solche Bitten waren nicht unüblich, wenn in anderen Ländern Hinrichtungen stattfinden sollten. Unüblich wäre es gewesen, wäre das Gesuch tatsächlich abgeschickt worden.

In diesem Fall handelte es sich um vier Antrags- oder Bittsteller und einen Mann aus den Vereinigten Staaten, der sie unterstützte. Nur diese fünf und Caro trafen pünktlich im Besprechungsraum ein. Der nördliche Winter legte sich wie eine bleiche Krankheit auf die Sommergesichter der vier Verbannten, und ihrer Eigenschaften derart beraubt, fügten sie sich umso mehr in die Darstellung äußerster Not. Später mochten sie durch Eloquenz unterscheidbar werden, doch für den Augenblick blieben sie eng miteinander verbunden, ein Team. Ihre Kleidung war zu leicht und zu hell und zu amerikanisch, um ihnen hier zu nützen. Allein der Mann aus New York war gut gekleidet, trug einen offenen dunkelblauen Mantel über einem guten Flanellanzug.

Es war der Mann vom Bordstein in der Mount Street.

Er durchquerte den Raum, um seinen Mantel und seinen Stock auf einem freien Stuhl abzulegen. Zu Caro sagte er: »Hoffen wir, dies ist ein gutes Omen.« Wieder verfügte er über lässige Eleganz, obwohl er keiner eleganten Nation entstammte.

Acht Männer sollten gehängt werden. Oder erschossen, das war nicht klar. Zwei Beamte hatten den Raum nun mit einer Miene förmlicher Mitmenschlichkeit betreten, die auf eine Ablehnung hindeutete. Um ganz offen zu sein, glauben wir nicht, dass eine Einmischung der Regierung Ihrer Majestät von Nutzen wäre. Und müssen auch die lange und außerordentlich enge Zusammenarbeit unserer beiden Nationen in Betracht ziehen.

Der Amerikaner sagte, genau dies sei ja der Grund. Er war der Wortführer, eine Person des öffentlichen Lebens, der irgendetwas gegründet hatte – vielleicht eine Stiftung, vielleicht war es auch ein Orchester, oder ein Museum, oder alles davon. Er hatte eine Weile in dem fraglichen lateinamerikanischen Land gelebt, und ihm war kürzlich von offizieller Seite geraten worden, nicht wieder dorthin zurückzukehren.

Hier wurde ihm Aufmerksamkeit geschenkt, weil er reich war und nicht aus einem wertlosen Land kam wie die anderen Bittsteller – oder die Zuhörer selbst. Aus diesen Gründen wurde Rücksicht auf ihn genommen, wenn ihm auch zugleich deutlich gemacht wurde, dass er nicht zuständig war. Als er bestimmte Foltermaßnahmen beschrieb, zeigten sich die beiden Beamten irritiert, zurückhaltend, fasziniert, als erörterte er öffentlich den Akt der Liebe. Seine vier Begleiter wurden langsam unterscheidbar, die Aufregung verlieh ihren Gesichtern frische Farbe: wie alte Sepia-Fotografien, deren unnatürliche Röte im Nachhinein aufgetragen worden war. Einer von ihnen war klein und stämmig. Ein anderer, erschöpft und ältlich, wiegte seinen vorgebeugten Körper, als litte er unter Schmerzen. Der dritte hatte dunkle Anden-Gesichtszüge und schlechte Zähne, die von einem goldenen Backenzahn in den Schatten gestellt wurden. Der vierte, groß und ansehnlich, hatte rötlich braunes krauses Haar und die dicht sitzenden Sommersprossen einer launischen Pigmentierung. Seine Landsmänner wandten sich an diesen vierten Mann und machten ihn so zu einem Anführer.

Dieser sommersprossige Mann besaß große Ländereien – Obstplantagen, Weideland. In seinem Fall besänftigte die Möglichkeit eines Eigeninteresses seine amtlichen Zuhörer, indem sie ein rationales Element einführte. Ted Tice hatte einst bemerkt, ein unabhängiger Akt der Menschlichkeit sei das, was die Gesellschaft sich am wenigsten leisten könne.

Was diese Männer auszeichnete, war, dass sie ihr Gesuch für andere stellten. Dieser Umstand verlieh ihnen eine Autorität, die Autoritäten niemals ausüben würden. Der Vorgebeugte hatte eine riesige, glänzende Krawattenklammer, die eine geblümte Krawatte beschwerte, und spielte an diesem Glücksbringer herum. Zwischen den Lippen klemmte ihm ein Bleistift, wie eine nicht angezündete Zigarette, während seine Augen tränten wie bei einem alten Hund.

Caro wusste, dass es außer Frage stand. Sie hatte es am Vortag gehört: Das kommt überhaupt nicht in Frage, uns darauf einlassen, wird kein Ende nehmen, wenn wir einmal, Einmischung in die internen Angelegenheiten von, mehr schaden als nützen. Auch hatte es einen Anruf in Washington gegeben, der die Antwort »kontraproduktiv« entlockt hatte.

»Jeder Verlust eines Menschenlebens ist stets zu bedauern. Wenn wir nur in der Position wären, zu helfen. Ich sage Ihnen gern, dass ich sehr, sehr großes Mitgefühl für Ihre Lage. Ganz persönlich gesprochen. Ich muss jedoch darauf hinweisen, dass Vorwürfe der körperlichen Misshandlung unter den gegebenen Umständen natürlich nicht verifiziert werden können.«

»Selbst wenn wir Ihnen einen Mann ohne Eier zeigen?«

»Mr Vail, Sie werden mich nicht überzeugen, indem Sie die Beherrschung verlieren.«

Der Amerikaner lehnte sich entspannt zurück. »Sie

haben das Recht, mich zu tadeln. Und ich habe das Recht, wütend zu sein.«

Er vergegenwärtigte etwas, das über Sprecher und Zuhörer, über bloße Menschen hinausging.

Und wenn die Familien der Verurteilten persönlich appellierten?

Bedauerlicherweise glauben wir nicht, dass das den geringsten.

Es gab Gerüchte, der Papst würde?

Das ist natürlich eine Möglichkeit, Seine Heiligkeit mag sich entschließen, davon Gebrauch zu machen. Uns wurde jedoch nichts dergleichen angedeutet. Allerdings haben wir gehört, der Generalsekretär der Vereinten Nationen ziehe eine Fürsprache in Betracht.

»Sie machen sicher Scherze.«

Ein Schweigen, so ehrlich wie juristisch, gab zu verstehen, dass das Urteil verkündet worden war. Sie werden von diesem Gerichtssaal zum Richtplatz geführt. Der vorgebeugte Lateinamerikaner lehnte sich in seinem Stuhl zurück, als würde er aus einer Ohnmacht oder einem Anfall erwachen. Der Eindruck eines erlittenen Krampfes wurde von trockenen weißen Flecken in beiden Mundwinkeln und von dem Bleistift, der zwischen seinen Zähnen klemmte, noch verstärkt. Der stämmige Bittsteller hielt sein Gesicht so ins Licht, dass Pockennarben und Kapillaren sichtbar waren. Alle vier verharrten ausdruckslos in unwiderstehlichem Schweigen. Und der Morgen war vorübergegangen.

Die vier Exilanten brachen zu einem letzten hoffnungslosen Termin auf. Ihre Realität verstärkte sich mit ihrer Niederlage, hob sie endgültig von den beiden unwirklichen Beamten ab, die sie empfangen hatten. Pockennarbiger Löchrigkeit und goldenen Krawattenklammern wurde Erhabenheit verliehen, oder zumindest standen sie für eine vorzuziehende Entblößung.

Während er sie hinausgeleitete, gestand ein Beamter in gesenktem Tonfall: »Ich selbst wünsche bei Gott«, und so weiter. Bevor er sich in der Herrentoilette die Hände wusch und mit einem Papiertuch abtrocknete.

Der Mann aus New York wurde von einem leitenden Beamten aufgehalten. »Aber ich bin mir sicher, dass ein Lunch arrangiert wurde.«

»Dann hat es ein Missverständnis gegeben.«

Diesmal war die Bestürzung echt. Der Lunch wäre mit einem Mitglied des Kabinetts gewesen.

»Wenn Sie nur kurz warten würden, während ich anrufe. Bitte.« Die Bittsteller hatten nicht so hingebungsvoll um das Leben ihrer Märtyrer gefleht. Nein, er müsse leider dringend zu einem anderen Termin, und ging.

Papiere mussten in einem roten Aktenordner verschlossen werden, und Caro blieb für diese Aufgabe. Auch wurde davon ausgegangen, sie würde aufgrund eines hausfraulichen Instinkts, der bei ihr jedoch nur minimal ausgeprägt war, im Raum Ordnung schaffen. Sie stützte sich mit feuchten Händen auf dem Konferenztisch ab und hätte womöglich laut geschluchzt, wäre da nicht ihr unauslöschliches Misstrauen gegenüber Doras Theatralik gewesen. Anschuldigungen und Schande überkamen sie an diesem Ort wie Altjüngferlichkeit, es entsprach einer sexuellen Frustration, sich unaufhörlich nach einem Funken Anstand zu sehnen, der in diesem Kontext niemals eintreten konnte. Dass auch nur die eigenen Gedanken vier unansehnlichen Männern auf eine kalte Straße hinaus folgen sollten, galt hier als Vertragsbruch, als würde ein Soldat im Gefecht vor seinem inneren Auge die harmlosen persönlichen Neigungen jener in den gegnerischen Reihen heraufbeschwören. Den Regeln des Kampfes zufolge gehörte der Sieg jenen, die am Ende ohne den plötzlichen Schmerz der Erkenntnis wieder herauskamen.

»Habe den hier vergessen.« Seinen Stock.

Er ließ die schwere Tür in seinem Rücken zuschnappen, und sie fanden sich in der Haltung vom frühen Morgen wieder. Er war eine gewisse Strecke gelaufen, ehe er seinen Stock vermisst hatte, und brachte kalte, frische Luft mit sich. Auch wenn sie die Finger ans Gesicht führte, war Caro kaum verlegen, da die morgendliche Episode beschämender gewesen war als ihre Tränen.

Der breite Mann setzte sich auf den Rand des Tisches, und die Kälte entströmte seiner guten Kleidung. Seine breiten Hände warteten auf den Oberschenkeln. »Können wir irgendwohin gehen?«

Sie überquerten das Geknatter und Gekreische einer Straße. Das Restaurant befand sich im oberen Stockwerk, darunter war ein Pub. Es war immer gut gefüllt, da Touristen herkamen, um die Regierung beim Essen zu sehen. Sie haben Glück, Sir, es gab eine Absage. Er mochte an diese Art von Glück gewohnt sein. Sie setzten sich an ein Fenster in eine dünne Schicht aus Sonnenlicht, und Caro dachte: Jetzt wird er mich enttäuschen. Jetzt wird er sagen: Oh, ich verstehe natürlich auch ihre Sichtweise.

Er sagte: »Scheißkerle, nicht wahr?« Und reichte ihr die Speisekarte, die aus einem getippten Zettel bestand. Im Raum befanden sich nur Männer, abgesehen von Caro.

»Wann werden sie sterben?« Sie meinte die Gefangenen.

»In ein bis zwei Monaten.«

Sie sagte: »Die Panik wegen des Lunchs war fast noch das Schlimmste.«

»Oder das Beste.« Er lächelte. Auf seinem Jagdhundgesicht zeigten sich Falten an Augenlidern und Mund, die nun zwar ruhten, aber noch zur Anwendung gebracht werden mochten. Sein dunkles, ergrauendes Haar fiel ihm locker über die Stirn. Sein Körper, zu schwer und träge für den akkuraten kleinen Stuhl, war der eines aktiven Mannes, der gelernt hatte zu warten: eine widersprüchliche Geduld, die jene beunruhigen mochte, die sich fragten, was er wohl unterdrückte. Er sagte: »Männer erzählen sich ihr ganzes Leben lang, einmal müsse der Moment kommen, an dem sie zeigen, was in ihnen steckt. Und der Moment kommt, und sie zeigen es. Und dann verbringen sie den Rest ihrer Tage damit zu erklären, es sei weder der Moment noch ihr wahres Selbst gewesen.«

»Sie könnten zumindest in Betracht ziehen, wie schnell sich diese Dinge historisch gesehen rächen. Meine Kollegen heute zum Beispiel.«

»Gerade das britische Naturell ist nie eins der Spekulation gewesen. In äußerster Not arbeitete Archimedes weiter an seinem Lehrsatz, während Drake weiter Bowls spielte.«

Sie sagte: »Manche Männer – oder viele – sind sowohl Archimedes als auch der Soldat, der ihn erschlägt.«

Er nahm ihr die Speisekarte ab. Er war in seinen frühen Vierzigern. Eine Vene stand von seinem Handrücken ab. Da war seine Armbanduhr, eine Manschette aus gestreiftem Hemdenstoff, der graue Flanellärmel. Er beobachtete, wie ihr Blick diesen Details folgte, die sie so sorgfältig untersuchte, als hätten sie einen Arm bekleidet, der aus einem eingestürzten Gemäuer herausragte: Hinweise auf das Verborgene.

Sein Name war Adam Vail. »Wie heißen Sie?«, fragte er. »Ihre Adresse kenne ich ja bereits.« Sprach es auf amerikanische Weise »*Ad*resse« aus.

Die beiden Beamten vom Vormittag waren unvermeidlich aufgetaucht und verspeisten jungen Hering.

Vail sagte: »Sie werden Ihnen die Schuld für den ausgefallenen Lunch geben.« Es war deutlich zu sehen, dass sie es bereits taten, über ihren Haufen winziger Fische. Da sie nicht an moralische Überlegenheit glauben wollten, waren sie erleichtert, etwas Anzügliches unterstellen zu können. Von der Perspektive des jungen Herings aus schienen Vails Arme um den Tischrand eine Umarmung anzubieten, in die Caro sich hineinlehnte.

Diese beiden Männer würden behaupten, sie schlafe mit ihm, und mochten es auch in einer Akte vermerken, um ihren Gefühlen Luft zu machen. Das Wissen um die imaginierte Vertrautheit, die ihnen zugeschrieben wurde, ließ ihn und sie schwach lächeln und einander vertrauter werden.

In einem Hotel, dessen Schornsteinaufsätze von Caros Fenster aus zu sehen waren, bewohnte Adam Vail zwei große düstere Zimmer mit schweren Vorhängen. Im Wohnzimmer stand neben einem Sofa wie ein Brokatzeppelin auf einem niedrigen Tisch eine bauchige Glasvase mit geschnittenen Hyazinthen. Auf einem Schreibtisch lagen Briefe gestapelt, neben Hochglanzkatalogen von Gemälden und einem Haufen ungeöffneter Päckchen.

Zwischen den Fenstern hing ein Bild in einem aufwendigen Rahmen. »Ein Händler hofft, dass es mir ans Herz wächst. Sie sind die Erste, der es auffällt. Alle anderen dachten, es gehörte zur Ausstattung des Hotels. Ich weiß nicht, ob Sie das auszeichnet oder nicht.« Er stand neben einem Tisch, auf dem ein Tablett mit Flaschen und Gläsern angeordnet war, und beobachtete, wie Caro sich durch die teuren Schatten des Raums bewegte. Sah ihren Ärmel in einem dunkelroten Farbton im Schein der Lampe aufflammen und den Strang einer Kette um ihren Hals. An ihrem Fenster und in ihrem Büro hatte er sie beide Male allein gesehen, gewohnheitsmäßig, aber nicht resigniert. In Gedanken durchlebte er noch einmal den Moment, in dem er zu einem Fenster hinaufgeblickt hatte, hinter dem ein Blütenzweig in einer Vase seine Aufmerksamkeit auf sich gelenkt hatte.

Sie besaß kein unbesetztes Gebiet objektiven Gefühls. Er nahm an, auf Männer mochte es irritierend oder respekteinflößend wirken, wie Caro auf ein feierliches Ereignis zu warten schien, das unmöglich ihre eigene Annäherung sein konnte.

Er sagte: »Ihm fehlt die Spannung.« Während er sie betrachtete, dachte er daran, wie auf manchen herausragenden Gemälden jedes Lichtpartikel gewöhnlich ist, alltäglich und zugleich ein Wunder: was nichts anderes ist als die exakte Wahrheit. Er sagte: »Manche Bilder vermitteln die Spannung des Lebens an sich.« Er dachte, die meisten Männer würden wohl kaum wagen, sie zu berühren, oder nur im Zorn, da Caro nicht so tun würde, als geschähe irgendetwas beiläufig. Es war wenig schmeichelhaft, worauf sie anscheinend verzichtete als Konsequenz ihrer Überzeugung.

Er schenkte Alkohol in Gläser und sprach über das Bild. Im Sprechen geteilt, waren seine Lippen ungleich: die untere sprang überzeugend hervor, die obere war schmal, zart und rücksichtsvoll an der Schwelle zur Schwäche. Was sicher besser war als andersherum.

Caro Bell saß mit einem Glas Wodka in der Hand auf geblähtem Damast, während der Mann Vail neben ihr saß. Ihrer beider Füße in identischem feinem braunem Leder waren zu den Blumen und dem niedrigen Tisch ausgestreckt. Kaum zu glauben, dass sie beide exzellente Schuhe hatten.

»Worüber lachen Sie?«

»Über die Demokratie der Schuhe.« Die Lampe brannte samtene Falten in ihren Ärmel und Schoß. Durch eine Tür sah man im schwachen Licht auf einer weißen Matte aufgestellte Hausschuhe. Da würde auch ein ordentlich zurückgeschlagenes Laken sein, ein auf der Tagesdecke bereitliegender Morgenmantel, neue Bücher neben einem Bett: all dies eine Form von Freiheit, weil er es dazu machte. Selbst als er seinen Körper herumdrehte, um ein Taschentuch oder Zigaretten hervorzuholen, war es ein unenglisches Drehen, das frische Energien, Meinungen, Ansichten, Affinitäten andeutete, eine Landschaft. Er hatte etwas an sich, das die Zeit veränderte, als würde eine mentale Uhr neu gestellt. Alles andere war gestern um diese Zeit.

Bald würden er und sie zum Dinner nach unten gehen, wie Gäste in einem Landhaus. Er sagte, sie könnten am Sonntag einen Ausflug machen, falls sie Zeit hätte. »Eine Spritztour nennt man das hier doch wohl. Werde ich mit der falschen Straßenseite zurechtkommen?«

»Das werden Sie. Und seit Jahren sagt niemand mehr

Spritztour.« Außer womöglich Sefton Thrale. Sie bestätigte, dass sie liebend gern die Fens sehen würde. Es war lange her, dass Caro etwas liebend gern hatte tun wollen.

Der Glasboden der Blumenvase war auf einem Telegramm abgestellt worden, das auf dem Tisch lag. Im gewölbten Wasser ragte das Gedruckte auf, ungleichmäßig vergrößert: »HINRICHtung UNVERmeidlich«, wie in der Spracherziehung. Adam Vail sagte: »Kleine Buchstaben wirken größer, wenn man sie durch ein mit Wasser gefülltes Gefäß betrachtet. Seneca hat das bemerkt. Es war ein frühes Konzept der Optik.« Er sagte: »Bei Seneca finden sich viele gute Sachen.« Er griff nach dem Rand der Vase und verschob sie, worauf die Buchstaben in die Bedeutungslosigkeit zurückfielen: untaugliche Insekten, die unter einem Mikroskop noch Angst und Schrecken ausgelöst hatten.

Auf Vails Schreibtisch im Hotel stand eine Fotografie, die ein jugendliches Mädchen zeigte: »Meine Tochter.« Vater und Tochter ähnelten sich, verstanden sich jedoch nicht. »Josie gibt mir die Schuld am Tod ihrer Mutter. Schuld verschiebt sich für gewöhnlich ein wenig mit zunehmendem Alter, zumindest muss ich darauf hoffen.« In einer Brieftasche steckte das Bild einer dünnen Frau in Pullover und Hosen. »Meine Frau hat sich umgebracht.« Er sagte: »So nahm sie sich eben das Leben«, wie einen Reim.

»Geben Sie sich selbst die Schuld?«

»Sie hat oft gesagt, dass sie es tun würde. Sie bekam jede Art von Behandlung. Irgendwann fällt es schwer, zu wissen, wie man damit umgehen soll.«

Wie Dora: Ich kann jederzeit sterben, jederzeit sterben.

Caro sagte: »Es richtet auf beiden Seiten Schaden an.«

Er fragte: »Haben Sie selbst einer solchen Person nahegestanden?«

Einmal erwähnte er, dass über ihre Treffen berichtet würde. »Aber ich werde dafür sorgen, dass Ihnen kein Nachteil entsteht.«

»Wer sollte uns denn beobachten?«

»Meine Landsmänner und Ihre. Denn ein Mann, der mit niemandem ein Hühnchen zu rupfen hat, ist heutzutage ein Revolutionär.«

»Sie halten ihnen lediglich die von ihnen selbst verkündeten Grundsätze vor.«

»Genau das bedeutet eine moderne Revolution.«

»Am ersten Morgen auf der Straße wirkten Sie wie die Figur aus einem Spionageroman.«

»Man wird sich darum bemühen, alles in einen Spionageroman zu verwandeln.«

Sie fragte: »Wozu brauchen Sie diesen Stock?«

»Ich habe es mir zur Gewohnheit gemacht, ihn an gefährlichen Orten bei mir zu tragen.« Er reichte ihr den Stock, der überraschend schwer war, wie eine untypische Meinung. Er nahm ihn wieder an sich und drückte auf den Schnappverschluss, um eine Klinge zu offenbaren.

Dieser Mann des Friedens ging also bewaffnet mit einem Schwert.

Da war ein Foto eines weiß getünchten Hauses in der Sonne: Zitronenhaine, Weingärten. In der Ferne ein weißes Städtchen, fleckig von Armut und Witterung. »Die Liparischen Inseln.«

»So spricht man das also aus.«

»Als Josie klein war, hat sie sie die Läppischen Inseln genannt.« Er stellte das Bild zurück. »Sie werden sie sehen, die Inseln.«

Er fragte: »Gibt es noch jemanden, der Sie liebt?«

»Sie haben Glück, Sir, es gab eine Absage.«

Nichts hätte verführerischer oder unvorsichtiger sein können als die Empfänglichkeit und Großzügigkeit seines Verstandes: Ich werde dafür sorgen, dass Ihnen kein Nachteil entsteht, vielleicht haben Sie selbst so jemandem nahegestanden, Sie werden die Inseln sehen.

In einer Nacht herrschte außergewöhnliche Stille. »Wie spät ist es?«

Caro hatte einen Wecker neben ihrem Bett stehen. »Fast vier.«

»Nun sind sie fort.«

Am nächsten Tag würde eine kurze Notiz in der Zeitung stehen, irgendwo im Innenteil: HINRICHTUNGEN VOLLSTRECKT.

Sie legte den Kopf an seine Schulter und atmete ein, damit ihre Brust seine Hand ausfüllte. Sie fragte: »Woran dachtest du an jenem ersten Morgen auf der Straße?«

»Ich habe mit allem gerechnet, außer mit dir.«

24

Christian Thrale schrieb sich selbst ein besonderes Verständnis für Bilder zu. In Galerien, in denen die Kunst scharfsinnig institutionalisiert worden war, flanierte und pausierte er wie alle anderen, hielt seinen eigenen Blick jedoch für durchdringender als den der meisten Menschen und verweilte, wenn andere bereits weiterschlenderten, da er offenkundig über das gewöhnliche Maß hinaus gefesselt war.

Außerdem glaubte Christian daran, dass es eine englische Weise gab, Kunstwerke zu betrachten (und lag damit auch vollkommen richtig). Er hätte es nicht so ausgesprochen, empfand es jedoch. Ausdrücke wie »Die Venus von Rokeby«, »die Portlandvase« und »die Elgin Marbles« enthielten für ihn mehr als die reine Angabe vorübergehenden Besitzes. Sie fassten eine ordnungsgemäße Aufbewahrung zusammen und schienen einen erstrebenswerten Fall zu benennen.

Er scherte sich nicht besonders um private Sammlungen, sofern diese nicht durch ihren großen Umfang unpersönlich geworden waren. Während er in den bedeutenden Museen am glücklichsten oder am sichersten war, ließ er hin und wieder auch eine Ausstellung mit Leihgaben auf sich wirken, wie er sich ausdrückte, aber das kam nur selten vor. Als er an einem bitterkalten Samstag, ohne den angebotenen Katalog zu beachten, die mit Teppich ausgelegten Räume einer Privatgalerie betrat, wich er auf eine Weise von seinen Gewohnheiten ab, die acht Jahre zuvor in der Albert Hall Grace in seine Umlaufbahn gebracht und das Leben mehrerer Personen verändert hatte. Wieder spielten Wochenendarbeit, der Anblick eines Plakats und die Tatsache, dass er allein war, eine Rolle. An diesem Tag war das betreffende Plakat überschrieben gewesen mit »Retrospektive«. All dies zog ihm schemenhaft durch den Kopf, als er Caro erblickte, deren plötzliche Materialisierung folglich sowohl verblüffend als auch unausweichlich war.

Caro hatte ihren roten Mantel in den Räumlichkeiten anbehalten und die kalten Hände in den Ärmeln verborgen. Das Haar fiel ihr in unschicklichen schwarzen Strähnen und Locken auf die Schultern, die Lippen waren scharlachrot angemalt. Sie hatte ihr Gewicht auf einen Fuß verlagert wie eine Tänzerin in Position, und hinter ihr stand ein großer Mann, der in seiner Stabilität ihr Tanzpartner hätte sein können. (Nach jenem Ereignis würde Christians Erinnerung sich eine Zeitlang auf dieses Bild konzentrieren, in dem Caro so dastand, mit dem Mann Vail im Rücken, der sich bereithielt, sie emporzuheben.) Auf dem Gemälde vor ihnen erschienen die in Licht getauchten Köpfe zweier Frauen, die einander ansahen, aber nicht in einer Linie waren.

»Das ist es also«, sagte Adam Vail gerade. Das Bild war eine Leihgabe von ihm.

Christian beobachtete sie vom anderen Ende des Raumes aus. Er selbst war wie gelähmt, durch ihre Reglosigkeit erstarrt. Als die beiden sich bewegten, wurde Christian erlöst und bewegte sich ebenfalls, auf sie zu.

Adam Vail beugte sich vor und starrte auf das Bild. »Ich glaube, sie haben den Rahmen beschädigt.« Er griff nach seiner Brille in der Brusttasche. Wo Gold hätte sein sollen, befand sich Gips. Vail berührte die Stelle mit dem Zeigefinger, worauf sogleich ein Aufseher herüberkam.

»Die Ausstellungsstücke bitte nicht berühren, Sir.« Als Vail einen Schritt zurücktrat, fügte er hinzu: »Tut mir leid, aber so passier'n Missgeschicke.«

Als Christian sah, dass sie wieder allein waren und lächelten, stellte er sich zu ihnen. Dabei fühlte er sich benachteiligt. Für gewöhnlich sah er Caro in seinem eigenen Haus, wo er – um es ganz klar zu sagen – das Sagen hatte. An diesem Tag überkam ihn, noch ehe er auch nur etwas äußerte, ein Gefühl von Einmischung oder Irrelevanz. Er fragte sich, ob dies einfach nur an seiner unaufgeforderten Annäherung lag, und kam nicht auf die Idee, es der Macht zuzuschreiben, die von Caros erwachender Schönheit ausging.

Um seine Herrschaftsansprüche durchzusetzen, küsste er Caro – was eigentlich nicht nötig war und von ihr, wie er spürte, sofort durchschaut wurde.

Es sorgte ebenfalls nicht für den üblichen Vorteil, dass der Mann an ihrer Seite Amerikaner war. Vail sprach nicht laut oder belehrend oder über sich selbst oder machte unbeholfene Gesten, nicht einmal, wenn man ihn provozierte. Diese Gelassenheit der Sprache und Hände warnte Christian davor, seine gewöhnliche Gesprächsposition einzunehmen: Vails Ehrlichkeit verlangte im Gegenzug nach Transparenz, möge es den Angesprochenen kosten, was es wolle. Insgesamt entstand ein Bedürfnis, sich zu verausgaben, das Christians neuerwachte Retrospektive mit einer mehrere Jahre alten Erinnerung an Caro vermischte, als diese ihn schon einmal genötigt hatte, sich ihr gewachsen zu zeigen: Tatsächlich war es an einem

Sommernachmittag gewesen, an dem er Grace gelbe Blumen mitgebracht hatte.

Mittlerweile hatten sich alle drei dem Gemälde zugewandt, und Christian war bald, wie es seine Art war, über das übliche Maß hinaus darin vertieft. Caro wollte gerade etwas sagen, als er bemerkte – und zwar gewissermaßen wider besseres Wissen: »Sie werden mich natürlich niemals dazu bringen, diese Serie zu mögen.« Sie hatten es natürlich überhaupt nicht versucht. Nach einer kurzen Pause fügte er hinzu: »Dieses Beispiel verfügt zugegebenermaßen über beachtliche Autorität.«

Er wusste, dass er »Autorität« sagte, weil der Amerikaner ihn an dieses Wort erinnerte. In der Galerie waren noch weitere Amerikaner zugegen, die dogmatische Stimmen erhoben, mit unsicheren Händen kreisten und um sich schlugen, die Gesichtszüge in rücksichtsloser Vehemenz verzerrt. Ganz anders jedoch dieser, der Christian noch nicht einmal als Gegenspieler akzeptierte. Christian fiel nun ein, den Namen Adam Vail schon einmal gehört zu haben, und verspürte eine kurze, unwürdige Bestürzung, als hätte Caro ihn überlistet. Er erinnerte sich an einen Zeitschriftenartikel, in dem Vail auf die Frage, ob er sich für einen geheimnisvollen Mann halte, geantwortet hatte: »Nicht mehr als jeder andere auch.«

Die Einleitung des Ausstellungskatalogs war von einem führenden – oder bedeutenden oder brillanten – Kritiker verfasst worden. Caro las einen Satz vor und fragte: »Was soll das heißen?«

Vail blickte ihr über die Schulter. »Irgendwann kommen diese Leute noch auf die Idee, sie hätten selbst dazu beigetragen, das Bild zu malen.«

Die drei wanderten durch die Räume, mehr oder weniger gemeinsam. Christian verkündete keine Ansichten mehr, sondern versuchte es mit einer Reihe hochtrabender Gedanken: So ist also die Lage, daher weht also der Wind. Er hatte gesehen, wie Vail Caro von hinten über die Schulter geblickt hatte, ohne dass sein Körper den ihren berührte: graue Wolle, von roter durch eine Schwingung getrennt. Nach einer Weile teilte Christian mit, er müsse nun los, und verließ sie, wobei er Caro erneut einen plumpen, unangemessenen Kuss gab.

Auf dem Nachhauseweg war er verwirrt von einem Gefühl, so plötzlich und doch schwerwiegend, das Enttäuschung nahekam. Womöglich hatte er sich vorgestellt, Caro wäre ein Ausgang vorherbestimmt, der die umsichtige Ordnung seines eigenen Lebens rechtfertigen oder wettmachen würde – ein Höhepunkt, gar ein tragischer, der anscheinend nur für sie allein zu erreichen war. Oder vielleicht hatte er sich gewünscht zu sehen, wie sie zugunsten des Allgemeinwohls in öder Häuslichkeit versank, genau wie andere Frauen auch, darin versank, wie Hausfrauen abends erschöpft in ihre Sessel sanken. Ihm missfiel die Vorstellung, sie und Vail seien ein Liebespaar, allerdings weniger aufgrund der imaginierten Fleischeslust, sondern eher weil Vail sympathisch, energisch und reich war. Die Befriedigung, die Christian daraus gezogen hatte, Caro sein Mitgefühl vorzuenthalten, war direkt ihrer Bedürftigkeit, ihrer Armut entsprungen. Jetzt lag überhaupt keine Macht mehr darin, Caro aber nun wirklich für sich selbst sorgen zu lassen. Und er erlaubte sich, wie einen Luxus, den ehrlichen Gedanken: Ich hätte ihr helfen können.

Zu Hause setzte sich Christian in seinen üblichen

Sessel. Und sein kleiner Junge kletterte über ihn, als wäre er ein Spielgerät.

Eines Tages im Mai bat Caroline Bell um eine zusätzliche Stunde Mittagspause und bekam diese auch gewährt. Bei ihrer Rückkehr ins Büro erfuhr sie im Flur von Mr Bostock, Valda habe sich geweigert, zur Mittagszeit oder überhaupt jemals wieder Tee zuzubereiten oder Sandwiches zu besorgen.

Als sie Mr Leadbetters Büro betrat, wurde Caro gebeten, die Tür zu schließen. Leadbetter legte seinen Kugelschreiber nieder, womit er signalisierte, dass es nun persönlich wurde. Hatte den Stift aus Plastik in Wahrheit nur in die Hand genommen, um diese Geste des Beiseitelegens ausführen zu können. Er faltete die Hände. »Vielleicht können Sie mich aufklären, Miss Bell.« Seine verflochtenen Finger trennten und schlossen sich wieder wie bei einem Fadenspiel. »Hat Miss Fenchurch irgendetwas zu beklagen?«

»Sie möchte kein Essen servieren. Es ist eine Zumutung.«

»Und ist das nicht ein wenig absurd? Wo doch das Anbieten von – äh – Viktualien ein allgemein anerkannter Teil ihrer Aufgaben ist?«

»Von wem ist es allgemein anerkannt?«

»Von allen Frauen hier außer Miss Fenchurch und, wie ich nun annehme, Ihnen selbst. Gäbe es ein breiteres Empfinden von Untauglichkeit, hätten es auch die anderen Mädchen bereits zur Sprache gebracht.«

»Die meisten Menschen müssen erst darauf hingewiesen werden, dass etwas unpassend ist. Für gewöhnlich gibt es zuerst nur eine einzige Person, die dies tut.«

Mr Leadbetter war, wie er sich an jenem Abend seiner Frau gegenüber ausdrückte, selten so verärgert über etwas gewesen. »Und sehen Sie darin denn nicht eine schäbige und selbstsüchtige Haltung? Immerhin verzichten die Männer in dieser Behörde vollständig auf ihre Mittagspause und legen Extraschichten am Schreibtisch ein. Die Mädchen werden lediglich gebeten – damit beauftragt –, den Männern dabei zu helfen, ihre lästigen zusätzlichen Aufgaben zu erfüllen.«

»Die Männer tun nichts, was ihre Selbstachtung mindern würde. Im Gegenteil wird diese noch gesteigert, wenn sie am Schreibtisch bleiben.«

»Wie ich sehe, verhalten Sie sich ausgesprochen defensiv.« Clive Leadbetter war nicht mit solchen Redewendungen aufgewachsen, sondern erst in den letzten Jahren auf sie gekommen. Manchmal sagte er »ausgesprochen defensiv«, manchmal »ausgesprochen aggressiv«, es lief auf dasselbe hinaus. Auf ähnliche Weise lauteten seine Anschuldigungen: »Sind Sie nicht ein wenig zu optimistisch?« oder »eher zu pessimistisch?«, Behauptungen, die so austauschbar wie unbeantwortbar waren und stets Verwirrung stifteten. Er konnte sich nicht vorstellen, was die Leute meinten, wenn sie sagten, die Sprache sei im Verfall begriffen.

Caro erwiderte: »Ich halte mich mit einer Analyse Ihrer eigenen Haltung zurück.«

Leadbetters entflochtene Finger schlugen mit einem synchronen Knall auf die Schreibunterlage. »Miss Bell, erscheint Ihnen dieser Vorfall nicht vollkommen grotesk?«

»Mir ist bewusst, dass man jedes Festhalten an Prinzipien grotesk nennen und es sogar so aussehen lassen kann. Zumindest für eine Weile.«

»Sie nennen es Prinzipien. Ein Sturm im Wasserglas.«

»Mr Bostock sagte: im Wasserkessel.«

Er war nun zur Weißglut gebracht worden: der geschmolzene Leadbetter. (Zu seiner Frau würde er am Abend sagen: »Beleidigungen machen mir noch nicht einmal etwas aus, aber Beschimpfungen lasse ich mir nicht bieten.«) »Miss Bell, da Sie unsere Gepflogenheiten für dermaßen unzulänglich halten, sollten Sie ernsthaft in Erwägung ziehen, wieder zurück nach – äh – Neuseeland zu gehen.«

Während einer langen Pause spürte er ihre überlegene Stärke und auch die Tatsache, dass sie diese aus Barmherzigkeit jahrelang zurückgehalten hatte.

»Tatsächlich bin ich gekommen, um Ihnen meine Kündigung mitzuteilen.«

Sein Mund ging auf und zu: wie bei einem Pferd mit entzündetem Maul. »Und dürfte ich wohl den Grund dafür erfragen?«

»Ich werde heiraten.«

Da hasste er sie, für ihre Freiheit und ihr Aussehen und ihr Glück – und für diese Bemerkung über den Wasserkessel. Die Gatling klemmte: Die Worte kamen nicht einmal mehr stotternd hervor. Da aber auch sie nur durch männliches Eingreifen erlöst werden konnte, lächelte er schließlich und ging ein letztes Mal zum Angriff über: »Etwas in der Art hatte ich mir bereits gedacht.«

25

Grace Thrale wollte Harrods gerade durch die Teppichabteilung verlassen, die über die Größe und die Feierlichkeit einer Kathedrale verfügte. Zwischen den verteilt platzierten Pfeilern des Gebäudes waren Gänge angelegt worden, und dicke Teppichrollen standen oder lagen herum wie gefallene Säulentrommeln in einem Tempel. Wiltons stapelten sich auf Axminster und bildeten florale Podeste. Und Grace lächelte, wenn auch nicht darüber.

»Grace.« Ted Tice holte sie in einem marokkanischen Querschiff ein. »Haben Sie eine Beschwerde eingereicht?«

Ihre Schritte erstarben wie ihr Lächeln. »Ted.«

»Was machen Ihre Jungs?«

Sie lächelte erneut. »Randale.« Sie gingen weiter, blieben stehen. »Sind Sie länger in der Stadt?«

»Nur für einen Tag. Ich brauchte ein paar Sachen für meine neue Wohnung. Ich stehe nun auf eigenen Beinen.« Sein Kragen war zerknittert, die Vorderseite seines Hemdes zeigte die spitzbogige Form eines ungeschickt gehandhabten Bügeleisens. Er hielt ein Paket hoch. »Und gerade habe ich mir ein Opernglas besorgt.«

»Manchmal richten Sie Ihren Blick also auch auf die Erde.«

»Nur in Konzertsälen.« Ted war fröhlich: Sie wird Caro erzählen, dass wir uns getroffen haben. »Ich habe Caro angerufen, sie jedoch nicht erreicht.«

Grace hatte ihn noch nie so zuversichtlich und so arglos gesehen. Er mochte glauben, die Zeit arbeite für ihn. Sie hatte alles in nur einem Augenblick abgewogen, während sie über ihre Kinder sprachen, und wusste, dass sie es ihm sagen würde. »Ted, haben Sie eine Minute Zeit? Setzen wir uns doch.« Seine Miene erstarrte sogleich in düsterer Vorahnung, dank eines Gespürs für schlechte Nachrichten, das man von klein auf entwickelt. Grace setzte sich auf eine aufgestellte Säulentrommel aus rubinroter Wolle. In der Nähe wurde von einem Verkäufer eine rosenrote Parodie Persiens ausgerollt, allerdings nicht zum Gebet.

»Ted.« Sie hatte seinen Namen noch nie so oft verwendet. »Sie wird Ihnen noch heute schreiben.«

In diesem Moment ähnelte Grace ein wenig Caro, wie immer, wenn es ernst wurde. Ted konnte es erkennen, das Drehen des Kopfes und die verschränkten Hände. Legte er ihr seine Finger auf den Nacken, würde er den Wirbel dort spüren, so deutlich hervortretend wie bei Caro. Er sagte: »Sie heiratet.«

»Setzen Sie sich doch.« Eine Gastgeberin beim Empfang.

»Ich stehe lieber.« Ein viktorianischer Held, auf den Teppichboden der Tatsachen zurückgeholt.

Ein Verkäufer hielt inne und justierte einen Neun-mal-zwölf-Fuß-Teppich.

»Danke, wir schauen uns nur um.« Einander anstarrend erzeugten Grace und Ted eine Spannung, die sich nicht einfach von einem Teppich verschlucken ließ.

Er fragte nicht einmal: Wen?

»Sein Name ist Adam Vail, ein Amerikaner.« Indem sie Vail beschrieb, verschaffte Grace sich einen Aufschub, als hoffte sie, Ted Tice damit zu besänftigen. Sie schweifte aus: »Er ist liebenswürdig und interessant. Und sehr stark, ich meine charakterlich.« Dies versetzte Ted einen Stich, dabei zog Grace tatsächlich instinktiv einen Vergleich mit ihrem eigenen Ehemann.

Ted sagte: »Ich bin ihm einmal begegnet.« Er dachte: Ich verhalte mich vorbildlich, aber eigentlich ist es noch nicht zu mir vorgedrungen.

Grace plapperte: »Um die vierzig, sehr nett, sie werden oft nach England kommen.«

Ted Tice' Gesicht sah zum letzten Mal jung aus, wie es angeblich im Tod der Fall ist. »Wann ist es so weit?«

»Nun, schon bald, in zwei bis drei Wochen. Man braucht, sie brauchen Papiere. Weil sie keine Briten sind, wissen Sie. Man – sie gehen in die Caxton Hall. Wo Ausländer heiraten. Dora muss erst zurückkommen, sie ist mit ihrer Freundin Dot Cleaver auf Malta. Dann ist da noch eine Tochter, da ist Adams Tochter, die aus New York kommt, sie ist vierzehn. Fünfzehn.« Grace war bald am Ende der Einzelheiten angelangt und würde schonungslos auf der Qual eines Mannes sitzenbleiben.

Ein Verkäufer eilte mit einem Kunden vorbei. »Wir haben ihn in Blassgrün oder Kumquat. Könnten ihn aber auch in Mandarine bestellen.« Dieses Paar war vertieft, ein glückliches Pärchen.

Caro hätte gewusst, was sie sagen sollte: nicht die passenden Worte, sondern die Wahrheit. Caro hätte wahrhaftig gesprochen oder ein wahres Schweigen bewahrt. Indem sie akzeptierte, dass sie die Liebliche der beiden Schwestern war, friedlich und formbar, hatte Grace auf keinen Fall vorgehabt, sich aufzugeben. Sie hatte es genossen, lieblich zu sein, für lieblich gehalten zu werden, war jedoch überzeugt gewesen, eine ungenutzte Fülle komplizierterer Menschlichkeit in Reserve zu halten, die allerdings noch nicht zum Vorschein kam. Teds Leiden war ihr nicht unbekannt – tatsächlich spielte ihre Fantasie solche Dinge gelegentlich in einem österreichisch-ungarischen Kaiserreich des Herzens selbst durch. Sie konnte jedoch keinen echten Instinkt wecken, um seinen Schmerz zu spüren oder ihn zu trösten. Und fürchtete plötzlich, liebliche Menschen könnten nur über wenig Fantasie verfügen.

An jedem beliebigen Tag des Jahres konnte Grace Thrale auf der Straße von einem älteren Ehepaar oder von einer jungen Mutter, die ihren Nachwuchs hütete, angelächelt und damit als eine verwandte Seele gegrüßt werden. Caroline Bell zog diese erfreuliche Komplizenschaft niemals auf sich. Es gab Zeiten, in denen Grace sich wünschte, die Welt wäre sich ihrer nicht so sicher, so überzeugt davon, die Langeweile hätte sie vollkommen in Anspruch genommen. Fürchtete jedoch in ihrem täglichen Leben die kleinste Abweichung von der Gewohnheit als Störung, die ins Chaos führen könnte. Grace wollte das Abenteuer genauso wenig, wie Dora den Frieden. Sie redete sich nicht ein, wie manch andere Frau, dass sie sich die Fähigkeit zu einem vollkommen anderen Leben bewahrte, das von so überschwenglichen wie schädlichen Leidenschaften regiert wurde: Grace wusste genau, dass die routinierte Konformität ihrer Tage ihre eigenen Sehnsüchte befriedigte. Aber man konnte sich an Sicherheit klammern und dennoch von ihr gelangweilt sein. Auf den ersten Blick bot Sicherheit eine Aufregung, die der Romantik ähnelte, aber diese Rettung nutzte sich womöglich genauso ab wie jede andere auch.

Wenn sie abends Geschirr oder Besteck einräumte,

konnte sich diese noch immer goldene Grace mental in eine untersetzte Hausfrau mit einem Altersbuckel hineinseufzen.

Sie bot an: »Wenn Sie möchten, könnten wir hinaufgehen und Tee trinken.« Im oberen Stock war ein Raum, in dem Frauen zwischen ihren Paketen saßen und gefragt wurden: Milch oder Zitrone?

»Grace, meine Liebe, Sie waren in Eile, als wir uns über den Weg liefen. Lassen Sie mich Sie nach unten begleiten.« Ted Tice erkannte, auch wenn es für seinen Seelenzustand nebensächlich war, dass Grace Thrale, die stets seine schüchterne Verbündete gewesen war, die Fronten gewechselt und ihm den Rücken zugekehrt hatte zugunsten von Vail. Er musste fort von dieser feierlichen Bahnenware, diesen sarkastischen Teppichen und mechanischen Nachfragen des Personals. Grace erhob sich, und sie gingen auf ihrem Weg zur Treppe weiter zur Lampenabteilung. Hinter ihnen gähnte der Verkäufer: »Ziege geht natürlich immer.«

Ted fiel das blaue Samtkostüm auf – nein, nur der Kragen war aus Samt, der Rest aus gesprenkelter Wolle –, ein Kostüm, das ganz und gar zu Grace' Leben und Gewohnheiten passte, so wie die gotische Anklage des Bügeleisens auf seinem eigenen Hemd. Er nahm ihren Körper zur Kenntnis, zweimal durch Geburten erschüttert und wieder zusammengefügt, so wohlgeformt wie ein Kostüm, heldenhaft normal. Obwohl es ihn zerriss, bewahrte auch er Bewegung und Balance und hatte freundlich gesagt: »Meine Liebe.«

Im Erdgeschoss kamen sie an gestapelten Ballen aus Stoffen vorbei, die Frauen heute nicht mehr trugen – Georgette, schwerer Krepp, Japanseide. In der Luft lag ein heftiger, trockener Geruch nach Material, das ausgemessen, geschnitten und genäht werden musste. Ein Mann in Schwarz legte fachmännisch Bahnen von Daumen zu Daumen: »Dreieinhalb Yards, Madam?« Eine hohe Stimme fragte: »Und wo sind die Stoffreste?«

Grace ging voraus durch eine Reihe schwerer Glastüren. Kommende und gehende Ladenbesucher reichten sich gegenseitig die Türen in den formalen Bewegungsabläufen ihres Tanzes: »Keschön«, »Keschön«. Draußen zeigte ein kalter Nachmittag die Jahreszeit lediglich durch das Hinauszögern der Dunkelheit an. Ein korpulenter Portier mit Kriegsehrenzeichen winkte kryptisch Taxis herbei, ein Trio Straßenmusiker in altem Serge sang grölend von Tipperary, während ein vierter einen Khakihut ausstreckte, der von einer einzigen Halfcrown in der Mitte beschwert wurde.

Grace sagte: »Ich ertrage diese Sänger nicht. Gehen wir ein Stück.« Sie liefen gemeinsam an den Schaufenstern vorbei, in denen Mannequins in bedruckten Kleidern orangefarbene Arme vor tropischem Hintergrund ausstreckten und einen ekstatischen, vitalen Kontrast zu den wächsernen Matronen bildeten, die leblos an ihnen vorbeizogen.

»Ich halte Sie doch sicher auf, Grace.«

Grace ertrug seine guten Manieren nicht oder den Gedanken, dass dieser Mann in seiner Notlage nachsichtig mit ihr war, wie ein sterbender Offizier auf dem Schlachtfeld vor einem verstörten Untergebenen scherzen mochte. Sie lehnte sich gegen eine verglaste Szenerie mit Bademode und sah ihm ins Gesicht, in dem Versuch, Jahre der bewussten Fadheit in einem Augenblick wettzumachen.

»Ist es so, wie es nun gekommen ist, für Sie nicht besser? Jetzt gibt es keine falsche Hoffnung mehr. Zuerst wird es schrecklich sein, aber –« Grace' Handtasche glitt ihr am Henkel in die Ellenbeuge, und sie packte mit beiden Händen so dringlich das Revers ihres Mantels, als hätte sie nach dem von Ted gegriffen. Ein Bewusstsein von Dora flackerte in ihr auf. Lass mich nicht wie Dora klingen: Ich bin sicher, dass Sie sehr glücklich sein werden. Sie sagte: »Nun sind Sie frei.«

Die Narbe der Absteppung auf ihren Handschuhen prägte sich ihm ins Gedächtnis ein. Perlenohrringe starrten wie weiße Fischaugen. Ein Streifen geblümten Schals blitzte auf, nichtig, und der blaue Kragen. Die Trauer hatte den Blick eines Malers, wies wahllos willkürliche Bedeutung zu – wie Gott.

Ted dachte: Im Kaufhaus war ich wirklich besser dran. Dort drinnen war ich ziemlich betäubt. Immerhin hatte das klaustrophobische Gebäude eine Art von Schutz geboten, mit seinen Wegen, die einem Stadtplan ähnelten, seinen Regalen und Ablagen, die vor alltäglichem Leben überquollen, seinen Vororten, die in Erinnerung an die Kindheit Modewaren und Kurzwaren genannt wurden. Auf offener Straße wurde Ted Tice gepackt und erlebte eine Art von körperlicher Leichtigkeit, die mit physischer Gefahr einhergeht. Er würde diese Augenblicke als einen notwendigen Schritt zur Vorbereitung auf die nächste Phase überstehen, auf die Erkenntnis, die sich seiner ermächtigen und ihn zerreißen würde.

Was auch immer bei seinem Erwerb des Opernglases vor nur einer Stunde oder noch vor wenigen Minuten über ihn gedacht worden sein mochte, niemand, der ihn nun sah, würde ihn als jungen Mann bezeichnen.

Er nahm Grace' behandschuhte Hand und führte sie an seinen eigenen Mantel, wo sie endlich schüchtern sein Revers umklammerte. Ohrringe hämmerten, seidene Gänseblümchen auf dem Schal gerieten in Panik. In ihrem Rücken zackte sich eine silberne Plastikpalme wie ein verästelter Blitz.

»Ich habe alles in der Hoffnung auf sie getan. Nun werde ich alles im Wissen um ihren Verlust tun.« Er ließ Grace' Hand fallen, und die Tasche rutschte ihr erneut bis zum Handgelenk. »Nennen Sie das Freiheit?«

»Das mag nicht für immer wahr bleiben.« Grace dachte, eine Frau hätte nicht mit einer solchen Bekundung die Zukunft vorverurteilt.

Sie gingen zurück bis zu der Ecke, an der die Ladenbesucher die Türen auf- und zuschlugen. Die Sänger waren nun zu »Danny Boy« übergegangen, die Halfcrown einsam in der Kappe, die Pennys geschickt unter das Futter geschüttelt. Christian hatte Grace auf diesen Trick aufmerksam gemacht.

Sie überquerten die Straße, um zum Eingang der U-Bahn zu gelangen. Die Straße vibrierte, ein unterirdischer Atemhauch aus dem Grubenschacht. Eine rotgesichtige Frau bot den die Treppe Hinauf- und Hinabeilenden kleine Heidekrautsträuße feil, sprach jedoch nicht diese beiden an, die schweigend dastanden. Grace dachte: Man lernt wahrscheinlich, wann es hoffnungslos ist.

In einem Schwall aus Tunnelluft starrten sie einander an. Ein Blick, den zwei Personen austauschen mochten, die eine schwere Last bis zu einer verlassenen Haltestelle getragen haben, wo sie sie absetzen und einander in die Augen sehen. Grace war so weit wie möglich mitgekommen, den Abstieg würde Ted allein bewältigen müssen.

Die Fotografie zeigte einen kräftigen Kiefer, Hundeaugen, das Gesicht ausdruckslos, als würde die Störung lediglich seine Ausdauer auf die Probe stellen oder sie noch untermauern. Ein kurzer begleitender Artikel verwies auf eine frühere Ehe sowie eine Tochter. Ein großer Mann, der in einen Mantel gezwängt in einem düsteren Säulengang stand.

Caro neben ihm war eine Debütantin im öffentlichen Leben. Auch ohne Hochzeitskleid hatte sie unverkennbar gerade erst geheiratet. Wo das Bild abgeschnitten war, trafen sich ihre Handrücken: ihre rechte Hand, seine linke, nicht verschlungen, dennoch sendeten sie für jedermann sichtbar die private Botschaft aus.

»Hier ist noch eins.« Tertia wusste, worauf Paul starrte, und hob ihre eigene Seite ein wenig an, um ein verschwommenes Bild zu zeigen. Es gab eine Schlagzeile, und die Bildunterschrift lautete: »Das Paar verlässt gerade das Gebäude.« In Pauls Zeitung war Caro eine australische Schreibkraft, in Tertias eine leitende Beamtin. Außerdem wurde ausgeführt, das Paar habe sich während der Arbeit an einer humanitären Maßnahme kennengelernt, die von der britischen Regierung initiiert wurde.

»Diese furchtbare Schwester hat die beiden Mädchen also unter die Haube bekommen. Dora oder Flora, ich habe sie einmal bei den Thrales gesehen. Das muss man ihr lassen. Sie hat sie nach London und dann hier auf den Markt gebracht.«

Paul erwiderte: »Sie sind ja nun nicht die Gunning-

Schwestern.« Auch wenn er sie für einen Augenblick genau so vor sich sah – Schönheiten des achtzehnten Jahrhunderts in pastellfarbener Seide, mit aufgetürmtem Haar und durchscheinendem Blick, London im Sturm erobernd, der letzte Schrei. In Tertias Zeitung war Caros Blick gesenkt, sie war ein grauer Fleck und trug nicht einmal Blumen. Der Mann war groß und hatte eine unenglische Physiognomie, großer Kopf, schwer, unbeteiligt. Caro war nun bestätigt, wertvoll: ein obskures Werk, das seit neuestem einem Meister zugeschrieben wurde.

Tertia tauschte mit Paul die Zeitung. »Flora-Dora hat es hingekriegt.« Um zu sehen, wie viel es Paul ausmachte.

»Ich stelle mir Caroline Bell eigentlich ganz gern milliardenschwer vor.«

»Niemand hat je behauptet, der Vail-Typ besäße Milliarden.«

»Wo kommt das Geld überhaupt her?«

»Katzenfutter.«

»Hier steht: Bauxit. Was auch immer das ist.« Paul führte aus: »Mit Picassos tapezierte Penthouses, Yachten, Privatflugzeuge, Limousinen.«

»Bodyguards«, sagte Tertia. Und: »Geliebte.«

Paul faltete die Zeitung zum Lesen – ordentlich, wie ein Büroangestellter im Zug. »Wenigstens hat der Astrologe sie nicht bekommen.«

»Was heißt hier ›wenigstens‹?« Tertia blätterte die Seiten mit ihrer rabiaten Geste um. Ein Kind im oberen Stockwerk weinte, lachte, sprach, murmelte dann, alle Lebensalter des Menschen durchspielend.

Plötzlich sagte Tertia: »Nick Cartledge. Der mal bei uns gewohnt hat.« Vielleicht begehrte sie nun endlich auf.

»Was ist mit ihm?«

»Er ist gestorben.«

»Woran?«

»Leberleiden.«

»Nun – man kann wohl durchaus behaupten, dass er darauf hingearbeitet hat.«

Tertia ließ die Zeitung sinken. Nicholas Gerald Wakelin Cartledge. Für sie war es ein viel zu früher Tod. Sie sagte: »Der alte Roué«, in dem Versuch, die Sterblichkeit an sich mit einem Achselzucken abzutun, verwandelte sich jedoch, während sie dort saß, in eine Frau, die die Toten kannte.

Nach einer Weile erwiderte Paul: »Das Wort bedeutet: der Geräderte.«

Dora sagte zu Dot Cleaver: »Er ist kein Phoebus Apollon. Wie man sieht.« Dora sagte gern Phoebus Apollon oder Pallas Athene oder Venus von Milo, womit sie diese Unsterblichen mit ihrem vollständigen Titel von den irdischen Glads oder Trishs unterschied. »Es ist ein furchtbares Bild von den beiden, oh, einfach furchtbar. Und die Schnappschüsse sind nicht besser.« Sie zeigte sie. »Ich habe mir übel den Kopf an der Autotür gestoßen, man kann den Schmerz in meinen Augen sehen.« Dora war an jenem Tag in Caros frei gewordene Wohnung gezogen, die mit Blumen gefüllt war. »Mittlerweile werden sie in Italien sein.«

Dot Cleaver erzählte: »Als ich zum ersten Mal nach Rom kam, habe ich alles angeschaut. Alles. Ich habe den Reiseführer genommen und alles angeschaut. Nun, das ist vorbei, jetzt mache ich nur noch, wonach mir der Sinn steht. So nimmt man mehr von einem Ort auf.«

Dora ließ ein Seufzen ertönen, das sich auf den gesamten Raum auswirkte. Nach einer Weile bemerkte sie, dass selbst der lustloseste Fluss irgendwo sicher ins Meer münde.

»Eine Tasse von Ihrem guten Tee?« Dot Cleaver zog die Augenbrauen, ihren Körper und ihr Handgelenk hoch, mit einem Porzellangriff in der Hand, der selbst ein Fragezeichen darstellte. »Danach ziehen sie nach New York.«

»Oh ja, da haben sie alles, was sie brauchen, all ihre Interessen, Bücher, Theaterstücke, Musik.«

Dot Cleaver hatte kürzlich eine fesselnde Aufführung gesehen, konnte sich jedoch nicht mehr an das Programm erinnern. »Jedenfalls werden sie in Windeseile wieder herüberkommen, um Sie zu besuchen.«

»Warum sollten sie sich die Mühe machen? Ich verüble es ihnen nicht.« Doras Ambition war es nun, aussortiert zu werden. Dies sollte den Höhepunkt ihrer langen Isolation darstellen, die Rechtfertigung ihres überwältigenden Glaubens an Feindseligkeit, Undankbarkeit und ganze Berge von Beleidigungen. Sie hatte bereits zu Caro gesagt: »Fühlt euch nicht verpflichtet, mich zu besuchen.« Ihre Methode des Austestens, mittlerweile stark verfeinert, setzte niemals aus. Provokation war zur Grundlage ihrer Beziehungen mit der Welt geworden.

Caro hatte zu Grace gesagt: »Sie möchte herausfinden, wie viele Wangen wir noch zum Hinhalten übrig haben.«

Er riss die Seite heraus, faltete sie, riss erneut entlang der Falte. Dann schnitt er das Bild und den Artikel mit der Schere zurecht. Diese methodischen Handlungen schienen irgendwohin zu führen, doch als er sie ausgeführt hatte, konnte Ted kaum glauben, dass alles, was ihm blieb, eine Fotografie von Caroline Bells Hochzeit war. Die begleitende Bildunterschrift war zwar konventionell verfasst, dennoch nicht recht verständlich – als wäre sie in Unzialbuchstaben oder kyrillischer Schrift gedruckt.

Er starrte auf das düstere kleine Bild und suchte nach etwas Vertrautem, das seinen Anspruch auf sie begründen würde. Aber sie trug ein neues, ungewöhnlich festliches Kleid. In der linken Hand ein kleines Objekt, sicher kein Gebetbuch und aller Wahrscheinlichkeit nach ein Täschchen. Die Fotografie verbannte ihn vollkommen, verweigerte sich einer Verbindung: eine zusätzliche Grausamkeit, da ihn ihre Habseligkeiten doch stets entzückt hatten – ein grüner Seidengürtel, ein in blauen Stoff eingeschlagenes Notizbuch, eine weiße Schüssel, in der sie Orangen aufbewahrte. Auf dem Bild wandte sie sich ab, ließ alle anderen im Stich.

Der Zeitungsausschnitt lag auf seinem Schreibtisch, größer nun, nachdem das überflüssige, einengende Gewebe abgetrennt worden war. Der ganze Raum konnte ihn nicht begrenzen oder die Verletzung eindämmen. Ted Tice legte seine rechte Hand darauf und ließ den Kopf hängen – wobei ihm, wie einem Beobachter, bewusst war, dass diese gebeugte Haltung als Bildunterschrift einen veralteten Ausdruck benötigte: »Er ging zugrunde.« Ein erwachsener Mann mit gesenktem Kopf ist ein alberner Anblick und kaum noch ein Mann.

Es gab niemanden, dem gegenüber er sich entschuldigen müsste. Verpflichtung war das erste Detail, das die Trauer auslöschte.

Er dachte, er sollte hinausgehen und sich müde laufen. Oder sich betrinken, wie ein enttäuschter Mann in einem Roman. Blickte jedoch, ohne sich zu rühren, auf seinen Pullover und seine Kappe und seinen gestreiften Schal – äußerliche Dinge, an deren Vernünftigkeit er nie wieder glauben würde.

26

Caroline Bell lebte also in einem Haus in New York City und nahm den Namen Vail an. Vom Dach des Hauses, das in einer Reihe niedriger, mit leicht violetten Steinen verkleideter Gebäude stand, hatte man einen Blick auf den Himmel. Im Süden verdeckte eine Gebirgskette aus Wolkenkratzern die Abendsonne so sicher, wie die Berge des Taygetos Sparta in frühe Dunkelheit hüllen. Das Haus hatte nicht viele, aber recht große Zimmer, nachdem man hier und dort Trennwände entfernt hatte. In diesem Haus war Adam Vail geboren worden.

Für viele Dinge in diesem Haus konnte Caroline Vail sich niemals Zuständigkeit erhoffen oder diese behaupten. Stühle, Bücher, Bilder, ein Paravent aus China, eine Ledermappe, die auf einem Schreibtisch ausfranste, eine Untertasse aus Jade, eine so praktische wie hässliche kleine Lampe neben einem Bett – jeder Gegenstand war gewöhnlich, außer Caro selbst. Sie hatte vier Kisten mit Büchern beigesteuert, einen angeschlagenen Teller aus Palermo und einen auf eine andalusische Tafel gemalten Engel. Von Zeit zu Zeit blickte sie auf diese Erinnerungsstücke oder auf ihre Kleider in den Schränken und Schubladen, um daran glauben zu können.

Ein in dieser Zeit aufgenommenes Foto hätte sie zögerlicher als zuvor gezeigt. Der Prozess, Gelassenheit zu erlangen, hatte seine eigenen Störungen mit sich gebracht, und manche Opfer.

Zu ihrer Heirat erhielt Caro von mehreren Männern

Briefe: »Der dich nun bekommt, liebe Caro, ist ein glücklicher Mann«, »Ich hoffe, er weiß sein Glück zu schätzen«. In ihnen lag auch ein Element der Erleichterung darüber, dieses Privileg nicht für sich selbst beanspruchen zu müssen. Caros eigenes Gefühl von Befreiung darüber, eine gesamte Nation sich selbst zu überlassen, war vielleicht nicht rühmenswert, aber auch natürlich.

Auf geraden Straßen versuchte Mrs Vail, die Stadt nach dem Bild anderer Städte zu überarbeiten, ihre Quellen der Stabilität und des Trostes zu finden, ihre Orte der Zuflucht und der Pracht. Und beobachtete, als sich dies als unmöglich erwies, Absonderlichkeiten, Modeerscheinungen und obskure Formen des Erduldens, ebenso wie schamlose Formen der Selbstbehauptung und Konformität. Wo es um die Moral ging, war die Mode willkürlich, verlieh Launen dasselbe Gewicht wie Überzeugungen. Das endlose Herumschwirren der Menschen wirkte unnatürlich, grotesk und so entschlossen wie die beschleunigten Bewegungen in einem alten Film. Da waren Anonymität und extreme Einsamkeit, aber nur wenig Träumerei und kein Frieden. Wohnungen waren Kabinen in den großen Linienschiffen, die in den Straßen angedockt hatten.

Die Stadt stellte einem ihre Verhältnisse wie eine Prüfung: diejenigen, die für ihre Energien geschaffen waren, wurden zu Eingeweihten, der Rest musste scheitern, fortziehen oder irrelevante Kräfte vergeuden.

In allen Erdgeschossen der modernen Gebäude gegenüber des Vail-Hauses waren Arztpraxen untergebracht. Am frühen Morgen kamen alternde Männer und Frauen mit nüchternem Magen dort an und klingelten. Ansonsten wurde dieser kurze Häuserblock von der Menschheit kaum durchquert, und es gab nur wenige Kinder. Lebenszeichen waren oft mit dem Tod oder mit äußerster Not verbunden: Nachts waren auf den nahegelegenen Straßen Feuerwehrautos und Krankenwagen zu hören, und das rotierende Licht eines Polizeiwagens umkreiste private Räume mit seinem misstrauischen Schein, während Lastwagenkolonnen so zielstrebig dahinrollten, als versorgten sie eine vorrückende Armee. Im Winter drehten Autoreifen in Schneewehen kreischend durch, und Obdachlose verkrochen sich in den eisigen Winkeln der riesigen und beinahe ununterbrochenen Gebäude.

Das Panorama war prachtvoll, die Details düster. Glanz erzeugte – oder linderte – einen Mangel an Kontakt. Wenn der Sommer kam, versperrten Platanen die Sicht aus Caros Fenstern, und die Abschottung war vollkommen.

In den ersten Wochen lag Caro auf ihrem Bett oder streckte sich auf einem Sofa aus, mit einem Buch in der Hand oder vollkommen still. Das Haus wurde durch ihre Stille gedämpft, die keine Trägheit war, sondern Erneuerung. Währenddessen ging Adam Vail rasch durch ihm lange vertraute Zimmer und Flure und stieg flink die Treppen seines gesamten Lebens hinauf und hinab. Heimische Gewohnheiten verliehen seinem in der Ruhe wie in der Liebe schweren Körper Beweglichkeit.

Im Haus roch es leicht nach Pflanzen und Politur und nach Ölen, die verwendet wurden, um Bücher oder Möbel zu erhalten. Anfangs fiel Caroline Vail dieser Geruch auf, den sie später nicht mehr ausmachen konnte. Im

Zimmer ihrer Stieftochter roch es nach Galmeilotion, dort reihten sich Cremes für jugendliche Gesichtshaut und Schmerztabletten, dort lagen Comics, zwei Gitarren und Aufnahmen der italienischen Oper. Im Regal standen Bücher, die von Tieren in fernen Ländern handelten – Äthiopien, Kenia. Diese gehörten der dunkelhaarigen Josie, die zum Zeitpunkt von Caros Ankunft in der Stadt mit der Familie ihrer Schulfreundin Myra auf Safari nach Afrika gefahren war.

Adam sagte: »Myra hat einen schlechten Einfluss auf sie.«

Im Rahmen von Josies Spiegel steckten Fotos von Mutter und Kind.

Adams Schwester Una kam zum Lunch. Una war schön, mit einem Ausdruck eleganter Skepsis. Sie rauchte ihre Zigaretten bis zur Hälfte und rasselte beim Ausdrücken mit einem goldenen Kettchen an ihrem Handgelenk. Ihr Lachen, das schallend begann, wurde ebenso abrupt unterbrochen, blieb unvollständig. Sie betrachtete Caro mit einem offenen Interesse, das freundlich sein mochte.

Una hatte eine Affäre mit einem Bürokraten. Sie erklärte Caro: »Mein Freund ist ein Diplomat« – Diplomat war wie Architekt eine Bezeichnung, deren Schande sie noch nicht eingeholt hatte. Als ihr Liebhaber sie an jenem Abend fragte: »Wie ist die Braut?«, ließ sie sich in einen Sessel fallen und schlug die Beine übereinander: »Nun.« Nach einer Weile fuhr sie fort: »Es handelt sich nicht um eine zweite Mrs de Winter.« Schließlich zündete sie sich eine Zigarette an: »Die Braut ist in Ordnung. Dunkles Haar, dunkle Augen, dunkle Vergangenheit. Ende zwanzig, vielleicht dreißig. Absolut nicht dumm.

Spricht, lacht, zeigt britische Zähne.« Als Hansi mit seinem Kreuzworträtsel fortfuhr, drückte Una ihre frische Zigarette aus und fügte hinzu: »Intolerant.«

»Intolerant wem gegenüber?«

»Leuten wie mir.« Una griff in ihre Handtasche und sagte: »Liebt Adam.« Sie zog eine winzige Emailledose hervor. Auf dem Tisch neben ihr standen ähnliche Döschen, in mehreren Reihen aufgestellt.

Hansi mischte Drinks und reichte Una einen. Sie machte mit dem Glas eine kleine Bewegung in seine Richtung und hielt in der anderen Hand die Dose hoch. »Hat mir ein Geschenk mitgebracht.« Sie reichte ihm den kleinen Gegenstand. »Adam muss es ihr gesagt haben.« Sie nippte an ihrem Glas und nahm dann das Döschen wieder von Hansi entgegen. Sie stellte es zu den anderen auf den Tisch und sagte: »Süß.«

»Stell mir eine Frage«, verlangte Adam Vail. Nachts wachten sie auf und liebten sich. »Nie hast du irgendeine Frage.«

»Was ich jetzt lernen muss, erfährt man nicht durch Fragen.«

Eines Nachmittags, als sie lesend auf dem Sofa lag, kam er zu ihr und nahm sie in den Arm. »Bitte, übergib dich nicht dem Fall.«

»Es ist ein Aufstieg.«

Da erhob er sich und bewegte sich durchs Zimmer, klapperte mit Gegenständen, knallte Schubladen zu, raschelte mit einer Zeitung. Seine Frau las weiter, bedauerte es, dass ein so besonnener Mann sich zu solch einem Verhalten hinreißen ließ, und war ein bisschen überrascht davon, wie wenig Zurückhaltung er an den

Tag legte. Er brauchte nur abzuwarten, dann würde sie ihm das vollkommene Glück schenken. Dafür sammelte sie ihre Kraft und für andere angemessene Zwecke.

Una reiste den Sommer über ins Ausland. Una, die sich hatte scheiden lassen, erklärte, sie könne nun endlich einen großartigen Sommer genießen: »Acht Jahre lang war ich an das Kreuz von East Hampton genagelt.« Una klimperte mit einem neuen Armband. Ihr schönes Gesicht hatte einen teuren Glanz, und sie trug, was die alten Römer Sommerschmuck nannten. Bald schickten sie und Hansi vom Mittelmeer eine Postkarte mit pinkfarbenen Bungalows am Strand.

Adam meinte: »Das ist ein Ort für Millionäre am Ende ihrer Kräfte.«

»Warum sollten Millionäre immer am Ende ihrer Kräfte sein?«

»Weil sie es sich leisten können.« Er berührte ihr Gesicht. »Du dagegen siehst gut aus.«

»Am Anfang meiner Kräfte.«

Auf der Straße nahm Caro Adams Arm und blieb stehen, um zu beobachten. Eine in Maschinen und Gebäuden zur Schau gestellte Professionalität wurde, weniger erfolgreich, in den Menschen reproduziert: Das Leben war den Experten übergeben worden. »Wir« – womit sie Menschen meinte, die von woanders kamen – »werden im Vergleich dazu immer Amateure sein.«

Adam erwiderte: »Insgeheim haben wir große Angst, es könnte sich herausstellen, dass Amerika eher ein Phänomen als eine Zivilisation ist. Daher rühren zum Teil die Ausmaße, die Nachdrücklichkeit und das Bedürfnis, zu beweisen, dass die großen Mysterien entweder überholt oder zweckdienlich sind. Wir wollen, dass man unsere

Gier liebt und als schön bezeichnet. Die Huldigung empfangen, die der Liebe gebührt.«

Adam Vail verflocht die Finger seiner Frau mit seinen eigenen. »Daher rührt auch der Drang, Rechenschaft abzulegen über sich selbst. Wie ich es gerade tue.«

»Aber wenn die Amerikaner selbst so etwas sagen.«

»Du darfst dem Ganzen nur nicht zustimmen, das ist alles.« Vail lachte. »Oh, Caro, wir sind so viel schlimmer, und vielleicht auch besser, als du bislang insgeheim denkst.«

Adam nahm Caro mit zu einem Freund, der in der hundertneunundvierzigsten Straße wohnte. Wieder zu Hause fragte Caro: »Weshalb sollte irgendjemand das ertragen?«

Una, aus Sardinien zurückgekehrt, antwortete: »Der amerikanische Schwarze hat sich zu gut auf sein Problem eingestellt.«

Adam entgegnete: »Aber nicht mehr sehr lange.«

An einem Septemberabend saß Caroline Vail mit einem Gedichtband vor dem Fenster.

Adam fragte: »Möchtest du nicht laut vortragen, was du gerade liest?«

Sie begann und sprach ein paar Zeilen in einer hohen, dünnen, unvertrauten Stimme:

Urzeitliche Steine sind der Straße steile Wände,
Vieles überdauerten sie schon,
An irdischer Vergänglichkeit Anfang und Ende,
Doch was sie verzeichnen in Form und Farbton
Ist dies – wir beide gingen davon.

Sie legte das Buch nieder, ohne die Seite zu markieren, und wandte sich ab. »Traurig«, sagte sie. »Deshalb weine ich.«

Adam strich ihr über den Kopf, die Schultern. Als er seine Arme um sie schlang, war ihr Körper kaum noch zu sehen. »Wer weiß, weshalb sie weint. Wer weiß, weshalb Caroline wirklich weint.«

Im Herbst schrieb Grace, Paul Ivory feiere einen gewaltigen Erfolg mit einem Stück namens *Das eine Fleisch*. Sie berichtete auch, etwas zurückhaltender, Ted Tice habe die Tochter eines Wissenschaftlers geheiratet. Bald kam ein Brief von Ted mit derselben Information und einer neuen Adresse. Er hoffe, Caro und Margaret würden sich eines Tages kennenlernen. Er schrieb: »Hier klammert sich die Jugend an ihr Zeitalter als eine Art Ersatz für Patriotismus: ein Eid auf die Unreife. Für jegliche Art von Aufklärung braucht es Menschen ohne Zeitgenossen.«

Bei Teds Worten »die Jugend« verlor Caro ihren eigenen Anspruch darauf.

Apropos Aufklärung, fuhr Ted fort, das große Teleskop sei an seinem Standort im Süden Englands eingeweiht worden, mit einer Zeremonie, der auch die Königin beiwohnte. Da es jedoch absolut keine Sicht gegeben habe, habe das Königtum lediglich über Dunstschwaden gebieten können.

Dora schrieb, Gwen Morphew sei auf mysteriöse Weise zu Geld gekommen und habe Glad Pomfrey auf dem Trockenen sitzen lassen. Am besten erwartete man Undankbarkeit, dann konnte einen nichts überraschen. Dora, der Caro nun ein Haus in der Nähe von Dot Cleaver zur Verfügung stellen konnte, schrieb von häuslichen

Schwierigkeiten. Sie wolle Caros Glück nicht trüben, und es würde sich gewiss alles irgendwie regeln. Wenn sie eins gelernt habe, und zwar auf die harte Tour, dann sei es, niemandem zur Last zu fallen.

»Es trifft beinahe zu«, bemerkte Caro, »dass sie mein Glück nicht trübt.«

Caro nahm ihre Stieftochter mit zu dem Konzert eines bedeutenden Gitarristen. Auf dem Heimweg sagte das Mädchen: »Es war okay. Was ich davon hören konnte.«

»Nächste Woche haben wir bessere Plätze.«

Sie ging mit Josie ins Ballett, und Josie sagte: »Myra sieht sich eine Doppelvorstellung an.« Sie meinte, Caro könne sich begünstigt fühlen.

Falls Caro es tat, dann nicht aus diesem Grund.

Adam Vail unternahm eine Reise nach Chile und Peru. »Nächstes Mal kommst du mit.«

Una sagte zu Caro: »Adam ist besessen. Das muss du mittlerweile bemerkt haben. Er ist besessen vom Leid anderer Menschen. Damit wirst du fertig werden müssen.«

»Ich bin mit jenen fertig geworden, denen es vollkommen gleichgültig ist.« Sie sah nicht ein, weshalb Una, die selbst nicht reüssiert hatte, sie belehren sollte. Eines Tages sagte Una jedoch: »Das ist ja großartig«, und zerknüllte ein Kleenex.

Caro lag nach einer Fehlgeburt in einem Krankenhausbett, und Adam Vail flog aus Lima nach Hause. Wenn Caro die Augen schloss, brachte die Dunkelheit sie zurück in eine private Existenz. Jemand sagte: »Ich muss Ihnen jetzt weh tun.« Der Schmerz war eine Erweiterung der Erfahrung, so neu und erstaunlich, dass er intellektuelles Interesse weckte. Im Dunkeln hätte es Paul sein können, der sich über sie beugte: »Ich muss dir jetzt weh tun.« Wie anderes Leid auch war das Abgetrenntsein der Versehrtheit entweder Unwirklichkeit oder endlich die volle Wirklichkeit. Einmal hatte sie abseits in einem stickigen Flur gestanden und ihren eigenen Tod erwogen.

In der Dunkelheit wurden ihre Gedanken durch die Verlagerung der Hoffnung neu verteilt.

Adam sagte: »Wir ertragen es zu zweit.«

»Das war es nicht, was ich mit dir teilen wollte.«

Als es Caro besser ging, sagte Josie zu ihr: »Ich war ohnehin zwiegespalten. Ich habe mich sehr bedroht gefühlt.« Das Vertrauen in ihre eigene Naivität konnte zu kaum fassbarer Grausamkeit anregen. Sie war oft wütend, und wenn man sie verärgerte, senkte sie den Kopf und weinte: »Ich werde in eine Ecke gedrängt.« Ihre stärkste Waffe war ihre Schwäche, das massive Abschreckungsmittel, dem sich alle beugten. Man fürchtete, dass auch Josie den Tod als ihr tödliches Instrument einsetzen würde. »Ich habe solche Angst«, sagte sie und versetzte damit alle in Angst und Schrecken.

Caro sagte: »Wenn sie nur nicht ständig versuchen würde, ihre eigenen Gefühle einzuordnen.«

»Verlangst du etwa von ihr, auf ihr amerikanisches Geburtsrecht zu verzichten?«, fragte Adam. »Sie wird erwachsen werden, älter werden.«

Caro erinnerte sich an Kindheitshoffnungen, die um Doras siebzigsten Geburtstag kreisten. »Wir müssen sie vorher hinkriegen.«

Allein Una wehrte gelegentlich Josies Angriffe ab und fürchtete sich nicht vor den Tränen des Mädchens. Una bemerkte: »Wenn du etwas oft genug beißt, Kiddo, dann beißt es irgendwann zurück.«

Una sagte zu Caro: »Du verstehst die Botschaft.«

»Selbst die Botschaften, die sie unbewusst sendet.«

Josie hatte den auffälligen Blick problematischer junger Frauen, der zur Seite geht, selbst wenn er direkt ist. Sie verfügte über jene Entkräftung, die eine Selbstvertiefung anzeigt. Sie baute bereits einen Apparat der Schuld auf, in Vorahnung des Scheiterns.

Caro gegenüber verkündete Josie, was offensichtlich war: »Du bist nicht meine Mutter.« Um sich der Verletzung sicher zu sein, hätte sie am liebsten Blut gesehen.

»Zunächst einmal bin ich nicht alt genug.«

Caro sagte zu Una: »Josies Glaube an ihre Unschuld gibt ihr die Berechtigung, Schaden anzurichten.«

Una erwiderte: »Wie bei Amerika.«

Waren sie allein, machten Myra und Josie sich über Caroline Vail lustig – ihre Stimme, ihr Auftreten und ihre Ansichten, ihre Gewohnheit, sich ins Haar zu greifen. Josie erklärte Myra: »Sie kann keine Kinder bekommen.«

»Deshalb versucht sie, dich zu beherrschen. Na, du solltest ihr sagen, dass sie das gleich ganz vergessen kann.«

Caro spürte den Wunsch, sie selbst möge gleich ganz vergessen werden. Aus der Ferne konnte sie spüren, wie Josie Vail voller Feindseligkeit an sie dachte, so wie sie selbst jetzt noch spürte, dass Ted Tice es voller Liebe tat.

Myra fragte Josie: »Kannst du denn nicht erkennen, wie sie dich benutzen?« Wenn es nach Myra ginge, würde Josie niemals daran glauben, sie selbst könne ein Objekt der Zuneigung sein.

All dies war so deutlich, als hätte Josie es laut verkündet: die einstudierte Gemeinheit, der direkte Seitenblick, die offensichtliche Doppelzüngigkeit ihrer Formulierungen. War Myra anwesend, musste Josie sich beweisen: »Wie kannst du so einen Scheiß erzählen, Caro?« In Myras Abwesenheit wurde das Mädchen auf loyale Weise ausfällig, um etwas zu berichten zu haben.

Nichts erzeugt solch große Unwahrheit wie das Verlangen zu gefallen.

Myras Blick war gesenkt, das strähnige Haar verdeckte ihre Wangen. Für den Moment war Myra stark, weil sie ein fremdes Leben zerstörte. Caro fragte sich manchmal, welche spezielle *Benbow* Myra hatte hinabsinken lassen.

Adam meinte: »Sie verwechselt Argwohn mit Einsicht.«

Caroline Bell fand sich selbst unpassend immun gegenüber Josies Urteil. Sie wollte das Mädchen nur von den schlimmsten Beleidigungen abhalten, da sie wusste, dass man jemanden, den man allzu ungerecht behandelte, irgendwann nicht mehr in seiner Nähe ertragen konnte.

Insgeheim träumte Caro von der Befreiung von emotionaler Verpflichtung und verstand, wie verführerisch Desinteresse werden konnte. Was Josie für eine Entblößung Caros gehalten hatte, war ein Vertrauensangebot gewesen – eine Prüfung, bei der das Mädchen durchgefallen war, wieder und wieder. Vertrauen würde wiederholt geschenkt werden, aber nicht unendlich.

Adam berührte seine Frau am Arm. »Vielleicht macht es dir mehr aus, als du zeigst.«

»Wenn dir bewusst ist, dass dich jemand verletzen will, dann tut es weniger weh.«

»Außer du liebst diese Person.« Adam hoffte, Caro

möge Josie eines Tages beinahe lieben, so wie sie die Stadt lieben lernen würde – durch unmittelbare Nähe und gemeinsame Erlebnisse. Er fand, es wäre zu schade, wenn nur die Liebenswerten geliebt würden.

Er wollte sagen: »Es war ihre Mutter« – nachdem er gesehen hatte, wie sich des Kindes Interesse am gesamten Universum in Neid und Misstrauen verwandelte. Empfand es jedoch als taktlos und falsch, seine verstorbene Frau zu beschuldigen, die ihm noch jetzt so vor Augen trat, wie er sie zum ersten Mal gesehen hatte, in unwiderstehlicher Jugend und Schönheit.

Als er jung war, hatte Adam Vail das überzeugende Gespür seiner ersten Frau für menschliche Schwächen als Intellekt bewundert und es nicht als Vorzeichen einer Katastrophe gesehen. Er, für den stets alles vernünftig sein sollte, hatte sich um ihretwillen mit der Unvernunft verbündet. Hatte aus Loyalität zu ihr andere unangemessen ins Unrecht gesetzt. Ein Grund dafür war sein Stolz, der ihn seine eigene Wehrlosigkeit nicht zugeben lassen wollte, ein anderer war die Überzeugungskraft der Antipathien seiner Frau: Unbeirrbar in ihrem Wahn, blieb sie von den Ausflüchten der Vernunft verschont. Allmählich war es dazu gekommen, dass sie immer noch einen weiteren Feind brauchte, und nur er war noch übrig, um diese Rolle einzunehmen. Sie schien dies beabsichtigt zu haben: In all der Zeit, in der er dachte, er würde sie trösten oder zurückerobern, hatte sie ihrer beider Untergang vorbereitet. Dann begannen ihre Todesdrohungen, um die abschweifende Aufmerksamkeit der Welt auf sich zu ziehen. Für den, der sie äußert, ist diese Drohung eine Sucht, die eine stetige Erhöhung der Dosis verlangt. Beobachter dagegen immunisieren sich langsam.

Adam sagte zu Caro: »Es gibt keine größere Tyrannei als einen dauerhaften Zustand der Verzweiflung.«

Er, der sich als Mann verstand, war bei seiner ersten Frau so verletzlich geworden wie ein verschüchtertes Kind. Sie wirkte wie eine zehrende Krankheit auf ihn: Alle gesunden Verbindungen zum Leben stellten Untreue dar, die widerrufen werden musste. Täglich an Reife verlierend, verfiel er in eine düstere Benommenheit, aus der ihn nur das körperliche Verlangen sporadisch herausriss. Voller Angst spürte er, wie sich sein Wille zusammenzog, klein und kleiner wurde, bis er eine harte, verschrumpelte Nuss in seiner Brust war. Er hatte Größe angestrebt und war zu einem kleinen, harten Ding in einer Schale geworden.

Innerhalb des Alptraums ihrer Krankheit war sie so stark und er so schwach.

Adam Vail begann davon zu träumen, wie er seine verrückte und daher schuldlose Frau erwürgte. Er träumte auch von seinem eigenen Ersticken. Der Mangel an Raum und Luft beschäftigte ihn nun auch im Wachzustand: Auf der Straße drängte er sich durch Menschenmengen, nicht in der Lage, seinen Schritt oder sich selbst in ganzer Größe auszubreiten.

Eines Tages kam sie die Treppe hinauf und rief seinen Namen. Ihre Hand war dunkel.

Er sagte: »Charlotte. Charlotte.«

»Ich habe mir weh getan.« Blut floss aus einer klaffenden Wunde.

Sein Entsetzen galt ebenso sehr der Befreiung, der Entlastung, wie dem Ereignis selbst.

Seine Frau hatte ihn gerettet, indem sie so weit gegangen war, dass er ihr bei aller Kompromissbereitschaft nicht mehr folgen konnte. Damals hatte er sich die Geduld angeeignet, die nun so auffallend war, und seine Verbindungen zum Leben mühsam erneuert. Aufgrund ihres Wahnsinns ohne Schuld, war seine Frau doch nicht fähig zur Unschuld.

Verrücktheit mochte manchmal Zugang zu einer Art von Wissen verschaffen. War jedoch keine Garantie.

Caro sagte: »Wir müssen Josie wieder hinkriegen.« Caro war mit neuerworbener Jugend milder geworden, und sie war zufrieden. Wenn dies mit ihr geschehen konnte, weshalb nicht mit Josie? Einst hatte sie zu Paul Ivory gesagt, dass eine Fähigkeit nicht negativ sein müsse.

Der Optimismus wurde bestätigt, wie ein Gebet, als Myras Vater mit seiner gesamten Familie nach Kalifornien versetzt wurde.

Unas Liebhaber Hansi verfügte über eine Suite im Carlyle und eine Spesenpauschale. Flog von Zeit zu Zeit nach Delhi oder Tokio zu einem Kongress, den er vergnügt als nutzlos bezeichnete. Oft hatte er ein Buch in der Hand, irgendein Buch, auf das er die Silbenrätsel legte, die er ebenfalls mit sich herumtrug. Diese Rätsel stellten seine einzige bekannte geistige Anstrengung dar. Hansi sagte über sich selbst: »Der alte Hansi war völlig abgebrannt, als Gott in seiner unermesslichen Güte die internationale Konferenz erschuf. Möge dieser glückliche, so unwirtschaftliche wie eigentümlich ungerechte Schwindel, konzipiert zur Unterstützung der moralisch und geistig Verkommenen unserer modernen Welt, für immer gedeihen.«

Kaum konnte noch wollte Josie sich beherrschen. Während Hansi über Palindromen brütete, verhöhnte

Josie ihn wegen seiner Schuhe, seiner Koffer, seines Vicuñamantels, seines grauen Mercedes, seiner Suite im Carlyle und eines illegalen Arrangements, bei dem es um Gratisalkohol ging. Hansi lachte, gähnte und analysierte ein Anagramm.

Bei einer einzigen Gelegenheit brach Hansi das Schweigen. »Mit zwanzig ist ein Mann, der untätig über soziales Unrecht schimpft, ein Versprechen, mit dreißig ein Windbeutel. Im Alter von fünfundzwanzig Jahren habe ich, Hansi, die Ära des Windbeutels aufziehen sehen und fortan meine Klappe gehalten. Während ich, das ist wahr, weiter von der organisierten internationalen Windbeutelindustrie profitiere: jener Idee, deren Stunde geschlagen hat. Ich habe meine eigene Form der Unwirksamkeit, aber ich verbräme sie nicht mit Moral. Ich weigere mich, mich jenen anzuschließen, die von Reformen schwatzen, für die sie niemals einen Finger rühren werden. Wir leben im Zeitalter des offenen Mundes und des ungerührten Fingers, derjenigen, die schneller sprechen müssen, als die Welt ihnen auf die Schliche kommen kann. Bildet dies nicht die Grundlage aller modernen Staatskunst, ganz zu schweigen von den Bataillonen der sozial Bewussten, die ebenfalls niemals zum Einsatz kommen werden? Wenn einst das neue Pompeji ausgegraben wird, wird man die Intelligenzia dabei entdecken, wie sie versteinert auf dem Boden kauert, die Münder weit geöffnet, um den Materialismus anzuprangern, während ihre angeborenen Inflationsausgleiche in ihren Taschen zu Stein geworden sind. Ich, der zu gegebener Zeit Todgeweihte, grüße sie nicht.«

Josie fragte: »Und was zum Teufel soll das jetzt alles heißen?«

Adam erklärte: »Hansi fürchtet, dass Ziellosigkeit und Schwulst untrennbar zusammengehören.«

»Da muss ich dich korrigieren«, wandte Hansi ein. »Ich fürchte es nicht, ich weiß es. Derzeit ist kein Reformprozess vertretbar, der es verlangt, eine Stunde Schlaf, einen Tageslohn oder eine Gelegenheit, noch mehr eigenes Gepolter von sich zu geben, zu opfern. Ich verkünde dies nicht als moralische Behauptung, sondern als Tatsache. Reform, meine Lieben, besteht weder aus Bannern noch aus Bomben. Reform ist unbezahlte Arbeit, ist Armut, ist Einsamkeit, ist das Verfassen unzähliger Briefe bis spät in die Nacht hinein und das Austragen entwürdigender Kämpfe mit einem Kopiergerät. Reform bedeutet, Jahre mit der Bewältigung unangenehmer und trockener Themen zu verbringen. Reform bedeutet, Dinner, Urlaub und Sex aufzugeben, um im Keller über todlangweiligen Dokumenten zu brüten. Bedeutet, isoliert, ignoriert, inkriminiert und womöglich von einem Lastwagen der Regierung überrollt zu werden. Reform bedeutet Konzentration und Ausdauer. Reform, meine Lieben, oder auch nur der leiseste Anflug davon, wird zu diesem Preis von unseren modernen Altruisten genauso wenig herbeigewünscht wie vom guten, alten Hansi. Meine Absicht, ebenso wie die ihre, besteht darin, meinen Arbeitgebern so viel Geld wie möglich abzuringen, meine Stereoanlage aufzudrehen, meinen Appetit und Geschmack zu befriedigen und jede Nacht lang und fest zu schlafen. Im Gegensatz zu ihnen verkünde ich meine Absicht allerdings ganz offen.« Hansi faltete sein Buchstabenrätsel auf. »Ich spreche hier allgemein und erkenne gern jede bewiesene Ausnahme an.«

Josie bemerkte, sie habe noch nie so einen Scheiß gehört.

Adam erklärte ihr: »Es ist logisch. Wer ständig die Errungenschaften anderer kritisiert, muss selbst etwas erreichen, wenn er sich nicht lächerlich machen will.«

Caro meinte: »Aber was man erreicht, könnte auch einfach Charakter sein.«

Immer an sich selbst denkend, wie Josie auffiel. Für sie war es unerträglich, dass sich jemand hervortat, und wenn auch nur durch seine Gedanken.

»Gewiss«, gab Hansi zu. »Aber Menschen von Charakter behalten ihre Meinung meistens für sich. Ich kann bestätigen, und zwar eindeutig, dass man sie nicht bei Erläuterungen in der Windbeutelrunde antrifft. Als Beispiel für einen solchen Charakter«, erklärte er Josie, »nimm deinen eigenen Vater. Der mir niemals Vorwürfe gemacht hat. Was ich für ausgesprochen großzügig halte.«

27

Nach zehn Tagen in Sizilien zogen Ted und Margaret Tice in ein praktisch gelegenes Haus. Die praktische Lage erlaubte es Ted, zur Arbeit zu laufen, und seiner Frau, zum Malen in ein Atelier zu gehen, das sie sich mit einer anderen jungen Frau, einer Musikerin, teilte. Dieser Tage war der Wille zu malen in Margaret nicht sehr stark ausgeprägt, da sie glaubte, sie habe nun alles, was sie wollte, und müsse glücklich sein. Doch auch wenn es ihr jedes Mal schwerfiel, zum Atelier aufzubrechen, fühlte sie sich, wenn sie erst einmal dort war, ausgesprochen wohl, blieb länger als vorgesehen und unterbrach ihre Arbeit erst, wenn sie die Cellistin die Treppe heraufkommen hörte. Sie wusste nicht, was sie in jenem kahlen, ungeheizten Raum fand, und brachte dessen Ruhe zwar mit ihrer Ehe in Verbindung, konnte jedoch nicht entschlüsseln, worin diese Verbindung bestand. Erst Jahre später wurde ihr bewusst, dass die Treppen, der Raum, die Staffelei, die Leinwand und die Tuben mit Zinkweiß für Sicherheit standen.

In ihren Gemälden aus dieser Zeit standen düstere Formen für Natur- oder Traumphänomene.

Sie gründeten also einen Hausstand, jeder in Laufnähe zur Sicherheit. Teds Eltern kamen zu Besuch, ebenso Margarets. Haken wurden in die Wand geschraubt, Glühbirnen in Lampenschirme und Blumenzwiebeln in Blumenkästen gesteckt, und eine Freundin verschüttete Wein auf dem aufgerollten Piranesi, der ein Hochzeitsgeschenk gewesen war. Margaret kaufte ein, Ted brachte auf dem Heimweg Bücher aus der Bibliothek mit. »Unser Ted nimmt die Ehe ernst«, sagte seine Mutter zu Margaret, aber es war eher so, dass er einmal damit begonnen hatte und es nun gründlich durchführte. Er fand nur wenig Geschmack am Lackieren von Bücherregalen oder am Einhämmern von Dingen, konnte jedoch beobachtet werden, wie er eifrig mit Pinsel oder Werkzeugkasten hantierte. Er wurde genauso praktisch wie alles andere. Die Autarkie schien vollkommen, ein Überlebenstraining für die einsame Insel.

Margarets Mutter meinte: »Ted hat sich ins häusliche Leben gestürzt. Er hat sich hineingeworfen.« Es hätte ein Abgrund gewesen sein können.

Gewohnheiten wurden etabliert und wirkten nach ein bis zwei Monaten lebenslang. Hin und wieder griff Ted Tice mit einer Geste, die älter wirkte, als er war, nach einer Zeitung oder legte sie nieder.

Die angeordneten Phasen durchlaufend, war Margaret Tice zunächst eine Braut, dann eine junge Hausfrau und schließlich eine werdende Mutter. Später würde sie auf Gespräche über die Schule beschränkt sein, einem Tennisverein und einem Komitee beitreten. Würde sich selbst sagen hören, als handelte es sich um eine andere Frau: »Ich verwende niemals Speisestärke«, oder: »Ich mache immer nebenbei sauber.« Sie spürte diese Entwicklung wie die Symptome einer leichten Krankheit und kämpfte nicht dagegen an. Wusste jedoch mit unbegreiflicher Sehnsucht nach einem niemals geführten Leben, dass alles subtil, aber zutiefst anders gewesen wäre, hätte ihr Mann sie innig geliebt.

An einem Abend im ersten Sommer ihrer Ehe waren

sie zu einem Dinner bei einem von Teds Kollegen gegangen. Für solche Gelegenheiten wurde den Ehefrauen der Wissenschaftler Zurückhaltung beigebracht – außer jenen, die selbst Wissenschaftlerinnen waren und ihren eigenen Fuß auf das Kamingitter der Unterhaltung stellen konnten. Andere, wie Margaret, lieferten eine reizende Entschuldigung (»Sie malt«; »Sie ist musikalisch«), mussten jedoch damit rechnen, dass man sie ignorierte.

Ted zeigte sich bei diesen Zusammenkünften häufig verdrießlich und distanziert. Von seinen Kollegen respektiert, wurde er nur gelegentlich gemocht. Im Umgang mit seinen Assistenten verströmte er kühl und zweifelsfrei Gerechtigkeit – wo sie vielleicht eine schuldhaftere und menschlichere Parteilichkeit bevorzugt hätten. Dieselbe objektive Festigkeit war sogar noch weniger willkommen, wenn sie in einem Wohnzimmer vor sich hin brütete.

Bei der Arbeit hatte Ted seit einer Weile ein undeutliches blaues Objekt studiert, womöglich einen Stern. Er war gerade vom Palomar-Observatorium zurückgekehrt, wo die Kontroverse um die Rotverschiebung soeben begonnen hatte. Es war bekannt, dass er etwas zu sagen hatte, sich jedoch dagegen entschied, es hier zu tun. Sein Bedürfnis, sich so viel Zeit zu lassen, wirkte unsympathisch.

Das Dinner wurde für einen Physiker veranstaltet, der einen berühmten Preis gewonnen hatte: ein älterer Monolith mit zylindrischem Körperbau und vertrocknetem Gesicht, der mürrisch Konferenzen leitete und der Regierung einflussreichen Rat gab. Seine wortkarge Wichtigkeit war unerbittlich. Frauen, die versuchten, mit ihm ins Gespräch zu kommen, hörten ihre eigenen Stimmen zu einem hohen Piepsen werden: Es war, als würde man seinen Namen in ein historisches Monument kratzen. Noch im Sitzen erinnerte er an ein massives Objekt. In einen indigoblauen Sessel gesunken, bekleidet mit einem abgetragenen grauen Jackett mit braunen Lederflicken am Ellbogen, ähnelte er nun einem verrosteten Kriegsschiff. Als Margaret Tice neben ihm auftauchte, erhob er sich halb aus den Wellen und enthüllte die Freibordmarke eines absackenden Gürtels. Ted beobachtete seine Frau: Sie war ein grüner Abhang auf einem geraden Stuhl, die Augen höflich geweitet, die Hand ruhig auf ihrem Knie. Das alte Kriegsschiff richtete allmählich das Wort an sie: Sprechen bedeutete in seiner Vorstellung, jemandem Beachtung zu schenken. Indem sie seinem Monolog lauschte, erlangte Margaret, was sie nur selten bekam: die ungeteilte Aufmerksamkeit eines Mannes.

Es war ein warmer Abend, die Fenster waren zu einem Garten hin geöffnet. Ted erinnerte sich an das Abendlicht vor so vielen Sommern: der Tisch und das Gespräch der Jüngeren, zwei Mädchen, beide schön, eine gazellenhaft. Er kehrte zurück aus einem Gespräch über Quarks und Quasare, wie aus dem Schlaf erwacht, und hörte seine Frau sagen, es ging um ein Buch, das der alte Mann erwähnt hatte: »Ja, ich habe es zum ersten Mal in einer Zeit gelesen, als ich unglücklich war, und habe es seitdem oftmals wieder hervorgeholt. Ich finde es noch immer …«

»Als ich unglücklich war.« Was beschwor sie mit diesen Worten herauf oder bannte es, während sie dort in ihrer grünen Ruhe saß? Er war eifersüchtig auf ihr Unglück und musste sich wünschen, selbst der Grund dafür zu sein, denn wer sonst durfte Anspruch auf ihren Schmerz erheben? Zu gegebener Zeit stand Margaret auf, um sich mit einer Freundin zu unterhalten. Auch der Physiker erhob sich und ließ seinen Totenkopf mit gekreuzten Knochen flattern.

»Ich will Ihnen gern sagen, Tice, dass ich Ihre Frau für eine ausgesprochen scharfsichtige Dame halte.«

Ted beobachtete hilflos, wie seine Frau den Raum durchquerte: eine ausgesprochen scharfsichtige Dame. Wenn sie mit ihrer Scharfsicht erkannte, wie es in meinem Herzen oft aussah, wenn sie wüsste, was ich manchmal träume. Er wollte sich davon überzeugen, dass auch Margaret Geheimnisse haben mochte, womit er sie mit Ressourcen ausstattete, die sie beide schonten.

Jemand trat ans geöffnete Fenster und warf einen Zigarettenstummel zielsicher in einen dunklen Teich im Garten. Auf ein Aufflackern und Zischen folgte der leise Protest von Insekten oder einem Frosch.

Der alte Physiker stand am Fenster und zog seinen Gürtel hoch. Erinnerte sich an eine Nacht im Krieg, in der er auf dem Dach des Savoy Brandwache gehalten hatte. Der schwarze Fluss reflektierte rot und weiß die Flammen und Scheinwerfer, die Erde wurde erschüttert und bebte unter dem Aufprall und Rückstoß des Waffenarsenals. Und ein brennendes Flugzeug wirbelte vom Himmel, warf seinen Piloten ab, der in seinem eigenen Feuer herabstürzte. Das Flugzeug explodierte in Einzelteile, ehe es den Boden erreichte, aber der lodernde Mann fiel in den Fluss, der ihn für immer zischend auslöschte, als wäre er ein Zigarettenstummel.

Der alte Mann erinnerte sich, wie er am Ende jener Nacht nicht nach Hause zurückgekehrt, sondern zur Wohnung seiner Geliebten gegangen war, einer gebildeten Frau mit hoch aufgetürmtem gelblichem Haar. Mittlerweile lange tot. Sie hatte ihm etwas von ihrer Ration übriggelassen, aber er konnte nichts essen. Er hatte mit dem Kopf in den Händen auf dem Bett gesessen und gesagt: »Dieses Geräusch. Ich kann es noch immer hören.« Tatsächlich hatte er schon Schlimmeres erlebt – und hatte als junger Offizier, mit Läusen durch den Schlamm kriechend, die Hindenburglinie angegriffen. Saß jedoch bei Tagesanbruch auf dem Bett und weinte. »Ich kann ihn sehen.« Den glühenden Knallfrosch. »Ich kann es hören.« Das gelöschte Fleisch.

Ted Tice schrieb an Caroline Vail, dass er auf dem Weg nach Pasadena, wo er ein paar Wochen verbringen solle, in New York haltmachen würde. Caro antwortete: Komm auf jeden Fall zum Lunch. Und ging am Morgen seiner Ankunft Blumen kaufen.

Es war ein Tag im Dezember, kalt und ganz klar. Ted stieg an einer Ecke aus dem Taxi und lief die letzten paar Blocks. In Caros Straße sahen die Häuser zunächst alle gleich aus, auf teure Weise einheitlich – schwarze oder goldene Nummern über dem Eingang, Ätzglasscheiben zu beiden Seiten der Tür. Die Türen waren auch meist schwarz, mit einem wohlhabenden Glanz, die eine oder andere rot gestrichen. Die letzte Häuserreihe war weniger regelmäßig, und als Ted Caros Haus erreichte, wirkte es auf ihn lebhaft und ansprechend – ein aufgewecktes Kind zwischen schwerfälligen Eltern. Die Wahrheit dieses Zauberwerks konnte er nie ergründen – ob das Haus sich wirklich von den anderen unterschied oder nur für ihn einen unvergleichlichen Charme versprühte.

Er stand auf der obersten Treppenstufe, nervöser, als er es vor Jahren gewesen war, als er im Regen vor Peverel wartete. Er dachte: Nun wird es niemals einfacher werden, nur schmerzhafter. Sah durch einen Streifen Glas einen polierten Fußboden, einen Spiegel, eine weiße Wand, ein kleines Bild mit Spielkarten und einer Weinkaraffe. Diesmal war die Zeitung auf dem Tisch explizit als Stillleben zu erkennen. Ein Schirmständer aus blauweißem Porzellan war ein Monument. Auf ewig nach Belieben über diese Schwelle ein und aus zu gehen, war nicht einfach nur ein Glück, das ihm vorenthalten wurde, sondern trug eine so große Bedeutung, dass es kaum irgendjemandem gestattet sein sollte.

Das Entzücken wäre kindlich gewesen, wäre es nicht Teil der verzweifelten Obsession eines Mannes.

Er klingelte, so erwartungsvoll, als sollte etwas entschieden werden – wo doch alle Entscheidungen längst gefällt waren.

Hastige Schritte auf Treppenstufen, und Caro, die ihm noch nie zuvor entgegengelaufen war, riss die Tür auf und lächelte. Sie war groß, gebräunt, stark und wunderschön. Ihr breites Gesicht war noch breiter und lieblicher. Aus dem Flur kam ein warmer Luftzug. Ted trat einen Schritt vor, und sie umarmten sich. Caro schlang die Arme um ihn, ihr Körper ruhte rein freundschaftlich auf seinem. »Oh, Ted, du siehst großartig aus.«

Es stimmte. Die Furche auf seiner Stirn und der Kratzer in seinem Auge zeichneten ihn nun aus, wobei die Furche mittlerweile von einer horizontalen Falte geteilt wurde.

Er trat ein und nahm seinen Schal ab. »Es gab vieles, worauf ich mich heute freuen konnte.«

Das Haus war lichtdurchflutet bis ins entfernteste Innere. Zur Sonnenwende drangen die Strahlen nicht nur frontal ein, sondern durch ein hinteres Fenster auch indirekt.

Ein Mädchen mit strähnigem Haar kam aus einem Zimmer, um zu schauen, so wie ein Haustier sich herausschleichen mochte, um einen Besucher zu taxieren. Nicht wie Caroline Bell einst auf einer Treppe gestanden hatte, sein Leben beherrschend.

Ted sah Caros Glück, das sie erreicht hatte und sie zum Leuchten brachte. Deshalb war sie ihm entgegengelaufen – sie konnte großzügig ihm gegenüber sein, wie auch der ganzen Welt gegenüber. Er sagte: »Entschuldige bitte«, und schneuzte sich. Die warme Innenluft ließ seine Augen glänzen.

Hinterher meinte Adam Vail: »Ich mag ihn. Er sieht aus wie ein aufgeschlitztes Selbstporträt von van Gogh.«

Am Ende jenes Winters flogen Adam und Caro nach London. Dort fiel tagelang Graupel, die Handelsbilanz war ernsthaft aus dem Gleichgewicht, und zwei neue Bücher über Guy Burgess und Donald Maclean waren erschienen. Hohe Gebäude wuchsen in den Himmel, instabil, aber allmächtig.

Dora machte eine Szene nach der anderen. Sie hatte diese angesammelt und zurückgelegt, wie kleine Geschenke. Das verbliebene Gute in Dora wollte, dass die beiden Schwestern ihr Leben weiterlebten. Die andere, dominierende Dora verabscheute die Tatsache, dass sie entkommen waren, und sah sich ihrer Hoffnung beraubt, sie würden eines Tages alle drei gemeinsam über das Leben sagen: »Wie schrecklich!«

Dora erklärte ihnen: »Ich bitte Gott niemals um etwas. Aber ich sage danke. Neulich war abends ein Querschnittsgelähmter im Fernsehen, und ich dachte: Nun, es gibt doch etwas, wofür ich dankbar sein muss.«

»Dora, wir sind hier, um dich zu besuchen.«

»Das Jahr hat zweiundfünfzig Wochen. Ihr kommt für zwei davon.«

Diese vorgefertigten Reden hatten etwas Einstudiertes, ihre Bereitschaft, ihre Prägnanz, der sie begleitende, vor dem Spiegel ausgefeilte starre Blick, das Caros Seele mit Verzweiflung rührte. Sie sehnte sich danach, Dora jenen berühmten trügerischen Frieden zu verschaffen.

Adam sagte zu Caro: »Frieden ist nutzlos. Sie langweilt sich zu Tode.«

»Aber ihre Tage sind erfüllt von Dramen. Ständig hat sie Streit mit Dot oder Daph.« Es klang wie eine Morse-Nachricht.

»Sie ist jemand«, beharrte Vail, »für den der Tod des Sardanapalus noch nicht ereignisreich genug wäre.«

Caro nahm Dora mit raus nach Kew. Dora sagte: »Du hast Kamelien geliebt. Damals.«

Caro wollte die Kamelien verleugnen, als wären sie eine Falle gewesen. Beschämt darüber hätte sie gern erklärt, dass sie ihren Seelenfrieden gern teilen, ihn jedoch nicht als Opfer darbieten wolle.

Kew wurde der Sache nicht gerecht. Dora wollte nun nach Neuseeland fahren, wo sie in Palmerston North eine Freundin hatte. »Trish Bootle wünscht mich zu sehen.« Es war eine weitere von Doras Trennungen. »Ich bin dort erwünscht.«

Adam erklärte, er werde ihr eine Überfahrt auf dem besten Schiff buchen.

»Alles, um mich loszuwerden.«

»Wir kaufen ein Ticket für Hin- und Rückreise.«

Dora erzählte Dot Cleaver: »Das ist seine einfache Lösung für alles, einen Scheck auszuschreiben.«

Von Grace über die Situation in Kenntnis gesetzt, sagte Christian: »Vail ist ein Narr, sich in die Sache hineinziehen zu lassen.« Tatsächlich war Christian jedoch zufrieden, dass Adam Dora auf sich nahm. Es wirkte wie eine Sache – so wie das Leih- und Pachtgesetz oder der Marshallplan –, die ein Amerikaner übernehmen sollte. Er sagte zu Grace: »Ich habe die Last lange genug getragen.«

In jenen Tagen dachte Christian über das Alter nach und fürchtete, mit der Hinfälligkeit anderer belastet zu werden. Dora ging auf die fünfzig zu. Ihre Beine waren leicht gebeugt, sie ging aus dem Leim und verlor ihr gutes Aussehen. Alle paar Wochen zeigten sich graue Strähnen in ihrem Haar. Seine Mutter wurde zu etwas, was er als Sorge bezeichnete, allein in ihrem alten Haus mit nichts als einer Tageshilfe und einer roten Katze namens Hotspurr. In einem Heim wäre sie besser aufgehoben. Christian erwähnte dies gegenüber Caro, die erwiderte: »Sie hat ein Heim. Was du meinst, ist eine Anstalt.«

Christian sagte sich, dass er mit Grace die richtige Wahl getroffen hatte, und rief sich damit eine längst vergangene Bekundung seiner Bevorzugung in Erinnerung. Er hatte gesehen, wie Leute auf die Nase fielen, wenn sie ihren Impulsen nachgaben. Seiner Klugheit bei jedem Schritt hatte er die Tatsache zu verdanken, dass ihm noch nie etwas Schlimmes zugestoßen war.

28

Erst in einem Sommer der sechziger Jahre sollte Christian Thrale etwas Schlimmes oder zumindest höchst Bedauerliches zustoßen. Dies ereignete sich, während Grace mit den Kindern in Peverel war – was schon einen Hinweis auf die Natur des Ereignisses gibt. Grace war kaum lange genug fort gewesen, um wirklich oder gar akut vermisst zu werden, und gewiss nicht lange genug, als dass Christian sie angerufen hätte, denn in solchen Dingen war er sparsam.

Es war früh am Abend eines Dienstags, Christian stand am Fenster seines Büros und betrachtete die Schönheit des seidigen Lichts, das sich versöhnlich über London ausbreitete: blickte auf Wälder aus Blättern, die wie offene Handflächen ausgebreitet waren, weiße Kolonnaden und Portikus, Straßen, die wie Flüsse glänzten. Im Park sah man einen Streifen Rasen, einen Klecks Wasser, die blauen geneigten Kirchtürme des Rittersporns. Der Abend trug das Gepräge eines großen Erfolgs, der nach vielen Fehlversuchen prächtig vollendet worden war.

Christian genoss nicht nur die kontrollierbare Verzückung eines Sonnenuntergangs, sondern auch die Neuartigkeit seines großen Vergnügens daran. Er hatte bloß einen raschen Blick hinausgeworfen und nicht mehr erwartet als Wetter. Auch wenn der Verkehr rumpelte, lag in dem mnemonischen Licht eine Stille – jedoch wirkte es nicht einfach wie eine Naturerscheinung, da kaum zu glauben war, ein solches Leuchten möge existieren, ohne eine solche Stadt zu umfassen. Der Mensch war daran beteiligt, wie bei seinen bedeutsamen Übergängen des Begrüßens und Verabschiedens der Welt.

Außerdem war sich Christian im Beobachten seiner selbst bewusst: ein sandfarbener Mann von überdurchschnittlicher Größe und Intelligenz, jedoch stets in Reichweite des Schlupflochs des Durchschnittlichen oder eher des Maßstabs, an dem Abweichungen und Exzesse gemessen werden konnten.

In seinem Rücken ging eine Tür auf. Er drehte sich nicht um, da es ihm gefiel, im Akt des Begutachtens und Reflektierens entdeckt zu werden: ein sandfarbener Mann mit schmalen Schultern, der die Perspektive bewahrt hatte. In der Kindheit hatte Christian sich, wie viele Kinder, für sensibel gehalten. Wie viele andere Erwachsene hatte er auch angesichts späterer Aufforderungen keine Neubewertung vorgenommen. In Behördenangelegenheiten warnte er häufig: »Wenn wir unsere Menschlichkeit verlieren, sind wir erledigt.« Wenngleich er bei anderer Gelegenheit gesagt hatte: »Irgendwo müssen wir die Grenze ziehen«, und: »Mir steht es nicht zu, mich dazu zu äußern.«

Eine Krise hatte sich hochgeschaukelt, und was für ein Glück, Thrale, Sie sind noch da. Eine Versammlung wurde einberufen, da noch an jenem Abend Telegramme verschickt werden mussten. Was für ein Glück, da Talbot-Sims gerade mit dem Aufzug nach unten gefahren war.

Christian konnte Was für ein Glück nicht verspüren und dachte an Talbot-Sims, der nach Hause rannte, um sein Leben rannte, in einem offenen Wagen durch London jagte, wie er sich ausmalte, obwohl bekannt war, dass Talbot-Sims ausschließlich mit der U-Bahn fuhr. Über das Weidenmuster seiner Schreibtischunterlage gebeugt sammelte Christian Papiere zusammen und setzte widerstrebend den bereitwilligen Gesichtsausdruck auf, der ihm normalerweise mühelos gelang.

Christian Thrale war nun dabei, in seinem Beruf aufzusteigen. Wer einen Blick in den Stall seiner Karriere geworfen hätte, würde berichten: »Christian steigt auf«, als handelte es sich um einen Reiter, der sich erwartungsvoll aufs Pferd setzte. Man sagte nicht: »Er wird es weit bringen«, was Temperament vorausgesetzt hätte, sondern wies nur gelegentlich auf seinen allmählichen Aufstieg hin: »Christian ist aufgestiegen.«

Das Konferenzzimmer blickte auf den Park. Damit war es jedoch allein, da die anwesenden Männer sich auf einen Tisch, auf Papiere, aufeinander oder auf sich selbst konzentrierten. Sie starrten auf die glänzende Maserung des Tischs wie in ein Aquarium. Belebt vom frischen Luftzug der Bedeutung, raschelten und murmelten sie, entzündeten Streichhölzer und verglichen Armbanduhren, da es zu einer Verzögerung kam. Die erste Reihe der Stenografinnen war bereits gegangen, irgendwie waren sie gemeinsam mit Talbot-Sims durch den Notausgang des hinabfahrenden Aufzugs geflüchtet – und die Rangälteste Miss Ratchitt lag mit einer Gallenkolik im Bett –, weshalb sie nun auf ein Mädchen für das Protokoll warteten.

Dies war ein Ärgernis, wo doch jeder Augenblick kostbar war.

Es war wie der Rittersporn, als sie kam. Sie war für diesen Notfall von der Damentoilette zurückgerufen worden, wo sie sich gerade auf den Heimweg vorbereitete – wer weiß, vielleicht auch darauf, auszugehen. Während jener Vorbereitungen hatte sie ihr Haar, das so gelb war wie reifer Mais, buchstäblich heruntergelassen, und keine Zeit mehr gehabt, es neu zu frisieren. Lediglich zurückgekämmt fiel es ihr über die schmalen blauen Schultern und strömte ihren Rücken hinunter. Und selbst der schlechteste Mann im Raum, von denen es einige gab, sehnte sich danach. Christian konnte sich nicht daran erinnern, ihr in den Bereichen der Begegnung, in Aufzug oder Korridor, schon einmal über den Weg gelaufen zu sein. Aber vielleicht sah sie anders aus, wenn sie die Haare offen hatte.

Als sie kam, war es wie der Rittersporn.

Sie setzte sich auf einen schweren Stuhl – den gelinde gesagt niemand für sie zurückzog. Da sie ihn auch nie für Ratchitt zurückgezogen hatten, hätte dieser Unterschied sie ohnedies bloßgestellt. Hinter der gewirkten Tapete seines Gesichtsausdrucks beobachtete Christian sie, verzaubert. Die schüchternen, bedächtigen Bewegungen, mit denen sie ihr liniertes Notizbuch auf den Tisch legte, es aufklappte und einen Ersatzbleistift am Davonrollen hinderte. Den Ellbogen auf dem Tisch abgestützt, den Kopf langbewimpert auf die Seite geneigt, beschwor sie das Schulmädchen herauf, das sie vor kurzem noch gewesen war.

Um das Aquarium intensivierte sich das Flackern, bevor es feierlich nachließ. Es war ein ritueller Augenblick, als würfe der Solist seine Rockschöße über den Klavierhocker oder fixierte das Schutzpolster zwischen Stradivari und Kiefer. Gentlemen, sollen wir beginnen? Ich brauche nicht zu betonen, dass dieser Vorgang in strenger Vertraulichkeit stattfindet, ich gehe davon aus, dass dies auch deutlich gemacht wurde gegenüber Miss – leider weiß ich nicht, wie Ihr –

Cordelia Ware.

Miss Ware. Sehr schön. Das Kabinett wird seine Beratungen innerhalb der nächsten Stunde abschließen, und wir sind darüber informiert, dass.

Sie fiel nach vorn, die Fahne aus Haar. Ein Arm wurde gehoben, um sie nutzlos über die Schulter zurückzustreichen. Eine Seite hastig umgeblättert. Eine Gazelle im Raum. Porzellan im Elefantenladen. Alles zart und hübsch, Wangen, Ohr, Handgelenk und der ernsthafte Bogen aus Blau von der Taille bis zur Schulter.

Angesichts der Ereignisse der vergangenen Woche kann die Bedeutung einer solchen Entscheidung kaum überschätzt werden, die weitreichenden Konsequenzen. Würden Sie daraus eine Überschrift machen, Miss – ich fürchte, ich erinnere mich nicht mehr an Ihren – Gentlemen, die Zeit arbeitet gegen uns.

Sie führte das Protokoll minutiös. Die Minuten verflogen, sie hielt sie fest. Jeder Augenblick war kostbar, und die Zeit arbeitete gegen uns.

Christian erinnerte sich an Verse:

Wie soll ich, steht das Mädchen da,
Richten meinen Blick
Auf Rom oder auf Russlands
Oder Spaniens Politik?

Das Gedicht endete mit »Ach wär ich noch mal jung, dass sie in meinen Armen liegt«. Auch daran erinnerte er sich. Was man in jungen Jahren lernte, vergaß man nie. Man ist so alt, wie man sich fühlt. Ich fühle mich alt. Eine weitere Seite flatterte, das Handgelenk bog sich bestrebt. Dieselbe Geste des Zurückstreichens der Haare. Die Zeit arbeitete für sie. Sie trug eine runde Armbanduhr, preiswert, mit einem Ripsband, wie es in der Werbung genannt wurde. Sie versenkte ihn, er krängte wie ein Schiff. Herrgott, es ist der Inchcape Rock, an dem schon so viele zerschellten. Das ist lächerlich, und ausgesprochen unfair. Jahre glücklicher Ehe versanken sicher nicht einfach in einer Rille oder einem Riff, wie es hier angedeutet wurde. Spanien dieses Jahr und die Rundreise von dreiundsechzig. Es stimmt, dass das Büro. Aber nicht in dem Ausmaß, in dem es die Auswirkung dieses Mädchens zu unterstellen scheint.

Also lavierte Christian im Zickzack auf einem Kurs blonden Haars und blauer Blumen. Seine Schiffskameraden mochten an einen Mast gebunden sein, die Ohren mit Wachs versiegelt. Sie schäumten, sie brummten. Sie hantierten mit den Leinen. Sie kannten sich aus. Was den humanitären Aspekt anging, wird tiefe Besorgnis zum Ausdruck gebracht werden. Allerdings wird dies vertraulich geschehen, um keine Verschärfung einer bereits heiklen. Sie waren in der Phase des Zurücklehnens, die Krawatten gelockert. Eine vernünftige Vorsichtsmaßnahme, Bickerstaff. Da ist was dran, Barger. Wie in der Schule wurde Aufdringlichkeit gelobt – und Christian tat sich bei dieser Gelegenheit nicht als einer der aufgeweckten Jungs hervor.

Man konnte ihr nicht folgen, als sie schließlich fortgeschickt wurde, um in einem Zimmer abzutippen, in dem nun die Lampen angeschaltet und die Putzfrauen ausgesperrt wurden. Der Inhalt des Papierkorbs würde verbrannt werden. Auf Düne und Landspitze sinkt das

Feuer. Die Kapitäne schmolzen dahin, die Protagonisten reisten ab.

Als er durch einen grauen Korridor streifte, wurde Christian von einem gebleichten Kollegen namens Armand Elphinstone angesprochen. Christian hatte Grace gelegentlich erklärt: »Ich verstehe mich nicht besonders gut mit Elphinstone.« Und hinzugefügt: »Ich könnte mir denken, dass es an mir liegt.«

Elphinstone klapperte in den Taschen seiner ungebügelten Hosen mit Kleingeld. Er zuckte mit Schultern, die aufgrund seiner Schuppen den Anschein von Tweed erweckten, aufgrund ausgefallener Haare den von Nadelstreifen.

»Und darf ich fragen, weshalb wir stets so unorganisiert sind? Wir waren nicht vorbereitet. Diese Versammlung hätte man mindestens eine Stunde früher einberufen können. Ich muss schon sagen. Ich weiß nicht, wie wir dem Ständigen Ausschuss in die Augen blicken sollen.« In Elphinstones Hosentaschen schepperten unsichtbare Sixpencemünzen, ein Schlüsselbund formierte sich zu Blechbläsern. Er wandte sich ab. »Und das Mädchen nur halb angezogen hereinzuschicken.«

Er also auch. Sogar der gebleichte Armand.

Es hatte keinen Zweck, sich weiter dort herumzudrücken. Elphinstone hatte die Sache gehörig verdorben.

Am nächsten Tag geschah noch etwas anderes. Christians eigene Sekretärin verabschiedete sich in ihren Sommerurlaub.

»Und was hat man sich für mich überlegt?« Als er sie dies fragte, wusste er es bereits.

»Sie bekommen eines der Mädchen von den Schreibkräften. Ich zeige ihr die wichtigsten Dinge. Eine Miss Waring. Oder Ware. Natürlich wird bei meiner Rückkehr das reinste Chaos herrschen.«

Am ersten Tag trug sie ein Kleid aus verschlissenem braunem Samt, das Haar glatt aufgewickelt. Christian sprach den ganzen Morgen über kaum, knallte ihr lediglich dies oder das für drei Ausfertigungen auf den Tisch: Dies hat Priorität, machen sie das als Entwurf. Er hielt es nur bis zum Mittagessen durch. Am Nachmittag wollte er sie bereits ausfragen und war auf ihre Meinung angewiesen. Sie nahm sein Diktat auf, und er konnte kaum glauben, dass sie dort ganz seiner zärtlichen Barmherzigkeit ausgeliefert saß: Er fühlte sich eher zärtlich als barmherzig. Als sie ihr Buch zuklappte, sagte er: »Ich hoffe, Sie wurden an jenem Abend nicht zu lange aufgehalten.«

Sie hob den Blick, verständnislos.

Er hatte das Gefühl, sich verraten zu haben. »Der Abend der Kabinettsankündigung.«

»Ich habe den Zug verpasst. Wir leben in Dulwich.« Zögerlich, als hätte sie sein Interesse bereits überstrapaziert, indem sie auch nur antwortete. »Eins der Mädchen hat mich bei sich übernachten lassen.«

»Sie mussten doch hoffentlich nichts absagen.«

»Es war der Geburtstag meines Vaters.«

Zu was für einem Leben wir sie verdonnern, dachte Christian – nicht ohne Genugtuung. Er erkannte seinen Gefallen daran, ihren Vater zu ersetzen, zu dem er notwendigerweise – solche Dinge waren einem bewusst – in Rivalität stand. Ihre Augen waren so klar, nach oben gerichtet, beinahe kreisrund, gewaschen wie graues Glas. Er sah, dass sie ihm gefallen wollte: Ich hoffe, Sie zufriedenstellen zu können, Sir. Ihre Stimme war, wie ihr

Kleid, wie Rehleder, exzellent bei einer Frau. Der Vater hatte dieses Kind Cordelia getauft.

Als er sie tippen hörte, blieb er unter einem Vorwand eine Weile an ihrem Schreibtisch stehen. Darin lag etwas beinahe Sexuelles, wie in der Beziehung zwischen Tenor und Klavierbegleiterin, sie sitzend und untergeordnet, er stehend und beherrschend. Sie roch schwach süßlich nach Talkum oder Shampoo. Ihre Finger, schmutzig vom Kohlepapier, nervös durch seine Nähe, durchblätterten sechs Kopien, um an einem Fehler herumzureiben. Ein *Stilhandbuch* – wie viel Stil konnte in all dem liegen? – war aufgeschlagen auf einer Seite mit Anleitungen von gehalt- und endloser Langeweile. Ich habe die Ehre, Sir, Eurer Exzellenz demütige und gehorsame. Auf der Schreibtischplatte lag eine Schicht von der Mauser des Radiergummis über den Kratzspuren der Krallen vorheriger, entflogener Sekretärinnen-Vögel.

Exzellenz und Ehre. Weniger befriedigt fragte er sich: Weshalb ertragen sie das alles?

Beinahe hätte er ihr die Hand auf die braune Samtschulter gelegt. Konnte nahezu spüren, wie sich das glatte Leben in seine Handfläche schmiegte – und hätte sie im selben Moment losgelassen, sie in Sicherheit vor all seinem Unheil gewünscht, während sie sich so bestrebt und unschuldig über ihre unsinnige Aufgabe beugte.

»Das ist von äußerster Wichtigkeit«, erklärte er. »Der Rest kann warten.«

Aus seinem Zimmer hörte er sie in die Tasten hauen, hörte das Ratschen der Walze, die Arpeggios der Sätze, das Andante einer eingerückten Passage. Ein bestürzter Ausruf über eine falsche Note. Es war seltsam, dass eine Maschine die Furcht der Person, die sie bediente, wiedergeben konnte. Die imaginierte Rundung ihrer Veloursschulter blieb spürbar in seiner Hand, die sich noch immer um ihre Kontur wölbte.

Der Abend brach an wie eine Morgendämmerung. Die Stadt inhalierte ihn wie einen immens erleichternden Atemzug. Eine Woge der Aufregung trieb Christian von seinem Schreibtisch ans Fenster – hinter dem die Metropole einmal mehr hilflos und erwartungsvoll in einer Abenddämmerung lag, die so phänomenal war wie eine Sonnenfinsternis. Ein vorsichtiger Mann hätte durch eine spezielle Brille geschaut oder durch ein in Karton geschnittenes Loch. Christian blickte mit nacktem Auge. Er war jemand, der den Himmel noch sehen konnte. Der seinen Yeats kannte. Seinen Freud.

Nicht umsonst wurde diesen Namen das Possessivpronomen vorangestellt.

Er war versucht, sie ohne Umschweife zu fragen, ob sie mit ihm zu Abend äße. Doch nein, nicht ohne Umschweife und nicht am ersten Abend. Lass eine angemessene Zeitspanne verstreichen, und hoffe, dass das Wetter hält. Darin lag eine Verschwendung – ihre gemeinsame Zeit war so begrenzt. In Gedanken sagte er »ihre« – und konnte nicht finden, dass dieses neue Possessivpronomen ungerechtfertigt wäre.

Am nächsten Tag war es heiß. Die Stadt öffnete all ihre Fenster, als Christian mit seinem Auto zur Arbeit fuhr. Zum betürmten Camelot. Als hätte er sie dazu aufgefordert, trug sie das Kleid mit den Kornblumen – waren es welche? – und das Haar offen. Er hatte gehört, dass die Mädchen sich in diesem Jahr das Haar bügelten, um es lang und glatt zu tragen, hatte jedoch nicht geglaubt, dass es auch auf sie zuträfe. Man würde es unmöglich allein hinbekommen – vielleicht taten ihre Mütter es für sie. Er versuchte, sich die kleine Küche in Dulwich vorzustellen, blitzblank, die Mutter formlos in einer geblümten Schürze und sie mit ihrem Kopf auf dem Bügelbrett. Es glich einer Hinrichtung.

Es war eine Kleinigkeit, sie nach der Arbeit aufzuhalten. Problemlos ließ sich eine Krise fabrizieren – an diesem Ort waren die meisten Krisen fabriziert –, indem man irgendein Memorandum in den Nachmittag hinauszögerte. Als sie um zwei von ihrem eiligen Sandwich zurückkehrte (er vermutete das Sandwich, bemerkte die Eile), schlug er zu. Um sechs waren sie allein, er aufmerksam überlesend, sie hämmernd. Er stand auf und verschwand auf der Herrentoilette, um sich herauszuputzen. Er ließ Wasser laufen, fuhr sich mit einem Kamm durchs Haar, warf einen prüfenden Blick darauf. Lächelte in ein Quadrat aus Quecksilber, das von einem Riss in zwei Teile gespalten wurde. Als er durch die reglosen grauen Arterien zurücklief, hörte er die Maschine noch immer schlagen, wie ein Herz.

Er hatte sich für eine gebieterische Verkündung entschieden: »Ich werde Sie nach Hause fahren.« Hatte natürlich gehofft, sie würde ihn nicht ganz so fassungslos anblicken. »Seien wir doch mal ehrlich« – mit diesem Einwurf tadelte Christian gewohnheitsmäßig die weitverbreitete Tendenz, sich vor etwas zu drücken –, »wir werden noch eine weitere halbe Stunde hier sein, mindestens. Da können wir genauso gut« – ausgemachte Sache – »irgendwo einen Happen zu Abend essen, und danach fahre ich Sie.«

Er glaubte zu erkennen, wie sich leichte Ausflüchte – er wollte darin keinen Verdacht sehen – in ihre Verwunderung mischten. Dennoch musste sie erfreut sein, sogar begeistert. Einem Mädchen, das seine Tage mit dem Umblättern von Kohlepapier verbringt, wäre jede Ablenkung willkommen. Eurer Exzellenz demütige und gehorsame.

Nicht, dass er sich selbst als Ablenkung verstünde.

»Sie sind freundlich«, erwiderte sie, ohne dass er Skrupel verspürte.

Sie saß neben ihm im Auto. Sie überquerten einen Fluss, den Fluss, nach Chablis und Seezunge. Es war längst noch nicht dunkel. Die glatte öffentliche Grünfläche vor ihnen war eine Unschuld aus späten Cricketbällen, von der Leine gelassenen Terriern und sicher auf der Reservebank sitzenden älteren Ehepaaren. (Die Techtelmechtel würden später beginnen, mit Einbruch der Dunkelheit.) Die Bäume aber, er hatte es noch nie zuvor gespürt – solche Bäume, wie Wolken, wie Leinwände, wie riesige Blumensträuße. Sie war der Auslöser: zuerst die Kornblumen, nun die Bäume. Leicht beschwingte Dryade, buchengrün, Rima das Vogelmädchen, so ein Typ war sie, die ständige Nymphe – wie hieß sie noch? –, Tess von den – nein, das nicht: Tessa. All das in Clapham.

Am liebsten hätte er auf der Stelle den Wagen angehalten, nur um die Bäume zu betrachten, und sie wie zufällig in den Arm genommen. Aber eine angemessene Zeitspanne musste verstreichen. Sie hatte so wenig gesagt, alles ganz korrekt, nichts davon töricht. Sie war still in den Abend und die Bäume versunken, den Kopf in Richtung Rückenlehne geneigt, aber nicht angelehnt. Sie fuhren weiter, entlang vorstädtischer Straßen, für die er die Freundlichkeit empfand, die man für einen Freund aus Kindertagen aufbrachte, der im Leben keinen Erfolg gehabt hatte.

»Am College biegen Sie links ab.«

Er bog ab.

»Es ist da vorn auf der rechten Seite. Dieses hier.«

Ausgegangen war er von einer Reihe zermürbter Astern, drei Treppenstufen und einem Vorbau aus Milchglas, der sich verdrießlich von einer Ziegelsteinwand ausbuchtete. Und hätte nicht verärgerter sein können, wenn sie ihn absichtlich getäuscht hätte. Nicht, dass das Haus prachtvoll gewesen wäre: ein hübsches Haus, weiß, allerdings aus dem achtzehnten Jahrhundert, das entlang eines kleinen Halbmonds aus geharktem Kies von Fuchsien umringt war. Aber es war genau die Art von Haus, die er und Grace besichtigt und entschieden hatten, dass sie es sich nicht leisten konnten.

Alle Fenster waren erleuchtet. Es war, wie ein festliches Haus in einem Roman beschrieben wurde: »hell erleuchtet«. (Christian selbst schaltete das Licht lieber aus, wenn es nicht gebraucht wurde.) Oder es war ein Schiff, feierlich und imposant, alle Segel gehisst, die Wimpel flatternd. Im Erdgeschoss bauschte sich ein Seidenvorhang durch eine Verandatür, wie ein Spinnaker.

Er hielt vor der Tür an. Im Schein des Hauses wirkte der Wagen schäbig. Ihm fielen die Plastikspielsachen auf dem Rücksitz ein.

»Kommen Sie mit hinein.« Auf eigenem Territorium war sie beinahe gesellig.

»Ich fahre lieber zurück. Es ist spät.« Er war unhöflich, aber das Haus stellte eine Bedrohung dar. Er konnte den Blick des Vaters auf sich spüren, sich selbst im Licht blinzeln sehen, vorgeführt, wie auf einer Polizeiwache. Ich muss Sie warnen, dass alles, was Sie sagen.

Dennoch hörte er sich verkünden: »Ein andermal.«

Und beugte sich kühn über ihren Schoß, um die Tür zu öffnen, wobei er seine Hand auf ihren eigenen wirkungslosen Griff legte, als würde er einen Vertrag besiegeln.

»Hoch und drücken«, sagte er. Dann: »Schlagen Sie sie ordentlich zu.«

Ein Scottish Terrier stürzte die Treppe herunter auf sie zu, er schien nur aus Schnauze, Pfoten und einem Spross von einem Schwanz zu bestehen. Er hörte sie rufen: »Hier, Hoots. Hier, Hootsie«, in einer Art von Ekstase.

Verwirrt zog er sich in die Stadt zurück. Er hatte sich auf seine Rolle vorbereitet, freundlich, aber zurückhaltend, Herr der Lage im bescheidenen Häuschen mit den Begonien und der makellosen Küche, der Familie über ihre natürliche Befangenheit hinweghelfend. War sogar eingestellt gewesen auf die Möglichkeit eines sozialistischen Bruders, dessen mürrische Kampfansagen würdevoll widerlegt werden konnten. Aber eindeutig nicht gewappnet für die egalisierenden Besitztümer von Lowestoft, Regency, gebundenen Ausgaben, einen verblassten, aber wertvollen Samarkand-Teppich und vielleicht ein Hoppner zugeschriebenes Gemälde über dem Originalkamin.

Außerdem missfiel ihm das Gefühl, nur mit knapper Not davongekommen zu sein.

Er kam nicht umhin, seine gegenwärtige Impulsivität mit seiner ersten Begegnung mit Grace in Zusammenhang zu bringen. Gab es nicht tatsächlich eine anerkannte Erkrankung namens Cophetua-Komplex? Oder hatte er sich das ausgedacht?

Zu Hause angekommen, rief er Grace an. Dies hätte ihm helfen sollen, tat es jedoch nicht. Eine Nachbarin war vorbeigekommen, es war zu spät, um die Jungs ans Telefon zu holen, nur eine Sekunde, ich muss noch etwas ausschalten. Jeremy hatte die authentische Tafelrunde angezweifelt, die sie am Morgen gegen Eintritt besichtigt hatten, und Hugh hatte geschmollt.

»Ist im Büro irgendetwas los?«

»Diese Auseinandersetzung in Afrika hält uns auf Trab. Und dann ist da immer der Minister. Und wir sind wie üblich unterbesetzt. Sie haben mir eine Vertretung gegeben.«

»Dann konnte Miss Mellish also entkommen?«

»Natürlich wird bei ihrer Rückkehr das reinste Chaos herrschen.«

Er legte den Hörer auf und zog die Schuhe aus. Die Jalousien waren heruntergelassen, um den verblassenden Chintz zu schützen. Auf dem geschlossenen Flügel lagen zusammengefaltet Grace' Noten. Er konnte das Haus der Wares sehen, mit seinen gesetzten weißen Segeln. Das vorgebeugte Mädchen, die Eingangstür erhellt wie eine Bühne. Ihr Gesicht und ihre Hände lebendig vor Liebe, als sie nach dem Hund griff, der ihr um die Knöchel und Knie scharrte. Er konnte sie hören, mit ihrer Stimme eines sprechenden Rehs, er konnte selbst das Surren im rauhen Fell des Tieres spüren. Er konnte den nächsten Tag kaum erwarten.

Am nächsten Morgen verstaute Christian die Spielsachen im Kofferraum des Wagens. Das Wetter hielt, die angemessene Zeitspanne verstrich. Eine freitägliche, beinahe ausgelassene Stimmung belebte das Ministerium, als stünde irgendetwas anderes bevor als ein englisches Wochenende. Es herrschte gerade Flaute, selbst in Afrika, wo Krokodile in trägen Gewässern zwischen reglosem Bambus faulenzten.

Der Anblick von Cordelia Ware in einem pinkfarbenen Blumendruck zerstreute die Niederlage von Dulwich, vertrieb das Gespenst von Kriminalinspektor Vater.

Nur Elphinstone war erkältet. Elphinstone flog an jenem Abend zu einer wichtigen Konferenz nach Brüssel und war besorgt über die Auswirkungen des Kabinendrucks auf seine Ohren.

Christian stand vor Elphinstones Schreibtisch: »Alles bereit?«

Elphinstone hustete. Zunächst ohne Auswurf, wie eine fehlerhafte Zündung, der Motor drehte und drehte sich, bis er endlich ansprang. In einem Gestöber aus Papierstaub zog er ein Taschentuch aus der Jackett-Tasche.

Christian wandte sich ab und betrachtete zwei gerahmte Fotografien, die neben einer Weltkarte an der Wand hingen: Elphinstones Großvater in Diplomatenuniform und eine Gruppe britischer Anwohner, die Elphinstone einst zum Unkrautjäten auf dem englischen Friedhof von Capri zusammengetrommelt hatte.

Die Karte war so alt, dass Indien pink war.

Schließlich antwortete Elphinstone: »Ich habe kein Problem.« Er sprach das Wort »Problem« mit sarkastischer Betonung aus, um seine Kenntnis des Amerikanismus deutlich zu machen.

»Sie wissen, dass ich morgen auf Abruf bereitstehe.« Christian hatte an diesem Wochenende Dienst. »Sollte irgendetwas schiefgehen.«

Elphinstone war voller Mitgefühl: »Sie haben kaum was vom Sommer. Das muss ich schon sagen. Müssen auf Ihr Wochenende verzichten.« Er hielt das verklumpte Taschentuch vor sein Gesicht und blickte Christian darüber hinweg an, wie ein Bandit. »Und Überstunden machen.«

Christian wandte den Blick von den Spaten, den grinsenden Gesichtern und dem wehenden Löwenzahn auf dem englischen Friedhof ab und starrte Elphinstone so lange an, bis dieser wegschaute. »Machen Sie sich keine Sorgen um mich.«

Als Christian gegangen war, hustete Elphinstone noch einmal in sein Taschentuch und breitete es dann zum Trocknen auf der Fensterbank aus.

Ohne etwas davon zu ahnen, ja vollkommen ahnungslos blickte Cordelia Ware von ihren unordentlichen Papieren auf, als Christian durch den Raum schritt – ihr Blick ein erfrischender Kontrast zu dem Elphinstones. Christian setzte sich an seinen Schreibtisch, unterschrieb Papiere und schleuderte sie rachsüchtig in Postkörbe. Er verspürte Wut und einen gewissen Triumph. Elphinstones Augen über dem Halstuch waren ein denkwürdiger Anblick gewesen. Ein inkompetenter, ein unerträglicher Narr, der uns, seien wir doch mal ehrlich, bloß aufgezwungen wurde, weil sein Großvater neunzehnhundertacht einen desaströsen Vertrag ausgehandelt hatte. Gott, wenn die Öffentlichkeit nur wüsste.

Der Nachmittag nahm seinen Lauf, lief sich müde. Kontinuierlich erleichtert von Ballast durch frühzeitige Aufbrüche wurde die gesamte Etage luftig, beschwingt. Miss Ware – Cordelia – brachte ihm die eingegangene Post. Die Flaute hielt an, breitete sich über Kontinente aus, nahm Afrika den Wind aus den Segeln. Die Weltpolitik dümpelte in der globalen Windstille vor sich hin. Da waren Kopien zur Information und der Text einer

Ministerrede, die aufgrund veränderter Umstände nun nicht mehr gehalten würde. Da waren Papiere, die mit PUS für Permanent Undersecretary of State gekennzeichnet waren und weder ein Handeln beabsichtigten noch erforderten. Da war eine Postkarte mit den Felsen von Étretat von Miss Mellish: Ich hoffe, alles läuft gut.

»Mellish ist im Land von Monet.«

»Mir hat sie auch eine geschickt.« Sie reichte ihm ihre Karte. Dieselben Felsen: Ich habe ganz vergessen zu erwähnen, dass die Ablage bis zu meiner Rückkehr warten kann.

Sie standen da, beide mit einer Karte in der Hand, eine Freilassung auf Bewährung, und die Zeit rannte ihnen davon.

In diesem Schweigen konnte er sich nicht täuschen. Das Telefon klingelte.

Es war ein Amtskollege aus einem entsprechenden Ministerium. »Hören Sie, Thrale. Wir verstehen die Sache mit dem Treffen in Brüssel nicht.«

»Was wollen Sie noch? Wir schicken einen unserer besten Männer.«

»Nichts gegen Ihr Nest, alter Junge. Ist bloß eine Frage der Kommunikation.« Das Wort »Kommunikation« in demselben schelmischen Tonfall, den Elphinstone dem »Problem« verliehen hatte.

Christian schnitt vor dem Mädchen eine Grimasse und wedelte als verzweifelte Geste mit dem Hörer. Vor Miss Mellish hatte er sich niemals Ungehörigkeiten erlaubt. Er fieberte dem Ende – oder dem Anfang – des Tages entgegen. Die Stimme näselte weiter, unwiderstehlich angezogen vom Jargon, aber nicht gewillt, die Schuld auf sich zu nehmen.

Mit ungeduldigem Kugelschreiber ritzte Christian auf die Schreibunterlage die Umrisse der Farbpostkarte, seinem *Carnet de Bal.*

Auf einmal sagte sie: »Wenn das alles war«, und hielt dabei ihre Handtasche. Sie hatte sich eine rote Strickjacke über den Arm gehängt und formte mit den Lippen die Worte: Auf Wiedersehen, Mr Thrale. Ihm war nie in den Sinn gekommen, sie könnte aus eigenem Antrieb pünktlich gehen. Noch ehe er den Hörer auflegen konnte, war sie verschwunden und auf dem Flur nirgends zu sehen.

Er verlor vollkommen die Nerven und eilte hinaus, um den Aufzug anzuhalten.

Zwischen den Aufzugtüren verharrte allein Elphinstone, zum Sprung bereit. Elphinstone schenkte Christian über die Schulter ein Grinsen und hob die Finger zum Victory-Zeichen. Er hätte vor einem Fallschirmsprung stehen können. Als er verschwand, wanderte seine Hand ans Herz, wo sie nach der Reißleine tastete.

Zurück in seinem Büro, stellte Christian sich an das Fenster, an dem alles begonnen hatte. Er war sich nicht sicher, was er erwartet hatte, aber definitiv nicht die Aussicht darauf, einen missglückten Abend mit Brüten zu verbringen. Mit einem letzten Scheppern von Aktenschränken und Schreibtischschubladen verstummte das Büro. In ganz London glitten Mädchen in und aus Autos, und jüngere Männer beugten sich über sie und sagten: »Hoch und drücken.« Paare hoben Tabletts an und riefen: »Bring du das Eis mit«, und die Gartenmöbel von Harrods kamen endlich draußen zum Einsatz.

Nur Christian stand niedergeschlagen vor dem Flügelfenster seines Büros.

Hätte sie nicht die purpurrote Strickjacke getragen, hätte er sie womöglich gar nicht erkannt. Sie überquerte die Straße unter ihm und ging langsam auf den Park zu. Oder vielleicht auch auf die U-Bahn-Station – aber so ging man nicht in Richtung Bahn, den Kopf gen Himmel erhoben und das Wolljäckchen lässig über die Schulter geworfen. Sie hatte schlanke Beine und kleine, flache Schuhe, und wie all ihre Bewegungen war ihr Gang reizend.

Er trat aus dem Spinnennetz, trat aus dem Webstuhl. Mit drei Schritten war er an seinem Schreibtisch, knallte Schubladen zu und schnappte sich Stift und Brille. Er besaß noch die Geistesgegenwart, einen Umschlag mit Dokumenten für das Wochenende als Requisite mitzunehmen.

Als er sie auf der Straße im Blick hatte, hielt er sich im imaginären Genuss der Süße dieser ganzen Angelegenheit zurück. Während er ihr nachstellte, erlebte er das Versprechen eines Glücks, das er als Erwachsener nur selten verspürt hatte und das mit der Kindheit unvereinbar war. Christian war als Heranwachsender verliebt gewesen, dann als junger Mann, der bereit war, sich eine Ehefrau zu suchen. Aber nie so wie nun, da er, ganz aus dem Zusammenhang gerissen, allein jene Kräfte repräsentierend, die sich außerhalb seiner Kontrolle befanden, Cordelia Ware in einem Rausch der Zärtlichkeit betrachtete, schwankend zwischen Anbetung und Herablassung.

Er überholte sie, als sie gerade in den Park einbog. Und war der Inbegriff freundlicher Überraschung: Kein Dulwich? Sie erklärte, der Abend sei so schön, und der Park. Sie schritten gemeinsam durch das Tor. Ziellos wanderten sie an Reihen in allen Regenbogenfarben schillernder Blumen und unter Kornelkirschen entlang. Sie gingen über eine Brücke und setzten sich allein auf eine Bank. Der Umschlag aus dem Büro, dessen wattierte Wärme in Christians Hand widerlich lebendig geworden war, wurde auf der anderen Seite neben ihm platziert, wie ein übereifriger Komplize.

Hier herrschte tiefe Ruhe, unter ihnen das Gras und über ihnen der Himmel, auch wenn Wasservögel sich um die geworfenen Brotrinden zankten und eine Zeitung mit einer entsetzlichen Schlagzeile vorbeigetragen wurde. Irgendwo über ihnen schwebte Elphinstone sicher durch die Luft, schluckte kräftig, um seine Ohren zu schützen, und nahm sich ein zusätzliches Pfefferminzbonbon vom dargebotenen Teller, um auf der sicheren Seite zu sein.

Sie saß aufrecht, jedoch nicht wie im Sportunterricht, und hatte die Finger auf den übergeschlagenen Knien gefaltet. Und bestand, den Abend auf ihrem Haar und ihrer blassen Haut, ganz aus Licht. Sie betrachtete ihn und hörte ihm ernst zu. Wie eine Muse: geduldig, aber nur jenen zugänglich, die in gutem Glauben handelten.

»Werden Sie mit mir zu Abend essen?« So demütig hatte er noch nie zu ihr gesprochen.

Pinkfarbene Blumen erhoben sich auf ihrer bedruckten Brust. »Wenn das in Ordnung ist«, erwiderte sie.

Er wusste nicht, wie er mit diesem Appell an seine Autorität umgehen sollte, und ließ ihn unkommentiert. Alles schien nun möglich. Vor ihnen lag die ganze Welt und das Wochenende. Er hatte nicht vergessen, wie sie einmal bei einer Freundin in der Stadt übernachtet hatte. Schon damals hatte er diese Information für eine mögliche zukünftige Verwendung abgeheftet.

»Wird man Sie zu Hause nicht erwarten?«

»Ich werde anrufen.«

Er wollte nicht erfahren, was sie sagen würde. Zur Hölle mit Inspektor Vater. Sie würden zwischen Gras und Himmel sitzen, bis es dunkel wurde, und später würde er sie zum Dinner in ein kleines Lokal in einer Nebenstraße der Duke of York Street ausführen, in das man bei besonderen Anlässen ging.

An jenem Morgen hatte er einen Scheck eingelöst.

Die unendliche Ausdehnung der Wahrscheinlichkeit bedachte jedes sterbliche Wesen mit neuer Toleranz: das gedämpfte Hupen menschlicher Betriebsamkeit, das von der Straße zu ihnen durchdrang, das Kreischen eines unbeherrschten Federviehs beinahe direkt vor ihren Füßen, das Pärchen auf der nahegelegenen Wiese, dessen Wellenbewegungen unter einem ausgebreiteten Regenmantel wie ein anzügliches Zwinkern in ihre Richtung waren, die auf Sockeln und Säulen befestigten eisernen Herzöge und steinernen Admiräle. Alle gehörten zu dieser Erde, selbst die Gardisten in ihren zinnoberroten Mao-Jacken und ihren Afro-Bärenfellmützen und die ferne Netzstruktur eines aufsteigenden Wolkenkratzers, gegen dessen Bau Christian kürzlich eine Petition unterschrieben hatte.

Christian wurde von seiner Engherzigkeit befreit, wie es nur durch unermessliche Freude oder Trauer möglich ist. Seine Konzentration auf die Bedeutsamkeit hatte ihn untauglich gemacht für Größe: Er war ein Mann von nur stellvertretender Wichtigkeit, verstand aber in jenen Augenblicken die riesigen Herzen der Helden.

In dieser Stimmung verging der Abend. An der ersten grünen Ampel ergriff Christian Cordelias Arm und ließ ihn nicht mehr los, bis sie das Restaurant erreicht hatten.

Während des Dinners erzählte er von Spanien, wo sie nie gewesen war – »Seien wir mal ehrlich, Madrid *ist* der Prado« –, und von den Hebriden, die sie bereits besucht hatte. Er fand heraus, dass das Haus in Dulwich ihrem Großvater gehört hatte und dass sie drei Brüder und einen Onkel hatte, der im Laufe eines Jahrzehnts in Bengalen durch zu viel Chinin taub geworden war. Neben dem Scottie gab es noch eine fransige Katze namens Ruffles.

All dies – die Grecos, die Cuillin Hills, der Onkel und die zerzauste Katze – zog als glitzernde Parade in einem einzigen schmalen Zimmer durch den Weltraum.

Durch die breiten Straßen und über geräumige Plätze, die in beschränkteren Zeiten entworfen worden waren, liefen sie zurück zum Wagen. Kaum ein Fahrzeug passierte sie. Keine Menschenseele stieg die Treppenstufen zu den exklusiven Clubs hinauf oder trat aus den kleinen, petunienbewachsenen Säulenvorbauten der großen Konzerne. Jeder Schritt und jedes schallende Gelächter war die gesamte vornehme und unheimliche Promenade hinunter zu hören.

Christian entriegelte die Autotür für sie und hielt sie ihr auf, versperrte ihr jedoch zugleich den Weg.

»Ich muss dich sehen.«

»Ich weiß«, sagte sie.

Er ließ die Tür los, die langsam aufruckelte, wie der Fensterladen eines leerstehenden Hauses. Auf den Rücksitz, von dem er an jenem Morgen die kindischen Gegenstände entfernt hatte, warf er seinen Umschlag mit den falschen Papieren. Er zog Cordelia Ware in seine Arme.

Ihnen – ihnen beiden – blieben beinahe drei Wochen, ehe Miss Mellish zurückkehrte. Wie das Glück es wollte, hielt das Glück. Das Wetter ebenfalls. Afrika war nach wie vor ruhig, Cordelias Eltern fuhren in die Dordogne, und Grace fand, weitere zwei Wochen würden den Jungs ausgesprochen guttun.

Sogar Elphinstone, zwar zurück aus Brüssel, unterzog sich einer umfangreichen Zahnbehandlung.

Christian Thrale ergriff in leeren abendlichen Straßen Cordelia Wares perfekten kleinen Ellbogen und zog sie auf Parkbänken an sich. Er legte seine Wange an ihr weiches hochgestecktes Haar und hielt ihre gelösten goldenen Locken – anders ließen sie sich nicht bezeichnen – in ungläubigen Händen. Sie ihrerseits schlang ihm die Arme um den Hals oder hob seine Handfläche vor ihr Gesicht und küsste sie. In seinem Hillman Minx überschritten sie den Rubikon wieder und wieder auf der Battersea Bridge. *Iacta alea est*. Sie setzten sich, wie er es sich erträumt hatte, unter die elegischen Bäume.

Was Christian anbelangte, ließen diese köstlichen Geschehnisse buchstäblich etwas zu wünschen übrig. Hatte der jungfräuliche Aspekt dieses Mädchens ihn zunächst auch angezogen, Gentlemen, die Zeit arbeitet gegen uns – denn Grace studierte bereits Fahrpläne, und Miss Mellish stieß das Boot vom Brückenkopf der Normandie ab.

Sie sagte: »Mich macht es glücklich, einfach nur mit dir zusammen zu sein.« Ihre Hand entlang seines Arms in einer ihrer präzisen und fragilen Gesten. »Es wäre nicht anständig, sich darüber zu beklagen.«

Er lachte. »Dann beklage ich mich eben unanständig.« Es wäre ungewöhnlich, sollte sie sich herausstellen als – die Mädchen heutzutage waren es nicht. Zumindest nicht mehr, wenn man ihnen begegnete.

Schwer zu sagen, welche ihrer Haltungen ihn am meisten erfreute, die absichtlich gebogene oder die schmale aufrechte. Oder welche ihrer Bewegungen, so keusch und extravagant wie die einer Ballerina. Sie hatte diese Art zu schauen – man würde es nicht direkt als »gutgläubig« bezeichnen, aber als »glaubend«. Sie verließ sich auf das Urteilsvermögen ihres Gegenübers. Sie stellte einfache Fragen mit ehrlichem Interesse, als wollte sie herausfinden, wie die Welt sich drehte. Der Blick, die Bitten, die Fragen hatten die Wirkung, Verantwortung zu übertragen. Christian genoss es, Verfassungen zu formulieren, unumstößliche Gesetze auszusprechen.

»Deine sokratische Methode«, sagte er zu ihr, nahm ihr nach oben gerichtetes Gesicht in die Hände und lächelte hinab von der Statur, die sie ihm verlieh. Sie fragte nicht nach, sondern blieb ungebeugt in ihrer unermesslichen Offenheit. Es war schwer zu begreifen, wie ein Blick sowohl fest als auch emporgerichtet sein konnte.

Unter keinen Umständen nannte sie ihn jemals bei seinem Vornamen. Als er dies bemerkte, kam es zu einem kleinen Missverständnis: »Ich dachte«, erklärte sie, »du würdest das im Büro nicht wollen.«

Er hatte es als Selbstverständlichkeit angesehen, dass sie ihn dort nicht so nennen würde. Manche Dinge verstanden sich von selbst.

Eines Tages fragte sie ihn: »Macht dir der Betrug etwas aus?«

Er sagte: »Zu meinem eigenen leichten Erstaunen, nein.« Dabei konnte er es nicht belassen, also fuhr er fort: »Ich möchte nur nicht, dass irgendjemandes Gefühle verletzt werden.«

Ihre meinte er damit nicht.

Erst am Ende der letzten Woche machte er sie sich, wie die alte Redewendung lautet, zu Willen. Die Thrales lebten in einer mondsichelförmig angelegten Straße mit viktorianischen Gebäuden, die einst elfenbeinfarben, stabil und leicht ungleichmäßig gewesen waren, wie ein Mund voller robuster Zähne, nun jedoch geschient, aufgebohrt, wieder verschlossen und gleichförmig gemacht wurden. Dies war der Ort, an dem Christian, nachdem er Türen verschlossen und Vorhänge zugezogen hatte, endlich mit Cordelia Ware in sein Ehebett stieg.

Das Problem der Betten ließ sich tatsächlich nicht würdevoll lösen. Es wäre entweder das der Kinder oder sein eigenes. Sie stellte in diesem Zusammenhang eine ihrer Fragen: »Macht es dir etwas aus?«

»Überhaupt nicht.« Er fügte hinzu: »Das hier ist ohnehin meine Seite.

Seltsam, wie Hemmungslosigkeit Vorsicht erzeugte. Noch an jenem Abend wurde er deutlich. »Ich werde das hier nie vergessen. Nicht einen einzigen Teil davon.« Sicherlich konnte sie sich darüber nicht beklagen, das wäre nicht anständig, um ihren eigenen Ausdruck zu verwenden. Er erklärte ihr: »Ich werde wahnsinnig eifersüchtig auf den Mann sein, den du heiratest. Ich hasse ihn schon jetzt.«

Auf dem Rücken liegend starrte sie an die Decke, die Augen so weit aufgerissen, als könnte sie sie nicht mehr schließen. Nach einer Weile fragte sie: »Wie sollen wir nun fortfahren?«

»Meine Liebe, ich weiß es nicht.« Immerhin war er kein Orakel. Sie blickte auf, suchte den Himmel ab. »Wir werden improvisieren müssen.« Er trug diesen Amerikanismus in Elphinstones Betonung vor.

Am nächsten Tag rief er in Peverel an. Grace war nach Winchester gefahren und hatte Jane Austens Grab besucht. »Ich wünschte, du wärst dabei gewesen, Chris.«

»Ich mag doch nur *Stolz und Vorurteil*.«

»Ich meine, diesen Sommer dabei gewesen. So schön wird es nie wieder sein.«

Ihre entfernt voneinander verbrachten Tage – und Nächte –, ihre getrennten Vergnügen schmerzten ihn. Grace sprach vom Kirchhof, den Rosen, dem Labyrinth aus Flüsschen und den Wiesen hinter der Schule. Sie erzählte, der Blick von Peverel über das Tal an diesem Morgen sei, mit einem Wort, herrlich gewesen. Er unterbrach sie: »Ich kann nicht ewig dranbleiben. Das kostet ein Vermögen.«

Drei Wochen lang hatte Christian sich in seiner Heimatstadt wie ein Entdecker gefühlt. Nicht etwa, weil er Cordelia Ware besonders oft ausgeführt hätte, es sei denn, man zählte einmal Chiswick, einmal Greenwich und die Wallace Collection, wo sie nicht bis in die oberen Räume gekommen waren. Sondern weil sich die Sicht für ihn aufgeklart hatte, wie für einen zuvor durch Smog behinderten Piloten, und in so aufregender wie gefährlicher Nähe Dächer und Kirchturmspitzen und Gärten und den verstopften Verkehrsfluss enthüllt, Vögel im Flug und Katzen auf Mauern aufgedeckt hatte. Die Biegungen von Erde und Wasser waren zu Meilensteinen geworden, die nicht selbstverständlich waren. Vor allem aber hatte er in der menschlichen Form die süße Pracht der Ulmen und Eichen von Battersea erkannt: Er sah Menschen wie wandelnde Bäume.

Nun, an einem Montag voller Normalität, einem Morgen, an dem Ehefrauen beim Schlachter anriefen oder die Taschen von Hosen überprüften, bevor sie diese in die Reinigung gaben, fuhr Christian wieder einmal mit der U-Bahn. Und Miss Mellish war früh da, sortierte die Arbeitsrückstände und murmelte: »Ich weiß es wirklich nicht.«

»Wir sind zurechtgekommen.« Loyal. »Und nicht schlecht, wenn man bedenkt.«

Miss Mellish, die Pech mit den *Fruits de mer* gehabt und deren Rücken im Château Gaillard gestreikt hatte, zeigte sich nachsichtig. »Sie ist willig. Was heutzutage schon viel wert ist.«

Christian stimmte zu. »Natürlich kann man sie nicht mit Ihnen vergleichen.«

»Das macht die Erfahrung, Mr Thrale. Am Anfang war ich selbst genauso grün hinter den Ohren wie das Mädchen. Ganz genauso. Irgendwo müssen wir alle einmal anfangen.«

Christian hätte am liebsten vor Schmerz aufgeschrien.

Später sollte er ein Formular über Cordelia Wares Leistung ausfüllen. Er schrieb, sie sei willig, sie könne Verantwortung übernehmen, und ihre Arbeit sehe auf dem Papier ordentlich aus.

Grace kam nach Hause und schleppte einen schweren Koffer und einen Tontopf mit Lavendelhonig an. Die beiden Jungen kamen mit leeren Händen. Jeremy schaltete Jazz an, Hugh tobte durchs Haus: »Wo ist Bimbo? Ich kann Bimbo nicht finden.«

»Bimbo ist im Kofferraum.«

Alles wurde ans Tageslicht und in Ordnung gebracht. Abgesehen von Cordelia Ware. Unendlicher schwindelerregender Raum zog sich zu einer angemessenen Fläche zusammen. Ein Platz für alles, und alles an seinem Platz.

Cordelia Ware war zurück bei den Schreibkräften.

Christians Lage war schlagartig zu einer misslichen geworden. Um seine Isolation nachzuempfinden, muss man wissen, dass Cordelia Ware die einzige impulsive Episode in Christians Leben nach Grace Bell gewesen war. Jede andere übereilte Handlung war von der gesellschaftlichen Ordnung sanktioniert und gefordert und – selbst wenn eigenhändig ausgeführt – im Zusammenspiel der Mächte vollzogen worden. In der Unternehmung Cordelia Ware hatte er sich allein hinausgewagt. Es war eine Mutation wie vom Fisch ans Land. Und während er auf dem rauhen Kies japste, wusste Christian, dass er ein Geschöpf des Meeres und dessen seichter Stellen war.

In einem alten Roman wäre der Protagonist an dieser Stelle aufgewacht, um zu entdecken, dass alles nur ein Traum gewesen war.

In seiner Einsamkeit sagte er: »Ich gebe mir die Schuld.« Ein Vorwurf, der selten ganz aufrichtig klingt. Falls Christian die Schuld anderweitig suchte, dann seltsamerweise in der Literatur. Er gab die Schuld – aber das war nicht das richtige Wort – dem Drängen und den Färbungen der Sprache, die Bilder vor sein Auge und Gefühle in sein Herz pflanzte. Er fühlte sich bedrängt von Echos, die den Äußerungen vorangingen, verraten von Metaphern und Überhöhungen, die man, in jungen Jahren gelernt, nie wieder loswurde.

Literatur war ein guter Diener, aber ein schlechter Herr.

In der Zentrale saß Cordelia Ware aufrecht vor ihrer Underwood-Breitwagenschreibmaschine. Haushaltszahlen wurden vorbereitet: Die Maschinen rasten gewaltsam von einem Tabellenpunkt zum nächsten, wie Weberschiffchen in einer Textilfabrik. Sie beugte sich nicht mehr angespannt über die Seite und war, von dieser Ängstlichkeit befreit, geschickt geworden. Ihre Vorgesetzte meinte: »Na bitte. Die Erfahrung hat Ihnen gutgetan.«

Die Vorgesetzte, die einen schlimmen Vorfall mit Bremsen an einer Straßenkreuzung hinter sich hatte, trug eine Halskrause aus Schaumgummi. Sie erklärte: »Schleudertrauma.«

Es gab kein Fenster. Cordelia blickte auf die Wand, in der ein Fenster hätte sein können.

Das meiste von alldem wusste Christian widerwillig irgendwoher. Nicht er selbst verfügte über seine Zeit. Afrika stimmte die Instrumente: Aus Wellblechdächern und sogar aus den Verwaltungszentren aus Plexiglas, wo man gehofft hatte, Klimaanlagen würden zu Kompromissen führen, drangen nicht besonders vielversprechende Laute.

In der zweiten Woche arrangierte Christian in der Mittagspause ein Treffen mit Cordelia Ware, in einem Pub, der recht weit vom Büro entfernt war. Als er ankam, war sie trotz seiner Pünktlichkeit bereits dort und hätte nicht so niedergeschlagen ausgesehen, hätte sie die ihr angeborene Vernunft an den Tag gelegt. Das Wetter war umgeschlagen. Die Morgen waren nun bereits dämmerig. Überall waren Anzeichen für den Herbst zu erkennen, gar für den Winter – dunkle Nachmittage, Spiralen von Blüten und fortgewehten Blättern, die mit Streik drohenden Bergarbeiter.

Christian steckte die Zeitung in die Tasche seines Regenmantels und setzte sich neben Cordelia Ware. »Die ganze Welt«, warnte er sie, »geht in Rauch und Flammen auf.« Würde ihr das doch nur helfen, die Relation nicht aus den Augen zu verlieren. Würde der Pulverfass-Zustand des Globus doch nur sein eigenes Dilemma verschleiern, verringern oder gar belanglos werden lassen.

»Es wird ein harter Winter werden«, verkündete er, und sie starrte, starrte. »Wenn die Bergarbeiter streiken.« Er konnte nicht sagen, ob ihr Blick unerschütterlich oder unerbittlich war – keins von beiden war gänzlich wünschenswert. »Natürlich kann niemand leugnen, dass das Leben eines Bergarbeiters unerträglich ist.« Wenn wir unsere Menschlichkeit verlieren.

Sie sagte: »Die Bevölkerung ist auf ihrer Seite. Immerhin.« Lauwarme Biermischgetränke wurden über den Tresen gereicht, und er bezahlte. »Ich meine, das sind Helden. Mit dem Risiko und der Grube. Jeder weiß, wie schrecklich es ist. In einem Büro hat man nicht einmal das.«

Ihm gefiel dies nicht. »Dramatisierst du nicht ein wenig?«

Sie ließ sich zurück in das edwardianisch anmutende gesteppte Plastikleder sinken, den Kopf offen angelehnt. Ein junger Mann an der Bar warf einen Blick auf ihren weißen Hals. Christian legte ihr unter dem Tisch eine Hand aufs Knie. Vergib mir, Cordelia, du hast einigen Grund. Sofort fing sie seinen Blick ein: Kein Grund. Er begriff seine eigene Unentschlossenheit nicht – einmal wollte er dies, einmal das. Noch weniger wollte er einsehen, weshalb Unschlüssigkeit derzeit wie seine einzige Tugend erscheinen sollte.

In Büchern und Filmen erzwang »das Mädchen« eine Entscheidung. Wir dürfen uns nicht wiedersehen, dies ist unser Abschied, Mr Christian. Wie die meisten Banalitäten schien dieses Schema nun dem Wesentlichen zu entstammen. Cordelia Ware hatte jedoch offenkundig nicht vor, sich ihres so unerträglichen wie löblichen Vorrechts zu bedienen.

Sie nahm ein geröstetes Sandwich zur Hand, dessen abstehende Ecken einen Hering entblößten. Sie ließ die harten Krusten mit der halben Gewürzgurke auf ihrem Teller zurück. Als sie hinausgingen, blickte der Mann an der Bar sie unverblümt und zärtlich an, wobei er Christians Anspruch ignorierte oder auch durchschaute.

Auf der Straße bemerkte Christian: »Du hattest da drinnen einen Bewunderer.« Er meinte nicht sich selbst.

»Ja.«

Nachdem er sie auf den Mann aufmerksam gemacht hatte, missfiel ihm die Erkenntnis, dass sie ihn selbst wahrgenommen hatte. Sie wird natürlich im Handumdrehen einen Neuen finden. Du bügelst dein Haar, du verleihst Gottes Geschöpfen Spitznamen, geh deines Weges.

Im Taxi saß sie aufrecht in einer Ecke, die Finger über dem Knie gefaltet. So viele Finger – es musste sich um die richtige Anzahl handeln, aber es schien das reinste Gitter zu sein aus Fingern, Fingern. Gegen das Fenster neben ihr prasselte auf einmal Regen. Im Taxi wurde es dunkel. In ihrer Ecke saß sie ihm beinahe zugewandt, ihr Haar das einzig Helle, ihre Augen von der Farbe des Regens.

Die Fenster trübten sich wie ein beschlagener Spiegel. Christian sagte: »Glaub mir, es ist ganz nah.« Er fragte sich, wie er notwendigerweise getrennt von ihr aussteigen sollte in diesem plötzlichen Regenguss oder Wolkenbruch. Er fragte sich, ob er dieses unvergleichliche Mädchen am Ende nicht doch liebte.

Als sie zurück in die Zentrale kam, sagte ihre Vorgesetzte: »Es gibt nicht genügend Breitwagenschreibmaschinen für alle.« Als bereiteten sie sich auf eine staatliche Prozession vor. Rollen linierten Papiers wurden verbreitet wie Bekanntmachungen. »Wenn Sie es in die andere Richtung rollen, wird es glatt.«

Cordelia saß mit gesenktem Kopf vor ihrer Breitwagen-Underwood, als spräche sie ein Gebet.

Diskret trat Christian aus einem späteren Aufzug und blickte sich mit nach oben gerichtetem Kopf um, ein Spürhund, der die Fährte verloren hatte. Aus der Richtung der Zentrale kam das Geräusch von Schreibmaschinen, die in maßvoller Verzweiflung tickten: letzte Botschaften von der Brücke. Er erinnerte sich an ihre bittere Ansprache: das Risiko und die Grube.

»Zurück in die Salzminen.« Es war Elphinstone, der selbst verspätet von einer Wurzelbehandlung kam. Sie trödelten. Die Nachricht ließ nichts Gutes erahnen. Hätte auch zu keinem schlechteren Zeitpunkt eintreffen können, da Barger noch immer auf Mykonos und Talbot-Sims auf Acromycin war. Elphinstone wusste das Neueste über den Minister.

»Ist in ein Fettnäpfchen getreten und hat nicht mehr alle Tassen im Schrank. Der Kaiser Augustus, was?« Als sie das Ende eines Korridors erreicht hatten, machten sie kehrt und gingen langsam zurück, wie eine Palastwache. »Wie Sie wissen, hatte ich zufällig Gelegenheit, ihn aus nächster Nähe zu beobachten.« Elphinstone hatte sich einmal kurz auf dem Beifahrersitz eines Wagens wiedergefunden, auf dessen Rückbank Kabinettsmitglieder saßen. »Offen gesagt gibt es keine Diskretion. Absolut keine.«

Sie standen vor Christians Tür. Doch Elphinstone verharrte, Elphinstone verurteilte. »Lassen Sie es sich von mir gesagt sein, Thrale. Ich kann nicht behaupten, im Leben viel erreicht zu haben. Das muss ich zugeben. Aber dieses wenige habe ich erreicht, indem ich mich an die Regeln gehalten habe. Wir können nicht zu« – er wollte »vorsichtig« sagen, ersetzte es jedoch durch »gewissenhaft sein«.

Ob diese Worte an Christian gerichtet waren, stand zur Diskussion. Und diese Diskussion beschäftigte ihn den ganzen Nachmittag. Gegenüber Grace oder Cordelia nichtverspürte Schuld wurde im Hinblick auf das Büro heftig aufgewühlt. Und was war mit dem aufsteigenden Reiter Christian Thrale? Vielleicht meinte Armand es gut – und hatte, als alter Freund, rechtzeitig etwas gesagt. Oder sollte Schlimmeres folgen? – Christian, der in einen Raum gerufen wurde, in dem autoritäre Stille herrschte, eine Tür, die geschlossen wurde, ein Vorgesetzter, der sagte: »Ihr Privatleben, Thrale, ist selbstverständlich Ihre persönliche Angelegenheit«, und dabei meinte, dass es das selbstverständlich nicht war.

Und sich bekreuzigten vor Angst
All die Ritter Camelots.

Aber er ließ seine Fantasie mit ihm durchgehen. Tatsächlich sogar durchdrehen.

Sein Vergehen war von zu kurzer Dauer gewesen, um diese schreckliche Vergeltung nach sich zu ziehen. Es war doch absurd, wenn man nicht einmal ein klein wenig wahre Liebe empfangen konnte, ohne gleich lebenslange Konsequenzen fürchten zu müssen.

Plausible Mutmaßungen schossen hierhin und dorthin, zurückgewiesen an den Grenzen des Glaubens. Der harmloseste Termin wurde zu einer Vorladung zum gesellschaftlichen und beruflichen Untergang. Er schloss die Aufgaben des Tages mit aufreibend geteilter Aufmerksamkeit ab. Als er wie ein Sack Ballast von einem Haltegurt in der U-Bahn hing, dachte er: So kann es nicht weitergehen. Ich verhalte mich – nun ja, wie Raskolnikow.

Das Risiko und die Grube. Auch wenn er es sich nicht anmerken ließ, saß er an jenem Abend aufgelöst in einer Benefizveranstaltung, für die Grace Monate im Voraus teure Karten gekauft hatte.

Am nächsten Morgen kam es zu einer fürchterlichen Entwicklung. Cordelia Ware erschien in seinem Büro. Sie stand im Türrahmen – später stellte er sich vor, sie hätte dagegengelehnt, aber diese groteske Ausschmückung unterstrich lediglich den Schrecken, den der Vorfall ihm einflößte.

Dank einer extrem glücklichen Fügung war Miss Mellish nicht in Sichtweite. Christian stand von seinem Schreibtisch auf –jenes Jahr schien für ihn ein einziges Auf- und Absteigen hinter diesem Schreibtisch zu bedeuten, wie an einem Ankerplatz oder Gebetsort. »Cordelia«, sagte er und eilte auf sie zu, um sie am Eintreten zu hindern. »Ich kann unmöglich. Dies ist nicht der Ort für. Das Letzte, was einer von uns beiden will, ist.«

Es war scheußlich. Ihr Gesichtsausdruck ließ jede Reaktion möglich erscheinen: heulen, weinen, seinen

Berichtsentwurf verwüsten. Er griff nach ihrem Ellbogen – die Berührung war aufgeladen mit beinahe klinischer Unpersönlichkeit, als wäre sie eine Patientin im Krankenhaus – und führte sie hinaus. Ihr Gehorsam war beunruhigend. Er redete, redete. »Wir dürfen nicht den Kopf. Die Dinge außer Kontrolle. Dies dient keinem. Cordelia, sei doch.« Sie hatte kein Wort gesagt.

Sie ging. Das Schreckliche verringerte sich schwer atmend zum höchst Bedauerlichen. Alles zu seiner Zeit. Sie weiß nicht, wo ihr Platz ist. Die Stelle wurde bereits vergeben.

Die Frau war eindeutig neurotisch. Von Anfang an war da diese ungelöste Fixierung auf den Vater gewesen. Alles in allem konnte er sich beglückwünschen, mit knapper Not davongekommen zu sein. Niemand konnte sagen, zu was sie noch fähig. Es wäre schrecklich, wenn – aber das stand außer Frage. Nur in Theaterstücken. Ophelia. Im Rückblick erinnerte die furchtbare Erscheinung in seinem Türrahmen an eine Wahnsinnsarie.

Alles in Auflösung. Die Bäume zerfetzt, die Sträucher vom Regen zerzaust. Dulwichs Segel eingeholt, der Wind durch die Wanten pfeifend. Es war höchste Zeit, an Ort und Stelle Einhalt zu gebieten. Mit einiger Mühe arrangierte Christian nach der Arbeit ein Treffen mit Cordelia Ware. Er rief Grace an, schob die Schuld auf Afrika. Um sechs erhob er sich von der Abschussrampe seines Schreibtischs, wie ein Kind konnte er sich nur in Erinnerung rufen, morgen um diese Zeit würde alles vorüber sein.

Langer Rede, kurzer Sinn – wie Christian es in späteren Jahren vor sich selbst formulierte, in der Zusammenfassung der Erinnerung –, war Christian ein für alle

Mal deutlich geworden. Es gab keinen anderen Ausweg als einen endgültigen Bruch. Ihm sei, wie er zu ihr sagte, noch nie etwas so schwergefallen. Ich gebe mir die Schuld. Falls ich dich verletzt habe, Cordelia. FALLS, sagte sie, und in diesem Tonfall. Falls, wie gesagt, ich dich verletzt habe. Er hatte noch nie zuvor jemanden in einem Restaurant weinen sehen – noch nicht einmal an einem Nachbartisch. Die Vorstellung, dass ihn ursprünglich einmal ihre Zurückhaltung angezogen hatte, schien bizarr.

Er sagte: »Ich denke, ich habe meine Lektion gelernt.«

Sie stützte ihren Ellbogen auf den Tisch und ihre Stirn in die Hand. Haarsträhnen klebten an ihrer Wange und hingen über ihr Ohr. Tief in seinem Herzen, wie das Unbewusste einst genannt wurde, wusste er, dass er Probleme heraufbeschworen hatte. Aber er hasste jede einzelne Sekunde davon.

Man ertrug es nur bis zu einem bestimmten Punkt. Im Versuch, ein vernünftiges Gespräch zu führen, erzählte er ihr von dem Konzert am vorangegangenen Abend, wo ihn die Unterbrechungen durch verfrühten Applaus und das Zischen als Reaktion darauf erzürnt hatten. Dieser Misstrauensantrag belebte ihn neu: Die Welt hatte sich Christian Thrale gegenüber einmal mehr als unwürdig erwiesen.

Die Musik erwähnte er nicht.

Sie schien diese Betrachtungen nicht aufzunehmen. Sie mochten ein Köder sein, nach dem sie nicht schnappen würde.

Einen Moment lang sah er in ihr die Erkenntnis aufblitzen, dass er armselig und erbärmlich war. Er konnte sehen, wie sie das Ausmaß seines Gepolters begriff.

Konnte ebenfalls sehen, wie ihr bewusst wurde, dass diese Einsicht zu spät gekommen war, als sie bereits in der Falle saß.

Er dankte Gott, dass er nicht mit dem Auto gefahren war, und brachte sie zur Bahn. Natürlich hatte sie gerade eine verpasst. Menschen warfen flüchtige Blicke in ihre Richtung. Sie sagte: »Bitte geh! Bitte.« Aber er stand es durch bis zum bitteren Ende. Schließlich war auch er einmal jung gewesen.

Im folgenden Sommer brachte Grace Thrale ihr letztes Kind und ihren dritten Sohn zur Welt, der auf den Namen Rupert getauft wurde.

Teil 4

Die Kulmination

29

In Amerika war ein weißer Mann in einem Wagen erschossen worden und ein schwarzer Mann auf einem Balkon. In Russland war ein Schriftsteller aus der Hölle hervorgetreten, um zu verkünden, dass Schönheit die Welt retten werde. Russische Panzer rollten durch Prag, während Amerika in Asien Krieg führte. In Griechenland wurden die Stücke von Aristophanes verboten, in China die Schriften von Konfuzius.

Auf dem Mond hinterließ die Kreppseele des modernen Menschen einen Abdruck auf dem Mare Tranquillitatis.

Auf der Alten Welt lag lähmend die Geschichte. In Frankreich starben die Generäle. In Italien verließ eine ganze Bevölkerung für immer die Felder, um in Fabriken Autos oder Strickjacken herzustellen, und Ökonomen bezeichneten es als Wunder.

Demonstranten mit Spraydosen hatten Stonehenge dunkelrot angesprüht.

In London herrschte schlechtes Wetter, und die Handelsbilanz war außer Rand und Band oder stand am Rand. Es gab zwei neue Bücher und ein Musical über Burgess und Maclean: England war ein Tattergreis, der immer wieder dieselbe Anekdote wiederholte.

Paul Ivory hatte ein neues Stück, *Höhere Gewalt*, über einen anglokatholischen Priester.

Josie Vail hatte die Unterlagen eines Assistenzprofessors aus einem Campusfenster geworfen. Sie war ihrem

Guru nach Indien gefolgt und hatte zwei Jahre in einer Kommune in Arizona gelebt. Nun bereitete sie ihre Doktorarbeit über Marketingmethoden vor und lebte in Massachusetts mit einem Soziologie-Abbrecher zusammen, der jünger als sie war und sie Kaiserin Josephine nannte. Sein Name war Burt. Sie diskutierten miteinander über Josies kastrierende Neigungen und Burts Bedürfnis danach.

»Ich nehme an«, urteilte Una, »der Tod ihrer Mutter hat sie so konventionell werden lassen.«

Burt und Josie bezeichneten ihre Altersgenossen als Kids. Als Freistellung von jeglicher Betätigung schoben sie ihr Alter vor wie eine Behinderung. Josie erklärte, Burt hielte sich alle Optionen offen, ohne zu erkennen, dass Optionen ein Verfallsdatum hatten.

Una sagte: »Sie sind erschöpft vom Verkünden ihrer moralischen Überlegenheit.«

Una glänzte weiter. Sie war bei Nacht und bei Tag mit dem epochalen Pendel geschwungen, hatte in Perlen und Pailletten gefunkelt, wenn sie nicht gerade zerfetzte Jeans trug. Ihr Name stand auf dem Briefkopf mehrerer Wohltätigkeitsorganisationen, sie besaß ein Haus auf Martha's Vineyard und ein weiteres in Puerto Vallarta. Die kosmetische Behandlung ihres Gesichts und Körpers und ihrer starken, guten Hände war zu einem Ritual geworden, das aufzugeben riskant sein mochte. Una umgab nun eine gewisse Einsamkeit, neben einer missachteten oder begrabenen Vitalität: In ihrem reichen Glanz und ihrer stillgelegten Anziehungskraft war sie wie ein verlassenes Bergwerk.

Adam Vails Züge waren schlanker geworden. Er hatte eine Krankheit durchlitten, die niemals diagnostiziert wurde. Die meisten Männer wurden mit dem Alter unbestimmt, aber Adam nahm an Kraft zu. Seine Geduld und seine Energie waren unerschöpflich. In einer Menschenmenge zog er bescheidene Aufmerksamkeit auf sich, wie es wohl auch Ted Tice vermochte. Starrte jedoch niemanden an, die anderen starrten ihn an.

Josie war nun netter zu ihrem Vater, bevormundete ihn zwar, konnte sich jedoch nicht daran erinnern, ihn jemals nicht gemocht zu haben. Wenn sie nach New York kam, schlief sie in ihrem alten Zimmer, wo sie im Schneidersitz vor dem Farbfernseher saß.

»Pa schaut nicht fern. Ich mache ihm keinen Vorwurf, in seinem Alter fehlt ihm die Zeit. Ich bin jung, ich interessiere mich für alles, nicht wahr?« So selbstzufrieden wie eine fünfzigjährige Matrone.

Caroline Vail machte die Beobachtung, dass Wissen für manche eine Bandbreite von Themen, für andere eine Tiefe der Wahrnehmung bedeutete. Sie gähnte vor dem orangefarbenen Fernseher über ihre eigene Lüge. Josie war nicht mehr jung und fürchtete sich davor, dreißig zu werden. Sie fürchtete sich davor, an ihrer Dissertation zu arbeiten, weil sie sich davor fürchtete, damit fertig zu werden. Sie fürchtete sich davor, die Dinge bei ihrem einfachen menschlichen Namen zu nennen, weil sie sich davor fürchtete, dass diese irgendwie in gleicher Weise antworten könnten. Sie wusste nicht, was sie sich im Austausch gegen die Jugend zu eigen machen sollte.

Nun, da es irrelevant war, liebte Caro sie beinahe.

Caro sagte, sie und Adam würden für ein paar Monate verreisen, in ein Land in Südamerika.

Josie schaltete um auf einen anderen Fernsehkanal. »Müsst ihr das tun?«

»Bislang besteht kein reales Risiko.«

»Wahrscheinlich nicht.« Wäre sie dazu in der Lage, hätte Josie eingeräumt, dass Mut selbst da erforderlich sein kann, wo kein Risiko besteht.

Wäre sie dazu in der Lage, hätte sie ihre Stiefmutter berührt. Aber es hatte sich über die Jahre so ergeben, dass sie sich nur selten umarmten.

Ein Mann stand auf einer weißen Veranda und blickte auf die Anden. Er war über fünfzig, weißhaarig, dünn, mit einem gebückten Gang, der ein orthopädisches Gebrechen nahelegte, tatsächlich jedoch von den Schlägen herrührte, die er in einem Gefängnis bekommen hatte. Seine Erscheinung wirkte noch auf andere Weise leicht unnatürlich – pinkfarbene, jugendliche Lippen und helle, hellbewimperte Augen: ein nahezu albinotischer Eindruck, den sein weißer Anzug noch intensivierte.

So viele Frauen, die sich am Ende zu dem Dichter Ramón Tregeár hingezogen fühlten, hatten ursprünglich Abscheu vor seinem Aussehen empfunden, dass dieser Widerwille mittlerweile wie ein notwendiger Auftakt erscheinen mochte. In Gefangenschaft aus Rache für bestimmte Schriften und freigelassen nach einem Regierungswechsel, lebte Tregeár nun seit zwei Jahren auf dem Land. Sein städtisch geprägtes Wesen entschuldigte sich höflich für das Exil. Er blieb stets perfekt gekleidet, das zeichnete ihn aus. Zusätzlich hatte er etwas getan, das ihn von der Mehrzahl der Menschen unterschied, was einen Teil seiner Anziehungskraft ausmachte. Manche Frauen liebten ihn ebenso sehr für die Erniedrigungen, die er erlitten hatte, wie für die Tatsache, dass er sie ausgehalten hatte.

Sein Leben für Prinzipien aufs Spiel gesetzt und überlebt zu haben, verlieh so viel Stärke wie eine große Entsagung.

Wenn die gegenwärtige Regierung stürzte, was sehr wahrscheinlich war, würde Tregeár sehr wahrscheinlich sterben – per Dekret oder bei irgendeinem notwendigen Unfall.

Auf der Veranda saß auch eine Frau, allein an einem Tisch. In der Nähe unterhielten sich zwei Männer. Sie, die Ausgrenzung störte sie nicht, blickte auf die Berge, das Tal. Ein Buch auf dem Schoß. Sie war nicht jung, aber geschmeidig, schlank, mit einer Masse an schwerem Haar, das an ihrem Hinterkopf zusammengebunden war. Jugend war vielleicht niemals ihre Stärke gewesen. Tregeár wurde von ihr angezogen, wie er es vielleicht von der nicht identifizierten »Freundin« auf einer alten Fotografie berühmter Persönlichkeiten gewesen wäre, die von der Kamera wegblickt oder sich hinunterbeugt, um den Hund zu streicheln. Außerdem war weiblicher Besuch rar.

Er fragte, ob er sich zu ihr setzen dürfe. Sie nahm eine Zeitung von einem Stuhl, damit er seinen Strohhut darauflegen konnte. Zu ihm aufblickend waren ihre Stirn und Augen sicher und wunderschön. Er konnte den Titel ihres Buches nicht erkennen.

Das Tal, das aus der Luft gesehen ein einziges riesiges Paisleymuster bildete, offenbarte auf Augenhöhe grüne Anhöhen und Abhänge. Felder, Weinberge und Obstplantagen jeder Färbung und Textur, wie freiliegende Nähte flimmernde Baumstämme, schlängelnde Wasserläufe. Die Welle der Vegetation brach sich am Fuß der Anden in einer grünen Kuppe.

Es war Oktober und damit Frühling.

Caroline Vail saß auf der Veranda und sagte zum wiederholten Mal, nein, es sei nicht wie Australien. Sie dachte: All diese Orte, auf die man bei der Durchreise einen Blick erhascht. Sie wusste nicht mehr, wer einst zu ihr gesagt hatte: »Kein Reisen, sondern Entwurzelung.« Es mochte Adam gewesen sein oder Ted Tice.

In der Nähe waren Orchideen und Jakaranda gepflanzt. In dem tiefen terrassierten Garten voller Blumen und Sträucher war der Gärtner schon den ganzen Morgen beschäftigt. Der Herr des Hauses saß in seinem Leinenanzug etwas entfernt auf der Veranda und unterhielt sich mit Adam Vail. Vails Stock als schwarzer Strich auf einem weißen Stuhl. Auf einem Rattantisch zwischen den beiden Männern lagen Papiere, und hin und wieder nahm einer der beiden eine Seite auf und las sie sorgfältig durch, bevor er das Gespräch fortführte. Sie unterhielten sich auf Spanisch, und der Mann in Leinen war der sommersprossige Antragsteller, den Caro an einem Wintermorgen vor vielen Jahren gemeinsam mit Adam in Whitehall gesehen hatte.

In dem Haus lebten drei Frauen – die Ehefrau des Besitzers, ihre Schwester und eine jugendliche Tochter. Sie saßen nicht bei den Männern auf der Veranda, stellten jedoch Caros Berechtigung nicht in Frage: Sie interessierte sich für Gerechtigkeit und wurde daher wie ein Mann wahrgenommen. Die drei Frauen hatten schwarzes Haar, dunkle Haut, eine stattliche Figur, drei Latinas mit geröteten Wangen, blassen, vor der Sonne geschützten Hälsen und Schultern, Körpern für Nachmittage mit geschlossenen Fensterläden und kühle Abende, Körpern, so weich wie die weichen Betten, in denen sie lagen. Sie unterschieden sich physisch von den Bediensteten, die Andenindianer waren.

In ihrem eigenen Umfeld galt Caroline Vail als dunkel. Solcherart waren die Sinnestäuschungen des Kontextes. Es mochte Orte geben – Äthiopien, Bali –, an denen Latinas auf ähnliche Weise erbleichten.

Da Besucher selten waren, setzte Tregeár sich neben sie und sagte: »Ich hätte nie angenommen, dass mein Leben einmal von solchen Dingen abhängen würde« – womit er die Diskussion am anderen Tisch meinte. »Sie wahrscheinlich ebenso wenig.«

»Nun«, sagte sie, »ich bin nicht überrascht.« Sie ließ die Zeitung zu Boden fallen. »Aber ich kann nicht glauben, dass alles andere – was zuvor geschehen ist und noch weiter geschieht – bedeutungslos gewesen sein soll.«

»Im Gegenteil. Alles andere ist die Realität, die ein Recht hat zu geschehen. Jeder echte Kampf gegen Ungerechtigkeit ermöglicht lediglich den Zugang zu einem normaleren Chaos. Ich selbst würde nichts lieber tun, als wieder über gewöhnliche Dinge zu streiten.«

Dennoch erschien es hart, dass ein solcher Mann womöglich sterben musste, damit Dora oder Clive Leadbetter die Zeit der Welt verschwenden konnten.

Caro fragte, ob er nicht das Land verlassen könnte, ehe die Regierung stürze. Er gab keine Antwort, sagte aber nach einer Weile: »Vicente hat meinetwegen seinem Ruf geschadet.«

Die Frau blickte hinüber zu dem sommersprossigen Landbesitzer am Rattantisch, um dessen Tugend festzustellen: »Er steht auf der richtigen Seite.«

»Noch besser, er nimmt keine Seite ein. Selbst die richtige Seite zwingt zu unrechtmäßigem Schweigen, zu notwendigen Unwahrheiten. Wie die Zaghaften sagen: Gemeinsam sind wir stark – oder auch sicher; aber Solidarität ist die Ausweitung von Macht und damit der Beginn der Lüge. Wirklich solidarisch kann man nur mit der Wahrheit sein, wenn man sie denn findet.« Tregeár lächelte noch immer. Es war das Lächeln eines Primitiven, das nur wenig mit dem Gesagten zu tun hatte. »In jeder Gruppe gibt es Anführer und Anhänger. Selbst die richtige Seite hat nicht viel für jemanden übrig, der eigenständig ist.«

Vor langer Zeit hatte Valda gesagt: »Der nicht normale Bürger ist es, der alle auf die Palme bringt.«

»Vicente ist auch deshalb mutig, weil ich nicht berühmt bin. Den meisten Menschen fällt es leichter, eine angesehene Person zu unterstützen, die verdientermaßen in Ungnade gefallen ist, als eine unbekannte, der ein Unrecht angetan wurde.«

Caro saß neben diesem unbekannten Mann, der sein Leben riskiert hatte und nun unbeeindruckt davon erzählte, wie er es überlebt hatte. Sie meinte: »Es gibt auch jene, die sich mit den Schwachen anfreunden, weil sie das Gefühl haben, der Starken nicht würdig zu sein. Weil sie sich nicht dazu durchringen können, Fähigkeiten anzuerkennen, die über ihre eigenen hinausgehen.« Aber wer sind die Schwachen, fragte sie sich, wer sind die Starken? Dieser Mann hatte tatsächlich Heldenmut an den Tag gelegt, von dem die meisten nur träumen. Er hatte nichts in seinem Wesen belassen, gegen das man sich wehren oder das man enthüllen müsste. Seinetwegen konnte man die grüne Vega als einen Ort betrachten, wo zumindest ein Mann sich das Recht zu existieren verdient hatte.

Sie fuhr fort: »Und es gibt viele, denen es nichts ausmacht, wenn man ihnen unrecht tut.«

»Einer unserer Dichter sagte einst: ›Auch das Chaos hat seinen Charme.‹« Seine Artikulation schenkte Unsterblichkeit, so wie eine Zeitlupe jede menschliche Handlung wunderschön werden lässt, indem sie ihr den Anschein von Kontrolle verleiht. »›*El desorden*‹«, sagte er, »›*también tiene su encanto.*‹« Er nahm seinen Strohhut vom Stuhl und lächelte. »Möchten Sie sich den Garten ansehen?«

Die Sonne stand bereits hoch am Himmel. Mann und Frau betraten den Garten. Caro drehte sich nach Adam um, der die Hand hob und ihren hellblauen Abstieg in die Blumen neben dem abstoßenden, gebückten Helden beobachtete. Durch das Baumwollkleid konnte man sehen, wie sich die Umrisse ihrer Beine bewegten, wie die Gliedmaßen einer Schwimmerin.

Ein alter, angeleinter Hund lag auf einem Schattenflecken, die Zunge herausgestreckt, der Schwanz wedelnd: ein im ruhigen Hafen angebundenes verwittertes altes Boot, gegen das sanft die Wellen schlugen.

An einer Mauer waren verschiedene Jasminarten hochgezogen worden, ein oder zwei von ihnen bereits erblüht. Tregeár griff nach einem Zweig Blüten, und der Gärtner hielt inne, um ihn zu beobachten. Blütenblätter fielen aus dem blauen Himmel. »Gärtner und Bibliothekare hassen es, wenn man von ihren Schützlingen Gebrauch macht.« Ramón Tregeár zeigte spanischen Jasmin, Kap-Jasmin, Jasmin von den Azoren. In einem Terrakottakübel stand eine riesige Pflanze. »Das ist Florentine. *Il gelsomino del Granduca.* Einer der Medici, der Großherzog Cosimo, hat ihn aus Goa, wohin er

Expeditionen auf der Suche nach tropischen Pflanzen entsandte, nach Italien importieren lassen. Sie stammen alle aus Indien oder Persien, wenn man nur weit genug zurückgeht.«

An einem solchen Morgen mochte man die weiß blühende Erde lieben, als müsste sie, oder man selbst, bald sterben. Hätte man sie allein gelassen, wäre Caroline Vail womöglich durch Felder oder Gärten gerannt.

Durch die Zypressen kam ein Junge mit einem Tennisschläger vor dem Gesicht auf sie zugelaufen. Blickte sie durch die Maschen an. Ein kleineres Kind tapste hinter ihm her und rief: »Andrés.« Unterhalb der Bäume endete der Garten in einer kleinen *Barranca*. Mann und Frau kehrten der Landschaft den Rücken und folgten den Kindern zurück den Pfad hinauf, die Treppe hinauf. Der Junge hielt seine Maske hoch, wie ein Fechter. Der Hund lag auf der Seite, nun ein grauer Stein, gelblich von Alter oder Flechten. Auf Haar und Schultern der Frau lagen weiße Blütenblätter wie Splitter von einer abblätternden Zimmerdecke.

Nachts in ihrem weichen fremden Bett träumte Mrs Vail davon, über Berge zu fliegen, um schließlich nicht dieses fruchtbare Tal zu erreichen, sondern ein weites flaches Land, ein ausgedörrtes Hinterland, endlos. Tief unter ihr neigten sich hin und wieder Rechtecke und Quadrate mühevollen Ackerbaus wie schiefe Bilder an einer leeren Wand. In kleinen Vertiefungen war der Schlamm von Rissen durchzogen. Sie erwachte voller Erleichterung darüber, dass sie nichts Falsches getan hatte, zumindest nicht im Traum.

Am Morgen schrieb sie an Ted Tice:

Dein Brief kam kurz vor unserer Abreise. Wie schade, dass wir uns diesmal verpassen. Nach einigen Abenteuern eher körperlicher als geistiger Natur sind wir nun bei Freunden an einem wunderschönen Ort, an dem die Erde noch immer an höchster Stelle steht. Hier ist ein Dichter, der eingesperrt und gefoltert wurde, weil er die Wahrheit schrieb. Vor zwei Jahren wurde er freigelassen. Wenn diese neue Regierung stürzt, wird es mit ihm vorbei sein. Er ist mit fünfzig schon alt, die Haut ohne Farbe, die Knochen krumm. Er läuft wie ein Sportler nach einem Unfall – vielleicht ein Seiltänzer, der bei einer Vorführung ohne Netz abgestürzt ist. Seine Stimme ist wunderschön. Seine Gedichte sind sehr gut. Ich werde versuchen, einen Teil seines Werks zu übersetzen.

Sie hätte den Brief damit beenden können, behielt den Stift jedoch in der Hand und fügte schließlich hinzu:

Lieber Ted, ich bin zufrieden. Doch selbst an diesem stillen Ort herrscht ein unheilverkündendes Dröhnen. Als überquerte ein Düsenjet das Paradies.

Adam Vail trat zu seiner schreibenden Frau und legte ihr eine Hand in den Nacken, unter das Haar. Als sie sich gegen ihn lehnte, ließ er die Hand über den Hals nach vorn gleiten, in ihr Kleid. Er sagte: »Du könntest dieses Lebens eines Tages überdrüssig werden und mich verlassen.«

»Ich traue meinen Ohren nicht.«

30

»Dieser Eklektizismus gefällt mir. Meistens finde ich Eklektizismus zu düster.«

»Das freut mich.« Ted lag mit geschlossenen Augen da und antwortete auf ihre Frage: »Was ist das für ein Bild?«, ohne sie zu öffnen: »Das sind die obligatorischen Sonnenblumen. Kein Hotel bekommt eine Lizenz, wenn es nicht in jedem Zimmer welche aufhängt. Wie die Tabelle mit den Preisen auf der Rückseite der Tür.«

»Du nimmst mich auf den Arm. Aber ich mag dieses Hotel, es ist das beste. Und direkt am See.«

Er wollte ihr das Gefühl von Prestige nicht verderben, indem er sagte, das Zimmer sei eher eine Leerstelle als ein Raum, Geometrie auf einem Grundriss. Auf einer Seite enthüllten zwei Fenster den See, der selbst so eisig grau wie ein schmutziges Fenster war. Geschmolzene Seeflecken schäumten vor Treibeis. Der Wind riss Tag und Nacht an dem Haus, hämmerte gegen die eisüberzogenen Fenster, als klopfte er einen Teppich aus.

»Die meisten von uns arbeiten drinnen im Zentrum, wir Mädchen meine ich. Ich meine, ohne Fenster. Die Zuteilung zur Konferenz war in etwa, wie zum Luftholen aufzutauchen, oder so.«

Es wäre nur höflich, ihr Fragen zu stellen über sie, ihr Leben, ihre Eltern. Soziale Verpflichtung lastete auf Ted Tice, während er mit einem Arm um ihre nackten Schultern dalag, denn er wollte nicht, dass sie mit eigenen Sehnsüchten und Zugehörigkeiten zum Leben erwachte oder seinem Bewusstsein die Details eines weiteren Lebens hinzufügte. Solange sie nicht von diesen Dingen sprach, blieb sie durchschnittlich, ein willkürliches Beispiel, doch sobald sie diese Dinge äußerte, würde sie, so durchschnittlich sie auch sein mochte, einzigartig werden. Aber er setzte bereits verhängnisvoll an mit »Wie kommt es, dass du …«, öffnete die Augen und sah von einem dunkel gewordenen Zimmer nur die Decke, an der eine ausgeschaltete Lampe schwebte, die Wand mit dem gezackten Bild und die Lehne des erbsengrünen Sessels, über die sie ihre Kleider gelegt hatte.

Sein Elend an diesem Ort war ganz durchschnittlich gewesen, ein willkürliches Beispiel. Die Stadt war mit anrüchiger Unvermeidlichkeit geschlagen – die düstersten Gedanken bekamen einen durchgekauten Charakter, und das Vergnügen kam gebrauchsfertig für eine rasche Sättigung. Er hatte ein Mädchen mit ins Hotel genommen, weil die Stadt es von ihm erwartete: Einsamkeit war industrialisiert worden. Allerdings war die Unzucht selbst ausgesprochen einsam. Als er hier an seine Frau und seine Kinder und seine eigenen Räume dachte, wirkten diese gesund, und er konnte dies nicht als banal empfinden. Und wenn er Caros Gegenwart heraufbeschwor, dann um ihre Kraft antreten zu lassen gegen eine Stadt oder gegen die Welt.

»… und nachdem das passiert war, ist mir klargeworden, äh, dass ich mich auf so negative Sachen wie Bedürfnisse eingelassen hatte. Ich meine« – ihr Arm wirbelte mit nach oben ausgestreckter Handfläche durch die Dunkelheit –, »ich war zu sehr darin verstrickt, oder?« Ihr ausgebreitetes Haar, das aufgestellte Bein und die Umrisse von Stirn und Brust waren reizend: Sie ließen den Raum beinahe aus dem Grundriss heraustreten und lebendig werden. Wie glücklich sie ist, dachte er, davongekommen zu sein. Mit solchen Gesichtszügen hätte sie sensibel sein können. Eine Generation zuvor hätte dieses Ereignis ihr etwas bedeuten müssen. Sie hätte sogar so tun müssen, als bedeutete es mir etwas. Diese Täuschung ist die eine Sache, die uns erspart bleibt.

»Wir alle haben unsere Komplexe. Du bist verheiratet, oder?«

»Ja.« Diese Frage, die zu stellen sie mehr als berechtigt war, verlangte nach mehr als einer kühlen Bestätigung, würde jedoch einer Vertiefung nicht standhalten. »In England tragen Männer keine Eheringe.«

»Davon habe ich gehört.« Sie ergriff seine Hand und betastete die Finger, führte sie dann unerwartet an ihre Lippen. »Du bist nett. Weißt du das?«

»Dafür hast du wohl kaum allzu viele Beweise.«

»Doch, du bist nett.« Und automatisch: »Toll.« Sie legte sich die Hand auf die junge und schöne Brust und sagte nach einer Weile: »Glücklich verheiratet, oder?«

»Ja«, erwiderte er und spürte die Absurdität der Antwort unter den gegebenen Umständen, wünschte jedoch erneut, dass sie ihn davonkommen ließ. »Das hier ist sehr schön, aber ich tue so etwas nicht oft.« Alles, was er sagte, klang schal, schulmeisterlich. Er sprach aus der luftigen Höhe seiner beinahe kontinuierlichen Tugend zu ihr.

»Jemals eine andere als deine Frau geliebt?«

»In ferner Vergangenheit. Vor meiner Heirat.« Caro war zur fernen Vergangenheit geworden, zur Legende.

»Oh, das zählt nicht.«

»Doch. Es zählt.«

»Es zählt?«

»Es zählt.« Albern. Wie man seine Schwäche zeigt, ich bin wie diese Leute – nicht wie, ich *bin* einer von ihnen –, die über ihre Obsessionen sprechen müssen – die Geliebte, das Kind, die Katze, den Hund, den Feind, den Chef, den Dienstboten, das Büro –, obwohl ihnen bewusst ist, dass sie damit andere langweilen und sich selbst entblößen. In dieser Hinsicht ist das Verlangen zwanghaft, geradezu erotisch. »Es ist vielleicht das Einzige, was zählt.«

»Wow!«

Womöglich empfand sie den Hinweis auf ihre eigene Rolle als zu deutlich, denn bald schon stand sie auf und verschwand mit einem Teil ihrer Kleidungsstücke. Wasser rauschte in einem Tumult der Leitungen, ein Blechschrank schepperte, das doppelte Zischen eines Deodorants ertönte. Als sie aus dem Badezimmer kam, die Hände im goldenen Haar, war Ted halb angekleidet und dachte, es gebe nichts Melancholischeres, als um ein Uhr morgens den Reißverschluss der Hose zu schließen.

Er wusste, dass sie noch mehr über Caro sagen würde. Es war das einzig Interessante, was sich zwischen ihnen zugetragen hatte.

»Hör mal«, sagte sie. »Wir haben eine Beziehung zueinander. Wir kommunizieren miteinander. Würdest du nicht sagen, dass wir kommunizieren?«

Dann sind wir also auch Teil des Grundrisses: zwei Räume mit einer Verbindungstür des Verlangens – oder der Einsamkeit. Ted ließ sich auf die Bettkante sinken. »Komm her.«

Sie stand mit den Händen auf seinen Schultern und blickte ihn im Halbdunkel an. Ein gutmütiger Hund, der angelaufen kommt, die Pfoten auf einen legt und einen mit wer weiß was, wenn überhaupt irgendetwas im Sinn anschaut. Aber sie fragte: »Triffst du sie manchmal?«, mit einem rationalen, entscheidenden Senken der Stimme, als wäre der Jargon, den sie sogar noch während des Akts verwendet hatte, auch für sie eine Verstellung, die zugunsten des Authentischen aufgegeben werden sollte.

»Etwa zweimal im Jahr.«

»Schläfst du noch mit ihr?«

»Ich habe nie mit ihr geschlafen.« Mit groteskem Stolz verkündet, da es das Ausmaß seiner Hingabe zeigte. Und das Mädchen meinte: »Fantastisch«, und wirkte tief beeindruckt – obgleich sie vielleicht auch dachte: Was für ein Spinner!

»Sie ist wohl in deinem Alter, oder?«

»Ein paar Jahre jünger.«

Das Mädchen gab zu erkennen, dass in diesem Stadium drei oder vier Jahre kaum etwas ausmachen konnten. Sie sagte: »Du solltest –«

»Sollte was?«

»Nun – herrje, man lebt nur einmal.«

Dieses Mädchen ging davon aus, dass Caro ihn liebte. Ted schob sie von sich, stand auf und sagte: »Wir rufen dir lieber ein Taxi«, bevor sie der Wahrheit auf die Spur kommen konnte.

31

Als Adam und Caro aus Südamerika nach New York zurückkehrten, herrschte gerade eine Hitzewelle. Die Leute demonstrierten gegen den Krieg. Am Ende ihrer Straße wurde eine Reihe aus grauen Gerüsten von zwei Polizisten auf rotbraunen Pferden und weiteren Polizisten zu Fuß bewacht. In der Luft lag der Geruch von glühendem Teer und dem Schweiß von Pferd und Mensch. Die Straße war rissig, die Rinnsteine schmutzig. Bäume waren mit der Axt bearbeitet worden oder erkrankt. Die Tür der Vails hatte nun ein kompliziertes Sicherheitsschloss und konnte von innen abgeschlossen, dann mit einer Kette gesichert und verriegelt werden. All dies kostete Zeit. Als sie ihre Koffer im Flur abgestellt hatten, schaltete Vail das Radio ein, das verkündete: »Buntmetalle sind gesunken, Baumwolltermingeschäfte schlossen höher ab.« Sie hörten die berittene Polizei in ihre Geräte sprechen und hinter der Absperrung den neutralen Ton eines Krankenwagens aufheulen. In dem verschlossenen Haus nahmen Mann und Frau sich in den Arm, da unter fast allen Umständen ein gewisses Maß an Sicherheit erzielt werden konnte.

Auf einem Tisch stapelten sich Briefe. Eine zusammengefaltete Zeitung enthüllte einen Präsidentschaftsskandal zur Hälfte: »Es ist eine Schande«, sagte ein Harvard-Professor, der nicht namentlich genannt werden wollte. Dora schrieb aus Palmerston North, sie würde Trish Bootle bis an ihr Lebensende nicht vergeben und dass sie ernsthaft Irland in Betracht zog.

»In ihrem Alter«, sagte Caro. »An einen Ort ziehen, wo sie nichts und niemanden kennt.«

Adam erwiderte: »Seneca sagte über Hannibal, welcher im fortgeschrittenen Alter seine Dienste jedem König anbot, der gegen Rom Krieg führte, er könne zwar ohne ein Land leben, aber nicht ohne einen Feind.«

Caro sah die Grabinschrift, geneigt in irischem Gras.

Morgens setzte Caro sich an einen Tisch, um Ramón Tregeárs Werk zu übersetzen. Diese Gedichte waren in einem Gefängnis ersonnen worden. Als der Dichter ihr schrieb: »Aber ich habe sie allein in Gedanken festgehalten«, dachte sie an Rex Ivory, der dreißig Jahre zuvor in Malaya Gräber ausgehoben hatte. Wie Rex Ivory im Todeslager Derbyshire feierte, so hatte Tregeár sich in seiner Gefängnishölle an die Liebe von Frauen erinnert.

Tregeár versprach, er würde die fehlenden Seiten bald schicken, wenn alles gutginge. Und sie fragte sich, ob sie diese je zu Gesicht bekommen würde. Der Band würde *Luz a Medianoche* heißen.

Ein paar Monate später schickte ihr ein Verleger die Probeseiten mit Erläuterungen zum Markt zurück. Er machte eine Bemerkung über den miltonischen Titel und einen literarischen Scherz über den Namen der Übersetzerin: »C. Bell«. Ein anderer Verleger, der eine wissenschaftliche Studie über Literatur der Dissidenten herausgegeben hatte, schickte das Manuskript mit einem Kommentar zu dessen koestlerschen Titel zurück und fügte hinzu: »Wir haben den Eindruck, unser *Pro-bono-publico*-Pensum für dieses Jahr bereits erfüllt zu haben.«

Adam Vail sprach am Telefon Spanisch. Er fuhr durch die Stadt, um im Fernsehen interviewt zu werden, und wurde dem Nachrichtenchef der Fernsehgesellschaft vorgestellt, der meinte: »Wir halten uns für ziemlich mutig, Adam, dieses Interview zu senden.«

Caro, die Adam ins Studio begleitete, wurde in einen abgedunkelten Raum geführt, in dem, wie man ihr sagte, die Aufnahme auf einem großen Bildschirm ganz klar zu sehen sein würde. Sie wartete in einem Samtsessel, und drei Männer traten ein und setzten sich vor sie. Sie hatte sie bereits auf dem Flur gesehen, sorgfältig gekleidete Männer mit gefärbtem dunklem Haar und getönten Kontaktlinsen. Sie wussten nicht um ihre Anwesenheit und bemerkten, Altruisten seien äußerst selten ihr Geld wert.

»Man muss sich nur Stevenson anschauen.«

»Stevenson. Der ist in den letzten Jahren ausgerastet. An einem Tag dabei, am nächsten nicht mehr. Vielleicht hat er wirklich an dieses Friedensangebot geglaubt und sich deshalb daran festgeklammert.«

»Ich denke, er ist darauf hereingefallen, dass es diesen Friedensvorschlag gab. Ich glaube, er ist mit dieser Überzeugung gestorben. Dass man nur Bundy und Rusk in eine Datscha außerhalb von Rangun bekommen müsste, damit Hanoi seine Versprechungen einlöst.«

»Er konnte allerdings nicht zum Weißen Haus durchdringen. Rusk hat ihn aufgehalten.«

»Herrje, was sollte ihn denn davon abhalten, den Hörer abzunehmen und im Weißen Haus anzurufen? Wie lange hat er das gedacht?«

»Seit Herbst vierundsechzig.«

»Nein, ich sage Juni fünfundsechzig. Und im Juli war er tot. Einen Monat also.«

»Vierundsechzig. Wer wusste denn vierundsechzig irgendwas? Am wenigsten unser Nachrichtendienst.«

»Das werde ich nie vergessen, wir haben eine Sendung über Stevenson gemacht. Als er starb. Es wäre peinlich, das heute noch einmal auszustrahlen – nicht, dass man es noch einmal ausstrahlen würde, einen Dreck würde man. Herrje, das war im Grunde gar nichts – ein paar Einstellungen, die erste Versammlung, die zweite Kampagne. Reden, Wortspiele, Stevenson, wie er Zugeständnisse macht. Zugeständnisse, herrje, und was für Zugeständnisse. Eine belanglose Sendung. Kein Wort über Kennedy, über Vietnam.«

»Was ist mit der Schweinebucht?«

»Ich sage doch, nichts. Okay, ich war der Zuständige, okay, also trage ich das Büßerhemd. Aber wir haben nichts gezeigt. Nach der Sendung kam jemand und sagte: Washington ist in der Leitung, das Weiße Haus ist sehr erfreut. Und ob die erfreut waren – Gott, wenn ich nur daran denke, wie groß der erleichterte Seufzer gewesen sein muss. Kein Wort über Kennedy, den Krieg, nichts.«

»Kennedy, darum geht es doch – Vietnam, die sechzehntausend. Die Schweinebucht. Seien wir doch mal ehrlich. Die Schweinebucht. Hat jemand eine Ahnung, ob dieser Spinner, dieser Vail, die Schweinebucht ansprechen wird?«

»Erinnert euch mal an die Spinner, die sich immer Geld von Ed geliehen haben. Wisst ihr noch, wie die zu ihm ins Büro gekommen sind: Ed, ich hab da diese Geschichte, leih mir zehn Mäuse, Ed? Jedenfalls war da dieser eine kleine Kerl, Ed meinte: Vielleicht ist da was dran, Sam, du fliegst mit ihm nach Florida. Sam kam zurück: Herrje, Ed, was für ein Verrückter. Dieser Verrückte glaubt, Kennedy werde in Kuba *einmarschieren*. Dieses Mal bist du drauf reingefallen, Ed, du liebe Güte, was für ein Verrückter.«

»Er hat es nicht geglaubt?«

»Na ja, er dachte: Oh Gott, wenn das wahr ist, also konnte er es nicht glauben. Hinterher –«

»Aber diese Geschichte hätten wir ohnehin nicht bringen können, das wäre Landesverrat gewesen.«

»Trotzdem habe ich mich immer gefragt: Wieso hat die Presse nicht, man hatte diese Geschichte, die ganze Sache mit der Schweinebucht.«

»Sie wären gelyncht worden, das konnten sie nicht bringen.«

»Aber ihr wisst, was Kennedy hinterher zu ihnen gesagt hat: Wenn ihr es gebracht hättet.«

»Klar, wenn ihr es gebracht hättet, hättet ihr mich vielleicht aufhalten können.«

»*Retten* können. Hättet ihr mich vielleicht retten können. Das hat er gesagt: Wenn ihr es gebracht hättet, hättet ihr mich vielleicht retten können.«

»Kennedy, darum geht es doch. Vietnam, die sechzehntausend.«

»Mehr als das. Die Treffen. Dean Rusk, Mac Bundy, McNamara.«

»Lyndon *John*son.«

»Johnson glaubte, es wäre Korea.«

»Johnson glaubte, es wäre das Alamo.«

»München hat er immer wieder gesagt. Herrgott, München. Wo sie waren.«

»Wir werden ihnen diese Lektion erteilen. Den kleinen braunen Männern, diese Lektion. Das haben sie gesagt, und deshalb hätte man sie niemals in eine Datscha außerhalb von Rangun gebracht. Mac Bundy in dieser Datscha, dass ich nicht lache.«

»Wen beschuldigen wir also? Um wen geht es? Das Pentagon? Wäre es Westmoreland, Abrams, Walt?«

»Herrgott, Walt. Er war der, der zu mir meinte, am Ende würde ich noch von hinten erschossen. Das war Cam Ne, es war nicht einmal My Lai, es war Cam Ne, und ich fragte: Wo *sind* die Menschen, eine ganze Stadt ist verschwunden, wo sind die Menschen? Sie wurden umgesiedelt, sagte er und schaute in seine Milch, sie sind in Flüchtlingslagern, wurden vertrieben. Wie sich herausstellte, ist die US-Armee gar nicht dort hineingegangen, es wurde den Südvietnamesen überlassen, bei denen der Ort auf einer Liste mit all den Dörfern stand, die ihre Schulden nicht bezahlt hatten, du lieber Himmel, lieber Gott. Sie kaltmachen, das war die Terminologie, sie kaltmachen. Wen würdest du also beschuldigen, am Ende wären es Rusk und Johnson, oder etwa nicht, wäre das nicht logisch? Sie auf die Anklagebank bringen? Stellt euch das mal vor.«

»Am Ende hat Rusk sich mit Aspirin und Alkohol am Laufen gehalten.«

»Von Aspirin wusste ich nichts.«

»Kambodscha und Laos, die stellen Vietnam in den Schatten. Macht euch lieber darauf gefasst. Südvietnam hat eine Küste im Osten, nur deshalb brauchen sie es noch. Wenn sie es erst einmal umzingelt haben, wenn sie in Kambodscha und Laos sind, dann kann es ihnen egal sein. Über Laos hört man keine Geschichte. Na schön, man hört einen Haufen Geschichten, aber alles aus dem Reich der Mythen. Wer riskiert schon Kopf und Kragen, man kann von Korrespondenten nicht erwarten, dass sie Kopf und Kragen riskieren, welcher Amerikaner wird dort schon sterben, abgesehen von einer Menge Piloten, die wir nicht erwähnen dürfen. Einen oder zwei von ihnen ausgenommen, sind das sowieso nur zweitrangige Korrespondenten in Laos und Kambodscha, es gibt eine Informationslücke, das weiß jeder, man findet nicht heraus, was los ist.«

»Jetzt machst du ein anderes Fass auf. Sprechen wir über Dinge, für die wir keine Anhaltspunkte bekommen, oder über Dinge, die wir nicht zu berichten wagen?«

»Hört mal, ich kann leichter dreiunddreißig Beiträge über einen Poststreik in Italien oder Prinzessin Margaret Jones abliefern, als einen einzigen über Kambodscha und Laos zu bringen. Dann ist da das Risiko, was ist mit dem Risiko, dein Wort steht gegen das ihre, Washington prescht vor, das ist nie passiert. Behauptet, dass es nie passiert ist, was will man da machen?«

»Ja, denkt nur an San Jose. Laut Nixon die schlimmste Gewalt, die er je gesehen hat, Löcher im Wagen, Steine, die Leute warfen Steine, Agnew sagte es, sie alle sagten es. Schlimmer als Krieg. Bis Montag hieß es, es hätte sich vor allem um verbale Gewalt gehandelt. Dann, nach der Wahl, vielleicht gab es gar keine Gewalt. Keine Anklagen, nichts. Angenommen, ich hätte an dem Abend einen Beitrag gebracht, angenommen, ich hätte es als Wahltrick bezeichnet. Angenommen, ich hätte gesagt, der Präsident lügt, LÜGT, stellt euch mal vor, was sie dann mit mir gemacht hätten. Niemand geht so ein Risiko ein.«

»Vielleicht liegt darin der Fehler. Vielleicht ist deshalb das Fernsehen.«

»Nicht nur von der Regierung, nicht einmal von der

Regierung. Könnt ihr euch die Anrufe vorstellen, könnt ihr euch das vorstellen? Und nicht einmal von den Zuschauern. Die Anrufe von den Eigentümern, den hohen Tieren.«

»Wie ich sage, vielleicht ist deshalb –«

»Aber wenn jeder es gebracht hätte. Lass mich ausreden. Wenn man alle Nachrichtensprecher bekäme, wenn man sie alle bekäme. Man kann nur hoffen.«

»Wie auch immer, was würde es bringen – eine Woche später, wen würde es interessieren? –, er hat gelogen, dann hat er eben gelogen. Teddy hat gelogen, Henry hat gelogen, Laird hat gelogen, Helms hat gelogen, Nixon hat ohne Ende gelogen, George Washington hat geschworen, er hätte diesen gottverdammten Kirschbaum nicht gefällt, also wen zur Hölle interessiert es eine Woche später?«

»Und ob es die Leute im Wahljahr interessiert.«

»Nicht der Krieg. Krieg ist kein Wahlthema. Wir haben ihnen lange Zeit gegeben, wird Nixon sagen. Haben reduziert, sind abgezogen, nicht unsere Schuld. Frieden ist in Reichweite, okay? Seht euch die Kids an – die Raserei ist abgeebbt mit den Einberufungen, seit sie ihre eigene Haut riskieren. Die Wirtschaft, der Dollar, die Moneten. Darum geht es im Wahljahr, die Moneten.«

»Ehre. Wenn ich zu Ende führen darf. Die Ehre der Vereinigten Staaten. Ihr begreift es nicht, ich meine es ernst. Ehre funktioniert als Trick ebenso gut wie jeder andere. Darauf könnte Nixon setzen. Es in die Hände der Öffentlichkeit legen, ich bin prinzipientreu, ich beende den Krieg. Raus. Jetzt. Es der Welt überlassen, *ihr* verteidigt die Schlitzaugen, okay? Ihr schustert diese gottverdammte Datscha vor Rangun zusammen.«

»Das kann niemand vorschlagen. Den Einfluss hat niemand.«

»Der Präsident. Niemand sonst hat den Einfluss.«

»Was ist mit dem Einfluss in diesem Raum? Der kollektive Einfluss.«

»Wir machen nun eine Pause für die Achselhöhlenwerbung.«

»Im Ernst. Der kollektive Einfluss.«

»Wie dem auch sei, es fängt jetzt an, hier ist der Film. Altruisten haben immer irgendein persönliches Interesse. Denkt daran, wir müssen das nicht komplett ausstrahlen.«

Am nächsten Morgen erschien in einer führenden Zeitung ein Leitartikel:

Mr Adam Vail hat es in seinem Fernsehinterview am gestrigen Abend schlau angestellt, die »schwerwiegende Aggression« darzulegen, die von riesigen amerikanischen Unternehmen in Lateinamerika ausgeübt werde mit, wie er behauptet, stillschweigender Einwilligung und verdeckter Unterstützung der Regierung der Vereinigten Staaten von Amerika. Dafür wird er von unverantwortlichen Elementen unserer gespaltenen Gesellschaft enthusiastischen wie automatischen Applaus erhalten. Washington mag sich in Lateinamerika zeitweise ungeschickt verhalten haben, aber Mr Vail hat alles über seinen verbalen Kamm geschert, als er nahelegte, geheime Bemühungen der Regierung der Vereinigten Staaten von Amerika würden dafür sorgen, wie er sich ausdrückte, dass mindestens ein gewähltes lateinamerikanisches Oberhaupt »die entscheidenden nächsten sechs Monate nicht überstehen« werde. Seine schlimmste Verzerrung der Tatsachen war die Aussage, in einigen Gegenden sei die Einschüchterung von Wählern mit Hilfe von Geldern aus von der Regierung der Vereinigten Staaten von Amerika genehmigten Quellen durchgeführt worden. In Mr Vails Bemerkungen lag ein Element gefährlicher Fehlinterpretation, dessen sich sein Fernsehpublikum bewusst sein sollte.

Adam ließ die Zeitung sinken und sagte: »Mir gefällt es nicht, wenn man der Regierung so viel Raum gibt.«

Vor seiner Festnahme übergab Ramón Tregeár den fehlenden Teil seines Manuskripts an einen Freund, der das Land verließ. Als Caroline Vail die Seiten in Empfang nahm, fand sie darunter eine an sie gerichtete Notiz: »Sollte mein Tod spektakulär sein, werden Sie dies veröffentlichen können. Die Menschen zieht es von Natur aus zum Ort des Verbrechens oder des Unfalls.« Der junge Mann, der den Umschlag überreichte, berichtete ihnen, Tregeár sei auf einer Insel vor der südamerikanischen Küste eingesperrt worden, unter Bedingungen, die dem Überleben nicht zuträglich waren. Am Ende des Jahres erfuhr man, er sei bei versagender Gesundheit zurück aufs Festland gebracht worden und in einem Gefängnis in der Hauptstadt gestorben. Es war der sommersprossige Vicente, der ihnen diese Nachrichten aus Mexiko schrieb und hinzufügte: »Er hat das Gefängnis gefangen.«

»Und ist aufgefahren«, ergänzte Adam. »Nachdem er zuvor in die tieferen Reiche der Erde hinabgestiegen ist.«

Als sie enthüllt wurde, löste die Geschichte von

Tregeárs Tod Entsetzen aus. Und sorgte dafür, wie von ihm vorhergesehen, dass sein Werk außerhalb seines Heimatlandes wohlwollend aufgenommen und in seiner Geburtsstadt, wo er in früheren Jahren nur wenige Leser gefunden hatte, heimlich verbreitet wurde.

32

»Freust du dich, wieder zu Hause zu sein?«

Diese Frage hatte Margaret noch nie zuvor gestellt. Sie stand vor einem geöffneten Koffer und sortierte, was aufgehängt und was gewaschen werden musste, wobei sie Hemden und Schuhspanner beiseitelegte. Sie warf einen Morgenmantel auf das Bett. Während auch Ted Tice Socken und Krawatten wie Insignien ausbreitete und sagte: »Das ist keine Rückkehr, das ist eine Auferstehung.«

»Ich bin mir diesmal noch nicht einmal sicher, in welchen Ländern du überall warst.«

»Ich gerade auch nicht.« Wäre die Etikette des Auspackens nicht gewesen, die für einen etappenweisen Ablauf der Dinge sorgte, hätte er an Ort und Stelle mit ihr geschlafen. Wäre sie seine Geliebte gewesen, hätte er sie aufs Bett gezogen. Die Ehe zwang einen in gewisser Weise zu Förmlichkeiten.

Früh an jenem Morgen war Ted Tice im oberen Stock eines Flughafenbusses, der Bäume und Schornsteine streifte und Eckpubs kopflastig umkurvte, durch London gefahren. Gottgleich hatte er in Gärten voller Weißdorn und Wäscheleinen gespäht und durch ein Dachbodenfenster einen Blick auf ein zerwühltes Bett erhascht. In einem offenen Hauseingang hatte er frisches Sonnenlicht auf dem Parkett gesehen und die hoch aufragende, vertiefte Figur einer älteren Frau, die ihre Briefe las. Eine schwarze Katze kroch zwischen Spitzenvorhängen hervor, um sich in Form eines Brotlaibs auf eine Fensterbank zu legen. In der Fulham Road spritzte ein Mann mit einer Kappe auf dem Hinterkopf und einer goldenen Armbanduhr am Handgelenk einen Bürgersteig ab. All dies hätte Normalität darstellen können – sofern nicht das, was er hinter sich gelassen hatte, die gesichtslose Welt der Flughäfen und Anlagen nun die Normalität war, während diese vernünftigen menschlichen Szenen zu einem Anachronismus schrumpften.

Dieser letzte Abschnitt seiner Reise war der beste gewesen: Nie zuvor hatte er eine Busfahrt so sehr genossen, bewusst erfreute er sich an den vertrauten Ärgernissen von Schmutz und Verspätungen. Selbst seine Müdigkeit sorgte für wohlige Gefühle, denn er döste ein und wachte wieder und wieder im Luxus der Vergewisserung auf. Dies gegenwärtige Begrüßen seines Heimatlandes war übertrieben, da er es zuvor zu sehr geringgeschätzt hatte. Auch durchzog ein Anflug von Entschuldigung an jenem Morgen das Lob auf seinen gesamten heimischen Stadtteil.

»Hör mal, bevor ich es vergesse –«

»Die sind für die Kinder, kannst du sie irgendwo hintun?«

»Oh ja, wie lieb. Deine Briefe liegen auf dem Schreibtisch, die Rechnungen habe ich bezahlt.«

»Irgendetwas Interessantes?«

»Das musst du beurteilen. Ich habe ein Telegramm geöffnet, aber es war belanglos. Da sind ein paar Zeitungsausschnitte über die Umgehungsstraße. Hast du die Zeitung von gestern gesehen, der Mann in Amerika, den du kanntest, ist gestorben?«

»Vendler etwa? Ich habe gehört, dass es mit ihm zu Ende ging.«

»Ja, ich glaube, so hieß er. Wir können im Garten Tee trinken.«

»Soll ich den Kram runtertragen?«

»Danke, das schaffe ich schon.«

Ted ging sich ein Bad einlassen und trat dann aus dem Badezimmer in sein Arbeitszimmer. Eine angenehme Düsterkeit geschlossener Vorhänge, Tisch, Stuhl und Bleistifte ruhend, der Schreibtisch ein Altar, auf dem für seine sichere Heimkehr papierne Opfergaben ausgelegt worden waren. Es war ein archäologischer Moment, in dem er erkennen konnte, wie der Raum ohne ihn war: der Augenblick, in dem das Leben in eine Grabkammer eintritt.

Eine Phrase aus einem im Flugzeug über Lautsprecher gespielten Musikstück hatte sich in seinem Kopf festgesetzt, und er summte sie, während er sich über seine Briefe beugte, die gelockerte Krawatte baumelnd. Die Post war in beruflich und privat aufgeteilt, daneben lag ein Stapel mit Wurfsendungen, Zeitungsausschnitten, Spendenaufrufen und eine mit Rotstift markierte aufgefaltete Zeitschrift. Obwohl lange erwartet, war Vendlers Tod doch ein Schlag. Niemand konnte voraussehen, wer in dem erbärmlichen kleinen Kampf, der nun um seine Position ausbrechen musste, gewinnen würde, oder wie seine Arbeit in der Zwischenzeit weitergeführt werden sollte.

Ted erinnerte sich daran, dass er den Mann Vendler gemocht hatte, und war sich bewusst, dass ihm dies lediglich als ein Nebengedanke kam. Er würde besonders freundlich an die Witwe schreiben, um sich von jedem Anflug von oder Verdacht auf Herzlosigkeit reinzuwaschen.

Es war nicht Vendler, der gestorben war.

Stirbt in Amerika. Plötzlich in seinem Haus, nach einer aktiven Karriere, geprägt von und gipfelnd in, galt als zurückhaltend, dennoch loyale Freunde, darunter etwa, kürzlich ausgezeichnet, gereist, gewohnt, gegründet, gesammelt. Zweimal verheiratet: Zuerst, und dann mit der ehemaligen ... Eine Tochter aus der ersten Verbindung.

Hatte einen Schlaganfall erlitten. Tot und beerdigt, auf einen Schlag. Friedlich. Adam Vail lag in Frieden auf einem Bett, sein Schwert-Stock ruhend, oder impotent, in einem Schrank.

Der Wissenschaftler Vendler war noch am Leben, begnadigt: weiterhin ebenso nützlich wie angenehm. Es war Caroline Vail, an die Edmund Tice nun besonders freundlich schreiben würde.

Und die ehemalige Caroline Bell, wo war sie jetzt? Wohin schrieb man, um Schock und Mitgefühl auszudrücken? Der Schock war durchaus real, er konnte sich kaum auf Worte oder Gegenstände konzentrieren. Ein gläserner Briefbeschwerer hob und senkte sich, pochte gemeinsam mit dem dämmerigen Raum und dem verdunkelten Selbst in dem Spiegel an der geöffneten Badezimmertür. Ted Tice war noch nie in seinem Leben in Ohnmacht gefallen, stützte sich nun jedoch mit den Handflächen auf dem Schreibtisch ab.

Die Wanne war voll und lief bereits in einen Chromabfluss unter den Wasserhähnen über. Er ging sie zudrehen und spürte, wie er sich ein wenig entspannte, während er diesen kleinen Notfall bewältigte. Als das Strudeln und Strömen ein Ende nahm, ließ auch das Fließen und Überfließen der Erkenntnis nach. Der Spiegel zeigte nun lediglich eine Glasur von Gefühlen, nicht alle beschämend oder schamlos: Er hatte niemals einen Spiegel oder Worte im Geiste gefunden, um die Macht oder den Schmerz seiner Besessenheit wiederzugeben.

Er kehrte in sein Arbeitszimmer zurück und legte den Zeitungsausschnitt wieder an seinen Platz. Man würde ihn verändert vorfinden: Seine morgendliche Stimmung ließ sich nicht wiederherstellen, damit war es vorbei. Niemand sollte ahnen, dass er in der Zwischenzeit den Tisch berührt hatte. Der Morgen war von einer voreiligen Freude erfüllt gewesen – Stunden, in denen er Caro vergessen hatte und frei gewesen war.

Seine Hände zitterten furchtbar. Oft war ihm bereits der Gedanke gekommen, seine Liebe könnte ein Wahn sein.

Als er gebadet und sich angekleidet hatte, ging er nach unten und hinaus in den Garten. Auf einem Tisch im Schatten stand das Teetablett. Seine Frau trat mit einer rötlichen Katze auf dem Arm aus dem Haus und stellte sich in die Sonne, wo sie auf ihr Stichwort wartete. Das Gras war ein wenig zu lang, die vermischten Farben der Blumen so fein verwischt, dass man auf die Idee kommen konnte, sie dürften dort wild wachsen. Es war die Art von Garten, die Margaret liebte, alles in ihm war von ihr geplant. Ted hatte ihn oft gepriesen, abgesehen von einer Mauer, vor die sie kleine Büsche gepflanzt hatte, jeder von ihnen unterschiedlich. Er hatte einmal gesagt: »Das ist zu kalkuliert. Es sieht leidenschaftslos aus.« Sie hielt es für eine seltsame Kritik aus dem Mund so eines Mannes.

Ihre Haltung war exzellent und ließ sie groß wirken. Sie war stets unverändert, ruhig, vornehm; unschuldig, abgesehen von der Verwandlung durch den Schmerz. Ihr

Haar war sehr hell und leuchtete in der Sonne in feinen kleinen Löckchen. Die Augen groß und blau, nicht bedingungslos. Während sie vortrat, legte sie die Wange an das Fell der Katze, womit sie die Liebkosung anbot, die ihr Mann ablehnen mochte.

Sie verlagerte die Katze in den Armen, als diese mehr zu erwarten schien. Ted stand im Schatten, am Tisch. Sie blickten einander schweigend an: weder vereint noch verfeindet.

Er sagte: »Wenn du wüsstest, wie schön du bist.«

Selbst die Katze spitzte die Ohren. Margaret erwiderte: »Wenn ich es wüsste, was dann?«

»Du würdest die Welt in Schwingung versetzen.«

Sie wussten, dass er eigentlich meinte: Du würdest einen Mann finden, der dich wirklich liebt.

33

Als Rupert Thrale mit dreizehn Jahren Probleme mit dem Rücken bekam, brachte seine Mutter ihn in ein neues Krankenhaus auf der anderen Seite des Flusses. Nachdem die Röntgenbilder studiert waren, war es erneut Grace Thrale, die in einem Wartezimmer neben ihm saß, während er Seiten in einem Buch über Beuteltiere umblätterte und mit der Spitze seines Schulstiefels eine lose Gummifliese untersuchte. Als sie beim Namen Thrale gemeinsam aufstanden, um in das leere Zimmer eines Arztes geführt zu werden, hatten sie sich untergehakt. Und als sie allein vor einem Schreibtisch saßen, beugte sich Grace in ihrer Sorge vor und gab dem Jungen gerade einen Kuss, als die Tür aufging.

Der eintretende Mann sah die sich vorbeugende Mutter, den Arm auf eine Stuhllehne ausgestreckt, den Hals in hilfloser Fürsorglichkeit gebogen, die Lippen auf dem Haar ihres Sohnes, das sich blass mit ihrem eigenen vermischte. Im nächsten Augenblick drehte sie sich um und schaute ihn an. Und Rupert sprang auf die Füße und verleugnete ihre Liebkosung.

Was Grace erblickte, war ein robuster Mann um die dreißig in nordischen Farben – gerötete Wangen, blaue Augen, helles Haar, weiß gekleidet –, der in einem Türrahmen stand.

Die Szene war kurz, aber selbst dem Jungen blieb sie in Erinnerung.

Die drei setzten sich an den Schreibtisch, und der

junge Arzt sagte: »Seien Sie unbesorgt.« Er steckte eine Reihe von Röntgenaufnahmen in einen Metallrahmen und beleuchtete sie: die eingekerbten Segmente, die Rippenbögen, das graue knöcherne Gerüst einer blanken Existenz mit seinem tödlichen Omen. »Diese hier bezeichnen wir als Rückenwirbel.« Er zeigte mit einem Bleistift darauf. Und Grace Thrale blickte auf die Sterblichkeit ihres Sohnes – all das atmende Gewebe verbrannt, alles, was beweglich war oder ruhte, übelnehmen oder genießen konnte. Es war, als starrte sie auf die versteinerten Überreste im Grab eines Kindes.

Es sollte eine korrigierende Operation geben, die heikel war, nur selten durchgeführt wurde und einen Stab aus rostfreiem Stahl beinhaltete. Sie hatte keine Auswirkungen auf das Wachstum. »Du wirst danach besser als neu sein, das verspreche ich.« Auf diese Weise wendete der Arzt sich an den Jungen, ohne Herzlichkeit, in einer tiefen, klaren Stimme mit einem leichten schottischen Akzent, während er die Mutter durch ein Filament der Erfahrung einschloss, das beinahe zärtlich war. Sein Gesicht mit der verräterischen Färbung und Freundlichkeit hätte in einem anderen Zeitalter als schön gelten mögen. Sein Haar leuchtete, golden genug, um rot zu sein.

Als sie aufbrachen, sagte er zu Grace, sie solle gemeinsam mit ihrem Ehemann einen Termin vereinbaren. »Wir sollten es mit dem Chirurgen besprechen.«

Christian Thrale war in Angelegenheiten seines Landes unterwegs und konferierte gerade in Daressalam. Grace würde am Donnerstag allein kommen.

An der Tür ragte ein Schild aus der Wand: Angus Dance, M.D.

Am Donnerstag beleuchtete er die Aufnahmen und

zeigte mit dem Bleistift darauf. Er sagte, es sei kompliziert, würde aber gutgehen. Der beste Mann in ganz London würde diese Aufgabe übernehmen. Grace Thrale saß Seite an Seite mit Angus Dance, um die Bilder zu betrachten, und hinterließ beim Weiterreichen auf einem von ihnen einen zitternden Abdruck feuchter Finger. Als der Chirurg eintraf, erhob sich Dance und stand am Fenster in der Sonne, wo er weiß und golden leuchtete, ein Seraph, ein Flammenstrahl.

Grace erklärte, ihr Ehemann werde nach Hause kommen, um für die Operation da zu sein.

»Dann werden Sie mit meinem Kollegen zu tun haben. Ich werde in dieser Woche im Urlaub sein.« Er bemerkte ihre Beunruhigung. »Nur für ein paar Tage.« Nachdem der Chirurg sie verlassen hatte, setzte Dance sich, um seinen Teil eines Formulars auszufüllen. Er erzählte ihr, er werde seine Eltern besuchen, in der Nähe von Inverness.

»Wie ist es heutzutage in Inverness?«

»Oh, wie überall, voller Japaner.« Er überflog das Formular und bemerkte: »Wir sind Nachbarn. Wie ich sehe, wohnen Sie im Crescent. Meine Wohnung ist direkt um die Ecke, in dem blau gestrichenen Haus.«

Sie stimmten überein, dass ihnen der Farbton nicht gefiel. Grace sagte, sie komme oft an dem Gebäude vorbei, wenn sie die Abkürzung über den gepflasterten Weg zwischen den Häusern nehme, der ursprünglich Fußgängern vorbehalten war, heute aber missbraucht wurde. Sie wusste, dass er über alltägliche Themen sprach, um sie zu beruhigen, und war durch seine humane Absicht auch tatsächlich beruhigt.

Der Arzt sagte: »Irgendwann wird Rupert mich dort

mit dem Fahrrad über den Haufen fahren und ans Bett fesseln.« Er gab ihr das Formular zurück und berührte sie am Ärmel. »Sie werden sicher besorgt sein. Aber dafür gibt es keinen Grund.«

Die Operation lief so gut, dass Christian Thrale innerhalb weniger Tage zurück in Daressalam war. Der Junge würde ungefähr einen Monat im Krankenhaus verbringen. Grace kam jeden Morgen und Nachmittag, brachte ihm Comichefte, ein Puzzle, saubere Schlafanzüge. Es gab eine Cafeteria, in der sie zu Mittag aß.

»Wie war Inverness?«

Doctor Dance trug ein Tablett. »Das Tor zum Orient. Ich bin froh, dass Rupert sich so gut erholt.« Sein aufrechter Körper machte einen robusten Eindruck, sowohl stark als auch gravitätisch. Er hatte kurze, muskulöse Arme, deren Behaarung rötlich sein würde.

Sie setzten sich an einen Tisch, und Grace übermittelte Christians Dankbarkeit aus dem fernen Tansania, zog sogar einen Brief aus der Tasche. Erleichterung sprudelte in Form von Lob aus ihr heraus: Die Krankenschwestern waren so freundlich, der Chirurg, der Therapeut aus Karatschi. Schwester Hubbard war eine Heilige, und Rupert werde hoffnungslos verwöhnt. Dann sagte sie: »Nun, aber warum sollten Sie sich all das in Ihrer freien Zeit anhören?«

Ihr helles, in der Mitte gescheiteltes Haar war zu Wellen geformt und fiel ihr in zwei Flügeln über die Ohren. Hin und wieder berührte sie es und ließ einen Ring an ihrer erhobenen Hand aufblitzen. Ihre Nägel hatten Hausfrauenlänge und waren unlackiert. »Wie war Ihre Reise?«

Er sagte, er nehme jedes Mal den Zug. Seine Eltern

führten ein abgeschiedenes Leben, hätten aber nun einen Fernseher. Das Haus, das sich im Landstrich Black Isle befand, sei immer kalt, nicht nur wegen der fehlenden Heizung, sondern auch aus selbstauferlegter Sparsamkeit. »Sie mögen es karg. Vorhersehbarerweise tendieren meine Schwester und ich zu Unordnung.« Im ganzen Haus hing nur ein einziges Bild: »Eine gerahmte Fotografie der *Tirpitz*, die am selben Tag sank, an dem ich geboren wurde. Oder jedenfalls kam an jenem Vormittag die Nachricht, dass man sie versenkt hatte.« Seine Schwester war ebenfalls Ärztin und lebte in Edinburgh.

Grace stellte sich die alten Kleinpächter in dem schmucklosen Haus vor, die Einsilbiges wie *Aye* oder *Wee* oder *Yon* hervorbrachten, und die unverheiratete Schwester, eine rotwangige, in Tweed gekleidete Kinderärztin, die aller Wahrscheinlichkeit nach Jean hieß. »Ihre Eltern müssen Sie beide vermissen.«

»Mein Vater ist immer noch als Berater tätig. Er ist Ingenieur. Außerdem fahre ich ziemlich regelmäßig hoch. Und Colette fährt über Ostern hin. Für sie ist es eigentlich schwieriger, da sie verheiratet ist und Kinder hat.«

An jenem Abend fragte Grace auf einer Dinner-Party: »Kann sich irgendjemand daran erinnern, in welchem Jahr wir die *Tirpitz* versenkt haben?«

Es ergab sich, dass Grace Thrale und Doctor Dance jeden Tag miteinander sprachen. Da waren die Röntgenaufnahmen, die es zu beleuchten und betrachten galt, jedes von ihnen getönt vom Hauch der Erlösung, da war Ruperts Bettkante, da waren die Flure und die Cafeteria. Einmal blieben sie zehn Minuten auf der Treppe stehen, um sich zu unterhalten. Sie brachten die Nachbarschaftsgespräche bald hinter sich – der missbrauchte gepflasterte Weg, das hässliche neue Hotel in der Nähe, das Gruppen aufnahm –, und Grace fand heraus, dass Angus Dance nach einer im Studium geschlossenen Ehe geschieden war, liberal wählte, im Rahmen eines Austauschprogramms ein Jahr in Kolumbien verbracht hatte und ein kleines Segelboot in Burnham-on-Crouch besaß. Früher hatte er Gefängnisbesuche in Wormwood Scrubs gemacht, wofür ihm nun jedoch die Zeit fehlte. An einem Tag lag ein Buch auf seinem Schreibtisch, über die Brontës.

Bei der Erwähnung seiner Ehe sagte er: »Die jungen Leute machen das heute nicht mehr so oft.« Jünger als sie, zählte er sich selbst bereits zum alten Eisen.

Grace erzählte ihm, wie ihre Eltern beim Schiffbruch einer australischen Fähre ums Leben gekommen waren, als sie noch ein Kind war. Direkt danach – so schien es, wie sie es nun berichtete – war Christian gekommen. Während sie diese Begebenheiten nacherzählte, empfand sie ihre Geschichte als unausgereift, ereignislos. Jahre fehlten, wie bei einer Amnesie, und die einzige folgenschwere Handlung in ihrem Leben war die alltägliche des Gebärens gewesen. Der unglückliche Untergang ihrer Eltern übertraf nach wie vor jede bewusste eigene Tat und war noch immer das Einzige, womit sie Aufsehen erregen konnte.

Diese Leerstelle mochte sich auf das Wachstum ausgewirkt haben. Verglichen mit seiner Vielfältigkeit war sie unbeweglich, landgebunden, ein Binnenland im Gegensatz zu seinem offenen Meer.

Diese Unterhaltungen mit Doctor Dance waren Grace Thrales erste Gespräche. Mit Caro hatte es eine unartikulierte Verbindung gegeben: das Kindheitsschweigen an einem Strand von Sydney. Mit Christian gab es das Büro, die drei Jungs, die Strukturen und Krisen häuslicher Tage. Sie hatte nicht oft gesagt: »Ich denke«, »ich fühle«, und hatte den Mangel auch nicht gespürt. Nun entwickelten Gedanken und Gefühle einen Reiz für sie und vervielfältigten sich. Sie erprobte sie zwischen den Krankenhausbesuchen. Sie führte imaginäre Gespräche mit Angus Dance, fantastische Diskurse, in denen Grace ohne Scham glänzte. Sie verspürte einen Drang, zu enthüllen, sich zu erklären, die reine Wahrheit zu sagen. Die Zeiten, in denen sie tatsächlich neben ihm saß und sich Röntgenbilder ansah, erzeugten eine gegenseitige Liebenswürdigkeit, die den Beweis für menschliche Vollkommenheit darstellte. Nach diesen Gelegenheiten entstand das Bewusstsein einer Anstrengung, einer ordentlichen Beanspruchung, wie sie der Körper nach einer gesunden, ungewohnten Handlung verspüren mochte.

Eines Tages berührten sich ihre Finger beim Weiterreichen eines Blattes Papier, und das war alles.

»Ich nehme an«, sagte Grace Thrale, »Angus war schon immer ein schottischer Name.«

»Es ist eine Abwandlung von Aeneas.«

Sie wusste nicht mehr, was Aeneas getan hatte, und hielt es für besser, nicht nachzufragen.

Er veränderte sie. Mehr als alles andere wünschte sie sich, seine andersartige Stufe der Güte zu erreichen, sein Empfindungsvermögen, das so präzise wie ein Instrument war, jedoch von einer natürlichen Genauigkeit, seine gute Laune, die eine Form der Großzügigkeit war, seine leichte und echte Melancholie. Tugend war das, was sie sich am meisten von ihm erhoffte, als wäre diese eine Ehre, die er verleihen könnte. Er konnte sie zu einer ehrbaren Frau machen.

Würde man die blanken Fakten von Grace Thrales Liebe aufzählen, so erschienen sie vertraut, bedauernswert und für manche sogar komisch. Dessen war sie sich selbst bewusst. Es war die Süße, die nicht erklärbar war.

Weil sie glaubte, dass dieser Zustand angeboren war, durchforstete sie ihre Erfahrung nach einem Präzedenzfall. Sie verweilte bei einem Mann, den sie vor langer Zeit in London gekannt hatte, vor ihrer Ehe: ein launischer Lehrer, der Verabredungen oft absagte oder zu spät kam und der sie einen kalten Sommer hindurch hatte leiden lassen. Erst im vergangenen Jahr hatte sie gehört, dass er nun Schuldirektor in Dorset war, und hatte seinen Namen im Telefonbuch nachgeschlagen. Er lieferte keinen Prolog zu Angus Dance. Verglichen mit diesem Lehrer war Christian Thrale wie der Inbegriff der Rücksichtnahme erschienen, ein verantwortungsvoller Liebhaber, dessen Pünktlichkeit von Beginn an auf den Ehestand hingedeutet hatte. Angus Dance hatte keinen Vorgänger.

Grace steckte sich das Ende eines Stifts zwischen die Lippen. Hugh, ihr mittlerer Sohn, fragte: »Warum guckst du so?«

»Ich überlege, was ich Daddy erzählen soll.«

Nachts war sie allein mit Angus Dance, wenn sie sich in der Dunkelheit einsam hinlegte und den Arm um ihren Körper schlang. Sie dachte daran, dass Christian bald aus Daressalam zurückkehren würde. Das Wissen, dass er dann augenblicklich mit ihr schlafen würde, löste in ihr schlichte Hinnahme aus.

In der Woche nach Ruperts Heimkehr aus dem Krankenhaus lief Mrs Thrale Doctor Dance auf der Straße über den Weg. Sie begegneten sich an einer Stelle, an der gerade Straßenbauarbeiten im Gange waren, und konnten sich über den Lärm der elektrischen Bohrmaschine hinweg kaum verstehen. Grace starrte auf seine helle, errötete Haut und seinen lohfarbenen Kopf, seine Mittagsfarben, während Asphaltpartikel explodierten und das Pflaster bebte. Auch das Bewusstsein wurde durchgerüttelt, auf einer inneren Richterskala.

»Lassen Sie uns von hier verschwinden.« Dance führte eine Bewegung aus, als ergriffe er ihren Ellbogen, was er jedoch nicht tatsächlich tat. Sie waren beide auf dem Weg zur Konditorei und stimmten überein, dass die Verkäuferin griesgrämig, die Croissants jedoch gut waren. Als sie an der Ecke die Straße überquerten, sagte Grace: »Wir alle vermissen Sie.« Sie hörte, dass ihre Worte vor Verzagtheit kokett wirkten, und ein Muskel in ihrer Wange begann leicht nervös zu zucken. Er lächelte: »Na, das geht nun aber zu weit.« Fügte jedoch hinzu: »Ich vermisse Sie alle auch.« »Alle« zu sagen ermöglichte und schmälerte es zugleich: ein gewissenhaft eingehaltener Pakt.

Im Geschäft musste Grace auf den Gewürzkuchen warten. Angus Dance gab ihr die Hand. »Ärzte sind immer für irgendetwas spät dran. Ich hoffe, wir begegnen uns wieder.«

Als er fort war, sagte die grimmige Frau hinter der Theke: »So, ein Arzt ist er also. Er hat ein reizendes Gesicht.«

Als Christian den Gewürzkuchen lobte, erwiderte Grace: »Den habe ich von der netten Frau an der Ecke.«

Jedes Frühjahr gaben die Thrales eine Party – Getränke und kleine Häppchen. Sie nannten diese schickliche

Veranstaltung »unseren Kracher«. Grace probte im Stillen ihre Frage: Ich würde gern diesen jungen Arzt einladen. Wir könnten Ruperts Arzt Bescheid geben, der praktisch nebenan lebt. Wie wäre es, wenn wir diesen Doctor Dance fragen, der Rupert so super behandelt hat?

Auf die Frage, so wie sie schließlich formuliert wurde, antwortete Christian: »Gute Idee.« Er hatte vorgehabt, einen sehr ranghohen Kollegen aus dem Ministerium einzuladen, und nahm an, ein Arzt würde gut dazu passen.

Grace rief im Krankenhaus an. Dance erkannte ihre Stimme: »Hallo.« Er sagte nicht Mrs Thrale, hatte es auch noch nie getan. Er schrieb sich das Datum der Party auf, und sechs bis acht. »Gibt es einen besonderen Anlass?«

»Es ist mein Geburtstag. Aber das erzählen wir niemandem.«

Sie hatte ein neues Kleid, das ihre Brüste zur Schau stellte. Christian fragte: »Ist das nicht ein wenig zu unbedeckt?« Mit dem Finger fuhr er auf ihrer Haut am Rand der schwarzen Seide entlang. »Herzlichen Glückwunsch zum Geburtstag, liebste Grace!«

Auch wenn sie zum Servieren der Getränke ein Paar aus Jamaica angeheuert hatten, war es Grace, die Angus Dance die Tür öffnete. Bevor er eintrat, beugte er sich vor, gab ihr einen Kuss auf die Wange und murmelte: »Glückwunsch!« Er überreichte ihr ein kleines Päckchen, das, wie sich später herausstellte, Lavendelwasser enthielt. Grace erzitterte unter dem überraschenden Kuss, von dem sie sich mit dem unauslöschlichen männlichen Abdruck auf ihrer Seide und ihren weiblichen Armen abwandte. Als Christian vom unteren Ende der

Treppe auf sie zutrat und sein Party-Gesicht für das ernste Gesprächsthema Rupert ablegte, wich sie in die Kurve des Flügels zurück, wohin ihr Dance bald darauf folgte.

»Wer spielt?«

»Ich.« Zum ersten Mal fügte sie nicht hinzu: »Meine einzige Fertigkeit.« Er beugte sich vor, um den Notenstapel durchzusehen. Um zu beeindrucken, hatte sie ganz oben Chopin platziert. Sie beobachtete, wie er mit bedächtigen großen Händen die Seiten umblätterte, und betrachtete sein beinahe spirituelles Gesicht. In diesem amateurhaften Umfeld hatte er an Autorität verloren, und seine Jugend war ein Schock, eine Enttäuschung. Tatsächlich war die Autorität auf sie übergegangen. Als Matrone herrschte sie über ihren Haushalt, ihre Bekanntschaften, ihre reizenden Kinder: die Herrin der Lage.

Sie wusste nicht, wie sie ihn nun ansprechen sollte, da er von seiner Funktion getrennt war. Im Krankenhaus hatten die Schwestern ihn Herr Doktor genannt, wie Frauen mit Familie ihre eigenen Ehemänner Vater nennen – oder Papi.

Sie sprachen über das Gemeindezentrum, und Grace teilte ihm mit, die Kunstausstellung dort werde am Sonntag eröffnet. Dance erwiderte: »Vielleicht schaue ich einmal vorbei.«

Rupert erschien mit Dance' Whisky, andere Gäste wurden vorgestellt. In einem ovalen Spiegel, den sie in Bath gekauft hatten, sah sie den Raum: bieder, mit floralem Charme und, genau wie England, von Wand zu Wand mit grünem Teppich ausgelegt. Und sah sich selbst, in diesem Feld voller Blumen – kaum zu unterscheiden von Kissen und Vorhängen und von einer Dekoration, die, weil es ihr an Temperament mangelte, keinerlei Unruhe auslöste.

Auch konnte sie eher im Spiegel sehen als hören, wie ihr Ehemann sagte: »Seien wir doch mal ehrlich«, und beobachten, wie wunderbar sich ihr blonder und beliebter ältester Sohn Jeremy verhielt. Sie sah die Ringe an ihren Fingern und ein Armband, das versichert war. Doch sosehr sie auch schaute, konnte sie Angus Dance in diesem Spiegel nicht erkennen (er war ins Esszimmer geführt worden, um eine Scheibe Schinken zu kosten), und sie wusste, dass sich daran niemals etwas ändern würde.

Christians Ministerialdirektor hatte ein Gemeinsamer-Markt-Gesicht. Er stellte sein Glas auf dem Chopin ab und sagte: »Ich kenne Sie eigentlich nicht gut genug, um Ihnen diese Geschichte zu erzählen.« Grace sah den Raum sich in gespiegelten Wassern kräuseln: solche langsamen Bewegungen, solche Pastellfarben und, wieder einmal, sie selbst – ausgepolstert, dekoriert, versichert und, zum ersten Mal, vollkommen allein. Eine dicke Frau in Violett lehnte sich gegen den Kamin und färbte die Sicht lila. Christians Vorgesetzter sagte: »Jetzt kommt der schlüpfrige Teil.« Grace lauschte gedankenverloren dem Ende des Witzes. Als sie nicht lächelte, war Sir Manfred verstimmt und blickte auf ihre weiße Haut, als wollte er sagen: Sie haben damit angefangen. Er griff nach seinem Glas und trat vors Bücherregal: »Ich bin ein unersättlicher Leser.« Er hatte einen kreisrunden Flecken auf einer Nocturne hinterlassen.

Sie sah oder wusste, dass Angus Dance in den Raum zurückgekehrt war. Als sie nach ein paar Käsebällchen schaute, fand sie sich in seiner Nähe wieder, während er mit einem schwarzhaarigen, blauäugigen Mädchen sprach, das mit den Dalrymples gekommen war.

Und weshalb denn auch nicht? Ein Mann wie er

konnte unmöglich ein zölibatäres Leben führen, enthaltsam als Tribut an ihre eigenen romantischen Fantasien.

»Grace, ich habe die Informationen über die *Tirpitz* für dich.«

Es war ihr ältester gemeinsamer Freund, dem sie sogleich den Tod wünschte.

»Behaupte nicht, ich würde dich jemals enttäuschen. Versprochen ist versprochen. Zwölfter November vierundvierzig.«

Grace faltete die Hände vor dem Körper. Versenkt.

»Vertäut gekentert. Im Jahr zuvor hatten wir sie mit Mini-U-Booten funktionsunfähig gemacht, aber vierundvierzig hat die britische Luftwaffe ihr den Rest gegeben. Irgendwo im Polarkreis, oben in den norwegischen Fjorden, frag mich nicht, wie man den Ort ausspricht, es ist einer dieser Namen mit Pünktchen darüber.«

Angus Dance stand Rücken an Rücken zu ihnen, direkt in Hörweite.

»Die deutschen Trottel haben sie nämlich direkt in unsere Schussweite gebracht. Auf deren Blödheit ist stets Verlass. Absolut dämlich. Na, wäre damit alles geklärt?«

»Ich danke dir, Ernie.«

Ernie sprach zwar kein Deutsch, konnte jedoch auf Partys den Akzent gut zum Besten geben. »Imma zu Ihrren Dienstänn.« Er knallte die Hacken zusammen.

Angus Dance holte einen Aschenbecher für das Dalrymple-Mädchen. Er hatte gesagt: »Man hatte sie versenkt.« Für Grace und Ernie war es: »Wir haben sie versenkt« – selbst das Schulmädchen Grace hatte mit all ihrer Löckchenmacht das große Kriegsschiff *Tirpitz* angegriffen. Angus Dance hatte nichts damit zu tun, war frei von Schuld oder Ruhm. Für ihn hätten Ernie und

Grace ebenso gut in der Nacht von Mafeking auf den Straßen gewütet haben können.

Grace drehte ein kaltes Glas in ihren Handflächen. Ernie fuhr mit einem besitzergreifenden Finger die schwarzen Umrisse des Flügels entlang, wie Christian zuvor am Ausschnitt ihres Kleides. »Sie hat tausend Männer mit sich in die Tiefe gerissen.«

Sir Manfred löste sich von einem Fragesteller. »Ich weiß die Zahlen nicht aus dem Stegreif. Warum rufen Sie nicht meine Sekretärin an?«

Ein Bleistift wurde hervorgeholt und ein Blatt Papier.

»Miss Ware. Nein, nicht Waring, Ware. Cordelia Ware. Sie ist ein kleiner Drachen, aber sie kennt die Statistiken in- und auswendig.« Sir Manfred fügte eine Telefonnummer hinzu und trottete dann auf Grace zu. »Untröstlich, ich muss gehen.«

Leute küssten sie, einer nach dem anderen: »Es war wunderbar, wunderbar. Einfach wunderbar.« Angus Dance schloss sich einer Welle des Aufbruchs an, reichte die Hand.

Als es vorbei war, holten sie das Spode-Porzellan aus seiner sicheren Verwahrung. Jemand hatte einen Kelch aus geschliffenem Kristall zerbrochen.

Jeremy bemerkte: »Ihr habt doch Kracher gesagt.«

Zwei miauende buntgefleckte Katzen wurden aus dem Badezimmer im Obergeschoss gelassen, wollten die Essensreste jedoch nicht anrühren. Jeremy und Hugh stellten die Truhe zurück zwischen die Fenster. Rupert, der nichts heben durfte, half Christian, leere Flaschen zu zählen. »Ich mochte Doctor Dance am liebsten.«

Ich auch.

Christian drehte sich halb zu Grace um und zwinkerte

beiläufig. »Aha, wir sind also in Doctor Dance verliebt?« Er hatte die Flaschen in einer Kiste gesammelt. »Ich mochte ihn auch.«

Noch später, als er den Wecker neben seinem Bett stellte, fragte Christian: »Warum in aller Welt hat Ernie dieses ganze Zeug über die *Tirpitz* erzählt? Oder war es die *Scharnhorst*?«

Grace zog das schwarze Kleid über ihren Kopf. »Ich glaube, es war die *Scharnhorst*?«

Er hätte sie am nächsten Tag anrufen können, um sich für die Party zu bedanken, tat es jedoch nicht, obwohl das Telefon den ganzen Tag klingelte und Christians Vorgesetzter Blumen schickte.

»Also war es ein Erfolg«, verkündete Jeremy, der langsam weltgewandt wurde.

Grace blätterte die Post durch.

Christian meinte: »Das ist wohl der schönste Strauß Margeriten, den ich je gesehen habe.«

Grace Thrale hatte nun begonnen, die bekannten Stadien der Liebe zu durchlaufen: das Primärstadium schlichte, wenn auch endlose Sehnsucht. An einem einzigen Morgen mochte sie auf der Straße ein Dutzend Dances sehen. Dann, aufgeschreckt von einem unmöglichen Telefonklingeln, dessen elektrisches Bohrgeräusch in ihrer Seele nachhallte, konstruierte sie aus einem Kuss an der Haustür Mythen und Legenden. Das war die Sekundärphase. Tertiär war der Glaube, jegliche Bedeutung entstamme ihrer eigenen verwirrten Fantasie, und jegliche Erwiderung von Angus Dance sei ein Hirngespinst. Sie hatte ihm nichts mehr zu offenbaren. Er hatte sogar ihr bestes Kleid gesehen.

Wüsste er Bescheid, würde er irgendeinen Scherz über ihr Alter machen. Über dieses Thema konnte selbst der freundlichste Mann sich grausam amüsieren.

Das Schlimme war, dass die schiere Fülle ihrer Gefühle für Gegenseitigkeit genügte. Außerdem ließ so viel liebende Güte sie tugendhaft erscheinen.

Die Formulierungen verschwammen und wechselten sich ab. Wenn er am Sonntag zu der Kunstausstellung käme, würde sie es wissen.

Grace lag wach und fiel dann in einen unruhigen Schlaf.

Christian bemerkte: »Du stehst in letzter Zeit so früh auf.«

»Das ist dieser Nachbarshund, der im Morgengrauen bellt.«

Rupert lachte gackernd: »Wie ein Hahn.«

»Wenn das so weitergeht«, sagte Christian, »werde ich mit dem Besitzer ein ernstes Wörtchen reden.«

Rupert sagte: »Die ehemalige Miss G. Bell mag wohl kein Gebell.« Er verschüttete sein Frühstück vor Lachen.

Mittlerweile hatte Mrs Thrale in ihrem Herzen mehrfach Ehebruch begangen.

An jenem Sonntag nahm Christian die Jungs mit zu einem Reitturnier. Christian kannte sich mit Pferden aus – mit ihren Maßen und Abzeichen und Deckakten, mit ihrer Geschwindigkeit. Auch die Jungen verwendeten fachmännisch Wörter wie Rotschimmel, Braunschecke und Wallach.

»Bis sechs sollten wir zurück sein.«

Grace sagte: »Vielleicht schaue ich bei der Kunstausstellung vorbei.«

Als sie fort waren, schminkte sie sich sorgfältig. Sie

zog einen schweren blauen Mantel über, der zwar alt war, ihr jedoch gut stand. Es war ein nasskalter Tag, beinahe ohne Licht, dichte Wolken deuteten auf Schnee hin. In einem Schaufenster sah sie, wie sie ihren Schal zusammenhielt – in Eile, glühend.

An der Tür nahm ihr eine Frau zehn Pence Eintritt ab. Der Boden aus schmutzigen Holzdielen war uneben und knirschte, als sie eintrat. Außer ihr war kaum jemand im Saal, aber sie konnte sich nicht dazu durchringen, nach Angus Dance Ausschau zu halten. Ein dicker Mann in einem Regenmantel trat einen Schritt zurück, um einen besseren Blickwinkel zu bekommen, und stieß mit ihr zusammen: »Verzeihung.« Im Raum waren außerdem zwei bis drei ältere Pärchen, die nichts Besseres zu tun hatten, und ein mutloses Mädchen, das vielleicht eine der ausstellenden Künstlerinnen war. Die Farben waren oft Grün und Rot, in Wirbeln, oder dünn und winkelförmig aufgetragene Grautöne. Sie wusste, dass er nicht kommen würde.

Als sie die Ausstellung verließ, wurde es dunkel und regnete Graupel. Sie wollte nicht nach Hause gehen, es war, als würde ihre Demütigung dort enthüllt werden. Sie schreckte zurück vor ihrem Heim wie vor einer zusätzlichen Bestrafung – wie ein Kind, nachdem es von seinen Spielkameraden malträtiert worden war, sich vor elterlicher Schelte wegen seiner zerrissenen Kleider fürchten mochte. Stolperte jedoch ohne eine andere Möglichkeit voran. Schmerz stieg von ihrem Brustkorb auf und fiel wie Eisregen hinter ihren Augen nieder. Es war kaum zu glauben, dass es niemanden geben sollte, sie zu trösten.

Sie dachte: meine tödliche Kränkung. Und ihr wurde

zum ersten Mal bewusst, dass in dem Wort Krankheit steckte.

Allein zu Hause ging sie ins Badezimmer, stützte sich mit beiden Händen auf dem Waschbeckenrand ab und dachte nach. Dieses Leid musste noch einen anderen Auslöser haben als Angus Dance. Solche Leidenschaft konnte kaum etwas mit ihm zu tun haben, dem rothaarigen Doctor Dance aus Fleisch und Blut und von dreimonatiger Bekanntschaft, sondern musste sich auf eine Fantasievorstellung richten. Dieser Spiegel wiederum zeigte sie angespannt, exponiert, schwer atmend. Sie hatte sich noch nie so real gesehen, so roh.

Gerade hatte sie den Mantel ausgezogen, als die anderen vom Turnier nach Hause kamen und in geübter Manier über Füchse und Braune sprachen. Christian war in der U-Bahn angerempelt worden: »Vielleicht bin ich für die Massengesellschaft nicht geschaffen.«

Grace erwiderte: »Vielleicht sind wir die Massengesellschaft.«

Montags war Mrs Thrales Friseurtag. Sie sagte: »Mario, ich habe ein paar graue Haare«, und legte sich die Hand an die Stirn. »Hier.«

Er führte ihren Kopf mit beiden Händen unter ein Licht, als wäre er ein Schädel, der *norma frontalis* gehalten wurde. Ach, arme Grace. Nach einer Weile sagte er: »Das ist kein Fall fürs Färben.«

Er ließ sie frei: »Sie sind noch nicht bereit zum Färben.« Es klang wie sterben.

»Nein.«

»Um fair zu sein, Sie können damit noch ein wenig warten.«

Grace setzte sich auf einen Plastikstuhl, und er sagte: »Für dunkelhaarige Damen ist es schlimmer.«

Als sie mit der *Vogue* und dem *Archipel Gulag* unter dem Haartrockner saß, wurde ihr das uralte Pathos dieses Ortes bewusst. Es war kaum eine junge Frau anwesend, abgesehen von dem Mädchen zum Einshampoonieren, dessen hüfthohe Jeans und markante Wölbung der Brust Grace Thrales weiches Fleisch historisch wirken ließen. Grace blickte hinunter auf ihre eigenen runden Ärmchen, starrte sie an wie das Porträt eines alten Meisters. Sie dachte an ihren Körper, der nie wirklich schlank gewesen und nach dem Austragen der Kinder von einem weißen Netz überzogen war und nun passiv Verfall und Zerstörung entgegensehen musste. Ihre Hände, über einer auf dem Bild eines bronzefarbenen Mannes am Strand aufgeschlagenen Zeitschrift gefaltet, nahmen instinktiv eine resignierte Haltung ein. Sie las: »Der Aga Khan in einem seltenen Moment der Entspannung.« Nahm jedoch sich selbst in diesem Augenblick wahr, wie sie in eine riesige Spannung eintrat, einsam und universell.

In jener Nacht träumte Grace ihren eigenen Tod.

Am folgenden Morgen rief sie unter einem Vorwand im Krankenhaus an.

»Doctor Dance ist mit einer schweren Erkältung zu Hause.«

Sie behauptete, es sei nicht wichtig, und legte auf. Die schlimme Erkältung löste Verachtung aus, und sie sagte laut: »Ich wäre hingegangen«, womit sie die Kunstausstellung meinte, was auch vollkommen der Wahrheit entsprach. Sie ging nach oben, machte die Betten und dachte voller Hohn: Schotten sind gewiss keine Latin Lover.

Die Ausgeglichenheit war nicht von Dauer. Auf dem Weg nach unten kehrte derselbe Schmerz aus dem Brustkorb zurück, ein enormes Leiden, pompös, von einem Ausmaß und einer Bedeutung, die ihr, Grace Thrale aus London W8 7EF, kaum zuzustehen schienen. Sie saß in der Küche und dachte: Ich bin überreizt, und vielleicht bin ich verrückt. Oh Gott, ich muss ausbrechen.

Brechen, brechen, brechen. Ihr habt Kracher gesagt. Verknallt.

In ihrer Einsamkeit kam ihr in den Sinn, dass Bücher vielleicht geholfen hätten. Zum ersten Mal war ihr die Tatsache bewusst geworden, dass sie nicht las, dass weder Christian noch sie lasen – und darin lag die eigentliche Entdeckung, denn sie hatte darauf vertraut, dass er einen literarischen Haushalt führen würde. Sie besaßen Dutzende Bücher, auf Regalen, die eine halbe Wand einnahmen, von den Penguins ganz zu schweigen. Und ließen sich aus der Bibliothek regelmäßig die neuesten zuschicken. Sie hatte Iris Murdoch ebenso im Haus wie Solschenizyn. Unersättliche Leser. Aber ein Zustand der Empfänglichkeit, in dem die Qualen eines anderen ihre eigene Seele berühren könnten, durch den ihre Vernarrtheit definiert und gefeiert werden könnte – davon war nichts vorhanden. Christian präsentierte sich selbstbewusst als belesenen Mann: »Diesen Winter lese ich Conrad noch einmal.« Aber *Im Wechsel der Gezeiten* lag nun seit Dezember auf seinem Nachttisch.

Christian kam nach Hause und küsste sie. »Ich habe diese Leute wegen ihres jaulenden Hunds angesprochen.«

»Das hast du nicht.«

»Aber sicher. Irgendwann musst du schließlich schlafen. Sie haben sich bereit erklärt, das Tier im Haus zu lassen.«

Sie wünschte, er hätte nicht »das Tier« gesagt.

Er ließ seine Aktentasche auf den Tisch im Flur fallen. »Und ich habe tatsächlich das Wort jaulen benutzt.«

In ihrem Traum hatte Christian geweint.

Nachts stand Grace auf und ging nach unten. Sie nahm *Wuthering Heights* aus dem Regal und stellte sich ins Mondlicht vor die Fenster, wo sie die niemals endende Wache ihrer Leidenschaft hielt. Sie hatte kein Recht, den Namen Angus Dance auszusprechen oder ihm auch nur in Gedanken einen Kosenamen zu geben – im echten Leben hatte sie diese Dinge niemals getan. Ebenso gut hätte sie sich an Heathcliff wenden können oder an Aeneas. Das Buch, eine alte Ausgabe, lag schwer in ihrer Hand. Sie wusste, dass sie es nicht lesen würde, fragte sich jedoch, ob man es auf jeder beliebigen Seite aufschlagen und darin Wahrheit finden könnte, wie in der Bibel. Mit der anderen Hand fuhr sie ihren Körper entlang und fand ihre kleinen Füße unwiderstehlich hübsch, wie sie unter ihrem Nachthemd hervorschauten.

Am Morgen sagte Christian: »Vielleicht brauchen wir eine neue Matratze.«

Als die Margeriten zu faulen begannen, warf Grace sie in den Abfall. Auf der Karte, die noch an ihnen befestigt war, stand: »Mit Ehrerbietung«, und durch den Namen ging ein Tintenstrich. Sie spülte die Vase mit Wasser aus und erinnerte sich: »Ich habe nicht über seinen unanständigen Witz gelacht.«

Christian war beunruhigt, versicherte jedoch: »Du musst dich sicher nicht für meine Karriere beleidigen lassen.« Um ihre Gedanken vorwegzunehmen. Nach einer Weile fragte er: »Was war das denn überhaupt für ein Witz?«

»Daran kann ich mich beim besten Willen nicht mehr erinnern.« Sie brachen beide in Gelächter aus. Keine andere Antwort hätte ihm besser gefallen. Die perfekte, behütete Grace. Einmal, während eines Urlaubs auf Korsika, hatte er ihr Gesicht von dem, wie er es nannte, Spektakel eines Faustkampfes fortgedreht.

Spät an jenem Tag traf sie Angus Dance auf der Straße. Sie hatte Narzissen gekauft, um die Margeriten zu ersetzen, und hielt sie mit den Köpfen nach unten in der Hand. Ihr fiel nichts ein, das der magischen stummen Unterhaltung ihrer Tagträume gleichkäme.

Er fragte: »Geht es Ihnen gut?«

»Ich schlafe in letzter Zeit nicht viel.« Sie hätte ebenso gut sagen können: Ich liebe Sie. »Außer mit Tabletten.«

»Was nehmen Sie?« Für einen Moment erlangte er Autorität zurück.

Dann sprachen sie über seine schwere Erkältung. Und sie würde Rupert am Ende des Monats zu einer Kontrolluntersuchung vorbeibringen. Trotz der Schlaflosigkeit leuchtete ihre Haut wie seine eigene.

Er fragte: »Haben Sie Zeit für einen Kaffee?«

Also setzte Grace Thrale sich an einen Resopaltisch, und Angus Dance hängte seine Flanelljacke an einen Haken. Er trug eine blasse Wollweste, die seine Mutter gestrickt hatte. Sein Haar allein genügte, um Aufmerksamkeit zu erregen: sein Polarlicht, seine lodernde Mitternachtssonne. Sie wechselten kaum ein Wort, beugten sich jedoch in feinfühliger Bereitschaft vor, bis die Kellnerin kam, um ihre Bestellung aufzunehmen. Sowohl sein Akzent als auch ein seltsam behauchtes R traten deutlicher hervor. Grace hatte das Gefühl, sie selbst spräche undeutlich, und bemühte sich um eine klare Aussprache.

»Ich habe mich gefragt, wie es Ihnen geht.« Alles in allem die gewagteste Bemerkung, die sie je geäußert hatte. Sie war überrascht von ihrem bestimmten Tonfall, ihrer sicheren Hand, mit der sie effizient nach dem Zucker griff, wo doch die gesamte Schöpfung, selbst die Struktur des Firmaments gewirkt war, aufnahmefähig, cremefarben, wie sein Pullover.

Er sagte, er müsse nach Burnham-on-Crouch fahren, um nach seinem Boot zu sehen, das sich gerade auf der Helling befand, wo es abgekratzt und mit Mennige bestrichen werden sollte. An manchen Stellen musste es auch neu kalfatert werden. »Irgendwie ist mir gerade nicht danach.« Die Gemeinplätze, die Vorenthaltungen waren eine Erkenntnis an sich. Ihre duftenden Blumen standen zwischen ihnen in einem Glas Wasser, zusammengehalten von einer grünen Schnur.

Grace fragte: »Wie heißt Ihr Boot?«

»Sie heißt *Elissa*.« Er machte Platz für die Milch. »Ich bin kein großer Segler – die echten sind besessen davon. Ich habe nach einer schlechten Erfahrung damit angefangen. Ich denke, es war eine Möglichkeit der Bewegung, als alles andere stillstand.«

»War das, als Ihre Ehe zerbrach?«

»Nein. Diese Zurückweisung kam später.« Er lächelte. »Ich kann mir nicht vorstellen, dass irgendetwas von alledem interessant sein sollte. Dieses ganz gewöhnliche Leid.«

»Für mich ist es nicht gewöhnlich.« Sie konnte sich nicht vorstellen, wie Christian, für den Akzeptanz unerlässlich war, von seinen Abfuhren berichtete oder »sein

Leid« eingestand. Selbst in der Verzückung des Cafés beschlich sie die Drohung, dass Christian in dieser Sache der Schwächere war, der Hilflosere, und dass Angus Dance durch Rückschläge und durch seine Weigerung, sich zu verstellen, gestärkt wurde. Sie erinnerte sich an seine schlichte Verbindlichkeit gegenüber Rupert, wie er gesagt hatte: »Das verspreche ich.« Solche Furchtlosigkeit konnte man von Christian nicht verlangen.

Das Schlimme an Vergleichen mit Christian war nicht nur die Illoyalität, sondern auch, dass Christian immer zu gewinnen schien.

Doctor Dance bot Gebäck an. »Es war sehr schön auf Ihrer Party. Ich hätte anrufen sollen, um Ihnen das mitzuteilen.«

Grace dachte an das Versenken der *Tirpitz* und die Gedenkblumen des Vorgesetzten, ein durchnässter Kranz auf wirbelnden Wassern. Damit wir nicht vergessen. »Es scheint so lange her zu sein.«

»Ich habe Sie seitdem nicht mehr gesehen.«

Es war die Mischung aus Großem und Trivialem, die sich nicht missverstehen ließ.

Er fuhr fort: »Dabei sind wir uns so nah.«

Sie verstummte und lehnte sich in die Farben und Schatten des Raumes zurück: nicht in Erfüllung, die es kaum geben konnte, aber in sinnlicher Ruhe, in Frieden. Ihre Hand lag ausgestreckt auf dem Tisch, der Ärmel hochgeschoben. Es war das erste Mal, dass er die Innenseite ihres Armes sah. Sie wusste, dass es die einzige Episode dieser Art zwischen ihnen sein mochte, für immer. Wenn das ganz gewöhnliche Leid sie nun endlich einholte, dann galt dies ebenfalls für diese beispiellose Perfektion.

Grace saß am Flügel. Sie wendete ein Notenblatt, spielte jedoch nicht. Rupert trat neben sie. »Was hast du?«

»Das ist Scarlatti.«

Er hatte gemeint: Was ist los?

Wie ein Liebhaber stand er so nah, dass es sich anbot, ihn zu umarmen. Mit dem rechten Arm zog sie ihn an ihre Seite. Ihre linke Hand ruhte auf den Tasten. Sie lehnte den Kopf an seinen Oberarm. Es sah aus wie eine edwardianische Fotografie. Sie sagte: »Ich liebe dich so sehr, Rupey.« Dies war das letzte Kind, bei dem sie sich so etwas noch erlauben durfte – und auch nur, weil seine Krankheit ihnen eine Verlängerung gewährt hatte, während derer über vieles hinweggesehen werden konnte. Das war ihnen beiden bewusst. Ihre Stimmung nachahmend wurde der Junge nachdenklich, träge, und blieb zugleich allmächtig.

Sie wiederholte: »So sehr.« Damit er es erwiderte. Sie dachte: Nun hat es sich also umgekehrt – *ich* versuche, aus *ihnen* Kraft zu ziehen. Sie dachte an das Wort »Ehebrecherin«, und es war so archaisch wie das Steinigen – ein bigottes Wort, aber präzise.

Mit der linken Hand ließ sie Basstöne erklingen: traurig, abgesondert, angeleitet. Der Raum nahm sie leidenschaftslos in Empfang. Ihr Ring klickte auf dem Elfenbein. Sie schaukelte den Jungen ein wenig im Arm und konnte den Gipsverband spüren, der seine geröntgten Rippen rüstete. Sie nahm die Hände vom Flügel und legte beide Arme um ihn, die Finger verhakt an seiner Seite, Brust und Stirn seinem Körper zugewandt. Dies ähnelte nun schon weniger einer Fotografie.

Er fragte: »Was ist los, Mum?« Er bewegte seinen eingesperrten Arm, legte seine eigene Hand auf den

Violinschlüssel und schlug eine disharmonische Reihe von Tasten an, wobei er die leidenschaftlichen hohen Töne betonte und wiederholte. Sie ließ ihn frei, aber er quietschte noch ein paar letzte verblüffte, aufgeregte Töne. Und stand noch immer da, sie berührend, schwankend zwischen Kindheit und Sinnlichkeit.

Christian trat mit Papieren in der Hand in den Raum. »Was ist das, ein Duett?«

Der Junge schlenderte davon und schaltete den Fernseher ein. Die Nachrichten flimmerten über zerklüftete Verheerungen – Beirut oder Belfast, die Bronx oder Bombay.

Christian sagte: »Grace, ich muss mit dir sprechen.«

Rupert rief: »Das ist eine Sendung über Pompeji.«

Grace setzte sich mit Christian auf ein Sofa, das wegen des Samtbezugs kaum benutzt wurde. Er sagte zu ihr: »Etwas Bedeutsames hat sich ereignet.«

In Gedanken wurde Grace Thrale ohnmächtig.

»Mir wurde Afrika übergeben.«

Er hätte Alexander sein mögen oder Antonius. Der jüngere Scipio. Grace starrte ihn ausdruckslos an, und er fügte hinzu: »Südlich der Sahara.«

Sie blickte durch Tränen, die niemals für Angus Dance aufsteigen würden. Dieser würde niemals Mitleid für seinen Mangel an Scharfsinn oder seine Selbstentblößung benötigen oder hervorrufen. Sie weinte für Christian, isoliert in der undurchlässigen Prahlerei seiner Zeit, und war kurz davor, ihm alles zu erzählen, aus reiner Treue gegenüber der Bedeutung der Dinge. Sie sagte: »Mein Liebster.«

»Es gibt überhaupt keinen Grund zum Weinen.« Christian strich ihr zufrieden über die Wange. »Das kann ich dir versichern.« Perfekte Grace. Er rollte das Diagramm des Ministeriums in seiner Hand auf. Ein kleiner Kasten oben auf der Seite verzweigte sich zu noch kleineren Kästen darunter, die endlose Gehege des Selbstwertgefühls zeugten. Er zeigte: hier und hier. »Talbot-Sims wird nur Stellvertreter. Aber für mich ist es real.« Als er sich vorbeugte, um den Stammbaum zu erläutern, kam in der Mitte seines sandfarbenen Schopfs eine schüttere, ergrauende Stelle zum Vorschein. Er sagte: »Meine Jugend hat gegen mich gesprochen«, und wischte einen Fleck von einer makellosen Seite. »Aber am Ende haben sie die Seniorität außer Acht gelassen.« Das Diagramm begann sich an den Rändern zu wellen, wollte sich wieder einrollen. »Das wird sich kolossal auf die Rente auswirken.«

Grace fragte sich, ob ihm die Abspaltung von den Gedanken und Absichten des anderen je so endgültig erschienen war, ob sie ihn selbst je so grob vernachlässigt hatte. Sie fragte sich, ob er, wenn sie im Sommer voneinander getrennt waren oder das eine Mal, als sie nach Guernsey gereist war, womöglich eine andere geliebt oder mit einer anderen geschlafen hatte – das eine musste das andere nicht ausschließen. Man konnte ihn sich nur schwer als hinlänglich eigenwillig vorstellen, er war ja nicht einmal selbständig genug, um ein Buch zu lesen. Hätte er eine andere Frau geliebt, dann hätte ausgerechnet Grace dafür Verständnis. Großmut verdüsterte und weitete die Perspektive. Vielleicht war es auch nur eine Bitte um Nachsicht für ihren eigenen Fall.

Christian legte den Arm um sie, sich aus Höhen herablassend, in der Amtsträger die Seniorität außer Acht ließen. »Ich fürchte, wir müssen die Costa Brava streichen. Aber wenn ich die Zügel erst einmal in der Hand habe, fahre ich mit dir irgendwohin, wo es ruhig ist.« Auf der Suche nach einer Möglichkeit durchstreifte sein Geist, genau wie die Nachrichten, verwüstete Nationen. Alles war ein Pandämonium – Portugal, Palästina, Tibet: gestrichen, eins nach dem anderen. Die Euphorie stockte seltsam in seinem Hals, wie bei einem Schluchzen, aber er fuhr unbekümmert fort: »Du hast mir also Glück gebracht, als du den alten Mistkerl für seinen Scherz gescholten hast.«

Angus Dance betrat gerade den gepflasterten Weg zwischen den Häusern, als der Regen einsetzte. Er begann zu rennen, im selben Augenblick, in dem Grace Thrale, die den Durchgang von der anderen Seite betrat, im Regen ebenfalls losrannte.

Wäre es möglich gewesen, ihr Aufeinandertreffen von oben oder von der Seite aus zu beobachten, wie eine Sequenz in einem Film, so hätte man gesehen, wie sie zunächst voranstürzten, den Kopf gegen den Regen gesenkt, dann im Erkennen langsamer wurden und schließlich innehielten. Das Innehalten selbst war der Höhepunkt eines Impulses, eine Vollendung. Dann standen sie einander in etwa einem Meter Entfernung gegenüber, der Regen fiel auf Dance' Haar und, wie Gaze, auf Grace' galmeienblauen Mantel. Der ignorierte Regen war eine kosmische Bescheinigung, beweiskräftiger als eine Umarmung.

Jeder Beobachter hätte sie für ein Liebespaar gehalten.

Regen versilberte Dance' Augenlider. Er hielt sich selbst am Mantelaufschlag fest. Sein Ausdruck war entwaffnet, pur in der Notlage. »Das meinte ich mit nah.«

»Ja.«

»Sollen wir Schutz suchen?« Als hätten sie nicht bereits Schutz gefunden.

Während sie durch den schmalen Tunnel wateten, ergriff er endlich ihren Arm. Da sie sich nicht umarmt hatten, hatten sie sich einen solchen Luxus verdient. Dann stellten sie sich unter die Markise am Ausgang eines Supermarkts, und er sagte und bestätigte damit, dass sie so richtig lag wie nie zuvor bei irgendeiner Sache: »Du weißt, dass ich dich liebe.« Es war die Antwort, die sie ihrem eigenen Kind nicht hatte abnötigen können.

Sie strich sich nicht einmal das Wasser aus dem Haar oder vom Mantel und würde vielleicht nie wieder über ihr Aussehen nachdenken müssen. Nach Augenblicken, in denen es weiterregnete und sie von Einkaufstüten angerempelt wurden, sagte sie: »Es macht mich glücklich.« Sie überlegte, die schlichte Wahrheit auszusprechen, nun, da sie unbezwingbar war. Auf der anderen Straßenseite war das neue Hotel, das Gruppen aufnahm. Dance sagte: »Dort könnten wir uns unterhalten.«

»Wir können hinübergehen, wenn der Regen nachlässt.« Ihre Selbstbeherrschung überraschte, wie schon im Teehaus.

Er zögerte und entschied: »Ja. Ich werde wegen meiner Termine telefonieren müssen.«

Sie drängte ihn nicht, sie einzuhalten. Noch fragte er, ob sie im Crescent erwartet wurde. Während der Himmel aufklarte, überquerten sie die Straße.

Als sie das Hotel betraten, legte der Mann an der Rezeption gerade den Hörer auf und sagte: »Herrgott!« Ein Haufen Gepäckstücke – Koffer, Golftaschen, Reisetaschen aus kariertem Nylon – stapelte sich am Treppenaufgang. In der Lounge, die sich ein Stockwerk höher befand, hätten sie sich bereits an einem Flughafen befinden können, auf ihren Abflug wartend. Stützen des Gebäudes waren dünn mit Plastikholz ummantelt, mit kleinen Tresen rundherum, auf denen Aschenbecher und Getränke abgestellt werden konnten. Die Sofas waren hart und bunt, jedoch bei weitem nicht fröhlich. Vor den Fenstern hingen geschmacklose schlaffe Vorhänge aus metallischen Fäden, und eine der Wände schmückte die gekachelte Dekoration eines grün speienden Füllhorns.

Als sie eintraten, erhob sich eine Gruppe Frauen in Hosenanzügen zum Gehen. Ein alter Mann mit der Tasche einer Fluggesellschaft sagte, den Tränen nahe: »Aber sie hatten sie nur in Beige.«

Grace Thrale setzte sich an ein Fenster, und Angus Dance ging telefonieren. Wäre er nicht gewesen, hätte sie sich mit Leichtigkeit in den Ort einfügen können. Der nahezu leere Raum ermahnte zu Unterwürfigkeit, war ausdruckslos gegenüber dem Zorn, der Verwirrung und dem rührenden Vertrauen seiner üblichen Versammlungen. Es hatte keinen Zweck, dies nun an Grace auszuprobieren, die kaum etwas sah und über jegliche Herablassung erhaben war. Mit einer Distanziertheit, die eine andere Seite der Leidenschaft war, fragte sie sich, in welcher Lage sie dieses Gebäude verlassen und ob sie jemals nach Hause zurückkehren würde. Von ihr aufgegeben, war das Haus im Crescent mehr als verlassen, das Leben darin erloschen: der Braten, der auf dem Küchentresen zu Raumtemperatur auftaute, eine unfertige Nachricht an Caro, die Christians Beförderung verkündete, ein Rock-Album als Überraschung für Hugh, und *Im Wechsel der Gezeiten* unaufgeschlagen auf dem Nachttisch. Alles außer Kraft gesetzt, stumm, rätselhaft – unbedeutende Gegenstände, die die Kajüten der *Mary Celeste* geschmückt oder eine Sendung über Pompeji ausgestattet haben mochten: Kleinigkeiten, die durch ihre Verwerfung schicksalhaft wurden.

Sie stand auf und breitete die beiden nassen Mäntel über einem benachbarten Sessel aus, zur Abschreckung. Sie stellte sich vor eine der Betonschießscharten, um hinaus in den Regen zu blicken, und wusste, dass er zurückgekehrt war.

Er setzte sich neben sie auf hartes rotes Plastik und sagte: »Du brauchst dich vor nichts zu fürchten.« Er berührte ihre Finger mit seinen, wie einst im Krankenhaus. »Ich werde fortgehen.« Man konnte die Farbe durch klare, erleuchtete Bereiche seiner Haut abebben sehen. »Mir wurde eine Stelle in Leeds angeboten.«

Sie setzte sich mit überlegener Haltung, dem triumphalen Gebaren, das für einen anderen Ausgang heraufbeschworen worden war. Als sie nichts erwiderte, fuhr er fort: »Du darfst nicht glauben, dass ich jemals versuchen würde, dein Leben zu zerstören.« Ihr Leben, das sie bereit war, aufzugeben: dessen Symbole sie so kühl verstreut hatte, als zupfte sie tote Blütenköpfe ab.

Er sagte: »Als ob ich dich verletzen wollte.«

Als ob sie nicht mit ihm auf ein Zimmer in diesem Hotel gegangen wäre, wenn er es gewünscht hätte.

Er machte eine ehrbare Frau aus ihr. Sie verdiente keine Anerkennung von den Begünstigten, da sie diese bereits verworfen hatte. Liebe würde, wie Unwürdigkeit, verborgen bleiben vor ihnen, vor ihm. Als sie seine Wertvorstellungen begehrt hatte, hatte sie sich diese naiverweise als kompatibel mit ihrer Leidenschaft vorgestellt.

Es war eine weitere Selbstoffenbarung, dass sie angenommen hatte, man könne Tugend so leicht erlangen und durch einen so einfachen Zugang wie die Liebe. In alldem war es schwer zu sagen, wo ihre Unschuld aufhörte und die Schuld begann.

Während sie Angus Dance' erschöpftes Gesicht und verdüsterte Augen, seinen nicht ganz kontrollierten Mund musterte, war Grace Thrale eine Seefahrerin, die einen mit trügerischem Dunst behangenen Horizont nach Land absuchte. Schließlich fragte sie, ihre lange Lektion wiederholend: »Ist es eine Beförderung?«

»Ein Aufstieg, ja.«

Diese Eroberer mit ihrer Ausbeute, ihren Städten und Kontinenten – Leeds, Afrika. Aufsteigen, Fortschreiten, immer unterwegs: eine Art der Bewegung. Allein Grace war unbewegt, in Flaute liegend.

»Auch in dieser Hinsicht ist es notwendig. Ich kann nicht ewig diesen Job machen.«

Allein Grace würde wohl ewig bleiben. Würde Leeds im Telefonbuch nachschlagen wie Dorset. Die Erkenntnis war eine leise, in die Länge gezogene Totenklage in ihrer Seele. Hier war nun endlich ihr eigener Schiffbruch, ein Untergang jenseits der gekenterten Fähre ihrer Eltern. Sie hätte heulen mögen, sagte jedoch stattdessen, was sie in Theaterstücken gehört hatte: »Natürlich hätte es keine Zukunft gehabt.«

Die Farbe stieg in seine Wangen zurück wie Blut in eine Prellung. Er stand rasch auf und stellte sich vor das Betonfenster, als befänden sie sich in privaten Räumlichkeiten. Lehnte sich dann gegen eine Säule, ihr zugewandt, die Arme ausgebreitet auf der Leiste für Aschenbecher, wobei sein strapazierfähiger Körper die bessere

Architektur darstellte, ein Telamon. »Ein Mensch sollte sowohl Vergangenheit und Gegenwart als auch Zukunft haben.« Er machte eine energische Handbewegung, und eine Schüssel Erdnüsse fiel still um. Es war eine Geste der Verwüstung, als würde ein Fragment der Säule auseinanderfallen. »Glaubst du etwa nicht, dass ich sie andauernd sehe, die Sterbenden, die niemals gelebt haben? Es zählt nur, was wir sind, nicht, was wir sein werden. Vielmehr, es ist beides dasselbe.«

»Das weiß ich.« Sogar ihre Kinder wurden bereits auf die Zukunft getrimmt – ihre Begabung für Naturwissenschaften oder Sprachen, was wollten sie werden, werden; sie waren niemals ernsthaft gefragt worden, was sie heute sein wollten. Sie sagte: »Selbst jene, die wahrhaftig gelebt haben, werden sterben. Schwer zu sagen, worin die größere Ironie liegt.« Solche Erkenntnisse hatte sie ihm zu verdanken. Sie zeigte sich ihm gewachsen und würde ohne Zweifel bald wieder zurückschrumpfen, gleichgültig.

Er sagte: »Ich bin beinahe vierunddreißig Jahre alt und lebe mit zu viel Muße.« Sie sah seine Rechtschaffenheit an einem aufgeräumten Ort existieren, wie dem ordentlichen Haus seiner Eltern. Er erklärte ihr: »Du kannst dir nicht vorstellen – nun, ich meine es nicht böse. Aber du, in deiner Vollkommenheit – Liebe, Kinder, Schönheit, Scharen von Freunden –, wie könntest du eine solche Formlosigkeit wie die meine begreifen? Wie solltest du die Einsamkeit kennen oder die Verzweiflung?«

Es waren Angelegenheiten, auf die sie einen Blick im Spiegel erhascht hatte. Sie spürte, wie sich seine Sicht auf ihr Leben wie ein überladenes, einengendes Gewand auf sie legte, sich um sie schloss wie eine Falle. Sie lehnte sich in das unnachgiebige Sofa zurück, er stand ihr gegenüber. Es war ein allegorischer Kontrast – heilige und profane Liebe: ihre Verzückung dargeboten wie eine Profanität. Um sich zu behaupten – oder zu retten –, sagte sie: »Und doch hat es in meinem Leben nichts Schöneres gegeben als die Augenblicke, in denen wir im Krankenhaus beieinandersaßen und die Bilder betrachteten.«

Er kam zurück zum Sofa und legte seine Hand erneut auf ihre – ein Kontakt, so wesentlich und äußerlich wie Fingerabdrücke auf Röntgenbildern. »Es war wie bei Paolo und Francesca.«

Sie würde es zu Hause nachschlagen müssen. Starrte jedoch seine Hand auf ihrer an und dachte, ohne Hohn: wohl kaum Latin Lover.

Er sagte: »Mit Sicherheit hätten wir die Lügen nicht ertragen.«

Die erste Lüge war Grace, wie sie ihr Kleid auszog, den Kopf schwarz verhüllt, und mit gedämpfter Stimme sagte: »*Scharnhorst*«. Sie sagte: »In meiner Ehe habe ich niemals auch nur einen unkeuschen Kuss ausgetauscht, außer an meinem Geburtstag mit dir.«

Er lächelte. Die perfekte, behütete Grace. »In der unerlaubten Liebe wird so wenig gelacht. Worum es auch gehen mag, fühlt es sich stets so an, als würde man auf Kosten von jemand anders lachen.«

Gelacht hatte Grace zuletzt mit Christian über Sir Manfreds Witz. Sie sagte: »Ich meine es ernst.« Der Kuss, die Lüge, das Lachen – nach diesem Maßstab würde niemals mehr irgendetwas ernst sein. »Ich meine es ernst«, wiederholte sie, als er aus seiner größeren Erfahrung und geringeren Einsicht heraus lächelte, aus seiner kontrastierenden Tugend, denn sie war diejenige, die bereit war, Schaden zuzufügen. Er blickte sie mit der falschen Art von Besorgtheit an. Grace würde nicht als Zeugin aufgerufen werden. Sie erinnerte sich daran, wie in den Turbulenzen auf Korsika ihr Gesicht zur Seite gedreht worden war.

»An einem neuen Ort«, nahm sie an, »wirst du darüber hinwegkommen.«

»Ich träume immer noch von einem Mädchen, das ich mit achtzehn kannte.« Er wollte ihren Plattitüden nicht entsprechen, wollte ihre Wahrheit nicht wahrnehmen. Er würde in Leeds von Grace träumen. Er sagte: »Erinnerungen kühlen in unterschiedlicher Geschwindigkeit zu unterschiedlichen Temperaturen ab.« Er ließ den Blick schweifen, über den gemusterten Teppich und die Flittervorhänge, die in Erdnüsse zersplitterte Säule, das trostlose Füllhorn: »Was für ein scheußlicher Ort!« Und seine Verdammung war der Auftakt zum Abschied.

Grace Thrale sagte: »Das ist die Welt.«

»In Gedanken habe ich dir schon so vieles gesagt, aber es war nie so hoffnungslos wie das hier. Noch hat es in irgendeiner materiellen Welt stattgefunden.« Er korrigierte sich: »Natürlich habe ich Sehnsucht empfunden«, womit er diese Überspanntheit verwarf. Sein Akzent wurde stärker, und er ließ seiner Sprache Zeit, sich zu erholen, beherrschte seine Worte wie Tränen. »Ich will damit sagen, in Gedanken behält man stets einen Rest an Hoffnung, trotz allem. In der Vorstellung kann man sich nicht verabschieden. Das bringt man nur in der Wirklichkeit fertig, leibhaftig. Selbst Leidenschaft hat weniger mit dem Körper zu tun als ein Abschied.«

Sein Gesicht hatte nie weniger zeitgenössisch ausgesehen. War eine jener frühen Fotografien, individuell durch Leiden und Gewissen.

»Ich werde dich also verlieren.« Als würde sie einen Gast verabschieden: Es war wunderbar, wunderbar. Du warst wunderbar.

Er sagte: »Mehr kann ich nicht tun«, entzog seine lichtbrechende Berührung und strich sich durch das helle Haar, als wäre er auf ganz gewöhnliche Weise verwirrt. Er stand erneut auf, nahm seinen Mantel vom Sessel und ragte vor ihr empor. All diese Handlungen, in rascher Geschwindigkeit durchgeführt, erinnerten daran, dass er Experte darin war, mit Schmerzen umzugehen. »Ich bringe dich nach Hause. Ich werde ein Taxi nehmen.« Seine Rückbesinnung auf alltägliche Phrasen war tödlich. Sie war der ultimative Beweis dafür, dass Männer stark waren – oder schwach.

Sie standen einander gegenüber, wie Gegner. Und Betrachter stellten erleichtert fest, dass sie sich normal verhielten.

»Ich bleibe noch ein paar Minuten hier.« Sie ertrug nicht einmal den Gedanken an das Taxi, in dem er sie nachdrücklich nicht umarmen würde. Sie faltete die Hände im Schoß mit der gefassten Geste, in der sie manchmal die Verzweiflung einhüllte. Als sie den Kopf zum Abschied hob, war sie ein Kind am Straßenrand, das ein auf einer Landstraße vorbeirasendes Auto grüßt.

Als Grace hinaus auf die Straße trat, hatte der Regen aufgehört und die Dunkelheit eingesetzt. Männer und Frauen kamen von der Arbeit, erschöpft oder erregt, allesamt blass. Und die feuchte Straße leuchtete im Licht der Scheinwerfer, heller als der klare schwarze Himmel voller Sterne. Motoren, Stimmen, Schritte und das ein oder andere Transistorradio erzeugten das geophysische Beben einer Welt in Bewegung. Diese Zeichen der Wiederaufnahme drängten sie, unnötigerweise, in Richtung der Sieger – zu Jeremy, dessen Augen mit Borwasser ausgewaschen werden mussten, zu Hughs Hang zur Mathematik, zu Ruperts unerwartetem Interesse an Yeats und zu Christian, der sagte: »Das ist das beste Lamm seit Jahren.« All dies musste im Triumph über sie toben, wie sie bald genug herausfinden würde. Sie würden zuletzt lachen, das unschuldige, entsetzliche Lachen ihres rechtmäßigen Anspruchs und ihrer erlaubten Liebe.

Mit diesen Aussichten und Eindrücken stand Grace Marian Thrale, dreiundvierzig Jahre alt, in ihrem abgetragenen blauen Mantel still in einem Hoteleingang und blickte auf die Autos und die Sterne, das Dröhnen des Daseins im Ohr. Und wie jede große Dichterin oder tragische Herrscherin der Antike klagte sie ihren Schöpfer an und fragte sich, wie lange sie auf einer solchen Erde würde verweilen müssen.

34

Paul Ivory schrieb an seine Mutter:

Meine liebe Monica,
es wäre zu schade, wenn du das Haus auf Barbados verkaufst, ohne eine klare Vorstellung davon zu haben, wo du stattdessen hinziehen möchtest. Ich bezweifle ja nicht, dass es dort langweilig ist, aber mittlerweile ist die ganze Welt ein teurer Saustall, beherrscht von Steuergesetzen. Ehrlich gesagt sehe ich dich nicht in Irland, und ich glaube auch nicht, dass du Gefallen an der dortigen jüngsten Wiederaufführung der Schlacht am Boyne fändest.

Mein Stück läuft weiterhin gut, obwohl die Besprechungen ausnahmslos dürftig waren. Das muss wohl bedeuten, dass die Nation mich ins Herz geschlossen hat. Vielleicht ist es diese Boa-Constrictor-Umarmung, die mich davon abhält, mit einem neuen Werk voranzukommen. Im Augenblick vergeude ich eine Menge Zeit und war sogar schon im Zoo – obwohl der tatsächliche Grund dafür war, dass Felix dort einen Film zu drehen hofft, den ich finanzieren soll. Ich schätze, ich sollte es tun – jedermanns Sohn dreht gerade einen Film, weshalb nicht auch meiner?

Die einzige andere Aktivität in der letzten Zeit, an die ich mich erinnere, ist eine Party in Manfred Mills neuem Haus. Victoria Square war schon immer ein harter kleiner Platz, und nun befindet sich in der Mitte eine betonierte

Ellipse, wie ein prähistorischer Grabhügel, oder als wäre irgendeine unbewegliche Monstrosität aus Anstand zugeschüttet worden. Tertia wollte nicht mitkommen, also habe ich Felix mitgenommen. Manfreds Sohn – in Felix' Alter, aber schrecklich ernst, ausgezeichnet im Querfeldeinlauf – nahm uns an der Treppe in Empfang und sagte mit Bestimmtheit: »Sie müssen sich amüsieren.« So habe ich mir immer das Himmelreich vorgestellt. Oben dann eine bunte Mischung – zu viele Vorstädter, die sich über Züge unterhielten, und eine Schar Regierungsbeamter, die Manfred umringte, unterwürfig und erwartungsvoll, wie Schwuchteln um eine reiche alte Witwe. Sich jeder von ihm geäußerten Meinung fügend. Mit anderen Worten, ein ganz und gar gewöhnliches Publikum, abgesehen von einem Pianisten, der so schüchtern war, dass er nur mit Berühmtheiten sprechen konnte, einem römisch-katholischen Priester, der tatsächlich unverheiratet war, und einer sowjetischen Tänzerin, die noch nicht übergelaufen war. Manfred hatte sich für den Anlass die Koteletten gekräuselt und sich mit Ketten behangen. Madeline hatte sich klugerweise eine Lungenentzündung zugezogen und tauchte überhaupt nicht auf.

Unter den Permaflex-Beamten war auch Christian Thrale, mittlerweile die Karikatur eines Bürokraten. Bei ihm ist alles eine königliche Bekanntmachung. Als ich ihn nach seiner Frau fragte, die früher recht angenehm war, antwortete er mit spitzem Feingefühl: »Grace ist heute unpässlich.« Ich kann die Aufgeblasenheit gar nicht beschreiben. Er war mit seiner Schwägerin gekommen – einer Frau, die ich einst gut kannte, die nun seit ein paar Jahren verwitwet ist und ewig nicht gesehen wurde. Sie war kurz aus New York zu Besuch und wohnte bei den

Thrales. Immer noch gutaussehend, zumindest im Vergleich zu der Ansammlung an Berufspendlern und Steuerprüfern, auch wenn sie sich bedenklich nah an der Schwelle zur Distinktion bewegt, eine Falle, vor der man Frauen nicht genügend warnen kann. Schon als junges Mädchen hat sie diese gefährliche Tendenz gezeigt.

Die Begegnung hat mich heute zu ein bis zwei Seiten inspiriert. Ich möchte damit gern etwas anstellen, aber nicht bloß eine weitere abschließende Party à la Proust. Nicht nur ist dergleichen mittlerweile vollkommen abgedroschen, ich bin auch einfach noch nicht ehrwürdig genug für den letzten Band von Proust. Was Proust natürlich ebenso wenig war. Er war nicht viel älter als ich, als er jene Party schrieb. Er hat sie sich zurechtgepfuscht. Er war in der Zukunft genauso gut wie in der Vergangenheit.

Ich denke, es ist klug von dir, die Einladung nach Washington anzunehmen, da wir bald eine neue Regierung bekommen und Verwandte von jemand anders in die Botschaft gesetzt werden könnten. Falls du wie geplant in die Vereinigten Staaten reist, könntest du mir alle Besprechungen schicken, die du zur Verfilmung von *Höhere Gewalt* findest, die um diese Zeit in die Kinos kommen soll. Mein Agent behält sie ein, bis er alle beisammenhat, und ich kann nicht darauf bauen, dass Freunde sie mir senden, es sei denn, sie fallen extrem ungünstig aus.

Felix bittet mich, dir für den Scheck zu seinem Geburtstag zu danken. Du musst ihm verzeihen, dass er nicht selbst schreibt, und ihn auch weiterhin so verwöhnen.

Dein liebender Sohn

Caro sagte: »Auf einer Party diese Woche habe ich Paul Ivory getroffen.« Sie aß mit Ted Tice zu Mittag.

»Mittlerweile muss Paul ein wenig durchscheinen.«

»Er sieht erstaunlich unverändert aus.«

»Ich schätze, er lässt in irgendeinem Schrank ein Porträt von sich verwesen.«

Caro dachte daran, wie glatt Paul geblieben war, sein Lächeln nun selten und weniger intensiv. Er schonte sich, wie eine alternde Tänzerin, und behielt sich das Recht vor, gelegentlich derjenige zu sein, der sich langweilte.

Sie sagte: »Sein Sohn war da. Sehr groß, sehr dünn.« Ein ausgemergelter Kavalier: lang herabhängendes, helles Haar, eine Eleganz von Nase und Stirn, eine Vornehmheit des Knochenbaus. Augen, die noch wahrhaftiger ausdruckslos waren als Tertias. Womöglich einfältig, auf eine selbstsüchtige Weise, aber eine gute Kinderstube kann täuschend nach Intelligenz aussehen. Er trug ein weißes, mit bunten Blumen besticktes Batisthemd mit Ärmelaufschlägen aus gerüschter Spitze über einer Jeans, die so eng wie die Hose eines Gauklers war. Seine Füße waren nackt. Man hätte ausrufen können: Welche Schönheit! Stattdessen stellte Caro sich vor. Einsilber wurden eingepflanzt wie Poller, die jede Straße absperrten. Der Junge hatte nicht etwa vergessen, was er sagen sollte: Er hatte eine Rolle ohne Text gewählt. Er war kühl und, abgesehen von den Handgelenken, ganz glatt. Man sprach wie mit einem Kind: »Wie heißen Sie, auf welche Schule gehen Sie?« Er hieß Felix, und er sollte im Herbst irgendwo studieren – ohne Zweifel Oxford oder zweifellos Cambridge. Als jemand anders auftauchte, verschwand er sofort, nachdem er es irgendwie bis dahin ausgehalten hatte. Eine Frau sagte: »Ich bin mir ganz sicher, dass er Arzt wird, er hat diese wundervollen Finger mit den gebogenen Spitzen.«

Caro war nicht aufgefallen, dass der Junge Pauls Hände hatte. Als Paul zu ihr herüberkam, blickte sie auf seine Fingerspitzen, der Nachweis von Liebe. Paul sagte: »Lass uns verschwinden von diesem Priester und seinem ökumenischen Grinsen.«

Im Restaurant betrachtete Ted Tice Caros gesenkte Lider: Die Tragik liegt nicht darin, dass die Liebe vergeht. Die Tragik liegt in der Liebe, die nicht vergeht.

Ein Teller mit paniertem Fisch wurde gebracht und auf sie aufgeteilt. Caroline Vail hatte nicht vorausgesehen, dass sie Paul Ivory jemals emotionslos würde begegnen können. An die Stelle von Aufruhr war ein Empfinden des langen Unglücks des Lebens getreten und des Anspruchs, den Paul bis zu ihrem Tod auf ihre Erinnerung haben würde.

Ted Tice sagte: »Gib auf die Gräten acht.« Er fragte: »Wie geht es Josie?« Manchmal stellte er Caro gern private Fragen, die ihn als einen Vertrauten kennzeichneten. Und hatte ein Leben lang darum gekämpft, zumindest so viel Nähe herzustellen.

Josie, die zu einer Zollkonferenz nach Schweden gereist und dort geblieben war, erwartete ein Baby. Caro sagte: »Ich werde sie im September dort besuchen, wenn das Baby da ist.« Sie sagte: »Ich wünschte –«, und ließ das Offensichtliche ungesagt. Sie wünschte es sich sehr, konnte sich Adam jedoch nicht mit seinem Enkelkind vorstellen.

Sie trug ihren Verlust mit so viel Selbstbeherrschung, wie die Welt, ob vernünftigerweise oder nicht, von ihr erwarten konnte. Im stillen Kämmerlein appellierte sie jedoch noch immer unbeholfen an Gott oder an die Toten und entstellte das Gedenken mit salzigen Tränen, während Adam in ihrer Vorstellung stets ruhig blieb. Sie sagte zu Ted Tice: »Die Erinnerung ist mehr, als man erwartet. Ich meine, wenn es immer so weitergeht, dieses Gefühl von Vergangenheit, Vergangenheit, Vergangenheit, das selbst die glücklichsten Erinnerungen in Kummer verwandeln kann.«

Ihre Erscheinung und die leidenschaftliche Art, in der sie »Vergangenheit, Vergangenheit« sagte, standen in solch einem Widerspruch zu den traurigen Worten, dass Ted beinahe lächeln musste. »Caro, wir sind noch nicht alt genug für solche Klagen.«

»Paul meinte an jenem Abend, ich stünde an der Schwelle zu distinguiertem Alter.«

»Ich nehme an, dass ihn geärgert hat, wie schön du bist.«

Ted sah zu, wie Caro eine Gräte aus dem Mund nahm. An ihrem Handgelenk eine große, schwere Uhr, die Adam Vail gehört haben musste. Ihr erhobenes Handgelenk und an ihrem Puls ihr Ehemann, der über ihre Zeit wachte.

Ich habe keine glücklichste Erinnerung an sie, dennoch waren die Stunden mit ihr die besten.

Caro sagte: »Und dann verzerrt man die Erinnerung zu seinen eigenen Gunsten, aus Eitelkeit oder Reue. Zumindest tue ich das. Du nicht – du bist schon ehrlich zur Welt gekommen und wurdest dazu noch in Ehrlichkeit ausgebildet.« Ihre Vorstellung von seiner Arbeit war so vage wie eh und je und umfasste eine Menge Schweigen und Genauigkeit.

»Selbst durch ein Teleskop sehen manche Menschen nur, was sie sehen wollen. Genau wie mit einem Auge ohne Hilfsmittel.« Er fuhr fort: »Allein der Wille zur Wahrheit kann für Wahrheit sorgen.« Er wandte den Blick wie beschämt ab. Ich kann nicht einmal behaupten, dass ich ihr gegenüber wahrhaftig gewesen bin, denn sie hat diese Form von Wahrheit nie von mir verlangt.

Caro wischte sich die Finger ab und dachte, dass es die Kinderlosigkeit sein mochte, die einen in die Vergangenheit zurückbrachte. Andererseits war es schwer, sich in Paul Ivorys Sohn die Zukunft vorzustellen. Sie fragte Ted: »Hast du ein Bild von deinen Kindern?«

Ted zog seine Brieftasche hervor. Er zeigte ein Foto von zwei jugendlichen Mädchen und einem kleinen Jungen, die neben ihrer Mutter standen. Die Frauen waren blond und blickten etwas ernst, der dunkelhaarige Junge bog sich vor Lachen.

Caro bemerkte über die Kinder: »So jung sind wir niemals gewesen.« Sie hielt die Fotografie vorsichtig am Rand. »Deine Frau ist allerliebst.«

»Sie ist absolut liebenswert.« Schon lange hatten sie aufgehört, sich höflich darüber zu wundern, dass Caro und Margaret einander nie begegnet waren. Als Caro ihm das Bild zurückgab, betrachtete Ted es einige Augenblicke. »Mein Sohn ist meinem eigenen Bruder in diesem Alter wie aus dem Gesicht geschnitten.«

Caro hatte Ted Tice' Bruder vergessen, der lediglich als Strich in Teds Auge existierte. »Was macht dein Bruder?«

»Er wollte Landwirt werden und hat es auch fertiggebracht, die Landwirtschaftsschule abzuschließen. Seit ein paar Jahren arbeitet er jetzt in einer landwirtschaftlichen Genossenschaft in Yorkshire. Er schuftet hart, schreibt aber nebenbei Artikel für landwirtschaftliche Zeitschriften und hat eine angesehene Abhandlung über

Wühlmäuse verfasst. Er hat eine wortkarge Frau, die genauso hart arbeitet wie er, und eine hübsche Tochter.«

(Auf der Party hatte Paul Ivory zu Caro gesagt: »Mein Bruder ist mit einer kleinen Verkäuferin durchgebrannt.« Und Caro als Antwort: »Auch ich war einmal eine Verkäuferin. Uns gibt es nicht nur im Diminutiv.«

Paul rief stets ein wenig Sarkasmus hervor. Teds Assoziationen waren ehrlicher Natur.)

»Ihr habt also beide das getan, was ihr wolltet.«

»In gewisser Hinsicht.« Ted blickte auf das Foto, auf dem sein Sohn einen ungelenken Hund festhielt. »Der Welpe heißt Phobos. Gezeugt von Mars.« Er legte es beiseite und zog einen zerknitterten Schnappschuss in Schwarzweiß hervor, den er ihr zeigte. Er war gespannt zu sehen, wie sie dies abtun würde.

Vor einem Ausschnitt des Gartens von Peverel sah man ein Mädchen im Profil, das schwarze Haar locker herabfallend, eine Hand erhoben. Caroline Vail hielt das Bild in der Handfläche. Ein leichtes Erschaudern ihres Gesichtsausdrucks mochte Ehrfurcht sein oder das Unterdrücken von Tränen. Sie sagte: »Ich kann mich nicht an dieses Kleid erinnern.«

Sie gab die Fotografie zurück. Sie war also diese Person gewesen. Im Raum dehnte sich die Fantasie der Existenz auf alles aus: auf Gabeln und Tischbeine, den gestreiften Kragen eines Hemdes und das leichte Prickeln eines Plüschsofas an ihren Waden.

Ted hätte es leidgetan, sie zum Weinen gebracht zu haben, obgleich er es so hartnäckig versucht hatte.

Er fragte: »Sagst du mir Bescheid, wenn du im September auf der Durchreise hier vorbeikommst?«

»Ich verspreche es.«

»Du wirst es nicht zurücknehmen?« Wie ein Kind.

»Natürlich nicht. Ich treffe mich gern mit dir.«

Eine kurze Treppe führte hinauf auf die Straße. Ted beobachtete, wie der scharlachrote Mantel Caro beim Hinaufsteigen um die Knie schwang. Bemerkte auch ihre Schuhe, die wie schwarzes Glas glänzten, und kam auf den Gedanken, dass er ihre Füße niemals nackt gesehen hatte.

Der Nachmittag war bereits fortgeschritten. Caro nahm die U-Bahn. Ted begleitete sie zum Fahrkartenschalter. »Auf Wiedersehen.« Sie küssten sich. Er sah ihren roten Mantel die Absperrung passieren, sich mit der Rolltreppe nach unten bewegen, gleiten, kleiner werden, hinabsteigen: Eurydike im Berufsverkehr. Im letzten Moment blickte sie sich um, in dem Wissen, dass er da war.

35

An einem heißen Morgen jenes Frühsommers saß Mrs Vail in einer Arztpraxis gegenüber von ihrem Haus. Sie las laut von einer Tafel ab. Ihre dunklen Augen waren noch dunkler und geweitet. Der Arzt sagte: »Ich werde Ihnen ein Rezept ausstellen.«

»Für Augentropfen?«

»Für eine Brille.«

Sie starrte.

Der Arzt hatte weißes Haar und sauren Atem. »Irgendwann holt es einen ein. Sie waren immer diejenige, die den Namen am Boot oder die Bekanntmachung am Anschlagbrett lesen konnte, nicht wahr? Sie konnten das Kleingedruckte entziffern. Nun, irgendwann holt es einen ein. Die Natur mag keine Ausnahmen.«

»Wir sind nicht allein hier, um die Natur zu besänftigen.«

»An Ausnahmen lässt sie ihre Wut aus. Und noch dazu ganz plötzlich. Wir gewöhnlichen Menschen können mehr oder weniger vorhersehen, wie es mit uns wohl weitergehen wird.« Der Arzt reichte ihr einen Zettel und schob seinen Rezeptblock von sich. Drei Monate später sollte er auf dem Weg zu einem Ophthalmologenkongress in Rom bei einem Flugzeugabsturz ums Leben kommen.

Draußen auf dem heißen Gehsteig brannten Caros Augen. In einer Handtasche, die Dora alle Ehre gemacht hätte, wühlte sie nach einem Taschentuch. Die Bordsteinkante tauchte unerwartet in ihrem Gesichtsfeld auf.

Und ein Mann, der aus einer benachbarten Praxis trat, sprach ihren Namen aus.

»Dass ich dich hier treffe.«

Es sah Paul ähnlich, auf einem fremden Kontinent von Caros Anwesenheit in ihrer eigenen Straße überrascht zu sein.

»Ist das Paul?« Als wäre sie tatsächlich blind.

Er sah eine Weile zu, wie sie sich Tränen aus den Augen tupfte, die größer und dunkler waren, als er sie in Erinnerung hatte. Er sagte: »Mein Sohn hat Leukämie.« Unvermittelt strömten auch aus seinen Augen Tränen.

Sie hatte einen Finger ans Kinn gelegt, die Augen geschlossen. Schock wirkte sich auf sie wie Trägheit aus. »Was für ein Albtraum!«

»Es ist durchaus real. Auch wenn ich nun seit einem Monat versuche, daraus zu erwachen.« Sie standen da, ohne die Straße oder das Wetter wahrzunehmen. Menschen gingen an ihnen vorbei und starrten, wie sie es schon immer getan hatten. Die Stadt rumpelte um sie herum, schmutzig und erschöpft.

Paul berichtete ihr, wie die Krankheit entdeckt worden war. Er hatte Felix nach New York gebracht, weil es dort einen Arzt, ein Krankenhaus, eine neue Therapie gab. Tertia würde nach dem vierten Juli dazukommen.

Caro fasste sich an das brennende Haar. »Kannst du mit zu mir kommen? – Ich wohne direkt auf der anderen Straßenseite.«

Nun war Caro diejenige mit dem Schlüssel. Sie drehte ihn im Sicherheitsschloss und sagte: »Es ist niemand zu Hause. Ich bleibe über den Feiertag in der Stadt, um zu arbeiten.«

Der Vorraum war klimatisiert. Die Oberflächen waren

unbedeckt. Auf einem Tisch lag eine handgeschriebene Liste: »Zeitung, Wäsche, Gristede.« Im Wohnzimmer schwollen und erschlafften Vorhänge lautlos über einer Klimaanlage. Ein Sessel, ein Sofa und ein Glastisch waren frei von Schutzüberzügen.

Paul fragte: »Hast du irgendetwas zu trinken?« Er hatte sich nie für ihre Lebensumstände interessiert und konnte daher fortfahren, als hätten sie sich am Vortag zum letzten Mal gesehen, ohne einen Bericht über das dazwischenliegende Leben zu benötigen.

Sie spürte es auch: eine Wiederaufnahme. Oder ein Höhepunkt.

Paul zog seine Jacke aus und warf sie auf einen Stuhl. Er schritt durch den verhüllten Raum, während Caro eine Flasche und Gläser holte. Die Verzerrung ihrer Sicht machte es ihr fast unmöglich einzuschenken. Paul ließ sich aufs Sofa fallen und führte eine Hand an die Augen, die Finger nach oben gewendet, der weißärmelige Arm in der Luft: zum ersten Mal unelegant – das Bein aufwärts verrenkt, der Ellbogen quer: ein moderner Mechanismus, der zerbrochen war und sich leichter ersetzen als reparieren ließe.

Als er die Hand aus dem Gesicht nahm, reichte Caro ihm das kalte Glas. Er sagte: »Die Behandlung ist radikal. Am unmittelbarsten leidet er darunter.«

»Ich weiß noch, wie schön er ist.«

»Mit diesen neuen Medikamenten besteht eine gewisse Hoffnung.«

Sie setzte sich in ihren Sessel. »Wo Hoffnung ist, da ist auch Ungewissheit.«

»Die Zeit«, sagte er. »Die Zeit, die nicht vergeht.« Er stellte sein Glas neben das Sofa auf den Fußboden, wo es einen feuchten Abdruck hinterließ. Seine Hand baumelte daneben. »Und das kann immer und immer so weitergehen. Und ich muss darauf hoffen.«

Nach Adam Vails Tod hatte Caro wiederholt nach der Uhrzeit gefragt und sie kaum verändert vorgefunden.

»Weiß er alles?«

»Ja, und derzeit ist er eher verärgert als ängstlich.« Paul fügte hinzu: »In mancher Hinsicht ähnelt Felix Tertia.«

Caro sah Paul nun langsam klarer: die Haut heiß vor Schlaflosigkeit, errötet und doch grau, die geröteten blauen Augen und Kobaltlider, die leichte Unordnung von Kragen und Krawatte. Es war bizarr, dass ein Mann mit seinen Sorgen sich gewohnt anständig rasierte und kleidete und durch die Straßen lief und dass die Menschheit es von ihm erwartete. Sie nahm sein Glas und schenkte ihm nach. »Ich hole etwas zu essen.«

»Nein. Geh nicht!« Als wäre es sein Haus statt ihres. Er griff nach ihrem Handgelenk, berührte es nicht, rüttelte aber an dem Glas in ihrer Hand. In der Geste lag kein Kontakt, lediglich der Wunsch aufzuhalten. »Hätte ich dich nicht getroffen, hätte ich den heutigen Tag überstanden. Erst wenn man sprechen kann, bricht man auf. Oder zusammen.«

»Was kann ich tun?«

»Nichts. Bleib hier! Bald muss ich uptown zu einer Person fahren, die Fotografien von Felix sortiert – Dias von einer Reise, die sie gemeinsam unternommen haben. Wir dachten, es könnte ihm gefallen, sie anzusehen, denn aufs Lesen kann er sich nicht konzentrieren.«

»Ist das seine Freundin?«

Paul erwiderte: »Felix ist homosexuell.«

Caro setzte sich und dehnte ihren prüfenden Blick auf

Paul aus. Wie nie zuvor, wenn er an ihrer Seite gelegen hatte.

»Es ist, als hätte man bis hierher keinerlei Sorgen gekannt.«

Er hatte die fünfzig erreicht, war jedoch nicht ungeschoren davongekommen. Sie sagte: »Im Rückblick war man schrecklich ahnungslos. Wusste nicht, dass einem das hier bevorstand.«

Paul sagte: »Die Wut – auf das Schicksal, auf Gott. Nicht nur hilflos zu sein, sondern in der Hand von irgendjemandem – von irgendetwas. Die Ärzte und Krankenschwestern mit der Macht, einem das Schlimmste zu sagen oder einen anzulügen. Mit der Macht, Fehler zu begehen. Ich habe das Gefühl, irgendeiner Macht ausgeliefert zu sein, schon immer gehasst.«

Er richtete sich auf, zündete sich eine Zigarette an und ließ sie zwischen seinen Fingern brennen. Ein Beobachter hätte sich fragen mögen, ob Paul noch wusste, wer Caro war.

»Könnte ich morgen vorbeikommen?«

»Ich werde das ganze Wochenende hier sein und arbeiten.«

»Arbeiten?«

»An einer Übersetzung, aus dem Spanischen.«

»Oh – ja, ich habe gesehen, dass du das machst.« Dass er nicht nach ihr gefragt hatte, nach ihrem Leben, nach ihrem Verlust, verlieh einer traumhaften Atmosphäre Realität. Es ließ Pauls Anwesenheit zu einer Tatsache werden, so materiell, wie es vielleicht Statistiken gewesen wären oder Gespräche über Geld. Er fragte: »Ist das ein Aschenbecher?«, und drückte seine Zigarette aus. »Dann also bis morgen.«

Caro verabschiedete ihn. Sie schloss die Tür vor dem stickigen Tag und fragte sich, ob er jemals wiederkäme. Sie trug den bunten Teller in die Küche und spülte ihn mit Wasser aus, wodurch ein feuchter Nikotingeruch aufstieg.

In der Nacht kam sie aus ihrem Schlafzimmer herunter, um die zerknitterten Kissen und das im Glas geschmolzene Eis zu betrachten. Sie ging in die Küche und sah den Teller aus Palermo. Jahre zuvor hatte sie in diesem Haus nach Beweisen für ihre eigene Anwesenheit gesucht. Nun musste hier Pauls Existenz an sich bewiesen werden. Als die Sonne aufging, blickte Caroline Vail vom Dach ihres Hauses auf einen Himmel aus Eisen.

Eine schwere Zeitung kam, eine Nachricht von Una, ein Brief aus Irland.

Beim Öffnen der Tür kam Caro ein Schwall heißer Luft entgegen.

»Du bist davon ausgegangen, dass ich nicht komme.« Pünktlich wie ein Schauspieler erschien er, um die am Vortag geprobte Szene nachzustellen. Er zog seine Jacke aus und setzte sich aufs Sofa. Auf der Brust und zwischen den Schulterblättern war sein Hemd feucht, was seinen Körper schmaler und sichtbarer machte.

»Wo übernachtest du?« Ein Hotel könnte für Paul Ivorys Existenz bürgen.

»Im St. Regis.«

Sie brachte einen Teller mit Sandwiches und ein Glas Whisky. Paul ermunterte nicht zu Liebenswürdigkeit: Er wollte sie um einen größeren Dienst bitten. Er berichtete, Felix habe geschlafen und leide nicht unter Schmerzen. Tertia habe aus London angerufen. Paul sagte: »Seine Haut, seine Zähne, sein Haar. Sein Haar lässt sich büschelweise abheben, wie ein Strohdach.« Paul hielt das Glas mit beiden Händen und sagte: »Sein wunderschönes Haar.«

Nach einer Weile fügte er hinzu: »Wahrscheinlich bist du überrascht, dass mir irgendjemand dermaßen wichtig sein sollte.«

Nicht Liebe war das Neue an ihm, sondern Verantwortung.

Worte schmückten einen Zustand des Wartens aus. Im fahlen Licht war Pauls Gesicht eine Maske aus dem feinsten, geschmeidigsten Leder oder aus zitronenfarbener Seide: Züge, die weniger durch innere Gefühle aufgezehrt waren, sondern eher durch äußere Zurschaustellung. Öffentliche Auftritte und unzählige Fotografien hatten den Vorrat an Authentizität erschöpft und allein dies übriggelassen. Jede Nutzung hatte eine Portion davon fortgenommen, bis nur noch ein dünner Überzug des Ausdrucks zurückblieb.

Er sagte: »Schrecklich ist nicht die Schuld, die ich selbst jetzt kaum verspüre. Sondern das Gefühl von Strafe.«

Sie dachte, er meinte: wegen ihr. Er blickte sie im Halbdunkel an, das nur einen Sessel zeigte, eine Gestalt. Sie hätte ein hässliches altes Weib oder auch die schöne Helena sein können. Sie erwiderte: »Das empfinden wohl viele Menschen. Es steckt schon in der Frage: Warum ich? Das Gefühl, für eine solche Bestrafung ausgewählt worden zu sein.«

»Dir ist klar, dass es nichts so Gewöhnliches ist.« Paul wusste noch immer Komplizenschaft herzustellen. »Aber ich bin mir nie sicher gewesen, wie viel du genau weißt.«

Er stellte sein Glas ab und wartete. Schließlich fragte Caro: »Was möchtest du mir erzählen?«

Paul saß auf dem Sofa, die Hände zwischen den Knien locker verschränkt. Er würde nun mit der natürlichen und nahezu schönen Stimme sprechen, die er sich für die Wahrheit aufbewahrte. Mit dieser Stimme sagte er: »Ich habe einen Mann sterben lassen.«

Er ließ Caroline Vails Gesicht nicht aus den Augen. Ihr Blick war es, der sich senkte, in die Dunkelheit.

»Ich war fünfundzwanzig Jahre alt. Es war kurz bevor wir uns kennenlernten, in jenem Sommer in Peverel.« Er hätte Konversation machen können. »Ich behaupte, ich hätte ihn sterben lassen, aber eigentlich habe ich ihn umgebracht. Ich dachte, du wüsstest es vielleicht.« Das hatte er ihr erzählen wollen.

»Ich sah – ich wusste, dass da irgendetwas –« Sie wollte sagen: »irgendetwas dergleichen«, aber nichts konnte mit Mord zu vergleichen sein.

»Aufgrund mancher Dinge, die du sagtest, Redewendungen, hin und wieder auch deines Blicks wegen nahm ich an, du wüsstest es. Auch wenn du unmöglich alles wissen konntest.« Pauls Augen in der Ziegenledermaske erwachten mit einer neuen, exponierten Auffälligkeit zum Leben, als wären Wimpern und Brauen durch seinen Blick versengt worden. Die Frau erwiderte diesen Blick unter moralischer Anstrengung. »Du erinnerst dich vielleicht noch« – die konventionellen Phrasen wirkten absurd: Das Chaos sollte seine eigene Sprache haben. »In Peverel gab es ein altes Ehepaar, das bei Dinners ausgeholfen hat, beim Servieren und Abräumen und dergleichen.«

Caro bestätigte: »Sie wurden für Grace' Hochzeit bestellt. Und waren auch in jener Nacht da, in jener Nacht, in der die Thrales deine Verlobung mit Tertia feierten.«

»Sie hießen Mullion. Sie halfen regelmäßig bei Wochenendgesellschaften auf der Burg aus. Sie hatten einen Enkel, der manchmal mit anpackte – um die Autos vorzufahren, Leute zum Bahnhof zu bringen, als Handlanger. So bin ich ihm auf der Burg begegnet, dem Enkel, ein paar Jahre bevor ich dich kennenlernte. Ich ging nach dem Abendessen hinaus in den Garten, wo er sich herumdrückte.« Paul schnitt die seit vielen Jahren vergessene Grimasse, bei der er die Augen zu Schlitzen verengte. »Ich sollte sagen: Ich hatte ihn im Garten gesehen und ging aus diesem Grund hinaus. Er hieß Victor.«

Ich sehe Sie nachts, ich schaue hinunter und sehe Sie allein im Garten.

»Er hieß Victor Locker. Die Tochter der Mullions hatte wieder in dieselbe schäbige Art des Londoner Lebens eingeheiratet, die ihre Eltern ihr ganzes Leben lang zu verleugnen suchten. Sie heiratete einen Wüstling namens Godfrey Locker, mit einem großen, plumpen Schädel, winzig kleinen Augen und scharfen Zähnen, wie das Profil eines Wals, und sie hatte, oder entwickelte, ein Temperament, das dem seinen ebenbürtig war. Ich weiß nicht, als was er wirklich arbeitete, er war einer von diesen Typen, die sich mit Gelegenheitsjobs durchschlagen, aber stets noch etwas Zwielichtiges in der Hinterhand haben. Er war an den Docks und in Smithfield gewesen und hatte für eine Weile einen Lieferwagen gefahren. Sie hatten vier Kinder, und ihnen allen wurde die Hölle heißgemacht. Der Vater hieß wie gesagt Godfrey, und sie nannten ihn nicht Dad, sie nannten ihn Gott. Das ist die Wahrheit.«

»War das der Beginn deines Stücks – *Caesars Freund*?«

»Ja. Nachdem ich mit Victor zu verkehren begann, ging ich oft dorthin, ging mit ihm nach Hause. Sie lebten in Kennington, an einem Schauplatz der Verwüstung. Victor sagte immer, der Beruf seines Vaters sei Hausverwüster. Die Kinder hatten Angst vor dem Vater, vor seinen Händen und seinen Stiefeln und seinem grausamen Grinsen. Die Mutter war ein mieses Weibsstück, eine Beißzange, eine Trinkerin. Victor war der Älteste – als ich ihn kennenlernte, war er sechzehn –, wobei es ein noch älteres Mädchen gegeben hatte, das so klug gewesen war, davonzulaufen und zu verschwinden. Und dort verbrachte ich also meine Freizeit, nachdem ich mit Victor zu verkehren begann, bei den Lockers in Kennington.« Paul fügte hinzu: »Ich spreche natürlich davon, dass Victor mein Liebhaber war.«

»Ja.«

»Der Vater war vorsichtig mit mir. Er hatte seine Pläne und wollte mich nicht vergraulen. Beobachtete mich mit seinem Sägemessergrinsen, als wollte er sagen: Du bekommst schon noch dein Fett weg. Die Großeltern, die Mullions, machten selbst nicht viel her, waren aber um Längen besser als Godfrey Locker. Sie wollten etwas tun für den Jungen, Victor. Ihnen fiel nichts Besseres ein, als ihn an ihren Aushilfsjobs in den Landhäusern zu beteiligen – was ihn zumindest hin und wieder aus Kennington herausholte, aber auch zu neuem Ärger führte, da er anfing, Dinge mitgehen zu lassen und Pläne zu schmieden, mit einer Bande aus Gleichaltrigen irgendwo einzubrechen. Und dann waren da noch die Nebenbeschäftigungen mit mir und meinesgleichen.« Paul trank und wischte sich in einer Beschwörung Godfrey

Lockers grob über den Mund. »Das war dir bewusst, oder? Über mich?«

»Ja.«

»Mein Vater war der Erste, der es erkannte. Er war der Erste, mit seinem Zitat am Sterbebett. Können wir das Gerät für einen Moment ausschalten?«

Caro stand auf und machte die Klimaanlage aus. Sie öffnete das Fenster und hob den Vorhang beiseite. Die Straße war leer, der Müll schien für alle Ewigkeit auf ihrer Oberfläche platziert, die Bäume waren lebendige Wesen, die einen nahenden Sturm spürten.

»Im Laufe der Zeit verrät man sich, oftmals mit Absicht. Zum Beispiel erkennt man uns für gewöhnlich an unserem Spott über Homosexuelle.« Paul lächelte beinahe. Er beobachtete, wie sie zu ihrem Sessel zurückkehrte und sich setzte. »Du nimmst es sehr gelassen.«

»Was bleibt mir anderes übrig?«

»Womit du sagen willst, dass du alle Gefühle aufgebraucht hast, die du je für mich hattest.« Paul äußerte dies ohne ein Anzeichen von Bedauern, auf die Bestätigung folgte sogleich Selbstgefälligkeit. »Es ist furchtbar, dass ich meine Gedanken, selbst während ich dir dies erzähle und auf diese Weise spreche, kaum von Felix ablenken kann. Mittlerweile haben all diese Dinge keine große Bedeutung mehr.« Die Kopfbewegung eines verdutzten Tiers. »Durch diese Wochenendtreffen auf der Burg kam Victor zu einem Job, wenn man es so nennen kann, der darin bestand, einen Junggesellen zu chauffieren und kleine Botengänge für ihn zu verrichten, dieser Junggeselle besaß einen Landsitz in der Nähe von Marlborough. Zwischen Marlborough und Avebury. Er war ein Bühnenbildner, der damals sehr in Mode war. Sein Name war Howard. Du kannst es dir vorstellen. Er hatte eine Wohnung in London und verbrachte die Wochenenden auf dem Land. Und während jener kurzen Periode, in der mir Victor unentbehrlich erschien, fuhr ich ebenfalls an den Wochenenden dorthin, mietete mich in einem schäbigen Hotel in der Nähe ein und wartete untätig auf Victors Feierabend. Ich wusste nie, ob Victors Arbeitgeber sich darüber im Klaren war, dass er ihn teilte, oder nicht. Man konnte nicht glauben, was Victor einem in dieser oder auch in anderer Hinsicht erzählte.«

»Du hast in diesem Gasthaus übernachtet. Wo wir zusammen waren.«

Unter ganz anderen Umständen, das versichere ich dir.

»Ja.«

Daher also seine Befriedigung, Tertia im Augenblick der Verlobung zu betrügen. Damals war Caro die Eingeweihte gewesen. Nun war da ihre Unwissenheit über den größeren, inneren Betrug: dass Paul sie an dem Ort – in dem Zimmer, auf dem Bett – seines Liebhabers besessen hatte. Ihre Unkenntnis seiner größten Freuden.

Ich hatte schon immer eine Schwäche für das Stück im Stück.

»Ich habe auch nie erfahren, ob Godfrey Locker und sein Sohn den Bühnenbildner erpressten. Bei mir fingen sie ganz bescheiden an. Ich gab Victor natürlich bereits vorher Geld, und es schien einfach nur ein bisschen mehr zu sein. Eine altbekannte Geschichte, und man könnte sagen, dass ich darauf hereingefallen bin, war das einzige Indiz für meine jugendliche Unschuld. Vielleicht war es auch Selbstbewusstsein – ich war es gewohnt, zu gewinnen, und auch an die Vorstellung, dass ich es war, der sie ausnutzte. Als es mehr zu werden begann, konnte ich immer noch das Geld auftreiben, aber ich erkannte, wohin es führen würde. Victor hatte in der Wohnung seines Arbeitgebers eine Zeitschrift in die Finger bekommen und begriffen, dass ich kurz vor dem Durchbruch stand – darin war ein Interview über die Vorbereitungen für das erste Stück abgedruckt, samt einem Foto von mir und Tertia. Auf der einen Seite stand all das, auf der anderen die Karambolage, die Lockers, Erpressung, Skandal, die Gefahr einer Gefängnisstrafe. Je mehr ich von der Welt das bekam, was ich wollte, desto größer wurde die Macht der Lockers.« Paul fügte hinzu: »Bis heute habe ich keine solchen Stunden und Tage mehr erlebt.«

Caro hatte in einer eisigen Küche gestanden und sterben wollen.

»Es schien unglaublich, dass ich nicht die Oberhand gewinnen sollte, mit den Waffen, die mir zur Verfügung standen: überlegene Intelligenz, gute Beziehungen. Victor verfügte zwar nicht über Intelligenz, aber über eine gewisse Aufgewecktheit. Diese entwickeln Kinder von Wüstlingen früh, weil sie versuchen, dem Schrecken immer einen Schritt voraus zu sein. Beispielsweise war er clever, was mein Stück anging – wusste genau, was fehlte, wenn ich Hilfe bei Monologen oder Erwiderungen brauchte. Er hatte keine Ideen, nur diese Scharfsinnigkeit. Jedoch legte er übertriebenen Wert auf seine Intelligenz, aufgrund der Kreise, denen er entstammte. Das haben die Nachkommen von Wüstlingen mit den Kindern des Wohlstands gemein: Ihnen fehlt der Kontext, um ihre Grenzen abzuschätzen.

Nun, dann geschah etwas zu meinen Gunsten. Godfrey Locker fuhr erneut für eine Weile einen Lastwagen und wurde in einen Unfall auf der Great North Road verwickelt. Er brach sich den Arm und die Hüfte und lag wegen einer Kopfverletzung fast eine Woche lang im Koma. Ich hatte ein, zwei Wochenenden in Marlborough – in Avebury – ausfallen lassen, aber an jenem Freitag fuhr ich hinunter, da ich glaubte, ich könnte Victor dazu bringen, die Sache für eine bestimmte Summe zu beenden, solange sein Vater aus dem Spiel war. Als er am Abend Pause hatte, um etwas zu essen, kam er wie üblich zum Pub, aber ich wartete auf der Straße auf ihn. Mittlerweile fürchtete ich mich vor den Methoden der Lockers und dachte, sie könnten womöglich Beweise sammeln, gemeinsam mit dem Inhaber, der aussah, als könnte er selbst Teil der Locker-Dynastie sein. Wir saßen also im Wagen, und Victor lachte mir, wie man so schön sagt, ins Gesicht bei dem Vorschlag, er könne mich vom Haken lassen. ›Du bist Teil meiner Zukunft. Das hat mir eine Wahrsagerin erzählt.‹ Er hielt viel von Wahrsagerinnen. ›Du bist meine Altersvorsorge‹, sagte er und lehnte sich grinsend zurück. Wegen seines Aussehens hatte ich mich auf ihn eingelassen, doch nun erinnerte er mich nur noch an seinen Vater.«

»Wie sah er aus?«

»Blond, helle Augen. Es war praktisch, solange er den Mund nicht aufmachte, wurden wir für Brüder gehalten. Wie gesagt, in jener Nach sah er für mich aus wie sein Vater. Er lehnte sich zurück und lachte: ›Ich habe eine Glückssträhne‹, sagte er, ›nun, da Gott im Eimer ist.‹ Er war beinahe hysterisch vor Aufregung – Begeisterung – über den Unfall des Alten, der eine legitime, wenn auch unvollständige Befriedigung für die gesamte Familie darstellte.

Wir verabredeten uns für den nächsten Morgen an einer Stelle am Fluss, an der wir uns zuvor schon manchmal getroffen hatten, wenn Victor die ganze Nacht arbeiten musste. In diesen Fällen fuhr Victor spät von irgendeiner Party nach Hause, woraufhin er den Wagen abstellte und nach Sonnenaufgang ohne Schlaf zu Fuß zu unserem Treffpunkt lief. Wir gingen dann immer zu einer Biegung des Flusses, direkt unter einer Straße und von Bäumen überschattet. Dort war der Fluss ganz schmal, kaum ein Bächlein, und von der Straße darüber ahnte man nichts von seiner Existenz, geschweige denn von dem Ufervorsprung unter den Weiden. Selbst Victor gefiel es dort.« Mit seinem markanten starren Blick fügte Paul hinzu: »Ich sage: ›Selbst Victor gefiel es dort‹, weil er sich vor Wasser fürchtete und sich an dieser Stelle sicher fühlte, da kaum ein Fluss vorhanden war – nur ein Rinnsal über Steine und Streifen gebogenen Schilfs. Er fürchtete sich deshalb vor Wasser, weil er nicht schwimmen konnte, wie die meisten Armen seiner Generation, gab jedoch aus Stolz vor, eine Wahrsagerin auf dem Jahrmarkt hätte ihm verkündet, er würde durch Ertrinken ums Leben kommen.

Ich wusste davon, von seiner Angst vor dem Wasser, weil ich ihn einmal für ein paar Tage an die Riviera mitgenommen hatte, in dem Glauben, ihm eine Freude zu bereiten. Stattdessen graute es ihm vor dem Meer, und er musste gedemütigt zugeben, dass er nicht schwimmen konnte.«

Hitze, Sand, das Meer. Zitronenhaine, Weinberge, weiße Wände.

»Nach unserem Treffen an jenem Abend kehrte ich ins Gasthaus zurück. Ich schlief erst gegen Morgen ein, und als ich aufwachte, war die vereinbarte Uhrzeit unserer Verabredung am Fluss bereits vorüber. Als ich dort ankam, stellte ich den Wagen an einer Biegung der Straße ab, wie ich es immer getan hatte, und ging das letzte Stück zu Fuß. Ich kletterte die Böschung hinunter und fand Victor unter den Bäumen, schlafend. Er war die ganze Nacht wach gewesen und konnte jederzeit schlafen wie ein Toter.« Paul sagte: »In diesem Moment war er für mich wieder schön, und ich wünschte mir, dass er starb.

Ich stand eine Weile neben ihm und wünschte mir, er möge niemals aufwachen. Ich hatte nicht vor, ihn zu verletzen, ich wollte einfach nur, dass er aufhörte zu existieren, solange er noch schön und nicht erwischt worden war. Und während ich dort stand, kam auf der anderen Seite des Flusses ein Mann vorbei, nur wenige Meter entfernt. Noch nie war dort jemand vorbeigekommen, es gab keinen Zugang und keinen Pfad, nur diesen kleinen Streifen Gras neben dem Flussbett. Er blieb unter den Bäumen stehen und betrachtete uns, mich. Ich sagte, ich hätte zu diesem Zeitpunkt nicht vorgehabt, Victor etwas anzutun, doch er erkannte genug auf meinem Gesicht, um stehen zu bleiben.«

Paul wartete darauf, dass Caro etwas sagte. Als sie schwieg, fuhr er fort: »Wir blickten uns über die paar Meter Steine und Wasser hinweg an, und ich nickte und lächelte ihm zu. Ich war es gewohnt, Menschen mit meinem Auftreten zu überzeugen, und hasste ihn dafür, dass er nicht darauf hereinfiel. Jedenfalls sah er, dass Victor nur schlief – er beobachtete ihn ganz offen, um sicherzugehen –, und ging nach einer Minute weiter stromaufwärts. Was sollte er auch sonst tun? Sein Vorbeigehen machte mich jedoch nervös, und ich bekam Angst davor, dass Victor aufwachen und wieder wie sein Vater aussehen würde. Irgendetwas war schrecklich an diesem strahlenden Morgen und der Art, wie ich ihn wachsam im Schlaf betrachtete. Und nach einer Weile ertrug ich die Sorge vor seinem Erwachen und seiner Verwandlung nicht mehr, und ich ging davon und ließ ihn dort schlafen wie einen Toten.«

Eine weitere Bewegung von Pauls Kopf, vielleicht das Abwenden, mit dem ein Patient die Untersuchung einer Wunde über sich ergehen lässt.

»Als ich am oberen Ende der Böschung angelangt war, wollte gerade ein Polizist in Uniform hinunterklettern. In mir blitzte verwirrt die Vorstellung auf, der vorbeigehende Mann habe die Polizei verständigt, und ich war bereit, zu leugnen, was auch immer ich ohnehin nicht getan hatte. Er sah aus wie ein Polizist auf einer Bühne – alterslos, anständig, verantwortungsvoll. Bevor ich den Mund aufmachen konnte, begann er mir zu erzählen, dass sie diesen Abschnitt des Flusses sperrten, um ihn zu überfluten. Aus dem Westen käme ein heftiges Unwetter, und man erwartete, dass eine Viertelmeile flussaufwärts von unserem Standpunkt aus ein Deich bräche. Im vergangenen Jahr hätte ein Bauer einen Nebenfluss gestaut, um einen Teich zu schaffen, der das Wasser jedoch nicht halten würde. Man habe zwei Techniker geholt, um den Damm kontrolliert zu öffnen, bevor die Überschwemmung käme, damit das Dorf weiter unten nicht überflutet würde. Allein an der Stelle, an der wir gerade standen, erwarteten sie das Hochwasser – da der Fluss dort so schmal war. ›Genau hier wird er überlaufen‹, meinte er, ›aber der Rest wird ein Kinderspiel.‹ Ein Kollege war weiter flussabwärts positioniert, und sie sperrten die Straße ab. ›Niemand sonst mehr da unten‹, sagte er, ›nicht wahr?‹ Ich musste noch nicht einmal nein sagen. Er blickte über den Rand der Böschung und sah sich flussauf- und flussabwärts gut um, und natürlich war das Einzige, was er nicht sehen konnte, Victor.

Er sagte: ›Wir haben die Anordnung, uns vom Ufer fernzuhalten. Aber wenn Sie die Straße ein Stück zurück mitkommen, dann können Sie sich das ganze Spektakel ansehen.‹

Den ganzen Weg die Straße hinauf dachte ich: Was passiert, wenn er aufwacht? Meine einzigen Gedanken waren sozusagen pragmatischer Natur, keine Erkenntnis, kein Zögern. Dann dachte ich: Ich kann behaupten, nie bis zum Ufer hinuntergekommen zu sein. Wenn Victor nach Hilfe ruft oder auftaucht, kann er nicht wissen, dass ich dort gewesen bin. Es war, als hätte ich den vorbeigehenden Mann vergessen. Ich unterhielt mich also mit dem Polizisten und konnte zumindest ihn um den Finger wickeln. Als wir den Hügel hinauf an der Stelle angelangt waren, wo ich das Auto geparkt hatte, wurden Signale ausgetauscht, und ein Polizeiwagen fuhr langsam die Straße hinunter, um zu bestätigen, dass sie geräumt war. Nach ein paar Minuten hörte man eine kleine Explosion, etwas Rauch stieg zwischen den Bäumen auf, und bald darauf vernahm man Wasserrauschen. Es war so schnell vorüber, in einem einzigen Augenblick: zuerst ein Strömen, dann ein Sprudeln und dann, wie angekündigt, das Ansteigen eines Wellenkamms am schmalen Engpass des Flusses, wo er außerhalb unserer Sichtweite floss. Dort reichte das Wasser bis zu den Wipfeln der Weiden, und hinterher hingen die Bäume in den Fluss hinab wie nasses Haar, so dass alles darunter sichtbar wurde, sogar der kleine Vorsprung, auf dem Victor geschlafen hatte. Und wo nun nichts mehr zu sehen war.«

Am Fenster blähte sich der Gazevorhang und stieg auf, konnte sich frei hin und her bewegen. Ein starker Wind wehte vor dem Unwetter. Es war nicht mehr als ein Versuch, dem Anlass gerecht zu werden. Paul sprach weiter. In jeder Pause war der Sturm zu hören und, in weiter Ferne, langes Donnergrollen.

»Sprache und Verhalten kamen mit unheimlicher Leichtigkeit. Ich sah und hörte mir selbst zu, wie ich das Ereignis beobachtete. Während Victor im Kennet ertrank. Wir mussten warten, bis der andere Polizist mit dem Polizeiwagen wieder die Straße heraufkam. Es schien lange zu dauern – vielleicht waren es zwanzig Minuten –, aber als der Wagen auftauchte, gab es nichts Neues zu berichten, und die Männer standen untätig auf der Straße und unterhielten sich, während sie auf die Entwarnung der Techniker warteten. Schließlich ertönte ein Pfeifen, und jemand kam mit einer grünen Fahne auf uns zugelaufen, dann fuhren ein, zwei Autos vorbei. Ich hatte bereits beschlossen, ins Gasthaus zurückzukehren und dort für etwa eine Stunde so zu tun, als würde ich warten, nur für den Fall. Für den Fall. Mein Polizist war in dieselbe Richtung unterwegs, also nahm ich ihn mit. So gut gelaunt wie nur möglich. Als wir die Stelle erreichten, an der der Damm gesprengt worden war, hielten wir an, damit er sich mit den Männern dort unterhalten konnte. Und jemand sagte: ›Hier ist ein Bursche, der wegen der ganzen Geschichte feststeckt und jemanden bräuchte, der ihn zum Bahnhof bringt.‹ Und es war der Spaziergänger vom Fluss.« Paul erzählte: »Mittlerweile war beinahe eine Stunde vergangen.

Er kam herüber zum Wagen und sah, dass ich es war. Er wusste nichts. Und erkannte es doch in mir, an mir. Er stand neben dem Wagen und sah in mich hinein. Ich spürte seinen Blick in mir und spüre ihn noch heute.« Pauls Hände über seinen Augen. »Das war der einzige Moment, in dem die Polizei zögerte, die beiden Polizisten. Für eine Sekunde spürten sie, dass etwas nicht stimmte, und natürlich verdächtigten sie ihn und nicht mich. Sie warfen ihm beide einen kurzen Blick zu und prägten sich sein Aussehen ein. Dann war es vorüber, der Mann kletterte auf den Rücksitz, und wir fuhren weiter, wobei mein Polizist die ganze Fahrt über plauderte. Es heißt, für einen Witz brauche man drei Personen – eine, die ihn erzählt, eine, die ihn versteht, und eine, die ihn nicht mitbekommt. Vielleicht trifft das auf viele Dinge zu. So war es auch im Wagen – ich und er und der ahnungslose Polizist.

Langsam traf die Reaktion ein, das Fahren kostete mich riesige Anstrengung. Meine Hände. Man macht sich weis, man müsste es tun – als wäre es eine Verpflichtung oder Heldentum. Der Mann im Auto war auf einer Wanderung durch das West Country gewesen. An jenem Tag begann er wieder zu arbeiten. Er hatte dort haltgemacht, um sich den Steinkreis von Avebury anzusehen, zur Hölle mit ihm, und nun musste er seinen Zug erreichen. Er hatte sein Gepäck am Bahnhof gelassen. All das kam ans Licht, weil der Polizist ihn ein wenig ausfragte, da er eine Unruhe im Auto bemerkte, ohne ihre Ursache zu kennen.«

Paul sagte: »Ich kehrte zum Gasthaus zurück«, und trank. In seinem Glas, wie er es hielt, blieb das Barometer konstant.

Caro sah, nach so vielen Jahren, den schmutzigen Tresen, die trüben Flaschen, den Vermieter. Das Zimmer. Das Bett. Das zweimal vergossene Blut.

»Während ich im Gasthaus war, setzte das Unwetter ein. Ich kehrte an jenem Nachmittag nach London zurück, fuhr durch den schlimmsten Regen, den ich je gesehen hatte. Bis zum Abend kam nichts über Victor heraus. Sein Leichnam musste flussabwärts unter die Brücke gespült worden und dort irgendwie stecken geblieben sein. Als das Unwetter losbrach, wurde die Brücke davongeschwemmt, und die Leiche wurde in den Trümmern gefunden. Sie wurde also nie mit der Überflutung weiter flussaufwärts in Zusammenhang gebracht. Sein Arbeitgeber, der Mann namens Howard, wachte erst bei Beginn des Unwetters auf und hatte keine Ahnung, um welche Uhrzeit Victor hinausgegangen war. Die beiden waren allein im Haus gewesen, und Howard hatte seinen Rausch ausgeschlafen. Man ging davon aus, Victor sei auf der Brücke gewesen, als sie während des Sturms einstürzte, denn an dieser Stelle überquerte er häufig den Fluss, um im Dorf einzukaufen oder eine Autowerkstatt aufzusuchen. Im Gasthaus hätten sie ihn mit mir in Verbindung bringen können, aber der Besitzer hatte keinerlei Interesse daran, die Polizei bei sich herumschnüffeln zu lassen. Godfrey Locker lag noch immer mit einer schweren Gehirnerschütterung im Krankenhaus – er blieb mehrere Wochen dort, und als er entlassen wurde, sah er sich einer Anklage wegen fahrlässiger Tötung gegenüber. Er erholte sich nie ganz von dem Unfall und war zwei Jahre darauf tot. Diesen Teil erfuhr ich später, nach und nach, von den Mullions.«

Paul fuhr fort: »Es hätte nicht besser laufen können, wenn Gott selbst es geplant hätte.« Er stellte sein Glas auf den Fußboden. »Abgesehen von diesem einen Mann. Der es in der Zeitung lesen würde, sich jedoch nicht sicher sein konnte.« Er stand auf und trat an den Tisch, um sich einen weiteren Drink einzuschenken. »Allerdings war er sich sicher.« Er musterte Caro, schätzte das Gewicht ihrer Reaktion ab, als wäre diese ihr Körper an sich. »Viele Menschen – vielleicht die meisten Menschen – haben irgendetwas Zwielichtiges, sogar Kriminelles getan, bewegen sich jedoch noch immer aufrichtig innerhalb der Gesellschaft. Was ich dir hier erzähle, spielt sich in einer ganz anderen Größenordnung ab. Danach ist das eigene Leben innerhalb der Gesellschaft ein Betrug.« Paul setzte sich wieder, das Glas in der Hand. »Und das war für mich faszinierend, sogar erregend.«

Manchmal teilten sich die Vorhänge und gaben den Blick auf einen dunklen, stürmischen Himmel frei. Der Raum war nun fast vollkommen lichtlos.

»Ich empfand natürlich Angst, gar Entsetzen. Aber auch Begeisterung – das Gefühl, die gesamte Menschheit zu täuschen und damit zu kontrollieren, gegen die Naturgesetze zu verstoßen. Ein Zustand, in dem ich gestärkt war, allmächtig, eine verrückte Analogie zu dem, was Helden empfinden müssen, die ihr Leben riskiert haben, um sich dem Staat zu widersetzen, und es überlebten. Alle Geheimnisse waren auf meiner Seite. Damals strömte ich über vor Energie – ich begann mein Stück umzuschreiben, und mit dieser Realität in meinem Inneren wurde es viel besser. Das war auch die Zeit, in der ich beschloss, Tertia zu heiraten. Wir gaben nicht vor, uns zu lieben. Ihr war die Dualität meines Geschmacks bewusst. Jeder von uns hatte etwas, was der andere wollte: Sie wollte ihre gesellschaftlichen Privilegien behalten, jedoch aus dem Mausoleum ausbrechen in etwas Amüsanteres oder Bizarreres oder vielleicht in eine neue Welt, die ihrer Fähigkeit zur Langeweile vollkommen freie Hand ließ. Und ich wollte nicht nur Zugang zu, sondern auch einen sicheren Platz innerhalb der Festung gesellschaftlicher Stellung. Wie du siehst, wollten wir beide in mehrfacher Hinsicht alles.«

»Hast du – weiß Tertia Bescheid?«

»Nein. Aber einer von Tertias Reizen bestand, für mich zumindest, darin, dass sie nicht überrascht gewesen wäre, wenn ich es ihr erzählt hätte. Es wäre in etwa gewesen, was sie erwartet hatte.« Paul lehnte sich zurück und trommelte immer wieder mit den Fingerspitzen auf ein Kissen. »Manchmal konnte ich mir kaum sicher sein, dass ich es ihr nicht erzählt hatte, so vollkommen überzeugt war sie vom Schlechtesten in mir.«

Vielleicht kennen sie die schlechtesten Seiten des anderen: Das kann Menschen zusammenschweißen.

»Nach Victors Tod wollte ich mich mehr als je zuvor auf der Burg in Sicherheit bringen. Es war eine Absicherung, der letzte Ort, an dem jemand nach einem Verdächtigen suchen würde. Glaub mir, auf der Burg kümmert man sich um die Seinen. Es genügte zu sehen, wie die Polizei sich auf den falschen Kerl konzentrierte, an jenem Morgen in meinem Auto – die Art und Weise, wie ihre Blicke auf demjenigen ruhten, der zur Rolle passend aussah und sprach und dessen einzige Absicherung seine Unschuld war.« Paul hörte auf zu trommeln und starrte Caro an. »Aber du musst zumindest einen Teil von alldem gehört haben, von ihm.«

»Von ihm?«

»Von Tice.«

Wasser schlug, strömte auf die Fenster nieder. Caro sagte laut: »Oh Gott.« Sie hörte ihre Stimme den Sturm übertönen: »Gott. Gott.«

»Das war Tice am Flussufer. Selbstverständlich war es Tice. Du wusstest, dass es Tice war.« Eine Anschuldigung.

»Oh nein!«

»Er muss es dir gesagt haben. Er hatte jeden Grund, es dir zu sagen.« Paul mochte irgendeinen Trick vermutet haben.

Caro presste die Hände aufeinander. »Nein.«

Gefühle strömten durch den Raum wie der starke Wind, wie ein Banner. Die Frau war reglos, aber es schien, als krümmte sie sich.

»Es war das erste Mal, dass das Glück sich wendete. Damals das einzige Mal. Als ich an jenem Tag Wochen später, als all dies hinter mir lag, nach Peverel hinausfuhr und dort Tice antraf. Das erste Anzeichen, dass Gottes Sinn für Humor sich auch auf mich erstrecken mochte. Wie Tice neben dem Auto stand und mich mit diesem zerschnittenen Auge anstarrte, die ganze Szene nachgestellt. Ich wusste, dass ich sofort erwähnen sollte, dass wir einander am Fluss begegnet waren, wenn ich ihm etwas vormachen wollte. Und ich konnte es nicht. Er wartete und war sich, weil ich es nicht ansprechen konnte, noch sicherer. Allmächtiger, wie habe ich es gehasst, mit ihm in diesem Haus zu sein, unter demselben Dach zu schlafen. Mir mit meinem Erzfeind das Bad zu teilen. Alles war gutgegangen, bis auf diese eine Sache, die bewies, dass es weitere Faktoren gab, die ich nicht kontrollieren konnte.« Paul blickte auf Caros zusammengepresste Hände. »Dann warst da noch du.«

Er stand auf und schloss das Fenster vor dem Regen. Sein Aufstehen und seine Schritte erzeugten ein neues Stadium. Es bestand die Sorge, was er als Nächstes verletzen würde.

Caroline Vail verspürte ein beinahe körperliches Hemmnis, Ted Tice' Rolle anzuerkennen. Sie, die Paul gegenüber von Unwissenheit gesprochen hatte, musste die Unwissenheit ermessen, in der sie leidenschaftliche Jahre ihres Lebens verbracht hatte. Aller Stolz und Übermut, die Überhöhung ihrer eigenen Überzeugungen, der Wunsch, menschlich zu sein, der Kampf darum, sich gut zu schlagen, wurden reduziert auf dies: eine Frau mittleren Alters, die die Hände ringt und Gott anruft.

Sie hatte Wissen angestrebt, aber das hatte sie nicht wissen wollen. Wissen war zu einer furchtbaren Strömung geworden, in der ein Mann ertrinken mochte.

Paul Ivory machte sich am Vorhang zu schaffen und streckte den Arm nach dem unvertrauten Fenster aus.

Caro verspürte Abscheu gegenüber Pauls Präsenz in Adam Vails Haus.

Paul schritt durch den Raum zurück und fragte: »Nun?«

»Ich denke gerade, wie sehr all dies Adam missfallen hätte.«

»Ich dachte, er hatte ein Herz für Sünder. Oder waren es bloß Geächtete?« Sogar in dieser Situation flackerte in Paul er selbst auf.

»Er verurteilte jede Form von Gewalt.« Eine steife Grabinschrift für einen verstorbenen Geistlichen, wo die tatsächlich in ihr geweckten Gefühle doch animalisch waren: Diese Sessel und Tische entzogen sich Paul, genau wie die Einrichtung der Erinnerung dieser Frau. Paul war alles Schäbige, Verfallene geworden, der zerrissene Drache, der aus dem Himmel gestürzt war. Er wurde kleiner und kleiner, bis nichts mehr übrig war als die Ausstattung eines fragwürdigen Gasthauses.

Dabei hatten einst für sie selbst die Habseligkeiten dieses Mannes hell geleuchtet.

Paul setzte sich. Trommelte mit Fingern, die Stiele oder Stengel waren: der Nachweis von Liebe. Vor einigen Monaten im Victoria Square hatte Caros Blick auf diesen Händen geruht. An jenem Abend hatte sie die alte Frau gespielt, wissend, zufrieden, ausgesöhnt. All ihre mildtätige Selbstgefälligkeit schrumpfte nun hierzu zusammen.

Sie fragte: »Dann war es also aus Rache an Ted – dass du dich mit mir eingelassen hast?«

»Natürlich spielte das eine Rolle. Dass ich dich davontrug, während er erneut machtlos zusehen musste. Eifersucht ist jedenfalls ein Ausdruck von Machtlosigkeit, und seine wurde noch verstärkt durch jenes andere Scheitern. Es war auch eine Vergeltung dafür, dass er erneut auf solch schicksalhafte Weise aufgetaucht war. Außerdem drehte ich den Spieß gegenüber Tertia um, die angefangen hatte, ihre Liebhaber vor meinen Augen paradieren zu lassen. Zu jener Zeit war es gerade ein Typ von der Garde, der die Wochenenden auf der Burg verbrachte, mittlerweile ist er tot, schon lange tot. In beidem lag ein Risiko – Tice auf die Palme zu bringen und Tertia zu verärgern. Und ich mochte das Risiko.«

»Ja.«

»Das weißt du noch. Eine Erfahrung war fade ohne

ein gewisses Maß an Risiko oder Betrug. Mit dir hat sich das verändert. Denn ich hätte niemals mit einer derartigen Zuneigung gerechnet, ob für Mann oder Frau. Dass du der Auslöser dafür warst, verlieh dir Einfluss und gab mir einen weiteren Grund, dich an jenem Nachmittag sitzenzulassen, als Tertia uns im Bett erwischte – als ich erkannte, dass meine gesamte Konstruktion auseinanderfiel.«

Man konnte sich kaum vorstellen, dass Godfrey Locker noch grausamer gewesen sein sollte.

»Als wir an jenem Nachmittag losfuhren, nachdem wir dich am Fenster zurückgelassen hatten, ließ Tertia mich den Wagen am Straßenrand anhalten. Wir liefen in die Felder, und sie zwang mich, dort auf dem Boden mit ihr zu schlafen. Drückte mir ihr Siegel auf.«

Sie waren an jenem Tag also beide von einem Partner zum nächsten gegangen. Ein Typ von der Garde, mittlerweile ist er tot, schon lange tot.

»Danach hatte ich die Kontrolle wiedererlangt. Ich arbeitete an meinem Stück, und es lief gut. Wegen des Erregungszustands, in dem ich mich befand, war jeder Tag eine Offenbarung dessen, was ich bewältigen konnte – ich habe nie wieder so schnell oder so gut gearbeitet.« Paul blieb interessant für sich selbst. »Alle, die nachplappern, es sei mein bestes Stück, haben recht, in kein anderes danach konnte ich mehr so viele Gefühle stecken. Ich wollte die Lockers im Gedächtnis der Welt fest verankern. Ich weiß, dass es grotesk klingt, aber ich wollte, dass das Stück ein Denkmal wäre für –«

Beinahe hätte er gesagt: »Felix«.

Rasche wegwischende Geste. »Ein Denkmal für Victor. Ich hatte damals weder ihn noch irgendjemand anders geliebt, aber ich fing an, ihn klarer zu sehen – die arme kleine Ratte, die niemals eine Chance hatte. Er verfolgte mich nicht, und das Erlebnis selbst verblasste, wie auch das zerkratzte Auge von Ted Tice. Victor war schmerzfrei gestorben, ohne aufzuwachen, wie ich es mir gewünscht hatte. Solange man nicht über das Strömen und Brausen und den würgenden Schrecken nachdachte. Lediglich von Godfrey Locker wurde ich hin und wieder heimgesucht. Ich habe nie aufgehört, mich vor ihm zu fürchten, selbst nachdem die Mullions mir erzählten, dass er tot war. Manchmal glaube ich heute noch halb, er sei am Leben, und muss mir ausrechnen, dass er dann neunzig wäre. Er ist einer von jenen, die nicht sterben können. Wie Hitler.

Es ging also alles gut. Ich wusste, dass das Stück etwas taugte, ich hatte den öffentlichen Erfolg und das Geld und die Burg. Als du erneut auftauchtest, war ich überrascht, wie sehr ich dich wollte, denn ich hatte zuvor keinen Mangel verspürt. Ich glaubte, es würde sich bald abnutzen, aber das Gegenteil traf ein. Manchmal konnte ich es nicht ertragen, von dir getrennt zu sein, alles andere war ungenügend. Nach dem ersten Jahr erwog ich, mich von Tertia scheiden zu lassen und mit dir zusammenzuleben. Das führte zu eigenen Reaktionen, denn du warst so weit entfernt von der Schattenseite meines Wesens. In dieser Hinsicht war deine Liebe behindernd, als zwängest du mich, Scham zu empfinden. Wenn mir etwas anderes Stärke verlieh, die Arbeit oder eine Glückssträhne, wollte ich diese gegen dich verwenden, um dir zu zeigen, dass ich mich entziehen konnte, denn andernfalls sah ich voraus, dass ich dir alles erzählen würde. Ich würde dir von Victors Tod erzählen und nicht nur meine

Sicherheit, sondern auch mein ganzes Wesen in deine Hände legen.«

Ein Blitz durchzuckte den Raum wie ein verrücktes Grinsen, der Donner ließ die gesamte Erde erschaudern.

»Noch einmal geschah etwas. Eines Abends erzähltest du mir von Tice' Verbrechen, und er verschwand auf einen Schlag aus meinem Leben, denn nun konnte er niemals die Frage nach Victor aufwerfen, ohne sich selbst zu entlarven. Wer würde ihn noch beschäftigen, in seinem Metier, käme sein Geheimnis ans Licht? Ich war nicht naiv genug zu glauben, er würde mich aus Angst nicht verraten. Ein Vorzug des Lasters ist es, dass es einem eine Nase – und ein Auge und ein Ohr – für Tugend verleiht. Wie sollte ich arbeiten, wenn ich mich nur nach meinem eigenen Charakter richten könnte? Allein die Tatsache, dass aus Tice' Sicht eine komplizierte Moralität darin lag, war eine weitere Garantie für meine Sicherheit.« Paul hielt inne und fand die Erzählung wieder, von der er abgeschweift war. Er sagte: »Damals liebtest du mich genug, um alles zu akzeptieren, was ich getan hatte, selbst einen Mord.«

»Ja.«

»Doch da du Tice' Geschichte erzählt hattest, wusste ich, dass du am Ende auch meine erzählen würdest. Würde ich dir von Victor berichten, würdest du eines Tages einen anderen genug lieben, um dich ihm anzuvertrauen.«

»Ich wurde dafür also doppelt bestraft.« Wäre da nicht die unbestreitbare Tatsache Adam Vails gewesen, könnte ihr Leben nun auf obszöne Weise vor ihrem inneren Auge zerfallen.

»Es war typisch weiblich von dir, das zu tun. Eine

rechtzeitige Warnung. Mittlerweile hatte Tertia von deiner fortwährenden Präsenz in meinem Leben Wind bekommen, die ihr ausgesprochen missfiel. Außerdem deutete die Dauer der Verbindung zweifellos darauf hin, dass ich sie verlassen könnte. Sie wollte das Kind, um mir noch einmal ihren Stempel aufzudrücken. In gewisser Weise war ich froh, dass sich die Sache so klärte – weil ich wusste, dass ich es nicht würde durchziehen können: Liebe, Offenbarung, Metamorphose.« Das letzte Wort sprach er sarkastisch aus, meinte es jedoch ernst. »Darüber hinaus hatte ich halbherzig auch wieder etwas mit einem Jungen angefangen, als Teil meiner Ablösung von dir. Der Junge hieß Valentine – seine Mutter liebte Stummfilme. Er wurde von einem Schauspieler an mich weitergereicht, der in meinen ersten beiden Stücken auftrat. So bin ich zu ihm gekommen – einem fuchsgesichtigen kleinen Ding namens Valentine.«

»Ich erinnere mich an ihn.« Ein gluckernder Heizkörper und der Junge, der Weintrauben aß.

»Gott weiß, wo er heute ist.«

Ich war froh, dass sich die Sache so klärte. Gott weiß, wo er heute ist. Caros überkreuzte nackte Beine rutschten in einer Mischung aus Schweiß, Körperlotion und der durch das Unwetter erzeugten Feuchtigkeit auseinander. Schweiß rann, Atem hob und senkte sich. Unter einem Baumwollkleid das animalische Flattern eines Herzens.

»Heute ist es verlockend, mich mit meiner Jugend zu rechtfertigen. Aber ich will mich überhaupt nicht verteidigen. Und die Fähigkeit zur Begeisterung über solch eine Erfahrung war selbst damals nichts, dem ich zu entwachsen erwartete.«

Da waren jene, die den Tod für sich in Anspruch nahmen, als Ansporn oder auch als Instrument: Paul, Dora, Charlotte Vail.

»Der Drang, es zu erzählen, war etwas ganz Eigenmächtiges, Fremdes, das mich mit Felix' Schwierigkeiten überkam. Man vermag nicht vorherzusehen, dass man von einem Geisteszustand überrascht werden kann wie von einem Ereignis. Die Beichtlaune hat eine Dringlichkeit, die nicht unbedingt etwas mit Reue zu tun hat – sie mag auch den Wunsch darstellen, andere mit hineinzuziehen. Bestenfalls sollte man die Beichte wohl seinem schlimmsten Feind gegenüber ablegen, denn nur er kann einem wahrhaftig die Absolution erteilen. Im vorliegenden Fall wäre das Tice.« Paul fuhr fort: »Anderenfalls erzeugt es ein Gefühl von Schwächung. So, wie ich mich durch Victors Tod gestärkt fühlte, ist der Akt des Preisgebens an dich nun ein Verlust von Stärke, so ungehörig wie das Verbrechen selbst.« Paul verfügte über dieses überwältigende Ego, das ihm seine eigenen Sünden beeindruckend erscheinen ließ. Er empfand in diesem Augenblick nichts für Caro, die sein notwendiges Geständnis empfangen hatte wie einst seine Liebe, ohne die Autorität zu nutzen, die ihr dadurch verliehen wurde.

Paul sagte: »Ich kann nicht glauben, dass Tice dir nie davon erzählt hat. Zu sehen, wie du dich mir zuwendetest – und dabei über diese Waffe zu verfügen. Es ist unfassbar. Jeder andere hätte etwas gesagt.«

»Ja. Nein.« Adam Vail womöglich nicht.

»Unter den gegebenen Umständen verleiht ihm sein Schweigen Überlegenheit. Dazu neigt das Schweigen ohnehin, aber dies ist ein extremer Fall. Ein überholter Edelmut« – noch immer konnte Paul mit der Präzision eines Wortes beeindrucken –, »von dem man irgendwo lesen mag, an den man jedoch nicht glauben kann. Ich hatte vergessen, dass er angeblich existierte.«

Das war Tice am Flussufer. Selbstverständlich war es Tice. Caro konnte Teds Rolle nicht verarbeiten, auch nicht den Schrecken, den sie auslöste. Ein gefürchteter Umstand, noch ungelöst, den der Verstand kaum zu berühren wagte. Doch was konnte Edmund Tice nun verletzen, da er überlegen war?

Sofern sie nicht um sich selbst fürchtete. Das Wissen war noch nicht fertig mit ihr.

»Kaum zu glauben«, fuhr Paul fort. »Die Selbstbeherrschung.«

»Die oberste Gewalt verleiht.«

Er sah sie neugierig an. »Seine Vormachtstellung ist zwanzig Jahre zu spät gekommen.« Er stand auf, nahm seine Jacke vom Sessel. »Mittlerweile ähnelt sein eigenes Delikt stark der Tugend. Das geschieht mit jeder barmherzigen Handlung, wenn man nur lange genug wartet. Meine Vergehen dagegen verschlimmern sich mit der Zeit und der Geheimhaltung bloß.« Sein ausführlicher Bericht über sich selbst hatte Pauls Überzeugung von der Bedeutung wiederbelebt, von der Ted Tice nicht ablenken sollte. Indem er sein Thema erschöpfte, erneuerte er seine Energien.

Bis zu diesem Tag mochten sie sich vorgestellt haben, dass sie sich, sobald sie allein in einem Zimmer wären, wie in einem Theaterstück aus einer schicksalhaften Kontinuität heraus umarmen oder einer anderen dramatischen Einflüsterung folgen würden. Solche Imitationen waren jedoch undenkbar geworden, und in Worten würde keine Wahrheit aufsteigen, die nicht bereits überboten worden war. Unartikulierter Möglichkeiten beraubt –

weinen, sich lieben –, wusste keiner von ihnen, wie sie es beenden sollten.

Während er seine Jacke anzog, legte Paul nahe, ihre gesellschaftlichen Identitäten wiederaufzunehmen: »Du kommst im September nach England?« Sein Tonfall war bereit, das Stattgefundene zu leugnen. Sein starrer Blick würde die zuhörende Frau im Sessel auflösen.

»Auf dem Weg nach Schweden.«

»Von jetzt an«, sagte er, »kann ich nichts vorhersehen.« Er bezweifelte, dass er Caro jemals würde wiedersehen wollen. »Du wirst bei deiner Schwester wohnen?« Es war bemerkenswert, wie er sich nun erholen und sich in eine Jacke hüllen konnte wie in Normalität.

Caro brachte ihn zur Tür. Auf das Unwetter war eine ungesunde Wärme gefolgt, eine schwüle Sonne perlte einen Benzinfilm auf die dampfende Straße. Regenwasser strudelte in trägen Rinnsteinen, verlagerte Abfälle. Das war alles, was zu erhoffen war an einem Tag, an dem niemand mit Reinigung oder Erfrischung rechnen konnte, und an einem Ort, der selbst wie eine finstere Herausforderung der Elemente wirkte.

»Leb wohl, Caro!«

In der siebenundsiebzigsten Straße nahm Paul die U-Bahn. Im Zug war die heiße Luft stofflich, der Gestank greifbar. Die beschmierten und bekritzelten Wände gingen in einen Kautschukboden über, der in unregelmäßigen Abständen attackiert worden war. Geformte Sitze aus verunstaltetem Plastik, so hart wie Eisen, standen einander in langen reuigen Reihen gegenüber. Unter den Füßen Zigarettenkippen, verschmierte Verpackungen, die auf dem steifen Grinsen eines wohlhabenden

Athleten zerknitterte Sportseite. Eine Bierdose rollte von einer schaukelnden Seite zur anderen, der Zug schlingerte, kreischte, lärmte. Da er keine Halteschlaufe erreichte, wurde Paul von den Jeansflanken dreier ernst blickender Mädchen gehalten. Auf Augenhöhe waren die bunten Imperative der Werbung aufgereiht: »Come to Where the Flavor Is«, »Spenden Sie an das College Ihrer Wahl«.

Alle sind sich einer leichten Gefahr bewusst. Einer dieser mürrisch herumstehenden Männer könnte seine eigenen Imperative präsentieren: Gib mir die Tasche, die Geldbörse, die Armbanduhr! Alle haben einen schlechten Teint, Akne, einen Ausschlag oder erschöpfte, ungeschmeidige Haut, als wären sie schon zu lange hier unten. Tränensäcke von der stickigen Luft. An diesem Ort ist, wie in jeder Hölle, niemand im Vorteil: Aktenkoffer verleihen weder Pathos noch Immunität, juwelenbesetzter Schmuck ist ein Angriffsziel.

An der sechsundachtzigsten Straße drängte sich eine verhutzelte Frau in einem roten Blumenmuster mit erstaunlicher Kraft in den Wagen. Die Türen schlossen sich, aber der Zug blieb unbeweglich: eine Belastungsprobe, während derer niemand auch nur seufzte. Ein Junge und ein Mädchen aus Puerto Rico klammerten sich an eine fleckige Stange und wälzten Kaugummi im Mund herum, um sich zu küssen. In der stinkenden Luft erklangen aus einem Lautsprecher Töne wie ein Schauer geschmolzener Funken eines Schweißbrenners. Als der Zug anfuhr, war kein überraschtes oder erleichtertes Murmeln zu hören. Womöglich handelte es sich hier um die Begründer eines neuen Menschengeschlechts, das jeden Ausdruck geringschätzte und der Grausamkeit wie dem Mitgefühl oder auch seiner eigenen Unbequemlichkeit gegenüber gleichgültig war. Würde Paul hier, unter ihnen, tot auf den schmutzigen Fußboden fallen, wäre er für sie nicht mehr als ein Hindernis beim Aussteigen. Ähnlich wurde der Tatsache, dass er sich, wenn auch angeschlagen, auf den Beinen hielt, keinerlei Bedeutung beigemessen.

Ein Junge mit gekräuseltem Haar, wie ein kleiner Baum, stand von seinem Sitz auf: Sein Arm war ein Zweig, der durch ineinander verflochtene Äste nach Pauls Schulter griff.

»Setz dich, Pop.« Menschlich, wie er war, blickte sich der Junge grinsend im Wagen um. Er konnte sich gegen das Gute oder auch das Schlechte in sich nicht wehren. Und hatte nicht aufgehört, mit einem überbeweglichen Daumen zu knacken.

Paul glitt auf den Platz. Sich einer unerklärlichen Ausnahme bewusst, jedoch nicht in der Lage, sich zu bedanken.

In ihrem Haus öffnete Caroline Vail den in lila Tinte und unbekannter Handschrift verfassten Brief aus Irland.

»Ohne Ihr friedliches Dasein stören zu wollen, bin ich mir sicher, Sie möchten von Doras Schwierigkeit – oder Notlage – in Kenntnis gesetzt werden. …«

36

Grace sagte: »Sie verliert das Zeitgefühl.«

Grace und Caro waren in Grace' kleinem Wagen auf dem Weg zu einem Besuch bei Charmian Thrale. Christian hatte sich schließlich durchgesetzt, und seine Mutter befand sich nun in einem Heim für alte Menschen, das einen Namen wie Eichental oder Waldgut oder Parkblick trug.

»In einem Moment erinnert sie sich an die Geburtstage der Jungs, an alles. Im nächsten glaubt sie, Chris und ich seien frisch verheiratet.« Der Wagen bog zwischen Torpfosten aus Backsteinen ein. »Angeblich ist es der Kreislauf.«

Verdorrtes Gras verendete in dem trockenen, außergewöhnlichen September.

Die Leiterin der Einrichtung wirkte mehr als fähig. Groß, ergraut und wortkarg wahrte sie eine spürbare Distanz und erkannte Caroline Vails Zugehörigkeit durch keinen einzigen Blick an. Finge man einmal damit an, würde es kein Ende nehmen. Caro war nun wieder eine Schwester, schritt neben Grace einen gekachelten Korridor hinunter: Sie waren zwei Frauen, die Frauensachen taten. Gelegentlich stellte es eine Erleichterung dar, herkömmlich und unbescholten zu erscheinen, selbst vor dem kühlen Blick einer grauhaarigen Direktorin – in diesem Fall von einem Mädchenpensionat für dem Ende nahe Schülerinnen.

Diese beiden waren nach der Schule am salzigen Meer

entlanggelaufen. Nun war es die Sterblichkeit, die sich in ihrer Grenzenlosigkeit neben ihnen ausdehnte.

Grace sagte: »Man würde denken, es gäbe Möglichkeiten, das Desinfektionsmittel zu überdecken.«

Charmian Thrale war in der Abteilung für gehfähige Bewohner untergebracht. Die Etagenoberin war spröde, eingeschnürt, eine hölzerne Bark in einem eisernen Schiffsrumpf. Sie betonte, wie wichtig Besucher seien. Sie wurden in ein kleines Schlafzimmer geführt, in dem Charmian in einem Chintzsessel saß, die Hände auf den Armlehnen ausgestreckt. Ihr Haar war weiß und dürftig, die riesigen Augen kaum noch blau, der Körper fleischlos, ein bloßer Kleiderbügel für Baumwollärmel und Baumwollschultern, der Hals eine Drahtschlinge für den Pusteblumenkopf.

Das Fenster zeigte auf ein Gemüsebeet, das von den aktiven Insassen gepflegt wurde. Auf die Fensterbank im Inneren hatte jemand eine harte, hässliche Topfpflanze gestellt. Die Spiegeltür eines Kleiderschranks stand offen. Auf dem Nachttisch befand sich ein Hochzeitsfoto von Grace und Christian. Neben Tablettenfläschchen lag ein Stäbchen mit schmutziger Watte an den Enden, von der Sorte, mit der man Ohren säubert. Neben einem Buch auf dem Bett ruhte eine Brille mit Goldrand.

Grace gab ihrer Schwiegermutter einen Kuss und sagte: »Caro ist hier.« Man war versucht, die Stimme zu erheben. »Caro ist auf dem Weg nach Schweden, um ihre Stieftochter zu besuchen.«

Charmian Thrale bemerkte: »Ich habe meine Stiefmutter sehr geliebt. Die Stigmatisierung von Stiefmüttern ist grausam.«

Grace erwiderte: »Dasselbe gilt für Schwiegermütter.«

Und die alte Frau griff ihr mit einer fleckenübersäten Hand an die Wange.

Die Oberin rief: »Haben uns hübsch gemacht.« Charmian blickte sie mit höflicher Belustigung oder mit furchtbarem Zynismus an. Ihr gebogener Baumwollrücken berührte den Sessel. Sie selbst hätte niemals ein Kleid mit nicht zusammenpassenden Farben ausgesucht. Irgendjemand hatte ihr das Gesicht gepudert, sogar Rouge aufgetragen. Im Spiegel des Kleiderschranks waren Caro und Grace zu sehen – lächelnd, noch immer gesegnet. Jetzt los, schaff dich in der gnädigen Frau Gemächer und sag ihr, ob sie's auch fingerdick aufschminkt, zu der Visage muss sie doch mal kommen. Bring sie zum Lachen damit.

»Um elf muss sie ihre Fernsehsendung sehen, da ist sie ganz versessen drauf.« Die Oberin strahlte. Charmian Thrale war ein widerspenstiges Kind, das sich endlich zum Besseren entwickelt hatte.

Mit ruhiger Klarheit sagte die alte Frau: »Es ist eine Sendung über einen Dichter, Rex Ivory. Ich bin ihm mehrmals begegnet, und Sefton kannte ihn gut.«

»Was sagt man dazu.« Der Oberin fiel nicht ein, wer nach John Masefields Tod nun gerade Poet Laureate war.

Als die Oberin den Raum verlassen hatte, fügte Charmian Thrale hinzu: »Im Alter wird man entweder für einen Weisen oder für einen Schwachkopf gehalten. Dazwischen darf es nichts geben.«

Caro erwiderte: »Das ganze Leben ist ein wenig so.«

Auf die Beine geholfen war Charmian Thrale eine fragile Konstruktion, die jederzeit zusammenstürzen mochte, Asche, deren gehegtes Flackern aus Angst vor der Endgültigkeit nicht entzündet werden durfte. Grace und Caro stützten sie auf dem Weg in den Flur. Durch eine geöffnete Tür schrie eine uralte hohe Stimme: »Nein, bitte, oh nein!« In einem Rollstuhl legte ein Mann wie Treibholz die Fingerspitzen aneinander und sang grell:

»Two German officers crossed the Rhine,
Parlay-voo,
To kiss the women and drink the wine,
Parlay-voo.«

In einem innen liegenden Raum, dessen leere Stühle zu Gericht saßen, steigerte sich ein Fernsehgerät in einen Rausch hinein. Grace drehte fachmännisch an einem Knopf. Bunte Balken bewegten sich horizontal, Stimmen wurden ein- und ausgeknipst. Ein Ansager mit Toupet grinste und nannte die Uhrzeit. Bunte Punkte hüpften umher. Zu den Klängen von Delius wurde eine liebliche Landschaft in tropischen Schattierungen gezeigt, und eine Stimme außerhalb der Bildfläche verkündete ehrfurchtsvoll: »Derbyshire.«

Ein junger Mann mit Glottisschlag hielt die folgende Sendung für besonders interessant, angesichts der gegenwärtigen Wiederentdeckung von Rex Ivory. Eine geübte Feierlichkeit zusammen mit einer Hornbrille legte Spezialkurse in kultureller Präsentation nahe. Auf dem Bildschirm wurden Fotografien reproduziert – ein lilafarbenes Baby, ein Schuljunge, ein Jugendlicher in Militäruniform, ein mittelaltes Gespenst in einer Strickjacke und, in Nahaufnahme, das Cover eines Buches. Die Zuschauer würden sich gewiss daran erinnern, dass ein Exemplar dieses schmalen Bandes, auf neunzehnhundertfünfzehn datiert und vom Autor signiert, kürzlich bei einer Auktion eine hohe Summe eingebracht hatte.

Mit perfekter Selbstbeherrschung lachte Charmian Thrale.

Auf dem Bildschirm wurde ein dicker Mann mit weißen Koteletten als Pate des Rex-Ivory-Booms vorgestellt. Der aus den Vereinigten Staaten stammende, sich derzeit in einem Forschungssemester befindende Professor Wadding genoss den verdienten Erfolg seiner brillanten kritischen Biographie, von der nun ein Exemplar in die Kamera gehalten wurde: *Verzicht als Aussage: Symbol und Sakrament im Werk Rex Ivorys*. Schon jetzt ein moderner Klassiker. Doktor Wadding hatte seine bahnbrechende Arbeit über die Lake Poets unterbrochen, damit Rex Ivory von einer kritischen Erläuterung profitieren möge.

Professor Wadding erklärte, er habe Wordsworth keineswegs beiseitegelegt: »Machen Sie sich da keine Sorgen.« Erinnerte jedoch daran, während seines Großbritannienbesuchs im Jahr neunzehnhundertsechsundvierzig Rex Ivory getroffen und interviewt zu haben. Er hatte dem Dichter spontan geschrieben und eine äußerst liebenswürdige Antwort erhalten, in der er nach Derbyshire eingeladen wurde. »Mittlerweile kann man sich kaum vorstellen«, bemerkte er, »dass ich damals zögerte.«

»Kalte Füße bekommen, Doktor Wadding?«

Professor Wadding erklärte, der Ausdruck »kalte Füße bekommen« leite sich davon ab, dass König Heinrich IV. in Canossa im Schnee stand und auf Papst Gregor VII. wartete, im Jahr tausendsiebenundsiebzig. In seinem eigenen Fall dagegen sei das Zögern auf Zweifel gegenüber dem Einbeziehen des persönlichen Faktors in den kritisch-kreativen Dialog zurückzuführen gewesen.

»Und in Ihrer kritischen Einschätzung, Doktor Wadding, haben Sie niemals geschwankt?«

Grace sagte: »Sie hören nicht auf, ihn Doktor zu nennen.«

Charmian Thrale bemerkte: »Wie Doktor Goebbels.«

Professor Wadding blieb dabei, Rex Ivory habe einer Ethik des Verzichts kognitive Bedeutung verliehen. Er würde Rex Ivory als aristokratisch, patrizisch, renommiert und als den wohl wichtigsten Dichter seiner Generation bezeichnen.

Caro meinte: »Sein Anzug kann unmöglich diese Farbe haben.«

Waddings Brillengläser glänzten. »Nach meinem Verständnis besteht meine Aufgabe darin, die Quellen seiner Entelechie zu skizzieren.«

Ein Verleger wurde vorgestellt, der als schmerzhaftesten Moment seiner gesamten Karriere einen Samstagmorgen nach dem Krieg schilderte, an dem sein Verlag feststellte, dass ihm das Papier für eine geplante Ausgabe von *Das halb geerntete Feld* fehlte. »Ich übertreibe nicht, wenn ich sage, dass wir als Verlag untröstlich waren.« Glücklicherweise hatten sie nun das Privileg, Doktor Waddings brillante Arbeit zu veröffentlichen.

Ein Junge mit einem Stirnband erzählte Rex Ivorys Aufstieg als Dichter der Antikriegsbewegung nach. Er fand, Rex' Botschaft an die Jugend könne zusammengefasst werden mit »Bewahr den Glauben, Baby«.

Dieser Ausdruck, erklärte Professor Wadding, sei eine Anrufung des Christuskinds. Er würde gern erfahren, welche gegenwärtige Rolle wohl einem Dichter wie Wordsworth zugeschrieben werden mochte.

Der Junge zuckte die Achseln. »Für mich ist das ein

Name auf einem Sweatshirt.« Er fügte hinzu: »Rex wirkt entspannt. Er ist ein völlig entspannter Typ. Und das gefällt mir.«

Die Sprecher blickten auf das unsichtbare Publikum hinaus, um die Wirkung ihres Kalküls abzuschätzen.

»Als ob«, meinte Grace, »sie uns beobachten statt wir sie.«

Filmmaterial des Nachkriegsinterviews der BBC in den Dukeries wurde erneut ausgestrahlt – die Sealyhams und Blumenrabatten, eine düstere Bibliothek, Rex Ivorys dünnes Gesicht, spärliches Haar, blasse Wimpern. Seine erhobenen Fingerspitzen, die Tabak in eine Pfeife stopften, während er bei jedem Klopfen blinzelte: ein synchronisiertes Spielzeug. Nach den fiktiven Farben der Einführung erschien das Schwarzweiß wie die Wahrheit.

Caro stellte fest: »Sepia wäre sogar noch besser.«

Der alte Film flackerte, blinzelte wie der Dichter. Ivory hatte die helle, akkurate Stimme eines anderen Jahrhunderts. Antwortete zwar höflich, gab jedoch von sich aus nichts preis. Der erste Einfluss, an den er sich erinnern konnte, war eine ledergebundene Ausgabe von *Sohrab and Rustum*, die ihm eine geliebte Tante zum siebten Geburtstag geschenkt hatte: »Ich kann noch immer das gesamte Werk auswendig rezitieren – im Schlaf, wie es so schön heißt.«

Der Interviewer warf rasch ein: »Also, wäre Ihre Tante nicht zufällig so großzügig gewesen –«

»Großzügigkeit ist nichts, was zufällig geschieht.«

Der Interviewer lächelte, wollte sich aber rächen. »Unser bedeutendster Kritiker erklärte, nur Literatur, die die Gesellschaft verändert, werde überdauern. Ich nehme an, Sie lehnen diese Sichtweise ab?«

»Was das Überdauern angeht«, antwortete Rex Ivory, »da kann man nur spekulieren.«

»Natürlich. Aber der fragliche Kritiker behauptete, unser Jahrhundert sei auf einzigartige Weise empfänglich für die moralische Überzeugung durch die Literatur. Und beschuldigte Sie des Versagens, wie er sich ausdrückte, diese Verpflichtung anzuerkennen.«

Ivorys blasse Wimpern senkten sich. Er hätte schlafen oder sich in irgendeiner Notlage befinden können. Schließlich sagte er: »Sehen Sie, ich war in den Schützengräben. Und er war es nicht.«

Die Farbe kehrte zurück wie ein Ausbruch von Gewalt. Doktor Wadding warf ein: »Ich denke, ich kann das erläutern.« Grace stellte den Ton aus und sagte: »Sicher werden sie Paul mit ins Spiel bringen.«

Mrs Thrale bemerkte: »Paul Ivorys Sohn ist schwer krank gewesen.«

»Christian hat gehört, er halte sich wacker.«

In diesem Augenblick wurde Paul vorgestellt. Grace stellte den Ton wieder ein. Pauls Erscheinung ging mittlerweile langsam auseinander, wie eine ungesunde Substanz. Augen, Mund und Gesichtsausdruck passten nicht mehr recht zueinander: Es war das zusammengesetzte Porträt eines Verdächtigen oder Flüchtigen. Schmaler, älter, nicht weniger charmant, beherrschte er diese öffentlichen Auftritte mühelos.

»Mein Vater war eine reine Seele, ein Unschuldiger. Er hatte altmodische Werte – Aufopferung, Zurückhaltung, Barmherzigkeit, Höflichkeit. Treue gegenüber altmodischen Idealen. Ich selbst bin nicht so, aber ich hatte – und habe – enormen Respekt vor ihm und vor seiner Arbeit.«

Caro hätte ebenfalls schlafen können. Das Marmite-Glas auf dem Tisch. Wir sind hier weiß Gott auch hungrig genug.

Adam Vail hatte gesagt: »Man wird die großen Mysterien in Dienst stellen.«

Würdevoll wendete Paul eine Anspielung auf seine eigene Arbeit ab: »Schließlich sind wir hier, um meinen Vater zu feiern.« Gebeten, Rex Ivorys literarischen Rang zu beurteilen, reagierte er sowohl offen als auch klug: »Vielleicht war er kein großer Dichter. Aber er war ein wahrhaftiger Dichter.«

Charmian Thrale blickte mit äußerster Höflichkeit auf den Bildschirm. Als Professor Wadding erneut auftauchte, bat sie darum, das Gerät auszuschalten.

Sie halfen ihr zurück in ihr Zimmer, wo sie sich auf den geblümten Sessel setzte. Sie sagte: »Rex war der Einzige, der noch am Leben war. Die anderen sahen alle aus wie tot.« Und schloss die Augen.

Als Grace und Caro zurückkehrten, stand Christian im Flur. Ihn überraschte der Gedanke, dass eine dieser Frauen, die beide schön waren, seine Ehefrau war.

»Bereit für einen Tee«, sagte er, »so, wie ihr ausseht.«

Grace ging in die Küche und füllte hörbar den Wasserkessel. Caro stand im Flur. Sie hatte ein in Pfauenfarben leuchtendes Tuch um den Kopf geschlungen und griff danach, um es abzuziehen. Unter ihrem erhobenen Arm hing das weiche Kleid an ihrem Körper, und Christian, der an die geschmeidige Flanke einer Katze dachte, konnte sich vorstellen, seine Hand dorthin zu legen.

»Nun, Caro, du hältst dich fit. Das muss ich schon sagen.«

Ich befinde mich nun also im Stadium von »Du hältst dich fit«. Sie lockerte das Seidentuch.

»Wie würdest du die Farbe nennen, von diesem Kleid?«

»Gebrannte Siena.«

»Das habe ich nicht mehr gehört, seit ich ein Dreikäsehoch mit einem Malkasten war.« Christian hatte, wie sein Vater vor ihm, bestimmte Ausdrücke in Gewahrsam genommen.

Caro vollendete die Geste mit dem Tuch. Ihr schweres Haar fiel ihr über die Schultern. Darin war kaum Grau zu sehen. Christian fragte sich: Ist es gefärbt? Es gab diesen Roman – der Name lag ihm auf der Zunge –, in dem eine Jugendliebe, im Alter wiedergefunden, ihr weißes Haar enthüllte. Die Vorstellung, Caros Haar könnte nun ebenfalls gefärbt sein, schockierte Christian nicht weniger, wie es ihm erschien. Er starrte es an.

Caro sagte: »Es ist natürlich, bislang.«

Sie ging ins Wohnzimmer, trat an den leeren Kamin und lehnte einen Ellbogen auf den Sims. Ein ovaler Spiegel, den Grace in Bath gekauft hatte, reproduzierte ihre Müdigkeit. Bring sie zum Lachen damit.

In der Küche kreischte der Wasserkessel und wurde zum Schweigen gebracht. Heutzutage war man ständig am Ein- und Ausschalten.

Christian ließ sich in einen Sessel fallen, der ein gepolstertes Seufzen von sich gab.

Grace betrat den Raum mit Tee auf einem Tablett. Es gab kleine Sandwiches, einen Kuchen. Die drei setzten sich – Caro und Christian einander gegenüber, Grace zwischen ihnen. Vom Fenster und von Caros bronzefarbenem Kleid ging ein warmes Licht aus.

»Nun, das ist wirklich gemütlich.« Christian billigte die häusliche Szene als verlässlichen Ersatz für das Glück. Die Frauen erzählten von seiner Mutter, was er hören wollen würde, und er erwiderte: »Das Heim ist erstklassig. Absolut erstklassig.«

Caro meinte: »Deine Mutter nimmt es ausgesprochen gefasst.« Die Formulierung wie aus einem Nachruf übergab Charmian Thrale an die Erde: nach einem langen, mit großer Fassung getragenen Leben.

Als Grace die Fernsehsendung beschrieb, sagte Christian: »Liebe Güte, Rex Ivory. Er hat mir *The Golden Treasury* zu meinem zehnten Geburtstag geschenkt. Ist jetzt ein nationales Heiligtum, nicht wahr? – Könnte ich ein Sandwich bekommen? – Na, jetzt fühle ich mich aber alt.«

Grace reichte einen Teller.

»Was ist darin?«

»Brunnenkresse.«

»Ich fürchte, das ist mir ein kleines bisschen zu faserig.«

»Die anderen sind mit Fischpaste.«

Christian nahm sich davon. »Gute, alte Fischpaste.« Er wischte ein paar Krümel fort. »Irgendwo habe ich es noch, *The Golden Treasury*.« Als Grace aufstand, um heißes Wasser zu holen, erklärte er: »Ich nehme meine zweite Tasse im Arbeitszimmer.«

Er verschwand im angrenzenden Raum, wo auf seinem Schreibtisch Wochenendarbeit auf ihn wartete. Immer gab es etwas Neues aus Afrika. Durch offene Flügeltüren sahen – oder beobachteten – die beiden Frauen, wie er eine Zeitung aufschlug und sich auf einem Sessel ausstreckte.

Von ihrem Platz auf dem Sofa aus sah Caro weiter zu, wie Grace Christian seinen Tee brachte. Grace' Kinn hatte keine ganz klaren Konturen mehr, ihre Taille ebenso wenig. Unter dem Verschluss einer Kette war ihr Nacken leicht bucklig. Caro betrachtete ihre Schwester mit größerer Zärtlichkeit als je zuvor: Die Nähe der Kindheit hatte stets wie unterbrochen gewirkt, als könnte sie wiederaufgenommen werden. In Kindheitserinnerungen war Grace immer gütig. Caro dachte, es sei selten, dass ein Kind gütig war.

Die Gegensätzlichkeit der beiden hätte für mehr stehen mögen: Sie hatten so wenig Einfluss auf das Leben der anderen ausgeübt und kaum Geheimnisse ausgetauscht. Es war nicht einmal mehr klar, wie ehedem, dass Grace mit Chintz und Porzellan zufrieden war – mit Christian, der »ein kleines bisschen zu faserig« sagte oder abends seine Hosen hochzog und verkündete: »Ich brauche meine acht Stunden.« Es stand nicht unzweifelhaft fest, dass Grace eine Zuschauerin geblieben war. Jene, die in ihr Caros Alter Ego gesehen hatten, mochten nicht begriffen haben, worum es ging.

Grace hatte vermutlich eine Erfahrung durchgemacht, die nur die Liebe sein konnte, oder hatte irgendeine innere Offenbarung gehabt. Paul Ivory hatte gesagt: »Man kann von einem Geisteszustand überrascht werden wie von einem Ereignis.«

In Caroline Vails eigenem Leben und Denken überragte Ted Tice nun alles. Das Bewusstsein von Ted Tice war das Ereignis, das ihr wachendes und schlafendes Leben durchdrang. Seine größte Stärke war sein Geheimnis gewesen, gerade seine Wahrhaftigkeit schloss sein Mysterium ein.

Caro hatte Erinnerungen nachgehangen und Möglichkeiten, die so fern waren wie Erinnerungen. Hatte zum ersten Mal Träume, in denen sie und Ted sich als Liebespaar trafen, in einem lebendigen, unbekannten Land. Sie lag wach und dachte daran, wie wenig selbst an Freundlichkeit sie ihm jemals gegeben hatte, erinnerte sich an leichte, flache, herzlose Worte, die eines Paul Ivory würdig waren. Ted hatte ihr ihr eigenes Bild gezeigt, und sie hatte gesagt: »Ich kann mich nicht an dieses Kleid erinnern.«

Sie dachte daran, dass sie zu ihm gehen könnte, es jedoch nicht tun würde. Sie stellte sich ihre Ankunft vor, sein Glück. Sein gezeichnetes Auge, seine Freude.

Sie malte sich Margaret Tice in ihrer goldenen Schönheit aus. Caro blickte in ihren eigenen Spiegel, bekleidet oder nackt, sich des Pathos gewahr. Sich der Frauen vor ihr gewahr, die dasselbe getan hatten. Ihr Körper war ein Kleid, nun seit Jahren ungetragen, ungezeigt, unbekannt.

Sie wusste, dass seine Illusion nachlassen mochte. Dennoch war es schrecklich, dass sie zu ihm gehen könnte, es aber nicht tun würde.

Caro war durch die Straßen gelaufen und hatte an Ted Tice gedacht. Sie hatte sich an ihre Arbeit gesetzt und sich davor gefürchtet zu sterben, ohne ihn wiedergesehen zu haben. An einem Tag hatte sie auf die Seite, an der sie gerade arbeitete, geschrieben: »Wenn er jetzt käme, würde ich alles tun, was er verlangte.«

Sollte Ted sterben, wäre die Welt ein Raum, in dem niemand sie beachtete.

Sie hatte so wenig Kontrolle über diese Fantasien wie sie über die körperlichen Veränderungen der Pubertät gehabt hatte. Sie versuchte zu erkennen, wie es dazu gekommen war, und wusste nur, dass sie irgendein Extrem gesucht hatte. Dieses Extrem mochte die reine, furchtbare Macht der bewiesenen Willensstärke eines Mannes sein. Es war, als hätte Ted Tice durch die kosmische Macht der Liebe dieses Ereignis in ihr erzeugt.

Sie konnte sich nicht verändern, aber sie konnte handeln.

Caro teilte Grace mit: »Ich überlege, nach Australien zu reisen.«

»Gibt es einen bestimmten Grund dafür?«

»Ich stelle fest, dass ich mich in letzter Zeit öfter daran erinnere. Daraus scheint sich ein Anlass zum Hinfahren zu ergeben.« Sie fügte hinzu: »Würdest du mitkommen?«

Grace fragte: »Das wäre dann für ein paar Wochen?«

Sie sprachen mit gesenkten Stimmen. Würde Christian die Laute vernehmen, ginge er davon aus, sie erörterten gerade irgendwelche Krankheiten, und ihr Ausgeliefertsein würde ihn beruhigen.

Caro sagte: »Ich würde gern sehen, was ich damals nicht sehen konnte.« Von allem, demgegenüber sie blind gewesen war, ließe sich zumindest das wiedergewinnen.

Innerhalb eines Augenblicks durchlebte Grace erneut gewisse Sommernächte – in denen sie durch ein dunkles Haus lief, in dem alle Türen und Fenster weit aufgerissen waren, um Luft hereinzulassen. Eine ganze Stadt, die sich erwartungsvoll dem Meer zuwandte. Sie sagte: »Den Pazifik wiederzusehen.«

»Erinnerst du dich noch, als wir klein waren, wie Mutter in der Abenddämmerung draußen auf einem Rohrstuhl saß, während wir spielten?« Caro strich, wie mütterlich, über den Ärmel ihres eigenen bronzefarbenen Kleids. »Da waren ein Gerüst mit Kletterrosen, eine

Reihe Stockrosen, der Zitronenbaum und die Schaukel. An Sommerabenden saß Mutter draußen auf einem Gartenstuhl und beobachtete uns.« Sie meinte: wachte über uns.

Grace entgegnete: »Das war Dora.«

Grace stand auf und ging ins Nebenzimmer. Sie fragte Christian: »Hast du mich gerufen?«

»Ich habe nur gegähnt.«

Als sie sich zum Gehen wandte, fügte er hinzu: »Du kannst die Zeitung mitnehmen, es steht nichts drin.«

Mehrmals schon hatte Grace morgens und abends alles beiseitegelegt, womit sie gerade beschäftigt war, und sich ihrem Ehemann zugewandt. Sie hatte das Geschirr in der Spüle gelassen und war zu ihm nach oben gegangen. Einmal benutzte er gerade seinen elektrischen Rasierer und konnte sie nicht hören, ein anderes Mal war es seine Munddusche.

Christian war froh, die Zeitung los zu sein, in der ein Schreiben über Staatsverträge abgedruckt war, das schlicht und einfach mit »Elphinstone« unterzeichnet war. Denn Elphinstone, der aufgrund der Ehrenliste eines scheidenden Premierministers geadelt worden war, schrieb nun regelmäßig über öffentliche Angelegenheiten. Als er in den Adelsstand erhoben wurde, hatte Christian seinen Stolz heruntergeschluckt und angerufen, um ihm zu gratulieren. Freundlich genug von Mrs – oder Lady – E. begrüßt, hatte er eine Stimme im Hintergrund sagen hören: »Um Himmels willen, gib mir bloß nicht den Hörer!«

Christian teilte Grace mit: »Ich kann keine Begeisterung aufbringen, nur weil Elphinstone mit jemandem in der Downing Street geschlafen hat.«

Grace kehrte mit der Zeitung in der Hand ins Wohnzimmer zurück. Sie setzte sich neben Caro aufs Sofa. »Das hier wollte ich dir zeigen.«

Es war die Fotografie von einigen Wissenschaftlern, die gerade eine Regierungskonferenz verließen. Von Politikern flankiert, blickte Ted Tice geradeaus. Er hatte den privaten, höflichen Gesichtsausdruck, den man bei einem Dolmetscher zwischen zwei grinsenden Staatsoberhäuptern erkennt.

»Wie du siehst, wird er in Schweden sein, während du dort bist.« Grace las vor, dass Professor Tice eine Abhandlung über das umstrittene Thema vorstellen würde. Grace war hier im Vorteil, da sie von ihren Söhnen etwas über schwarze Löcher, Rotverschiebung und den Urknall gelernt hatte. »Ich nehme an, das wusstest du.«

»Ich habe Ted diesmal nicht angerufen.«

Grace beobachtete, wie Caro an der Troddel eines Kissens herumfingerte. Sie sagte: »In deinem Leben geschieht so viel.«

»Es geschieht nur mir allein. Dein Leben hat Bedeutung für andere.« Caro hatte Grace noch nie zuvor mit den Achseln zucken sehen. Sie fuhr fort: »Wie kann ein Leben grundlos sein, wenn andere davon abhängen?«

Grace lächelte. »Verzicht als Aussage.« Keine von beiden hatte das Pflegeheim vergessen, den Fernsehbildschirm, wie Charmian Thrale verkündet hatte: »Sie sind bereits tot«, über jene, die ihre eigene Absurdität aus den Augen verloren hatten. Grace fragte plötzlich: »Hast du Paul Ivory geliebt?«

»Ja.«

»Ich nehme an, es ist schlecht ausgegangen.«

»Ja.«

»Du musst sehr unglücklich gewesen sein.«

»Ich bin gestorben, und Adam hat mich wieder zum Leben erweckt.« Caro hatte dies leichtfertig aussprechen wollen, gab jedoch dem tödlichen Ernst nach. Sie schlugen die Vorsicht in den Wind, als einziges Ventil für heftige Gefühle.

»Ich habe euch einmal zusammen auf der Straße gesehen. Wie ihr euch voneinander ferngehalten habt, um nicht dabei erwischt zu werden, wenn ihr euch berührt.« Grace fügte hinzu: »Ich wünschte, ich hätte es gewusst. Oder geholfen. Aber du wolltest – du konntest dich nicht auf mich stützen, um dich zu stabilisieren.«

»Was das angeht, welche Hilfe bin ich dir denn gewesen?«

»Oh – zu diesem Zeitpunkt galt ich bereits als stabilisiert.« Dasselbe Lächeln, weder bitter noch selbstzufrieden.

Caro fragte: »Kann ich dir jetzt helfen?«

»Nein.«

Sie saßen einander zugeneigt und tauschten Schmerz über eine Tragödie aus, die nicht allein ihnen gehörte. Grace stand auf und näherte sich dem Flügel wie einem Zufluchtsort. Dann drehte sie sich um und blickte Caro an. »Anfangs erwartet man etwas vom Leben. Später erwartet das Leben etwas von einem. Bis man erkennt, dass es sich bei beidem um dasselbe handelt, kann es für jegliche Erwartungen zu spät sein.« Was wir sind; nicht, was wir sein werden. Beides ist dasselbe.

Caro bemerkte: »Ich weiß nicht, ob die Ungewissheit jemals endet.« Die Ungewissheit des Lebens an sich, dann die Erwartung des Todes. Valda hatte einst gesagt: »Da ist die Warterei.« Mit Ungewissheit meinten Frauen den Wunsch nach Liebe, geliebt zu werden: große Erwartungen. »Selbst kleine Erwartungen sind Teil der größeren Unsicherheit – das Warten auf eine Ankunft, einen Anruf, einen Brief.«

Grace fügte hinzu: »Ein Brief ist das Schlimmste.«

Grace stand am Flügel und sah Caro an. Hätte sie sich abgewendet, wäre Caro aufgestanden, um sie zu umarmen, hätte gesagt: »Darling«, wie ein Liebhaber. Unter den gegebenen Umständen blieben beide an ihrem Platz und blickten einander an.

Grace wollte wissen: »Gibt es heute jemanden, den du liebst?« Als Caro nicht antwortete, fuhr sie fort: »Denn du wirkst auf mich heute schöner als jemals zuvor.«

»Ich habe mich daran erinnert«, erwiderte Caro, »dass du schon als Kind großzügig warst.« Nichts, was zufällig geschieht.

Grace stand am Flügel und hörte zu.

Caro sagte: »Falls Ted anruft.« Ihre Mundwinkel wirkten nicht recht zivilisiert. Es schien, als würde sie nichts mehr hinzufügen. Das intensive Gefühl war ein hörbares Ultraschallgeräusch. »Falls Ted anruft, möchte ich nicht, dass er von meinem Aufenthalt in Schweden weiß. Oder ihn dort treffen.«

Grace hätte nicht geglaubt, dass der Mund ihrer Schwester sich so verwandeln könnte. Dachte jedoch an den Brief – unverzüglich, umfassend, ohne den Makel einer Verzögerung –, der sein Ziel nun niemals erreichen würde. Oder an den Brief, bezahlt mit einem besonderen Leiden, einer langsamen inneren Blutung der Hoffnung und Erniedrigung, der ebenso wenig existieren konnte. Irgendwann mochte eine Nachricht ankommen, die bis dahin schon nicht mehr erwartet wurde, unverbindlich, ein flüchtiges Berühren der Wunde. In der Zwischenzeit hatte sie gelernt, mit den Schultern zu zucken.

Grace hatte herausgefunden, dass Männer es bevorzugten, Dinge nicht zu Ende zu führen. Ereignete sich einmal das Gegenteil, machte es Geschichte: etwas, woran man sich ein Leben lang erinnern wird.

Sie sagte: »Frauen müssen Dinge zu Ende führen. Geburten zum Beispiel oder hoffnungslose Liebe. Männer können endlos ausweichen.«

Es gab Ausnahmen: Ted Tice oder ihren eigenen Sohn. Es wäre entsetzlich, wenn Rupert sein Leben niederlegen würde, wie Ted es getan hatte. Entsetzlich und nicht unwahrscheinlich.

Durch längliche Fenster fiel Licht herein, es roch nach Matthiola in einer Vase. Die beiden Frauen schwiegen, eine saß, die andere stand. Während in einem benachbarten Zimmer ein Mann schlief wie ein Baby.

37

Er fragte an der Rezeption. Sie war ausgegangen. Am Mittag eines endlosen Sommers war die Hotellobby überhitzt und flammte hier und da in erleuchteten Vitrinen auf, in denen Silberschmuck und geschwungene Gegenstände aus Glas oder Holz ausgestellt wurden. Ted setzte sich in einen Ledersessel, eine Zeitschrift in der Hand, ohne darin zu lesen: ein Detektiv, der alle Ankömmlinge im Auge behält. Paare auf dem Weg zum Aufzug warfen verstohlene Blicke auf diesen hageren, wachsamen Mann, auf seine hohe Stirn und sein versehrtes Auge.

Ein dicker Tourist in amerikanischem Seersucker stolperte kurzsichtig über Ted Tice' Füße. Eine Frau kam lächelnd aus einer Telefonzelle. Ein schlanker Junge wurde von zwei angeleinten Pudeln vorbeigezogen.

Ted ging noch einmal an die Rezeption, schrieb eine Nachricht, schrieb ihren Namen. Der Portier machte eine Bemerkung über das außergewöhnliche Wetter, bedauerte die Trockenheit. Ted erwiderte: »In London hat es heute Morgen geregnet.«

Der Portier hatte das knochige Gesicht dieses Mannes in der Zeitung gesehen, im Zusammenhang mit einem Festakt an der Universität. Der Hinweis auf die Trockenheit war sein höflicher, verschlüsselter Tribut. Später in jener Woche würde er seiner Familie erzählen: »Er war am Dienstag im Hotel. Höchstpersönlich.«

Edmund Tice näherte sich dem Höhepunkt seiner Karriere.

Ted trat hinaus auf den Kai und blickte auf den Hafen: die kleinen Schiffe, die Fähre nach Finnland, eine Reihe von Booten, die Ausflüge auf Seen oder Kanälen anboten. Weiter Himmel, klares Licht. Nachdem er sie so oft heraufbeschworen hatte, konnte er sich nicht mehr recht an Caros Erscheinung erinnern. Er stand am Rand des Hafens und durchlebte die letzten Augenblicke von dreißig Jahren.

Am Tag zuvor hatte Grace ihn am Telefon gedrängt: »Es bleibt nur noch so wenig Zeit, um die Wahrheit zu sagen.«

Er stand in der Sonne und bleichte aus, wie ganz Nordeuropa. Die schwedische Erde wehte davon wie feiner Sand: eine Welt, die mit dem Wind vorüberzog, versickerte, zu Staub zerfiel. Auf dem Land beugten sich die Birken gen Boden, starben im flachen Erdreich. Nur das Meer blieb skeptisch, ein arktisches Blau: dasselbe Salz, derselbe Teergeruch, die plündernden Möwen.

Es hieß, die Dürre würde die Topographie für immer verändern. Dies entsprach jedoch nicht der Wahrheit: Die Erde würde sich innerhalb eines Jahres neu behaupten.

Als er ins Hotel zurückkehrte, bat Caro gerade an der Rezeption um ihren Schlüssel. Hatte die Hand ausgestreckt, um seine Nachricht zu empfangen.

Er hielt ein wenig Abstand und beobachtete diese dunkle Fremde. Die sich schließlich umdrehen und vollkommen bekannt sein würde.

Er half ihr aufs Boot, das offen war und Reihen aus hölzernen Sitzen hatte, wie ein kleiner Bus. Innen vollständig lackiert, der Lack klebrig von Salz und Sonne. Kaum ein Dutzend Passagiere, aber doppelt so viele runde Rettungsringe, auf die der Name des Bootes gemalt war, der Umlaut rot hervorgehoben.

Caro bemerkte: »Obwohl man in einem Kanal nicht ertrinken würde.«

»Eigentlich ist es das Meer. Eine Wasserstraße des Meers.« Ein Schild verkündete in drei Sprachen: Das Boot unternehme zweimal am Tag eine Tour durch die Kanäle, solange das Wetter hielt.

»Lass uns rausgehen«, hatte sie gesagt. War hinaus auf den Kai getreten, wo es keine umschließenden Wände gab, keine Türen, Vorhänge oder Betten. Sie hatte ungeschützt im Sonnenlicht gestanden und gesagt: »Wir könnten mit dem Boot fahren.« Sie gingen an Bord eines Schiffes, das nicht auf ihr Geheiß hin umkehren würde. Es waren ihre letzten Entscheidungen. Indem sie dieses Boot in Bewegung setzte, wurde sie passiv.

Sie setzte sich auf eine Lattenbank und band sich ein Tuch ums Haar, dasselbe leuchtende Tuch, das Christian eine Woche zuvor bewundert hatte. An ihrer Seite beobachtete Ted Tice ihre Bewegungen, denen sogar in ihren Augen eine besondere Genauigkeit und Bedeutung innezuwohnen schien: wie Gesten in einem Traum. Sie war es, die seinen Blick gebannt hielt, nicht das Meer.

Ein Mann in Uniform warf seine Zigarette in den Ozean und spuckte aus. Auf dieses Zeichen hin setzte sich der Motor in Gang. Das Wasser schäumte weiß auf, und ein Junge mit nackten Füßen löste die Leine, mit der sie alle festgebunden gewesen waren. In allerletzter Sekunde kam ein Touristenpaar mit einem Kind angerannt und wurde unter einigem Aufruhr an Bord gelassen – Schreie, Sprünge, Gekeuche und ein wenig Geklirre. Eine englische Familie, der Mann mädchenhaft, die Frau wie ein Mann, das Kind ein Cherub: Sie suchten sich Plätze in der Sonne, waren pink angelaufen und verlegen, lachten jedoch über diesen rechtmäßigen Ausgang ihres Augenblicks der Dringlichkeit und Rettung. Gleich am Anfang stand bereits ein glückliches Ende.

Das Boot fuhr ab, vorbei an einem Palast, einem Opernhaus, einem Museum, einer Festung, Brücken, Mauertürmen, Gefängnissen, Kirchturmspitzen. Eine vollausgestattete Stadt. Aktivität war keine Unterbrechung mehr, wurde zum Teil des Flusses. Sie bewegten sich im Licht einer vergangenen oder anderen Welt. Auch der Schauplatz, mit seinen menschlichen Dimensionen, war verlebt, verblasst, fehlerhaft, ohne den Glanz der Moderne. Oder sie selbst waren es, denen die moderne Netzhaut fehlte, die alten Schauplätzen Präzision verleiht und sie wie die kolorierten Reproduktionen großer Gemälde schärfer, leuchtender, doch weniger prachtvoll als ihre Originale erscheinen lässt.

Das Boot schaukelte im Kielwasser eines kleinen Dampfers. Das Kind kreischte auf vor Freude über diesen erneuten Notfall, da es gelernt hatte, dass alle Gefahren sich überwinden ließen. Ted und Caro wurden gegeneinander geschleudert und trennten sich nicht.

Er sagte: »Bevor du erschienst, kam mir der Gedanke, dass ich kaum noch wusste, wie du aussiehst. Durch meine Vorstellung war mir das Bild abhandengekommen.« Er hatte in der Hotellobby gestanden, und sie hatte sich umgedreht: ein Blick, der größer war als ein bloßes Wiedererkennen.

Caro erwiderte: »Ich bin noch nie so froh gewesen, das Gesicht irgendeines Menschen zu sehen.« Sie betrachtete nun die Kerben und Schatten seines Gesichts mit großer Neugier, ganz so, wie im Augenblick vor dem Tod oder vor einem Kampf ein Bewusstsein ein anderes suchen mag: die Krise der Existenz so unmittelbar geteilt, unteilbar. Das Selbst an höchster Stelle, doch hilflos.

Das Boot bog langsam in einen ruhigen, schmalen Übergang zum Meer ein, dessen niedriges Ufer von Efeu bedeckt wurde, während Bäume sich dem Wasser zuneigten. Vorbeigleitend konnten sie glatte Rasen zwischen den Bäumen und quadratische weiße Häuser erkennen. Blonde Männer und Frauen liefen durch trockene Gärten und blickten in Richtung Boot, die Augen abgeschirmt. In einem Rohrstuhl saß eine Jugendliche mit einem Buch in der Hand. Caro nahm ihre Armbanduhr ab – ihre eigene Armbanduhr, eine Frauenarmbanduhr mit einem schmalen goldenen Band. Sie legte sie auf ihren Schoß und ließ die Finger ins Wasser baumeln. Ted griff nach der Armbanduhr. Es war, als würde er Caro selbst halten, der kleine Reif so warm, als wäre er lebendig.

Als sie ihre Hand aus dem Meer zog, trocknete er sie ab und hielt sie in seiner eigenen.

»Bis jetzt habe ich dich noch nie berührt.«

»Nein.«

Ted Tice fragte: »Wirst du sagen, dass du mich liebst?«

»Von ganzem Herzen.«

Der Mann betrachtete die Bäume, die schlaff ins weiße Wasser herabhingen. Diese Bäume waren in seinen Augen, in Streifen, in Tränen. »Es ist schwer, sich irgendeinen Schicksalsschlag vorzustellen, der mir das hier nehmen könnte.«

Sie sagte: »Mein Liebling.«

»Mein Liebling.« Er ließ sich ihr Kosewort auf der Zunge zergehen, ein Akt der Liebe. »Ich bin noch nie zuvor mit dir auf dem Wasser gewesen.« Ließ die Elemente Zeugnis ablegen.

Er berührte ihr Haar, und das Tuch glitt zurück. Als ihr die Farben vom Kopf fielen, schien sie an Widerstandsfähigkeit zu verlieren. Nachdem sie ruhig und fügsam gewesen war, wurde sie nun ernst und undurchsichtig. Er konnte sie in einem einzigen Augenblick die kommenden Stunden und Jahre durchdenken sehen, die vor ihr verschlossen waren, unmöglich zu erkennen. Er allein konnte sie erkennen, da er sich seit Ewigkeiten darauf vorbereitet hatte. Er hatte diesen Augenblick so lange erschaffen, dass er für keinen von ihnen beiden neu sein konnte.

Im gleitenden Boot sah er Glanz verstreichen. Er sagte: »Vertrau mir!« Er bot ihr seine Liebe als Weisheit, gar als Genie dar. Als ob er es wüsste und sie nicht.

Die Passagiere sahen den Königskanal, wie sie es sich gewünscht hatten, aber sie sahen auch diese beiden, die die Liebe darstellten. Blasse Frau mit wehendem dunklem Haar. Der zärtliche Arm eines Mannes auf der Stuhllehne, während die andere Hand die ihre umklammerte. Die Süße, nach der sie alle sich Tag und Nacht sehnten. Müßig mochte man auf irgendeine Tragödie tippen – Verlust oder Krankheit. Sie hatte die Leuchtkraft einer Todgeweihten.

Sie fuhren nah am Ufer entlang, wo ein altes Schiff im Trockendock lag, ein Holzschiff, das nach Jahrhunderten vom Meeresboden gehoben worden war: Galionsfigur, Decks, Heckkastell. Erbaut aus Eiche und Kiefer, benannt nach einem König, versenkt von seiner bronzenen Überlast an Kanonen, zurück an die Erdoberfläche geholt als Spielzeug. Das Kind stand auf einem Sitz, um besser sehen zu können, und bekam die Geschichte von Planken und Seemannskisten, von Zinngeschirr und mit Krone markierten Gold- und Silbermünzen erzählt. Und wurde einmal mehr in seinem Glauben an das Überleben bestärkt.

Das Boot fuhr durch eine breitere Wasserstraße. Caro erzählte Paul Ivorys Geschichte. Es war genau, wie Paul gesagt hatte: Eines Tages wirst du einen anderen lieben und meine Geschichte erzählen.

Vor Jahren hatte sie, auf einer Mauer sitzend, einem unerfahrenen Jungen versichert: Kreise schließen sich auf die seltsamste Weise.

Sie fragte ihn: »Bist du jemals diesem Deutschen wiederbegegnet, dem du im Krieg geholfen hast?« Sie erwähnte dies zum ersten Mal.

»Viele Male.«

»Und hast dich nie zu erkennen gegeben?«

»Nein. Auch hat er mich natürlich nicht wiedererkannt – selbst mit diesem Auge.« Ted erläuterte: »Er ist so selbstbewusst, aufmerksam, durchsetzungsfähig, und ich beobachte ihn aus unserem gemeinsamen, ungeteilten Geheimnis heraus. Wie Gott. Das verleiht eine Autorität, auf die ich nicht verzichten möchte. Trotz all seiner Wachsamkeit schläft er, und ich betrachte ihn.«

»War es also das, was du mir gegenüber empfunden hast, im Hinblick auf Paul?«

»Ich hatte und wollte niemals Macht über dich. Das stimmt natürlich nicht. Ich wollte die größte Macht von allen. Aber keinen Vorteil, keine Autorität.«

»Ich habe in den letzten Wochen an den Sommer gedacht, in dem wir uns begegnet sind. Ich erinnere mich an ganze Tage, ganze Gespräche. Oder denke sie mir aus.«

»Sefton Thrale, das Teleskop.« Die Vergangenheit, die Ted Tice ein Leben lang allein bewohnt hatte. Sie versuchten herauszufinden, was sie hierhergeführt hatte, und würden niemals dahinterkommen. Für eine kurze Zeit waren sie so unschuldig wie jedes beliebige Liebespaar. »Heute ist die Rede von viele Meter langen Teleskopen, und von Raumstationen.«

»Es mag eine Möglichkeit sein, die Erde beleidigt aufzugeben.«

»Du meinst, weil wir sie nicht zum Funktionieren bringen konnten?«

»Weil sie zu gut und groß für uns war.«

Das Boot begann zu wenden, um sie zurückzubringen. Es beschrieb einen weiten, allmählichen Bogen, während sich sein Kielwasser langsam auffächerte. Die Fahrt hinaus hatte lange gedauert, sie würden jedoch rasch zurückkehren. Als die Drehung vollendet war, wurde hektisch umgeschaltet, die Motoren brummten stärker und lauter. Auch die Passagiere hatten nun genug von liebender Güte und waren außerdem überhitzt. Das Kind rannte rasch von einer Seite des Boots zur anderen, als wollte es dieses zum Kentern bringen, und rief mit seiner klaren, hohen Stimme beharrliche Fragen zum Meeresgrund.

»Josie wird im Hotel auf mich warten.« Erneut war es, als träte Caro aus einer Tür und bestiege ein Boot. Sie fragte: »Wie weit musst du fahren?«

»Ungefähr achtzig Kilometer. Ich werde mit einem Wagen abgeholt.« An jenem Abend und am folgenden

Tag würde eine Universität Ted Tice' bedeutende Leistung feiern. »Morgen Nachmittag muss ich dort eine Rede halten. Dann reisen diese Leute alle weiter, nach Rom und Sizilien, wo eine Konferenz stattfindet.« Er fügte hinzu: »Ich werde tun, was du möchtest, und hinkommen, wo auch immer du sein magst.«

Caro beobachtete das Kind. Josies Baby, das sie an jenem Tag im Arm gehalten hatte, würde auch bald mit großen Schritten über ein Deck gehen und Fragen stellen, die niemand beantworten konnte. Sie sah nicht Ted an, sondern das Kind und die Welt, in die sie zurückkehrten.

»Man käme ohne mich zurecht«, stellte er fest. »Wenn ich sterben würde.« Er meinte nicht die Konferenz, sondern die Welt. »Warum dann nicht auch, wenn ich lebe?«

Sie wusste nicht, ob Stärke darin läge, anzunehmen oder abzulehnen.

Ted sagte: »Ich habe Angst, dich zu verlassen, dich zu verlieren.« Er betrachtete ihr Profil wie einst, als sie in einem Überlandbus gesessen hatten. Derselbe Ansatz des groben Haars, tiefere Höhlen der dunklen Augen. Ihre Brüste in einem Sommerkleid waren die Verwirklichung von Verlangen. »Du wirst nicht weglaufen. Wenn ich dich morgen früh anrufe, wirst du da sein.«

Stirb nicht, verschwinde nicht!

»Ja.«

»Ich würde dich so oder so finden.«

Die Fenster ihres Zimmers zeigten aufs Wasser. Sich durch Vorhänge aus rauhem Leinen schlängelnd, war das frühe Licht getönt, rosa wie die Haut, die einen Finger umhüllt oder ein Ohr umringt.

Zum letzten Mal lag Caroline Vail allein in einem Bett.

»Hast du geschlafen?«

Sie lehnte sich in die Kissen zurück, das Telefon in der Hand. »Ich bin immer wieder aufgewacht und musste an das hier denken. Musste an dich denken.«

»Es ist neu für mich, mir das vorzustellen.«

In ihrer Sprache waren sie bereits vereint.

Ted erklärte: »Ich habe nicht geschlafen.«

Der Vorhang hatte ein Muster aus mit Schnörkeln verzierten Reben und Blumen, die wie Sterne aussahen. Vom Kai drangen die Abgase eines frühen Busses, das Pfeifen eines Bootes, das kreisende, krängende Kreischen der Meeresvögel herauf. Trübes Licht beleuchtete eine Frau im Bett.

Er sagte: »Ich bin noch nie so glücklich gewesen.«

Sie konnte sich selbst im Spiegel sehen, auf der Seite liegend. Die kleine Kerbe zwischen den Brüsten, das Haar, dessen Strähnen sich über dem Kissen ausbreiteten. Blasse Seide, weiße Schultern, alles, was ein Herz begehren konnte.

Sie liebte und begehrte sich selbst, als wäre sie Edmund Tice. Als wäre dies ein Selbst, von dem auch sie für immer Abschied nehmen müsste.

Er sagte: »Ich bin noch nie so glücklich gewesen.«

»Das könnte ausreichend sein. Das ist Erfüllung.« Wo die Spiegeltür eines Schranks offen stand, sah sie ihr eigenes Bild reflektiert. Sie sagte: »Etwas davon wird fortdauern.«

»Wenn du verschwändest, würde ich dich finden.« Er fragte: »Soll ich mit dieser Möglichkeit meine Zeit verbringen wie all die anderen, voller Fragen verkümmern und meine Toten zählen? Mir zu meiner gerade noch geglückten Flucht vor dem Leben gratulieren?« Er sagte: »Ich werde bald bei dir sein.«

Sie stand auf, zog den Vorhang beiseite und blickte auf die Straße und den Hafen. Sie dachte daran, wie sie ein Kind am Meer gewesen war und dann eine Frau in hohen Räumen wie Räume in Träumen und in überwucherten Gärten. Sie dachte an Kontinente und Städte, an Männer und Frauen, an Worte, an die Liebsten. An Josies Kind. Als verzeichnete sie jeden würdevollen Moment in ihrem Leben, den sie als Entschuldigung vorbringen konnte.

»Ich sagte doch, ich würde dich finden.«

Am Flughafen herrschte eine vollkommene Abwesenheit von Morgen, Klima und Substanz. Dafür gab es weißes Licht, dünne Luft und ein Schild, auf dem »Abflüge« stand.

»Ich wäre schon fort, wenn der Streik nicht wäre.« Sie lehnte sich gegen den Abfertigungsschalter. Sie legte ihre Hand in seine. »Am anderen Ende wird gestreikt.«

»Ich danke Gott und der Gewerkschaftsbewegung.«

»Moderne Liebe.«

Vor ihnen sagte ein Mann gerade: »Sie werden feststellen, dass ich als VIP gelistet bin.«

Ein uniformiertes Mädchen fuhr mit dem Bleistift eine Namensliste entlang. »Sind Sie VIP erster, zweiter oder dritter Klasse?«

»Sie werden feststellen, dass ich keine unwichtige Person bin.«

Caro war als Nächste an der Reihe. Ted Tice hielt einen Gepäckträger davon ab, ihre Koffer zu nehmen. »Komm von hier fort und sprich mit mir.«

Sie setzten sich auf Plastikstühle. Auf einem Schild stand: »Transitpassagiere«. Ted berührte ihr Gesicht. »In einer Stunde geht ein Flug nach Rom.« Er machte es so einfach, Wörter mit nur einer Silbe. »Wenn du den nimmst, komme ich heute Abend nach.« Er war schnell, ohne Eile, unzerstörbar. »Ich werde hierbleiben und heute Nachmittag meine Rede halten. Mit dem Charterflugzeug kann ich heute Abend in Rom sein.«

»Ted.« Sie begann zu weinen wie ein Kind. »Ted, was kann sich für uns ändern?«

»Etwas hat sich verändert.«

Wie ein Kind hörte sie aus Neugier oder Furcht auf zu weinen.

»Ich habe Margaret angerufen. Ich habe es ihr gesagt.«

Es war wie auf dem Boot, als das Leuchten aus ihrem Haar fiel. Sie sagte: »Was für ein Elend!«, und lehnte sich gegen seinen Arm. Sie hörte auf zu weinen, aus Respekt vor den Tränen einer anderen. Als hätte man ihr von einer fernen Schlacht erzählt, in der viele würden sterben müssen.

Ted behandelte sie mit großer Freundlichkeit: Man musste ihr hier hindurchhelfen. Gegen seinen Willen loderte seine Stärke auf wie ein Frohlocken. Man konnte kaum glauben, dass so viel Unglück damit verbunden sein musste. Er hatte den Arm um sie gelegt, die Hand ruhte auf ihrer Brust. Er dachte daran, wie stolz und entschieden sie gewesen war und auch wieder sein würde. Und dass sie hier war, gebeugt und weinend, und ihn am liebsten hatte.

An jenem leeren Ort waren sie sowohl natürlich als auch übernatürlich, wie liebende Figuren aus der Mythologie.

Sie richtete sich auf, wischte sich die Tränen aus dem Gesicht und sagte: »Mein Liebster.«

Er strich ihr das Haar zurück. Er sagte: »Ich gehe die Tickets holen«, und sein eigener Mund zitterte über prosaischen Worten. Er zog Papier und Bleistift hervor und schrieb den Namen eines Hotels in Rom auf. Sie tauschten den Namen aus und erblickten bereits den Süden.

Hinter dem Flugsteig stand etwas wie ein Türrahmen, in dem Passagiere abgesucht wurden, nach Gold vielleicht oder nach Waffen. Handtaschen wurden auf ein bewegtes Band gelegt und glitten über eine kleine Rutsche hinunter.

Caro erinnerte sich an die Absperrung, an der sie sich das letzte Mal von Edmund Tice verabschiedet hatte. Sie hatte in einer Menschenmenge auf einer Rolltreppe gestanden und die Hand gehoben, und er hatte zugesehen, wie sie verschwand. Bei einem noch früheren Abschied hatte er zu ihr gesagt: »Ich werde alle Bedingungen akzeptieren«, und sie war unnahbar geblieben, ohne zu wissen, dass es sich um eine Probe handelte.

Die Passagiere traten durch die geisterhafte Tür, einer nach dem anderen. Eine Frau in pinkfarbenem Leinen fragte: »Beschädigt diese Maschine Perlen?«

Bald wetteiferte man darum, was alles beschädigt werden könnte: »Wird sie meinen Herzschrittmacher beeinträchtigen?«, »Was ist mit der Strahlung?« An der kleinen Rutsche machte ein Mann in Tweed einen Satz, um einen purzelnden Karton zu retten.

»Haben Sie da etwa die Kronjuwelen drin?«

»Das ist ein ziemlich hübsches Teeservice, wenn Sie es genau wissen wollen.«

Sie forderten, umklammerten, hegten: Das machte der Abflug. Unter ihnen war ein Mann, schwer, blass, vertraut, der amerikanischen Seersucker trug und eine Ledertasche als Rammbock benutzte. Er grüßte Caro nicht und mochte kurzsichtig sein. Es war der Arzt aus New York, der ihr geraten hatte, eine Brille zu tragen.

Paul, wie er an jenem Tag auf der heißen Straße fragte: »Caro?« Paul, wie er vor ihrer eigenen Haustür sagte: »Leb wohl, Caro!«

Sie erinnerte sich an Abschiede auf Ozeandampfern. Den Lunch an Bord, den Dora nicht genießen konnte. Luftschlangen, Taschentücher, die Welt vor einem Krieg. Der große Umriss, der auf seinem gemächlichen Weg in den Himmel die Heads passierte.

»Ihr Flug«, sagte eine Stimme. Während sie zurückblickte, falls Ted dort wäre. »Wir bitten Sie, nun einzusteigen.«

Im Flugzeug wurde ihr ein Fensterplatz zugewiesen. Jenseits der Startbahn konnte man einen Fichtenhain erkennen, dunkel, zurückgezogen, unverfälscht. Auf dem Flugfeld gestikulierten die Techniker mit Händen und Flaggen. Ihr blondes Haar und ihre blaue Kleidung wehte im Sog der Maschine. Sie trugen Ohrenschützer gegen das laute Dröhnen.

Das Dröhnen war sichtbar, hallte in den blauen Overalls nach, brandete in die Fichten. In der Kabine war nichts zu hören. Allein beim Abheben des Flugzeugs ertönte ein langgezogenes Zischen – wie das Luftholen der gesamten Menschheit, wenn das Werk von Generationen in einem einzigen Augenblick zusammenschrumpft, oder wie das laute Keuchen von Rumpf und Ozean, wenn ein Schiff versinkt.

Anmerkungen

S. 50 Anmerkung der Redaktion: Gemeint ist hier der Film von David Lean von 1946, der unter dem Titel *Geheimnisvolle Erbschaft* im deutschsprachigen Raum firmiert. Im Original heißt der Film wie auch das Buch von Dickens *Great Expectations*.

S. 55 Aus: William Butler Yeats: *Der Turm*, übersetzt von Norbert Hummelt, in: *Die Gedichte*, Luchterhand 2005.

S. 57 Aus: Henry Kendall: *September in Australia*, in: *The Poems of Henry Kendall*, 1920, übertragen von der Übersetzerin.

S. 57 Aus: Alfred Noyes: *The Barrel Organ*, in: *Poems* 1906, übertragen von der Übersetzerin.

S. 58 Aus: Alfred Tennyson: *Oenone*, in: *Gedichte von Alfred Tennyson*, übersetzt von Wilhelm Hertzberg, 1868.

S. 60 Aus: Henry Kendall: *Bell Birds*, in: *The Poems of Henry Kendall*, 1920, übertragen von der Übersetzerin.

S. 61 Aus: William Shakespeare: *Der Sturm*, übersetzt von Frank Günther, DTV 2001.

S. 162 Wordsworth, *The Solitary Reaper*, übertragen von der Übersetzerin.

S. 163 Rudyard Kipling, *The Mary Gloster*, übertragen von der Übersetzerin.

S. 223 Beaumont and Fletcher, *The Maid's Tragedy*, übertragen von der Übersetzerin.

S. 231 John Donne, *The Sun Rising*, übertragen von der Übersetzerin.

S. 238 Thomas Gray, *Elegy Written in a Country Churchyard*, übertragen von der Übersetzerin.

S. 291 Galater 4.3, Übersetzung aus der Lutherbibel.

S. 291 Chaucer: *Canterbury Tales, A Knight's Tale*, übertragen von der Übersetzerin.

S. 292 Aus Robert Browning: *Soliloquy of the Spanish Cloister*, übertragen von der Übersetzerin.

S. 292 1. Korinther 15.40-41, Übersetzung aus der Lutherbibel.

S. 341 Thomas Hardy: *At Castle Boterel*, übertragen von der Übersetzerin.

S. 367 William Butler Yeats: *Politik*, übersetzt von Marcel Beyer, aus: *Die Gedichte*, Luchterhand 2005.

S. 368 Aus Rudyard Kipling: *Recessional*, übertragen von der Übersetzerin.

S. 396 Tennyson, *Lady of Shalott,* übertragen von der Übersetzerin.

S. 519 Shakespeare, *Hamlet*, Akt 5, Szene 1, Übersetzung von Frank Günther.

»Ein fast perfekter Roman. Shirley Hazzard schreibt so gut wie Stendhal.« *The New York Times*

»Shirley Hazzards Prosa ist magisch: chirurgisch und symphonisch. Alle Sätze sind kleine Meisterwerke, die sich zu einem großen zusammensetzen. Lesen Sie es jetzt, damit Sie es bald wieder lesen können.«
The New Yorker

»Ein erhabenes Leseerlebnis. (...) Ich habe das Buch mit unbeschreiblichem Vergnügen gelesen. Die Sätze haben mir zum Teil Tränen der Dankbarkeit in die Augen getrieben.« *New York Times Book Review*

»Hazzards berühmtester Roman *Transit der Venus* erschien vor über zwanzig Jahren. Dieses Werk mit seinem intrinsischen Plot und der wunderschönen Sprache ist eine Art Klassiker geworden, verdientermaßen. Trotz der überbordenden Sprache und der lebhaften Humanität der Charaktere liegt eine spezielle und machtvolle Vorahnung des Bösen über dem Narrativ, so dass der Leser einerseits förmlich zum Ende hingezogen wird und sich zugleich davor fürchtet, wohl wissend, dass ihn eine Tragödie erwartet.« *The New York Times*

»*Transit der Venus* wurde mir von jemandem beschrieben als größter Roman, der in den letzten 100 Jahren geschrieben wurde. Nach der Lektüre verstehe ich das.«
The Sunday Times

Joan Didion

Sentimentale Reisen

Essays.
Gebunden mit Schutzumschlag.
Aus dem Amerikanischen von Mary Fran Gilbert, Karin Graf, Sabine Hedinger und Eike Schönfeld.
Auch als E-Book erhältlich.
www.ullstein-buchverlage.de

»Ihr Scharfsinn ist gewohnt fein geschliffen und ihr Blick eiswasserklar … Didion hat die Stimmung in Amerika eingefangen.« *The New York Times*

Joan Didion gilt seit langem als eine der brillantesten Autorinnen der USA. Die in diesem Band versammelten Essays und Reportagen aus den Jahren 1982 bis 1992 belegen dies eindrucksvoll. Ob Joan Didion vom Parteitag der Demokraten unter Bill Clinton berichtet oder von einem spektakulären Prozess in New York City, ob sie sich mit der Politik, den Medien oder dem Showbusiness befasst, immer zeichnen ihre Texte ein präzises Bild des geistigen und kulturellen Klimas Amerikas, das noch heute gültig ist.

»Jeder ihrer Sätze ist kostbar.«
Die Welt

ullstein

Shirley Hazzard

Begegnung auf Capri

Roman.
Gebunden mit Schutzumschlag.
Erscheint in einer Neuausgabe bei Ullstein im April 2018.
www.ullstein-buchverlage.de

Eine Liebeserklärung an Capri und die Geschichte einer einzigartigen intellektuellen Freundschaft

Capri ist seit eh und je ein Sehnsuchtsort. Künstler, Exzentriker und Weltflüchtige wie Augustus und Tiberius, Henry James, Rilke und Lenin finden auf der Insel ein Refugium. Hier trifft Shirley Hazzard in den 1960er Jahren zufällig auf den weltberühmten Schriftsteller Graham Greene. Ihre zwei Jahrzehnte währende schwierige und zugleich beglückende Freundschaft verbindet sie mit Capri. In ihrer zeitlosen Liebeserklärung an Capri erzählt Shirley Hazzard pointiert und mit feinem Humor von dem einzigartigen kulturellen Leben auf der legendären Insel.

ullstein